冰川天女传 上

梁羽生 著

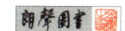

·广州·

本书版权由传慧出版有限公司授权广州市朗声图书有限公司在中国大陆（不包括香港、澳门、台湾地区）专有使用

版权所有·侵权必究

图书在版编目（CIP）数据

冰川天女传/梁羽生著. —广州：中山大学出版社，2021.8
ISBN 978-7-306-07136-1

Ⅰ.①冰⋯　Ⅱ.①梁⋯　Ⅲ.①侠义小说－中国－当代　Ⅳ.①I247.5

中国版本图书馆CIP数据核字（2021）第038219号

冰川天女传　　　　　　　　　　　　　　Bingchuan Tiannü Zhuan

出 版 人	王天琪
策　　划	欧阳群
责任编辑	何　娴　梁俏茹
责任校对	林春光　张陈卉子
责任技编	何雅涛
内文插画	卢延光
封面题字	黄苗子
书名篆刻	张贻来
封面设计	@王强127
出 版 社	中山大学出版社
电　　话	编辑部020-84111996，84111997，84113349，84110779
地　　址	广州市新港西路135号　邮政编码：510275　传真：020-84036565
网　　址	http://www.zsup.com.cn　E-mail:zdcbs@mail.sysu.edu.cn
发　　行	广州市朗声图书有限公司（电话：020-34297719）
印 刷 者	湛江南华印务有限公司
规　　格	900mm×1280mm　1/32　25.625印张　642千字
版次印次	2021年8月第1版　2021年8月第1次印刷
总 定 价	238.00元（全二册）

范宽《雪山萧寺图》：

范宽，北宋绘画大师。名中正，字中立，因性情宽和，人称「范宽」，华原（今陕西铜川市耀州区）人。初学李成、继法荆浩，后移居终南山、太华山，对景造意，不取繁饰，自成一家。善绘山水，作雪景亦妙。元代后与董源、李成并称「北宋三大家」。此幅绘林峦积雪，山径行旅，古寺藏于深壑，寒泉咽于幽涧。

右图／乾隆佛装像唐卡：
图中乾隆皇帝头戴班智达帽，身着僧衣，右手结说法印，左手持法轮，跌坐在莲花托宝座上。
此唐卡为乾隆中期佛装像，为宫廷画师绘制。

喇嘛说

佛法始自天竺 即厄纳特珂克部 其地回痕都斯坦东流而至西番 即唐古特部其地回三藏又相传称为喇嘛喇嘛之字汉书不载元明史中或訛书对音故其字不同

予细思其义孟西番语谓上曰喇谓无曰嘛喇嘛者谓无上即汉语称僧为上人之意耳

喇嘛又称黄教盖自西番高僧帕克巴 蓍作八始盛於元沿及於明封帝师国师者皆有之 元世祖初封帕克巴为国师後复封为大宝法王益尊之曰帝师同时又有丹巴者亦封帝师其封国师者不一而足明洪武初封国师大国师者不逊四五人至永乐中封法王西天佛子者各二此外灌顶大国师者九灌顶国师者十有八反景泰成化间盖不可胜纪

我朝惟康熙年间祇封一章嘉国师相袭

陶宗仪輟耕錄載元時稱帝師為剌諸事拉馬毛奇齡明武宗外紀又作剌麻皆係隨意对音

元世祖初封帕

缂丝乾隆御笔喇嘛说卷：

此卷《喇嘛说》是清高宗于乾隆五十七年（1792年）为制定金奔巴制度亲笔书写、而后缂织成卷的。此文总结了清王朝对待藏传佛教的历史经验和政策，成为清政府处理藏传佛教事务的基本纲领，其政治作用一直延续至清末。

上二图／福康安像：福康安（1754—1796），富察氏，字瑶林，满洲镶黄旗人，清朝中叶名臣。大学士傅恒第三子，孝贤纯皇后之侄。他参加制定的《钦定藏内善后章程》和金瓶掣签制度，对于巩固清朝中央与西藏地方的政治关系有重要意义。

金奔巴瓶：

乾隆五十七年（1792年），清廷为防止蒙藏贵族操纵大活佛转世，特颁发两金瓶，一贮北京雍和宫，一贮拉萨大昭寺。凡蒙藏地区大活佛转世时，均须将所觅若干「灵童」名字署于象牙签上，置金瓶中，分别在雍和宫或大昭寺，由理藩院尚书或驻藏大臣监督掣定。

清代土司画像：

土司又称土官、土酋，是中国古代西北、西南地区的少数民族首领充任并世袭的官职。

本画像人物坚木参那木喀，藏族，参与平定金川，有战功，名列紫光阁功臣。

目 录

第一回	神箭连飞　穿云惊小侠
	飞刀一掷　劈果救佳人 …… 1
第二回	峻岭飞骑　仇家窥帐幕
	金针解穴　医道配神功 …… 21
第三回	为避强仇　逃生来塞外
	欲寻异士　冒险上冰峰 …… 41
第四回	湖畔寄情　拐仙施妙手
	冰河怪影　天女慑群豪 …… 67
第五回	流水落花　深愁伤寂寞
	珠宫贝阙　往事诉辛酸 …… 81
第六回	天女飞花　仙姝应有恨
	冰川映月　骚客动芳心 …… 101
第七回	剑气射冰宫　亦真亦幻
	柔情联彩笔　宜喜宜嗔 …… 121
第八回	沧海桑田　仙山伤劫后
	白云苍狗　侍女话前因 …… 147
第九回	妙境华严　艳说神仙侣
	仙音玉笛　喜联异国情 …… 161
第十回	漠外隐神龙　高深莫测
	荒山逢异士　虚实难知 …… 183

第十一回	峻岭连骑　书生施妙手
	神弹却敌　天女护金瓶 …………… 199
第十二回	琴韵寄深心　尘缘未了
	边城窥隐秘　旧地重来 …………… 225
第十三回	闹市孤臣　神龙图大事
	寒光热浪　冰剑斗妖邪 …………… 239
第十四回	大漠传声　童心戏天女
	驼峰聚会　妙计骗佳人 …………… 255
第十五回	古窟传经　湖边谈往事
	冰弹受挫　盆地觅芳踪 …………… 281
第十六回	圣女宫中　疑云迷侠客
	喇嘛寺里　法会起干戈 …………… 305
第十七回	大漠藏龙　九重惊蛰伏
	风尘侠隐　一剑看雄飞 …………… 321
第十八回	青女素娥　浮云掩明月
	奇人疯丐　铁剑骇英豪 …………… 339
第十九回	浅笑轻颦　花前谈往事
	兰因絮果　月下见伊人 …………… 361
第二十回	玄功内运　侠士破神招
	异境天开　书童有奇遇 …………… 383

第一回

神箭连飞　穿云惊小侠
飞刀一掷　劈果救佳人

"圣峰的冰川像天河倒挂,
你听那流冰浮动轻轻地响——
像是姑娘的巧手弹起了东不拉。
她在问那流浪的旅人:
你还要攀过几座冰山？经历几许风砂？
咿啦——
流浪的旅人呀,
草原的兀鹰也不能终日盘旋不下,
你们尽是走呀,走呀,走呀——
要走到哪年哪月,才肯停下你们的马？
姑娘呀,多谢你的好心好意,
只是我们没有办法回答。
你可曾见过荒漠开花？
你可曾见过冰川融化？
(你没有见过？没有见过！呀！)
那么流浪的旅人哪,
他也永不会停下！"

歌声杂着马铃,飘荡在藏边的草原,一群卖唱的流浪者正在草原经过。草原四望无边,喜马拉雅山绵延天际,晶莹的雪峰像一排排白玉雕成的擎天玉柱,从云霄中探出头来,倾听流浪者的哀弦凄诉。

草原上一个汉族少年也正在倾听这群流浪者的歌声,眼中隐有泪珠,潸然叹道:"我和你们也是一样,你们浪迹天涯,我也不知何年何月才得重回故里!"

这少年姓陈,名唤天宇,本是江南苏州人氏,只因他父亲陈定基在朝为官,上章弹劾乾隆皇帝最宠爱的奸臣和珅,因而被贬西藏,做萨迦宗的宣慰使,远戍边疆,眨眼八载,他随父亲来时才只十岁,现在已是十八岁的少年了,他父亲日日与他谈说江南风物,因而他小小年纪,心中也充满乡思。

这群流浪者数约十余,其中有藏人,有维人,还有两个汉人,似乎是在旅途中拼凑而成,结队卖唱的。陈天宇目送他们缓缓经过,目光忽然停留在一个披着白纱的藏族少女身上,这少女杂在人群之中,有如鹤立鸡群,众人反复歌唱,只有她紧紧闭着嘴儿,一双明如秋水的眼睛凝望天际浮云,显出一派茫然的神色,任由马儿驮着她走,对同伴的歌声听而不闻,似是心中正在思量什么,又似是对一切都漠不关心,连整个世界都不存在似的。要不是她的眼珠还会闪动,陈天宇几乎怀疑马背上驮的乃是一尊石像。

陈天宇正在出神,忽听得头顶上一声鸦叫,抬头看时,猛地里弓弦疾响,其中一个汉人骤然一箭射来,听那利箭穿空的刺耳之声,竟是急劲之极!

陈天宇飘身一闪,反手一招,抄着箭尾,正待喝问,只听得嚓啪一声,弓弦再响,这人用的竟是连珠箭法,前箭甫出,后箭即至,快如闪电,那乌鸦啼声顿止,从空中跌了下来。那汉子抱弓施礼,说道:"我嫌这鸦声噪耳,所以把它射下,箭法不精,误惊了公子了。"陈天宇哼了一声道:"要不是我懂得空手接箭之法,现在还能和你说话吗?你这箭是怎么射的?"那汉子赔笑说道:"公子请你看看我这支箭,它是不能伤人的呀!我本来是射那乌鸦的,怪只怪我的箭法不精,教公子误会了。"陈天宇一看,那支箭没有箭镞,果然不是伤人的利箭。那汉子又抽出一支有箭镞的箭来,道:"这才是伤人的利箭。"引弦一射,直上半空,待那箭掉头下落,铁弓一弯,霍地又是一箭,两支箭刚好在空中碰个正着,"嚓"的激起一点火星,一闪即灭。那汉子哈哈大笑,抱弓一揖,跨马赶上大队去了。

陈天宇怔怔出神,心中想道:"这汉子箭法惊人,实是罕见。他刚才那箭明明是向我射来,怎说是失了准头。我与他素不相识,何以他要射我?既然射我,又何以用的是没有箭镞、不能伤人的箭,到底是何用意?"正百思不得其解,忽听得有人叫道:"少爷!"一个年约十六七岁的书童,不知从什么地方悄悄地溜了出来,陈天宇吃了一惊,道:"江南,你也在这里吗?怎么我没瞧见你?"

陈天宇的父亲因为久离江南,所以给书童起了这么一个名字,聊慰乡思。这书童与陈天宇年纪相若,平素玩在一起,甚是淘气,听得陈天宇问他,嘻嘻笑道:"老爷叫我出来找你,那鸟汉射你,我躲在草里呢。嘻,少爷,我跟了你这许多年,竟不知道你有这么大的本事,一下子就把那支箭接着了!平时也没见你练过弓箭,喂,你教我行不行?"陈天宇面色一变,端容说道:"江南,不准你说与老爷知道!你若将我今日接箭之事对人说了,我就撕你的皮!"江南见少爷说得甚是认真,伸伸舌头道:"好,不说,不说!"心中暗暗奇怪:少爷有那么大的本事,为何却要瞒着老爷?

那书童跳跳蹦蹦,跑去捡地上的乌鸦,忽道:"咦,这乌鸦没受半点伤竟然死了,这是怎么射的?"陈天宇吃了一惊,看那乌鸦果然毛羽完整，没半点伤，那支没镞箭掉在旁边，箭杆上也没沾半点血。心知这乌鸦之死，乃是受箭杆的激荡之力震伤内脏所致，心中惊道："这乌鸦飞在高空，给利箭射死不足为奇，给箭杆震死，那汉子的手劲内力可真是惊人。"

陈天宇闷闷不乐，随书童返家，回到家中，只见父亲正在客厅与老师谈话。他的老师姓萧名青峰，年约五旬，相貌清癯，三绺长须，背微佝偻，活像个科场失意的老儒。

萧青峰正是陈定基被贬那年请来的。那年陈定基方任御史，官场应酬甚多，无暇亲教儿子，有位朋友便荐了这位教书先生来，陈定基接谈之下，见这人学问果然不错，便聘用了。不久，陈定基就因上章弹劾和珅，被贬西藏，陈定基本来不好意思要他同赴边疆，却是他坚持同往，说是宾主相得，与其在中州落魄，不如同赴边荒。陈定基感他意诚，待他有如家人。

陈天宇向父亲和老师请安过后，陈定基道："宇儿，你到哪里去了这么久？以后可不准单独一人去玩。"江南插嘴道："有一队卖唱的来了，今晚可能有戏看呢。"陈天宇横他一眼，江南说溜了嘴，忽道："教书先生，你见多识广，可见过有人用没有箭镞的箭射乌鸦的么？"萧青峰道："什么？"他面色突然变得惨白，陈定基慌道："萧先生你怎么啦？"萧青峰道："天时不正，敢情是感冒了。"陈定基道："江南，扶先生进房歇息。"陈天宇道："先生不舒服，你不准多话，扰他不安。"江南道："知道啦。"偷偷向陈天宇扮了一个鬼脸，心道："我又不说你接箭之事，你急什么？"

陈天宇心中极是奇怪，不明先生何以如此骇怕。只听得父亲说道："以后你可不要单独去玩，没事最好留在家中。你知道吗？去年尼泊尔国的廓尔喀族入侵西藏，被我们天朝派兵打退，他们实不甘心，听说他们派遣刺客入来，要尽杀大清的官员，现在驻藏的官员，没有护卫陪着，谁都不敢随便走动。"陈天宇怒道："真的？他

陈天宇向父亲和老师请安过后,陈定基道:"宇儿,你到哪里去了这么久?以后可不准单独一人去玩。"江南插嘴道:"有一队卖唱的来了,今晚可能有戏看呢。"

们敢这样的大胆？"陈定基道："这是福大帅总部传出来的，宁可信其有，不可信其无。"福大帅即福康安，有人说他是乾隆的私生子，事属无稽，难以入信。不过他是乾隆皇帝最宠爱的大将，却是事实，乾隆重视边疆，所以派福康安做驻藏大臣。总部设在西藏的首府拉萨。

陈天宇听了虽觉愤怒，却也不放在心上。这晚他父亲一早就叫他睡觉，他却翻来覆去地尽在想那群卖唱的流浪者，那个神箭惊人的射手已叫他猜不透，那神秘的藏族少女的影子更是留在脑中，挥之不去。只要一闭上眼，就仿佛如在眼前。那冰冷的目光，那石像般的脸孔，竟像是在黑暗中偷偷地瞧着他。忽听得远远传来一阵咚咚的鼓声，又是一阵铜钹声和喇叭声，声音单调之极，不论是敲、打、吹、拍，总是不紧不慢，音调节奏几乎毫无变化。陈天宇知道，这一定是那群流浪者在草原演出，他独自在黑夜之中，听这单调的毫无变化的音响，不觉有些毛骨悚然。

第二日一早，陈天宇刚刚睡醒，忽听得江南在外面说道："喂，你信不信，我昨夜见了一个女鬼。哈，真的，不骗你，一个女鬼！"

陈天宇吃了一惊，只听得江南往下说道："哈，那女鬼披着两条红绸，假发拖到腰间，戴着一个三角形的面具，又长又宽的舌头从口中牵拉出来，她还跳舞呢，转呀转的，转得快极了，我瞧都瞧不清楚。哈，她腋下还插着两柄短刀，跳完了舞就大翻筋斗，那两柄刀明晃晃的，叫人见了惊心，可是她大翻筋斗，却一点也没受伤。后来她演完了，把假发一除，面具一拉，哈，你猜怎么样？美极啦，我所见过的藏族少女，没有一个比得上。只是面孔冰冷的，哈，还是像一个女鬼！"原来他是和看门的老王说话，说的是昨晚所看的戏，陈天宇一听，就知他准是说那个神秘的藏族少女。

看门的老王哼了一声，冷笑道："你这小子皮痒啦，老爷吩咐我们不要随便外出，你却偷偷一个人溜去看戏。"江南哈哈一笑，怪声怪气地回道："我一个人溜去看戏？哈，老王，你又猜错啦！你绝对料想不到，咱们的教书先生也溜去看啦，咦，说起来可比那女鬼还怪，咱们的先生哪——"刚说到这里，陈天宇已急急开门出来，立即喝道："江南，你这多嘴的毛病几时才改？快进来替我收拾房间。"老王见少爷生气，悄悄走开。江南伸了伸舌头，走入陈天宇房中，做出一副受委屈的模样道："少爷，你这两天怎么这样凶呵？"

陈天宇掩上房门，道："你说，萧先生昨晚怎么样？"江南噗哧一笑，道："原来是少爷想听故事。据我看啦，咱们的先生也是个大有本事的人，昨晚人挤得很，我挤了满身臭汗才挤了进去，给后面的人推呀碰呀，兀是立不住脚步，浮浮的，可咱们那位先生呀，你别瞧他那副弱不禁风的样子，他可站得很稳，那些人挤到他的身边，就像潮水般地两边分开，碰都没有碰着他。也不知他用的是什么法儿？我奇怪极啦，想过去问他，人又挤，那女鬼又上场了，我就没有过去。谁知看完了那场女鬼的戏，他已经不见了，有心来看戏嘛，怎么只看了一场就走，少爷，你说他可是不是一个怪人？"陈天宇面孔一板，道："江南，萧先生的事，只准你说给我听，其他的人，不论是老王，甚至是老爷，都不准你说，你若说了，我就撕你的皮，不，我就再也不理你。"江南笑道："你不理我比撕我的皮还难受，好少爷，你放心，这回我不再多嘴啦。"陈天宇与江南平素玩在一起，本来没有什么主仆之分，知道他的脾气，一说不理他，他就不敢再俏皮了。

陈天宇洗过了脸，吃了早点，江南又进来道："老爷叫你。"陈天宇心道："又叫我做什么？"出到厅堂，只见父亲面色沉暗，道："土司今天要见你，可不知有什么事情。这土司脾气极坏，连我们朝廷命官都不大放在眼里，我来了八年，也只见过他几面，今儿他却特别派人请我去吃饭，还指名请你一道去，你快快换衣服吧。"

陈天宇奇道："我又不认识他，为何他指名要我同去，我不去！"陈定基道："我在他的辖地为官，他是主，咱们是宾，宾主理应和好，何况咱们有许多事情还要仰仗于他，官场之中，家人子弟互相来往也属寻常，他既有请，怎能不去？你少闹少爷脾气！"陈天宇无奈，只好换了衣服，随父亲去拜访土司。宣慰使乃是文官，只有几十名护卫亲兵，陈定基挑来挑去，好半天才选出八名相貌魁梧、勇武有力的兵丁作自己的随行卫士。

正待出门，忽听得门外马嘶，家丁进来报道："俄马登涅巴求见大人。"陈定基又惊又喜，道："真是俄马登涅巴吗？怎的只是他一人前来？""涅巴"乃是西藏的官衔，每一个土司下面分设四个涅巴，掌管军政民刑，权力甚大，每一涅巴出门之时，都是仆从如云，从无单独一人出现，是以陈定基有此一问。

陈天宇侍立一旁，只见那俄马登涅巴学着朝廷官员的走路姿势，双手反剪背后，踱着方步，走到自己的父亲跟前，恭恭敬敬地施了一礼，说道："本布可是赴土司之宴么？"（"本布"乃是藏语的大官之意，也是对官员的一种尊称。）陈定基慌忙还礼，道："正是，不敢有劳涅巴来接。"心中大是奇怪：这俄马登涅巴平日气焰甚盛，何以今日对自己尊敬如斯！

俄马登眨眨眼睛，笑道："无事不登三宝殿，今日到来，实是求本布做一件好事。"陈定基本以为他是土司派来迎接自己的，闻言颇出意外，问道："何事？"俄马登道："昨日草原上来了一群卖唱的流浪汉，本布可知道么？"陈定基道："听家人说过。"俄马登道："原来他们乃是偷马贼，本领也真不错，居然偷了土司的五匹马，男的都逃跑了，只捉到一个少女。"陈天宇大吃一惊，心中想道："其他的人不知，那个用没镞箭射鸦的汉人可是大有本领之人，怎会做偷马贼，只怕其中还有内情。那少女该不会是那神秘的藏族女郎吧？"

只听得俄马登又道："本布在此多年，想必知道土司惩治盗贼的规矩。"陈天宇心中一凛，他也曾听父亲说过，土司惩治盗贼，手段最为残酷，先剜眼珠，后割双手，想起神秘少女那双明如秋水的眼睛，不觉全身颤抖。

陈定基也变了面色，只是土司的刑罚，自己可不便非议。那俄马登又道："我素来心慈，实是不忍见那女郎受此刑罚。求本布今日往见土司之时，代那少女说情。若然是要赎金的话，请你先付，我可以暗中还你。"俄马登此言一出，陈定基更是奇怪，心中想道："这俄马登素来贪吝出名，何以今日如此慷慨？难道和那少女有什么相干不成？"可是若然那少女是和俄马登有关系之人，她又怎会在草原卖唱？

俄马登见陈定基踌躇不决，大为焦急，搓手说道："本布大人，那位姑娘的性命就全悬在你的手上了。"陈定基慨然说道："救人一命，胜造七级浮屠，我自当尽力而为，若要赎金，我也还有少许宦囊，不必涅巴破费，怕只怕土司未必允准。"俄马登喜道："有本布求情，土司必定准允，我告辞了，今日之事请千万不要在土司面前提起。"恭恭敬敬地又行了一礼，出门之时，忽然对陈天宇笑了一笑，神情甚是奇特。

陈天宇一待涅巴出门，立刻说道："爹，咱们快去！"陈定基不觉微微一笑，道："刚才你不是还不想去的吗？"陈天宇面上一红，只听得父亲已叫家人备马。

土司的庄院倚山建筑，高一层低一层，一层叠一层，从下面看起来宛如一座方形的城堡。陈定基一行人快马赶到，日头正在天中，刚好赶上中午的宴会。（西藏土司的宴会，惯于中午开始，饮至日落即散。）陈定基父子被引到花园的亭子，随从散在园中侍卫。亭中已摆设好一席酒席，陈定基父子刚刚坐定，只听得亭子下摆列两旁的藏兵大声报道："土司到！"

只见那土司年约五旬，鹰鼻虎额，双眼闪闪有光，令人不寒而栗，陈定基依照藏族礼仪献过"哈达"（白色的丝绢，在西藏是一种崇高尊贵的礼品），那土司笑眯眯地打量陈天宇，好半晌说道："这位是令郎吗？真好相貌！"双手一拍，叫道："带犯人来！"转过头来，又对陈定基笑道："咱这个穷地方，没有什么东西可娱贵宾，请你看看我审犯人消遣消遣，哈，这个犯人可还真漂亮呢！"

这霎那间，陈天宇只觉血脉偾张，呼吸几乎窒息，只见两名藏兵扶着一名少女，缓缓走来，在亭子外边站定，那少女不是别人，正是昨日所见的那藏族少女。亭子下面已摆好刑具，其中包括两把宽刃的藏刀和两支可以利利落落把眼珠挖出来的小竹管，还有一个石圈，上面有两个半弧形的互不黏连的薄铁片，可不知是作什么用的。那少女对面前的刑具瞧也不瞧，脸上仍是一派漠然的神色，眼睛中还隐隐带有一种嘲弄的眼光，好像被审讯的不是她而是那个凶恶的土司。死亡的魔影，对于她也好似毫不足惧。但正是由于这种漠然的神色，园中恐怕只是除了土司之外，其他的人都感到毛骨悚然。

那土司哈哈一笑，指着刑具说道："把这个石圈套在犯人头上，用小铁锤在铁片上轻轻一敲，犯人的眼睛便会凸了出来，哈，再用那两支小竹管轻轻一挖，这漂亮的犯人就要变成盲女啦！"把手一挥，正想喝令行刑，猛听得陈定基叫道："等等，请等一等！"土司愕然起立，面向陈定基问道："怎么？你们汉人胆小，不敢看行刑吗？"

陈定基忍着怒气，说道："请问土司，他们偷了你几匹马？"土司道："五匹最好的白马。"陈定基道："我替她赔你十匹！"土司道："她还想点火烧我的马厩。"陈定基道："烧了没有？"土司道："刚擦燃火石就给我们捉住了。"陈定基微微一笑，从身上摸出火石,道:"你瞧,我身上也带有这个东西!"土司哈哈大笑,知道陈定基的意思是说:既未纵火,只带有火石,焉能便入人以罪。

陈定基并不回避土司的目光,瞪着土司道:"怎么样,土司你是不是可以网开一面?"陈天宇屏着呼吸,望着土司,也望着父亲,这刹那间,他心中对父亲充满敬佩之情,父亲不再像平日那样畏首畏尾了,他挺腰直立,居然也像那少女一样,了无惧色。敢情他当年修本参劾和珅之时,也是这副凛然不可侵犯的神情。陈天宇在父亲的满头白发中看出了父亲壮年的豪气了。

土司微微一凛,心道:"看不出这个衰弱的汉族文官,居然也有这副胆色。"笑道:"本布替她求情,本该遵照,无奈我们祖宗的成法,实是难以更改。"陈天宇暗暗捏着藏在袖中的匕首,只要土司一喝令行刑,就先把他刺个透明窟窿。土司顿了一顿,又道:"祖宗的成法不可改,本布的面子也该顾全。好吧,咱们但赌一赌这犯人的运气!"把手一挥,一员藏兵将一枚金色的苹果放在少女头上,土司又是哈哈大笑,回顾陈定基道:"你们的飞刀使得如何?""嚓"的一声,将一柄解腕尖刀插在桌上,道:"你们一刀飞去,若然将那一枚苹果刚好从当中劈成两半,那么马也不用赔,我立刻准她走。这飞刀劈果的办法,也是我们藏族的规矩。好,现在带这犯人在百步之外站好!"藏兵扶着女犯,走一步,念一个数字,念到一百,停了下来,那枚金色的苹果看来更小了。土司哈哈笑道:"我准你或者你的随从,随便挑一个人来飞刀劈果!"

陈定基手无缚鸡之力,随从中也没有百步穿杨的人才,土司出这难题,分明是想有意羞辱汉人。陈定基勃然怒道:"岂可将人命作为儿戏?"土司作藐视之状,呲牙一笑,道:"既然你们不敢替她赌这运气,那么咱们还是早早行刑!"陈天宇双目炯炯放光,蓦然起立,问道:"要是我一刀将这苹果劈为两半——"土司截着道:"我就立刻把她放走!"陈天宇道:"一言为定!"土司道:"岂有虚言!"陈定基大吃一惊,叫道:"宇儿,你做什么?"话声未了,只见陈天宇抓起尖刀,闪电般地甩手一掷,说时迟,那时快,只见少女头上那枚金色的苹果分成了两半,飞在半空。藏兵接在手中,叫道:"刚好在当中分开,两边一般大小!"土司面色倏变,随即哈哈大笑,翘起拇指赞道:"好一个飞刀绝技呀!"

陈定基兀如身置梦中,心中惊奇之极,儿子从来没有习过武技,十八年父子相依,竟然不知道他有这样的本领。

藏兵替那少女解开了缚在身上的牛筋索,那少女瞥了陈天宇一眼,便从两行排列着的刀剑丛中径走出去,仍然是那副漠然的神色,仍然是那副令人心底发寒的、冷森森的目光!她不发一言便走出去了,并没有向陈天宇道谢。

土司摇摇头道:"啧,这样漂亮的女犯人,真是便宜她了。"像是泄了气的皮球,气焰比适才减了许多。宾主坐定,陈定基正待向土司敬酒,土司又瞧了陈天宇一眼,忽又兴高采烈地吩咐侍从道:"请江玛古修出来。"

江玛古修是藏语中的小姐之意,陈定基心中奇道:"咦,他为什么叫女儿出来陪客?"

陈天宇这时才觉得手指发抖,想起刚才那飞刀一掷,实是危险之极,这还是他第一次在人前抖露本领,想不到一举奏功。"那少女是什么人?她真是偷马贼吗?她懂不懂武功?为什么她的脸上老是挂着那副奇特的神色?"陈天宇尽在想那神秘少女的事情,以至于并不知道土司叫他的女儿出来陪客。

忽听得环佩叮当声,一个戴着满身饰物的藏族少女,已是在他的面前出现,那藏女穿着一件湖水色的长袍,上身披了件蓝绒衣,腰间还缠了一缕轻纱,打扮得华贵极了,像盛开的夏日玫瑰,可不知怎的,却总是令人觉得有一股庸俗的味道。因为礼仪的关系,陈天宇也只好站起身来。

土司的女儿脸上堆着笑容，腰肢款摆，一步步地朝陈天宇走来。那土司的女儿走到他的面前，腰肢一弯，嘻嘻一笑，忽道："你的鞋带松啦！"双手摸着他的牛皮统鞋，就替他结鞋带。

这举动大出陈天宇意外，竟弄不清楚她做什么，自己也不知道该怎么做才好。那土司的女儿替陈天宇结好鞋带，笑嘻嘻地站了起来，脸上现出一抹红晕，忸怩作态，把头别过一边，避开和陈天宇的目光相碰。陈天宇怔了一怔，只见父亲脸上露出一种奇特的表情，像是非常焦急，又像是有些欢喜，那土司哈哈大笑，叫道："干杯，从此咱们是一家人啦！"

陈天宇猛然一醒，不觉大惊失色，原来西藏的风俗，少女替男子结鞋带，就是表示求婚的意思，若然那男子不加拒绝，这亲事就算结成了。原来这土司的女儿，平日喜欢在草原上骑马射箭，见过陈天宇几面，陈天宇可没留意她。土司的女儿长大了，应该是结婚的时候了，可是周围没有适合的男子，土司的女儿早就爱上了陈天宇的英俊，所以这次土司之宴，其实就是定亲之宴。

土司举起了一只高脚酒杯，对陈定基说道："这头亲事我满意极啦，亲家，咱们干了此杯！"陈定基搓着双手不知所措。陈天宇忽道："不，我不满意！"土司勃然作色，喝道："什么，我土司的女儿，你不满意！"土司的女儿嘤然哭出声来。

陈定基急道："小儿年幼无知，鲁莽失礼，土司休怪。"土司哈哈大笑，道："这才像句话，咄，小伙子，快与你未婚妻子干了此杯！"土司的女儿破涕为笑，将斟满酒的酒杯递到陈天宇面前，陈天宇手足无措，花园外一片喧哗，忽见一人披头散发，冲了进来，大声叫道："陈大人，不好了，祸事，祸事！"上气不接下气。陈定基道："有话慢说，什么祸事？"那人道："衙门被强盗放火烧了，死伤了许多许多人！"呛啷一声，陈定基酒杯落地，只见陈天宇已像旋风一般扑下亭子，抢了一匹快马，如飞出门。

土司大笑道："些些强盗，这也值得大惊小怪？江合涅巴，替我点一百名兵卒前往，将强盗都捉回来。哈，亲家本布，你有了我这个靠山，什么都不用害怕！"陈定基心急如焚，好容易待土司把话说完，也急忙奔下亭子，跨上坐骑，急急带护卫奔回，背后土司仍在哈哈大笑，高声说道："亲家本布，这里酒席未散，捉了强盗，立刻带你的儿子回来！"

陈天宇策马奔回，未到宣慰使衙门，已见一片火光，幸喜天色甚好，并不刮风，火势尚未大盛。陈天宇急急下马，但听得一片呻吟之声，强盗已不见了。

陈天宇忙脱下大衣，遮头挥舞，避开火舌，奔入衙中，只见尸横遍地，定睛看时，地上并无流血，竟像是给人用重手法震死的，有些未死的，在地上辗转呻吟，惨不忍睹。陈天宇大为吃惊，高声叫道："萧先生，萧先生！"乱尸堆中忽听得有人应道："萧先生和强盗都走啦！"陈天宇急急从尸堆之中将说话那人抓出，正是江南，陈天宇道："呀，谢谢天，你还未死？"江南伸伸舌头，道："那两个强盗也以为我死了，哈，其实我是装死骗过他们，若不是诈死，我就不能生啦！"在险死还生的危难之中，江南多嘴的脾气仍是未改。陈天宇急忙把他拖出衙门，道："这是怎么回事？现在你说吧。"

江南道："你们去了不久，那两个强盗就来啦！就是那两个卖唱的汉人，其中有一个就是昨天用箭射你的。你记不记得？"陈天宇道："我记得！你快说下去！"江南道："那两个强盗，一个拿着会喷火的筒子，火光射到哪里，哪里就烧起来，少爷，你见过这种怪东西吗？"陈天宇急道："未见过，快说下去，不要多说闲话。"江南道："另一个强盗提着一把大弓，快极啦，一碰见咱们护卫的兵士，就是那么迎头一下，只是那么一下，兵士们就哼也不哼躺下了，我不等他打我，就先躺下地去佯死。呵，这时候萧先生出来了，我躺在地下偷偷看他，可全不像平日的样子，腰板也挺直啦，鼓着一双眼睛，又大又圆，大声叫道：'萧某在此，与这里的主人无关，咱们到后山去一决死生，今日总能如你们所愿，了结这十年公案！'"

后面尘头大起，马声嘶鸣，陈定基的卫士和土司的兵全赶来了，陈天宇道："我到后山去找先生，只准你说给老爷一个人知道！"立刻上马，驰入后面山谷。

山谷险峻，坚冰积雪，怪石嶙峋，马也难行，陈天宇弃马登山，转过两道山坳，忽听得一阵叮叮当当之声，俨如奏乐，但那乐声杂乱，毫无章法，急促尖锐，令人听来意乱心烦。陈天宇登高下望，只见萧先生挥着一柄拂尘，在两个敌人围攻之下窜来窜去，那两个敌人一个提着一把大弓，拂尘拂在弓弦之上，就是一阵叮咚作响，另一个敌人手使七节软鞭，夭矫如龙，看样子是想夺取萧先生手中的拂尘，但那拂尘在鞭影之中挥舞自如，仍然是不断地拂在弓弦之上。

陈天宇高声叫道："师父！"只听得一阵叮咚声响，萧青峰扬声说道："宇儿，不要下来！"声音急促，似是显得有些气喘，陈天宇不由得吃了一惊，他虽然对于内功只是略窥门径，但听这声音，已知师父的内家真气颇受损伤。

原来萧青峰乃是一位隐名大侠，具有绝顶武功，陈天宇的功夫就是他所传授。他曾一再地告诫陈天宇不准泄漏，说是若一泄漏，就恐有生命之险，故此陈天宇日间习文，晚上习武，就连陈定基也不知道。陈天宇是在师父来的第二年跟他习武的，前后七年，只知师父是青城派的高手，至于师父的身世，以及他为什么要离开中原，随自己一家远赴藏边等等情由，师父都不肯说，也不准多问。只说师徒遇合，乃是缘法，若然我身世泄露，这缘法也就尽啦。陈天宇为人诚朴，对师父敬爱之极，问过一次之后就不敢再问。

这时冰原上搏斗更烈,三个人跑马灯似的风车旋转,脚底的冰块不时发出碎裂的声响,若是常人,站着行走也恐有跌倒之虞,更不要说搏斗了。陈天宇看得心儿卜卜乱跳,心道:"这一次我拼着受师父怪责,也不能听他的话了。"提了口气,走下山坡,他虽然知道这两人都是强敌,自己下去也只是送死,但却怎忍见师父已受围攻而自己却袖手旁观?

猛然间,忽见师父身形一晃,接着一声哗啦的冰块塌裂之声,师父似是脚底一滑,身向前倾,那对手霍地一鞭,疾如电闪,拦腰便扫。陈天宇骇叫之声尚未出口,便见一条黑影腾空飞起,接着是一声凄厉的尖叫,另一个人随着冰块滚下冰谷。那使弓的怒吼一声,弓弦疾弹,又是一阵叮咚密响,原来那条腾空飞起的黑影乃是萧青峰,他故意卖了个破绽,乘着那使鞭的汉子轻进之际,一个"窝心脚"将他踢下冰渊。

陈天宇吓出一身冷汗,忽听得又是一声急促的弓弦怪响,师父的拂尘飞散,一蓬轻柔若丝的尘尾,似是给敌人的弓弦拉断,乱草一般地飘舞空中!

须知萧青峰这支拂尘,看来似是马尾,却是乌金精炼的玄丝,坚韧之极,算得是武林一件异宝,而今竟被敌人的弓拉断,这人的内功,实已练到了"摘叶飞花,伤人立死"的通玄妙境。陈天宇见了,也不禁骇然失色。响声未绝,紧接着听得又是一阵叮叮咚咚的繁音密响,接着急促一声,声如裂帛,诸声俱寂,只见两人身影,霍地分开,跌坐地上,一个虚举拂尘,作势遥击,一个手弹弓弦,弓弦却已哑然无声。陈天宇看得莫名其妙。

这时陈天宇已奔下冰原,距离二人只有百来步了,仔细看时,但见师父跌坐寒冰之上,头上竟然冒出热腾腾的白气,对方也是一样。两人怒目而视,相距不过十步,双方身子,都是动也不动,陈天宇适才飞马来时,带有腰刀弓箭,见此情状,知是师父正以上乘内功，与敌人全力周旋，看样子竟似功力悉敌。陈天宇急于欲助师父一臂之力，不假思索，立刻张弓搭箭，在百步之外，嗖的一箭，便向敌人背心射去。

忽听得师父大叫一声："宇儿，快走！"说时迟，那时快，但见那人举弓一拨，陈天宇射去的箭，倏地又飞了回来，快若流星闪电。陈天宇吓得呆了，百忙中举刀一格，但觉臂上一阵酸麻，虎口流血，那支利箭竟然插在刀上，箭镞陷入几分，若然不是腰刀这一格刚好挡着，这一箭便是穿心裂腹之灾。陈天宇惊骇欲绝，神志未清，就在这一瞬间，猛听得一声尖叫，便见师父凌空飞起，拂尘一扫，那敌人在地上连翻了几个筋斗，也随在他的同伴之后，滚下了百丈冰渊。

陈天宇急奔上前，只见师父仍然趺坐地上，闭目不语，面如死灰，拂尘落在身边。陈天宇垂首侍立，约过了一支香的时刻，萧青峰的面色才渐渐红润，张开眼睛，气吁吁地道："宇儿，将那拂尘给我。"陈天宇拾起拂尘，萧青峰看了一眼，又道："将拂尘给我挂在腰间。"陈天宇这才发现，师父的两只手，手掌翻起，手指颤抖，手臂下垂，转动甚不灵便。陈天宇惊道："师父你怎么啦？"萧青峰微笑道："我的尘尾还剩下一半，他的弓弦却已给我拂断，这一场较量，我总算没输！"陈天宇道："你的手——你的手——"萧青峰又是微微一笑，道："崔老三是崆峒的一流高手，我把他硬生生地拂下冰渊，身上自然也得受些伤损。我这两臂受他的弓梢所弹，经脉扭曲，所以如此。不过，他也没本事将我弄成残废，早则五日，迟则七日，我自己会治好的。宇儿，此次倒全亏你射这一箭。"陈天宇十分惭愧，道："我射这箭，简直如卵击石，非但射不着他，反而给他反射，这都是武功没有练好，以至帮不上师父的忙。"萧青峰微笑道："宇儿，你还不明其中的道理么？"

陈天宇道："请师父指点。"萧青峰道："他正全力与我周旋，为了拨打你这支箭,分了心神,我才得乘虚而入,要不然我虽不至落败,要胜他可也不易呢。只是,你也忒冒险了,要不是相距百步之外,这反弹之力,你焉能禁受得住?说来也真是妙合,我授你的箭法泄了我的行藏,但又替我打败了强敌。"陈天宇奇道:"那日他用没镞箭射我,莫非是有意相试么?"萧青峰道:"正是。你抖露出空手接箭的本事,他便知道是我的传授,寻了十年,终于给他寻着了。"陈天宇想起一事,心甚不安,问道:"那么,那群卖唱的流浪者都是坏人么?"萧青峰道:"这倒不是,我查清楚了,除了那个藏族少女之外,其他的人,确实都是流浪的艺人。"陈天宇忍不住问道:"那藏族少女,她,她又是什么来历?"萧青峰道:"这我可不知道了,我本身的事已够头痛,哪还有闲心仔细查她。呀,宇儿,咱们的缘法尽了。"陈天宇惊道:"师父的两个强敌不是都死了么,尚有何惧?"萧青峰苦笑道:"王瘤子中了我的窝心脚,料他不能活命,这神弓崔老三功力深厚,大半跌不死他,而且我不止是有两个强敌,还有第三个强敌,这人的武功远非我所能及,崔老三不死,一定引他来找我,只恐天下无人能救。"陈天宇道:"这,这可怎生是好?"忧愤之情,现于辞色。萧青峰道:"我闻说有位异人,就住在藏边。他也许能敌得住我的对头,只不知他肯不肯救我,处此绝境,别无他法,我今日便要离开此地,且试一试找那异人。"

　　陈天宇正欲再问,忽见山坡上一个黑点,渐近渐显,爬了上来,陈天宇叫道:"咦,是你?江南!"江南爬得上气不接下气,歇了半晌,说道:"老爷叫我来找你们。今日之事,我已依少爷的吩咐,告诉了老爷啦。"陈天宇道:"老爷怎么啦?"江南道:"老爷带了护卫赶回,不久土司的兵也来了,火已救熄,死者已埋,伤者也都救出来了。呀,咱们衙门的兵,死伤八九,只剩下十来个啦。老爷说要到拉萨见福大帅去。那带兵的涅巴,却口口声声要找你,说是要你今晚到土司家去。"陈天宇道:"我不去!"江南道:"是呀,老爷也知道你定然不去,他叫我对你说,他不愿强迫你做不愿意的事,他现在已知道先生是个大有本领的人,所以他放心让你跟先生去。少爷,你不愿意做什么事情?"陈天宇不答江南的话,道:"师父,那么,我跟你去找那位异人。"萧青峰道:"你,你去?呀,这可危险得很哪!"陈天宇道:"我留在这里,更其危险,师父,这事以后我再对你细说。江南,你回去告诉老爷,将来我到拉萨找他。"萧青峰看了一看自己的双手,甚是感动,道:"徒儿,我知道你的好意,好,你就随我去吧。"这一去也,有分教:

虎斗龙争惊塞外,引出冰川天女来。

欲知后事如何?请听下回分解。

第二回

峻岭飞骑　仇家窥帐幕
金针解穴　医道配神功

时序已是暮春，但从藏南萨迦通往藏西日喀则的山区，冰雪却尚未开始融化。最大胆的牧人，也还要等到半月之后，待初夏的阳光普照，封山的雪块消融之后，才敢行走。但令大胆的牧人也意料不到的是：这个时节，竟然有两骑健马，在盘旋曲折的山道上缓缓前行，而且这两位骑客，一老一少，从外貌看来，还都是文弱的书生。这两位骑客，正是师徒二人，老的是萧青峰，少的是陈天宇。

西藏高原，号称"世界屋脊"，尤其是从萨迦到日喀则这段，南有喜马拉雅山，北有喀喇昆仑山，山脉绵延，地势高峻，更是难行，高原空气稀薄，呼吸也颇困难，幸而萧青峰内功深湛，陈天宇练武多年，也颇有根底，兼之胜在年青力壮，也还不觉怎样。只是那两匹健马，却是呼呼喘气，口沫直流。

陈天宇轻抚马鬃，叹道："人未累死，马却要累死了。"西藏气候极怪，日间骄阳如火，尤其山区空气稀薄，日头直射下来，更是热得怕人，但一到太阳射照不到的阴影之处，或是到了晚间，却又是冷气沁人，严寒熬骨。山峰上虽然积雪皑皑，山沟间虽有冰川交错，俨若游龙，但纵是本领再高的人，也不敢冒那天大的奇险，去登那冰雪，须知冰雪一受震动，就可能引起雪崩之灾，人畜俱受活埋。

所以在山区赶路的旅人，空对矗立的冰峰，却是难止口中的干渴。

萧青峰看着坐骑呼呼喘气，怪是难受，迟疑半晌，说道："咱们还剩有几囊水？"陈天宇道："还有三个水囊。"萧青峰道："好，把半囊水让这两匹马喝了，咱们节省一点。马匹喝了水才有力气赶路。"萧青峰的一双手臂被强敌所伤，现在尚未能转动自如，所以取水喂马等等事情，都须陈天宇去办。

陈天宇跳下马来，打开水囊，挟着马头，让它喝水。忽闻得背后马铃之声，只见后面三匹马赶了上来，骑者都是汉人，个个浓眉大眼，相貌粗豪，见陈天宇以水喂马，连连叫道："可惜！可惜！"

为首的一拉马缰，在陈天宇身旁停下，说道："喂，你这位小哥带的水多，咱们的水却快喝完了，你分一囊水给我如何？"说得满不在乎，毫无礼貌，陈天宇怔了一怔，心道："在这渺无人迹的山区，水比黄金还要难得，如何可以轻易给人？"忽闻得师父说道："出门之人，理应患难相助，宇儿，给他！"陈天宇见是师父吩咐，只得解下水囊，递给那人。那人骨嘟嘟地喝了口水，歪着眼睛看了萧青峰一眼，道："你倒是个好人，喂，你去哪儿？"萧青峰道："往日喀则。"那人道："为何不等冰雪融化就急着赶路？"萧青峰道："敝戚在日喀则病重，要赶去瞧他。"那人与同伴对望一眼，面上神情，似信似疑。

萧青峰忽道："宇儿，那些药你可得当心，药囊不要挂在马鞍上，收起来吧，山路崎岖，马儿一个失蹄，跌了药囊可不得了。别的也还罢了，那龙树果却是没地方买的。"陈天宇一怔，挂在马鞍之上的哪是什么药囊，乃是他们所用的暗器囊，斜眼一瞥，只见师父眼光之中似有深意，陈天宇猛然醒道："是呵，这三人敢在此时行走，想来也是大有本领之人，咱们不可露相。这暗器囊还是收了的好。"又想道："那龙树果虽是天竺来的，萨迦到处有卖，也没有什么稀奇，为何师父说得如此珍重？"

只听得先头那人说道:"原来令亲患的乃是血崩之症,龙树果虽是对症之药,却也未必准能奏效。兄弟不才,还稍懂一点医道,兄弟也是到日喀则的,就此同行如何?"萧青峰道:"好极,好极!老朽虽也稍读过几本医书,对治血崩之症,却是毫无把握,敝亲之病,将来定要仰仗的了。"那人也拱拱手道:"好说,好说,慨蒙赠水,当得效劳。"竟然策马跟着萧青峰,他的两个同伴,也一前一后,把陈天宇夹在中间。

陈天宇猜不到师父说话的用意,甚是纳罕,被那两人似押解囚徒似的夹在中间,更是气闷。他却不知,那龙树果在萨迦虽不稀奇,但要等冰雪融化之后,才有药材贩子运到日喀则,所以在日喀则却是难得之物。萧青峰如此说法,实是有意向那些人解释,为何自己要冒险赶到日喀则去。

那三个人有一搭没一搭地撩萧青峰说话,萧青峰甚是谨慎,碰着他们提到江湖上的事情,就佯傻扮懵,只和他们谈一些医道,那些人其实对医道也并不高明,只是懂得一些治跌打和吐血等病症,这些病症,凡是普通练武之人都必须懂得治的。

行了一阵,日影西斜,前行的那粗豪汉子道:"幸喜没碰上雪崩。"话犹未了,忽听前面"得得"声响,那人凛然一惊,山坳处突然奔出一骑马来,马蹄上包着防寒的厚绒,所以到了临近方才知晓。山路险峻,仅容一骑,那匹马骤然奔来,收缰不住,看看就要撞个正着,前行那汉子貌似粗豪,但骑术精绝,陡然双腿一夹,把马定住,呼的一掌推出,这一掌劲道十足,竟是意欲把那不速之客硬生生推下深谷!那不速之客骇叫一声,一个倒栽葱跌下马来,右手一伸,却扯住了粗豪汉子那匹马鞍,向后一跌,恰恰跌翻在陈天宇的马前,只听得卜的一声,粗豪汉子马鞍上挂的那个水囊,竟给他扯了下去,跌下深谷去了。

陈天宇惊魂未定,又吃一惊,定睛看时,这不速之客乃是个书生打扮的少年人，怯生生地站了起来。那粗豪汉子跳下马来怒声骂道："你走路不带眼睛吗？快把水囊赔我！"

那少年书生道："我的水都喝光了，也正在寻觅山泉，哪有得赔你？"那粗豪汉子大怒，喝道："没有水赔？我就拆你的皮，喝你的血！"嗖地拔出佩刀，迈步上前，就要捉那少年书生。陈天宇心头大愤，想道："那书生虽是莽闯，你要取他性命，可是太过强横！"忍不住道："我替他赔！"那粗豪汉子怔了一怔，冷笑道："好，你替他赔？拿来吧！"陈天宇又解下一个水囊，他师徒二人本来带了三囊水，送了一个水囊，现在又替这少年赔了一个，马匹喝了半囊，剩下的只有半囊水了。那粗豪汉子居然毫不客气，伸手就接了陈天宇的水囊。

那少年书生向陈天宇深深一揖，唱了个喏，道："多谢兄台救命之恩，呜呼，君子之义与小人之利判然明矣！"那粗豪汉子瞪眼道："你说什么？"那少年书生道："我念制艺（八股文章），与你何干？"陈天宇急道："同是出门之人，相让为上，阁下毫无损失，请算了吧。"跟在萧青峰背后的那个汉子似乎是三人中的大哥，也出声劝道："老三，看这位小哥面上，饶了这厮。"那粗豪汉子愤愤然地跨上马背，道："兀你这厮鸟，把你的马退后，牵到山坳转角宽阔的地方去，让我们先过。"那少年书生道："不必这么费事啦，请问你们上的哪儿？"那粗豪汉子道："我们上哪儿关你鸟事！"那少年书生道："岂敢动问你老，我问的是这位小哥。"陈天宇道："我们都是去日喀则。"那少年书生道："好极，好极！那咱们都是同路。"陈天宇奇道："你从那一边来，怎么也是去日喀则？"那少年书生道："我寻觅山泉，山路纷歧，绕来绕去，绕到回头路了。呀，好渴，好渴！小哥，你做好人做到底，再让我喝两口水。"陈天宇无奈，解下水囊，看那少年大口大口地几乎喝去一半，心中甚是痛惜。

那少年书生喝饱了水，一侧身就从那粗豪汉子的马旁窜过，身法竟然甚快。那汉子一提马缰，本想把马头拨转，吓一吓他，岂知他已像水蛇般地滑过，不由得微吃一惊，只见那少年已飞身上马，向陈天宇拱一拱手，道："我带路先走了。"那粗豪汉子低声骂道："谁要你带路！"那年少书生只当并不听闻，拨马径行。

那粗豪汉子愤愤不平，不住地回头和他的两个同伴叽哩咕噜地大说江湖黑话，陈天宇一句也听不懂，却也不放在心上。日影西沉，山风陡起，正觉寒冷，忽听得前面嘶嘶声响，跟在萧青峰马后的那人喜道："我们正愁今晚找不到歇息之所，却喜遇着温泉了。"转过一个山坳，前面地形宽坦，岩石缝间，喷出一团团蒸气，灼热的水花飞溅空中，在淡淡的斜辉映射之下，形成一圈圈橙色的、淡紫和浅红的花朵，俨如元宵佳节所放的烟花，十分美丽。

原来西藏高原地下到处都有火山，地热喷发出来，成为喷泉，乃是西藏的一种天然奇景，有些喷泉的温度可达华氏一百五十度，西藏的山谷里燃料很少，当地人非常珍惜这种热水，他们常常把风干的肉块系在绳子上，放入喷泉的热水里，经过几小时之后，这块肉便煮熟了。

喷泉附近，和暖如春，正是旅人最好的歇宿之所，而且这种热水经过过滤冷却之后，又是最好的饮料，因此一行人都极欢喜，便在喷泉附近歇下马来，支起篷帐。那三个汉子自做一道，陈天宇见那少年书生孤身一人，怕他受那伙人欺负，便悄悄与师父商量，想请那少年进他们的篷帐同住，但见师父面色沉重，摇了摇头，陈天宇只得罢了。

汲了热水，吃过干粮，各各躲进篷帐，陈天宇低声问道："师父可瞧出那少年书生有什么不对么？"萧青峰道："这少年书生的路道我还没有瞧出，那三个汉子却是我的对头！"陈天宇大吃一惊道："这可怎生是好？"萧青峰道："十年之前，我树下三个强敌，前日到萨迦找我寻仇的那两个人,一个叫王瘤子,一个叫崔云子,王瘤子武功远逊于我,崔云子却与我差不多,这两人也还罢了,另有一个对头却是当今武当派的第一高手雷震子,武功远远在我之上,我为了避他,这才远遁边荒,哪知还是避他不了。"陈天宇道:"那三个人中,有一个是雷震子吗?"萧青峰道:"若是雷震子,我早就没命了。这三个人乃是雷震子的徒弟,我刚才在途中听得他们用江湖切口交谈,原来他们是奉师父之命,来找王瘤子与崔云子的,幸而他们并不知道我就是他们师父的对头。但他们却怀疑那少年书生是我的徒弟,所以也暗暗把他钉上了。那少年书生看来也是个有本领之人,是友是敌,尚未分晓。总之你要步步小心,万万不可让他们瞧出破绽。"

陈天宇心中惴惴,躺在篷帐之中,翻来覆去,怎样也睡不着,也不知过了多少时候,忽听得远处隐隐传来一阵哭泣之声,凄凄切切,惨厉骇人,荒谷深宵,如闻鬼哭,初初一听,不觉毛骨悚然,再听真了,这哭声竟似曾相识。陈天宇翻身跳起,萧青峰道:"你干什么?"陈天宇道:"师父,你听这女人的哭声,定是遇到什么不幸之事,好像还在呼救呢。"萧青峰双眼发光,忽道:"好,宇儿,你去看看。"陈天宇一震,道:"不,我陪师父。"须知萧青峰武功虽极高强,但双手不能转动,与废人也差不多,若然对头来袭,怎能应付,所以陈天宇虽然惦念那个女子,却不敢离开师父。哪知萧青峰双眼一翻,却道:"我辈侠义中人,岂有见死不救之理?你听那女子哭得如此惨厉,若非遇着强人,就是想寻自尽,你尽管去,我还可以自己照料自己。去,快去!"

陈天宇一阵迟疑,那女子哭声又起,萧青峰怒道:"事有缓急轻重,现在去救那女子要紧,你怎么不听我的说话?去,快去!"陈天宇道:"师父,那你好生保重,弟子去去就回。"悄悄溜出篷帐,幸在那伙人无人发觉,陈天宇急忙施展师父所授的轻功,循声觅迹，找那哭泣的女人。

陈天宇的功夫乃是暗中所学，拿来实用，还是第一次，山道险峻，怪石嶙峋，更兼又是夜间，他施展轻功提纵之术，吸一口气，飞掠数丈，不料去势太急，足尖一滑，摔了一跤，忽听得静夜之中，不远之处，似有人发声冷笑。陈天宇急忙爬起，张目四顾，却只见远处冰峰闪闪发光，近处喷泉热雾腾腾，哪里有人的影子！

陈天宇定了定神，鼓起勇气，再往前走，这回他分外小心，踏实了才让身形落下，虽然不似适才之快，却不再跌跤了。那少女的哭声时断时续，陈天宇循声觅迹，走了半个时辰，来到了一座冰岩前面。

只见冰岩上立着一个少女，正是那神秘的藏族姑娘，只听她哭道："天女姐姐，我后悔没有跟你多学几日武功，而今仇不能报，反给敌人迫得无路可逃，呀，爸爸妈妈，苦命的女儿还是随你们去吧！"陈天宇大骇，忽见那少女作势欲跳，却又不跳，恨恨说道："我拼得一个是一个，好，来吧，来吧！"陈天宇离冰岩还有十来丈，且有大石障形，那女子背向着他，看来又不似是发现了他。

陈天宇心头稍稍放宽，知道这少女还无意自尽，心想："她要报什么仇？莫非她的仇人就是那个土司。若然是那土司，那么土司就绝不会因我爸爸求情，就饶她一死。那日，土司也只是说她想偷马，可并没有其他的'罪名'呀！那日我飞刀劈果，土司当着众人释放了她，为何她又说给敌人迫得无路可走？"百思不得其解，又想道："那天女又是何等样人，怎么名字起得如此之怪？"疑雾重重，正想从石后走出，爬上冰岩，忽听得那少女一声厉叫，扬手就是一道银光，原来她也会飞刀。陈天宇还未看清，只见那少女似是骤然用力，一个立足不稳，跌了下来。说时迟，那时快，冰岩的转角坳处，突然窜上一人，一把将她抓着，再看真时，不由得大吃一惊，此人非他，正是那日哀求陈天宇的父亲去救那藏族少女的俄马登，亦即是土司手下四大涅巴之一的俄马登。想不到这个贪财的涅巴，身躯肥胖，平日走路也不自然，而今窜上悬岩，身手竟然是如此的利落！

这刹那间，陈天宇惊奇得叫也叫不出来，手中捏着一把飞刀，心道："若然这涅巴敢伤害她，我就一刀搠他喉咙！"

高原深夜，寒风刺骨，陈天宇却是热血沸腾，手中紧紧捏着飞刀，他却不想，那涅巴武功在他之上，若然一掷不中，岂非白白赔了性命。

只听得那少女叫道："放手！你既受土司之命来追捕我，应该知道我是何等样人，我岂能受你这厮侮辱？"那俄马登格格一笑，道："我知道你的假名叫做桑玛，真名叫做芝娜，你是沁布藩王的女儿！"那少女厉声斥道："你既然知道，还胆敢放恣。藩王的女儿只能自尽，不能受人侮辱！"俄马登仍然抓紧她的手，笑道："那么你又知道我是何等样人？"芝娜道："你是萨迦土司的走狗！"俄马登道："不，你说错了，我也是土司的仇人，我此来是救你的。"芝娜似是怔了一怔，半响说道："你不是来追捕我的？"俄马登道："土司并不知道你是沁布藩王的女儿，若然他知道了，自然会派人来追捕你。"芝娜缓了口气，俄马登放开了手，道："你勇气可嘉，却是太傻。"芝娜道："怎么？"俄马登道："你也不想想土司手下有多少能人，你孤身一人，就敢跑来报仇？我自问武功比你高强，这么多年，也只有更名换姓，在土司手下做个涅巴，听他使唤！报仇要等时机，汉人有道：'君子报仇，十年未晚。'这句话你没听过吗？"芝娜眼中滴下泪珠，似是对这涅巴已经相信，俄马登忽道："你这武功是谁教的？"芝娜道："冰川天女！"俄马登面色一变，道："冰川天女？真的是冰川天女？"芝娜道："她不肯做我的师父，她只教了我三日武功。"俄马登道："哦，这我就信了。"言下之意，显然是那冰川天女的武功高强之极，若然真是她的弟子，武

那少女的哭声时断时续,陈天宇循声觅迹,走了半个时辰,来到了一座冰岩前面。只见冰岩上立着一个少女,正是那神秘的藏族姑娘……

功绝对不会寻常。只听得俄马登又道:"冰川天女住在什么地方?"芝娜道:"住在天湖。她的名字,外间少人知道。你怎会认识她?"俄马登道:"我并不认识她,可是我知道有人要找她。"忽然低声向芝娜说了几句,陈天宇在岩下听不清楚,但见芝娜点了点头,俄马登道:"你赶快从冰谷下面那条路逃出去吧,我这里有一支土司的令箭,你拿了它,没人敢骚扰你。咦,远处似有人声,你躲起来,我先走了。"陈天宇竖耳细听,却一点也听不出来。那涅巴取出一根长绳,就从冰岩上悬岩而下,陈天宇偷眼一瞥,忽见在冷月寒冰的映照之下,俄马登的面上现出一种令人毛骨悚然的奸猾笑容。陈天宇刚才听了他那席话,本来对他的恶感渐消,以为他是好人,不知怎的,见了他这笑容,心中无限厌烦,更增疑虑。

那少女缓缓转过了头,忽然向陈天宇躲藏之处招手道:"你出来吧,我瞧见你了!"

那少女轻轻走下冰岩,陈天宇心头卜卜地跳,不知怎的,他本是为救她而来,而今见了,却不知从何说起。那少女走到陈天宇面前,忽地嫣然一笑,道:"多谢你救我这苦命的女人。"陈天宇活到十八岁,从未与陌生的女郎说过话,甚是腼腆不安,但看这少女的神情,虽然还似以前在土司家中所见那样,带着几分冷傲,但嘴角挂着的那淡淡的笑容,却似冰谷中绽开的花朵,减少了不少寒意,令陈天宇消除了怯惧。

陈天宇不自觉地报以一笑,抽出了一条白色的丝巾,依着藏族的仪礼,呈献哈达,那少女又是微微一笑,双指一拈,将丝巾接了过来,叠好放入怀中,道:"多谢你的礼物,你来了许久呵?"陈天宇道:"刚才的情景我都看到了,实是料想不到,原来你是我们尊贵的江玛古修(小姐)。"那少女截着说道:"我的事情你不必提,我们藏族有句谚语:晚上所作的梦,白天不要说它。"意思是说,过去种种,有如梦境,说起来徒增伤感。

陈天宇一阵尴尬，但不知怎的，对这少女好像特别关怀，心中有事，如鲠在喉，不吐不快，鼓起勇气说道："那俄马登涅巴，姑娘还是不要太过相信的好。"那少女道："是吗？我的事情我自己知道料理，你放心吧。"说了之后，似乎发觉自己的语气可能伤了这少年的心，紧跟着又是微微一笑，道："不过我还是多谢你的好意。其实我也并不怎样相信他。我早已知道你来了，但在他的面前，我一直没有说破。"陈天宇又不自觉地报以一笑，正想说话，那少女却抢先说道："多谢你的礼物，我没有什么东西可以报答，送你一朵花吧。"

陈天宇一怔，心道："在这高原之上，严寒未过，哪有花朵？"只见那少女取出一个小小的银瓶，瓶中有一朵白花，花瓣上还有露珠滚动，好像是刚刚摘下来似的。那少女说道："这是冰川天女送与我的，我藏着它已有一年了，现在就送给你吧。"陈天宇不觉大为诧异：世上哪有这样的花，摘了下来，经过一年，却还似枝头上的鲜花？只听得那少女又道："听天女姐姐说，这是她从天山移植过来的雪莲，不论受了多重的内伤，把雪莲嚼下，便可无碍，你拿去吧。"陈天宇道："这样宝贵的礼物，我不敢受。"那少女道："你忘记了你的师父吗？我知道那两个汉人向你师父寻仇，想他定受了伤。你那日救了我的性命，我无可报答，这朵雪莲，正合你师父用，你拿去吧。"

陈天宇想起了师父的伤，虽然师父说过，他可以在七日之内，自运玄功，复原如旧，但而今已过了四日，双手还是僵硬不能转动，他的自疗是否有效，尚未可知。如此一想，便不再客气，伸手接过那个银瓶。

那少女脸上泛起一朵笑容，道："你师父等你该等得心焦了，你快回去吧。"陡然从腰间解下一条长索，索端安着飞爪，只见那少女轻轻一抖，长索抖得笔直，飞爪钩着山石隙罅间长出的虬松，手抓绳索，身形一晃，荡秋千般地荡了过去，如此这般的荡了几次，已过了斜对面的山坡，收起飞爪，转过山坳，身形霎忽不见。

陈天宇心中叹道："我枉学了这么多年的武功，她只学了三天，看这份轻功，却已远胜于我。"收好雪莲，踏着月光，折向回头路走，心中思潮起伏，想起这几日遭遇之奇，这藏族少女已是神秘之极，而听她和俄马登所说，那冰川天女更是神秘万分，不知是何等样人，何以在三日之间，便能教得一个柔弱的藩王女儿飞檐走壁。

一路沉思，不知不觉已走过几处山坳，远远已可看见喷泉蒸汽，浮荡夜空，好像一团团云絮，冉冉上升，在高原之上，蔚成奇景。山风吹送，陈天宇隐隐听得在喷泉喷发的咝咝声响之中，好像夹杂着兵刃碰击之声，越听越真，不由得大吃一惊，急忙加快脚步。忽听得"嘿嘿"的一声冷笑，起自身旁，陈天宇赶忙拔剑，说时迟，那时快，晃眼之间，斜里窜出一个汉子，挥动长鞭，噼啪作响，纵声笑道："好一个糊涂的小子，想赶回去替萧老儿送葬吗？"陈天宇大怒，刷的反手一剑，那汉子身形一晃，长鞭一掠，抖得笔直，向陈天宇拦腰疾扫。陈天宇一个"旱地拔葱"，向上一跳，险险给他的长鞭扫中。那汉子哈哈大笑，长鞭像毒蛇般倒卷转来，刷刷又是两鞭，陈天宇一招"推窗望月"，剑刃平削，反找敌人手腕，那人的长鞭竟使得十分灵活，招式一变，又改扫下盘。陈天宇给闹得个手忙脚乱，百忙中一剑斜指，冒险反攻，忽觉手腕一沉，剑身已给鞭梢缠上。陈天宇心里发慌，不假思索，自然而然地使出师门心法，沉腰坐马，长剑一探，剑锋一旋，只听得那汉子"噫"了一声，长鞭一撤，压力顿松，陈天宇左一剑"危峰穿云"，右一剑"大漠孤烟"，连环两招，式中套式，把那汉子迫得连连后退。

原来陈天宇的武功，本在那汉子之上，只因今番还是第一次临敌应用，故此开头几招，不知应付，而今见这汉子也不过如是，胆气顿壮，把青城剑法展开，宛如玉龙夭矫，得心应手。鞭来剑往，剑去鞭迎，陈天宇胜在剑法精妙，那汉子却胜在经验老到，各有所长，不分胜负。

那汉子轻敌之念已消，心中暗道："名师所授，果是不同。"实施狡计，不住地向左右移动脚步，引陈天宇跟着他转。

山道本就险峻，加上夜间酷寒，夜露凝冰，脚底浮滑，陈天宇初初出道，行走山路已是不惯，何况是激烈搏斗，跟他转了几转，只觉脚步虚浮，好几次险险跌倒。那汉子把他引到悬岩峭壁之前，心中暗喜，看看得手，陈天宇忽地站住，凝立不动，一口剑上下翻飞，护着要害，只待敌人迫近之时，就是忽地一剑。原来陈天宇也甚机灵，遇了几次险招，看出情形不对，急运师门独到的千斤坠功夫，双足钉牢地上，有如打桩，不求有功，先求无过。

转眼又斗了二三十招，那汉子攻不进来，陈天宇也不敢冒昧杀出，变成了个僵持之局。陈天宇正在心焦，忽听得又是一声嘿嘿地冷笑，一个嘶哑的苍老声音说道："连一个浑小子都降不了，别给我丢脸啦。虎子，扛我上前去看。"陈天宇定睛看时，这一惊非同小可，只见一个黑脸膛的大汉，托着一个过山竹兜，兜上坐着一个人，面如黄蜡，形容骇人，双眼圆睁，嘿嘿冷笑，这怪人正是那日给萧青峰用拂尘扫下冰渊，幸未跌死的崔云子。他给拂尘一扫，五脏六腑俱给震伤，半身瘫痪，不能行动，因此叫两个徒弟用竹兜抬他，日夜兼程，想赶到日喀则找把兄雷震子医治，想不到陈天宇竟然在这个时候遇见了他。

他虽受了重伤，却还保持身份，不屑与小辈动手，起先只叫一个徒弟出击，满以为陈天宇年纪轻轻，武功料必平庸，自己的徒弟有二十年功力，一出手定必手到擒来，哪知陈天宇学的是青城派的正宗内功，自幼扎稳根基，加之剑法精妙，若非经验太差，自己徒弟还真不是他的对手。崔云子一看不对，迫得自己出马。

与陈天宇对敌的那个汉子，听得师父出声斥骂，满面羞惭，垂手退下,立在竹兜之旁。那崔云子虽然半身瘫痪,手臂尚可转动,只见他在怪笑声中,双指一弹,一粒铁莲子嗖的一声,破空飞出,陈天宇未及闪避,胸口已是一麻,扑通跌倒,还幸崔云子受了重伤,内功已减,要不然这一弹之力,便可将陈天宇打晕。

那黑脸膛的汉子放下竹兜,与师兄夹手夹脚,将陈天宇缚个结实。崔云子道:"搜他的身!"一搜搜出那个银瓶,崔云子哈哈大笑,道:"哈,桑玛居然舍得把天山雪莲给你,徒儿把银瓶拿给我。"陈天宇怒极气极,叫道:"这是我师父的东西!"崔云子大笑道:"你师父用不着啦,等会儿我就送你去见师父。"陈天宇用力挣扎,崔云子道:"虎子,点他的麻穴,送他到竹兜上来。"陈天宇被缚在竹兜之上,躺在崔云子的身边,眼睁睁地看着师父的大仇人揭开银瓶,把那朵天山雪莲,本来是准备给师父救命的天山雪莲,送进口中,一阵乱嚼,咽了下去,陈天宇心痛如割,却是出不了声。

那两个汉子抬着竹兜,健步如飞,月光从冰峰上洒下来,山头一片银白,陈天宇躺在崔云子旁边,看得清清楚楚。那崔云子本是面色如蜡,形容骇人,嚼下雪莲之后,只见他深深吸气,气息渐粗,脸色也渐红润,过了一阵,哈哈笑道:"天山雪莲,果然名不虚传!"声音清亮,与适才的嘶哑大不相同。陈天宇又是心痛,又是惊骇,心道:"想不到天山雪莲如此灵异,这厮内伤已愈,我师徒性命,今夜休矣!"

走了一阵,喷泉的嗞嗞声响愈来愈大,而兵刃磕击、叱咤追逐之声亦愈听愈真。崔云子面上现出惊讶之色,道:"咦,萧老儿的手臂给我的弓弦拉断了筋脉,怎么还能与人搏斗?"忽地双指一夹,把陈天宇身上的绳索剪断,将陈天宇一把提起,跳下竹兜,道:"不要你们抬啦!小子,我崔老三说一不二,现在就亲自送你去见师父。"

陈天宇被崔云子夹着,动弹不得,到了喷泉旁边,只见自己那张篷帐四面裂开,厚厚的帆布给割成了一片片的碎布,迎风飘舞,昨日路上所见的那三个粗豪汉子,持着明晃晃的利刀,走马灯似的在破裂的帐篷中围着自己的师父攻击。

陈天宇大吃一惊,定睛看时,只见自己的师父仍然端坐地上,身躯动也不动。口中却咬着一柄拂尘,敌人的利刀劈到跟前,给他的拂尘一拂就荡了开去,不论敌人从前面、侧面甚或后面进攻,他的头只是轻轻一摇,拂尘前扫后拂,都是恰好把利刃挡着,比别人用手还要灵活得多,敌人攻得越紧,震荡反击之力就越强。那三个汉子竟然给他带得团团乱转,兵刃互相碰撞,就如有十数人在帐中追逐搏斗一般!

崔云子眉头一皱,忽地哈哈笑道:"萧青峰,我再来会会你的铁拂尘。"那三个汉子退下,崔云子双臂箕张,一跃而前,十指齐弹,噼啪作响。萧青峰忽然"噫"了一声,张口一吐,拂尘如矢,疾射出去,崔云子一闪闪开,只听得萧青峰叹道:"崔云子,你的内功果然是比我高,我运了四日玄功,双臂尚未能恢复原状,而你居然能行动如常,我萧青峰服输啦!"陈天宇大叫道:"不,师父你没有输,是他,他抢了我的天山雪莲。"萧青峰叫道:"什么?你……"话声未了,崔云子已倏地欺身直进,骈指一点,点了他的麻穴,萧青峰那句"你哪里来的天山雪莲?"竟然来不及问。

陈天宇的穴道未解,这时也给崔云子的徒弟推到前面。崔云子哈哈大笑,道:"萧青峰,论内功是你比我高,但得道者多助,天意叫我杀你,所以借你徒儿的手,给我送来了世间罕得的雪莲啦!"

萧青峰面色一变,"哼"了一声,道:"好,好威风,我今日才见到崆峒派高手的真本领!"崔云子笑道:"论江湖道上的规矩,我本该待你伤好之后,才来和你较量。但又怕你伤好之后,夹着尾巴一跑,我到哪儿找你?何况你当年与那妖女,也是用诡计伤了我们。呔,你听着,我先替大哥报仇,在你的面上划上四刀!"倏地从一个师侄（那三个汉子是雷震子的徒弟）手上，夺过一张明晃晃的利刃，执着萧青峰的手臂，将他拉近，凝视着他的面门，嘴中发出狞笑，手上的利刃在他面门比划。

忽听得一声轻轻的冷笑，一个峻峭的声音说道："好，好威风！"微风飒然，一条人影从陈天宇身旁窜过，陈天宇只觉身上一松，穴道已然解开，只见昨日路上所遇到的那少年书生，笑吟吟地站在场中。

崔云子瞪了那少年书生一眼，道："阁下瞧不顺眼吗？"那少年书生道："岂敢！江湖上寻仇报复之事本极平常，但这老儿却与我有点关系。"崔云子冷笑道："江湖道上，为朋友两肋插刀，事情也属寻常。好吧，咱们少说闲话，你亮出兵器来，俺崔云子就空手接你几招。"那少年书生仰天打了一个哈哈，道："我尚未满师，师父有命，不许和人动手。"崔云子冷笑道："那么就凭你这还未出道的雏儿的一句话，我就要给你卖交情，饶了这老儿吗？你是谁？师父是哪一位？"那少年书生一笑道："谁要你放这老儿？这老儿也是我的仇人。"此言一出，崔云子不觉一怔，道："原来俺会错意了，你也是他的仇人？"少年书生道："是呀，我也是他的仇人。"崔云子又冷笑道："那么算是你的造化，凭着你的武功，萧老儿一指就可以将你弹下冰谷。看在同仇的面上，待我先剁他四刀，然后再让你也剁一刀消消气。"那少年书生道："不，我与他仇深似海，待我先报。"崔云子心中生气，想道："这少年真是不知天高地厚，若非我将萧青峰捉获，你焉能报仇，居然还敢与我争先论后？"好奇心起，忍着气又问道："你与他有什么仇？说我听听。"那少年道："我昨日在路上遇着他们师徒，我问他的徒弟讨口水喝，这老儿面上居然现出吝惜之色，好在他的徒弟给我。呜呼，口渴能致人于死，见死不救，此深仇之一也。今晚晚间，这小哥本要请我与他同住篷帐，这老儿却不应允，我的篷帐破烂，给寒风刮了进来，几乎冻死。呜呼，致人于饥寒交迫之中，此深仇之二也！"

萧青峰与这少年素不相识，本已奇怪，听他摇头摆脑地说了一大篇，不觉一怔，心道："我与宇儿说的话，怎的给他偷听了去？"

崔云子勃然大怒，喝道："胡说八道，你这厮居然敢拿老子消遣！"手起一刀，不斫萧青峰，却向那少年书生斫去。

那少年书生"哎哟"一声，身形一歪，崔云子竟然没有斫中，只听得那少年书生又叫道："你不向这老儿报仇，却来斫我，呜呼，有仇不报，反伤同仇之人，世间宁有是理哉？"崔云子气极，刷刷刷又是一连三刀，那少年书生道："你仇不报，那就让我先动手吧。我未满师，师父不准我拿刀弄剑，用暗器大约还可以。"身躯乱颤，避开崔云子的连环刀斩，把手一扬，几道细若游丝的金色光芒，忽地向萧青峰飞去，萧青峰给点了穴道，不能转动，避无可避，少年书生所发的金针暗器，全都射入了萧青峰的皮肉！

陈天宇大骇，他听了少年书生戏弄崔云子的那番说话，本来以为他是友非敌，不料他竟然真的用暗器打了师父。这时他穴道已解，不假思索，一跃而前，左拳右掌，一招"金鼓齐鸣"，就打那少年的太阳穴。那少年飘身一闪，笑道："多蒙赠水，你是我的恩人，大丈夫有恩报恩，有仇报仇，我焉能与恩人动手？"身形如箭，窜出帐篷，倏忽不见。

崔云子连斩那少年四刀，连衣角也没沾着，而今又突见他露了这一手，亦是大大出乎意料之外，心道："这小子真是邪门！"转过身来，看萧青峰时，忽见萧青峰双臂转动，哈哈笑道："崔老三，咱们再较量较量！"臂上肩上，所中的金针尚自露出衣外，发出灿然金光！

萧青峰给那少年一把金针穿衣入骨，那刹那间也是惊骇之极，不意骤然之间，体内忽感一阵清凉，气血流动，不但穴道已解，而且扭曲的经脉似乎也已恢复正常，麻痹的关节，亦已能够活动，不觉又惊又喜。

崔云子这一惊却是非同小可,萧青峰小臂一弯,啪的一掌拍出,崔云子运掌一迎,只觉一股大力推来,不由自己地退了三步,心中大奇:"这老儿的功力不过仅仅胜我一筹,何以突然之间,如此厉害?"他可不知萧青峰的功力不过恢复原状,而他则因所受的内伤比萧青峰沉重,虽仗雪莲治好,却已打了折扣。此消彼长,就显得萧青峰的功力比他强得多了。

陈天宇见师父突然间恢复正常,不禁狂喜,忽听得师父叫道:"宇儿,留神!"崔云子的徒弟,左右夹击,陈天宇一招"弯弓射雕",堪堪敌住。昨日索水那粗豪汉子,倏地一刀劈来,陈天宇哪能力敌三人,险象立见。那口刀眼看劈到他的面门,不知怎的,忽地呛啷一声,掉在地上。那粗豪汉子捧着右手,雪雪呼痛。

萧青峰举手投足之间,把雷震子与崔云子的五个徒弟,兵刃全部打飞,运掌如风,紧紧向崔云子进迫。崔云子见状不妙,急忙大叫:"扯呼!"一声胡哨,率领徒弟师侄,急急逃跑。

陈天宇仗剑赶去,萧青峰叫道:"穷寇莫追,宇儿回来!"陈天宇回到师父身边,正欲发问,只见师父一口口地将金针拔出,不住地啧啧称异,陈天宇问道:"师父,这是怎么回事?"萧青峰道:"医术之中,本有一种针灸治病之法,但这少年远远一掷,七口金针,都刚好射中有关的穴道,把经脉全部打通,不但医道精妙,功力之深,更是不可思议!"陈天宇道:"原来他是救师父的,刚才我几乎给他吓死!"萧青锋忽而叹了口气,道:"真是天外有天,人外有人,这书生年纪轻轻,武功之高,却远在我辈之上,我真如井蛙窥天,不知天地之大,从今而后,不敢再以武功自炫了。"

陈天宇说道:"师父在我家将近十年,上下人等,从无一人知道师父是具有绝大本领之人,师父的涵养功夫,世间罕有。"萧青峰又叹口气道:"你哪里知道,我少年之时,就曾因为自炫武功,闯下大祸,与那几个魔头,结下深仇。"陈天宇从未听过师父说自己的事，没想到他自己说了出来。

萧青峰道："你可知道当今天下，哪一派的剑术最为精妙吗？"陈天宇道："师父不是说过，以天山一派的剑术最为精妙吗？天山一派，自晦明禅师手创，传凌未风，再传至唐晓澜，都是一代大侠，想来世间罕有其匹了。"萧青峰道："不错，但天山一派，僻处塞外，自唐大侠唐晓澜之后，即罕至中原。中原之内，却以武当、少林、峨嵋三派，被推为武林正宗。我青城派，脱胎峨嵋，亦自立一家门户。中原三大剑派，各有擅长。"陈天宇见师父与自己详论武林剑派，甚是出奇，只听得师父叹了口气，又道："你猜我今年多少年纪？"陈天宇看了一看师父头上的白发，道："想来与我爹爹相差不远吧？"陈天宇父亲已五十有余，萧青峰道："忧患余生，发也白了。我今年四十刚刚出头。"陈天宇一怔，只听得萧青峰续道："十三年前，我在四川，那年恰遇着武当名宿冒川生每十年一次的开山结缘之期。"陈天宇道："冒大侠是和尚吗？"萧青峰笑道："他不是讲经论道，像和尚那样的广结善缘，而是与武林后辈结缘。听说冒川生是前辈剑侠、武当北派达摩剑法嫡系传人桂仲明之子，只因从母亲之姓，承继冒氏香烟，所以姓冒。他是中原武林公认为武功最高之人，冒大侠最肯嘉惠后学，每十年开山一次，主讲武功妙理，并因人而施，指点诀窍，所以每逢他开山结缘之期，各派都有高足入山听讲。那年我也恰逢其会。雷震子、崔云子、王瘤子三人，就是那年结识的。那时王瘤子颈上还未生瘤，叫王流子，过了那年，生了瘤后，江湖上才以讹传讹，叫他做王瘤子的。其时参加盛会的，还有峨嵋派的一位女弟子，叫做圣手仙娘谢云真，听说是峨嵋第二代中武功最高的一位。"说到谢云真的名字时，萧青峰微微颤抖。正是：

高原细说当年事，平地风波最恼人。

欲知后事如何？请听下回分解。

第三回

为避强仇　逃生来塞外
欲寻异士　冒险上冰峰

萧青峰平日喜怒不形于色，这时显见心情激动，接着说道："谢云真人既美艳，武功又高，性情亦似甚为和蔼。我与她师门本有交情，武林之中，又本无男女之见，是以在冒大侠开山结缘之期，我便常与她亲近。"陈天宇虽然还不大懂男女情事，见师父说话的神情，心中也自明白，师父想必甚是欢喜那个谢云真。

萧青峰道："一日，我与她谈论各派武功剑法，她说，当今之世，武当剑法，虽然名闻海内，独步中原，但论到奇功妙技，玄门正宗，那却还要数她峨嵋这派。至于其他各派，那是自郐以下，不足论矣。我料不到她竟是如此自负，当时少年意盛，便道：'此论似不恰当，须知各派都有独特的武功，武学似无天下第一之理。'她听了微微冷笑，便不再言。

"赴会诸人，雷震子是武当高手，崔云子是崆峒高手，王流子则是汝南武师郑平的弟子，崔云子还有一个弟弟崔雨子也是峨嵋派门人，不知因何缘故，被赶出师门，这次也到山中听讲。这四人常在一起，与我亦甚为相得。一日，又是谈论各派武功，雷震子道，他们的掌门冒大侠武功盖世，当然是武当派的武功最强。我听了不服，驳他道：各人资质不同，功力火候不同，师父天下第一，不见得门人都是天下第一。雷震子当场便要和我比剑,说是点到为止,胜败不论,一比之下,我是输了,但其中我有一招'星落高原',却是青城派独创的招数,那一招突然使出,也把雷震子的衣袖刺穿,所以输是输了,却也不算得全败。比试之后,雷震子哈哈大笑,对我再三称赞,我见他胜而不骄,毫无芥蒂,更是衷心和他结纳。

"我经了此次之后,便决心不再与人比剑,谁知世上之事,更是料想不到,我刚下了决心,不过三日,又再与人比剑啦。"

陈天宇插口道:"又是哪派的高手自夸武功,你听了不服吧?"萧青峰道:"不是,那是冒大侠讲坛散会的前夕,王流子忽然一个人走来,悄悄地拉我到僻静之处说话,说峨嵋女侠谢云真想见识见识我的武功,因此暗中示意于他,让他代约我去比剑。并约定大家都戴上面具,在三更时分,到山后比试,比试一完,大家便走,当作没有这回事,这样谁胜谁败,都不会不好意思。我本来不允,王流子笑道:'哼,你这傻子,谢云真对你甚有意思,你竟然一点也不知道吗?她对你的人品佩服极了,就是不知你的武功深浅,所以还不放心。呀,我说得如此清楚,你难道还不明白她的用意吗?'我听了心旌摇摇,不可止歇。呀,哪里知道,这其中藏有诡谋。"

陈天宇道:"怎么?"萧青峰凝目夜空,自顾自地说道:"须知江湖之上,男女相悦,最喜较量对方的武功,就如那些博读诗书的才女,选择夫婿,也要先看对方的诗文一样。我听了自是喜不自胜,但想到谢云真武功,号称峨嵋第二代第一高手,盛名之下,料想无虚,心中又是踌躇难决。

"王流子似是知道我的心意,笑道:'论到武功剑法,你也许略逊于她,只是数十招内,断乎不会落败。她惯使"灵禽敛翅"这招,数十招内,必然会有一次出现。你那招"星落高原"正是她这招的克星。'青城派脱胎峨嵋,其中甚多招数,乃针对峨嵋派的招数而加以变化的。所以王流子之说实是不假。

"第二日夜间,我依约到后山去,那晚月黑风高,十步之外,不辨人影,我到了后山,果然见着了一个黑衣人影,戴着面具,身材与谢云真相若,我紧张之极,不敢说话,拔剑出鞘,挥动两下,就向她进招。

"这黑衣人影手舞足蹈,听到我的剑环作响,突然一跃而前,一口剑泼风似的,连走险招,着着向我要害之处招呼,竟是状若疯狂,如同拼命,我这一惊非同小可,难道谢云真要取我的性命?但转念一想,也许是她故意如此,来迫我献出真实功夫。但这些想法,在心中一掠即过。她的剑势来得太猛,我已经无暇再想啦。没奈何只得施展全身本领,与她相斗,霎忽斗了三五十招,非但'灵禽敛翅'这一招不见出现,即她所使的剑法也不似是峨嵋剑法,倒像是武当派的,我惊骇莫名,正想出声相问,忽地跳出三条黑影,一齐向我进攻。我对她一人已是吃力,多添了三个强敌,立刻险象环生。

"我大叫道:'喂喂,我是青城派的萧青峰,你们是谁?'那三人一齐冷笑,笑声未歇,忽听得又是一声娇笑,一个青衣少女,从树梢上突然飞下,她既不戴面具,也不穿黑衣,竟以本来面目出现。"

陈天宇道:"她是谢云真?"萧青峰道:"不错,她是谢云真,我惊得呆了,忽听侧面金刃劈风之声,一条黑影向我扑来,一口明晃晃的利剑已递到面前,使的正是'灵禽敛翅'的招数,我神志已乱,急于救命,无暇思索,随手一招,剑锋一落,使的是'星落高原',那黑影大叫一声,一条臂膊给我削了下来,谢云真运剑如风,刷地补上一剑,把他杀死!

"我骇得大声呼叫,不知说话。只见谢云真嗖嗖两剑,在先前和我对敌的那人脸上划了两下，噼啪有声，敢情是这人的面具已给剑锋割破，虽是黑夜，也见鲜血汩汩流下，那人痛得双手乱抓，抓落面具更是惊人！"

陈天宇道："他脸孔一定伤得极为难看，所以师父看了吃惊。"萧青峰道："不错，他的脸孔给利剑划成一个十字，左边眼珠，也给剑尖刺得凸了出来，面目狰狞，有如恶鬼。但他本来面目，更是惊人。你道他是谁？"陈天宇听师父说得极为可怕，虽然未经目睹，但觉心胆皆寒，茫然反问道："他是谁？"

萧青峰顿了一顿，深深吸了一口气，道："他是雷震子！"陈天宇道："呵，怎么是雷震子？"萧青峰续道："谢云真出手快极，伤了雷震子后，一声娇笑，右手长剑一落，左手暗器一扬，'刷'的一声，'嗤'的一响，两条黑影，同时仆地，与我对敌的那四人，一死三伤，全都垮啦。我惊魂未定，只听得谢云真笑道：'你本该也受我一剑，瞧你助我的份上，饶了你吧！'身形一晃，便即不见。

"我擦燃火石，解下那三人的面具，更是吃惊，死的是崔雨子，给暗器打伤的是王瘤子，被剑刺伤的是崔云子。雷震子在地上挣扎，双手挥舞，我上去想替他裹伤，只听得他厉声喝道：'滚开！'王瘤子和崔云子也都怒目而视，三双眼睛在黑夜之中闪闪发光，好像受伤的野狼怒视猎人一样。我给他们吓得毛骨悚然，糊里糊涂，反身便跑，连冒大侠处，也不去告辞。"

陈天宇道："如此说来，似是那雷震子有意害你，但为何却扯了峨嵋女侠谢云真？"萧青峰道："你只猜得一半，后来我才知道，那雷震子和崔雨子都曾向谢云真求婚不遂，雷震子给羞辱了一番，崔雨子想用强侮辱师姐，因此被逐出山门。那晚本是雷震子约谢云真比剑，雷震子与她约定各戴面具，又暗中埋伏了崔云子三个高手，仍怕敌她不过，于是又用计叫王流子引我出来，想我与她先斗，他好从中取利。哪知谢云真不晓得用什么法儿，未到时候已把雷震子骗了出来，施用毒手把他震得经脉逆行，神志昏乱，偏偏那晚我又心急，也是未到三更，便至山后，风高月黑，雷震子身材又与谢云真略略相似，于是糊里糊涂动起手来。后来崔云子三人一到，以为我已看破，反过来与谢云真结纳，伤害他们的大哥，于是一涌而上。那崔雨子本是峨嵋派的，神差鬼使，恰恰又使出了'灵禽敛翅'那招，丧了性命。那晚若非如此阴差阳错，谢云真武功纵高，恐怕也不是他们四人之敌。

"雷震子本来号称'玉面狐狸'，给谢云真利剑毁容，又眇一目，把谢云真和我恨到极点，崔云子有杀弟之仇，王流子给谢云真的毒针所伤，伤好之后，结了个瘤，武功也再练不到原来地步。谢云真经那晚之后，便不知踪迹，这三人尽都迁怒于我，十余年来，到处追踪，立誓要把我置于死地。"

陈天宇听得毛骨悚然，心道："原来师父是为了逃避他们，才到我家教书，与我们同来西藏的。"只听得萧青峰又叹了口气，说道："这真是无妄之灾，那晚过后，我忧急交煎，尚在盛年，发先白了。只是我还有一事未明，那王流子不知是因何缘故，替他们布下这恶毒的陷阱？"陈天宇问道："是不是给师父一脚踢下冰渊的那个人？"萧青峰道："正是那人。呀，我迫于无奈，又杀了王流子，这冤仇结得更深了。听说雷震子那次挫败之后，苦心练功，已到炉火纯青之境，当年我已不是他的敌手，今后相逢，只怕更难幸免！"陈天宇道："听了此事，我觉得雷震子那几人固是不该，谢云真也未免太过心狠手辣！"

萧青峰嘘了一声，帐外寒风怒号，忽听得"嘿嘿"冷笑之声，混杂在风声之中，声音不大，却是极其清峻，萧青峰一跃而起，只见一片东西，轻飘飘的扑面飞来，萧青峰无暇理会，一闪闪过，奔出帐外，只见喷泉溅珠，冰河映月，山头银白，冷冷清清，萧青峰心头一震：这人的轻功怎的如此高明，竟然在这刹那之间，就逃得无踪无影。

萧青峰心头怔忡，返身入帐，陈天宇道："师父你看！"声音颤抖，萧青峰朝他手指之处一望，只见一片牛皮，上端牢附在帐幕帆布上，下边两角，却卷起来，飘飘荡荡。萧青峰心中一凛，这片牛皮虽比普通的纸质为厚，到底是不受力之物，来人竟然用暗器的手法，将它弹了进来，附在帐上，内劲之神妙，实是不可思议。那片牛皮上端用两口小钉钉住，陈天宇展了开来，只见上面划有两行小字，字迹棱角四露，一看便知是用指甲划的，不觉又是一惊，念道："湖海飘蓬十数年，江南漠北每流连。请君早到天湖会，问讯当年铁拐仙。"

萧青峰目光闪动，自言自语道："我还以为是雷震子，谁知却是铁拐仙，咦，这倒奇了！"陈天宇道："谁是铁拐仙？"萧青峰道："铁拐仙是二十年前纵横江南的一位怪侠，听说是江南大侠甘凤池前辈的徒弟，甘凤池把他师兄了因的铁拐，在邙山石壁上取下来，传授给他……"陈天宇插口问道："了因的铁杖，何以会插在邙山石壁上？"萧青峰道："了因当初是江南八侠之首，与甘凤池有半师之份，后来了因背叛师门，江南七侠在邙山师父墓前，联剑诛凶，由女侠吕四娘杀了他，了因斗败之后，临死之前，把铁拐一掷，插入邙山石壁。（此段情事详见拙著《江湖三女侠》，此处不赘。）甘凤池后来将它取下，传与爱徒，想是为了念及当年了因代师传授之情，所以让他的禅杖传作本门之宝，甘凤池的徒弟本名叫做吕青，得了师伯的禅杖之后，改为铁拐，由甘凤池授他一百零八路披风拐法，故此号称铁拐仙。"

陈天宇道："这铁拐仙和师父交情怎样？"萧青峰道："我出道之时，他已名满江湖，我虽然慕他之名，却是无缘拜见。"陈天宇奇道："如此说来，师父与铁拐仙并无一面之缘，何以他又约你到天湖相会？"萧青峰道："是呀，此事我亦百思不得其解。反正我要到天湖去找一位异人,若能在那里遇见铁拐仙,倒是一件幸事。"

陈天宇想起了那神秘的藏族少女之言,忽然问道:"师父找的异人,可是冰川天女么?"萧青峰诧道:"什么,冰川天女?这名字好怪,我可从来没有听过。冰川天女是什么人?"陈天宇道:"我也不知道,只听得那藏族少女说,冰川天女也住在天湖。"遂把上半夜在冰岩上遇见藏族少女等情事说了一遍,又问道:"那么师父所要找的异人可又是谁?"

萧青峰道:"我听说冒川生大侠的弟弟桂华生,少年之时,因与天山派的唐晓澜夫妇较量剑法,输了一招,负气远走西藏,隐居天湖,此事得于传闻,不知是否属实。但如今我受强仇追逐,那雷震子的武功是武当第二代第一高手,远非我所能敌,在此僻壤穷边,又无人可以援手,想来想去,只有希冀桂大侠尚在人间,可以为我解此困厄。"陈天宇道:"怎么冒大侠的弟弟却又姓桂?"萧青峰道:"桂仲明前辈与冒浣莲女侠结为夫妇,共生三子,一依父姓,一依母姓,一依义父之姓,各各不同,大哥叫冒川生,二哥叫石广生,三弟叫桂华生。三人之中冒川生内功最高,桂华生剑法最好。他辈分极高,若然他肯伸手,雷震子绝对不敢逞强,呀,只不知道他是否尚在人间?"陈天宇道:"那铁拐仙的武功比雷震子如何?"萧青峰道:"一别十余年,我也不知雷震子的武功又到了如何神妙之境。只是看适才铁拐仙所露那手,雷震子谅也不能胜他。"沉吟半晌,道:"铁拐仙与我素不相识,约我到天湖相会,不知是何用意?雷震子是武当派的人,武当派交游广阔,若然铁拐仙是雷震子约来的人,那我就更糟了。"陈天宇本想建议师父请铁拐仙相助,见他如此说法,心中更是不安。

师徒两人在破烂的篷帐中住了半晚,寒风透骨,冷得陈天宇牙关打战,好容易熬到天明,收拾行李,却见昨晚那伙人的篷帐,仍然留在当地,想是因为逃走匆忙,来不及带走。陈天宇也不客气,便将篷帐卷了,萧青峰瞪他一眼,忽而叹了口气,道:"你内功未到火候,难受严寒,好,就让你将这篷帐带走吧。"

萧青峰把喷泉的热水,经过过滤冷却,又盛满了三个水囊。两师徒跨上马背,续向前行,第一日天气尚好,第二日却下起霏霏的雪雨来,冷得陈天宇好不难受。

第三日天虽放晴,积雪融化,更是寒冷。日头过午,两人走出山口,地势开阔,日喀则城隐隐在望,萧青峰喜道:"今日晚间可以赶到日喀则了。"忽然"咦"了一声,面有异色,陈天宇眼利,只见在山口斜坡之上,睡着一个乞丐,那乞丐发如乱草,半面脸埋在积雪之中,头枕在一支铁拐之上,身上衣服破破烂烂,露出来的肌肉冻得通红。陈天宇生了怜悯之情,上去将他轻轻一推,道:"喂,喂,不要睡在这儿!"那怪叫花侧了侧身,几乎滚下,陈天宇急忙将他扶住,那怪叫花一伸懒腰,忽然叫道:"不要碰我!"陈天宇这才发现他左足长右足短,原来是个跛子,连忙道歉,问道:"你可要东西吃么?"那叫花缓缓抬起头来,陈天宇目光与他相接,不觉吃了一惊,只见他面如锅底,配上满头乱发,奇丑无比,眼光冰冷冷地射住陈天宇,陈天宇打了个寒噤,那乞丐有气没力地道:"放下。"陈天宇放下一袋干粮,他毫不道谢,侧了侧身,脸孔又埋入积雪之中。陈天宇偶一抬头,忽见师父目光充满忧虑之色,示意叫他快走。陈天宇解下身上的驼绒外套,轻轻盖在他的身上,回到师父身旁。两师徒驰出了山口。走下平地,萧青峰这才长长吁了口气。

陈天宇问道:"师父,可有什么不对么?"萧青峰道:"你有没有注意他那支铁拐?"陈天宇心头一震,道:"他是铁拐仙吗?"萧青峰道:"我没见过铁拐仙,我也未听说过铁拐仙是个跛子。不过这怪叫花的那支铁拐,粗如碗口,看上去总有五七十斤,寻常的叫花哪能提得它动?何况他居然睡在斜坡之上,积雪之中,更可断定他不是寻常之人。"陈天宇道："若然他是铁拐仙，师父和他套个交情，岂不甚好？"萧青峰摇摇头道："你初走江湖，哪知道江湖的规矩。若然他是铁拐仙，我就更不能在此际与他招呼。"陈天宇道："这是为何？"萧青峰道："他约我到天湖相会，是友是敌，尚未分明。依江湖上的规矩，我就应到天湖才能与他相见。我若道破他的行藏，便是江湖之忌。"陈天宇道："若然不是铁拐仙呢？"萧青峰道："似此江湖异人，不明底细，更是不宜招惹，你没忘记三日之前，你招惹来的那伙强人吗？"陈天宇默默不语，心道："我招惹了那伙强徒，虽是引狼入室，难辞其咎，但结纳了那个书生，却也得了意外之助。师父可是太过谨慎小心了。"虽有此想，却不便与师父辩驳，只有随着师父，快马加鞭，趁着日头未落，匆匆赶路。

黄昏时分，果然赶到了日喀则城，日喀则虽是后藏的一个名城，但边荒之地，旅人来往不多，城中只有一间像样的客店。两师徒走入客店，店保见他们衣衫不俗，急忙引进，刚刚步上台阶，忽闻得里面一阵喧闹之声。

萧青峰把眼一看，登时大吃一惊，只见一个鹑衣百结的花子，右足翘起，铁拐撑地，支持身体，气呼呼地道："你们开客店的怎么不让我进来住宿，哼，哼！你们狗眼看人低，先敬罗衣后敬人，见大爷衣裳破烂，就不招待吗？"铁拐一顿，一块方砖登时裂了。掌柜的心中一凛，道："这位大爷休要动怒，小店资金短少，向来规矩，房钱饭钱，要请客人先惠。"那花子哈哈大笑，道："你何不早说，你怕大爷没钱吗？"伸手一摸，竟然在身上摸出一锭元宝，他衣裳破烂，也不知这元宝是怎样藏的。只见他将元宝啪的一声搁在柜上，道："给我一间上房，打两斤酒，宰一只肥鸡，好好服侍你的大爷。怎么？你瞪大眼睛看我做什么？钱不够吗？"掌柜的哪料得到这叫花子居然有一锭大元宝，又惊又喜，忙道："房钱饭钱二两银子已经够了，小二，拿把秤子来，秤一秤这个元宝，多余的找回这位大爷。"那花子又是哈哈一笑，挥手说道："不用找啦，多余的给你。你大爷明日一早便走，你们以后'招子'（眼珠）放亮一些，别见到像大爷一样的穷朋友，就赶忙地要推他出去。"掌柜的大喜说道："不敢，不敢，小店招待不周，你大爷多多包涵！"忙叫店小二给他开了一间上房。

这花子正是他们日间所见的怪丐，萧青峰心内暗暗嘀咕，他们骑的是马，这花子居然比他们先到，就算是他另抄捷径，这脚程也是快得骇人。萧青峰本待退出，但已上了台阶，退下去更露痕迹，幸好那花子眼角也不瞟他们一下，便随店小二进房去了。

萧青峰要了一间大房，关上房门，两师徒面面相觑，心中不住发愁。萧青峰要了一些饭菜，胡乱吃了一顿。忽听得马声长嘶，又来了两个客人，一进门便呼喝掌柜的给他们开房备饭，萧青峰从窗口望出，来的却是两个军官，前行的那个胁下挟着一个红漆木箱，似乎十分宝重，他们要的房间，恰好在萧青峰对面。

萧青峰斜眼一瞥，忽见斜对面那间房子，也有两个人探出头来，头上缠着白布，碧眼红须，一看就知是西域人。这两人一探头就缩了进去，面上现出诡异的笑容，萧青峰又是一惊。待小二来收拾之时，萧青峰给了他一两银子赏钱，问斜对面房里的那两个番客是什么人，店小二道："他们叽哩咕噜的说话我也不懂，听掌柜说，他懂得许多种话，他说这两人是从尼泊尔来的武士。"

店小二去后，陈天宇道："去年尼泊尔国的廓尔喀族侵入西藏，杀了许多牧民，抢了不少牛羊，后来给朝廷派兵打退了，差不多一年，他们的人不敢再进西藏，最近我听爸爸说，他们见事情已淡，又蠢蠢欲动。这两个尼泊尔武士，只怕不是什么好路道。"萧青峰道："两国接壤，本来不应互相敌视，恢复往来，乃属正常。尼泊尔的武士，也有侠义之人，倒不可一概而论。"陈天宇点了点头，萧青峰又道："即算你瞧出有什么路道不对，今晚也不宜动手。"

忽听得马声长嘶,又来了两个客人,一进门便呼喝掌柜的给他们开房备饭,萧青峰从窗口望出,来的却是两个军官……

两师徒正在闲话，窗外人影一晃，陈天宇从窗隙瞧出，只见一个红面老头，虬须如戟，在庭院中踱来踱去，忽而仰天歌道："贺兰山下阵如云，羽檄交驰日夕闻……试拂铁衣如雪练，聊将宝剑动星文。愿得燕弓射大将，耻令越甲鸣吾君。"歌声未了，对面房的军官骂道："什么人在外面乱唱，吵得老子不能安睡，再唱俺就出去揍你一顿，让你叫个痛快！"那老头哈哈一笑，并不动怒，也不回嘴，走回自己房间去了。他的房间正在萧青峰的右手边。

　　陈天宇回转头来，只见师父双目闪闪放光，露出又惊又喜的神色，陈天宇问道："这老头是什么人？"萧青峰道："我有了救星了！"陈天宇道："怎么？"萧青峰道："这位老英雄名叫麦永明，是陕甘两省最负盛名的大侠，武功精深，人莫能测，而且古道热肠，喜欢替人排难解纷，和我师门颇有渊源，只不知他为何也会至此？"沉吟半晌，正想开房前去拜访，忽见左手边那间房间，那个怪叫花露出头来，朝着萧青峰的房间笑了一笑，萧青峰凝思一阵，忽地一口气吹熄灯火，和衣睡了。

　　陈天宇诧道："师父为何不去？"萧青峰道："这间客店，今晚竟来了这么多能人，看来定会闹事。我暂时且不露面，看看再说。"陈天宇心情紧张，伸手将搁在几上的暗器囊一拉，放在枕头底下，萧青峰道："宇儿，今晚不论外面闹得地覆天翻，都不准你起身。"

　　陈天宇听师父如此说法，心情更是紧张，辗转反侧，阖不上眼，可是外面静悄悄的，什么声音也没有，转瞬听得敲了三更又敲了四更，仍是毫无动静。陈天宇熬不住了，昏昏思睡，忽见黑影一晃，原来是师父起身，陈天宇吓了一跳，萧青峰在他耳边轻轻说道："你不要动，我出去瞧瞧。"

　　陈天宇并不知道，外面屋顶上正有人掠过，只是此人轻功太高，身形过处，只是微风飒然，陈天宇听不出来，萧青峰却已听出，这是形意门的上乘身法，麦永明正是形意门的名宿，想来除了是他，更无他人。

萧青峰早换了一身黑色的夜行衣服，一窜身从窗口飞出，只见那条黑影，已附在对面房间的屋檐，探头内望。萧青峰也飞身上屋，那黑影忽然回过头来，正是陕甘大侠麦永明。

萧青峰急忙连打手势，示意是同道中人。麦永明十余年前见过萧青峰，此时依稀记得，举起右手摇了两摇，示意叫他不必多管闲事。萧青峰在屋顶的凹处一伏，张眼一瞧，只见那两个军官所住的房间，房中点着一支粗如儿臂的大牛油烛，窗门半掩，房内鼾声如雷，竟似是开门揖盗。萧青峰心道："这样的布置，非有大本领之人不敢如此，江湖上的夜行人，若然不知对方虚实，见了这等布置，定然悄悄溜走，不敢侵扰。想不到这两个军官，竟然也是江湖上的大行家。"

麦永明大约也是如此想法，在窗外张望好久，踌躇未决，房中的鼾声越来越响，麦永明忽似突然下了决心，一抽宝剑，如燕穿帘，飞身直入。

萧青峰身形急起，窜到了麦永明适才的位置，这只是电光石火般的瞬息之事，只见麦永明一入房中，伸手就取搁在床边的红漆木箱。说时迟，那时快，那两个军官一跃而起，双剑齐出，分刺麦永明双胁大穴，剑势迅捷，而且是以有备攻其无备，认穴不差毫厘。

麦永明"噫"了一声，他也真不愧是陕甘大侠，只见他在绝险之中，身形笔直窜起，长剑横空一格，叮当两声，把两柄利剑，都荡了开去。身形未落，就竟尔一个盘旋，先踢左足，后踢右足，这正是形意门中的"连环夺命鸳鸯脚"与"流星赶月追风剑"两个绝招的联合运用，顿时之间，把那两个军官迫到屋角。

麦永明一转身又待取那红漆木箱，那两个军官喝道："好大胆的贼子，今晚咱们是安排香饵钓金鳌，你还想动手吗？"麦永明刚刚伸手，金刃劈风之声，又已到了背后，麦永明腾的一脚，把红漆木箱踢到门边,反手一剑,与那两个军官相斗。

麦永明一剑横披,倏上倏下,瞬息之间,连进四招,招招都是杀手。那两个军官也好生了得,双剑一分一合,竟然把门户封得十分严密,瞬息之间,也还了四招,与麦永明打得难分难解。

萧青峰心中暗自寻思:"这红漆木箱之中不知藏的是什物事?但既然是麦大侠所要取的,我就该替他取了。"正想飘身飞入,忽听得"轰隆"一声,房门给人一脚踢开,只见那两个尼泊尔武士,凶神恶煞一般地直闯进来,其中一人,一弯腰就将那红漆木箱拾了!

那尼泊尔武士正待夺门奔出,萧青峰忽地飘身飞入,拂尘一展,迎面一拂。那尼泊尔武士刷地反手一刀,他的刀形如月牙,刀锋内弯,锋利异常,不但是一件伤人的利器,而且可以勾拉锁夺敌人的兵刃,却不料萧青峰的铁拂尘更是武林罕见的异宝,可柔可刚。那尼泊尔武士一刀劈去,忽觉软绵绵、松散散的全不受力,吃了一惊,顺手一拉,萧青峰的拂尘已然趁势缠上,那武士一拉,截之不断,却给萧青峰借力一送,喝声:"脱手!"那武士珍惜宝刀,把劲力全运到右臂之上,与萧青峰相持,哪知萧青峰正要他如此,突然横肱一撞,左手一探,把那武士左手抱着的红漆木箱夺了回来。这是声东击西之计,那武士全神贯注宝刀,左边门户大开,一下子就着了道儿。

那尼泊尔武士猛地醒起:这木箱中所藏之物,比他的宝刀不知贵重几千万倍,这一惊非同小可,萧青峰趁他心神大乱之际,拂尘一挥,月牙刀登时脱手飞出。

当那尼泊尔武士拾起木箱之时,房中的形势已是突变,那两个军官与麦永明立即停手,三口长剑同时转了过来,向新的敌人冲刺,这几下子都是快捷非常,待他们剑尖刺到之时,萧青峰已把木箱夺到手上。

那尼泊尔武士也好生了得,只见他横里一跃,把手一抄,又把月牙刀接到手中，同时右足卷地一扫，踢萧青峰的下盘，他的同伴，另一个尼泊尔武士，也猛身急进，嗖，嗖，嗖，向萧青峰连劈三刀。

萧青峰抱着木箱，身形滴溜溜一转，闪开了第一个尼泊尔武士的突袭，拂尘一挥，又把第二个武士的宝刀荡开，猛听得背后金刃劈风之声，那两个军官忽地改了目标，双剑同时向萧青峰急刺。萧青峰反手一招，一个疏神，红漆木箱又给第二个尼泊尔武士夺了过去。

"叮当"一声，麦永明伸剑将两个军官的长剑格开，这刹那间，那两个尼泊尔武士已夺门奔出，麦永明一怔，低声喝道："追！"飞身先出，萧青峰和那两个军官，停止争斗，也赶着追了出去。

六个人穿房过屋，风驰电掣，霎忽到了城外，六人之中，麦永明轻功最高，首先追及，与那两个尼泊尔武士打了起来，萧青峰次之，不久，也接着追到。那两个尼泊尔武士，双战麦永明还差不多，一加入了萧青峰，立感处在下风，麦永明长剑左起右落；一连削了四下，攻得那两个武士透不过气来，萧青峰拂尘盘旋一舞，护着身躯，腾出手来，就要夺那红漆木箱。

猛听得有人喝道："把木箱给我留下！"原来是那两个军官也赶了上来，两柄长剑左右分进，一齐刺那抱着木箱的尼泊尔武士，想抢在萧青峰之前，先把那木箱夺下。

四个高手同时进招，那尼泊尔武士看来万万逃避不了，却不料他忽然大喝一声，陡地将红漆木箱向麦永明劈面一摔，麦永明慌忙伸手去接，这一来，军官武士，又联成一线，双刀双剑，又改了目标，改向麦永明进袭。

剑似游龙，刀如飞凤，叮叮当当的此来彼往，杀得个难解难分。那两个军官与那两个武士，若然以一敌一，都不是麦永明与萧青峰的对手，但联合起来，以四敌二，却是大占上风，更兼麦永明一手抱着木箱,要分心照顾,实力更是打了折扣,三五十招一过,麦萧二人只有招架之功,毫无还手之力。

军官与武士越攻越急,麦永明忽地也大喝一声,将红漆木箱抛回给尼泊尔武士,那两个军官一怔,麦永明长剑一挥,刷刷两剑,滚滚而上,大声喝道:"先把这两人杀了再说。"那两个军官也跟着剑锋一转,待向那尼泊尔武士进招,却又似犹疑不决。那尼泊尔武士一声长笑,架了一刀,又把红漆木箱掷出,萧青峰站在附近,只得接过,霎时间军官的长剑,与武士的月牙刀,又纷纷向他身上招呼。这红漆木箱本来是各方争夺之物,而今却似变成一个祸胎,到了谁的手上,谁就遭殃。

萧青峰挡了几招,险象环生,也跟着依样画葫芦,振臂一抛,将木箱向军官掷去,却不料那军官"嘿、嘿"冷笑,忽地抢上一步,呼的一掌,竟迎着木箱径劈。麦永明大吃一惊,急迫之际,无暇思考,一伸手又将那木箱接过,不敢再抛,这一来,立刻又陷入了军官与武士的联合包围之中。

正在吃紧,忽听得一声怪笑,尖锐之极,笑声未停,人影倏地出现,萧青峰定睛一看,正是那个怪丐,只见他旋风般直卷进来,铁拐一招"力划鸿沟",将诸般兵器一齐挡住,忽而攻那武士,忽而攻那军官,又忽而攻麦永明,竟不知他到底是友是敌。这一来更成了混战之势,那怪丐的铁拐呼呼挟风,扫到谁的跟前,谁就要被迫得退后几步。

萧青峰心中一动,想道:"他如此打法,分明是想把各人都弄得累了,然后好收渔翁之利,独占这木箱。"正想喝破,忽听得又是一声长笑,场中突然多了一人,这人来得更是神奇,刚才那怪叫花来时,还是先闻声而后见人,而今此人,却是声到人现,就如飞将军从天而降,满场高手,竟无一人在事先发现他的踪迹。

冷月疏星之下,萧青峰看得分明,此人非他,正是前几日用一把金针救他性命的那个书生,只见他一手叉腰,一手挥了半个弧形,一副懒洋洋的神气,慢吞吞地道:"什么稀罕东西,值得你争我夺?"

这书生突然出现,满场高手,无不愕然,不约而同,停了战斗。怪叫花嘴角噙着冷笑,倒提铁拐,看似毫不在乎,其实却是全神贯注,暗中准备,蓄劲待发。麦永明见多识广,知这书生必是大有来头,当下手抚剑柄,施了一礼,朗声说道:"俺宝鸡麦永明要在这两个鹰爪孙手中取一件东西,天下红花绿叶,同是一家,阁下若是武林同道,俺不敢求助,但请置身事外,则他日山水相逢,定当报答。"要知麦永明乃陕甘大侠,在西北数省,正是响当当的角色,提起来无人不识,这一番自报名头,说话又非常漂亮得体,这少年书生看来不过二十多岁,辈分无论如何不会在麦永明之上,麦永明这番说话,丝毫不以前辈自居,但却在暗中责以江湖大义,以为这少年书生听了,定必动容,也许就会拔剑相助。哪知这少年书生只是冷冷说道:"唔,知道了!"竟好像从来没有听过麦永明的名字一般,连萧青峰也觉得这少年书生未免过分。

那两个军官见状大喜,也抱拳说道:"咱们在御林军当差,奉万岁爷之命,送一件东西到拉萨,却给这老混蛋劫了,不敢请阁下相助。"那少年书生又"哼"了一声,冷冷说道:"唔,知道了!"

怪叫花冷笑一声,就待发作,那少年书生迈前两步,也不见他怎样作势,忽然一伸手就从麦永明手上将红漆木箱夺了过来。试想麦永明是何等本事,竟然连招架也来不及,宝箱便告易手,不但萧青峰觉得惊诧,军官、武士也都不约而同地"呵呀!"一声,各退几步。

少年书生的手法快到极点,那怪叫花的铁拐也快到极点,几乎就在同一瞬间,那怪叫花手腕一翻,铁拐呼的一声,已砸到书生背脊。这少年书生对萧青峰有救命之恩,萧青峰见此险状,不自禁地

"呵呀"一声叫了出来。

忽听得"铮"的一声,那少年书生头也不回,反手一弹,身形立刻倒纵出一丈开外,身法美妙之极,怪叫花的铁拐翘了起来,未及收回,已听得那少年书生朗声笑道:"铁拐仙果然名不虚传!"

萧青峰心中一凛,这怪叫花果然是铁拐仙!忽听得那少年书生又是一声笑道:"我倒要看看是什么稀罕的东西,值得你争我夺。"一掌劈下,将那红漆木箱震开,伸手一掏,向地下一摔,只听得当啷啷一片响声,木箱里的东西已给他摔成八片!

麦永明一声惊呼,叫道:"呀,这不是金瓶!"怪叫花也似甚为惊诧,提杖茫然,作声不得,萧青峰仔细看时,被摔破的不过是个普普通通的瓷瓶,不知他们何以要你争我夺,也是茫然不解!

那少年书生摔裂瓷瓶,仰天一笑,朗声说道:"祸根已灭干戈止。笑杀当今鲁仲连。哈哈,不亦快哉,不亦快哉!俺少陪啦!"袍袖一拂,身形一起,翩如巨雁,便向茫茫无际的草原"飞"走,麦永明忽然大吼一声,喝道:"你阁下既来沾这趟浑水,哪能如此容易便止了干戈?"声发人起,挺剑疾追,那两个军官和那两个尼泊尔武士也跟踪追去,一片吆喝之声,震荡草原。

那怪叫花铁拐支地,木然毫无表情,萧青峰本来也待追去,见此情状,心中一动,拂尘一挂,正想招呼,那叫花怪眼一翻,冷冷说道:"哼,你追得上吗?留些精力,以待天湖之会吧!"蓦然一拐挟风,向萧青峰拦腰疾扫。

这一下事先毫无朕兆,实是大出萧青峰意料之外,而且怪叫花这一拐手法妙极,竟是从他绝对料想不到的方位打来,纵他武功再高,像这等变起仓猝,也难逃避,只听得"卜"的一声,怪叫花的铁拐,已在他的臀部重重地敲了一记。

试想这怪叫花是何等功力,萧青峰见铁拐以排山倒海之势击来,心中以为准死无疑:"不料我萧某人不明不白丧生于此!"岂知铁拐击到，却似有一股弹力，忽地把萧青峰弹了起来，凭空抛出数丈之外，萧青峰借势扭腰，在半空中一转，轻飘飘地落于地上，身上竟是毫无伤损！

把眼看时，那怪叫花已经没了踪迹。萧青峰不禁大为奇怪，若说这怪叫花与自己有仇，何以他这一拐不施杀手？若说无仇，则又何必要吓唬自己，迹近侮弄？萧青峰虽是久历江湖，也是百思不得其解。

那客店半夜里一场大斗，乒乒乓乓的从店内打到店外，店主和住客都吓得一佛出世，二佛涅槃，蒙起头来不敢出外，待听得打斗的声音已远之后，再过了好久，店主人才敢出来，提起灯笼察看，只见麦永明、军官武士以及那怪叫花的四间房门都已打开，人影杳然。店主人倒抽一口冷气，道："罢了，罢了，我早知道那叫花子不是善类！"他不敢骂军官，不敢骂武士，更不敢骂陕甘大侠麦永明，一口咬定是怪叫花闹事。

店小二倒有点良心，道："可是他给的那锭元宝，足有十二两呢，我称过了。"店主人听了此言，面色有异。跑回房去，过了一阵，气呼呼地跑了出来，大叫大嚷道："这天杀的，他竟敢偷了我的银子来戏弄我。"原来店主人是个守财奴，喜欢把碎银兑换元宝收藏，前几天他刚兑了一锭十二两的元宝，如今寻找，竟不见了。不问可知，这定是那怪叫花施展空空妙手，偷了去的。店主人哀哀咒骂，甚是伤心。

陈天宇心中想道："这怪叫花手段确是高明之极，但要店主人贴房钱饭钱，却也未免太过。"他少年热情，凡事不计利害，于是走出房来，道："店主人你不必伤心咒骂，这锭元宝我赔与你吧。那位叫花子伯伯是我的一位长辈，他生性滑稽，想是故意作弄你的。"店主人虽然奇怪像陈天宇这般衣服丽都的贵公子竟然会与叫花子相识，但听得他肯赔钱，喜出望外，千恩万谢，不敢多问。

陈天宇回到房中，见天色已将拂晓，师父尚未回来，心中自是焦急，忽听窗外有人笑道："你这娃儿倒好心肠！"陈天宇一惊问道："哪位前辈？"推窗一望，不见人影，回头看时，只见床边小几，已多了一包东西，拆开一看，正是自己送与怪叫花的那件驼绒外衣，里面还有一锭元宝。

待得天明，萧青峰悄悄回来，两师徒说起昨晚之事，都感怪异，那叫花子是敌是友，仍未分明，对麦永明与那军官、武士何以要争夺一个普普通通的瓷瓶，也是不解。两师徒疑团满腹，吃过早饭，又再登程。

从日喀则出发，走了半个月，来到拉萨西北，又见一座大山，高耸云表，挡着去路，这是西藏境内高度仅次于喜马拉雅山的念青唐古拉山。其时已是仲夏，山脚百花绽开，山腰流泉鸣响，恰似江南初春，但山顶仍是雪花纷飞，构成了独特的景色。萧青峰道："听说桂华生桂老前辈就住在此山之中，但愿他尚在人间，为我解此困境。"

两师徒早已准备了登山用具，攀藤附葛，走了三日，方到山腰，纵目四望，但见冰川交错，俨若银龙，又是一番奇景。冰川的冰层，虽因受到初夏的阳光，已有部分融化，但山顶的雪花，一片一片轻飘飘地下着，就好像白纸屑、水晶末一般，落到冰川之上，逐渐结晶冻结，最后转化为冰层。所以山上的冰川，亘古不化。由于太阳光的折射和散射，整个冰层都变成浅蓝色的透明体，端的是奇丽万状，难以形容。暮春初夏的雪比较润湿、黏重，这种雪里面水分较多，落在冰川上，未冻结成为冰层之前，就像一朵朵梅花。有诗为证："春雪满空来，触处似花开，不知山里树，若个是真梅？"所咏叹的就是这种人间罕见的奇景。

两师徒正在纵目浏览冰川奇景，忽听山腰底下，刷啦啦的一片响，两个穿着一身灰色箭衣的人，窜上斜对面的山峰。念青唐古拉山，山峰错杂，虽然所隔不过里许之遥，但那两条人影，一转入山口，已被岩石遮着，不可复睹。

两师徒相继愕然，忽又听得一阵琴声缓缓传来。

两师徒向着琴声来处追踪，陈天宇越走越觉气候暖和，奇怪问道："前几日我们一路登山，越走越觉寒冷，何以如今到了山腰，反觉比下面暖？"萧青峰道："可能我们所站之处，便有地下火山，那道理就如雪山上常有温泉一样。"

他们边走边说，前面的琴声更是清晰，陈天宇知音审律，听出那是一种五弦的胡琴，声调苍凉之极，而且这琴音竟似以前曾听过一般，陈天宇方觉心头一动，忽听得前面有人歌道：

"冰川下面有只小黄羊，
它失了爹又失了娘，
天上的兀鹰在追着它，
要将它抓去充食粮。
冰川天女——我的好姐姐呵！
你听不听见它的哀鸣，知不知道它的忧伤？
你替它赶掉凶恶的兀鹰吧，
它终生不会忘了你的恩典！"

这歌声正是那个假名桑玛、真名芝娜的藏族少女唱出来的，陈天宇又喜又惊，道："师父，你听，这歌声分明是向冰川天女求救的，原来冰川天女就住在这里！这藏族少女也真是多灾多难，你听她这歌声示意，分明是又有恶人追赶她了。"

陈天宇不待师父吩咐，立刻掌心暗扣飞刀，赶上前去，转过一个山坳，忽觉眼睛一亮，群峰环抱之中，竟是白茫茫的一片湖水。原来这个大湖，便是世界的第一高湖，藏名叫做"腾格里海"，它的湖面海拔在四千六百七十二公尺以上，比世界著名的高湖——

"的的喀喀湖"（在南美洲玻里利亚高原）还高八百多公尺，也就是说约相当于三个泰山高，真是世界唯一无二的奇迹！

陈天宇一眼望去，但见湖水清澈，碧波荡漾，湖中有片片闪光的浮冰，湖边水连天，天连水，恍如湖泊就在天上。陈天宇心道："怪不得藏胞称它为'纳木错'（即是汉人所说的'天湖'），不知冰川天女是不是住在这儿？这倒真是个世外桃源之境。"

湖边绿草如茵，杂花生树，有白纱头巾迎风飘拂，陈天宇叫道："芝娜江玛古修，我在这儿！"那藏族少女转过头来，刚一照面，忽听得有声叫道："芝娜江玛古修，咱们也在这儿！"声到人到，树阴下突然扑出两条大汉，一身灰色箭衣，满面狞笑，伸手朝芝娜就抓。

陈天宇大喝一声："恶贼休得逞凶！"脱手两柄飞刀，那两个灰衣人解下腰带，迎着飞刀一抖，立见两道银光，射入湖心，陈天宇的飞刀，竟然被他们不费吹灰之力，卷飞了去。

陈天宇吃了一惊，忽听得那两人"哎哟"一声，一个滚地葫芦，从山坡直滚下去，原来是萧青峰飞身赶至，折了两枝树枝，打中了那两人的穴道。那两人本来也非庸手，只因全神拨开陈天宇的飞刀，冷不防着了道儿。

那藏族少女仓皇奔走，陈天宇叫道："没事啦，敌人已经被我的师父打走了。"萧青峰微微一笑，从徒弟的言语、行动、神情，不由得想起自己当年情窦初开之时，暗恋谢云真的光景。当下放慢脚步，不去打搅他们。忽见花树丛中人影一闪，有个极其冷峭的声音说道："好手法，好手法，咱们老朋友又见面啦！"萧青峰这一惊非同小可，只见前面现出两人，走在前面的那人，面上交叉两道刀痕，圆睁独眼，似笑非笑，在湖光山色掩映之下，更显得诡秘之极，可怖非常。此人非他，正是令萧青峰日夜担心、魂梦不安的强仇大敌，武当派第二代的第一高手雷震子。后面的那人则是崔云子,他吃了雪莲,过了多日,身体已是完全恢复,这时提着一张大弓,那被萧青峰拂尘毁了的弓弦,又已重新补上。随手一弹,铮铮作响,也在冷冷地盯着萧青峰。

陈天宇衔尾追那藏族少女,只见那藏族少女从崔云子的身旁奔过,崔云子裂嘴一笑,道:"桑玛,多谢你的雪莲。"并不拦阻,却把弓弦一拨,转过来迎着陈天宇。萧青峰急声叫道:"宇儿,回来!"陈天宇退回师父身边,只见那藏族少女绕着湖边急奔,已跑出半里之遥。

雷震子嗖的一声,拔出长剑,左右挥动,刷刷有声,一步一步,向萧青峰迫近,萧青峰道:"当年之事,实是出于无意,雷大哥你何必耿耿于心。"雷震子"哼"了一声,脸上肌肉扭曲,更是难看,只听他冷冷说道:"要我不耿耿于心,那也容易,你走过来,让我照样地在你的面上划上两刀,再剜掉你的眼睛,那就了结啦!"萧青峰道:"这事情又不是我干的,我只是无意之中助了谢云真一臂之力罢了。"雷震子独眼一瞪,面色越发难看,萧青峰不提谢云真也还罢了,提起了谢云真更是令他悲愤于心,他本是个美男子,而今却变了这样的一个丑八怪,追源祸始,他寻不着谢云真,满腔怒气都发泄在萧青峰身上。

只见雷震子一步一步地迫近,长剑一指,冷笑说道:"老朋友,你的技业没有退减,我雷某人也练了几手功夫,咱们十几年前曾比过一场,而今我又要向你献丑啦!"长剑一挥,刷的一剑,立刻向萧青峰施展杀手!

萧青峰苦笑道:"雷大哥,你实在挤得小弟没法啦!"说话之间,连闪三剑,雷震子一剑快似一剑,第四剑一招"白虹贯日",直取萧青峰胸膛的"期门穴",剑势雄劲,万难闪避,萧青峰忽地一个转身,拂尘一挥,千缕玄丝,立刻缠住了雷震子的长剑。原来萧青峰心怯强仇,十数年来,苦心思索破敌之法,雷震子的剑法武功,都远远在他之上,因此只能计取,不能力敌,他适才连闪三剑,故示怯态,待雷震子剑势放尽,这才一举将他长剑缠着。须知萧青峰的拂尘,乃是一件武林异宝,拂尘看来似是尘尾,其实却是乌金精炼的玄丝,坚韧之极,刀剑所不能断,一被缠上,兵器纵不脱手,也难解脱。萧青峰见十几年来苦心思索的破敌之法,果然得心应手,不禁大喜,心道:"你的剑法再凶,也施展不开啦!"

忽听得雷震子一声冷笑,嘘气一吹,剑把一颤,铁拂尘的千缕玄丝,竟如风中游丝飘飘飞扬。萧青峰这一惊非同小可,想不到雷震子的气功竟然练到如此境界,说时迟,那时快,雷震子长剑一抖,刷刷刷又已连进三招,萧青峰拂尘挥舞,只能封闭门户,更无余力进招。

雷震子越攻越急,一口剑使得神出鬼没,剑剑指向敌人要害,萧青峰连连后退,头上冒出腾腾热气,心中暗暗叫苦。再斗了三五十招,只见雷震子又运气一吹,横剑一削,萧青峰的拂尘登时断了一缕,如乱草般飘荡空中。萧青峰的拂尘,尘尾若然聚在一处,那是天下最利的宝剑也不能截断,但被雷震子运气吹散,再把内家真力运到剑上,那就如一束筷子拆了开来,容易折断一样。萧青峰心痛之极,不敢再斗,凄然说道:"好,我认命啦!"雷震子一声狞笑,迈前两步,眼光盯着萧青峰的面孔,利剑一晃,道:"好呀,我这两剑要在你面上划出交叉两道伤痕,与我面上的一模一样。崔贤弟,你也来看看,看看为兄的手法如何?"

萧青峰只感寒意直透心头,闭了眼睛,不敢看雷震子手中利剑,忽听得"叮"的一声,雷震子大喝道:"何方小子,敢施暗算?"萧青峰睁眼看时,只见雷震子的剑尖歪过一边,颤动不已,嗡嗡作响,显是被什么暗器打中,不禁大奇:谁人有此指力,竟然能把雷震子的长剑打歪?

雷震子话犹未了,立刻有人接声应道:"你老子就在这儿,你眼睛瞎了吗?"雷震子扭头一看，只见右方身侧，突然多了一人，脸如锅底，发如乱草，鼻孔朝天，身上鹑衣百结，竟然是个叫花。萧青峰又惊又喜，心道："铁拐仙此来，不知是友是敌。"但他现在已是雷震子砧上之肉，反正只有等死的份儿，即算铁拐仙是敌，也不过如是而已，并不增加忧虑；雷震子却大是惊疑。正是：

天湖来怪客，剑气映冰河。

欲知后事如何？请听下回分解。

第四回

湖畔寄情　拐仙施妙手
冰河怪影　天女慑群豪

那怪叫花撑着铁拐，一跛一拐的走来，雷震子虽知来者不善，但自恃已练好上乘内功、绝妙剑法，也并不怎样放在心上，当下冷笑说道："萧青峰你的人面倒真不错，预先约好了朋友来啦！"与崔云子打了个眼色，叫他准备夹击，那怪叫花哈哈一笑，道："我今日不是来助拳，是准备来挨打哩！喂，你是想在他的面上划两刀么？"雷震子道："怎么？你看不过眼，要替你的朋友出头来了？"那怪叫花又是一声冷笑，道："我这穷花子哪来的许多朋友？不过，我看这位萧先生一表斯文，和你当年一样。当年你从小白脸变成了丑八怪，痛不欲生；己所不欲，岂可重施于人！哈，我倒有自知之明，我是个丑八怪，也不敢妄想有佳人垂青，就在面上再添多两道刀痕，也丑不到哪里去。我就替他挨了这两刀吧，你的利剑尽管向我的面上招呼！唔，至于这位萧先生，你瞪着眼睛看我做什么？我打了你一拐你不服气么？不服气就也上来动手吧！"萧青峰拂尘一挂，答声："不敢。"退过一旁，心中奇怪之极。

雷震子听那叫花子的说话，句句暗存嘲笑，正正触及他的疮疤，不禁勃然大怒，喝道："好，这可是你自己说的，看剑！"出手如电，刷的一剑，那叫花拐杖一竖，只听得"当"的一声，火花飞溅，雷震子的身躯弹到半空，就在空中一招"鹏搏九霄"，凌空下刺，剑势仍是凌厉之极。怪叫花喝声"好"，随手一抖，铁拐倏地直弹起来，杖尖指向丹田要穴，雷震子一个筋斗翻了下来，长剑点到怪叫花的"肩井穴"，怪叫花微一缩肩，杖头稍偏，雷震子的长剑与怪叫花的铁拐交擦而过，这一招，双方都是险极，拿捏时候，妙到毫巅，萧青峰看了，不禁暗暗叹服。

只见怪叫花铁拐一抽，顺势反展，疾如骇电奔雷，砸剑刺穴，咄咄迫人。雷震子一剑刺出，左掌一拍，借着铁拐弹剑之力，身形歪过一边，左掌拍下，恰好拍到怪叫花后颈的"天柱穴"。怪叫花又喝了声："好！"竟像背后长着眼睛一样，肩头一撞，反拐一抽，以攻对攻，将雷震子的招数化解开去。

雷震子惊骇之极，叫道："你是铁拐仙？"怪叫花瞪目道："怎么？你不敢划花我的面孔，我却要在你的背脊打上三拐，教训教训你这小子。"雷震子大怒道："你就是铁拐仙我也不怕你！"一招"野火春风"，剑尖一挑，又刺过去。铁拐仙霍地一跳，铁拐一扫，迅即还招，这一来斗得更烈，但见杖影如山，剑光似练，杀得个难解难分。铁拐仙腕力惊人，碗口般的铁拐舞弄起来，如拈灯草，挥洒自如，杖风所至，沙飞石走，好不惊人。而雷震子剑走轻灵，剑势如虹，也是变化莫测。

萧青峰看得目眩神摇，只见剑来杖往，双方都是一派进手招数，任何一方，只要稍一不慎，就要血洒黄沙。萧青峰手捏拂尘，崔云子指按弓弦，一面注目斗场，一面互相防备，都是动也不敢一动。大约过了半个时辰，但见雷震子的头上已冒出热腾腾的白气，怪叫花脚踏八卦方位，攻势渐渐缓慢下来。萧青峰松了口气，心道："究竟是铁拐仙稍胜一筹。"铁拐仙的杖势虽缓，力道却是比前沉重得多，雷震子的剑势已是渐渐地被他的杖力迫住，圈子越缩越小，形势也越来越险了。

陈天宇却并不像他的师父那样全神贯注斗场,他惦挂那个藏族姑娘,不住地游目四顾,那藏族少女的背影在花树丛中隐没之后,就再也不见出来,不知她跑到哪里去了。

天湖面积极大,陈天宇发现在湖的西北角,有一条冰川,有如天河倒挂,从山顶上直泻下来,想是因为地气温暖之故,冰层并不似其他冰川的凝结不化,冰层的下面虽然仍似一座座的小冰山,上面却有一大半碎裂成为冰塘,有的如磨盘,有的如云石片,随着融化了的雪水,哗啦啦地冲泻而下,注入天湖,湖中的浮冰,就是这样来的。陈天宇极目遥望,冰川的上端,接近山顶之处,竟似有几幢宫殿式的建筑,但因距离遥远,看不清楚,还不敢确定,那是房屋宫殿还是岩石的肖形。

忽听得脚步声与口哨声,陈天宇一看,只见就在适才那藏族少女所来之处,有一伙人攀登上来,最前面的三人,一列并行,左右二人正是刚才追那藏族少女、被自己师父打翻的汉子,中间那人却是个披着大红袈裟的喇嘛,这三个人一到湖边,看了斗场一眼,一声不响,直向那条冰川走去。

跟着就是在日喀则所见的那两个尼泊尔武士,这两人手捧藏香,一脸虔敬的样子,看也不看斗场,就走到冰川入湖之处,口中念念有词,燃起藏香,竟然跪了下来,好像在作虔诚的祷告。

再接着上来的一伙人,人数最多,约有五六个人,有的是油头粉面的少年,有的是状貌粗豪的汉子,有的似是天竺僧人,有的却又装扮成中原武士。这伙人邪形邪相,一上到来,见雷震子与铁拐仙酣斗,似乎颇为惊奇,有的指手划脚地评论招数得失,有的却在风言风语地谈笑。陈天宇听得一人笑道:"哈,这两个家伙倒也不知自量,癞蛤蟆想吃天鹅肉来啦,他们竟先我们而来,在这里争风吃醋了。"话声未了,铁拐仙一拐横挑,呼地挑起一块石头,向说话那人飞去,那人叫了声:"好家伙!"双掌一托,将那块石头掷下山谷，轰然有声。

试想铁拐仙是何等功力，他挑起这块石头，重逾百斤，飞过去又劲又急，那人竟然能轻描淡写地一托托开，足见武功亦实是不弱。萧青峰心内暗暗嘀咕：怎么一下子来了这么多武艺高强、奇形怪相的人物。

那一伙人见铁拐仙显了这手功夫，不敢再招惹他，一窝蜂地都朝着冰川注入天湖之处涌去，风中隐隐约约送来谈笑之声："冰川天女不知是什么模样？""名字这样好听，总应该是个美人儿！""哈，如果是个丑八怪就让给你吧。""你不用急，冰川天女咱们没有见过，芝娜江玛古修总算得是个标致的美人。"七嘴八舌，说个不休，渐行渐远，声音也渐渐听不清楚了。

陈天宇暗暗吃惊，心道："原来这伙人竟然是想打冰川天女的主意，还想劫那藏族姑娘的。"陈天宇对冰川天女只是好奇，对那藏族少女却有一份莫名其妙的关怀，暗自着急。看师父时，师父对刚才所发生的种种之事，竟好似视而不见，听而不闻，专心一志地注视着场中的恶斗。这时优劣更明显了，铁拐仙越战越勇，那碗口般粗大的拐杖，施展开来，就如怪蟒毒龙，凌空飞舞，每一拐都挟着劲风，呼呼轰轰地作响，使到疾时，但见四面八方都是铁拐仙的身影，一根铁拐就如同化了数十百根，拐影如山，把雷震子罩在当中，端的是风雨不透。但见雷震子所发的剑招，圈子越缩越小，到了后来，就只见一团银光，有如星丸跳跃，跳荡不休，但他的剑法也确有独到之处，虽然如此，铁拐仙兀是不能穿过那团银光，看来雷震子虽是处在下风，却仍然守得十分严密。

陈天宇无心多看，聚拢目光，仍朝着冰川入湖之处注视，忽听得异声骤起，冰川上游有一点黑点顺流而下，渐见扩大，原来是一叶小舟，舟中立着三人，面容还看不清楚，那一群人，除了两个尼泊尔武士还在跪着膜拜之外，其他的人一齐欢呼，纷纷挤到冰川入口之处探望。

陈天宇心中一动,想道:"莫非冰川天女来了?"凝神看时,但见那一叶轻舟,在冰河之中缓缓流下,须知那冰河是从山顶倒泻下来,水势甚急,而且冰河之上,到处都是冰块,冰河之下,又是亘古不化的一座座小山般的冰层,莫说是小舟,就是大船,碰着冰块,触着冰层,也会被砸得粉碎。那小舟却是奇怪之极,在湍急的冰河之中顺流而下,竟然如在平静的小河航行,又如有无数隐形的力士替它把舵一样,竟然十分平稳,不疾不徐,在冰块激撞、水流咆哮之中缓缓流下,小舟到处,冰块就向两边排开,竟似给它让路一般。陈天宇武功虽不甚高,但见此情形,也知舟中之人实具有不可思议的本领,好奇之心,越发炽盛。

但见那小舟越来越近,舟中人的面容已看得清清楚楚,陈天宇一眼瞥去,不觉打了一个寒噤,冷意直透心头。舟中共有三个女子,左边的是那神秘藏族少女芝娜,在她一向冰冷的面孔上,竟然挂着一朵笑容,就如在冰谷中绽开的花朵,此事已令陈天宇奇怪,但也还不觉什么;右边的是个中年妇人,颜容美艳,立在舟中,动也不动,这也没有什么。最奇怪是中间那个女子,但见她披着一头乱发,如棘如针,一张面孔,苍白得毫无半点人色,双手交叉胸前,十指有如鸡爪,乍眼望去,就如在幽坟古墓之中走出来的僵尸,令人不寒而栗。那些人骤见怪相,"呵呀"一声,纷纷惊跳起来,有三两个胆子较小而又是准备向冰川天女求婚的竟然吓得蒙了面孔,跌跌撞撞地急忙飞跑,头也不回,奔下山去。

陈天宇又惊又奇,心道:"冰川天女不知是否在这小舟之内,若然在这小舟之内,那么若不是那中年美妇,就是这僵尸般的女人了。"正自思疑,忽听得师父也惊叫了一声,回首看时,只见师父面如白纸,手脚颤抖,竟如患了发冷病一般,陈天宇心道:"师父此生,经过无数大风大浪,怎么比我还要胆小?"但听得师父喃喃自语道："呀，来了，来了！想不到竟然在这儿遇见了她！真是冤孽。"陈天宇道："师父，你说的她是谁？"萧青峰道："峨嵋女侠、夺命仙子谢云真！"陈天宇道："是中间那个女人吗？"萧青峰道："不，是右边那位。她的容貌和十多年前还是一模一样。"

陈天宇又吃一惊："难道中间那个僵尸般的女人竟然就是冰川天女？"他听过那藏族少女谈起冰川天女，心目中一向以为冰川天女是个美貌的女郎，绝不会像这个可怕的女人，心道：莫非冰川天女还没有下来。

那小舟来得更近了，相差十余丈远就要驶入天湖，那个披着大红袈裟的喇嘛突然大喝一声："谁是冰川天女？"飞身一起，跃入冰川，脚点浮冰，疾如鹰隼，奔向那只小船，伸出蒲扇般的大手，疾抓右手边的谢云真，他以为谢云真就是冰川天女。红衣喇嘛这一手登萍渡水的功夫，真是超群拔萃，萧青峰这时，目光全被那小舟吸住，见红衣喇嘛的"灵山掌"疾如风雷，看看就要抓到谢云真身上，不禁"呵呀"一声惊叫起来。

只见谢云真冷冷一笑，刚欲出手，中间那个女子，忽然手指一弹，快捷如电，一块浮冰正正弹中那红衣喇嘛的心窝，那红衣喇嘛惨叫一声，立足不稳，扑通一声，从浮冰上跌了下来，水流湍急，一下子就卷到下面，想是碰着下面的冰山，片刻之间，血水就冒了出来，染红了冰川入口之处的湖面！湖边群豪，纷纷骇叫！

萧青峰更是惊骇之极，须知学"灵山掌"的功夫，必然要兼学金钟罩铁布衫之类的外功，身躯总能受得千斤压力。红衣喇嘛适才显出那两手功夫，足见他已是个中的一流高手，寻常的暗器打中了他不过等于给他抓痒，怎料得到他给一块小小的浮冰，轻轻一弹，就丧了性命！

湖边群豪本来分成三批，两个尼泊尔武士是一批，这时正在低首膜拜，头也不抬；红衣喇嘛和追芝娜的那两个藏人是一批，这批人是萨迦的土司礼聘来捕芝娜的;另外那一批则是听到冰川天女的美名,想来求亲顺便想劫走芝娜的;这两批人见那女子出手如此厉害,都吓得慌了,有的牙齿打战,手酸脚软,吓得不能走动;有的较为胆大,还想群殴;有的则转过身来,便想逃走。只见那藏族少女伸手指了两指,道:"要捉我的是这两个人。"坐在小舟中间、面无血色、形似僵尸的女子头也不抬,随手在湖中拾起浮冰,铮铮弹出,那两个藏人刚走出三步,就给冰块弹中,登时口吐鲜血,晕死地上。谢云真道:"这些人都不是好东西!"那女子双手连弹,浮冰不住地如弹丸飞去,片刻之间,除了那两个尼泊尔武士之外,全都给浮冰打中,其中只有两个武功最高的,受了重伤,还能逃跑之外,其他的全都给冰块打死!

这一战惊心骇目,不但是萧青峰师徒移目注视,场中的铁拐仙与雷震子听得声声厉叫,也不自觉地缓了下来,斜目窥视,但铁拐仙的铁拐仍然封闭了雷震子脱身的门户,势道虽是缓和,危机仍然未减。

那三个女子舍舟登陆,缓缓地走上岸来,萧青峰的眼光与谢云真的接触,只见她似笑非笑地看着自己,这刹那间,爱恨交并,萧青峰想出声招呼,喉头哽咽,竟然叫不出来。谢云真却淡淡地点了点头,傍着那个女子,直向斗场走去。

那女子越来越近,全无血色的面孔越看越是可怕,陈天宇吓得抖抖索索,忽听得谢云真笑道:"老伴儿,冰川天女来啦,你还好意思欺负她的小辈吗?快快收起你的打狗拐杖吧!"

此言一出,萧青峰和陈天宇都不禁吓了一跳,萧青峰万万料想不到,如此美貌的谢云真竟然做了丑乞丐铁拐仙的妻子。陈天宇也是万万料想不到,他心目中以为定是美貌少女的冰川天女竟然是如此可怕的"女僵尸"。

忽听得那藏族少女也是一笑说道:"天女姐姐,那小伙子是个好人,姐姐,你不要吓坏了他。"只见冰川天女把手一拨,将那乱草般的头发拨落地上,原来乃是假发。又嗤的一声,撕开了外面的罩衣,再双手一抖,抖落了两只手套,然后又拉下了面具,就如褪了一层皮一样,这刹那间,陈天宇眼都定了!

只见那女子一身湖水色的衣裳,脸如新月,浅画双眉,眼珠微碧,樱桃小口,似喜还颦,秀发垂肩,梳成两条辫子,束以红绫,肤色有如羊脂白玉,映雪生辉,端的是绝世容颜,刚健婀娜,兼而有之,赛似画图仙女,比陈天宇心目中所想像的冰川天女还要美丽得多。

冰川天女眼珠一转,这一瞬间,每一个人都觉得:冰川天女的眼光在注视着我了!只听得冰川天女开声说道:"都给我停下手来!"声调甚是温柔,但却似乎有一股令人不可抗拒的力量,铁拐仙早收起铁拐,跳过一边,垂手立在谢云真的右侧,雷震子也横剑当胸,显得甚是诧异。

冰川天女秀眉一蹙,冷冷说道:"雷震子,你放下剑来,给萧先生叩三个响头,下山去吧。"这语气就如向小辈吩咐一般。雷震子怔了一怔,怒极反笑,道:"你是谁?你凭什么要我向他叩头?"须知雷震子是当今武当派的第二代高手,年纪四十有多,冰川天女看起来最多不过二十岁左右,更兼雷震子在江湖上久负盛名,心高气傲,你叫他如何肯在一个少女面前,低头俯首?

只听得冰川天女淡淡说道:"你们武当派的第十二条戒律是什么?"那条戒律是:"明辨是非,遇事当先问自己可有不是,不准恃势凌人。"雷震子不由得又是一怔,心道:"这边荒僻地,独处峰上的少女,如何会知道本门戒律?"只听得冰川天女又道:"你的事情我都已知道了,这事起因确是你的不对,姑念你心术虽然不正,但尚非罪大恶极,而且其中又有奸人播弄,不能完全透过于你,所以饶你不死,你还不快去向萧先生赔罪么?"

只见那女子一身湖水色的衣裳，脸如新月，浅画双眉，眼珠微碧，樱桃小口，似喜还颦……

雷震子独眼圆睁，怒道："你就是我的本门长辈，也管不到我！我为什么要听你这黄毛丫头的说话？"冰川天女面色微微一变，道："你是谁的弟子？这么强嘴！"雷震子横剑怒视，闭口不答，铁拐仙在旁代答道："他是当今武当派掌门闲云道人的弟子。"闲云道人是冒川生的师侄，虽为掌门，素性闲散，不大爱理门人之事，故此令到雷震子日渐骄横，难以制止。

冰川天女一笑说道："是么？我久闻武当派戒律谨严，素重尊卑之别，难道如今这风气竟然更改了么？原来你本门的长辈也管不了你！可是你本门的长辈管不了你，我却偏要替他们管一管你！"

雷震子气往上冲，不可复忍，横跃三步，长剑一挥，道："好吧，你就来管吧！俺雷震子在这里领教了！"冰川天女微微一笑，道："原来你要与我比剑。"她双手空空，随身亦无兵刃，谢云真拔出佩剑，想抛给她，只见她摆了摆手，说道："不用！"随手在湖边拾起一块浮冰。

那是一块形如长棒的冰块，冰川天女拾了起来，嗖的一掌削下，削了几削，削得那块长形冰块，形如一支利剑。冰块虽然并不是什么坚硬的东西，但这样随心所欲，随手削来，却也实是骇人听闻。

冰川天女微微一笑，将"冰剑"一扬，道："雷震子，你若能在十招之内，与我打成平手，我就把萧先生任你处置。"其时正是中午时分，日光直射下来，就是冰川里的浮冰，也在逐渐融化，更何况是握在手中，受人体热力所蒸发的冰块？萧青峰暗暗吃惊，心道："就算雷震子削它不断，它也过不了半个时辰，就要化为冰水！冰川天女这岂不是拿我的性命开玩笑吗？"只听得雷震子大笑道："好，这可是你自己说的，我若在十招之内，不能将你的冰剑削断，我就向你叩头！"冰川天女道："我是要你向萧先生叩头。"雷震子道："不必多言，一切依你便是，看剑！"刷的一剑，立刻横削过去。铁拐仙在旁高声数道:"第一招!"

这一剑快捷之极,更加上雷震子潜修了十多年的内功,休说是冰,就是钢刀铁剑,给他截着,只怕也要被削为两段。但见冰川天女微微一笑,说声:"好!"冰剑一指,竟然是从他绝对料想不到的方位,指到了他胸口的"玄机穴",这乃是人身死穴之一。雷震子大吃一惊,急忙一个"大弯腰,斜插柳",硬生生地将身形扭曲,将攻出去的劲力也收了回来,横剑回削,费了极大的力气,才将冰川天女这一狠招化了。冰川天女却是好整以暇,微微一笑,一掠即过,将冰剑又收了回来。

雷震子重整门户,长剑横胸一立,想道:"我以一掌护胸,一剑迎敌,且杀你个措手不及,只要你的冰剑给我的劲力微一沾上,就得化为冰水,看你如何防备?"主意打定,攻势突发,刷刷刷一连三剑,这是武当的连环夺命剑法,一招紧似一招,实是十分难以抵敌。只听冰川天女笑道:"你的本门剑法还差得远呢!"但见她身形起处,衣袂轻飘,霎眼之间,也还了三剑,每一剑都是中途变招,奇诡之极,雷震子连她的衣裳也沾不着,只觉她的冰剑寒光闪闪,在自己的面门闪来闪去,耀眼欲花,被迫得连连后退,只听得铁拐仙已数到第四招了。

雷震子这一惊非同小可,冰川天女的剑法怪异绝伦,竟然是本派的达摩剑法!这达摩剑法在元代中叶失传,直至康熙年间,才由辛龙子复得(辛龙子复得达摩剑法之事,详见拙著《七剑下天山》),再传至桂仲明,桂仲明也因此而为武当北支的开山祖,但因达摩剑法繁复怪异之极,在武当派复传的时日尚浅,数十年来,后辈弟子能精通达摩剑法的实在还没有几人。

雷震子是武当南支的弟子,武当南北二派的剑术,后来虽然交流,南支对达摩剑法毕竟比北支稍逊。雷震子虽然曾学过达摩剑法,却尚未登堂入室,这时一见冰川天女所使的达摩剑法,竟然比自己的师父还要高明,不由得心中发慌,暗自想道:"这丫头莫非真是本门长辈?"陡然想起一事,更是心慌,正欲出声询问,斜眼一瞥,忽见铁拐仙嘴角挂着冷笑,歪着眼睛在看着自己,禁不住火气又起,心道:"好,我就是拼了性命,也不认输!"看冰川天女时,只见她仍是气定神闲,剑尖斜指着自己,并不抢先出招,分明是一派长辈对小辈的神气。

这样的缓了一缓,冰川天女手中的冰剑已渐渐融化,冰水一滴一滴地洒下地来,冰剑变得更薄更透明了,雷震子突然想出了一个歹毒的主意:"好,你不肯出招,我就和你对耗,只要你的冰剑融化,我就是不战而胜!"他们有话在先,说明是比剑法,冰川天女的冰剑若真的是化为乌有,那可不能说雷震子狡猾取巧。

铁拐仙面色一沉,喝道:"雷震子,你怎么啦?"雷震子不理不睬,按剑凝视,动也不动,只见冰川天女又是微微一笑,道:"凭你这样的心术,我就应替闲云道长教训你啦!"纤指轻轻一弹,冰水飞溅,雷震子陡觉眼睛一花,白濛濛的水气遮着眼睛,有几滴冰水已洒到面上,奇寒彻骨,蒙眬中只道冰川天女突出怪招,不自觉地一剑撩去,这也是学武之人,防身攻敌已成习性,所以一觉风吹草动,就不由自己要抢先出招。

一剑刺出,这才猛然想起中了冰川天女之计,待欲撤剑已来不及,说时迟,那时快,只觉喉头一片冰凉,冰川天女的冰剑剑尖已贴到自己咽喉下凹之处,这正是人身死穴之一,只要冰川天女稍一用劲,雷震子就要气闭身亡!

冰川天女一笑道:"本想看你十招,看你学了些什么本领,只因你心术不正,只好减半,试你五招。你服输了吧?以后还敢不敢对长辈无礼?还敢不敢恃势凌人?"雷震子颤声说道:"你,你是桂师叔祖的女儿?"冰川天女道:"你猜得对啦!"

雷震子口中的"桂师叔祖"即是桂华生,桂华生在桂家三兄弟排行最幼，但剑术最精，雷震子曾听长辈说过桂华生负气远走边疆，一去不知所终之事，但却万万料不到他会有一个女儿住在天湖之上。

雷震子长叹一声，掷剑于地，向冰川天女叩了三个响头，只见冰川天女的冰剑已融化殆尽，只剩下薄薄的一片了。冰川天女微微一笑，将"冰剑"在手心一搓，顿时化为乌有，忽而面色一沉，喝道："你还不去向萧先生赔礼么？"正是：

倾尽天湖水，难消今日羞。

欲知后事如何？请听下回分解。

第五回

流水落花　深愁伤寂寞
珠宫贝阙　往事诉辛酸

雷震子面色铁青，一言不发，跑上去对萧青峰叩了三个响头，忽然一弯腰，就手抓起了地上的长剑，反剑向咽喉便割。须知雷震子在情场失意之后，又惨被意中人辣手毁容，天下还有什么事情比这个更令人心伤？是以他因爱成仇，除了恨峨嵋女侠谢云真之外，更迁怒到萧青峰身上。岂知含恨半生，出手报仇，竟出其意外地遇到了冰川天女，招来了如斯羞辱，故此他把心一横，便想自刎。

萧青峰失声惊呼，雷震子动作太快，阻已不及，忽听得"当"的一声，水花四溅，雷震子的长剑脱手飞去，堕在地上，原来是冰川天女打出了一片寒冰。

只听得冰川天女冷冷说道："没出息的东西，本领不好不能再练吗？"雷震子听了此言，又被激得死去活来，心中想道："对了，我若自杀，她可真当我是示弱了。"只听得冰川天女又道："若然你罪孽当死，我早已将你处置，还须你动手吗？当年之事，铁拐仙夫妇都对我说了，这固然是你的心术不正，但你受了奸人愚弄却不自知，亦是可怜可笑，王癞子是什么用心，你知道吗？你若想知道，今年中秋，你自己可以到扎伦去看。"雷震子听了，不觉一怔，心道："王癞子已经死了，谁还能知道他的心意？怎么到扎伦去看，可以知道死了的王瘤子的用心呢?"好奇之心一起,自杀之念顿消,当下再拾起长剑,垂头丧气地与崔云子一同下山。

萧青峰一派茫然,如梦如幻,只见谢云真与铁拐仙低声谈笑,状极亲热,萧青峰心中一酸,想道:"真是各有各的缘分,勉强不来的。铁拐仙虽然丑怪,但到底是驰名一代的江南大侠甘凤池衣钵真传的弟子,与谢云真匹配,也算不得辱没了她。"如此一想,想到自己少年时候的意中人已得佳偶,不必再劳自己牵挂,心中反觉坦然。忽见铁拐仙撑着铁拐,一跛一拐地向自己走来,到了面前三尺之地立定,忽然手抚铁拐,施了一礼,萧青峰慌不迭地还礼,连道:"不敢当,不敢当!"铁拐仙嘻嘻一笑,道:"萧老弟,你可知道我为何打你一拐,现在又向你赔礼吗?"萧青峰愕然不知所答,只听得铁拐仙道:"我自知是个丑八怪,所以嘛,所以……"谢云真一声喝道:"不知羞的老鬼,要惹人笑话吗?快别说啦!"原来铁拐仙因为自己相貌丑陋,妻子则貌美如花,他性情本就怪僻,竟因此而起了奇妒,凡对他妻子起过念头、纠缠过的,他都要去打那人一拐,铁拐仙这种奇怪的妒念,萧青峰做梦也想不到。

铁拐仙的说话被妻子打断,很不自然地又勉强笑了一笑,说道:"好啦,打你的原因我不说了,现在我说向你赔礼的原因吧。喂,萧青峰,你今年几岁?"

萧青峰又是一怔,心道:"铁拐仙问这个干嘛?"答道:"小弟今年四十刚刚出头。"铁拐仙道:"如此说来,你比我年轻多啦。可怜你颜容苍老,发都白了,听说十多年前,你还是个蛮漂亮的小伙子呢。"萧青峰苍白的脸上泛起一片微红,心道:"还不是因为你的妻子,将我无缘无故地牵入了这场漩涡,以至我为避强仇,远走塞外,终日担心,不知不觉之间,就白了少年头。青春的时光都虚度了。"只听得铁拐仙道:"萧老弟,我知道你心中埋怨什么,所以拙荆要我代她向你赔礼啦。她说牵累你遭了一场祸事,心中实是过意不去,除了向你赔罪之外,还要送你一件礼物。"说罢从怀中取出一个玉匣,递过去道:"你打开看看!"萧青峰打开一看,只见匣中藏的乃是一朵硕大无朋、有如巨碗、鲜红如血的大红花。萧青峰奇怪之极,莫名其妙,只听得铁拐仙续道:"这是优昙仙花,吃了可令人白发变黑,返老还童。我这个丑八怪反正用它不着,就送给你吧。"原来谢云真少年之时,号称"夺命仙子",心狠手辣,厉害无比,做事不择手段,所以才有当年那一场凶杀,而萧青峰却糊里糊涂受了雷震子与谢云真双方的利用。谢云真结婚之后,性情渐变,甚为后悔,恰好与铁拐仙漫游西北之时,在天山上找到了一朵优昙仙花,便决意拿它来送与萧青峰作为赎罪。

萧青峰又惊又喜,说道:"呵,原来这是优昙仙花!"想起前辈的传说,这仙花要六十年才开一次,百余年前,武当派的远祖卓一航想采优昙仙花送与白发魔女,守候一生,还守不到开花。不料如今得见,而且铁拐仙还送给自己。萧青峰怔怔地看着那朵红花,不敢伸手去接。谢云真缓缓行近,一笑说道:"青峰,你吃了它吧。五年前我在川西遇见你的表妹吴绛仙,她在问候你呢。你母亲也还健在,你不想回去看看她们吗?"萧青峰心念一动,猛地想起了故乡亲友,思乡之心陡起,心道:"现在冤仇已经解开,是该回乡的时候了。我为她遭了一场大祸,要她这朵仙花,也不为过。"于是伸手接过那朵红花,仰天叹道:"飘泊江湖数十秋,相逢未白少年头。"谢云真接道:"而今好自还家去,竹马青梅觅旧游!"萧青峰大笑道:"好,好,你说得好!宇儿呵,为师的要和你分手了!"

陈天宇在这半日之间,目睹许多奇情怪事,恍如置身梦境之中,忽然听说师父要返回家乡,不禁怔住了,好半响说不出话来,萧青峰也觉十分难舍。铁拐仙笑道:"你这个徒弟心肠甚好,极合我的心意,我这个花子,见了别人的好东西就想乞讨,萧老弟,你这个徒弟就让了我吧。"

萧青峰喜道："你肯收宇儿为徒，那是最好不过。宇儿，过来磕头！"陈天宇道："师父，你真的要回去了么？"萧青峰道："我不回去，还在这里做什么？宇儿，为师的也舍不得你，但你的父母家人都在此地，我又怎能带你回去。"铁拐仙道："哈，你这个小娃娃也生了一对势利的眼睛，不肯拜我这个臭叫花做师父吗？"陈天宇急道："不敢，不敢！"连忙磕头，铁拐仙哈哈大笑，道："我可没有你师父的和气，你在我门下，要替我讨饭乞钱，若不听话，我就用这根铁拐打你的屁股。"谢云真道："你别吓唬这好孩子啦，我说呀，你就是踏破铁鞋，也找不到这样好的徒弟。"萧青峰咽下眼泪，看了陈天宇一眼，又看了谢云真一眼，道："好，我去啦，宇儿，你好好听这位师父的话，若是有缘，咱们日后还能相见。"提起拂尘，飘然下山。后来萧青峰回到中原，不久就得了一位称心如意的伴侣，而且练成了青城派的第一高手，这是后话，按下不表。

铁拐仙笑道："这老儿去就去了，偏好生啰嗦。"谢云真悄悄说道："你瞧，还有更啰嗦的人呢！"铁拐仙回头一望，只见适才在湖边焚香礼拜的那两个尼泊尔武士，不知什么时候已回到这儿，正在冰川天女的跟前低声说话，冰川天女仰首望天，神情淡漠之极，竟不理睬他们。这两个尼泊尔武士，指手划脚，说了又说，说个不休，脸上现出一派焦急的神情，似是期待，又似哀求。他们说话的声音好似蚊叫一样，而且铁拐仙也不懂尼泊尔话，留心静听，也听不清楚他们说些什么，心中好生奇怪。陈天宇在西藏长大，西藏常有尼泊尔的人来做生意，所以他稍稍懂得几句，听出了几个断续的词儿，如"金瓶""父王"之类，意义却连接不起来，猛地想起了麦大侠和铁拐仙他们，在日喀则旅店中争夺瓷瓶的事，心中想道："莫非这两个尼泊尔武士所说之事，与那瓷瓶有关吗？但那可是瓷瓶，并不是什么金瓶呵，父王又指的是谁呢？"心中也是好生纳罕。冰川天女似乎很不耐烦，忽而高声说了一句尼泊尔话，这句话陈天宇却听得清清楚楚，她是说："除非上面这座冰峰倒了，否则我此生绝不下山。"一挥玉手，指一指那座冰峰，决然说道："去，去，你们自己回去！"她的话声并不严厉，但却似乎是一个统帅在百万军中下令一般，有一股凛然不可拂逆的神情，这刹那间，陈天宇只觉得她不但是美艳如仙，而且气度高华，既像不食人间烟火的仙子，又像尊贵之极的女王，这两个印象本极矛盾，但眼前的情景，这两个矛盾的印象却揉合为一，再难找到第二种适当的形容。

那两个尼泊尔武士面面相觑，憬然而退，不敢再说，面上却都现出一副极其失望的神情！

冰川天女随手摘了一朵野花，抛进湖中，正当冰河入口之处，水涡一卷，一瓣一瓣的花瓣随着水流漂去，冰川天女一派怅然的神情，似是心有所感，意兴阑珊。陈天宇突然想起了"物犹如此，人何以堪！"这两句说话，不觉打了一个寒噤，看那雪山冰峰，高耸入云，上面定是寒冷无比；而眼前却是一湖春水，遍野花香，湖畔玉人，风华绝代，一山之上，境界悬殊；这风华绝代的玉人，却长年累月孤单一人住在雪山冰峰之上，陈天宇忽发奇想，想道：这就好比冬天里的春天，可惜这春天的景色，却永不为世人所知，雪山之中，居然会有一个天湖，已是奇妙，冰川之上，竟有一个天女，更是神奇！难道这冰川天女，将来也像这湖畔的春花，自开自落，花自飘零水自流？

陈天宇正在遐思，忽听得冰川天女悠悠说道："我这里本不招待外人，但甘大侠是家父至交，铁拐仙你既奉甘大侠的遗命，万水千山，前来找我，那么我也就破一次例，请你们夫妇到我的山居小住几天。"原来自桂华生失踪之后，他的两位哥哥遍托高人寻觅。甘凤池也是受托者之一，三十年来，遍找无踪，甘凤池最重承诺，所以在身死之后，仍有遗言要徒弟寻找。铁拐仙夫妇总算不负所托,打探出天湖之上有一位冰川天女,十之八九,会是桂华生的女儿,因而寻到此间,适才铁拐仙在湖边与雷震子比武之时,正是谢云真与冰川天女会面之际。

铁拐仙笑道:"我素慕此间仙境,心有所愿,不敢请耳。你肯留我住几天,那是最好不过。"冰川天女道:"那么,大家都请下船吧,你是铁拐仙的徒弟,又是我这位芝娜妹妹的朋友,你也来吧。"陈天宇略一踌躇,也便随着他们同下小船。这时日头过午,冰川中的冰块融化更多,水流更急,挟着浮冰,自山顶奔泻而下,更是令人触目惊心。陈天宇心道:"逆流而上,比适才顺流而下,更要艰难几倍,冰川天女纵有绝世武功,也难以将这小舟在冰川之中,撑至山顶,难道她不是血肉所造的寻常之人,而竟是名副其实的天女?"对冰川天女适才在冰川之中操舟如履平地的功夫,万分不解。

只听得冰川天女道:"大家都坐定了?开船啦!"取起一枝碧玉船篙,轻轻在冰块之上一点,小舟立刻驶前几丈,忽给水流一涌,浮冰一挤,又退后丈许,冰川天女拨开浮冰,又是轻轻一点,小舟又再向前。陈天宇把眼一望,只见冰川天女全神贯注,似是颇为吃力,而舟中诸人,却都安然坐着,动也不动。陈天宇心道:"要她一人用力,这怎么过意得去?"忽见又是一股急流奔来,那小船团团乱转,竟被卷在漩涡之中,进退不得,冰屑与浪花齐飞,溅了满面。

陈天宇吃了一惊,见师父的那支铁拐倚在船边,陈天宇少年热心,不假思索,拿起师父的那支铁拐,意欲助她一臂之力。铁拐沉重非常,陈天宇勉强提了起来,插入水中,用力一撑,不撑犹好,一撑之下,那小船突然打横一转,给激流一冲而下,一小半船身已浸入水中,倾侧颠簸。铁拐仙急将铁拐一把抢过,喝道:"你找死吗?"冰川天女双指一弹,发出一片浮冰,将铁拐弹开,笑道:"他

冰川天女随手摘了一朵野花，抛进湖中，正当冰河入口之处，水涡一卷，一瓣一瓣的花瓣随着水流漂去，冰川天女一派怅然的神情，似是心有所感，意兴阑珊。

也是一片好心，不必怪他。"陈天宇面上热辣辣的好不羞惭，只见那小船不知怎的，又稳住了在水流之中打转，陈天宇心中稍宽，忽见又是一股激流，自左边奔来，比先前那股激流更猛更急，挟着浮冰，哗啦啦地疾冲而下，陈天宇吓得面青唇白，暗道："此命休矣！"忽地里，那小船向上一抛，陈天宇顿感身子一轻，就如腾云驾雾一般，似是给那股激流抛掷到九天之上，忽然又掉下来，睁开眼时，只见那小船已平稳地浮在水中，离开冰川入湖之处很远了。陈天宇大感神奇，忽听得那藏族少女芝娜笑道："我初来时也曾给这激流吓得要死，后来才知道，若然这冰川之中没有激流，小舟根本就不能上下。"原来冰川天女生于斯，长于斯，习知冰川的特性，冰川的激流就如龙卷风一样，可以回旋打转，顺着这股水流，小舟可以自然而然地被它倒卷上去，所以在冰川之中行舟，虽然也要具有不寻常的武功，但却并非神迹。

不用一个时辰，小舟已到了山顶，陈天宇陡觉眼前一亮，只见山上建筑，如同宫殿，那些屋宇都是水晶、云石、晶盐，或者坚冰所造，通体透明。在夕阳返照之下，只觉霞彩夺目，闪闪生光，端的是人间罕见的奇景，胜似传说中的贝阙珠宫。陈天宇本已是疲倦非常，见此奇景，也觉精神一振，但心中却自想道："冰川天女一人，住这么大的宫殿，不太寂寞了么？"芝娜笑道："天女姐姐，你若肯收我作你的侍女，我真愿意终老此间了。"冰川天女道："傻丫头，这地方你怎住得惯？何况你不是日日夜夜都在想报父母之仇吗？"芝娜黯然不语，冰川天女又道："你老是叫我天女姐姐，不怕外人见笑么？我只不过住在冰川之上罢了，哪里是什么天女呢？我姓桂，名叫桂冰娥，铁拐仙夫妇，你们大约还不知道我的名字吧。"芝娜笑道："这名字真好，不过你美若天人，我还是叫你做天女姐姐。"

冰川天女带领众人，走入宫殿，双掌一拍，只见每幢宫殿之前,都出现了一位宫装少女,因为宫殿透明,所以里面虽然是重门叠户,那些宫装少女,却都隐约可见。奇怪的是,那些侍女虽然个个都是妙曼多姿,但装束体态,非藏非汉,不知是来自何方?

陈天宇目眩神迷,感觉似乎是走入了神话中的境界。冰川天女道:"你们跋涉风尘,旅途劳顿,先歇歇吧。"叫侍女引他们去休息,铁拐仙夫妇、陈天宇与芝娜四人都被分隔开来,每人进一间宫殿。

宫中道路弯弯曲曲,陈天宇随着侍女走过几道回廊,到了一处花园,但见奇花异草,触目都是,有的花开如雪,有的灿若云霞,有的黑如墨兰,有的红若玫瑰,有的牵藤附葛,有的石隙横生,都说不出名字来。陈天宇目不暇给,只听得那侍女说道:"相公请入这间屋子歇息,有什么事情叫我,可以牵动屋里的铜线,我就知道了。这里道路纷歧,相公若出园中游玩,请记着这个标记,以免迷失。"用手指给陈天宇看,陈天宇所住的这间宫殿,屋顶雕有一个石狮,远远望去,其他宫殿,或者是雕有骏马,或者是老虎,或者是凤凰,都有标志。这蛮女相貌虽殊中土,但却说得一口很好的北京话,清甜圆润,听起来很是舒服。

侍女交待清楚,便自退下。陈天宇推开房门,忽见房中突然现出几个少年,都带着惊愕的表情,迎面而来。陈天宇吃了一惊,仔细看时,却原来是自己的影子。这间宫殿是云石所造,四面墙壁都嵌有玻璃镜子,纤毫毕现,当时这种琢磨精美的照身镜都是从西洋运来的,陈天宇虽然见过,但却没有这么精美,也没有这么多,是以感到惊讶。房中布置,清雅富丽,兼而有之,丝织锦被配以描金帐子,檀香书桌上供一瓶不知名的异花,发散着幽幽的清香,墙壁上还挂有一座西洋时辰钟,滴滴答答地响着。那时,西洋的时辰钟运入中国的还少,陈天宇只在土司家里见过一次,禁不住对这时辰钟也瞧了老半天。

再仔细看时,墙壁上还挂有两幅字画,画面一男一女,男的是个黄衣少年,腰悬长剑,丰神俊秀,女的却是位古装美人,柳叶双眉,瓜子脸儿,清秀之极,体态形貌与冰川天女本来甚不相同,但乍眼一看,眉目之间,却又有些神似。再看那幅字,字迹娟秀,似乎是女子的书法。题的是一首词。词道:

"引离杯,歌离怨,诉离情。是谁谱掠水鸿惊。秋娘金缕,曲终人散数峰青。悠悠不向谢桥去,梦绕燕京。 杯空满,歌空好,琴空妙,月空明;只兰苑人去尘生。江南冬暮,怅年年雪冷风清。故人天际,问谁来同慰飘零。"

底下一行小字是"录亡父忆母旧作。浣莲。"陈天宇这才醒起,原来这画中男女,乃是冰川天女的祖父祖母——桂仲明和冒浣莲,这首词乃是冒浣莲的父亲冒辟疆的作品。

陈天宇不由得疑云大起:冰川天女是桂仲明的孙女,此事已经奇怪,这高山上的宫殿,和宫殿中的那许多蛮女,更是出奇,冰川天女的身世,虽然已揭了一角,但半明半暗之间,却是更增神秘。

这一晚,晚餐由侍女送来,陈天宇始终没有见着铁拐仙夫妇的面。是夜,陈天宇辗转反侧,一会儿想起了那藏族少女芝娜,一会儿想起了冰川天女,一会儿又想起了自己所拜的师父铁拐仙夫妇的古怪行径,思潮起伏,不能入睡,偶从窗口望出,但见外面一片银白,在冰峰的雪光掩映之下,那些奇花异草,如同蒙上一层薄雾冰绡,又如在玻璃世界之中,添了许多美妙的神秘的色彩,这奇景的是人间罕遇,旷世难逢,陈天宇忍不住悄悄地起来,披上衣裳,推开宫门,出去赏览。

忽听得一阵微细的语声,远远传来,陈天宇在假山后面一伏,只见两条人影正朝着自己这面行来,走在前面的是自己的师父铁拐仙,陈天宇心中大奇,想道:他们在这个时分,出来做甚?又怕冰川天女瞧见了他,怪他在深夜之时,在宫中行走,因此动也不动,不敢出去招呼。

这两人走到陈天宇十余丈之地,忽然停着,只听得冰川天女说道:"多谢你这次上山报讯,更多谢叔伯们对我关心,但我已立誓此生此世,再不下山半步的了。"铁拐仙道:"但,但是那个金瓶,关系极其重大,想当年,七剑下天山,你的祖父祖母,同凌未风大侠一起,同抗清兵,你是桂大侠的孙女儿,难道就忍见西藏沦为满房的藩属吗?这金瓶一到,西藏可就完啦!"冰川天女冷冷说道:"我不理这些事情。"声调十分坚决,毫无挽回余地。铁拐仙叹了口气,正想再说,只听得冰川天女又道:"除非这座冰峰倒了,否则我的心志不移。你们夫妇远来,我本该稍尽地主之谊,招待你们小住几日,这话亦说过了。无奈我以前曾发过誓言,有谁敢劝我下山的,即算他是我的长辈,我也不能招待。铁拐仙,多谢你这次的心事,明日我叫侍女送你们下山去,以后你们也不必再来探我啦。"冰川天女背向着陈天宇,陈天宇瞧不见她的面容,她说话的声调,听来亦甚温柔,但却是说得斩钉截铁,就如一个女王,宣布了一道命令一般。此言一出,铁拐仙登时静默。陈天宇亦是诧异非常。心道:这冰川天女怎的这样不近人情,这不是公然下了逐客令吗?不知怎的,陈天宇忽感对这如同仙境的地方,有说不出的留恋,尤其对那神秘的藏族少女,更是依依不舍。想起明日就要随师父下山,以后再也无缘到此,心中不觉怅然。

但见玉宇无尘,冰峰映月,万籁无声,满园子静寂寂的,静默了许久许久,才听得铁拐仙道:"冒犯姑娘,不敢求恕,姑娘盼咐,遵命就是。"随即又听到脚步声渐远渐杳,陈天宇从假山石后望出来,冰川天女与铁拐仙的背影都不见了。

陈天宇吁了口气,步出假山,忽见前面分花拂柳,又走出一人,陈天宇正想躲避,只听得一个银铃似的声音说道:"嗯,你还未睡么?"定睛一看,正是那神秘的藏族少女芝娜。头上披着白纱,一双明如秋水的眼睛在黑夜里闪闪放光,嘴角仍然孕育着那种令人莫测高深的微笑。陈天宇心道:"冰川天女虽然是风华绝代,美若天人,但不食人间烟火的仙子,总是令人不敢亲近;这少女虽则也令人感到神秘,比较起来,却是令人感到易于接近。"

那藏族少女微微一笑,说道:"多谢你屡次救命之恩,只可惜你明天就要走了。"陈天宇道:"嗯,适才的事你都知道了?"芝娜点了点头,道:"天女姐姐说,你师父要去抢夺金瓶,只恐有性命之险,叫你小心。"陈天宇吃了一惊,道:"我给他们弄得莫名其妙,究竟要抢夺的金瓶是什么东西?"芝娜道:"你没有听说过金本巴瓶吗?"陈天宇道:"没有听过。"

那藏族少女秀眉微蹙,面色凝重,低声说道:"你可知道咱们这里的达赖班禅两位活佛,以及呼图克图等大活佛都是转世的?"原来西藏对达赖喇嘛、班禅喇嘛,以及次一级的呼图克图(活佛封号),都称为活佛,认为他们圆寂(死)之后可以转生。但是究竟生在哪里?何时转生?却是一个大问题。以往的规矩只凭当时当地有声望的活佛或者"吹忠"(巫师)降神作法,指定一个方向,叫人寻找。但往往各指一人,弄到同时出现几个转生的达赖或者班禅,真假难分,无所适从,甚至发生争执,引起纠纷。例如就在驻藏大臣福康安的任内,就曾出现过两个转世的第六世达赖喇嘛,引起重大争执。陈天宇在西藏长大,对这些事情,当然清楚。

陈天宇点了点头,芝娜道:"就因为活佛转世,时时发生纠纷,所以听说清朝的皇帝要颁发一个金本巴瓶(本巴是藏语"瓶子"的意思),若有纠纷,就叫吹忠将各个被认为是转世活佛的姓名,各写一签,放在瓶内,对众拈定。听说这个金本巴瓶就快要由北京颁发,到时达赖班禅以及各僧俗官员,都要举行极隆重的迎接仪式,然后将它供在拉萨市中心的大昭寺楼上,从此永传后世,作为西藏最最重要的圣物。你想这样重要的圣物,该有多少高手保护？你的师父要去抢夺，这可不是寻死吗？"

陈天宇正欲问她怎会知道此事，想起她是沁布藩王的女儿，便不再问了。陈天宇的父亲是清廷派驻西藏的一个官员，陈天宇虽然对满洲人也不大满意，但却隐隐觉得，朝廷这件事情，也似乎做得不错，最少可以减少西藏的纠纷，不明他的师父为何却要反对？

芝娜叹了口气，道："我们西藏人最崇拜活佛，若然你们汉人毁坏了这个金本巴瓶，抢走了我们的圣物，那么汉藏之间的仇恨，恐怕会越结越深。听说你们汉人之中，有一些侠士，生怕西藏接受了金本巴瓶之后，政教制度都受朝廷的规定，就要变成满清的藩属，因此誓死从中破坏，但只恐这番好心，我们西藏人会把它当成恶意。你还是劝你的师父不要插手的好。"陈天宇道："我师父的脾气古怪，我还是新近拜师，怎敢在他跟前说话？"

两人静默了一会，陈天宇道："芝娜，你是怎样和萨迦的土司结仇的？"话出之后，忽觉太过冒昧，交浅言深，只怕自讨没趣。芝娜却并不在意，轻掠云鬟，低声说道："你曾在土司家中救过我的性命，你不问我，我也该对你说说。我且给你说一个故事。除了天女姐姐之外，你是这世界上第二个听我故事的人。

"很久很久以前，据说在你们汉人叫做唐朝的时候，吐谷浑（今青海一带）入寇西藏，西藏有一个骁勇善战的将军，打退了吐谷浑的军队。不久藏王大婚，皇后就是你们唐朝的文成公主，藏王趁着结婚大典，大封有战功的将士，那位将军功劳最大，藏王便赏给他跑马一日之地，让他自立。那位将军十分善于骑马，翻山涉水并不择路，据说一日之内，便跑了五千多里的一个大圈子，于是这片土地归他所有，受封藩王的这位将军便是我的始祖。

"代代相传，传到了第五代便是我的父亲沁布藩王，管辖四大土司，其中以萨迦土司权势最大，他的妻子又正是我堂伯的女儿，上司下属的关系加上亲戚的关系，两家的来往就更亲密了。

"我的父亲最爱打猎,想不到有一天他为了追赶一只金毛野狐,没留神被头上的树枝撞着,堕马惨死。我没有姐妹,也没有兄弟,依照长辈的公议,该由我的嫡亲叔叔继承,然后才是我的堂兄弟们。想不到奇怪的事情接二连三地发生了,先是我的那位叔叔在喝了一碗马奶之后,忽然浑身青肿当晚就咽气了,接着他的儿子在玩捉迷藏的时候,又忽然从树上跌下来摔死。接着我的堂兄弟们一个接着一个莫名其妙地得怪病暴毙,死者都是浑身青肿,七窍流血,老人们说是鬼魂作祟,全家都躲在家中的神庙里,神庙外边上了大铁锁,并用石灰围着院墙撒了一道白线,据说可以拦着鬼魂不能入来,呀,那些日子可怕极了!"

陈天宇打了一个寒噤,眼前美丽的景色也变得阴森可怖。只听得芝娜续道:"我的堂兄弟一个接着一个暴毙身亡,不到一个月,都死得干干净净。这一天,我最后一个堂弟,只有三岁大的孩子也死了,我害怕非常,心里头有个预兆,好像感到自己也将不久于人世。这天是我父亲的回魂祭(藏俗迷信死后二十八天,魂魄可以回来,届时家人要举行回魂祭),本该在王府设灵,让族人拜祭,但为了这一连串古怪的、可怖的事件,我们都不敢出神庙半步,别人也不敢到我家里来,害怕鬼魂作祟。

"但却有一人不怕,这人是我的舅舅,名叫洛珠,你听过这名字吗?"陈天宇道:"听父亲说过。他是沁布的第一名勇士,我师父说他是天龙派有数的人物。"芝娜点了点头,道:"我的舅舅本事很大,他也喜欢打猎,他一人可以降伏一只犀牛,他不害怕鬼魂,那一天他来了,晚上便同我们一起守灵,伴我们过夜。

"我害怕得很,本来我每天晚上,是跟妈妈一间房子睡的,这一晚我要舅舅跟我同房,我妈要守到五更才睡,和两个侍女在外面守灵。

"这一晚我怎样也睡不着,有什么风吹草动,都以为是我爸爸鬼魂回来。但心里一想，爸爸生前最爱我，若然他变了鬼魂，也该保佑我，保佑我的母亲，让我们不受其他野鬼的侵害。

"三更过去了，四更也敲了，家人婢仆都睡了，神庙里一片寂静，只有外面那座西洋时辰钟滴答滴答地响着，静得令人心跳。房里有两张床，我睡里面那张，舅舅睡外面那张，我睡不着，睁大眼睛，从门缝里瞧出去，外面烛光摇晃，我想起妈妈一个人在外面，很害怕，想大声叫嚷，叫妈妈不要守了，快点回来伴我。还没有叫出声，忽然外面的烛光，一下子全都熄灭。

"只听得妈妈一声厉叫，叫得我汗毛直竖，陡然间舅舅大喝一声，呼的一拳捣出，床板也轰隆塌了，这时我才瞧见一条黑影，与我舅舅打作一团。

"打了一阵，舅舅将他迫出房外，不准他来侵害我，从房子里望出去，只见两条黑影，纵跃搏击，每一拳打出，都是呼呼挟风，已分不出谁是舅父，谁是刺客，桌椅家私都给打折，乒乒乓乓地乱响，忽听得我舅父又大叫一声，声音惨厉，我吓得魂不附体，以为舅父也中了那人的毒手，险些晕了过去。但这一声之后，外面又忽然静了下来，我睁开眼睛，感觉有人在轻轻抚摸我的头发，我道：'是舅舅吗？'"陈天宇听得紧张之极，不自觉也用同样口吻问道："是舅舅吗？"

芝娜吁了口气，道："是舅舅。他有点气喘，但声音却很迫促，而且颤抖，他说：'嗯，芝娜。是我，快跟我走。'我已经吓得不会走动，他将我一把抱了起来，走出外面，我道：'妈妈呢？叫妈妈也一同走。'舅舅叹了口气，不回答我，踢开神庙庙门，跨上一匹战马，连夜奔逃。后来我才知道，妈妈和那两个侍女，都给刺客杀了，那刺客本来要杀我的，不是舅舅，我早已丧命了。

"舅舅马不停蹄，一夜之间，疾跑二百多里，他这才告诉我，我的叔叔和堂兄弟们，都是给那个刺客害死的，那刺客练有一种歹毒的功夫，叫做'七阴掌'，只要身体任何部分，中了他的一掌，便会浑身青肿，七窍流血而亡！他昨晚拼了性命，虽然将那人打退，但也已中了一掌。

"我吓得魂不附体，急问怎么办。舅舅说，他练有内功，可以抵御七日，他听说念青唐古拉山上有天湖，湖边有个仙女，天湖的圣水和山上的一种曼陀罗花，可以医治百病，他想不出其他办法，就不管是真是假，背着我冒着艰难困苦，攀登上念青唐古拉山。

"可是他身受内伤，又连日奔波，攀登高山，刚看见天湖的湖水，大喜过望，叫了一声，就晕倒了。我叫不醒他，哀哀痛哭，肚子又饥又饿，哭了一场，也晕倒了。

"也不知过了多久，我悠悠醒转，舅舅不见了，却见一个美貌少女，站在我的面前，我心里想道：'这一定是住在天湖边的仙女了。'便道：'仙女姐姐，我的舅舅呢？'那女子微微一笑，道：'那人是你的舅舅吗？我不是仙女，我姓桂，名叫冰娥，别人也叫我做冰川天女。'我又问道：'天女姐姐，我的舅舅呢？'冰川天女道：'我这里不准外人上来，你的舅舅已给我赶下山了。'我号啕大哭，冰川天女安慰我道：'你不要哭，我替你的舅舅治好了伤，他的性命已保住了，要不然他还能下山吗？'我想这位天女姐姐救了我的舅舅，却又赶他下山，心里便莫名其妙地害怕，道：'天女姐姐，你也赶我下山吗？'那时我一点也不会武功，若然要我一人下山，不跌死也会饿死。

"冰川天女又是微微一笑，说道：'我与你有缘，所以将你留下来了。'后来我才知道，她从未见过外人，想知道一些尘世间的事情，她又欢喜我的眼睛像她，所以将我留下来。"陈天宇经她一说，不禁留意她的眼睛，只觉她的眼睛又圆又大，眼珠微碧，在眼眶里滴溜溜地转，就像白水银里包着两颗黑水银，果然有点像冰川天女的眼睛。

芝娜面上泛起一片羞红，低下头说道："我见她对我很是和善，便留下来，将身世经历告诉了她。"

陈天宇道："后来怎样？"芝娜道："冰川天女虽然没有在我的面前显露过惊人的武功，但我已知道她是非常之人，便想拜她为师，跟她学点本领。她说：'我素来不理尘世之事，更不想做人师父。'我苦苦哀求，后来她说：'好吧，看在你身世可怜，我便以姐妹之谊，传你武功口诀，以三日为期，你能领会多少，那就全看你的造化了。'我学了口诀，又在她宫中住了一月，私下里向她的侍女们讨教练习，果然得益不少，本来她还要留我多住的，我复仇心切，住了一个月便下山了。呀，哪知道她教的虽是极精微深奥的武功，我资质愚鲁，却是领会不多，仇报不成，反险些丢了性命。"

她说的自然是谦逊之辞。要知以芝娜现在的武功，在江湖上已非庸手，轻功更比陈天宇还要高明。陈天宇听了不由得心中骇服，想道："她只学了三日武功，便有如斯造诣，冰川天女的本事，真是深不可测，她的聪明悟性，在这世上也恐怕找不到第二个人！"

芝娜续道："我下山之后，打探我的家事，才知道我家的种种惨事，都是萨迦土司的所作所为。就在那一晚之后，继承我父亲的近支远支亲属都死光了，我失了踪，我妈妈也死了，沁布藩王的王位，再也找不到适当的承继之人。第二天，萨迦土司带领人马来了，以姻亲的身份，硬要拥立我的堂伯，也就是他的岳父为王。族中长老慑于他的威势，没人敢道半个不字，我的堂伯年已六十开外，犹如风中残烛，昏庸老朽，毫无作为，萨迦土司派他的长子来做涅巴，美其名曰外孙来给外公分劳，帮理政事，实际是他做了太上皇，沁布藩王的土地也被他侵夺了不少。我恨极了他，发誓不管任何艰苦，定要把他杀了。后来我报仇失败的事，你都知道，我不必多说了。"

陈天宇道："冰川天女答应再传你的武功吗？"芝娜道："她答

应再教我三日,此后,我能否报仇,就全是我的事了。"陈天宇激动说道:"我替你报仇。"芝娜微微一笑,道:"是么,我多谢你啦。只是父母之仇,若非万不得已,我是不会借外人之力的。再者萨迦土司养有许多能人,那会使七阴掌的刺客,只是其中之一,以你我此刻的武功,再练三年五载,也未必近得了他。"陈天宇想起自己本事低微,却口出大言,不觉甚是羞愧。

  月光之下,但见芝娜水汪汪的眼睛,充满了感激的谢意,忽而幽幽说道:"明天你不是要跟你的师父走么?"陈天宇心神动荡,低声叹道:"是呵,明天我就要随师父走了。"话声未了,忽听得花园那边,隐隐传来了铁拐仙的叱咤之声。正是:

  冰宫来怪客,剑底见奇情。

  欲知后事如何?请听下回分解。

第六回

天女飞花　仙姝应有恨
冰川映月　骚客动芳心

水晶冰宫，四面透明，远远望去，只见在宫殿那边，花园里面，有两条黑影，腾跃搏斗。其中一人，手提铁拐，舞得车轮般的团团疾转，可不正是陈天宇新拜的师父铁拐仙！他的对手身材高大，面貌看不清楚，似乎不是中土之人，身上披着一件大红袈裟，在冰宫的寒光掩映之下，十分抢眼夺目，就如在白云里面涌出一朵红霞。陈天宇吃了一惊，心道："这人居然能渡过冰川，直闯冰宫，本事定是非同小可。"芝娜看了一眼，亦是骇然说道："冰川天女禁令森严，怎么还不出来，竟容这个野人来闯她的宫殿？"

芝娜熟悉宫中道路，带着陈天宇左弯右绕，不一刻就到了那边金马宫前面的花园，只见和铁拐仙搏斗的那人是个番僧，鹰鼻狮口，相貌甚是丑陋，他使的是一根禅杖，比铁拐仙的铁拐要细小许多，但铁拐仙的凶猛搏击，都被他一一轻描淡写地化解开去。

再定睛一看，只见还有两条人影，倚在假山的太湖石边，双手合十，口中喃喃有词，却是日前所见的那两个尼泊尔武士。陈天宇又是一怔，心道：这两个尼泊尔武士对冰川天女奉若神明，恭敬无比，何以也敢随这个番僧来闯她的宫殿。只听得芝娜悄声说道："这两个尼泊尔武士叫这番僧做国师，看似甚有来头。"芝娜比陈天宇多懂尼泊尔话,陈天宇问道:"他们说的什么?"芝娜道:"我也听得不很明白,好像是劝他们的国师不要闯祸。"

铁拐仙越斗越勇,碗口般粗大的拐杖舞得呼呼挟风,拐杖抡圆,就如一片杖林,将那红衣番僧困在当中。双杖交击,更如鸣钟击磬,震得耳鼓都嗡嗡作响,霎眼之间,又斗了三五十招。陈天宇越看越奇,心道:"他们这一阵乒乒乓乓的乱打,就算熟睡如泥,也该被他们闹醒,何以冰川天女还不见出来?"非但冰川天女不见出来,宫中的侍女,也无一人出现。

陈天宇道:"芝娜,要不要叫你的天女姐姐出来?"芝娜道:"天女姐姐行事神奇,她现在尚未出来,想必其中另有缘故。"陡然听得双杖相交,一阵金铁交鸣,嗡嗡之声,不绝于耳,陈天宇急忙看时,只见那红衣番僧忽然坐在地上,禅杖慢慢挥动,铁拐仙须眉俱张,狠狠扑击,陈天宇心中喜道:"不必冰川天女到来,这厮非我师父之敌。"

却不知铁拐仙此时,心中正在叫苦不迭!他是甘凤池的首徒,功力之高,大江南北,无与伦比,谁知碰着了这红衣番僧,竟然讨不了便宜,任他金刚大力,狠攻猛扑,却被这番僧化解于无形。

铁拐仙称霸江湖二十多年,今番还是第一次遭逢劲敌,迫得施展最厉害的伏魔杖法,这伏魔杖法乃是当年独臂神尼所创,经过了因和尚精研,再加以增益,演成一百零八路的招数,每一杖打下,都有千钧之力,而且杖头杖尾都可用以打穴,其中还夹有刀剑的路数,端的是厉害无比,但却最消耗内家真力,若然演完一百零八路杖法,非卧床静养三日,不能复原,所以铁拐仙从来不用。

伏魔杖法一展,果是非同小可,数招一过,便如天风海雨,扑人而来,饶是那番僧如何镇定,也有点手忙脚乱,铁拐仙加重内力,正拟将他一拐击倒,那番僧打了一个盘旋,忽然跌坐地上,双膝一盘,瞑目垂首,状如坐禅,手中的禅杖却仍是缓缓挥动。

铁拐仙虽是见多识广，也不由得怔了一怔，心道："这是什么打法？"陡觉自己的攻势被他封着，而且隐隐有一股反击之力，攻势愈猛，反击之力也就愈大，那禅杖虽是缓缓挥动，却如在面前布了一道铁壁铜墙，摧之不毁，攻之不入。

铁拐仙大吃一惊，攻势催紧，霎眼间已使了三十六招，一百零八路伏魔杖法分为三段，第一段三十六招是金刚猛扑的功夫，攻之不入，第二段三十六招又连接而来，这三十六招用的全是内家真力，就是石头挨了一杖，也会打成粉碎，而且前三十六招，发杖之时有风雷之声，这三十六招，却是来无踪去无迹，用力虽沉，却无声响，更难防备。可怪的是那番僧仍是瞑目垂首，但却似背后都长着眼睛，不管铁拐仙从什么方位打来，他禅杖一挥，就恰好挡住，而且反击之力比前更大，有好几次铁拐仙的铁拐，都几乎给他震得脱手飞去！

原来这番僧用的乃是印度的瑜伽功夫，配以西藏密宗的柔功，也是一种上乘的内家功夫，但却与中土的法门不同，以练五脏六腑为主，功夫深的，可以被关闭在铜棺里面，沉之海底，过了三日，再打捞上来，仍然不死。内功中紧难练的是屏绝呼吸，能到达那种境界，身体就几乎成了金刚不坏之躯。这番僧虽然未到这个境界，但较之铁拐仙的内力，却是胜了一筹。番僧练的这种功夫，须要静坐运气，时间愈久，所发的潜力愈大。所以铁拐仙的伏魔杖法，虽然一段胜似一段，但对方反击之力，也相应加强，铁拐仙力不从心，感到更吃力了。

看看第二段的三十六路伏魔杖法又快使完，铁拐仙头上已冒出热腾腾的白气，冰川天女仍未见出来，铁拐仙不由得心中有气，暗自思量，反正讨不了便宜，你不出头，我又何必替你多管闲事？打定主意，不展第三段杖法，虚晃一招，便想退出圈子。

铁拐仙将铁拐一抽，正想跳出圈子，忽觉得那红衣番僧的禅杖，竟似带有一股极大的吸力，将他的铁拐牢牢吸着，往里牵引，竟是脱不了身！

铁拐仙又惊又怒，急运内家真力，将拐一摆，虽然也能摆动，但那股吸力却越来越紧，毫不放松，只得运劲与他相抗，施展出伏魔杖法的第三段三十六招来。

伏魔杖法一段强过一段，最后的一段三十六招，最是消耗内家真力，陈天宇在旁观看，只见两人的招式都是越放越慢，那番僧仍然是闭目垂首，盘膝趺坐，头上也已冒出热腾腾的白气，喘息之声微微可闻。但再看铁拐仙时，则更见狼狈，只见他衣裳尽湿，汗珠似黄豆粒般大小，一颗颗地滴下来，铁拐每一挥动，骨节就"格勒""格勒"地作响，有如爆豆一般，陈天宇虽然不懂上乘武功，但见此情形，已知师父甚是吃力！

那番僧双眼忽地张开，蓦然喝道："倒！"铁拐仙脚步踉跄，上身摇了两摇，咬着牙根，将铁拐挥了半个圆弧，往下直压，接声说道："不见得！"他正使到第九十六招"降龙伏虎"，把内家真力全都贯注拐头，刚劲之极，那番僧冷笑道："你不要命么？"禅杖慢慢上指，与铁拐顶个正着，只见那碗口般粗大的铁拐，中间部分竟然慢慢弯了下来，铁拐仙的面色更沉重了！

忽听得"当"的一声，铁拐忽地弹了起来，那番僧倏然跳起，倒跃几步，禅杖垂下，恭敬肃立。陈天宇大为诧异：这番僧明明即可取胜，何以忽然放松？

回头一看，只见冰川天女披着白色的轻纱，从花径之中缓缓走出，飘飘若仙，傍着她走的正是铁拐仙的妻子，峨嵋女侠谢云真。谢云真将铁拐仙扶过一边，两人手牵着手，也学刚才那番僧一样，趺坐地上，动也不动。冰川天女则在微微冷笑，一步一步地走了过来。那两个尼泊尔武士满面惶恐之容，忽然都是双掌合十，跪在地上，口中喃喃有辞，似乎是在乞求冰川天女的饶恕。

那红衣番僧手抚禅杖，施了一礼，从怀中掏出一张黄纸诏书，说了一句，芝娜轻轻"咦"了一声，在陈天宇耳边说道："这番僧称天女姐姐做公主，要她接诏，这可真真奇怪了！"只见冰川天女接过诏书，略一展看，立即掷还，那红衣番僧面孔涨红，禅杖一顿，用尼泊尔话说道："清朝皇帝的金瓶，我们定然不能容它到得拉萨，国主之命，要你下山相助，你也不肯答允么？"陈天宇听得半懂不懂，好在有芝娜在旁给他翻译。

冰川天女面色微变，但面上仍带着笑容，那红衣番僧正想再说，忽见冰川天女玉手一指，冷冷说道："都给我滚下山去！"

冷月冰光之下，只见那番僧的面孔由通红变得铁青，显得十分尴尬，更是可怖。芝娜道："你瞧他恼羞成怒了。"那番僧乃是尼泊尔国师，几曾受过如斯侮辱，只见他气得手指发抖，忽然仰天打了一个哈哈，指着冰川天女，颤声说道："你，你，你叫我滚？国王也不敢对我如此无礼！"冰川天女冷冷说道："不错，是我要你滚下山去，你待怎地？我已给了你莫大的情面，让你闯入宫来，见我一面，你还不知足？我有过誓言在前，谁敢叫我下山，都得给我滚，你也不能例外！"

那红衣番僧强掩窘态，发为狂笑，禅杖顿地，朗声说道："我间关万里，远道前来，只见着公主一面，实是不能心足。闻道公主的武功，已尽得中华与西土的所长，贫僧甚愿开开眼界。"

冰川天女淡淡说道："是么？"回眸冷笑，拍掌叫道："来人哪！"霎眼之间，走出九个侍女，冰川天女昂首朝天，挥手说道："给我将这个野和尚撵下山去！"红衣番僧叫道："呵，原来你是不屑和我动手，那我适才之请，确是太过冒昧了，但我平生从来未曾受人驱逐，不知进退之处，还望公主海量包涵。"那个尼泊尔武士惶恐非常，连连劝他们的国师快走，那红衣番僧把禅杖一顿，兀立如山，动也不动。

冰川天女不理不睬，更不答话，把手一挥，九名侍女围了上来，冰川天女两道眼光有如利剑，直射到红衣番僧面上，不怒而威，令得那红衣番僧也不由得倒退两步，刚气顿馁，但见那九名侍女作驱逐之状，又不禁勃然发作，禅杖一举，喝道："好，那就让我先领教你的侍女几招，然后再领公主的教训。"

冰川天女轻移莲步，走了过来，拉着芝娜的手，笑道："你瞧得仔细些，她们所用的剑法，都是我教过你的。"对芝娜的态度，和蔼可亲，就如姐姐一般，与适才的威严，大不相类。

红衣番僧禅杖一挥，立了一个门户，想是为了保持身份，尚未进招，陡然间那九名侍女长剑一齐出手，奇怪的是，每一柄剑都是寒光闪闪，通体晶莹，非金非铁，竟似一段寒冰，九柄剑一齐亮出，寒光冷气，立刻四面发射，陈天宇不由自己地打了一个寒噤，就像堕在冰谷之中一样，冷得牙关打战，看芝娜时，芝娜也给冻得身躯颤抖。冰川天女微微一笑，道："我一时大意了，想不起你们禁受不住。你们且忍受一下。"忽地手臂一抬，迅如闪电地向陈天宇颈背一戳。

陈天宇吓了一跳，被她手指一点，浑身有如触电，甚是酸麻难受，但瞬息之间，便觉得有一股热气从丹田直透出来，流行全身，心跳加剧，血流加快，就如在严寒之下，经过了急促的跑步一般，外面虽然寒冷，体内却是发热，芝娜也被她同样依法炮制，冷意顿消，双颊且热得晕红。陈天宇以前听师父谈过，说是有上乘内功之人，不但可用点穴之法制人死命，而且可用点穴之法医人之病，或者是打通病人的经脉，或者是令病人的血液循环正常，功能极其奥妙，当时听了，还只不过当作一种奇谈，而今身受，始知世界之上，真有这样一种奇功。

芝娜问道："天女姐姐，她们手上的长剑是坚冰削成的吗？"芝娜见过冰川天女用冰剑杀败雷震子，是以有此一问。陈天宇心中也正存有这个疑问,双眼盯着冰川天女,冰川天女笑道:"她们还没有那样本事,那是我给她们所炼的冰魄寒光剑,是用此山特产的千年寒玉,浸在万古寒泉之中,经过三年才炼成的宝剑,所以一出手便有一股冷气,没有练过内功的人,光是这股冷气,便难抵受。"

那红衣番僧陡然见这九柄寒光闪闪的长剑,也不觉吃了一惊,但他内功精纯,在冷气侵袭之下,却也并不畏惧。那九柄长剑首尾相连,布成一面光网,慢慢收缩,红衣番僧忍耐不住,禅杖一弹,一招"力划鸿沟",向外推出,只听得叮叮当当几声连响,前一排的四口剑都斫在杖上,红衣番僧这一杖有千斤之力,见这四名侍女居然抵受得住,好生惊异,说时迟,那时快,后一排的四口剑一齐刺到,却又倏地分开,前后左右,四柄剑同时进招,的是怪异之极,敏捷无伦。红衣番僧一个闪身,左掌一震,避开了后面的一剑,又震歪了前面的剑点,但左右两剑,已堪堪刺到身上,陈天宇大声叫"好"!冰川天女眉头一皱,叫道:"侍儿小心了!"陡然之间,忽见那四名侍女,一齐飞跃起来,红衣番僧大喝一声,掌杖兼施,排山倒海般地直劈过去。

原来那红衣番僧精擅瑜伽之术,肌肉可以随意扭曲变形,左右两名侍女的长剑刚刚沾着他的衣裳,忽觉剑尖一滑,他的两条臂膊突然一个拐弯,暴长几寸,禅杖呼呼挟风,掌势摧山裂石,瞬息之间,发出内家真力,立即转守为攻!

红衣番僧却也料不到冰宫侍女的轻功竟然如此高明,一杖击空,九名侍女的身形已散四方,恰似蜻蜓掠水,彩蝶穿花,左穿右插,忽合忽分,红衣番僧一连发出几记恶招,却是一个也打不着,不知不觉之间,这九名侍女已布成了一个阵势,将红衣番僧引到垓心。

那番僧盘膝一坐,又想用适才对付铁拐仙之法,应付冰宫侍女的围攻,岂知应付一人自可,同时应付九人却大是艰难。那九名侍女身形飘忽不定,长剑所指之处,全是人身的要害穴道,番僧的瑜伽还未练到最上乘的境界,要封闭全身的穴道,又要分神应敌,谈何容易?但见他端坐一阵,被攻得紧时,不由自己就跳起来,禅杖挥舞一阵,又再跌坐地上,如是者三番四次,忽跃忽坐,状甚滑稽,陈天宇不觉哈哈大笑。

那番僧岂是容人耻笑之人,怒火陡起,把心一横:"管她什么公主不公主,我先伤了她的两个侍女再说!"一跃而起,形如怪鸟摩云,禅杖横空疾扫。九名侍女急急分散,那番僧一声大喝,着着抢攻,一根禅杖指东打西,指南打北,似乎已豁出性命,下手绝不留情。这番僧功力极高,远在冰宫的一众侍女之上,禅杖所到之处,威猛之极,众侍女不敢硬接,只有躲避,陈天宇暗暗吃惊,心道:"似此下去,难免不给他打伤一两个人,这却如何是好?"

只见冰川天女泰然自若,微微一笑,那九名侍女倏然变阵,四方游走,忽合忽分,依仗花园中那些怪石作为屏障,阵势摆开,有如重门叠户,变化无端,看得人眼花缭乱,九名侍女奔跑起来,就如同数十百人一样,满园子绸带飘飘,羽衣闪动,真像"天女散花"之舞,好看煞人。铁拐仙本来是闭目静坐,默运玄功,这时也不自觉地睁开了眼睛,看了一阵,不禁暗暗惊奇,冰宫侍女所布的阵形,竟似诸葛武侯所传下的八阵图,只是却又并不完全一样,八个侍女各踏着一个方位,暗合休、生、伤、杜、死、景、惊、开八门,任是如何转动,这八门都在互相呼应。但与八阵图不同之处,却在多出一人,这一人并不随着转动,好像是镇守中枢的主脑人物,却又并不出手。那番僧也似觉察出来,连连抢攻,想先击倒那个侍女,可是阵图奇妙,他迈步向东,西面就钻出人来向他袭击,他迈步向西,东边南边,长剑又倏然刺到,怎么样也占不着阵图的心腹之地,到不了那个侍女的身边。

这番僧武功也确是高强,虽然不识阵图,仍是奋战不已,禅杖呼呼挟风，扫在假山湖石之上，石块也碎裂片片，扬起尘沙。冰川天女眉头一皱，只听得那为首的侍女叫道："你这厮太过无礼，居然敢毁坏我宫中的美景么？"双指一弹，忽听得嗤嗤的暗器破空之声，骤然袭到，番僧笑道："暗器岂能奈我何哉！"禅杖一挥，周身风雨不透，那暗器也不知是什么东西，一颗颗好似珍珠大小，亮晶晶的，从空中撒下，被那杖风激荡，倏忽碎裂成粉，散出寒光冷气，那番僧不由自己地机伶伶地打了一个冷战。

天湖圣峰之上，有的是亘古不化的寒冰，冰川天女从千丈冰窟之中，撷取冰魄精英，炼成了一种世上独一无二的奇门暗器，其名就叫做"冰魄神弹"，世上所有的暗器，或用以伤人，或用以打穴，所讲究的不外乎是准头、劲力的功夫，或者再加上暗器本身的锋利，唯有冰魄神弹与众不同，它所倚仗的就是万载寒冰的那种阴冷之气，破裂之后，寒气发出，端的是侵肤刺骨，厉害异常。

本来以红衣番僧的功力原可抵御，但他要全神贯注应付冰宫侍女的围攻，哪能分出心神，运功防御。冰弹冰剑，寒气激荡，愈来愈浓，红衣番僧牙关打战，渐觉忍受不住。只见他狂呼疾扫，状若疯狂，额角沁出汗珠，却又全身颤抖。冰川天女笑对芝娜说道："这厮强用内家真力，以为可以发热，哪知这样一来，冷热交战，最是伤人，这次他纵保得了性命，只恐也要大病几天。"陈天宇心地善良，大着胆子对冰川天女道："那就饶了他吧。"芝娜瞟了他一眼，道："你倒替他求情了？"冰川天女微微一笑，不置可否。

红衣番僧高呼酣斗，越来越觉精神不济，但见那群冰宫侍女穿来插去，眼前人影如潮，彩色缤纷，目眩神迷，眼花缭乱，为首的侍女娇喝一声："倒也！"扬手又是一枚冰魄神弹，红衣番僧心头一冷，脚跟一软，只觉天旋地转，摇摇欲坠，忽听得冰川天女叫道："住手！"睁眼看时，九名侍女早已收剑退下，排成两列，分立在冰川天女的身旁，红衣番僧满面羞惭，一言不发，深深地吸了几口气,转过身来,向冰川天女施了一礼,便跃出冰宫。两名尼泊尔武士向冰川天女施礼之后,也诚惶诚恐地跟在后面。片刻之后,走得无踪无影。

芝娜笑道:"这厮居然能闯进冰宫,本事也委实不错,真吓煞我了。"冰川天女道:"不会再有第二个这样的人了,其实这番僧也是我有意放他进来的,要不然他虽能渡过冰川,也闯不过我宫前的九天玄女的大阵。"铁拐仙心道:"原来她把诸葛武侯的八阵图加以变化,改了名称。厉害是厉害的,可是若说能尽挡天下的武功高明之士,只怕也未见得。"铁拐仙是甘凤池的大弟子,见多识广,深知人外有人,天外有天,武学之深,有如大海,所以虽然败在番僧之手,对冰川天女的自负,却是不以为然。

冰川天女见铁拐仙嘴唇微动,似欲作声,走过去看,只见他面色灰白,就似大病之后,尚未复原的人一样,谢云真道:"他谢谢你的恩典,只是现下恐难走动,请你派两名侍女送他下山。"冰川天女看了一眼,道:"幸亏你的伏魔杖法只使到九十六招,若然把一百零八路使完,纵有灵丹圣药,也难恢复你真元之气。现在你可不能走了!"

谢云真道:"怎么?"冰川天女淡淡说道:"也没什么,他耗损过度,六脉失调,气血逆行,五脏易位,若然强要下山,在冰川之中,一受激荡,死是死不了的,但只恐就此便要终身残废,虽有铁拐,也不能走路啦!以他的功力,静养五日,佐以药物,大约便可复原。好,我就以五日为期——"一招手唤来一名侍女,道:"你给他收拾一间静室,让他好好用功,谁都不许打扰他!将宫中的温玉借给他用。"吩咐了侍女之后,回过头来,微微一笑,对谢云真道:"这次我为你们特别破例,让你们多留五日,五日之后,你们自己下山,也不必向我辞行啦!"

冰川天女说话神情,甚是轻描淡写,谢云真听了,却是大吃一惊，想不到丈夫所受的内伤，竟是如此严重。冰川天女看似一点不通人情，但却慨然肯以冰宫的至宝万年温玉借用，给他疗伤，又非寡情绝义之人可比。这番说话，真令铁拐仙夫妇啼笑皆非。

冰川天女道："你可自去照料他，没事不必再来找我。"带了侍女，自行去了。谢云真性情本来甚是高傲，经了多年磨炼，虽然改了许多，但仍然受不了别人的傲气，想不到此次万里远来，专诚寻访，只因劝她下山，却受到如斯冷落，越想越觉不值，几乎想出言"回敬"，但冰川天女虽然比她更要高傲十倍，却纯是出于自然，自有一种风华高贵、凛然不可侵犯的神情，叫人不敢与她吵嘴。谢云真只觉一股闷气，横梗胸中，突然"哇"的一声，呕出了胃中的苦水。陈天宇惊道："师娘，你怎么啦？"谢云真面色苍白，忽而罩上一层红晕，挥手说道："没什么。你留在这儿，不可多管闲事。"神情甚是奇特，扶起铁拐仙也自走了。

陈天宇闷闷不乐，怔怔地站在那儿，芝娜道："闹了半夜，你也该歇息啦，明日我带你赏览宫中的奇景。"陈天宇目送她的背影没入花丛，想起五日之后，仍得下山，而且师父得罪了冰川天女，此后更是无缘相见，心中越发怅惘。

第二日早晨，陈天宇一觉醒来，只见霞光万道，从窗口望将出去，又是一番景象，透明的冰宫在红日照耀之下，五彩迷离，幻成人间罕见的奇景，更似神话中的世界。冰宫侍女送来的早点，只有两枚又红又大的果子，但吃了之后，却是甜畅无比。过了一会，芝娜果然践约而来，带陈天宇出外游览。芝娜来到冰宫之后，神情也似愉悦许多，虽然眉宇之间，尚隐隐藏有幽怨，但与陈天宇有说有笑，与初见之时，已大不相同，好像春天也来到了她的眉梢，冷漠的神情也随着外面的冰河在开始解冻了。

宫中奇景，赏之不尽，园林布置，美妙绝伦。亭榭水石，参差错落，掩映有致。回廊曲折，蜿蜒东西。只是那廊壁的花窗，形式就各各不同，构成佳丽的图案。所有的建筑，甚至假山湖石，都是大半通体晶莹。园中有好几处喷泉，飞珠溅玉，在春阳灿烂之下，泛起一圈圈的彩虹。还有小溪曲折，贯穿其中。芝娜道："池塘和溪水，都是从天湖引来的，特别清冽，我最喜欢喝这里的水了。"宫中各处庭院，都用奇峰怪石，随意点缀，与各种花树互相掩映，几乎每一处都构成美妙的画图，那些花树，大半说不出名字，灿如霞彩，微风吹来，香气沁人脾腑。陈天宇笑道："此处真如仙境，怪不得冰川天女不愿下山了。"

两人信步所之，随意游赏，饿了就采摘园中的果子充饥，冰宫占地甚广，走了大半天尚未走完，行走之间，忽闻得一股异香，非兰非麝，陈天宇走过去看，只见前面有一间尖顶的房子，形似神龛，结构非常怪异，与宫中所有的建筑，都不相同。其他建筑都是用水晶、云石、晶盐或者坚冰所造，晶莹如玉，只有这一间屋子却是黑黝黝的，特别惹人注意。那非兰非麝的幽香，就是从这间房子中发散出来。陈天宇好奇心起，想推门入去，芝娜面色一变，急忙止住，悄声说道："我上次在这里住的时候，天女姐姐就曾吩咐过我，说是什么地方都可以任我自行去玩，只有这一间屋子，不能进去。"陈天宇道："为什么？"芝娜道："谁知道呢？听宫中的侍女说，冰川天女每逢朔望之夜，就要独自到这间屋去，耽搁一个时辰，她做什么，谁也不敢问。听侍女说，这间屋子是用一种香木做的，这种香木，若焚烧起来，香气可以传至十里之外。"陈天宇听了，好奇之心，更是大起。

这一晚陈天宇翻来覆去，念念不忘那间神秘的屋子，蒙蒙眬眬中做了一个梦，梦见冰川天女在里面焚香祈祷，芝娜侍立在她的身旁，自己不知怎的，也到了里面，忽然间冰川天女拔出一柄寒光闪闪的长剑，向自己心窝一指，她的长发突然化为无数飞蛇，向自己飞来，芝娜骇叫一声，那屋子轰隆一声就倒塌了，陈天宇给那尖顶

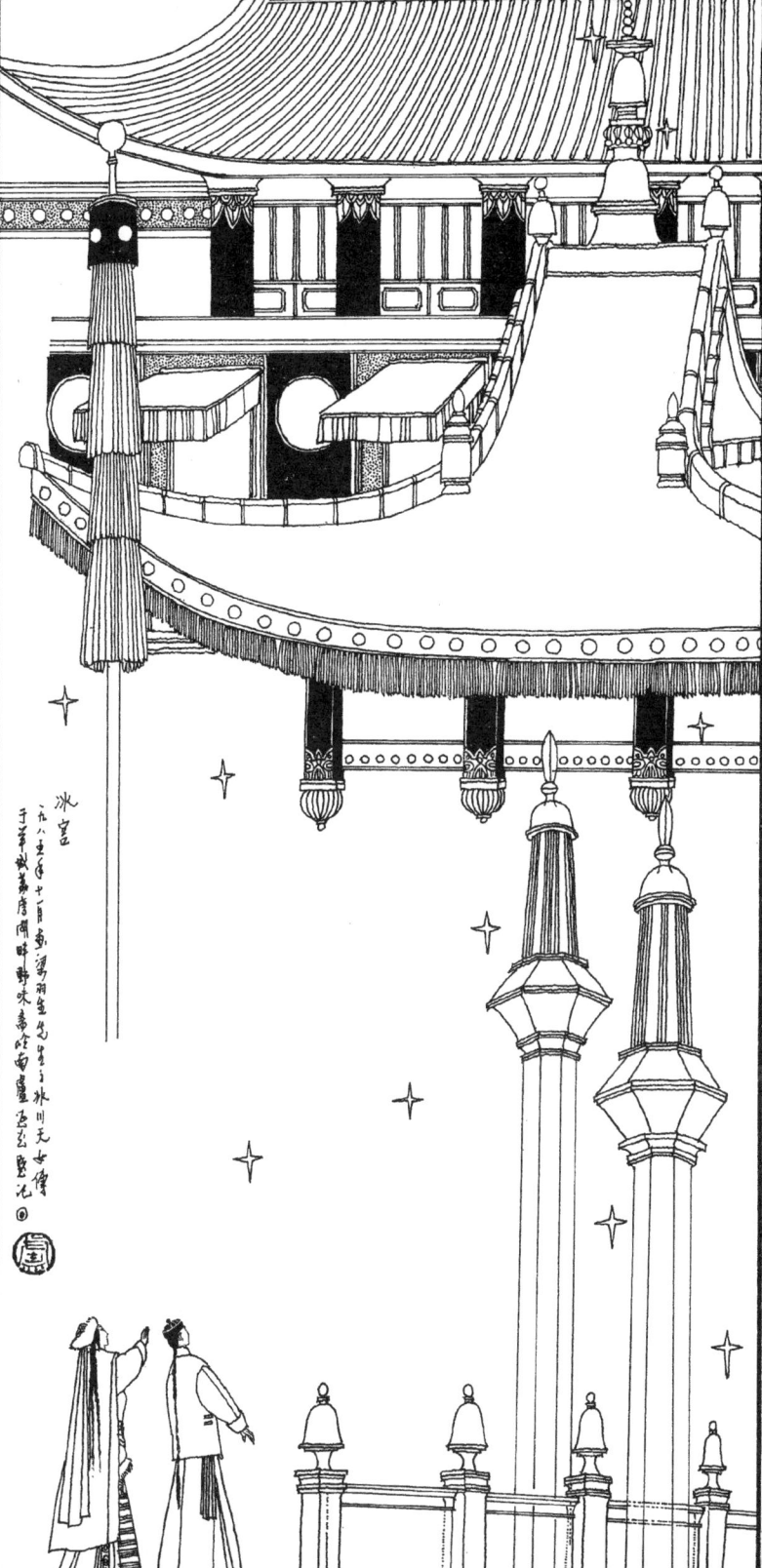

宫中奇景，赏之不尽，园林布置，美妙绝伦。亭榭水石，参差错落，掩映有致。回廊曲折，蜿蜒东西……

巨木压着，挣扎呼唤，忽闻得芝娜在耳边叫道："你梦见什么了？醒来，醒来！"陈天宇刚睁开眼，只听得外面又是轰隆一声，几疑还是梦中，芝娜推了他一把，道："快起来看，冰宫中又有一个怪客闯进来了！"

这一下陈天宇睡意全消，又有一个怪客闯进冰宫！真真是骇人闻听！陈天宇道："他能够渡过冰河，闯过宫外的九天玄女阵么？"芝娜道："若非闯过，怎能来到冰宫，现在宫中已鸣钟报警，天女姐姐就要出来了呢！"

陈天宇急急披衣而起，赶出外面，只见昨日那九名侍女，又已布好阵形，将一个白衣少年围在当中，剑拔弩张，尚未动手，陈天宇一看，不禁骇然失声。芝娜道："怎么？"陈天宇道："这人我认识的！"这刹那间，那白衣少年也看到陈天宇了，回头一笑，似是招呼，陈天宇看得更清楚了。

此人非他，正是陈天宇在路上所遇见的那个少年书生，曾用一把金针救过萧青峰，又曾在日喀则之夜，将麦大侠等一干人都引走的那个少年书生！

芝娜道："此人是谁？"陈天宇道："我不知道他的名字，但他曾救过我师父的性命，想来该是个好人。"芝娜道："那可糟了！刚才我听得冰宫侍女说，天女姐姐生气得很，说是若不重重地惩戒来人，冰宫就难以保持宁静了。冰宫防卫，一层强过一层，这九名侍女武功高强，远非宫外的可比，他这次不死也得大病一场！"

那九名侍女刚刚拔出长剑，忽然又停下手，满院子静寂无声，连一根绣花针跌在地下都听得见响，陈天宇扭头一看，只见冰川天女已来到场中，面有怒容，见到那个少年，微微"噫"了一声，神情突然一变，似乎颇为惊诧。

在冰川天女心中，尚以为来人是红衣番僧的那一路人，却想不到竟是个丰神俊秀的汉族少年，心道："若非有数十年功力，也难以渡过冰川，闯过阵图，怎么这一个少年，年纪与我不相上下，难道他比那个红衣番僧还更厉害？"

两人眼光相接，白衣少年微微一笑，道："你就是冰宫的主人吗？怎么这样怠慢客人呵！"冰川天女道："你是谁？你到这里来做什么？"

那少年道："我若说出名字，只恐你要对我更不客气了，不过迟早也要说给你知道的，只要你答应我一件事情。"冰川天女道："什么事情？"少年道："你知道有金本巴瓶么？"冰川天女眉头一皱，道："又是金本巴瓶？真是烦死人了。莫非你又是要求我下山，为你抢那个什么金瓶吗？你们与满洲人作对，与我可不相干。"那少年又是微微一笑，道："你猜错了，我是求你下山去保护那个金瓶！尼泊尔人要抢那个金瓶，有些不明利害的侠客，好像铁拐仙之流的人也要去抢那个金瓶，我一人孤掌难鸣，你非下山助我不可！"

少年说话的神气，简直就像对老朋友求助一般。冰川天女心中一气，暗道："我与你有什么交情？"柳眉一竖，挥手说道："你练到今日的武功，已算不错，快快下山，免得自误！"冰川天女不立即下令驱逐，已算客气万分，那白衣少年却是一副嬉皮笑脸的神气，迈前一步，说道："怎么，这点面子你也不给我么？"

冰川天女面色一沉，为首的侍女叱道："你这厮说话好生无礼，当真要我们赶你下山吗？"白衣少年懒洋洋地打了个呵欠，笑道："上山容易下山难，我今日走得累了，你不赶我，我还真想在这里睡一觉呢！"那侍女一拍手掌，催动阵形，八口寒光闪闪的长剑，俨如闪电惊飙，一齐卷到，那白衣少年尖声叫道："好冷，好冷！睡意都给你们打消啦。"身形飘飘，在剑光之中穿来插去，冰宫侍女的阵势展开，攻势有如潮涌，一对才过，一对又来，循环往复，凌厉之极。白衣少年身法奇快，每于间不容发之际，闪过剑尖，冰川天女也不由得暗暗赞好。阵势越攻越紧，慢慢往里收缩，八口冷气森森的长剑在白衣少年的身前身后身左身右，交叉穿插，更是令人惊心骇目。陈天宇道："芝娜姐姐，你能不能替我向冰川天女说情？"芝娜摇了摇头，陈天宇眼光一瞥，只见冰川天女咬紧嘴唇，神色甚是紧张，如此神情，还是仅见。

忽听得那白衣少年哈哈一笑，说道："好剑法，好剑法，请恕我得罪了！"陈天宇简直看不清他的动作，不知怎的，他居然能在八口冰魄寒光剑的围攻之下，腾出手来，倏地也拔出一口寒光闪闪的长剑，微一挥动，剑尖竟带着隐隐的啸声，有若龙吟，顿时冷电精芒，缤纷飞舞，冰川天女失声赞道："好一把宝剑！"白衣少年将剑一挥，划了一个圆弧，只听得一阵断金戛玉之声，有两名侍女的寒光剑已给他截断，余人大惊，一齐后退，白衣少年身手快捷得难以形容，而且竟似深通诸葛武侯八阵图的门户，走休门，转开门，绕死门，踏生门，着着反攻，霎眼之间，又把把守景门、伤门的两名侍女的长剑削断了！

镇守中枢的侍女急忙打出冰魄神弹，一出手便用"天女散花"的手法，撒出一大把亮晶晶形似珍珠的暗器，布了满空。那白衣少年把手一扬，也突然发出一把暗器，冰魄神弹已怪，他的暗器更怪，暗器甚小，形状看不清楚，但却带着一道乌金光芒，暗器穿空直上，满空的冰魄神弹霎时飞散。冰川天女吃了一惊，这少年的劲力用得妙绝，他那一把形如芒刺的暗器，竟是每一枝都刺着一枚冰魄神弹，却又并不刺穿，只是微微粘着，将冰魄神弹送出数丈之外，飘散四方。冰川天女心头一动，猛然想起父亲生前所曾说过的天山神芒，出手之时带着暗赤色的光华，不觉狐疑满腹，对这少年另眼相看。

冰魄神弹和九天玄女阵都困不着这个少年，冰宫侍女也不由自己地慌了手脚，那少年一个盘旋，每一个冰宫侍女都觉得他的影子在面前一掠而过，最后的四名侍女，手中的冰魄寒光剑也给他夺了。

冰川天女叫道："住手！"只见那少年身形一晃，已退出阵图之外，笑吟吟地看着冰川天女，说道："怎么？"

冰川天女淡淡说道："也没什么，我说过的话，从无更改。"那少年道："那么你要亲自赶我下山了？"冰川天女道："不错。你既恃强闯入，做主人的不愿招待恶客，也只有用武力将他驱逐了。"白衣少年道："那真是最好不过，我可以开开眼界，见识见识中土失传的达摩剑法了。"他对冰川天女冰冷的眼光毫不惊惧，仍是一直微笑地盯着她。

陈天宇和芝娜二人都以为冰川天女定要出手了，哪知冰川天女眼珠一转，却道："你渡过冰川，又打了两场，气力也耗损不少，明日中午，你再来吧。"此言虽甚自负，却也大有怜惜之念。

白衣少年一笑施礼，道："好，你既请我再来，我岂能不来，咱们一言为定了。"插剑入鞘，转过身去，微笑道："这才有点对朋友的味儿。"冰川天女道："你说什么？"白衣少年道："没什么。人生得一知己可以无憾，你独处珠宫贝阙，却无朋友，如此人生，也是美中不足。"冰川天女面上一红，这少年的话正说到她心坎里去，她自父母死后，无一个可与谈心的人，每于秋月春花之夜，也会自感寂寞。

冰川天女面泛娇红，佯嗔说道："乱嚼舌头，谁要你多管闲事？"却于不知不觉之间，跟着他走了几步。白衣少年正步上横跨荷塘的长桥，桥上有亭翼然，荷塘上除了荷花之外，还有几种不知名的水中生长的异花，微风吹来，一水皆香，亭子两边，刻有一副对联，写的是：

月色花香齐入梦

仙宫飞阁共招凉

白衣少年笑道:"联语虽佳,但却并不应景。"却不知这副对联正是冰川天女所作,她的祖母冒浣莲是有名的才女,她幼承家学,琴棋诗赋,无一不精,冰宫中各处佳景的题咏,都是出于她的手笔,闻言甚是不服,不觉又跟他走了两步,说道:"怎么不应景呢?你说说看。"白衣少年道:"月色花香,处处皆有;仙宫飞阁,也不过是泛泛的形容之词。移到别的地方,也自可用。不足以说明此处的特殊风景,何况只写景而不写人,也是美中不足。"

冰川天女虽甚矜持,但到底是个纯真的少女,听他说话,也似甚有道理,又不觉微笑道:"你既如此说,那么你就替我另拟一联吧。"白衣少年微一吟哦,正欲张口,冰川天女身旁的侍女忽然插口说道:"你知不知道这副对联正是因人而作,难作得很呢!"

白衣少年道:"要怎么对,你说说看。"冰川天女横了那侍女一眼,道:"不要多嘴。"对白衣少年道:"你先说说你所拟的联语。待我看看是怎样的应景法。"白衣少年微微一笑道:"那我就献拙了。"吟道:

冰川映月嫦娥下
天女飞花骚客来

又笑道:"联虽不佳,但联中的人物都是佳绝!总可以对得过去吧。"冰川天女心头一荡,杏脸飞红,这副对联正嵌着"冰川天女"四字,联首又嵌有她的名字"冰娥",那自然是为她而作的了。而且联语隐隐藏有赞美与爱慕之意,冰川映月,月在水中,好像是嫦娥已经下凡;天女散花,引来骚客,这又分明是说他慕名而来。但这联又确是应景之作,不能说他轻薄。冰川天女也不禁暗暗佩服他的才思敏捷。

白衣少年对侍女说道:"好啦,我交卷了,你刚才说原来这联是因人而作,究竟是因谁而作,可以见告吗?"侍女抿嘴一笑,冰川天女道:"就告诉你吧。这副联语就是因她而作的。这个园中有十二处景致,每一处的题联,嵌的都是我侍女的名字。"白衣少年再诵原来的联语道:"月色花香齐入梦,仙宫飞阁共招凉。呵,原来你的名字叫做月仙。"侍女道:"正是。"白衣少年道:"好,那我就再次献丑,为你再拟一联。"略一吟哦,笑道:"有古人的诗句,正好借来作对。"吟道:

月色无痕,绿窗朱户年年绕;

仙姝有恨,碧海青天夜夜心!

下联"碧海青天夜夜心"借用的是李义山的诗句:"嫦娥应悔偷灵药,碧海青天夜夜心。"贴切之极。暗中又是嘲讽冰川天女像嫦娥一样,寂寞独守冰宫,嵌的也正是她侍女的名字。冰川天女眉头一皱,不知不觉之间,竟自陪他走过横跨荷塘的长桥。这样的谈诗论文,哪里有半点仇敌的意味。

白衣少年双手一拱,笑道:"不劳远送,也不劳你们驱逐,我自己走了,明日中午,再来践约。"冰川天女不觉又是面上一红,只见白衣少年展开身形,已自去得远了。

白衣少年去后,宫中诸人个个都在谈论他,注意着明日之会。陈天宇也不例外,这晚想起自己上山以来,虽然仅仅几日,已见了不少奇人、奇景、奇事,心中暗思,白衣少年和冰川天女的武功都深不可测,明日定有一场恶斗。一忽儿又想到那神秘的屋子,翻来覆去,睡不着觉。第二日将近中午时分,芝娜又来与他一同出去,刚刚踏入园中,就听见一阵悠扬的琴声,芝娜悄悄说道:"天女姐姐甚是反常,今日一早就在这里弹琴了呢!"正是:

锦瑟无端五十弦,一弦一柱思华年。

欲知后事如何?请听下回分解。

第七回

剑气射冰宫　亦真亦幻
柔情联彩笔　宜喜宜嗔

弹的是《诗经·周南》的一章，歌词道："南有乔木，不可休思。汉有游女，不可求思。汉之广矣，不可泳思。江之永矣，不可方思。"若译成现代白话诗则是：

有棵高树南方生，
高高树下少凉阴。
汉江女郎水上游，
更想追求枉费心。
好比汉水宽又宽，
游过难似上青天。
好比江水长又长，
要想绕过是枉然。

这首诗写的是一个高傲的少女，任何男子追求她都追不到手，诗中所用的都是比喻和暗示。陈天宇听了，不觉心中一动，想道："冰川天女为什么弹这首歌词？难道她是自比汉江女郎么？冰川比汉江那可是更要难渡得多！"

抬头一看，红日正在天中，琴声戛然而止，园子里静悄悄的，人人心情都觉紧张，冰川天女和白衣少年约会的时刻已经到了，忽闻一阵箫声，远远传来，吹的也是《诗经》中的一章，歌词道："蒹葭苍苍，白露为霜，所谓伊人，在水一方。溯洄从之，道阻且长。溯游从之，宛在水中央。"若译成现代的白话诗则是：

芦花一片白苍苍，

清早露水变成霜。

心上的人儿哪，

正在水的那一方。

我逆着水流去找她，

绕来绕去道儿长。

我顺着水流去找她，

像在四边不着陆的水中央。

这诗是男子寻觅意中人的情歌，伊人可望而不可即，诗中充满爱慕与惆怅的情怀。箫声一停，只见园中已多了一人，正是那白衣少年，手持玉箫，腰悬长剑，更显得丰神俊秀，只见他收了玉箫，弹剑笑道："冰川伴奏琴声妙，但愿人间剑气销。姑娘弹得好琴，几乎令我忘了比剑之事了。"冰川天女淡淡说道："你也吹得好箫，敬聆雅奏，果是高明，剑法必定更妙，那是更要领教的了。"

陈天宇暗暗好笑，他们二人琴箫酬唱，哪里像是即将决斗的模样？只听得白衣少年又笑道："那可不是大煞风景么？"冰川天女道："你要我下山，那岂不是更煞风景！你若不愿比剑，我也不愿强人所难。你下山去吧，这里实在不是你该到的地方。"白衣少年摇了摇头，笑道："那么除了比剑，我可是没有办法请你下山了。好吧，咱们一言为定，若我输了，我就再不来麻烦你，若你输了，那你可得助我去保护那金本巴瓶。"冰川天女眉头一皱，道："尘世之事，你争我夺，令人恶心。好吧，你亮剑进招，也落得我耳根清净。"言下之意，似是一来责那少年不够高雅，二来对这场比剑，颇有自负之意，好像可以稳胜无疑。

冰川天女长剑出鞘，只见寒光疾射，冷气森森，她所使的也是冰魄寒光剑，但比那些冰宫侍女所使的寒光剑，剑质又自不同，那是采五金之精，在冰窟寒泉中淬炼而成，陈天宇和芝娜虽然早就服下宫中的灵药，可以抵御寒气的六阳丸，仍是不由自主地打了一个寒噤。

白衣少年神色自若，微微一笑，轻弹宝剑，声若龙吟，在下首一站，道："请赐招！"冰川天女长剑一指，疾如电掣，陡然飞起几朵剑花，陈天宇还未看清，只见那白衣少年已凭空拔起数尺，剑光在他脚下一掠而过，冰川天女微微"噫"了一声，旁人看不出来，原来她这一剑乃是达摩剑法中的一个绝顶怪异的招数，一招之间，分刺敌人三大命门要穴，却不料那白衣少年竟自轻轻闪过。

白衣少年发声长啸，手起剑落，左刺两剑，右刺两剑，中间又疾刺一剑，出手五招，用了五种不同的剑法，式式不同。冰川天女道了一个"好"字，冰魄寒光剑横空一掠，剑锋自左而右，中途一变，剑势陡然逆转，出手如此之快，而竟能使剑势随心转换，这在剑术之中，是最最难练的招数！只见那剑光似左反右，横空一掠，向着白衣少年的颈项一绕而过，陈天宇骇叫一声，忽闻那白衣少年笑声又起，赞道："使得好一招达摩剑法呀！"他竟然在间不容发之际，又避开了冰川天女一剑！

冰川天女更是诧异，这少年竟自知道自己的剑法师承，而自己却不知道他的剑法来历，傲气不由得减了几分。白衣少年一声长啸，身剑合一，来得有如骇电奔雷，轻灵处又似行云流水。正是棋逢对手，将遇良材。冰川天女杀得兴起，剑光四展，有如水银泻地，花雨缤纷，只见四面八方，都是冰川天女的影子，白衣少年在剑光之中飘来晃去，有如一叶轻舟，在狂涛骇浪之中挣扎。两人身法越展越快，不一会只见寒光一片，绸带飘飘，已分不出谁是白衣少年，谁是冰川天女。搏斗虽烈，竟自不闻兵刃碰磕之声。双方都以最上乘的武功,避招进招,满园子里,但见剑光缭绕,人影幢幢,此去彼来,眼花缭乱。两人比剑,就如数十百人相斗一般!

白衣少年也是好生骇异,心道:"冰川天女果然名不虚传,她在达摩剑法之中,又掺了许多古怪的变着,真是叫人防不胜防。"原来这些古怪的变着,乃是冰川天女的父母以达摩剑法为基础,又采撷阿拉伯剑术的精华糅合而成,与中土的剑法,截然不同,白衣少年虽是正宗剑派的嫡系传人,也不懂得。

两人斗了半个时辰,兀是不分胜负。冰川天女剑法又变,剑势展开,全是进手的招数。只见她剑锋忽而上指,忽而下戳,脚步踉跄,剑法好似杂乱无章,其中却包含着极复杂的精妙招数。白衣少年心中一凛,突然凝立不动,宝剑展开,化成了一道光幢,护着身躯。冰川天女只觉他的剑光凝重如山,扑攻不进,心中也是一凛,想道:此人功力,只有在我之上,绝不在我之下。冰川天女攻不进他的剑圈,白衣少年也破不了她的剑法,两人自正午斗至将近黄昏,兀是不分胜负。

忽听得一声裂帛,戛然而止,冰川天女与白衣少年各自横跃三步,检视自己手中的宝剑,双剑相交,亦是各无伤损。白衣少年吁了口气,笑道:"今日可以休战了吧!"冰川天女道:"今日未决胜负,明日你可再来。"白衣少年笑道:"但损坏了你宫中的美景,我却实在于心不忍。"

此言一出,冰宫中的众侍女这才注意到有好几处假山湖石已被剑光削去了一大片,不禁连叫可惜。白衣少年道:"咱们相斗,殃及山石,这真是何苦来?"冰川天女道:"既然如此,那就不斗也罢。"白衣少年却又笑道:"你还未胜我呢,你又不肯随我下山,叫我如何是好?"冰川天女眉头一皱,似是对这少年的歪缠甚不耐烦,道:"你自己不会下山吗?"白衣少年又笑道:"偏偏我又想交你这位朋友,我下了山,怎能再见着你?更何况棋逢对手乃是人生最畅快之事，我下山后，怎能再找得一位似你这样的对手厮杀？"冰川天女道："那你想怎地？"白衣少年道："这两日你是主人，我是客人，你虽然对客人不大礼貌，但我也该请你一次，明日中午，你到下面冰谷之中，咱们再决个胜负。你就是把冰峰削平，也无关系，免得在这里相斗，损坏了你宫中的美景！"冰川天女心中一气，道："好吧，依你就是！"言出之后，这才觉得被他请出冰宫，视同宾客，倒真的有点像朋友了。

白衣少年看着那些被损坏的假山湖石，忽又笑道："园林布置，有如少女衣裳，亦宜时常变换。损坏了重新布置也好。"口讲指划，不理冰川天女听是不听，竟大谈其园林布置之道。宫中的布置，都是冰川天女设计，叫侍女所为，那些侍女听他说得有理，竟然围上来听，冰川天女不欲在人前责骂侍女，发作不得。白衣少年讲了一阵，忽而打了个呵欠，道："可惜你不肯留客，我今晚又得在冰峰之下，睡一晚了。"冰川天女气道："你走吧！"白衣少年道："你对朋友真不客气，好，主人既不留客，那我也就只好走了。明日你可记得践约呵！"一路走，一路又谈论园中的花草树木，说这是香荔，那是薜萝，该如何如何裁枝剪叶，宫中的侍女听得出神，竟有几人跟在他的后面，好像替主人送客一般。

冰川天女甚是生气，不自觉地也走上前去，想把侍女唤回，忽见那白衣少年在一块牌坊之前停下，牌坊后有数十丛墨兰，香飘远近，白衣少年笑道："这里的景色亦甚佳美，何以没有题联？"冰川天女看了他一眼，却不作声，一个侍女道："这两日就要写上去刻了，公主说……"冰川天女道："多嘴！"那白衣少年笑道："原来你还没有拟好，这副题联又要嵌你哪位侍女的名字？"冰川天女又看了他一眼，忽道："看你跃跃欲试，你又试试代拟如何？"白衣少年笑道："好，你又来考我了，我这人最不知自量，只好又献丑了。"一个侍女指着先头那侍女说道："这里的题联要嵌她的名字，她叫慧卿。"白衣少年一想,这两个字一是虚字,一是实字,果然难对,那侍女是服侍冰川天女在书房中展纸磨墨的,对诗词联语之道,亦略解一二,笑道:"想不出来么?"白衣少年道:"勉强可以对它一对。这牌坊甚高,需要一副长联。"吟道:

　　慧质胜幽兰,摇曳空山,明月有情徒怅惘;
　　卿云灿银海,飘浮天际,瑶池无路漫低回!

联中之意,又是影射冰川天女,将她比作空谷幽兰,只有明月有情,为她做伴,徒增怅惘。冰川天女听了,默然不语。那侍女却叫起好来,又指着一处道:"这里你能不能也拟一联,要嵌我的姐妹'幽萍'二字。"那处是荷塘之上的一个八角亭,荷塘中莲叶田田,浮萍片片,白衣少年笑道:"'幽萍'二字,也是一虚一实,更是难以成对,好在有眼前的景色可以借用。"吟道:

　　幽谷荒山,月色洗清颜色;
　　萍梗莲叶,雨声滴碎荷声。

幽谷荒山、萍梗莲叶,各自成对,联尾那句则是脱胎古人的诗句"留得残荷听雨声"。与眼前景色甚是符合,仍是影射冰川天女,好像是同情她在冰宫之中的寂寞凄凉。冰川天女心魂动荡,想道:"这少年的文才武功都是上上之选,此来却又处处都想说我下山,难道只是为着要我去保护那劳什子的金本巴瓶吗?"白衣少年拟了两联,对冰川天女一拱手道:"见笑了。呀,劳你相送,多谢多谢!"冰川天女猛然一省,原来又不自觉地跟他走过了白玉长桥,面上一红,淡淡说道:"你留些精神,明日比剑吧!"白衣少年微微一笑,又拱手道:"请留步。"穿花拂叶,径自去了。冰川天女怔怔地站在桥上,凝视着天上飘过的片片浮云。

　　白衣少年去后,陈天宇想着过了明日,便要离开此地,心中亦是甚为怅惘,回到卧房休息一会,冰川天女忽然遣侍女来请他同进晚餐。

这几日来，陈天宇都是单独进餐，冰川天女根本没有约过他见面，这次得到冰川天女的邀请，颇感奇特。当下随了冰宫侍女，走出花园，转了几个弯，走过一道曲折的长廊，长廊的尽头是一个人工开掘的冰湖，念青唐古拉山的冰峰之下，埋有火山，地气温暖，故此宫中景色，甚为奇特，有四时不谢之花，八节长青之草，冰湖之中有白藕红莲，有飘散着异香的曼陀罗花，有花开如伞的阇优冬花……湖上还有浮冰片片，晚风吹来，一水皆香。乍见此景，几不知时节是春是秋，是冬是夏。

临湖有亭，通体用白玉建成，晶莹透明，在夕阳返照之下，幻出迷人的光彩，亭上设有酒席，除了冰川天女坐在主席之外，宾席上坐着二人，正是陈天宇师父师娘：铁拐仙和谢云真。

陈天宇进去，在师父的侧边坐下，只见师父神情除略见憔悴外，面色已是恢复如常，冰川天女道："你师父的难关已经过啦。"铁拐仙冷冷说道："还得多谢你的万年暖玉，要不然我还得在静室中多躺几天。"铁拐仙被冰川天女限期下山，心中自是不悦，神情亦觉尴尬。

冰川天女瞧了他一眼，道："你还有一些寒气未尽，该用神农草煎汤一服，此草冰峰南面生有，明日我叫侍女伴云真姐姐去采取回来。"谢云真也淡淡说了一声："多谢。"

冰川天女道："我明日约了人在冰峰下面比剑，可能回来很晚，你们后日一早要走，这席酒便算是饯行酒啦。"铁拐仙夫妇一齐欠身道谢，神色仍是很不自然。冰川天女却是满不在乎，敬他们喝了两杯酒，忽道："铁拐仙，你足迹遍天下，熟知各家各派的剑术，有一种剑术，甚是奇怪，如此这般，不知你见过没有？"口讲指划，说了几个特别的招式，道："这剑术便是约我比剑的那个少年所使出来的，他还有一种暗器，甚是奇怪，出手便是一道乌金光芒！"铁拐仙道："我知道啦，云真听你的侍女说过了。"冰川天女道:"那么这是什么剑法,暗器又叫什么名字?可有什么破绽可寻么?"铁拐仙心道:"原来你是向我请教来了。我且吓你一吓。"便道:"这剑法正是天下闻名的天山剑法,是前辈高僧晦明禅师博采各家各派的剑法,融会贯通,加以变化,独创出来的。天下无人能破!"冰川天女"哼"了一声,道:"原来这便是天山剑法。"要知冰川天女的父亲曾败在天山派的唐晓澜与冯瑛手下,所以独走漠外,要采用西土的剑法糅合达摩剑法另创新招,再与天山剑法一决雌雄。冰川天女自幼即闻天山剑法之名,想不到那白衣少年使的就是天山剑法。铁拐仙又道:"那暗器来头更大,名叫天山神芒,只有天山才有,非金非铁,却坚逾金铁,有各种各样的形式,长者如箭,圆者如珠,想当年凌未风大侠就是以天山神芒而得名,可以想见它的厉害!"

铁拐仙把天山派的剑法暗器,说得天上有地下无,冰川天女听了淡淡说道:"也未必见得就是天下无敌!"铁拐仙道:"你的武功学兼中外,也许能与他打个平手也说不定。不过在江湖之上,遇好手邀斗,总是未料胜,先防败,你还是小心谨慎的好。"话中之意,分明是说冰川天女不是那白衣少年之敌,冰川天女哼了一声,心里好生不服。

冰川天女本想向铁拐仙请教两事,一是那白衣少年剑法的来历,二是这种剑法的优劣所在。如今前者已经知道,而天山剑法的破绽,据铁拐仙所说,却找不出来。冰川天女好生不悦,道:"天下无不可破的剑法,有一种武功,就自必有另一种克制它的武功。不过我还是要多谢你的指点,现在我敬你们夫妇三杯,一表感谢,二作饯行。"叫侍女斟上酒来,与铁拐仙夫妇接连干了三杯。

谢云真似是不胜酒力,忽然离席而起,未到湖边,就"哇"的一声呕了出来,将酒菜喷得满地都是。冰川天女道:"这酒是我自酿的百花酒,酒性温和,并非烈酒,怎么云真姐姐如此不济?"只见谢云真摇摇晃晃地走了回来,双手捧心,面色泛白。铁拐仙道:"你怎么啦?"谢云真面上一红,却不言语,看她形状,又不似是醉酒。冰川天女叫侍女去取冰块和湿手巾,谢云真连连摇手道:"不必,不必!"冰川天女道:"你不是中酒吗?以冰块一敷,立刻清醒。"谢云真红生双颊,摇首不语。铁拐仙明白了几分,道:"让我猜猜看。"谢云真怕他直说,小声说道:"不必胡猜,是我,我有了!"冰川天女道:"什么,你有了什么?"谢云真面孔涨红,原来是她有了孩子。冰川天女与陈天宇都还不大懂人事,听得糊里糊涂。铁拐仙却是大喜,他结婚多年,年将半百,如今始有了孩子,一时喜不自禁,把酒杯也摔到地上,幸好那是玉杯,不致摔坏。

  冰川天女白了他一眼,道:"什么事这么欢喜?你还未完全康复,大喜大怒,都该避免。好啦,时候不早了。我也该回去啦,你们后日一早下山就是,我不送啦。"

  酒席不欢而散。是夜,冰川天女睡不着觉,陈天宇也睡不着觉,想起后日一早便要下山,颇为怅惘。一忽儿想起明日冰川天女与那白衣少年之会,自己也很想瞧这场热闹,但却不知冰川天女允是不允,一忽儿又想起了那藏族少女芝娜,心中思潮起伏,神思恍惚,索性披衣而起,走到园中,信步所之,不知不觉又走近了那座神秘的屋子,只见月光如水,遍地如银,忽然听得脚步之声,陈天宇急忙伏在一片假山湖石之后,只见那座屋子的门打开,一个披着白纱的少女走了出来,不是别人,正是冰川天女。

  陈天宇曾听芝娜说过,说这间屋子乃是宫中禁地,任何人都不敢进去。冰川天女每逢朔望之夜,就要独自到这间屋去,耽搁一个时辰,她做什么,谁也不敢问。陈天宇心中想道:"若被冰川天女瞧见我在这儿,定以为我偷窥她的行踪,以她的脾气之古怪,不知道该如何责罚我呢!"伏在假山石后,大气也不敢透。只见冰川天女面容忧郁,缓缓走近了来,陈天宇心头鹿撞,卜卜乱跳。冰川天女走到距离丈余之地，忽然停步，"咦"了一声，陈天宇吓得冷汗直流，只道她已发现，从石隙之中窥出，只见又是一个少女的背影，向着西北方孑然独行，那方向正对着自己的住所，陈天宇怔了一怔，但听得冰川天女叫道："芝娜，这么夜了，你还出来做什么？"

陈天宇松了口气，心道："芝娜一定是想去找我，不知她有什么话要对我说。呀，还有明天一天，后天就见不着她了。"只听得芝娜说道："天女姐姐，我到处找你，原来你在这儿。"陈天宇心道："这小妮子也会说假话。"

冰川天女道："你找我做什么？"芝娜道："姐姐已有制胜破敌之法没有？"冰川天女道："原来你是关心这个，你可放心，我纵不能胜，也断不会败给那个少年。"芝娜一笑道："所以呀——"冰川天女道："所以什么？"芝娜道："所以呀，你们明日这场斗剑，一定非常好看，我想，我想——"冰川天女道："你也想去看热闹是不是？"芝娜道："姐姐真猜对了我的心思，我想明日这场斗剑，若然错过，只恐今生也难再遇。"冰川天女本来心事重重，不大高兴，见芝娜说得如此郑重，对自己的剑法如此钦佩，不觉展颜一笑，道："我本来不准任何人去看，现在特别准你例外，好啦，明日你和我的贴身侍女幽萍在西边的山头看吧。"芝娜道："那山头离你们比剑之处不是很远吗？"冰川天女道："那山头很高，可以看得见的。准你特别破例，你还不心足吗。好啦，你随我回去，我再指点你一路剑法。你此次上山，我答应再教你三日，教了这路剑法之后，功课就算完了。"

两人在花树丛中冉冉而没，过了好久，陈天宇看得满园子里全无人影，清清寂寂，连鸟儿也似都睡着了，这才敢出来。走了两步，闻得那间屋子所发出的异香，特别有一股吸人的力量，不自觉地走到门前，摸摸那个门环，心道："这里面不知有什么古怪物事?"那门环转了两转,忽然自动开了,陈天宇吃了一惊,便想逃跑,但却似被什么拉着了后脚一样,少年的好奇心竟使他莫名其妙地身不由己地走了进去,只见屋中布置俨如神殿,正中有一个女子的塑像,面如满月,金发披肩,竟是一个胡女的塑像。陈天宇正在出奇,忽闻得背后有人咳嗽,回头一看,只见冰川天女满面怒容,指着自己!

陈天宇这一惊非同小可,真个是魂飞魄散,一颗心都似乎是要从口腔跳出来!只听得冰川天女冷冷说道:"你好大胆,你来这里来做什么?"陈天宇嗫嗫嚅嚅,道:"我、我、我、我不知道这儿不能进来!"冰川天女哼了一声,道:"你不知道?芝娜还未对你说过吗?我不相信!若然是她未说,那就是她的不是,回头我去问她。我不信芝娜会这样粗心大意,连宫中的禁忌都不向你提起。你快说实话,不要诿过于人。"陈天宇本就不惯说谎,这时更怕冰川天女怪责芝娜,要芝娜替自己受过,拼着受责,大了胆子,道:"是我说谎,芝娜在我来第一天就对我说了。"冰川天女大为生气,喝道:"那么你为什么偷偷进来,哼,你们师徒都不是好人,是你的师父教你来的吗?"陈天宇道:"不,是我自己来的,我一时好奇,不知不觉地就走进来了。"

说了之后,心中坦然,反而不似先前害怕,屋子里四角都点有长明灯,墙上还嵌有夜明珠,光线虽然不强,但已照见冰川天女的怒容。陈天宇来了这几天,还从未见过冰川天女生气,这时被她眼光一射,只觉一股寒意直透心头,猛然间忽觉颈上一紧,浑身酸软,原来已被冰川天女夹领一把提起;陈天宇从萧青峰学了七八年武功,在江湖上也已算得不错,这时被冰川天女一把提起,如捉小鸡,竟是动弹不得。

只听得冰川天女冷冷说道:"你既然要来这儿,那就不必再出去了!"将他在空中转了两转,这一瞬间,陈天宇只觉如腾云驾雾一般,四边墙壁有许多古古怪怪的人形,好像妖魔鬼怪,要飞扑出来,择人而啮。陈天宇被她转了两转,头昏眼花,忽而又似从云端中掉了下来,原来是冰川天女用力将他向地上一摔!

这一摔力度用得恰到好处,陈天宇骇叫一声,魂飞魄散,本以为定被摔死无疑,哪知一碰地面,地面忽然裂了一个大洞,陈天宇跌入洞中,碰得肋骨作痛,却并未受伤,跳起来时,只见洞中漆黑,不辨五指,上面的裂缝,早已复合,隐隐地听到上面传来的轻微的脚步声,大约是冰川天女已经走了。

陈天宇被困在黑洞中,但感一阵阵寒冷潮湿之气袭来,甚是难受,幸而他的内功,已有初步根基,盘膝静坐,试行吐纳,果然好了一些。陈天宇又害怕,又后悔,想起冰川天女所说的"你就不必再出去了!"这一句话,真是不寒而栗,心道:"莫非她真的要罚我在这洞中过一世不成?呀,师父师娘和父亲都不能见了,芝娜也不能见了。太阳月亮和一切的美景都不能见了。"陈天宇还是个大孩子,想到伤心之处,不觉呜呜咽咽哭了起来。

也不知过了多久,上面又隐隐有脚步声,陈天宇忽而想道:"若是冰川天女进来,见我哭泣,岂不笑我?"他对冰川天女本来不敢怨恨,但却不愿对她示弱,立刻收了眼泪,又再盘膝静坐。那脚步声近了又远了,洞中一片漆黑,冰川天女没有进来。陈天宇哪里知道,这正是芝娜和冰川天女那一位贴身侍女幽萍的脚步声。她们武功的根基尚浅,脚程不快,所以天未亮就起来,准备赶到冰峰侧面的山头,看冰川天女与白衣少年中午那一场比剑。

陈天宇好生失望,过了一会,又听得园中啼鸟之声,陈天宇想道:"唐人诗云:春眠不觉晓,处处闻啼鸟,夜来风雨声,花落知多少?这意境何等幽美,但与我现在的境遇却恰恰相反。听这鸟啼之声,想必是天亮了。芝娜昨夜想去找我未遂,她哪知道,我被困在这儿,一夜未睡觉呢!呀,夜来虽无风雨,但对我来说,昨夜之事,也似遇到一场大风暴呵!"

陈天宇胡思乱想,虽觉眼神困倦,却是睡不着觉。枯坐黑洞,度日如年,又不知过了多久。陈天宇心道:"唔,快日中了吧,他们该在冰峰下面比剑了,可惜我没这个眼福。"正自胡思乱想,忽然地下传来怪声,愈来愈响,墙壁也似有些震动,陈天宇吃了一惊,忽又觉有一股热气从地底下透上来,陈天宇更是惊奇,怪声更响,不但墙壁震动,连地底的震动也感觉到了,忽地"哗啦"一声,墙壁的砖头震落几块,一片阳光透了进来,陈天宇也给震倒地上,猛地想道:"这是地震!"西藏的地层,据地质学家的研究,形成较晚,地层下还有许多活火山,所以时不时有大小地震,陈天宇也听老人说过,不过却未亲自经历过。这时猛然省起这是地震,比起昨晚骤然间见到冰川天女之时还要吃惊,正想爬起,猛然间一声巨响,有如天崩地陷,陈天宇蒙着耳朵,但觉一阵晕眩,眼前金星乱冒,晕倒地上,人事不知!

过了许久,陈天宇悠悠醒转,从震裂的缺口爬出,只见整个天空布满一层黄色的尘沙,连阳光也是黄色,看日头的影子,已是第二日的黄昏。陈天宇运了一下气力,站起来行了几步,只见那座尖顶的神秘屋子,墙壁也给震得歪歪斜斜,但却未倒塌。这时,陈天宇也无心再进去看了,跑到园中,但见许多假山都给震得或是倒塌,或是变了形状,有几座宫殿,也给震倒,变成一片瓦砾,但也还有好几座完整。陈天宇大声呼叫,却无人声相应,整座冰宫,死一般的沉寂。陈天宇恍似刚做了场恶梦,骇怕极了,四处奔跑,叫芝娜,唤师父,但什么人也没有见到,飞禽走兽也早已逃命去了,什么声息都没有,只见冰湖中一片黄色的尘埃,只有注入冰湖中的流水还琤琮作响!

猛一抬头,又发现了一桩更令人惊心骇目的奇事:冰宫对面,像一支玉笋、高插云霄的冰峰竟然不见了!好像骤然之间,给人用魔法移去似的，消失得无影无踪。这冰峰日夜发出寒光，乃是念青唐古拉山奇景之一，骤然不见，令陈天宇在惊异之中又带着惋惜。登上宫中高处，再仔细看时，但见满山都是磨盘大的冰块，滚滚而下，宫中也平添了许多巨石，不问可知，这乃是冰峰受地震震塌之时，飞到这儿来的。幸而只有几座宫殿受巨石所压，其他尚未受到波及，得以保存。

目睹这场巨变，陈天宇不禁心胆俱寒，想起冰川天女与那白衣少年，正在冰峰下面比剑，突然碰到地震，千丈冰峰倒塌下来，怕不被压成肉饼！陈天宇昨晚虽然受到冰川天女的责骂与处罚，但想起她的绮年玉貌，绝代风华，却遭受如此惨祸，真欲昂首问天：天何太忍！还有芝娜呢！芝娜在侧面的山峰看他们比试，会不会也被波及？这刹那间，陈天宇眼前现出芝娜那恍惚迷离、神秘奇异的笑容，又现出冰川天女雅丽高华的情影，不禁打了一个寒噤，不敢再想下去。

陈天宇摘了两枚果子，吃下之后，精神稍振，又再大声呼叫，到处找人，偌大一个冰宫，冷冷清清，毫无声息，世界上没有什么比死一样的寂寞更令人恐惧的了，陈天宇这时但愿遇着任何有生命的东西，即算是一只猫一只狗也好，可是却什么都没有。园中的花草还是像昨日一样，发散着缕缕幽香，有各种各样奇丽的色彩，可是此时此际，在陈天宇眼中只感到一片黯淡，陈天宇四处寻觅、呼叫！再无顾忌，穿进各处宫殿，仔细找寻，仍是任何人也没见到，在倒塌了的宫殿旁边寻觅，也没有发现任何尸骸！

这么多的冰宫侍女怎么一下子全都消失了？即算都被压死，也该有些尸体会被发现，但却什么都没有！如果是逃走了，也该有人回来探视，但这时黄昏已逝，月亮也升上来了，仍是毫无人影。这真是不可思议的怪事！陈天宇真怀疑眼前所见，只是一场幻景，绝对不可能存在的幻景！但把指头送进口中一咬，分明又觉疼痛，证明这不是恶梦，不是幻景。陡然间陈天宇觉得周围的空气也似乎凝结起来，人快要窒息了。

一轮明月，挂在天心，冰峰倒塌之时所扬起的尘沙，已渐渐被山风吹散，月光之下，冰宫的夜景仍是那么美丽，但却是一种异样凄清、令人伤感的"美丽"。陈天宇像发了狂般的呼喊，在园子里跑来跑去，人不知疲倦，声音却已嘶哑了。时交午夜，忽然听得有一个微弱的声音唤道："是宇儿么？"

陈天宇这时像发现了世上最最宝贵的东西，欢喜得说不出话，急忙循声寻觅，就在身边有一间倒塌的孤独房子，声音从泥土之中发出，陈天宇挖开泥土，只见铁拐仙躺在里面，衣裳上也有些血迹。陈天宇叫道："师父，是你？"铁拐仙道："不错，是我。给我弄些吃的，拿一碗水来。"陈天宇摘了两枚果子，又用蕉叶编起来盛了冰湖的水给师父喝，铁拐仙歇了一阵，叹口气道："咱们师徒总算逃过这场劫难了，除了咱们之外，这宫中还有生人吗？"

陈天宇将所见的情景说了一遍，铁拐仙又叹口气道："冰川天女说过，要她下山除非冰峰倒塌，现在冰峰已倒，只是恐怕她被埋在山中，再也难以重现人间了。"骤然间想起自己的妻子出外采药，不知生死如何，十分挂念。

陈天宇道："师父，你受了伤么？"铁拐仙道："还好，只给石头刮破了一点皮肉。"其实他受伤远不止此，他本来还未完全恢复，受了这一场大地震的震荡，虽然仗着精纯的内功，得以保全，但已耗了十年功力，只能仗着铁拐，勉强行走了。

两师徒在宫中缓缓行走，发声呼唤，又是失望。铁拐仙道："我在静室之中运功疗伤，只觉地底震动，接着听得宫中侍女的奔走呼唤之声，还似乎有人叫我的名字，我练功正到紧要关头，怕走火入魔，不敢答应。正想收敛真气，先行'散功'，再出外打听，哪知巨变突来，我的静室也给震塌了。"陈天宇听师父如此说法，地震来时，宫中分明还有许多侍女，但却怎么全都消失，更是觉得不可思议。

两师徒歇了一宵，第二日起来巡视，宫中除了倒塌了几座宫殿之外，"灾情"尚不算严重，禽鸟也渐渐有些回来，只是没有人。宫中贮藏的粮食甚丰，两师徒倒不怕挨饿。陈天宇道："咱们该怎么办？"铁拐仙苦笑道："依照冰川天女的命令，咱们本该今日下山，可是以我现在的功夫，非再练十年，是难以下山的了。"陈天宇想起那冰川的奇险，若非有上乘的功夫，或者熟知冰川的水性，确是不能飞渡。只听得铁拐仙又苦笑道："遇此意料不到的巨变，咱们只好违背冰川天女的命令，在这里住下去了。但愿冰川天女能够生还，救我们下去。"

这希望当然极是渺茫，过了七日，不说冰川天女，就是冰宫侍女，也无一人露面。这七日当中，铁拐仙日日练功，要把体内余寒之气消尽，陈天宇寂寞之极，到处行走。这一日，来到了那座神秘的殿宇之前，这座殿宇，墙壁都给震得歪歪斜斜，却尚未倒塌，陈天宇想起那晚之事，对这屋子虽然极无好感，却忍不住推门进去。

殿宇中所供的那座胡女塑像，仍然完好无缺，歪歪斜斜的墙壁上刻满各种人像图形，有坐像有卧像，还有作持剑相扑之状的各种各式形象，姿势古怪之极，剑法大殊中土，陈天宇心道："这必是冰川天女父母所合创的新奇剑法，怪不得她不肯让旁人进去。"又想道："冰川天女常到这里礼拜，这个塑像定是她的母亲无疑。"对冰川天女的身世，更感离奇莫测。陈天宇不愿偷学人家的剑法，看了一眼，就退出去找师父。

铁拐仙经过了七日静养，玄功内运，已把体内余寒之气去尽，虽然功力减损，行动已如常人，不必再倚靠铁拐了。陈天宇找到师父，说出密室所见，铁拐仙沉吟半响，忽道："宇儿，你该多拜一位师父。"陈天宇诧道："什么，你不要我了么？"铁拐仙道："不，你听我说,武学无有止境,你纵练到我今日的境地,也尚难以抵敌一流高手。不要说像冰川天女或者白衣少年那样的超人武功,即算日前那夜闯冰宫的红衣喇嘛,武功也远在我辈之上。"陈天宇目睹种种,知道师父所说的绝不是客气的话儿,不禁默然。铁拐仙续道:"我功力未复,非过十年,难以下山。在这十年之中,若有强敌前来侵扰,如何抵御,所以我要你多学一些上乘功夫,再拜一位师父。"陈天宇道:"在这冰宫之中,只有咱们二人,还拜何人为师?"铁拐仙道:"冰川天女!"陈天宇怔了一怔,立即明白师父用意,摇头说道:"冰川天女存亡未卜,咱们怎好偷学她的剑法?"铁拐仙道:"正因为她存亡未卜,你才该学。试想她若死了,冰宫侍女也都死了,她这一派武功岂非失传。想冰川天女的父母,合创这套新奇的剑法,耗了多少心力,若然绝传,他们在九泉之下也不瞑目,而且也是武学的一大损失。"

陈天宇被他师父说服,于是与师父同到密室之中看那墙上的图形,这套武功繁复之极,诡变异常。若非内功有了根底之人,殊难学习。幸而铁拐仙是江南大侠甘凤池的嫡传弟子,所习的正是玄门正宗的内功,武学的流派虽有不同,原理却无多大分别,而且墙上的图像,也列有入门的功夫。铁拐仙在密室中看了三日,已知窍要,便先传授陈天宇内家练气的功夫,陈天宇曾跟萧青峰学了七八年,内功已有底子,再经铁拐仙指点,进境甚是神速。一月之后,学上乘剑法的初步根基已经打好,便同时兼学两派的武功,上半日学铁拐仙这一派的武技,下半日学冰川天女这一派的剑法。时日匆匆,不知不觉地过了三月。

有一晚铁拐仙独自练功,陈天宇在园中散步,只见月华如练,花草飘香,经过了这么多时日,园中景色,渐已恢复旧观,许多不知名的鸟儿也回来了。

陈天宇对此景色,心中怅触,想起三月之前,芝娜带他在宫中游览的情景，如今却只有自己孤伶伶地在这儿。又想起时过三月，冰川天女与一众侍女还未见有一个回来，想必凶多吉少，但对那么多的冰宫侍女突然间一旦失踪，尸体亦无发现，又觉得难以思议。

陈天宇漫步沉思，忽闻得有一股前所未闻的香味从园中一角飘来，陈天宇在宫中三月，对各种花草树木已经熟悉，宫中的奇花异草，有各种不同的清香，但却无一种有这样浓烈的香气。陈天宇好奇心起，不禁走过去看，走到花园的一角，只见一棵大树，挺然独立，奇怪的是，大树上只结有一个果子，其大如碗，颜色鲜红，那股透人的香味就是这个果子发散出来的。陈天宇攀上树去，将果子摘了下来，闻了一闻，香透脾腑，忍不住送到口中一咬，只觉又香又甜，且有一股清凉之气，直透丹田，竟是生平从未尝过的佳果。陈天宇把果子吃完，恨不得再找一个，可是宫中就只有这样的一棵树，树上就只有一枚果子。

过了一阵，陈天宇忽觉腹中绞痛，吃了一惊，想道："莫非这是毒果不成？"忙跑去找师父，刚跑了几步，疼痛难当，只觉腹中浊气下沉，迫不及待，只好拣了一处僻静所在，大泻了一场，泻过之后，疼痛忽止。陈天宇甚觉奇怪，想道："这果子如此香甜，怎么却是泻药？"

站起来走了几步，又发现了一个奇迹，只觉轻飘飘的，似乎身子也轻了许多。陈天宇试一跳跃，身躯拔空而起，一下子就跃上了一棵大树的树顶，这棵树高达二丈有奇，陈天宇平时纵跃，最高不过丈许，而今服了这异果之后，轻身功夫竟然凭空强了一倍，不禁又惊又喜。连忙去见师父，铁拐仙听他说后，试他的轻功，果然今非昔比，也不禁喜道："冰川天女这套武功，胜在轻灵奇诡，我正愁你的轻功根底不好，想不到你却有此奇遇！现在若只论轻身的功夫，你虽然还比不上冰川天女与那白衣少年，但比我却要强得多了。"

陈天宇攀上树去,将果子摘了下来,闻了一闻,香透脾腑,忍不住送到口中一咬,只觉又香又甜,且有一股清凉之气,直透丹田,竟是生平从未尝过的佳果。

一宿无话，第二日陈天宇再练冰川天女的那套剑法，只觉得心应手，果然灵活许多。心下高兴，晚餐过后，又独自到园中练剑，练到酣处，只见银光匝地，招数不假思索地便自然发了出来。忽闻得有人赞道："好剑法！"抬头看时，却是师父。铁拐仙说道："你的功力大进，看来或者不必十年，咱们便可下山了。只是你轻功虽然突然增强，耳目尚未练得灵敏。我到你的身边，你才知道。"当下又传授陈天宇听风辨器的功夫，练了一阵，铁拐仙道："现在试你一试，你回转头去，我在你的背后走来，你一闻声息，便反手掷出一粒石子，看看你掷的方位对不对？"

宫中曲径迂回，铁拐仙走到远处藏躲起来，陈天宇背向而立，静候师父前来试验，过了一阵，忽闻得有轻微的脚步声从侧面传来，陈天宇怔了一怔，心中奇道："怎么听起来却是两人的走路声，是师父故弄玄虚，还是我的听风之术还未到家？"声音渐近，陈天宇不假思索，反手一掷，将石块向声音来处掷去，忽闻得哈哈怪笑之声，那块石头已给反掷回来，听那破空之声，急锐之极，陈天宇吃了一惊，不解师父何以用如此厉害的手法反掷回来？就在这一瞬间，听得铁拐仙大喝道："凶僧休得伤我徒弟！"紧接着暗器之声划空而过，听得出是与那石块相撞，一同跌落冰湖去了。

陈天宇回头一望，不禁吓得呆了，从侧面来的竟然不是师父，而是以前曾到过冰宫的那个红衣番僧，在番僧后面，还有一个少年武士。这两人正龇牙咧嘴地向自己怪笑。师父正从后面匆匆赶来，脸上一派惊骇的神色。

那红衣番僧冷冷一笑，朝着铁拐仙叽哩咕噜地讲了一顿话，铁拐仙一句也听不懂，摇了摇头。陈天宇略解尼泊尔话，叫道："师父，他是来查问冰川天女的下落。"

陈天宇用尼泊尔话叫出"冰川天女"四字，铁拐仙将拐杖向原来的冰峰方向一指，做了一个手势，意思是说：大地震之后，冰峰倒塌,冰川天女大概是给压死了。红衣番僧面色愠怒,那少年武士又向铁拐仙指了一指,在番僧耳边说了几句话,那红衣番僧越发恼怒,突然用藏语说出"金本巴瓶"几字,做了一个抢夺的姿势,意思是说:"就是你想抢金本巴瓶吗?"这句藏语和这个手势铁拐仙倒能领悟,他是一代大侠的嫡传弟子,虽知危险,却也不肯乱打谎语,一指心口,傲然说道:"不错,我是想夺金本巴瓶!"

红衣番僧一声怒吼,手腕一翻,禅杖向铁拐仙当头扫下,原来他误解了铁拐仙的手势,以为冰川天女已给他们弄死,又听得那少年武士指证铁拐仙是想抢夺金本巴瓶之人,两恨齐发,所以不分皂白,便和铁拐仙厮拼。铁拐仙以前曾吃过他的亏,这时见他如此横蛮,也是恼怒,铁拐一举,还劲招架,只见双杖相交,铿然有声,铁拐仙跟跟跄跄地倒退几步。

陈天宇这一惊非小,心道:"师父功力未复,如何能是他的对手?"只听得在兵器交击声中,铁拐仙大声叫道:"宇儿,你快逃走,你千万不能跟他们动手,若然你不听话,我就再不认你为徒。"陈天宇知道这是师父要保全他的好意,可是在此紧要关头,他怎忍弃师私逃,呆了一阵,铁拐仙与那红衣番僧已经斗了十余廿招。

那少年倚在树旁,用眼角扫了陈天宇一眼,却不动手。原来他刚才见过陈天宇掷石被番僧反击回来,知他功力甚浅,所以不放在眼内,只是注视着场中的恶斗。

铁拐仙与红衣番僧霎眼间已斗了十余廿招,虽是连连后退,身法步法却并不乱,看来还能招架。陈天宇好生惊异,看了一阵,又不禁大吃一惊,只见师父踏着五行八卦方位,面色沉重之极,将铁拐舞得呼呼挟风,震得耳鼓都嗡嗡作响,师父使的正是最损耗内家真力的伏魔杖法。陈天宇记得冰川天女说过,上次师父与这番僧作战,伏魔杖法幸喜只使到第九十六招,若然把全部一百零八路杖法使完，必得大病一场。陈天宇心想："师父现在的功力已大不如前，竟然还使这路杖法，那岂不是危险之极？"要想上去相助，只见师父圆睁双眼，又向自己瞪了一眼，铁拐一挥，猛听得轰的一声巨响，铁拐仙与红衣番僧都各自斜窜三步。两人一退复进，双杖盘旋飞舞，又再交锋。陈天宇懂得师父的眼色是责他不听话，叫他快走，陈天宇一阵迟疑，场中斗得越发凶险激烈了。

原来铁拐仙自知不敌，拼了性命，使出师门所授最厉害的伏魔杖法，用意是想拖延时候，掩护陈天宇逃亡，可是陈天宇爱师心切，却又偏偏不走，铁拐仙心中叹了口气，既深感徒儿的天性纯厚，又恼怒他不听话。在这性命相扑的关头，可怜铁拐仙已不能分神说话。

伏魔杖法分为三段，第一段三十六招霎忽使完，第二段的三十六招又相继而至，这三十六招用的全是内家真力，更耗精神，铁拐仙咬着牙根，暗运真气，苦苦支撑。一个人抱了必死拼命之心，力量无形中加强几倍，是以他功力虽然大不如前，却也还勉强支撑得住。

陡听得红衣番僧一声怪笑，禅杖一指，将铁拐顶着，直逼过去，铁拐仙衣裳尽湿，汗如雨下，猛地也大喝一声，铁拐一挺，又将红衣番僧的禅杖荡开，但那碗口般粗大的铁拐，已显得微微弯曲，陈天宇见了，更是心惊。

铁拐仙的第二段伏魔杖法又已使完，拐杖慢慢挥动，就如挽着千斤重物一样，东一指，西一划，全无声息，那红衣番僧轻狂之态尽敛，全神贯注，不敢轻视。但听得铁拐仙身子一动，骨头就格格作响，头上红筋毕现，似是在苦苦支撑。那番僧忽地重施故技，使出瑜伽坐功，盘膝一坐，禅杖一带，将铁拐仙慢慢拉近身前。

铁拐仙心中一凉，他已竭尽全力，终因功力不敌，无可抵挡，他心知若然被番僧拉近身边，必然立下杀手，欲想摆脱，铁拐却被禅杖黏着，牢牢地往里牵引，摆脱不开，这时他的一百零八路伏魔杖法，已使到第一百零六招了。

那红衣番僧全神注视杖端，用力一带，大声一喝："倒！"陈天宇只见师父身躯晃了几晃，似是不由自主地给那番僧拉近身边，头向前冲，看看就要倒下地去。陈天宇大吃一惊，陡然飞身一掠，刷的一剑，就向那番僧肋下的"龙藏穴"猛刺。陈天宇自知武功与那番僧差得太远，这一剑只是迫于救师，聊尽人事而已，原不指望能够刺中，哪知就在这一瞬间，忽听得那番僧大叫一声，跌出了三丈开外！

原来红衣番僧与陈天宇相距数丈，他又知陈天宇武功低微，绝不把他放在眼内，而且又有那少年武士在旁监视，更是对他毫无防备。哪知陈天宇功力虽弱，吃了异果之后，轻身的功夫，已及得武林中的一流高手，这数丈之地，一掠即到，而且又是突如其来，骤然一击，那少年武士出手已来不及，红衣番僧全神贯注，要把铁拐仙击倒，冷不及防，肋下的穴道竟给陈天宇一剑刺个正着！本来以红衣番僧的深湛内功，这一剑尚不足令他重伤，但铁拐仙的伏魔杖法，一招强逾一招，这时正使到第一百零七招，拼尽全身的气力，运劲一戳，红衣番僧给陈天宇刺着，身躯颤了一颤，又被铁拐仙乘虚而入，在他的胸膛重重地戳了一下，这一来两下夹攻，那番僧纵是铁铸的身子，也抵受不了，还算他武功确是高强，没有当场送命。但亦已呕一摊鲜血，散了内家真气，非再修练三年五载，不能恢复原来的功力了。

陈天宇一招得手，又惊又喜，正想扶起师父，忽听得铁拐仙又是一声大叫道："闪开！"陈天宇本能地向旁边一闪，只见一条黑影，正向自己飞来，说时迟，那时快，铁拐仙猛地脱手一掷，铁拐腾空飞去。这是伏魔杖法的最后一招，名叫"神魔归位"，因为伏魔杖法从无使最后一招的道理，若然要使到最后一招，那就是敌人本事委实太强，无可制服，这一招就得与敌人拼个同归于尽了。这一招名为"神魔归位"，就是这个玉石俱焚的意思。这一招又是铁拐仙拼尽最后的气力，毕生功力之所聚，那少年武士如何禁受得住，只听得一声惨叫，那少年武士给铁拐自前心透过后心，登时死了。

陈天宇有生以来，未曾见过如此惨状，只觉手酸脚软，不敢再望。只听得花树草木间悉悉索索的声音，想是那红衣番僧已经逃命。忽闻铁拐仙叹了一口长气，道："宇儿，你过来！"陈天宇转过头来，但见师父面如金纸，倚在树根，就像患了重病的病人一样，神色比前次受伤还更骇人，陈天宇颤声问道："师父，你怎么啦？"铁拐仙道："徒儿，今晚是咱们分手之期了！"陈天宇一惊，眼泪簌簌而下。铁拐仙笑道："天下无百年不散之筵席，这又有什么值得伤心？"

陈天宇道："师父功力深厚，这宫中丹药甚多，待我每一样都抓一把来给师父看看，看哪一样合用。"铁拐仙凄然笑道："我在大病之后，又把一百零八路伏魔杖法使完，就算把天下所有的灵丹妙药，都给我搜集了来，也没用了。时候无多，你还是细心听我说几句话吧。"陈天宇忍了眼泪，倾听师父遗言。铁拐仙道："咱们师徒虽只相处三月，我已知你天性纯厚，将来定有大成。我要拜托你一件事。"陈天宇道："师父吩咐便是。"铁拐仙道："若是上天怜悯，不教我夫妻都遭横死，那么日后你若见着师娘，就叫她好好将孩子养大，到孩子十岁之时，叫他拜你为师。"陈天宇怔了一怔，他可从没有听师父说过有孩子，可是此时此际，也不便多问了。只听得铁拐仙续道："本门的武功口诀，我已尽传了你，拐法你亦熟习，你就将我本门的武功，传与我的孩子便了。这支铁拐，你替我保存，待孩子长成之后，再交与他。叫他继承师祖。至于那个番僧，他今晚纵能逃得性命，亦将残废，叫他们也不必远赴异国替我报仇了。你答应做我孩子的师父吗?"陈天宇道:"只要徒儿有命下山,师父吩咐的事,一定做到。"铁拐仙笑了一笑,又道:"我曾受你师祖与冒川生老前辈的嘱托,找寻桂华生前辈与他的后嗣,如今已确实知道冰川天女便是桂华生的女儿,若然冰川天女未死,你一定要寻着她,说与她知。现下冰峰已倒,她也可以下山去寻她的伯父了。"陈天宇又应了一声。铁拐仙气若游丝,声音越来越微弱了,陈天宇扶着他,只听得他又断断续续地道:"那、那金本巴瓶,我也不知道该帮哪边才是,总之不能让它落在外人手中。那、那白衣少年,说话很有点道理,你,你去找他……"越说声音越弱,这段话好似尚未说完,双脚一伸,就此一瞑不视。

陈天宇号啕痛哭,将师父埋在园中,把那少年武士,也另掘一处埋了,取了铁拐,拭干血迹,抬头一望,只见月亮西沉,残星明灭,黑夜将逝,不久又要黎明了。陈天宇茫然地在宫中乱走,偌大的冰宫,这时只有他一个生人,陈天宇又是悲痛,又是骇怕,任宫中景致如何美妙,他也不愿再在此地逗留了。

待得东方露出曙光,陈天宇带了一些干粮,收拾随身行李,茫然走出冰宫,忽地想道:"以我现在的本领,怎能渡过冰川?"但叫他独自留在冰宫,他心中又实是不愿,正在进退两难,忽听得地下又似隐隐有声,陈天宇大为吃惊,生怕又是一场地震,这声音若断若续,忽又停止,陈天宇心道:"若是地震的征兆,怎么这声音并不加强?"心中发慌,一口气往外跑去,那声音忽然又起,陈天宇再跑一阵,又听不见了。正是:

冰宫仙境多奇事,亦真亦幻费猜疑。

欲知事后如何?请听下回分解。

第八回

沧海桑田　仙山伤劫后
白云苍狗　侍女话前因

陈天宇定了定神，知道这绝对不是地震了，但却更为疑惑，想不透这是什么怪声。心道："宫中灵药宝物甚多，莫不要被坏人偷进才好。"陈天宇虽然再也不愿在宫中逗留，但住了三个多月，不知怎的，对冰宫却总有一种异样的感情，虽然明知自己去后，这仙境般的珠宫贝阙也许就沦为狐鼠之窝，但只要自己还在山上一日，却不愿见它被坏人占据。于是又折回头去，再回到冰宫里面。

刚进园子，地下怪声又起，陈天宇想道："若然是人，定无在地底行走之理，我也太过虑了。"但既然回转，就索性再进里面巡礼一番。走到冰湖附近，忽似听得有轻微的脚步之声，陈天宇心中一凛，悄悄地掩过去。陈天宇对宫中的道路，了如指掌，轻功又高，循声觅进，悄悄走去，来人竟没发现。

只见就在那座尖顶的神殿前面，并排站着三人，当中的身躯肥大，正是萨迦宗土司的涅巴俄马登，两旁的人却是前次遇过的那两个尼泊尔武士。只听得俄马登说道："这是什么怪声？该不会是地震吧？"那年长的武士道："看来不是地震。"他们说的乃是藏语，陈天宇听得明白，心中更是狐疑，这怪声既不是他们弄出来的，那就越发神秘了。只听得俄马登又道："刚才我们还在地上发现一摊鲜血,似乎这里还住的有人,却何以一无所见。"那两个尼泊尔武士,双手合十,高叫了几声"冰川天女!"自然除了回声之外,什么也听不见。那两个武士现出极其惶恐的神情,咕噜对语,一个道:"若然公主还在,定会出来!"一个道:"难道她真是遭了劫难,这叫咱们怎生向国王交代?"陈天宇心道:"原来他们是奉尼泊尔国王之命,来查探冰川天女的下落的。俄马登这厮陪他们来此,却又是何用意?"俄马登虽然救过芝娜,但不知怎的,陈天宇对他却有一种说不出的憎厌,总觉得这人是个外貌诚实、内心奸猾的伪君子。

俄马登道:"不管公主在与不在,咱们且进去搜搜。"说着就想走进那座神殿。年长的尼泊尔武士急道:"这是咱们国教的圣殿,若不得主人允许,不能随便进去。"俄马登道:"此地哪还有什么主人,进去看看何妨。"地震之后,殿门早已崩坏,俄马登一面向那两个武士赔笑,一面跨大脚步,就要走入殿中。

陈天宇想起冰川天女的禁令,又怕他偷学其中的剑法,陡然大喝一声,飞步抢出,叫道:"俄马登,你好大胆!"俄马登回头一看,笑道:"陈公子,原来是你!芝娜呢?"陈天宇道:"闲话少说,你给我滚出去!"俄马登道:"咦,这倒奇了,你是这里的主人吗?"陈天宇道:"你管不着,你滚不滚?"俄马登笑道:"那你又凭什么来管我?"脸现奸笑,手中已拔出刀来。

陈天宇热血上涌,刷的一剑刺去,又喝道:"你滚不滚?"俄马登笑道:"陈公子,你要动手么?呵呀,呀,哼!"原来俄马登见过陈天宇的本领,自恃武功远在他上,故此丝毫不以为意,满拟一刀劈过,便可将他的长剑格飞,哪知陈天宇今非昔比,这一剑竟是达摩剑法中的一个怪招,剑尖一晃,似左反右,刷的一剑,在他的肩头划了一道伤口,这还是因为陈天宇的功夫未到,而俄马登也还不弱,要不然只这一剑,就能将他的一条臂膊卸了下来。

俄马登笑容顿敛，凝神对敌，还了三刀，但却敌不住陈天宇精妙的剑法，给他迫得步步后退，那两个尼泊尔武士在旁观望，甚是惊异。

俄马登叫道："这人是满清官员的儿子，他偷到这儿，又学了冰川天女的剑法，不问可知，定是在地震之后，冰川天女受了伤，给他乘机害死了。他窃据此宫，居然敢以主人自命！"一番话煽动了那两个尼泊尔武士，他们拔出月牙弯刀，一左一右，登时上来夹攻。

陈天宇道："你听我说。"俄马登喝道："还说什么！"陈天宇不善措词，自己又确是偷学了冰川天女的剑法，迫切之间，解释不清，那两个尼泊尔武士一招紧过一招，陈天宇剑交左手，右手挥动铁拐，同时使出两套武林绝学，招架了二三十招。

陈天宇左剑右拐，招数虽然精妙，但火候未到，功力尚浅，时间一长，挡不了三个高手的进攻，那两个尼泊尔武士只是将陈天宇的招数破开，也还罢了，俄马登却刀刀狠辣，尽是拣致命之处劈刺，面上又露出了得意的奸笑。

忽地里怪声又起，比前更为清楚宏亮，各人都吓了一跳，陈天宇松了口气，正想说话，那怪声又停止了。俄马登道："先把这厮擒了，再行拷问。"挥刀再战，陈天宇气力不继，更是难支。

陈天宇气衰力竭，暗叹口气：想不到糊里糊涂死在这儿。俄马登得意之极，一声奸笑，手起一刀，向他右臂斜斜切下，陈天宇被那两个武士的月牙弯刀迫着，无法招架，正在绝险关头，忽见俄马登和那两个武士都乞嗤一声，打了一个冷战，攻势登时松懈。陈天宇大为惊奇，就在此时，忽闻得娇声斥道："你们闯进冰宫，意欲何为？想找死么？"声音脆若银铃，陈天宇回头一望，只见花树丛中，冰宫侍女纷纷走出，说话的正是名叫月仙的那位书房侍女，她说话的口气和神态，都很像冰川天女。这刹那间，陈天宇又惊又喜，这么多的冰宫侍女一下子又都出现了！陈天宇几乎疑心又是一场幻梦。

原来冰川天女的父母定居此山，早就预防会有地震，冰宫的中心，地底下是个冰窟，亘古不见阳光，坚冰积聚，坚逾岩石。冰川天女的父母已测知地下火山在冰峰附近，离冰宫所在，约有四五十里，纵是火山爆发，大地震动，冰宫所受的震荡也不会太大，为了防备冰峰倒塌之时的飞砂走石可能伤人，因此在冰窟下面，预先布置了避难的所在，开了一条地道，用最坚硬的花岗岩石筑成两道围墙，地下经常存有数月粮食，食水可以溶冰取得，准备得十分周密。所以那日大地震之时，除了铁拐仙因为在静室练功，陈天宇因为被冰川天女囚在密室，无法脱身之外，其余所有的冰宫侍女都已躲进冰窟的避难室去了。但她们虽然准备得十分周密，也还有一样未曾算到，地震之后，地层凹下，从冰窟走出冰宫的通道竟给堵住，走不出来。幸而冰宫侍女众多，大家齐心合力，挖了三个月，方始在今日挖通了地道。陈天宇他们所听到的地下"怪声"，就是冰宫侍女们将要通出冰宫之时，在地下挖掘地道的声音。

冰宫侍女们刚刚出来，就见有生人闯进，个个含嗔，第一圈的九名侍女，以月仙为首，已各自拔出冰魄寒光剑，布成了九天玄女阵，奇寒之气，触体如割，俄马登冻得抖抖索索，那两名尼泊尔武士也冷得连连打战。陈天宇练过冰川天女这一派武功，又服过宫中御寒的灵药阳和丸，故此功力虽及不上那两名武士，却反而忍受得住。

为首的侍女娇叱一声，寒光剑晃了两下，就想动手，俄马登牙关打战，说不出话，那两名尼泊尔武士急忙哀声求告，禀达来意。侍女中有人曾听冰川天女说过他们的来历的，知道冰川天女那日也曾在天湖旁边饶过他们，当即向为首的侍女说了。为首的侍女发一声号令，将阵形散开，说道："若非见你等尚无恶意，你等今日就来得去不得了。好，你们走吧，下次若再乱闯，那就绝不留情了。"年长的那个尼泊尔武士尚欲说话，冰宫侍女喝道："我们的公主不要你管！"说话之时，把冰魄寒光剑连连晃动，俄马登抵受不住，发一声喊，转身急走，那两名尼泊尔武士叹了口气，双手合十，向圣殿拜了一拜，也转身走了。只剩下陈天宇一人，呆呆地站在冰宫侍女的面前。

那名叫月仙的侍女向陈天宇盯了一眼，道："你还在此地吗？"陈天宇道："幸免劫难，走不出去，擅留宫中，尚望恕罪。"月仙道："你为何偷学我们的剑法？"陈天宇道："我以为你们不回来了，恐怕这剑法失传……"陈天宇不善措词，冰宫侍女已有多人动怒，纷纷骂道："哼，你小小年纪，心术却怎地不正，盼我们死！""我们待你以宾客之礼，你却私入圣殿于前，又想窃据冰宫于后，岂有此理！"有几个气量窄浅的，就想拔剑将他驱逐。

陈天宇在众侍女夹攻之下，有口难言，为首的侍女对陈天宇尚有好感，摆了摆手，说道："你偷入圣殿，我们的公主本要将你终生囚禁，如今你又偷学她的剑法，我们是再也容你不得了。念你曾是我们公主的宾客，饶你不死，此处你却不能留了！"要知冰川天女禁令甚严，而今她虽然不在，众侍女对她所要责罚的人，依然不敢假以辞色，有一两个不明事理的，更擅作威福，替冰川天女逐客。

陈天宇气往上冲，心道：怎么这些冰宫侍女，个个都不近人情。当下傲然说道："我本来就想走了，只是见你们尚未回来，恐有坏人私入，这才留到今日。"有一个侍女道："如此说来，你倒是有功之人了。"陈天宇道："不敢，不过我的师父却是因为要保护此宫，以至在此丧生。我去了之后，他的坟墓，愿你们能够保全。"说着不觉潸然泪下。月仙道："呵，铁拐仙死了吗？怎么死的？"陈天宇约略说了一遍，月仙也自心中后悔，可是她处处模仿她的主人，说了的话，不愿更改，而且宫中都是少女，只有陈天宇是个男人，她也不敢擅自作主，将他留下，当下说道："好，我替你修建铁拐仙的坟墓便是，你好生去吧。要我派人送你下山吗？"说话已客气许多，陈天宇余怒未消，傲然说道："不要！"月仙又道："公主曾经回来过吗？"陈天宇道："没有！"月仙怔了一怔，凄然说道："我们的公主，曾下过命令，不准我们私自下山，不论她在与不在，这命令我们都不敢违背。你下山之后，若我们的公主还在人间，就拜托你代为查访。"陈天宇想起冰川天女的音容，虽然不近人情，却甚是得人忆念，她的高傲，乃是与生俱来，出于自然，与刚才那几个傲慢的侍女，绝对不可相提并论。陈天宇想起冰川天女，不觉心中一软，道："听明白了，遵命就是。"在众侍女的注视下，仍然背起原来的行李，提起师父遗留的铁拐，头也不回，走出冰宫。背后依稀听得叹息之声，陈天宇想道："冰宫侍女之中，原来也有好的。"心中稍觉宽慰。

　　陈天宇满怀怅惘，茫然走出冰宫，想起冰川天险，自己本领尚低，怎能飞渡？可是刚才的说话又说得太满，不好意思再回去请她们送下，不觉大是踌躇。

　　陈天宇上山之时，尚是初夏，如今过了三个多月，下山之时，已是金风送爽的仲秋，山顶雪片轻飘，半山红叶如霞，地震之后，尘沙未净，那纵横交错，匝着山腰，像银蛇一般的冰川，也蒙上一层淡黄，经过阳光折射，淡黄之中又透着浅蓝，别是一番景致。陈天宇惘惘怅怅，信步所之，忽见前面黑烟弥空，火焰冲天，原来那冰峰倒塌之后，露出了喷火口，余火未熄，熔岩如浆，旁边的地形已陷下成湖，陈天宇目瞪口呆，心道："古人沧海桑田的说话，果然真有其事。"不禁暗叹造物之奇，想起冰川天女与白衣少年，那日就正是在冰峰之下比剑，看来可是凶多吉少了。又想起采药的师娘与观战的芝娜，更是不安。心道："但愿上天保佑，若她们尚在人间，我就是踏遍海角天涯，也要寻访她们的下落。"

可是怎能飞渡冰河天险？陈天宇大感踌躇，只好茫然地向山下直走，走了一阵，只觉地形变换，不似从前，那通向天湖的冰河，本来就在冰宫下面不远，陈天宇记得冰河之边，还有一丛丛的杨柳，临河的那棵大柳树系有小舟，可是而今连那条冰河也不见了。再走了半个时辰，忽感眼睛一亮，只见下面竟是一片茫茫白水，浮冰闪闪发光，一望无尽，恍如天连水，水连天，这不是天湖是什么？原来大地震之后，山岳变形，那条通向天湖的冰川已被倒塌的冰峰填平了，变成了一条笔直的斜坡，从此冰宫到下面的通道，已被打开，不必再用小舟在冰川涉险了。陈天宇又惊又喜，笑道："怪不得那两个尼泊尔武士和俄马登也能上到冰宫。"

天湖仍然如旧，湖边绿草如茵，杂花生树，湖水仍是一样清莹，原来天湖面积太大，又有许多支流，化为流泉山瀑，通向山下，地震之后的尘沙，早已沉淀，或者冲下去了。陈天宇在湖边歇了一会，将皮袋盛满湖水，恋恋怅怅，徘徊久之，看日头过午，这才离开。

走了三日，已到了山下，陈天宇心道："冰川天女生死未卜，只能盼机缘凑巧，可碰着她。如今还是先到拉萨去吧。"拉萨是西藏的首府，满清驻藏大臣福康安就驻在那儿，陈天宇的父亲陈定基在那日宣慰使的衙门被毁之后，立即离开萨迦，到拉萨去向福康安请示，此事陈天宇已从书童江南的口中知道，故此决定先到拉萨去会父亲。

下山之后，又走了七八天，到了从日喀则到拉萨的中途一个大镇，名叫扎伦，西藏地僻人稀，有数百人家，聚集成市，已算城镇，扎伦虽是大镇，也只有一间旅店。陈天宇投宿之后，吃过晚饭，因连日奔波，正想休息，忽闻得邻房有人呻吟，间隔的板壁也因病人的挣扎而震动，陈天宇颇感奇怪，就唤了店小二来问。

店小二道："隔房住的是两位军官，卧病在床，已三日了。"陈天宇道："客途生病，最是可怜，这镇上没有医生吗？"店小二道："有是有一两个，但都不知道这是什么病，医生把了把脉，药方也不敢开。"陈天宇奇道："那是什么怪病？"店小二悄悄说道："说来可真奇怪，那日这两位军官投宿，在外面饮酒，你知我们这间客店是兼做酒食买卖，便利过往客商的。有一个少女，好像是从外国来的，鼻子高翘，眼珠淡碧，也进来歇息。那两位官爷不合向她调笑了几句。那女子不动怒，却冷笑道：'你们欢喜在这里玩乐，那就在这里躺几天吧。'也不知她使的是什么邪法，忽听得波的一声，在那两个军官的面前，忽然散出一片寒光，我们远远地站在外面，也打了几个冷战。那女子说了之后，立刻抛下一锭银子，匆匆走了。她走了之后，那两位官爷直嚷发冷，盖几床棉被，都没有用。这几日一直迷迷糊糊，有时发烧，有时发冷，你说这可不是怪事么？"陈天宇听了，又惊又喜，心道："听他说来，这女子放的暗器，似是冰魄神弹。莫非就是冰川天女？"道："我稍懂医道，待我进去看看。"

店小二将陈天宇带到邻房，道："两位官爷，有位官人前来看你。"那两个军官正在发烧之后，神志稍见清醒，睁开眼睛，忽然"咦"了一声，道："你是谁？"陈天宇定睛一看，认得这两人就是那次在日喀则旅店中所遇，护送假金本巴瓶的那两个军官。陈天宇道："家父是萨迦宗宣慰使陈定基，在下名叫陈天宇，在日喀则我们似乎会过。"那一晚，陈天宇的师父曾和他们动手，陈天宇却未曾露面。那两个军官听他说了姓名来历，道："哦，原来是陈公子。"叫店小二走开，问道："陈兄此来何事？"

说话之际，那两个军官的病又发作了，冷得牙关打战，陈天宇看了不忍，道："这个病小弟还懂得医治。"取出两颗碧绿色的药丸，送进那两个军官口中，叫他们咽下，过了一阵，那两个军官，只觉有一股热气直透丹田，他们的内功也有相当火候，运气辅助，将那股阳和之气运行四肢，越来越觉舒服，陈天宇道："再过一天，待余寒之气去净，两位大人就可行动如常了。"

这两个军官，一叫毛彦，一叫伦博，是福康安帐下的高手，本来以他们的武功，若然早有提防，运气护身，那日虽中了冰魄神弹，还不至于病得如此严重，偏偏那日他们在暴饮之后，肆无忌惮，又料不到那女子身怀绝技，以至被寒气侵入骨髓，再运真气相抗，已经无效，这时一服下陈天宇的药丸，立见舒服许多，不由得大为惊异，又记起在日喀则之夜，和他们动手的人中，有一个老头子就是与陈天宇同行的，不禁又吃了一惊，问道："你到底是谁？"

陈天宇道："我不是说过了吗？"那个名叫毛彦的军官道："你真是陈公子？"陈天宇道："你若不信，待我们到了拉萨之后，同往福大帅的衙门寻我父亲便是。"伦博道："你怎么会有解那个妖女邪法的药丸？"陈天宇第一次离开冰宫之时（那时冰宫侍女还未回来），见冰宫中的丹药甚多，每一样随手抓了一把，放入包裹，其中抵御奇寒之气的阳和丸，陈天宇认得，恰好派了用场。这时见这军官查根问底，正不知从哪里说起，毛彦更是起疑，喝道："你是那妖女派来的吗？"

言还未了，忽听得窗外有女子的声音笑道："真是狗咬吕洞宾，不识好人心。我如今给你送解药来了，你还骂我，你是不是想再病几天？"那两个军官病情虽已减轻，气力尚未恢复，一听到那日那个女子的声音，吓得噤声不敢再说。只听得那女子又道："是你偷了我宫中的灵药吗？快出来见我！"声音语气，有点似冰川天女，陈天宇正在激动之中，分辨得不很清楚，急忙一跃而出，只见那女子已上了屋顶。陈天宇急忙回房携了随身包裹，丢下房钱，跃出去追，那女子跑得很快，幸而陈天宇的轻功大有进境，一出城门，立即追上。那女子回眸一笑，道："你的武功大有进境了。是我们公主指点你的吗?她是不是已回宫了?"

月光之下,看得分明,原来是冰川天女的贴身侍女幽萍,她自小随着冰川天女,文学武功,在众侍女之中,都是出类拔萃的人物,地震之日的早晨,便是她奉冰川天女之命,陪铁拐仙的妻子谢云真去采药的。

陈天宇见到了她,自是心中欢喜,但被她一问,又觉不安,道:"是我私自学的,你是不是要执行你主人的命令,再来罚我?"幽萍笑了一笑,道:"其实我们的公主也很欢喜你,她本来想等你临走之前,叫我教你几路功夫,作为赠礼的,想不到那晚你私入圣殿,惹起她的恼怒,据我猜测,她是吓一吓你,待她和那少年比剑之后,就放你的。经过这场劫难,想不到你我尚能生存,你快说这三月来宫中的情况。"

陈天宇约略说了一遍,幽萍道:"我也料想众姐妹不致丧生,老实说,当时我只担心你因在密室,不能出来,若然丧命,公主也定感不安。"陈天宇问道:"那么冰川天女呢?"幽萍道:"我陪你的师娘去采药,见到地震的征兆,就立刻乘舟直下天湖,一点也不知公主的情形。"陈天宇听了,好生失望,道:"我的师娘呢?"幽萍道:"她先回四川等候临盆了。"陈天宇听了,恍然大悟,道:"原来她有了孩子。"幽萍笑了一笑,道:"你就快添一位师弟或者一位师妹了,还不高兴吗?"陈天宇想起铁拐仙之死,心中一酸,有点怪责地问道:"为什么当日你们不回来?"

幽萍说道:"那日火山爆发,大地震动,地震之后,满山都是石块和熔岩,上山的道路已被封了,我们见此情形,看来非等过了一些时日,待那熔岩凝结之后,上山是不可能的了。你的师娘有孕,难道叫她留在荒山?我知道宫中早准备有防备地震的所在,除了担心你之外,对众姐妹和铁拐仙都不必担心。所以劝你的师娘先回四川生产,待到地震的灾祸消减之后,铁拐仙自然会回来。"陈

陈天宇急忙回房携了随身包裹，丢下房钱，跃出去追，那女子跑得很快，幸而陈天宇的轻功大有进境，一出城门，立即追上。

天宇叹口气道:"可是我的师父再也不会回来了。"幽萍听了铁拐仙的死讯,也是十分难过,沉默了一会,问道:"那你现在准备何往?"陈天宇道:"想去拉萨,你呢?"幽萍笑道:"我也不知道要到哪里去。我本想等待一些时日,待山上的熔岩凝结之后,就回去的。"陈天宇道:"现在除了冰峰倒塌之处还留下喷火口之外,其他地方已不见熔岩了。"幽萍笑道:"可是我不知道呀!我还想等到明年春暖花开的时候,再回去探望呢。"说到此处,歇了一歇,忽又笑道:"你可还记得那白衣少年给我拟的对联么?那是:幽谷荒山,月色洗清颜色;萍梗莲叶,雨声滴碎荷声。他把我想象为一个幽谷的静女,其实我也很想看看外面的世界,这么多年,在冰宫中也真是够寂寞的了。"月光之下,只见她轻掠云鬓,微露笑容,活像一个顽皮的女孩子,陈天宇也尚是童心未脱,给她逗得笑了起来,道:"唔,原来你是趁此时机,到处去玩。西藏地方,以拉萨最为繁华,还有金塔的喇嘛庙宇哩,你不如和我到拉萨去看一看吧。"幽萍喜道:"那敢情好,咱们也可趁此打听公主的下落。"

提起冰川天女,陈天宇不禁黯然,道:"他们那日在冰峰之下比剑,这场劫难,可不知能否避过?"幽萍道:"我们的公主叫冰川天女,本事虽然未必比得上天上的神仙,但却确是神奇得不可思议,我不信这一场地震会使她丧命!"言词神色之间,对冰川天女真是视若天人,陈天宇也给她这种坚信所感染,觉得冰川天女果然是没有丧命的道理。幽萍又笑道:"你别看她和那白衣少年几度比剑,如同仇敌,其实我瞧得出来,她心里喜欢他。"陈天宇笑道:"你真是满肚灵精的小鬼头。"幽萍道:"你是诈颠扮傻的小鬼头,你喜欢什么人,我也知道呢!"陈天宇想起芝娜,心道:"芝娜本事低微,她未必能逃得过这场灾难。"笑容顿敛,神色甚是忧伤。

幽萍道:"吉人自有天相,芝娜若是命不该死,她就定然不死。"这话说了等如不说,但陈天宇听了,心中却安慰许多。两人在月光之下，走了一阵，陈天宇忽问道："你们称冰川天女做公主，她到底是哪一国的公主？为什么她的父亲却是我们中原的侠客？"幽萍笑道："好，长夜无聊，我就为你说一说我们公主的故事。"正是：

宫闱异事从头说，异国情鸳佳话多。

欲知后事如何？请听下回分解。

第九回

妙境华严　艳说神仙侣
仙音玉笛　喜联异国情

月凉如水，幽萍挪动身子，微微偎近陈天宇，说道："三十年前，尼泊尔国有一位公主，名叫华玉，她之取名华玉，是因为国君仰慕中华大国，又因她生得可爱，有如中华的美玉，故此命名。华玉公主长大之后，文武双修，从中国请来文学教师，熟读中国的经史词章，又从阿拉伯请来剑师，教她剑术，至于骑马射箭，那更不消说得，样样皆能。

"岁月如流，转眼公主长大成人，芳龄十八，国中贵介公子，个个都想求公主为妻，可是华玉公主一个都不合意。年复一年，公主二十二岁了，国王只有她一个女儿，不免焦急，为了不让公主芳华虚度，意欲为她选择驸马，迫她成亲。公主不允，自己提出一个办法，要仿照中国小说中常见之事，摆设擂台，亲选郎君。这擂台有文有武，先试武艺，后试文才，试武艺的通过了几关极难的考试之后，还要与她比剑；比武胜了，然后再考文才，考文才的不但要懂尼泊尔的文学，还得懂做中国的文章。尼泊尔懂得汉文的不少，但只是粗解皮毛，哪当得公主面试。故此在两年之中，求亲者共有一百二十四人，先试武艺，够资格与她最后比剑的只有七人，比剑胜了她的只有三人，这三人一被考到中国的文学，全都答不出来。

国王大急,准汉人前去应试,可是那些汉人等不到公主试他文才,比武先已输了。

"转眼公主已二十有四,国王道:'你若再选不出驸马,就该由我作主,不能让你把擂台长摆下去。'公主请再宽限百日,百日之后,再作定夺。实是公主心中早有主意,她心高气傲,绝不嫁凡夫俗子,若然过了百日,还选不到如意郎君,那就要舍身为尼,终生不嫁。

"过了九十九日,还是无人入选。至最后一日,公主亦已绝望,忽然来了一个中华男子,满面风尘之色,说是远道赶来,乞求公主一试。此人骑术精绝,射箭百发百中,能举千斤石担,可服御园狮虎,种种难关,一一通过,最后比剑,与公主从日中斗至日暮,最后一剑挑开了公主的面纱,赢得十分漂亮。

"公主试他文学,他对答如流,对尼泊尔的古诗经典,随意引用,如数家珍。对中国的文学,那就更不必说了,他所解释的经史奥义,连公主也闻所未闻。公主十分佩服,道:'最后试你两题,考考你的急才。若然考试中式,那你……'说着面上一红,嫣然一笑,说不下去。那中华男子便立刻请她命题……"说至此处,陈天宇插口道:"这中华男子,想必就是冰川天女的父亲桂华生大侠,桂大侠幼承母教,无怪他的文才武艺,都出色当行了,不知最后那两道是什么试题?"

幽萍道:"华玉公主出的两道试题,第一道是要他做一对联,公主道:'中国的文字是单音字,最奇妙的特色是能做对联,你就将我的名字做一对嵌名联吧。以一支香的时刻为限,香若烧完,还做不出来,这一场就算失败了。'那名叫桂华生的中国男子不慌不忙地看了公主一眼,道:'联语我已有了,只恐有冒昧之处,请公主见谅。'随即将嵌有公主芳名的对联写出,那联语是:

华岩妙境偕谁游?看龙叶拈花,释迦微笑;

玉笛仙音邀客和,听相如鼓瑟,子晋吹箫。

"上联全用佛典,下联则用司马相如琴挑卓文君与子晋吹箫引凤求秦穆公女儿弄玉为妻的典故,上联下联都含有求偶之意,联语写完,那支香只烧了三分之一,公主微微一笑,便出第二道试题。"

陈天宇插口笑道:"怪不得冰川天女这么欢喜做嵌名联,原来是承继父风。"幽萍道:"那白衣少年到冰宫中的情景,也很像桂华生向华玉公主求婚的情景呢!"陈天宇道:"第二道试题又是什么?不要多说闲话,先说故事吧。"

幽萍道:"故事之中又有故事,公主的第二道试题是先说一个故事,这故事没有结局,可以随你欢喜,将它变成喜剧或者悲剧,公主要桂华生为这个故事写结局,以考他的急才和机智。

"这故事说很久很久以前,有一个公主爱上一个英俊的武士,不料这武士暗中却和她的宫女勾搭,私情眷恋,给公主撞破,一气之下,便去禀告父王。武士勾引宫女,这罪名非同小可,依律要处以严刑。

"可是这国家的刑罚甚为奇怪,他们相信天上有一个真神,主宰人的命运,犯人有罪无罪,也都由神来决定。办法是将犯人放在一个广场中,广场的左右两边,各有一道侧门,一道侧门内中有一只凶猛的饿狮,犯人走入门内,定必给饿狮撕碎,当作点心;另一道侧门则通向外边,犯人若走入此门,则可获得自由。所有罪名一笔勾销,因为那是真神给他降福,能得到真神降福的就不会是坏人。

"国王不知道公主暗恋武士,又素来欢喜这个武士,便索性更加以恩典,一道门中藏有一只饿狮,另一道门中则藏着那个宫女,若然武士走入藏有饿狮的侧门,那当然不必说了,那是真神也认为他有罪,应该充作狮子的点心;若然武士走入藏有宫女的侧门,那么这武士非但没罪,还可以得那宫女为妻。

"决定武士命运之日,公主也在场观看,看台就在两道侧门的中间。武士走过看台,抬头盯着公主,眼中露出哀求饶恕的神情。

公主是知道侧门中的秘密的。

"这时只要公主一指,就可以决定这武士的生死命运。是将他指向藏有狮子的侧门呢?还是将他指向藏有宫女的侧门呢?公主想起他把自己的情意付之流水,却勾搭上自己的宫女,妒忌之火无可抑止,要让他与宫女称心如意,结为夫妻,那是一万个不能!可是她极爱这个武士,若说要让他给饿狮撕裂,充作点心,那又是一万个不忍!这刹那间,无数幻象泛上公主心头,一忽儿现出武士与宫女配合之后,卿卿我我恩恩爱爱的情景;一忽儿现出武士给饿狮撕裂、鲜血淋漓的惨象。一抬头又看见武士充满哀求的眼光,武士即将走过看台,时机间不容发,公主要将他指向哪一边呢?是愿意见他与情敌结婚?还是让他给饿狮吃掉?"

陈天宇听得入神,心中替那公主设想,也实是难以选择。只听得幽萍笑了一笑,续道:"当时华玉公主也就是这样问桂华生:'若然你是那位公主,你将武士指向哪一边?'答题要合华玉公主的心意,她可以随心所欲,决定你的答题是对还是错!

"这试题实是难到极点,既要揣摩故事中那位公主的心意,又要揣摩华玉公主的心意。不论将武士指向哪一边,都可能给华玉公主说他不懂爱情,因为对爱情的看法,本就因人而异。像故事中的公主,若将武士指向藏有狮子的那一边,那可以解释为因爱生妒,爱之极也就恨之极,恨之极也就是爱之极;若将那武士指向藏有宫女的那一边,那可以解释为因爱生恕,爱到深时,一切为爱人设想,那么牺牲自己的幸福又算得了什么?可是华玉公主的想法是怎样呢?

"桂华生想了一会,问华玉公主道:故事中假设的那位公主是东方古国的公主还是西方古国的公主?这故事本是欧洲的故事,传到东方,遂也产生了许多大同小异的故事,给说书人作为题材,桂华生本来知道,但他却明知故问。

"华玉公主不明其意,反问道:是东方古国的怎么样?是西方古国的又怎么样？桂华生微微一笑，说道：若是东方古国的公主，那就将武士指向藏有宫女的那一边；若是西方古国的公主，那就将武士指向有狮子的那一边。东方国家主张宽恕之道，女子更是仁慈，十九不忍见情人给饿狮撕裂；西方的女子对爱情着重'独占'，西谚有云：'爱情有如眼睛，不能容半粒砂子。'所以若是西方古国的公主，十九宁愿情人让饿狮吃掉，也不愿他投入别人怀抱。但假若那武士是中国人呢，他早就会察觉公主爱他，这事情根本就不会发生啦！

"这答复甚是滑头，但华玉公主心意其实不必费神猜测，不论桂华生怎样回答，我们都可预料她必然满意。

"于是公主选定桂华生为驸马，国王欢喜无限，下嫁之日，全国放假三天，尽情欢乐。第二年公主生下一个女儿，驸马给她取名冰娥，她便是今日的冰川天女。国王无子，只有华玉公主一个女儿，所以外孙女冰娥，也有'公主'的封号。

"两人婚后，生活十分幸福，不知不觉过了五年。国王年老体衰，为了嗣君的问题，遂引起烦恼。

"本来依照西欧与中亚各国的规矩，女儿亦可继承王位，但若依照中国的习惯，则只有男儿可以为君，女儿断断不能传位。尼泊尔汉化日深，国中对于王位继承的问题遂分为两派，一派主张拥立华玉公主，另一派则主张拥立国王的侄子。国王的侄子觊觎王位已久，扶植党羽，暗育死士，对华玉公主甚为妒忌，两派拥立之争日趋激烈，平静的小国，遂酝酿了极大的风暴。

"华玉公主不忍见自己的国家陷于动乱，遂和驸马商议，驸马劝她放弃王位，避入西藏，两人合修上乘的武功，将中土剑法与西域剑法熔于一炉，别创新派。华玉公主也觉得与驸马做一对神仙眷属，比做女王要幸福得多，于是遂留书父王，悄悄走出深宫，来到西藏。公主极得人心，心腹宫女数十人，舍不得她，一定要跟她同行,到了西藏之后,仗着驸马与公主超凡入圣的武功,遂选定亘古以来人迹罕到的念青唐古拉山作住址,在天湖之上,建起冰宫,经过十多年的刻意经营,造成了今日的美景。建了冰宫之后,老一辈的宫女又陆续接引了亲戚中的若干幼女上山,服侍冰娥小公主,这些冰宫侍女与冰川天女一同长大,个个都学得一身本领。

"公主出走的第三年,国王病故,侄儿继承王位,听说当时他到处搜索公主的下落,当然搜索不到,日久也就淡忘。华玉公主避居天湖之后,对国事心灰意冷,又知继位为王的堂兄,暴虐骄奢,更不愿重履故土。华玉公主比桂驸马先死,临死之时,传下遗命,不准冰宫人等下山,除非冰峰倒塌,否则冰娥小公主也将终老仙山,不能再履尘世。

"公主死后,桂驸马为她立庙建像,仿尼泊尔神庙的式样,并在神庙四壁,刻下他夫妇合创的拳经剑法,除冰川天女外,余人不准入内,成为宫中禁地。华玉公主死后的第二年,桂驸马也相继逝世,冰川天女成了冰宫的主人,冰川天女也醉心汉学,所以给宫中的侍女,都取上了中国女子常见的名字。"

冰宫侍女幽萍将故事说完之后,凄然笑道:"这故事好听吗?"月亮升至中天,已是午夜时分了。

陈天宇听得心神俱醉,笑道:"这个故事也还没有结局,可以喜剧收场,也可以悲剧结束。"幽萍道:"怎么?"陈天宇道:"异国情鸳,神仙眷属,这故事美极了。何况这对神仙伴侣还有一位真的美若天仙的女儿。我说呀,若然他们的女儿——冰川天女,他日若与那白衣少年,也像她的父母一样,结为神仙眷属,那就是喜剧收场;若然冰川天女避不过那场灾难,丧身冰窟,那就是悲剧结束了。"幽萍忙道:"一定能避过的,一定能避过的!"陈天宇道:"但愿如此!"抬首望天,月华如练,冰轮正满,面对玉人,猛地想起芝娜,自己与芝娜的结局,也不知是悲剧还是喜剧。

第二年公主生下一个女儿,驸马给她取名冰娥,她便是今日的冰川天女。

陈天宇心头怅怅，良久，良久，说不出话。幽萍嫣然一笑，戳他额角道："傻孩子，你想些什么呀？"忽见陈天宇面色有异，似是侧耳倾听什么，幽萍凝神察听，道："咦，有人向这边来。"两人闪身岩石之后，只见几条黑影相继奔来，东边有人拍了两下手掌，西边也有人回了两下。陈天宇道："咱们窜上高处，莫要给他们发现。且看看这班人是什么路道。"两人都是上上轻功，施展起来，捷逾猿猴，攀上半山，仍然选了一处有利的地形，藏身在一块凸出来的岩石之后，凭借月光，可以将下面俯瞰得清清楚楚。

黑影相继奔至，就坐在适才陈天宇与幽萍谈话的地方，首尾相接，坐成一个圆圈。陈天宇道："这些人大约是什么帮会聚集，不是冲着我们来的。"陈天宇听过铁拐仙讲述的江湖常识，所以比幽萍知道得多。幽萍忽而笑道："我们那儿以星期纪日，七日一周，从欧洲来的客商，带来一样迷信，说是星期五又兼有十三的，主大凶兆。你看下面正是十三个人，我记得今日又正是星期五。"陈天宇不觉失笑，道："哪有这个道理。即有凶事，亦是偶合。"听幽萍谈起日子，忽而心念一动，问道："今天是什么日子，我不是问星期，我是问汉历。"

幽萍想了一想，道："我也没心记日子，你们汉人的历法又极之麻烦，有时月大，有时月小，极不好记，只是我昨晚和今早都见城中有许多汉人赶市集买东西，听他们说是准备过中秋节的。"西藏是汉藏两种历法兼用，差异甚大，所以记不起汉历，甚属平常。陈天宇笑道："你曾随小公主读过许多汉书，难道不知道中秋佳节乃是汉人最重要的节日之一，也就是八月十五吗？"幽萍道："这个我知道。怎么，八月十五又有什么关系？你尽问日子干嘛？"陈天宇道："我记起了冰川天女说过的话，咦，只怕你所说的真会巧合，真是凶兆！"幽萍大为奇诧，问道："什么？冰川天女说过些什么话？"

陈天宇道："你记不记得我初到冰宫之日，那一日正巧我前一位师父萧师父的仇人找他算账。幸亏冰川天女给打发了。"幽萍道："当时我没在场，不过后来听她说过。听说你萧师父的仇人叫做什么雷震子，这名字好怪。"陈天宇道："我萧师父的仇人共有三个，一个叫雷震子，一个叫崔云子，一个叫王瘤子。王瘤子已给我师父打死。那日追到天湖寻仇的是雷震子和崔云子，崔云子没有出手。冰川天女用冰剑将雷震子打败，雷震子当时就想自尽，冰川天女说他被王瘤子愚弄，叫他若欲知详情，可在今年八月十五到扎伦去看。你瞧此地正是扎伦，今晚又正是八月十五。"

幽萍更是惊诧，心道："咱们的小公主从不下山，怎知此地今夜之事？"但相信陈天宇不会说谎，问道："你看下面这十三人之中，可有雷震子在内？"陈天宇看了一眼道："没有，这倒奇了。难道他竟会不来？嗯，你静听，他们说话了。"

下面香火缭绕，似是正举行什么仪式。只听得一人说道："怎么王瘤子这时候还没来？"陈天宇怔了一怔：原来这些人还不知道王瘤子已死！另一人道："这是他约咱们到此聚集的，怎会不来？"先头那人道："咱们不等他了，先谈谈吧。福大帅本来要咱们去保护金本巴瓶的，现在不用啦，叫咱们通知门人，在年底以前，都赶到回疆去。"一人道："怎么又不用我们了？"先头那人道："听说回疆哈萨克族造反，有许多武当派的门人杂在其中，非我们去对付不可。保护金本巴瓶固然极为重要，这件事情也不轻松。所以福大帅并没有小视我们，各位兄弟不必多心。"陈天宇心中一凛，想起萧青峰和铁拐仙说过的各大剑派的历史。武当派本来是定有严规，不准过问政事的。后来在明末清初之际，出了一个卓一航，受了女侠玉罗刹（即后来名震西域的白发魔女）的影响，离开武当山，走入回疆，另立新派，帮助晦明禅师的徒弟杨云骢等抗击清兵，于是武当派旧日的门规，遂被打破。（诸事详见拙著《白发魔女传》与《塞外奇侠传》。）这已经是差不多一百年以前的事情，其后到桂仲明作武当派掌门,在回疆传下的武当弟子亦甚多,十九都成为抗清的义士。比中原"正统"的武当派,更得江湖景仰。

陈天宇心中一凛,想道:"原来这批人是要去对付回疆的武当派弟子的。只是这和王瘤子又有什么关系?怎么要等他呢?王瘤子和武当派的雷震子是结拜兄弟,照说也该是这班人的敌人呀!"正自不解,只听得先前那人又道:"要对付武当派,非王瘤子来不行,咦,他怎么还不来,难道他真的被武当派拉过去了?"

那像是大哥模样的人笑道:"兄弟休要如此疑心,王瘤子是咱们崆峒派中杰出的人物,他苦心孤诣,故意与武当派的门下亲近,混了将近廿年,所为何来?不就是想窥破武当派剑法的秘密吗?只要咱们能够应付武当剑法的怪招,那么平定回疆之乱,就大有把握啦,王瘤子既然约咱们在此聚集,谅来不会失信。"又一人道:"今春他与他的两个把兄弟同来,有人见过,只是这几个月却又没了消息,不知有否意外?"先前那道:"哪有这许多意外?"这人道:"莫不是被雷震子绊住,脱不了身?"那像是大哥模样的人道:"贤弟有所不知,雷震子此人一心记挂报仇,他才不会理朝廷的闲事。他与王瘤子同来,为的就是向萧青峰报仇,他们来了数月,想来这仇定已报了,雷震子还有不回去的么?王瘤子今春派人向我报信,就说过此事。说是他已想好借口,不和雷震子再回四川,要留在此间啦。"陈天宇听了,毛骨悚然,想不到江湖之上,有如此阴险之人,阴险之事!心中暗道:"若然这番话被雷震子得知,不知怎生感想?"陈天宇虽是满清驻藏官员的儿子,但他自幼受萧青峰熏陶,对清廷殊无好感。

月亮慢慢西移,下面诸人更是焦躁,"怎么还不来?""王瘤子是怎么搞的?""还等不等他?"各种疑问的声音,闹成一片。又有人叫道:"我就不信武当派的剑法有那么厉害,王瘤子不来,难道咱们就不敢去回疆么?""不等他啦,不等他啦!"

喧闹声中，忽听得有人冷冷一笑，只见一堆乱石之后，突然跳出两人，走在前面那人，面上交叉两道刀痕，似笑非笑。在月光之下，更显得诡秘之极，可怖非常，此人非他，正是武当派第二代的第一高手、王瘤子的把兄雷震子；后面那人，提着一把大弓，手拂弓弦，铮然作响，正是峨嵋派的好手、雷震子的把弟崔云子。

十三个崆峒派门人一齐惊起，为首的名叫赵灵君，是崆峒派掌门人，抱拳道："呵，原来都是自己人，雷大哥，崔大哥，你们几时来的？"雷震子冷冷说道："来了许久啦！"赵灵君道："怎么不到这边来坐？"雷震子道："就因为不敢和你们攀自己人！"赵灵君面色大变，知道他们的说话已全被雷震子听去，料想今晚这一场恶斗，定所难免，当下向众同门打了一个眼色，朗声说道："雷大哥既然如此见外，那么请问雷大哥今晚到来，有何见教？"

雷震子道："我特来告诉你们，王瘤子今晚不能来，以后也永不能来啦！"赵灵君道："什么？"雷震子道："你们要找他，可得到地府去问阎罗王啦！"崆峒门人齐都震动，赵灵君喝道："哼，你杀害了他！还敢到这里报讯！"把手一摆，十三个同门兄弟，排成圆阵，将雷震子与崔云子围在当中。

雷震子昂首向天，哈哈大笑，冷冷说道："可惜我没有亲手杀他！"他做梦也想不到缔交近二十年的结拜兄弟，竟然是崆峒派派来"卧底"的奸细，神情悲愤，笑得极是凄凉。赵灵君怔了一怔，道："王瘤子不是你杀的？"崆峒众同门纷纷喝骂："还要抵赖？""不是你杀的又是谁杀的？""哼，你当我们崆峒派是好欺负的吗？"雷震子心高气傲，加以气恨之极，再也不加分辩，只冷笑道："王瘤子死有余辜，谁都可以杀他，你们若要报仇，冲着我来便是。"赵灵君大怒，戟手一指，阵势发动。雷震子冷冷一笑，与崔云子贴背而立，手起一剑，刷地便刺向赵灵君命门要穴。

赵灵君是崆峒派的掌门，武功自是非同小可，见雷震子来得势凶,左手一招,双指微弯,用崆峒派的小擒拿手法,勾雷震子的手腕,右手长剑一指,还了一招"弯弓射雕",剑指兼施,只要雷震子攻势一发,就立刻制着先机。哪知雷震子的"达摩剑法"全不依常轨,只听得刷的一响,雷震子的剑势突然倒转,反手一挥,赵灵君的一个师弟,正好从右斜方攻上,恰恰给他一剑削中,肩头上连衣带肉,给他削了一块。

赵灵君挥剑急上,叫道:"四方联攻,叫他腾不出手来。"崆峒派十三个弟子,分成三组,每组四人,如潮水般的倏进倏退,赵灵君则居中策应,专门防备雷震子的怪招突击。雷震子与崔云子贴背而立,挥弓连剑,寸步不移,指东打西,指南打北。陈天宇与幽萍从上面俯瞰下来,但见人影幢幢,尘沙滚滚,弦声铮铮,剑光霍霍,杀得个难解难分。

幽萍悄悄说道:"雷震子剑法虽精,可惜未得达摩剑法的神髓。"陈天宇点了点头,道:"雷震子大约还可支持半个时辰,崔云子却是难以应付。"崔云子的弓弦,本是蛟筋与乌金合炼,可以拉断敌人的兵刃,算得是武林的一件异宝,但前次在萨迦给萧青峰的拂尘拂断,后来虽经驳续,功效却大不如前,同时使用这种奇门武器,若只是应付一个功力与自己相当的敌手,还可以在兵器上占便宜,应付群殴,却是难以发挥威力。

在这里聚集的十三个人,个个是崆峒派出类拔萃的人物,若然以一对一,虽然都不是雷震子的对手,但分组轮攻,却是抢尽上风。激战之中,赵灵君突然飞身跃起,长剑一招"横江断流",从雷震子与崔云子的当中斩下,雷崔二人正在应付四方的攻势,给他这样当中一斩,无法抽剑防御,迫不得已的两边一分,说时迟,那时快,崆峒弟子立刻填了空档,将两人隔断,使他们再不能贴背而立,陷入各自为战的险境!

赵灵君哈哈大笑,指挥一众同门,将两人各自包围,雷震子仅能仗着怪招自保,剑势越来越施展不开;崔云子更是应付为难,只听得一阵阵叮叮咚咚的繁音密响,接着急促一声,声如裂帛,崔云子狂叫一声,左肩已中了一剑,弓梢也给利刃割裂。赵灵君喝道:"崔老二,你不是主凶,掷下弓来,饶你不死!"

崔云子大笑道:"叫我向你们这批鼠辈投降么?哼,我崔云子纵然弓折身死,也断不受辱!"雷震子叫道:"好,这才是我的兄弟!"长剑一展,拼命冲刺,想突围而出,与崔云子会合,但给赵灵君截住,寸步难移。

陈天宇对雷、崔二人,本是甚无好感,观此一战,心中暗道:"原来这二人也还有点骨气。"不禁起了同仇敌忾之心,再向下看时,只见两人形势更是危险,尤其是崔云子,虽然挥弓力战,那弓弦之声,却已沉哑。幽萍道:"此人性命已在呼吸之间,喂,你不去助同门一臂之力么?"陈天宇道:"怎么?"幽萍道:"冰川天女的剑法源出武当,你学了冰川天女的剑法,也算得是雷震子的同门呀。"陈天宇道:"好,咱们同去!"突然从岩石之后现出身来,叫道:"雷震子你不要慌,我来救你!"

崆峒门人与雷崔二人都吃了一惊,抬头望时,只见一对青年男女从山上直跑下来,在中秋明月之下,看得清清楚楚,雷震子心上一凉,心道:"我道是什么高人,原来是萧青峰的徒弟!"要知雷震子自负不凡,武功也确在萧青峰之上,连萧青峰也不在他的眼内,何况是萧青峰的徒弟?

赵灵君见这两人不过是十七八岁的大孩子,脸上稚气未消,蹦蹦跳跳地走来,哈哈笑道:"你们知道天有多高,地有多厚?乳臭未除,就胆敢跑来送死!"雷震子也叫道:"你们快走,陈公子,你报与你师父知道,我再不恨他啦!"

陈天宇道:"就因为你不再恨我的师父,我才救你!"蓦地身形一起,疾似流星,一剑向赵灵君疾刺,赵灵君左手一带,右剑平出，要把陈天宇摔倒，哪料陈天宇的剑势比雷震子更怪，忽地剑锋一转，刷地便指到赵灵君胸前。赵灵君大吃一惊，幸他功力深湛，经验老到，立即后身一仰，施展"铁板桥"的功夫，头向后垂，几乎触及地面，但觉剑风掠面而过，顶上一片沁凉，饶是他闪避得宜，头发也给割去一绺，赵灵君身子一挺，急忙拍出一掌，陈天宇刚再出招，剑锋给他掌力一震，也自刺歪。原来陈天宇剑法虽强，功力未到，与赵灵君各有顾忌，心中都是暗暗吃惊。崆峒一众高手，见他们的掌门被一个少年弄得如此狼狈，不禁耸然动容。

赵灵君一跃而起，叫道："留心对付这个娃娃！"

幽萍一跃而上，纵声笑道："还有我呢！我要用暗器打你了，你也得留心应付呵！""暗器"本来就是要暗算敌人的一种兵器，天下打暗器之人，断无预先言明之理。赵灵君不觉又是哈哈大笑，道："你这小妮子有什么古怪的暗器，拿出来让我瞧瞧。"幽萍双指一弹，只听得嗤嗤的暗器破空之声，骤然袭到。赵灵君疑心这是梅花针，长剑一挥，舞起一圈银虹，护着身躯，忽听得波的一声，那颗形似珍珠的暗器，突被剑风震碎，一团寒光冷气，忽地发散开来，赵灵君首当其冲，不由自己地打了一个冷战。

这正是冰宫独有、世上无双的暗器——冰魄神弹，赵灵君功力虽高，给这股冷气一冲，也觉奇寒彻骨，刺体侵肤，大吃一惊，叫道："真是邪门，赶快围攻，叫他们腾不出手来！"幽萍双指疾弹，连发四枚冰魄神弹，打中三名崆峒门人，另一枚却给赵灵君用金钱镖打飞，这三名崆峒门人功力较低，更是牙关打战，身躯颤抖，额上沁出汗珠。幽萍心道："每人再奉送两枚冰魄神弹，他们就禁不住啦，呀，可惜，可惜！我没有多带。"要知冰魄神弹乃冰川天女从千丈冰窟之中，撷取冰魄精英，凝炼而成，除了在念青唐古拉山之冰峰之外，其他地方，根本无法再炼，幽萍随身只携有十多枚，这种暗器，又是一经打出，即自行消灭，化为乌有，故此打一枚就少一枚，幽萍也舍不得多用，略一迟疑，第二组轮攻的敌人，早已将她围住。

幽萍娇叱一声，立即拔出一把寒光闪闪的长剑，那四个围攻她的敌人又机伶伶地打了一个冷战，冰宫侍女每人都有一把冰魄寒光剑，乃是用冰峰特产的寒玉，浸在寒泉之中，经过三年才炼成的宝剑，所以一出手便有一股冷气，威力虽不及冰魄神弹的骤然一击，但若没有练过内功的人，面对这团冷气寒光，也是难以禁受。

这十三个崆峒高手，功力虽有参差，但内功俱有根底，在冷气寒光闪击之下，虽觉甚不舒服，也还抵受得住，赵灵君当中指挥，仍用前法，将雷震子、崔云子、陈天宇、幽萍四人分隔开来，轮番抢攻。

陈天宇与幽萍施展冰川天女的独门剑法，指东打西，指南打北，每一招都是倏然而来，倏然而去，开头三五十招，杀得那些轮攻的敌人，个个胆战心惊，摸不清他们剑法的来路，更休说近身攻击了。赵灵君连连摇首道："邪门，邪门！"幽萍笑道："什么邪门？"冰魄寒光剑一指，剑尖一弹，又发出两枚冰魄神弹，赵灵君急发金钱镖，打飞一颗，另一颗却因力度用得不当，未曾打飞，先自炸裂，正正打中赵灵君的面孔，奇寒之气，竟然侵入了赵灵君的眼睛。

赵灵君有如触电，眼睛立刻睁不开来，幽萍乘机一招"冰河解冻"，挽了一个剑花，寒光剑一抖，一招化为三式，分刺上中下三路，这一手实是冰川剑法中最精妙之着，极能迷人眼目，叫他分不出攻势在哪一方，应付之时，便可能自行出错。幽萍长处冰宫，临敌的经验不多，又是少年好胜，意欲擒贼擒王，先把赵灵君刺伤再说，哪知一剑刺出，忽觉微风飒然，赵灵君的身形一晃之间，已从自己右边袭到，陈天宇要抢上救护，已来不及，只听得"啪"的一声，幽萍的香肩竟给赵灵君的掌锋扫了一下，冰魄寒光剑几乎脱手欲飞，跟跟跄跄倒退几步。

原来这一招的妙处就全在迷乱敌人眼目，幽萍在急促之间，却想不起赵灵君的眼睛已睁不开来，不见攻势，不为所乱，赵灵君仍是照平常应敌之法，仗着数十年功力，使出崆峒"迷踪掌"的巧招，追着剑环响动之处，骤然出手，幸亏他看不清楚，只扫着了幽萍的香肩，否则再下移数寸，就要触及幽萍的酥胸，只这一掌就能叫幽萍重伤。

赵灵君一招得手，立刻倒跃数步，把眼睛一揉，只觉眼前白濛濛一片，景物模糊，又惊又怒，破口骂道："好狠的贱人，非得把你的眼珠剜了，难消我心头之气！"指挥同门，自己也仗着"听风辨器"之术，围着幽萍强攻。幽萍在冰宫侍女之中，虽然是数一数二的人物，真实的本领与敌人到底相差还远，被赵灵君率众一阵强攻，立刻险象环生，只能仗着精妙的剑术与轻灵的身法，腾挪闪避，遮拦招架，再也腾不出手再发冰魄神弹。

陈天宇见状大惊，拼了性命，挥剑一阵连环疾刺，连使冰川剑法中的精妙招数，霎时之间，只见寒光匝地，剑势如虹，攻势凌厉之极。要知冰宫侍女虽得冰川天女传授，但却无一人学得齐全。陈天宇私学了密室石壁的剑法，又是从根本的功夫做起，所以反而比冰宫一众侍女，更得冰川剑法的精髓。一轮拼命抢攻，竟给他杀开了一条血路，与幽萍会合。这时崆峒门人所布的阵势，因要应付陈天宇与幽萍这两个新来的强敌，阵势微见散乱，雷震子与崔云子也冲出包围，会合在一处了。

这一来，四人分成两对，共同应付崆峒门人的围攻，双方形势，又告稳定下来。雷震子做梦也想不到，只仅仅数月的工夫，陈天宇的武功就精进如斯，看来竟已超出了他的师父。当下精神大振，达摩剑法使得进退自如，已与敌人有攻有守。崔云子的弓弦重又铮铮作响，与敌人打得难解难分。

月亮渐渐西沉，双方已斗了一个多时辰，形势又是一变……

雷震子、崔云子二人，在久战之下，已渐觉筋疲力竭，陈天宇与幽萍的剑法虽然精妙，究嫌功力不够，战了个多时辰，亦是只有招架的份儿。赵灵君运剑如风，霍霍进迫，怒声喝道："妖女，你可知道厉害了么？快将解药拿来！"赵灵君被冰魄神弹的奇寒之气侵入眼睛，虽然仗着本身的内功火候，可以暂时抵御，但眼珠麻痛，有如受利针所刺，极不好受，生怕时候一久，便成残废，故此着着进迫，要幽萍先将解药拿出。

幽萍伴作不知，笑道："什么解药？"与陈天宇双剑合璧，连挡开了赵灵君的三招杀手。赵灵君喝道："你拿不拿来？你若再不拿来，我就是眼睛瞎了，也能杀你！"左手揉眼，右手长剑一展，又是连下杀手，他双眼红肿，不住流泪，像绽开了的胡桃一般，同门见了，个个暗暗惊心。幽萍甚是俏皮，虽在危险之中，仍是发声冷嘲："哈，我早叫你留心，你不留心，怪得谁来？"她也学雷震子的模样，与陈天宇贴背而立，双剑相联，又挡了几招，笑道："我听说你们汉人是男子汉流血不流泪，呀，你却哭起来啦，不害羞么？"赵灵君大怒，痛下杀手，指挥四个同门，一齐进击，把陈天宇与幽萍的剑势压得施展不开。

只是冰川剑法精妙非常，迫切之间，未能击破，赵灵君大急，运足内功，痛下杀手，又过了十余二十招，陈天宇与幽萍呼吸紧促，被他们攻得透不过气来，看看就难以支持，赵灵君的眼珠更觉刺痛，面前一片模糊，双方都极焦急。正在紧张之际，忽听得有人曼声歌道："中秋明月宜同赏，剑气腾霄却为何？"歌声似是从很远之处传来，但却来得非常迅疾，歌声甫歇，只见一个白衣少年，已笑吟吟地来到面前。

这少年身法奇快，在场人等，无不吃惊，赵灵君横跃三步，手捏剑诀，道："阁下是哪条线上的朋友，请问有何指教？"白衣少年冷冷一笑，朗声说道："我正是要教训教训你们，你们崆峒派也是武林的一大宗派，前代创业殊不容易，你上一代的掌门乌蒙道长门规甚严,也算得是位有道之士,到你的手上,却倒行逆施,不怕愧对列祖列宗么?"白衣少年看来不过二十来岁,说话却是一派老前辈的口气,赵灵君心头火起,仰天打了一个哈哈,反而冷笑道:"如此说来,阁下倒是想替我们崆峒派清理门户了?"白衣少年正容说道:"一点不错,我正是不忍见崆峒派葬送在你的手上,所以才不怕麻烦,要管管你们。"要知武林之中的规矩,清理门户之事只有本派的尊长才有权处置,若然别派的人要代为清理,那人就一定得是武林中德高望重的大宗师、老前辈,而今这白衣少年年纪轻轻,说话的口气却俨然以赵灵君的前辈自居,不但赵灵君被激得无名火起,所有崆峒派的门人,也无不恼怒。

赵灵君揉揉眼睛,哈哈大笑,长剑一指,道:"我忝为崆峒派掌门,要劳老前辈代为清理门户,实在惭愧!只是我赵某冥顽不灵,难以听你的教训,请恕小辈抗命啦!"崆峒门人,齐都大笑,笑那白衣少年狂妄不知自量。白衣少年不动声色,眼光一瞥,横扫全场,道:"你们真要我动手吗?"眼光如电,话语威严,一副执法者的口吻。赵灵君大怒喝道:"好小子,你活得不耐烦啦,快拔出剑来,看是你教训我还是我教训你?"白衣少年哈哈笑道:"对付你们,何须拔剑!天宇,你们都退出去,免得碍我施展。赵灵君,你把同门都叫上来,省得我多费手脚!"陈天宇应了一声,与幽萍双双跃出圈子。雷震子惊异之极,脸上一副疑惑的神情,心道:"这少年武功纵高,也未必能是赵灵君敌手;如今他却要独自对付崆峒派的十三名高手,莫非他是狂人么?"陈天宇急道:"雷大哥,快退!"雷震子与崔云子刚跃出圈子,只见崆峒十三名高手一涌而上,就在这同一瞬间,那白衣少年把手一扬,满空嗤嗤之声,不绝于耳,接着是一片惨叫之声,崆峒十三名高手,连赵灵君在内,一齐倒地,个个挣扎呼号,却是爬不起来。

雷震子目瞪口呆,只听得那白衣少年笑道:"赵灵君你服了吗?"赵灵君功力较高,强忍着疼痛,欠身坐起,说道:"多谢你的教训,我们若然不死,必当铭记于心,请教阁下尊姓大名。"他到底是一派掌门,惨败之余,还不忘交代几句场面说话。话中的意思其实是:若然不死,必当报仇。那白衣少年冷笑道:"你还想报仇,别做梦啦!你们十三个人,个个的琵琶骨都已被刺穿,死是死不了的,但再想逞能,那可是不行啦,好好回家去安分过活吧!"

此言一出,在场人等,又是大吃一惊!这少年在一举手之间,连伤十三名崆峒高手,已是骇人闻听,而所伤之处又都是琵琶骨的要害关节,那简直是不可思议。赵灵君不由自主地用手一捏,触手之处,琵琶骨果然碎了,只痛得他眼泪直流,百骸欲散,琵琶骨一穿,即成废人,纵有多强的武功,也施展不开,只能做寻常人所能做的体力操作了。白衣少年笑道:"饶你一死,还不知足吗?好好地回家过活吧。"赵灵君沮丧之极,低声说道:"还请阁下开恩。将暗器取出,让我们也开开眼界。"他连中的是什么暗器,尚未知道。

白衣少年微微一笑,嗖的一声,拔出一把精芒四射的宝剑,道:"刚才用不着它,现在可用得着了。"赵灵君胆战心惊,未及说话,只见那白衣少年把宝剑搁在他的肩上,轻轻一拍,登时似觉有一根长刺从骨头里跳出来,那少年双指一拈,在赵灵君眼前一晃,道:"瞧清楚了!"这暗器非金非铁,黑黝黝的好像一支短小的没羽箭,那少年又在剑上一弹,宝剑发出啸声,清越之极,赵灵君吓得面无人色,道:"这是天山神芒和游龙剑!"白衣少年笑道:"不错,你现在可知道我的来历了吧?"游龙剑是天山派的镇山之宝,佩有这把宝剑的人,不问可知定是天山派的嫡系传人。排算起来,天山派的现任掌门唐晓澜要比赵灵君高两辈,这少年若是他的衣钵传人,那么辈分就确在赵灵君之上。

那白衣少年依样施为,片刻之间,将十三根天山神芒尽行取出,又对幽萍说道:"他武功已废,不能为患,不必叫他眼盲了吧。"

幽萍对这白衣少年佩服之极,道:"依你的吩咐便是。"取出专解奇寒之气的阳和丸,叫赵灵君咽下,道:"你好好回去静养三天吧。"

赵灵君揉揉眼睛,没精打采,有如斗败了的公鸡,向白衣少年施了一礼,在同门扶持之下,落荒而逃。白衣少年哈哈大笑,对陈天宇道:"这一仗真是痛快之极!你这小子也好造化,在冰宫住了三月,大非昔比了!"

陈天宇道:"你不是和冰川天女在一起吗?"白衣少年笑道:"她才不肯和我在一起呢。我正要向你打听她的下落。"幽萍急道:"那一日你不是和我们的公主比剑吗?"白衣少年道:"比剑之约,只有待之异日了。"幽萍道:"剑虽没比成,你总该见着她呵!"白衣少年道:"我未到冰峰之下,已发觉地震的预兆,我还会去送死吗?"陈天宇道:"那么说,你根本没见着她么?"白衣少年道:"你担心什么?我能逃得出,她岂有逃不出之理?那日我向北逃,见她的影子向南方逃走,后来火山爆发,熔岩迸裂,要找也不成啦。原来她还没有回到冰宫吗?"

陈天宇与幽萍听那白衣少年说曾见冰川天女逃走,稍稍宽心。那白衣少年道:"你们是要去拉萨吗?"陈天宇道:"是。"白衣少年沉吟半晌,忽地掏出一个锦盒,道:"你父亲在福康安那儿,就托你将这锦盒交给福康安,省得我多走一趟了。"陈天宇接过锦盒,正欲询问,那白衣少年笑道:"你只替我交到便是,对你的父亲大有好处。咱们后会有期,你也不必再问啦。"又对雷震子道:"你也该回四川了,见着冒大侠之时,请代我问候一声。"扬手道别,霎眼之间,人影不见。雷震子连遇异人,傲气尽消,目送那少年的背影,好久说不出话。

陈天宇等四人歇了一阵,天边露出曙光,四人分道扬镳,雷震子与崔云子回四川,陈天宇与幽萍去拉萨,一路无事。话休烦絮,这日到了拉萨,已是黄昏时分,街上行人熙来攘往,好不热闹。

陈天宇进到城内，便想向行人打听驻藏大臣福康安的总部所在，幽萍忽道："何必忙在这一时，咱们先玩它一晚，看看拉萨的夜景，明天再去找你父亲也不迟。"陈天宇微微一笑，心道："若然住进福大帅的官衙，要再出来玩可真是不能任意啦。"他曾答应过陪幽萍游览拉萨，这时只好践言，拉着幽萍的手，到处溜达。

拉萨是西藏的首府，亦是世界著名的高城，在海拔三千多公尺之上。拉萨城背向冈底斯山脉，四周的高山大岭耸入云霄，层层峰峦上白雪皑皑，街市中平顶的房屋与帐篷交杂，与内地城市的风光大不相同，从无数帐篷中传出点点烛光，更显出拉萨之夜的一种神秘气氛。倚山（葡萄山）建筑的布达拉宫的尖顶发出闪闪金光，在雪山映照之下，极为壮丽。幽萍道："咱们到那里去看看。"陈天宇笑道："这是活佛所住的宫殿，轻易怎能进去。我带你到下面的广场去看吧。"

布达拉宫下面的广场，是拉萨城一个热闹的中心，四周全是帐篷，中央有各种各式的小贩摊档，还有卖唱的、玩戏法的、耍杂技的，五光十色，目不胜收。幽萍长年住在冰宫，几曾见过如此热闹的人间景色，只觉那些灯色烟雾，比冰宫中的美景还要悦目。他们看了印度人的弄蛇妙技，又去看回疆来的哈萨克人耍的杂技，一个人表演吞剑，一个人表演吐火，表演吞剑的将一把长达三尺的利剑刺入口中，只露出一截短短的剑柄。幽萍道："咦，这人的武功岂非比那白衣少年还要厉害？"陈天宇道："这是假的。"话说未完，那人将剑拔出，轻轻一折，将利剑折为三叠，原来那是锡制的剑，可以折曲的。

幽萍看得嘻嘻哈哈，好不开心。忽觉有人轻轻地碰了她一下，把手一摸，那柄随身佩带的冰魄寒光剑竟然不见了！正是：

闹市神偷施妙手，冰宫侍女也惊心。

欲知后事如何？请听下回分解。

第十回

漠外隐神龙　高深莫测
荒山逢异士　虚实难知

幽萍这一吓非同小可，回头望去，只见陈天宇正抓着一个人，叫道："就是他！"冰魄寒光剑的剑鞘还隐隐在他罩袍底下露出。幽萍急忙上前抢剑，那人忽地哈哈一笑，往人丛中一钻，一溜烟地跑了，陈天宇手中却多了一件长衫。这一招正是扒手们惯用的"金蝉脱壳"之计。

陈天宇大叫"捉贼"，跟踪追拿。陈天宇轻功虽好，却远不如那人溜滑，一晃眼间，那人已溜出人丛。陈天宇撞得看热闹的东倒西歪，追出来时，只见那人已飞身跳上一座帐篷。在这种三教九流会集的露天市场，扒手抢东西乃是常见之事，看热闹的人也不以为意，反而骂陈天宇莽撞。

陈天宇与幽萍挤出人丛，只见那个扒手在帐篷上捧着冰魄寒光剑细心观赏，啧啧赞道："好剑，好剑！"幽萍大怒，与陈天宇双双跃起，也飞身跳上帐篷，那人翩如飞鸟，三起三落，已跳过几道帐篷，落在广场后面的空地。

陈天宇心中一凛：这扒手的轻功竟然不在他们之下！这广场是拉萨城内葡萄山下的一大片空地，布达拉宫就建在山上。这扒手奔上山坡，却不是朝着布达拉宫的方向，而是向西南方落荒而逃。陈天宇与幽萍紧紧跟踪,总是距离数丈之地,追他不上。陈天宇暗暗惊奇,道:"此人恐怕不是寻常扒手!"幽萍道:"管他是什么人,他把我的宝剑偷去,我就放他不过。"

扒手在前,两人在后,风驰电逐,再追片刻,已从山前追到山后,追入旷僻的山地,山上布达拉宫的灯火,隐隐照见那人的背影,陈天宇叫道:"这位朋友,请别戏耍啦!"那人不理不睬,一股劲地往前飞逃,冰魄寒光剑握在他的手中,正好借着宝剑的光芒给他照路,追了一阵,双方的距离更远了。

忽然那扒手又停了下来,只见前面一座房屋透出灯火,房屋形式甚怪,好像帐篷一样,不是常见的方形房屋而是圆形的,四周围有围墙,气派不小。那扒手奔到圆屋之前,纵身一跳,跳上围墙,避进屋内。

幽萍道:"原来这里竟是强盗窝。"飞身跟入。陈天宇想劝她不可造次,已来不及,只好跟她进去。

眼睛一亮,只见大厅上点着两行粗如儿臂的牛油烛,照得如同白昼。厅上坐着一位穿着满洲服饰的武官,那扒手将冰魄寒光剑捧上,武官抽出来一看,"咦"了一声道:"不错,是这把剑。那女子也来了吗?"

冰魄寒光剑名符其实,一离剑鞘,便是一片寒光,寻常人只要被这寒光冷气一冲,立刻便会晕倒。这军官却视若无事,把寒光剑在面前晃来晃去,连"乞嗤"也不打一个。

幽萍翩如飞鸟,掠上台阶,叫道:"还我剑来!"那军官盯了她一眼,道:"这剑是你的吗?呀,不对呀!"幽萍道:"什么不对?"那军官眯着一双眼向她上下打量,道:"你再走两步看看。"幽萍大怒,纵身一跃,一扬手就是两枚冰魄神弹,分打军官与那扒手。那军官身法好快,只见他一伸手,就抢在扒手的前头,用"千臂如来"的接暗器手法,将两枚冰魄神弹都接到手中。冰魄神弹给他一

幽萍翩如飞鸟，掠上台阶，叫道："还我剑来！"那军官盯了她一眼，道："这剑是你的吗？呀，不对呀！"

捏，都在掌心爆裂了，一缕缕寒气在他指缝之间透出。

幽萍冷笑道："你知道厉害了么？还敢不敢要我的宝剑？"冰魄神弹的寒气，离身数尺，就已刺体侵肤，何况在掌心捏碎？幽萍只道他定然禁受不住，必要讨饶，哪料这军官把手掌一摊，随手在衣上一揩，将冰水抹干，"咦"了一声道："这暗器倒有点邪门，幸亏是我，要是别人，不冷死也得大病一场。"

陈天宇不由得心中大骇，这军官手捏冰魄神弹，仍是若无其事，这份本事，看来不在白衣少年之下。他正欲上前行礼，幽萍已欺身急进，左掌一挥，右掌划了一个圆弧，掌势飘忽，似左反右，这是达摩掌法中一个厉害的擒拿招数，那军官摇摇头道："越发不对了！"手臂一伸，倏地抓下。陈天宇大吃一惊，看这军官出手，凌厉无比，只恐幽萍受伤，心急之下，不假思索，飞身一掠，拔剑便刺。那军官道："好俊的功夫，后辈之中，也是不可多见的了！"口中说话，手底不缓，左臂又倏一伸，陈天宇只觉手指一松，长剑已给他夹手抢去，人也被他抓着。

那军官双手齐出，将陈天宇与幽萍都抓了起来，随手一掷，两人还未叫出声音，都已被他轻轻地掷落一张有靠背的椅上，端端正正地坐着，丝毫也没有受伤，力度用得之妙，真是不可思议。

陈天宇与幽萍睁大了眼，只见那军官微微一笑，道："这两把剑还你们不难，但你们可得实说，究是何人？"陈天宇道："家父是萨迦宣慰使陈定基。"那军官"呵呀"一声道："原来是陈公子，适才得罪了。"又问幽萍道："你呢？"幽萍赌气不答，那军官道："适才冒犯，实是出于一场误会。我以为你是另一个女子，谁知你和她所用的宝剑，虽然相似，你的武功却与她差得太远！所以我连说不对，不对。"此言一出，陈天宇与幽萍都跳了起来，幽萍抢问道："你见到什么女子了？"那军官道："你到底是她什么人？"幽萍道："我是她的侍女！"那军官点了点头，道："唔，这就对了。那你的主人又是何人？"

幽萍不知这军官是何等样人，心中拿不定主意，那军官道："我姓龙，名叫灵矫，排行第三，朋友嫌我的名字难记，都叫我做龙三。陈公子想必听过我的名字？"陈天宇心中一凛，原来眼前这位其貌不扬的军官，就是福康安帐下的第一奇人——龙三先生。

陈天宇曾听父亲说过，说福大帅帐中，有一个不露面的神秘幕客，人称龙三先生，官衔只是参赞，但福大帅却对他言听计从，边疆的许多措施，都是出于他的计划。据说此人本领之高，不可思议，福康安在情况最复杂的拉萨做驻藏大臣，几年来全无风险，得龙三之力不少。但龙三之名，也只是福康安手下的若干要员知道，外间知者绝少。即如萧青峰与陈天宇谈起时，对龙三的本事，也极表怀疑，认为真有大本事的人，必不会在福康安手下做一个小小的参赞。陈天宇也认为师父说得有理，但后来在冰宫之时，与铁拐仙谈论当今的武林奇士，提起龙三，铁拐仙却大为佩服，说龙三真是如神龙见首不见尾的神秘人物。当时陈天宇曾问起龙三的事迹，但铁拐仙却不肯多说，只说若有一日能够下山，那时他也许要带陈天宇去会一会他，可惜等不到下山，铁拐仙就已死了。

今日陈天宇目睹龙三的武功，始知名下无虚，不由得大为佩服。龙三笑道："怎么，可以将你主人的名字见告了吧？"幽萍仍不知龙三是何等样人，眼光闪烁，主意不定。陈天宇道："你几时见过那个女子的？"龙三道："你也认得她的主人吗？"陈天宇道："她的主人便是冰川天女！"

龙三脸上掠过一丝惊异的神色，道："嗯，原来是冰川天女，我还以为冰川天女只是神话传说中的人物，原来真有其人！"幽萍道："你几时见过她的？"龙三道："就在前三天晚上。"陈天宇道："怎么见着的？"龙三道："她到我这里拿了一件东西去。"幽萍冷笑道："她会拿你的东西？"言下之意，不大相信。

陈天宇道："什么东西？"龙三避而不答，道："也不是什么要紧的物事，但我不愿让她拿去，可惜当时留不住她。"原来前三天晚上，有一个女子到龙三的家中盗去了一份龙三所拟订的、驻藏大臣准备怎样去迎接金本巴瓶的计划。那女子轻功超妙之极，龙三赶出去和她动手，她出手如风，手上的宝剑，又寒光闪闪，刺人眼目，龙三和她交手五招，占不了半点便宜，在寒光闪烁之下，面貌还未曾看得清楚，那女子忽地格格一笑，道："神龙妙技，亦不过如此！"突然一记怪招，将他逼退，飘身走了。这女子的怪异行径，令见多识广的龙灵矫也捉摸不定，故此才有今日的一场误会。

陈天宇与幽萍听了龙三先生的叙述，各有所思，陈天宇心道：这女子必是冰川天女无疑。幽萍却想道：冰宫中什么奇珍异宝没有，咱们的小公主岂会看上尘世的东西？冰宫多宝，许多异派中人闻风觊觎，这人想必是不怀好心，故意捏造这一番说话，想套取口风，探听咱们公主的秘密。她哪里料想得到冰川天女所盗取去的文件，比什么奇珍异宝都重要得多。

幽萍神色有异，龙灵矫是何等样人，早看出她的疑心，便也不再多问，将冰魄寒光剑发还给她。陈天宇正待告辞，龙灵矫忽道："陈公子，你们如不嫌蜗居屈膝，就请在这里住宿一宵。明日我和你到福大帅官衙，你爹也会在那里的。"陈天宇问道："家父也住在衙门里吗？"龙灵矫道："不，他在外边租有房子，明日是福大帅约他谈话，听说他很快就可以再回萨迦了。"

第二日一早，陈天宇龙灵矫去见福康安，留下幽萍在龙家等候。驻藏大臣的衙门就设在拉萨市中心的大昭寺附近，路上龙灵矫问起冰川天女的一些事情，陈天宇尽自己所知的说了，龙灵矫更是暗暗称异。

到了府衙，龙灵矫叫陈天宇在签押房稍候，过了一阵，里面的侍从传出话来，叫陈天宇进去。陈天宇踏上石阶，便听得龙灵矫的笑声道："陈大人，我说你今日有意外的惊喜之事，你不相信，你看是谁来了？"陈天宇走进屋内，只见一个年约四旬的满洲贵官坐在中堂，双目炯炯，眉宇之间却似隐有重忧。坐在这贵官旁边的人，正是陈天宇的父亲陈定基。

陈定基喜出望外，叫道："宇儿，快来拜见福大帅。"陈天宇依官场之礼，见过了福康安之后，侍立在父亲身边。福康安望了陈天宇一眼，道："令郎一表人材，雏凤清如老凤声，将来的功名富贵，我看定在老大人之上，可喜可贺呀。"陈定基道："全仗大帅栽培。"陈天宇对这套官场应酬，心中甚是厌烦，不待福康安问话，便道："福大帅，有一个人托我带一件东西给你。"

福康安诧道："有人托你带东西给我？什么东西？"陈天宇从怀中掏出白衣少年给他的那个锦盒，双手捧上，福康安打开锦盒，内里乃是一份文书，福康安展开一看，面色倏变，忽地按着那份文书，问道："这是谁交给你的？"面上现出又惊又喜的神情。陈定基惴惴不安，望着儿子。

陈天宇道："是一位在路上相遇的少年书生托的。"陈定基不知这是什么东西，心中暗骂儿子荒唐，怎好随便将陌生人所托的东西交给福康安。福康安却并不发怒，只向龙灵矫招一招手，示意叫他来看，龙灵矫瞥了一眼，道："福大帅，你的心事可放下来了，哈，陈公子，你这位朋友可帮了我们不少忙呀。"

陈定基莫明所以，只听得福康安道："这事情奇怪透了，陈兄，你说实话，你那位朋友是什么人？"陈天宇道："萍水相逢，我还未知道他的来历。"龙灵矫道："那还用说，定然是位大有本领的人了，但据我看来，这文书不是他盗的。"福康安道："怎样见得？"龙灵矫道："若然是他所盗，他就不会转弯抹角地托人送回来了。"福康安沉吟不语，龙灵矫道："这类的江湖异人，行事多出人意外，我看陈公子所说的也是实情，大帅不必查问了。咱们正有用着陈公子之处呢!"福康安瞿然说道:"不错,咱们还是商量怎样迎接金本巴瓶的事要紧,陈兄,请坐。"

陈定基按捺不住,问道:"敢问大帅,那是什么文书?"福康安道:"是皇上御制,八百里加紧送来的诏书。"陈定基"啊呀"一声,面如土色。既然是这样紧要的文书,何以会到了陌生人的手上,而且又转到了自己儿子的手中?心中七上八落,不知是祸是福。只听得福康安又道:"诏书上写明由京中护送来的金本巴瓶,将经由哪条路线,每日在何处歇宿的日程也写得清清楚楚,按这日程,准定在明年大年初一,送到拉萨。要我们郊迎五百里,送到拉萨之后,将供奉在大昭寺,一应仪式,也都在诏书上注明了。我自上次的邸报,已知道金瓶即将离京,正在焦虑,何以这份诏书还不见送到,又不敢请示,现在可安心了。"

陈定基吓得冷汗都流出来,怔怔地望着那个锦盒,又看看儿子。只听得福康安续道:"只是如此一来,显明这份诏书曾在途中被人劫了,送诏书的侍卫,下落也还不知,将来皇上追究,这罪名也着实不轻。"龙灵矫道:"大帅放心,这份诏书已到了我们手上,将来待侍卫到时,咱们就当是他送来的好了。他也怕担当不起护卫不力的罪名呵!这诏书曾在中途失去的事情,一定不会让皇上知道的。"福康安道:"你怎知那道诏书的侍卫是死是生?"龙灵矫道:"若然是死,依照江湖上的规矩,既然送来锦盒,盒中还当附有匕首或其它报警的东西。"福康安"哼"了一声,对这种江湖上的规矩,他实在不大相信,但事已如此,也只好由之了。

龙灵矫道:"我倒是担心,金瓶会不会在中途失事?"福康安道:"一定不能出事!若然出事,我们驻藏官员的头,都要被砍掉!龙先生,你看,咱们好不好仍按照原来的计划迎接金瓶?"他可不知,这计划的草案,也已经给冰川天女盗去。若然知道,恐怕更要吓死。

龙灵矫沉吟半晌，忽地瞥了陈天宇一眼，道："仍按原来的计划迎接金瓶，只是略有修改。"福康安道："怎么修改？"龙灵矫道："原来的草案，是由我襄助大帅，坐镇拉萨，主持大典，现在改为由我去迎接金瓶。"福康安眼光闪动，神气迟疑。要知龙灵矫是他倚为左右手的人物，若然不在身边，他生怕会有危险。龙灵矫道："若有不逞之徒欲劫金瓶，多半会在中途动手，拉萨警卫森严，当可无虑。我另派师弟侍候大帅，纵有飞贼，想他也能应付得了。"龙灵矫的师弟名叫颜洛，就是在市集之中，施展空空妙手，偷去了幽萍的冰魄寒光剑，将他们引进龙宅的人。此人功力虽远不如师兄，轻功却有特殊的造诣。福康安虽觉师弟不如师兄，不大放心，但权衡利害，欲要保证金本巴瓶能够安全到达拉萨，也确乎需要有龙三这样的人物去主持，只好点了点头。龙灵矫道："到时还要请陈公子襄助。"陈定基忙道："小儿懂得什么！"龙灵矫笑道："知子莫若父，陈公子有一身惊人的技业，陈大人还要替他客气么？"福康安道："龙先生推荐的一定错不了，好，就这样办吧。"陈定基推辞不了，只好和儿子谢恩。

龙灵矫微微一笑，道："还要麻烦陈大人。"陈定基诧道："我是一介文官，能做什么？"龙灵矫道："到时我和陈公子率领数骑，走在大队之先三十里，替你们探道。陈大人率领一千精兵，郊迎五百里，就请福大帅即行委派陈大人做迎接金瓶的专使。"陈定基道："龙先生，这、这不是开玩笑吗？我怎么会带兵？"龙灵矫道："又不是去打仗，既不必你去冲锋，又不要你来布阵。领兵还有什么不会的吗？陈大人是翰林出身，熟识朝廷礼仪，由你做郊迎金本巴瓶的专使，那是最适当不过的了。"

按理来说，陈定基只是萨迦一个地方的宣慰使，不过四品文官，实在还没有资格做迎接金瓶的专使，只是福康安对龙灵矫言听计从，而且见龙灵矫先请派其子，再请派其父，其中大似含有深意，再想起那诏书是由陈天宇交来，送诏书的人虽然未必就是想劫金瓶的人，但也一定有些关联，现在由陈定基做迎接金瓶的专使，若有差错，唯他是问，那送诏书的人既是陈天宇的朋友，陈天宇也就不敢不尽力保护金瓶了。

福康安略一思量，立刻决定，叫记室写了委任的文书，笑道："陈大人远谪穷边，多年来深受委屈了。这回去迎接金瓶，上达天听，事情过后，恢复原职，甚或升迁，都有希望。这正是一个好机会呀。"陈定基想想也是道理，虽觉责任重大，也只好硬着头皮接受。龙灵矫又笑道："陈公子有什么有本事的朋友，到时也请帮忙。"此言暗指幽萍，陈天宇听了，不觉心中一凛。

这刹那间，陈天宇由幽萍而联想到冰川天女，暗自寻思："铁拐仙劝她去劫金瓶，白衣少年劝她去保护金瓶，她都没有答应。可是她又到龙家去偷文书，虽不知那是什么文书，但想来和金本巴瓶定有关系。若是她来劫瓶，这却如何是好？难道幽萍与我还能与她作对吗？"只是父亲已答应担任迎接金瓶的专使，陈天宇也只有答应了。

计议已定，福康安端茶送客，陈定基带了儿子，告辞出衙，一路上又惊又喜，对儿子道："此事情真是万万料想不到。我来到拉萨之后，屡次进谒大帅，请他拨款重修宣慰使的衙门，并增派武官防卫，否则便请他将我免职，让我告老还乡，他却既不准我辞职，又不允我所请，一拖就拖了几个月，弄得我顶着个萨迦宣慰使的空衔，却变成了在这里跑衙门、吃闲饭的人。真真没有意思。想不到今日无端端却委派我做迎接金瓶的专使。"陈天宇道："既然推辞不了，那么咱们只有小心去做就是。萨迦的情形怎样？"陈定基道："宣慰使的衙门被那场火毁了十之七八，我又不在衙门，土司更是无所顾忌，擅作威福了。不过他对你倒好像念念不忘，上月他还派人向我一再查询你的消息。"陈天宇想起土司迫婚之事，不觉苦笑。

陈定基所租住的房子距离总衙不过两条街，片刻就到，那是普通的两进民居，陈定基宦囊有限，只雇了一个看门的人，里面四壁萧条，与宣慰使衙门的气派，相差极远。陈天宇随父亲走入后进厅房，打开房门，忽见一个少女，笑盈盈地立在当中，正是冰宫的侍女幽萍。

陈定基吓了一跳，陈天宇忙道："这位姑娘就是和我同来拉萨的人。嗯，你是怎么来的？"幽萍笑道："我不耐烦在龙家等候，便向他家的人要了你们的住址，自己摸来了。这位老人家是尊大人吗？"依照汉人礼节，福了一福。陈定基一看，这少女花容月貌，刚健婀娜，比那土司的女儿不知胜过几许，心中想道：这女娃子配宇儿倒是不错，只是行事太过神出鬼没了。

陈天宇见父亲怔怔地看着幽萍，笑道："爹，她是仙女呢！"幽萍道："呸，胡说，胡说！"一副娇憨神态，陈定基眉开眼笑，道："真的像一位仙女。"幽萍道："老爷子也拿我取笑，我不依！"陈天宇道："爹，她真的是仙女呢。你听我说说她的故事。"当下将冰宫中的遭遇与这几个月来的经历，都告诉了父亲。只听得陈定基目瞪口呆，真像听一个神仙故事一般。

自此幽萍便在陈家居下，他们暗中寻访冰川天女，却是总无消息，不知不觉到了隆冬腊月，福康安已定下期限，要他们去迎接金瓶了。

依照原来的计划，陈天宇随龙灵矫先一日出发，幽萍亦和他同行。陈天宇将心中的顾虑对幽萍说了，幽萍笑道："若然咱们的公主来到，她要劫金瓶我便助她劫金瓶。到时你快快逃开，我不打你便是。"陈天宇想起，更是担心。

龙灵矫选了三匹藏马，十二月十五动身，准备在二十三赶到丹达山口与北京护送金瓶来的人会合，丹达山口南行百余里之地，地势险峻无比，盗匪如毛，最易出事。

一路上龙灵矫与陈天宇甚为相得，幽萍却对他不大理睬，隆冬腊月，山野雪盖，极是难行，幸得陈天宇的武功已是今非昔比，要不然真是难以抵受。

龙灵矫每一处都细心察视，又加上山路险峻，所以虽有良马，亦不过日行百里。走了七天，才进入丹达山的山区地带，龙灵矫松了口气，说道："行过这一段山路，明日一早便可以到山口和他们会合了。"陈天宇道："京中不知派谁来送金瓶？"龙灵矫道："听说是由和硕亲王主持，大内的八大高手也全都来了。"陈天宇道："这八大高手的本事如何？"龙灵矫笑道："够资格称为大内高手的，大约总不该在你我之下。"看来他也并不怎样把这八大高手放在眼内。

前面两峰相夹，山道盘旋，愈走愈窄，走过一个山坳，忽见前面三骑健马，排成一线，马上骑士都是一色黑色衣裳，头上戴的也是黑色的毡帽，在雪地里黑白相映，甚是抢眼。前面那骑的骑客偶然回头，陈天宇一瞧之下，不觉吃了一惊，此人非他，正是在日喀则客店之中曾见过的陕甘大侠麦永明。陈天宇知道麦永明是要抢金瓶的，心中暗暗叫糟。在日喀则之夜，陈天宇没有露面，麦永明看了他们一眼，好像不很注意，只是催同伴紧紧相连，提防坐骑跌倒。

陈天宇悄悄说道："前面那骑是陕甘大侠麦永明。"龙灵矫笑道："你认识的人倒不少。麦永明虽有陕甘大侠之名，倒不怎样扎手，后面那两骑却厉害得多。"陈天宇道："他们是谁？"龙灵矫道："瞧这背影，似乎是终南派的两位高手，武氏兄弟。"陈天宇又吃了一惊，他曾听铁拐仙谈过当代英侠，这武氏兄弟乃是顺治年间武元英大侠的重孙，他们的祖姑婆便是天山七剑之一的武琼瑶，他们这一家一向隐居在终南山，不料而今竟也来到西藏。

前面是连接两座山峰的一条羊肠窄道，忽听得马铃叮当，一骑阿拉伯种的高头大马飞奔而来，骑在马背上的人披着一件大红袈裟，更是触目，幽萍和陈天宇都失声叫道："嗯，是他！"这人正是曾两闯冰宫、打死铁拐仙的那个红衣番僧!陈天宇惊奇之极,当日他分明受了重伤,师父说他非过三年五载,不能恢复,如今不过仅仅过了一个月,看他神态,已是威猛逾前。

那红衣番僧一声吆喝,放马奔来,麦永明闪避不及,几乎给他撞倒,麦永明大怒,呼的一掌朝他马头一斩,那番僧手臂一抬,麦永明身躯凌空飞起,说时迟,那时快,只见武家兄弟在马背上一纵,四掌齐推,那番僧大叫一声,跌下马来,劈面就是两拳,武家兄弟骂道:"好个不讲理的东西!"两兄弟心意如一,倏地转身大喝——一个飞起左腿,一个飞起右腿,那番僧手掌一按,旋身变招,忽听得那匹阿拉伯马一声狂嘶,原来是受了惊吓,竟然失足跌倒,翻下山坡,下面是百丈深谷,峻岩嶙峋,乱石如笋,跌下去定然粉身碎骨!

那番僧呆了一呆,忽见武家兄弟飞身疾起,一个拉着马的右面后蹄,一个拉着左面后蹄,竟然硬生生地把一骑健马拉了上来,两兄弟把马抬起,往后一掷,力度用得甚巧,那马也是良马,落在地面竟然没有受伤。

武家兄弟显了这一手非凡的武功,番僧一看,知道讨不了便宜,把刚刚发出去的掌式,倏地一变,单手在岩石上一按,身躯也凌空飞起。这时麦永明已安安稳稳地落在马背上,正想出手阻拦,武家兄弟道:"麦大哥,让这厮过去。"麦永明一低头,只听得呼的一声,红衣番僧庞大的身影已从头顶掠过,落在那匹阿拉伯马的背上。

龙灵矫笑道:"这番僧武功不俗,若然以一敌一,武家兄弟讨不了便宜。"陈天宇见着杀师仇敌,气红眼睛,那番僧骤然见着他和冰宫侍女,也吃了一惊,马鞭啪的一响,又朝他冲来。

陈天宇反手拔剑,在马背上挽了一个剑花,忽听得龙灵矫用尼泊尔话骂道:"秃驴,滚开!"出手比陈天宇的剑招更快,只见他一个顺手牵羊,便把红衣番僧从马背上提了过来,猛地向后一摔,阿拉伯马仍然向前冲去，这番僧武功也确是高强，在半空中一个扭腰，竟然在毫无凭借之下，使了一个"鲤鱼翻身"，又落在马上。只是他接连受了两个挫折，亦已垂头丧气，不敢再逞威风。将那匹马勒着，怔怔地望着龙灵矫。

龙灵矫不再理他，催陈天宇快走，陈天宇狠狠地盯了那番僧一眼，龙灵矫道："这番僧和你有仇么？"陈天宇道："不错，他是我杀师的仇人。"龙灵矫颇感诧异，心道："这番僧的武功虽较陈天宇为高，但只不过胜在功力而已，以陈天宇的武功而论，奇招妙着，连我也未见过。他的师父必然是武林中顶尖儿的人物，何至于被那番僧所杀？"无暇多问，只道："现下不是报仇之时，快快走吧。"陈天宇只好跟着龙灵矫策马前行。这时前面那三骑已过了对面的山坳，武家兄弟回头望望他们，神情也是甚为诧异。

龙灵矫道："好，跟着前面那三骑，但也不要相距太近。"陈天宇道："龙先生，你刚才用的是什么手法？"龙灵矫笑道："也不过是极寻常的顺手牵羊招数而已。那番僧若不是目中无人，横冲直闯，也不至于被我借力打力，一招就将他摔个筋斗了。"龙灵矫说得甚为谦虚，但一式普通的招数，竟被他使得出神入化，武功之高，确是骇人闻听，陈天宇不由得更为佩服。

走了一阵，后面马铃又响，只见那红衣番僧拨转马头，远远地跟在背后。陈天宇道："这秃驴是尼泊尔的国师，他便是想劫金瓶之人。"龙灵矫道："不要理他，凭他这点武功，不足为患；前面只恐还有更厉害的人物，咱们多加小心。"说话间，忽见前面三骑一齐停下，龙灵矫急叫陈天宇和幽萍勒马，在相距十余丈之地，驻马而观。

只见山坳口一个枯瘦僧人，面容黝黑，一副印度的苦行僧模样，倚着岩石，地下放着一个破盂，还有一根竹杖，那苦行僧正伸出手来，似是向前面三人抄化。

麦永明与武家兄弟相对看了一眼，武老大道："好，给他！"麦永明摸出一锭大银，向盂钵一丢，那苦行僧咕噜咕噜地讲了几句，忽然伸出手来，朝麦永明的头顶一摸，龙灵矫笑道："这僧人给他赐福哩。"麦永明似乎不明白这是印度僧人的祝福仪礼，肩头一缩，那苦行僧的手掌缓缓落下，却仍然按到麦永明肩上，这刹那间，麦永明浑身有如触电，跃出丈许，大声叫道："邪门，邪门！"

武氏兄弟叫道："好，我也随缘乐助。"两兄弟都摸出了一把碎银，向那僧人掷去，那僧人双袖一扬，两把碎银尽入他的袖中，那僧人双袖一摆，将碎银都倾了出来，倒入盂钵。武氏兄弟用的是天女散花的暗器手法，加上他们的劲力，这两把碎银，比十几枚金钱镖同时齐发，还要厉害得多，不料这苦行僧却视若无事，一扬手就都接了过去，两兄弟都不禁呆了。

只见那僧人缓缓行来，双手一伸，又要给武家兄弟"赐福"，武家兄弟急道："不劳多礼！"同以大力金刚手法往上一挡，只觉触手之处，其软如棉，丝毫无可着力之处。两兄弟吃了一惊，陡然间，只觉一股潜力推来，两兄弟急忙收劲，跃出丈许，试一个呼吸，知道并没受到内伤，不敢多所纠缠，急忙乘马而去。

龙灵矫牵马前行，那僧人咕噜咕噜地说了几句，又伸出手来抄化。龙灵矫道："这两个小娃娃没钱，都由我出吧。"那印度僧人道："随缘乐助，多少不拘。"陈天宇一怔，这苦行僧竟然会说汉语。只见龙灵矫也摸出一把碎银，像武家兄弟刚才那样，向那苦行僧掷去，陈天宇与幽萍都感奇怪，明明那武家兄弟已吃了亏，何以他还是用这手法？正是：

惊见风波平地起，奇僧异士显神通。

欲知后事如何？请听下回分解。

第十一回

峻岭连骑　书生施妙手
神弹却敌　天女护金瓶

龙灵矫把手一扬，像武家兄弟一样，仍用"天女散花"手法，将一把碎银向那僧人掷去，那僧人双袖一展，只见碎银如雨，尽落入宽袍大袖之中，忽听得"嗤"的一响，僧袍竟给一块碎银从内而外划破了一道裂缝，收入的碎银又有一半漏了出来。

原来龙灵矫的发暗器手法怪异非常，一把碎银，在抖手之间同时发出，却参差不齐，劲力不一，而且其中有一块碎银竟给他双指夹磨，捏得似金钱镖一般大小，四边锋利，故此能将僧袍划破，陈天宇看不出其中奥妙，那苦行僧却是大吃一惊。

苦行僧干笑一声，道："好功夫！"双手一伸，手心缓缓向下，又要给龙灵矫"赐福"，龙灵矫微笑道："不敢当，不敢当！"手腕一翻，轻轻一挡，两人都如触电般斜跃几步，龙灵矫还了一礼，一声胡哨，催陈天宇与幽萍快走，那僧人把碎银捡起，都放入孟钵，仍然像初见时的模样，瞑目垂首，倚着山壁，又在等待第二位施主。

陈天宇惊奇不定，问龙灵矫道："这僧人是什么路道？"龙灵矫眉头一皱，道："但愿他不是为金瓶而来。这僧人练的是印度最上乘的瑜伽气功，不在你们中土正宗的玄门内功之下，要是他也插手进来，倒是我的一大劲敌。"说话之间，走过了两处山坳，忽听得后面那红衣番僧一声大叫，回首望时，只见他伏在马背上，竟然抬不起头来！

龙灵矫笑道："这番僧定是逞凶恃强，被那苦行僧'赐福'了。"陈天宇道："这苦行僧的'赐福'倒好像考官出题考试一样，凡经过他面前的人，一个个都要给他伸量。这行径真是怪得可以。"幽萍笑道："若然是冰川天女到来，定有苦头反过来让他尝尝。"龙灵矫默默若有所思，并不答话。

这一晚，他们就在丹达山中搭篷夜宿，第二日一早起来，前后瞭望，红衣番僧、麦永明和武氏兄弟的踪影都不见了，龙灵矫长吁一声，看看天色，道："咱们快在日出之前，赶到山口等候金瓶！"

三人催马前行，赶到丹达山峡谷的谷口，日头刚刚升起，龙灵矫道："你们在这儿稍候，我到前面看看。"话犹未了，只听得峡谷内马蹄奔腾之声有如波浪般的涌到，龙灵矫微微变色，"咦"了一声，道："这倒奇了，按照日程，从北京护送金瓶来的人要中午时分才到这儿，怎么他们提早来了。"说话之间，前面尘头大起，马匹骑士，均已隐约可见，陈天宇心头乱跳，既怕金瓶出事，连累他的父亲，又渴望冰川天女能果如所料的在此出现。

那峡谷形如喇叭，里窄外宽，护送金瓶的御林军排成两列，浩浩荡荡，有如长龙出洞，旌旗蔽日，万马嘶鸣，军容极壮，行列中一面迎风飘荡的杏黄旗，后面四张黄罗伞盖，导着四匹一色的白马，缓缓前行。令人一看，就知道那四匹白马之中，必然有一匹驮着金瓶。

陈天宇道："专使未来，咱们要不要先上去迎接？"龙灵矫道："且待片刻。"御林军前列刚出到山谷喇叭口，猛听得一声大喝，山腰里窜出一伙人来，为首的正是那红衣番僧。只见他手挥禅杖，像凶神恶煞般地当先冲入，禅杖呼呼乱扫，专打马足，后面六名尼泊尔武士，各持一式的月牙弯刀，给他掠阵。御林军人仰马翻，前列队形，登时大乱。

队伍中抢出两名军官，一使铁拐，一使单刀，急急上前堵截，那番僧正打得高兴，猛听得金刀挟风之声，分从两侧袭到，那番僧一个盘旋，禅杖盘空一舞，将铁拐单刀同时荡开，但那番僧使了十分力量，这两股兵器，却也并没脱手。只听得那两个军官怒声喝道："好大的胆子，凭你这几个番贼，就敢来抢劫金瓶！"把手一挥，御林军阵形一变，用强弓射住阵脚，将六名尼泊尔武士挡在外围，两名军官与那红衣番僧便在核心恶斗。

龙灵矫等三人在岩石后面观战，陈天宇道："咱们该去助阵了吧？"龙灵矫道："且看看大内八大高手的本领。"只见那两名军官拐去刀来，铁拐起处有如蛟龙出海，单刀飞舞，俨如匹练横空，确是高手；但那番僧的禅杖呼呼乱扫，力大招沉，每一杖发出，都打得沙飞石舞，这两名军官虽是精通武艺，却已显得处在下风。龙灵矫道："这两名军官是八大高手中的铁拐张华和单刀周五，他们八大高手对敌，从来不要人相帮，这回只怕要破例了。"

那红衣番僧越战越勇，使到疾处，只听得呼呼轰轰之声，一根禅杖就如化了数十百根，杖影如山，将那两名军官都笼罩在杖影之内，正拟施展杀手，只见一骑快马，在后列飞奔出阵，马未冲到，人已在马背上凌空飞起，银虹一道，飞掠而下，陈天宇叫道："好一招'展翼摩云'呵！"只见银虹一绕，那番僧一招"举火燎天"，当的一声，一件黑忽忽的东西，已随着银虹飞起，原来是那番僧的八角僧帽，给来人一剑削为两边。

龙灵矫道："这人是八大高手中坐第二把交椅的银虹剑游一鄂，那番僧遇着劲敌了。"陈天宇注目战场，果然只见那番僧连连后退，只有招架的功夫。

游一鄂是武当派的高手，一手连环剑法使得凌厉无前，正在占得上风,猛地里又听得哨声四起,南北两面山口都冲出一股人来,南面的是陕甘大侠麦永明领头,北面却是武氏兄弟为首。龙灵矫瞥了一眼,笑道:"这麦老头的交游确是广阔,北五省侠义道中的人物,几乎全来了。"陈天宇心中一凛,想道:"我父亲是迎接金瓶的专使,如此一来,岂非我要和北五省侠义道中的人物作对了?"心下踌躇难决,就在这一瞬间,这两股人马已从两翼杀入,把御林军杀得望风披靡。

中军帅旗一展,八大高手也分出人来,率领精锐,上前堵截,麦永明这一股被一个手舞链子锤的军官堵住,陷于混战之中,武氏兄弟却横冲直闯,杀入阵中,一个用左手剑,一个用右手剑,互为掩护,两道剑光,左右展开,有如双龙出海,夭矫飞舞,有两名军官,也是八大高手中的人物,一个手使锯齿刀,一个手舞吴钩剑,急急上前堵截,武家兄弟骤地张目喝道:"挡我者死,避我者生!"双剑齐出,有如奔雷掣电,只听得一阵断金戛玉之声,锯齿刀的锯齿全给削平,吴钩剑也给挑到半空。那两名军官急忙一拨马头,武氏兄弟剑出如风,比马还快,只见青光闪处,两名军官各自中剑,跌下马来。武氏兄弟刺翻敌人,径向中军那四匹白马冲去。

游一鄂大吃一惊,舍了番僧,回身救援,武氏兄弟身法极快,只见他们左一兜,右一绕,竟从人丛之中直杀出去,看看就要抢到中军的杏黄旗下。

猛听得一声大喝,一个穿着三品武官服饰的虬髯汉子,挥动一件奇形怪状的兵器,冲出阵来,迎着武氏兄弟破口骂道:"亏你们还是汉人,为何帮番邦鞑子抢劫金瓶?"声如洪钟,虽在千军万马之中,也震得人耳鼓嗡嗡作响。武氏兄弟一怔,立即也回骂道:"亏你也是汉人,为何帮满洲鞑子?我们就是不准你将金瓶送到拉萨,你们的满洲主子占据中原尚嫌不够吗?为何还要吞并回疆蒙藏?我们抢我们的,与那番邦秃驴毫不相关!你这厮口出大言,吃我一剑！"

那虬髯武官喝道："你们勾结番邦，犯上作乱，还敢巧言辩饰，有本领的就从我手中将金瓶夺去。"武氏兄弟亦知此人乃是劲敌，双剑一出，便展绝招，武老大左剑横披，武老二右剑直刺，双剑一披一刺，倏地合成一个圆弧，向那军官拦腰疾绕。那军官的怪兵器当中一插，硬插进圆弧之中，把双剑冲得左右分开，只听得一阵叮当之声，久久不绝，他竟然全用本身功力，硬将双剑冲开，龙灵矫见了，也不禁暗暗点头，对陈天宇笑道："此人不愧是八大高手的首领，果然名下无虚！"

武氏兄弟的无极剑法得自祖父真传，骤遇强敌，精神一振，双剑一分即合，霎眼之间，连进数招。那军官所使的怪兵刃比平常的杆棒稍短，比判官笔又稍长，棒上长满明晃晃的倒钩，可以锁拿刀剑，在兵器上先占了便宜，武氏兄弟剑法虽然凌厉之极，却也颇有顾忌，堪堪打个平手。陈天宇问道："这军官使的兵器叫什么名字？怎的如此厉害？"龙灵矫笑道："这军官名叫焦春雷，是大内八大高手的首领，功力在武氏兄弟之上，就是用寻常的刀剑，武氏兄弟也讨不了他的便宜，加上这根专门克制刀剑的狼牙棒，在五十招之内，武氏兄弟必然落败。"

官军阵势渐稳，麦永明这一股被包围在阵中，红衣番僧和那六名尼泊尔武士更被挡在阵外。陈天宇心中稍宽，说道："如此看来，不必咱们出手，官军已能应付了。"龙灵矫面色一沉，道："今日之事，哪有如此轻易了结之理。"说话之间，忽见东面山口又杀出三个人来，服饰一如西藏的喇嘛，但身上披的袈裟却是白色的。

西藏的喇嘛分为红黄二教，所披的袈裟不是红色就是黄色，披白袈裟的喇嘛，陈天宇还未见过，正自奇怪，只听得龙灵矫沉声说道："青海法王居然也派人来趁这趟浑水，看来咱们该出手了。"陈天宇心中一凛，想起父亲曾对他讲过西藏喇嘛教的历史：当今在西藏处于"至高无上"地位的达赖和班禅乃是黄教的领袖，红教则是在元朝时候得势，但红黄二教之外，还有一派白教，又称为"噶举派"，领袖称为"法王"，这一派得势在红教之后、在黄教之前，有明一代，都是噶举派的法王统治西藏，一直到明代最后的那个皇帝，崇祯十六年的时候，西藏格鲁派（即黄教）领袖达赖五世和班禅四世借青海蒙古族酋长固始汗的兵力，推翻了噶举派法王在西藏的统治地位，这才取而代之，直到如今。白教被逐出西藏之后，逃至青海，依附另一位酋长加腾汗，仍然号称法王。陈天宇记起这段历史，心中想道："原来这三个喇嘛，乃是青海噶举派法王的人，怪不得身上披的乃是白色袈裟，只是如此一来，若被他们夺去金瓶，西藏岂不是又要陷入一场内乱。"

那三个白教喇嘛来势凶猛之极，用的兵器都是九环锡杖，挥动时哗啷啷一片作响。龙灵矫手按剑柄，道："且再看一看。"霎眼之间，那三个白教喇嘛已冲入阵中，游一鄂率领卫士上前堵截，兀是连连后退，看看就要给他们冲破。正在此时，忽见山头黑影一闪，龙灵矫大叫一声："不好！"拔剑冲出，陈天宇与幽萍也急急跟着奔前，陈天宇心中正自奇怪：以龙灵矫如此镇定的人，居然一见这山头上的黑影便大惊失色，来的不知是什么样厉害的人物。

那黑影来得之快，实是难以形容，在他现身的丹达山头，距下面的峡谷，何止千尺，初现时只见一点黑点，霎眼之间，便现出全身，再一转眼，已到山腰。陈天宇看得分明，也不禁心中大惊，原来这位从丹达山头飞奔而下的异人，竟然就是昨日所见的那个苦行僧，跟在他背后的还有几条黑影。陈天宇倒吸一口凉气，心道："只是这苦行僧已难应付，他还带有人来，这金瓶只怕难以保住了。"

龙灵矫迅逾飘风，一剑当先，抢入阵中，高声叫道："福大帅派我来接金瓶！"御林军两边一让，那三个白教喇嘛正在阵中，听得龙灵矫这么一嚷,都回过头来,三柄九环锡杖同时打到,龙灵矫无心恋战,长剑一指,在一柄锡杖上一按,呼的一声,身子凌空飞起,一个"鹞子翻身",已从三个白教喇嘛的头上飞过,直向中军奔去。

陈天宇与幽萍后至,跟着闯阵,那六名尼泊尔武士正在外围,排成一列,手举月牙弯刀,欲斫未斫,幽萍用尼泊尔话叫道:"小公主就要来啦,你们还不快逃?"尼泊尔武士一怔,那番僧大叫道:"不要信她的鬼话,冰川天女早已被火山吞没了。"幽萍把手一扬,发出两枚冰魄神弹,那六名武士都机伶伶地打了一个冷战,其中有两个武士曾跟过红衣番僧上山,认得她是冰宫侍女,心有顾忌,身形一挪,幽萍与陈天宇急从缺口冲过。

阵中到处混战,陈天宇不愿与北五省的豪杰交锋,招呼幽萍道:"咱们去对付那个番僧。"他们有官军让路,闯阵较易,那三个白教喇嘛忽地又回过头来,龇牙一笑,陈天宇与幽萍正待冲过,耳边只听得哗啷啷的一片响声,一柄九环杖已迎面奔来,当头的那白教喇嘛叫道:"小娃娃快滚回去!"锡杖一挥,幽萍和陈天宇都觉得有一股大力推来,两口长剑脱手飞出。这还是那个白教喇嘛,见他们年纪轻轻,不忍遽下杀手,要不然更难应付。

那个白教喇嘛正在龇牙咧嘴地怪笑,哪知幽萍早有准备,就在长剑脱手之时,三枚冰魄神弹已是同时发出。三个白教喇嘛哪知世间有如此古怪的厉害暗器,猝不及防,竟然都给冰魄神弹打中敞开的胸口,只觉一股奇寒之气,刺体侵肤,不由得也机伶伶地都打了一个冷战。陈天宇与幽萍趁此时机,倏地一掠即过,接了那两柄震飞的长剑,向前急奔。

这三个白教喇嘛功力甚高,虽被冰魄神弹打中,运气一转,却也无事。为首的喇嘛尚欲再找幽萍,却给同伴劝住,转念一想,还是抢夺金瓶要紧,也就不再理会陈天宇与幽萍二人,翻身抡杖又再扑向中军黄帐。这时龙灵矫已比那苦行僧抢快几步,先到了杏黄旗下。

那苦行僧来势煞是惊人,只见他手挥竹杖,东一指,西一点,离身七步之内的御林军,一被竹杖沾着,立刻跌倒,身为大内八大高手领袖的焦春雷,也不禁大惊失色,急将狼牙棒一抽,摆脱了武氏兄弟的纠缠,上前迎战。

龙灵矫与那苦行僧几乎同时赶到,焦春雷抽身,龙灵矫补上,武氏兄弟杀得性起,双剑一合,不约而同地一齐反身进剑,左剑"流星赶月",右剑"掣电飞云",分刺龙灵矫两胁大穴。按剑势来说,在近距离之内,这双剑刺穴的杀手,实是难以闪避。哪知龙灵矫剑法怪异之极,完全不依常规,剑身一抖,剑锋接着武老大的剑锋,"当"的一声,龙灵矫的剑趁势反弹,剑柄一撞,又将武老二的剑碰歪,真是拿捏时候,不差毫发。武氏兄弟吃了一惊。只听得龙灵矫低声喝道:"让开!"长剑一伸一缩,连削三下,将武氏兄弟迫得几乎稳不住身形。高手试招,一伸手便知虚实,武氏兄弟接了这几招,知道来人武功,远在自己之上,而且似是故意留情,不施杀手,江湖之上,点到即止,不敢再缠,两兄弟左右一分,龙灵矫道声:"承让。"身形一掠即过。

焦春雷摆脱了武氏兄弟纠缠,狼牙棒一摆,上前迎战那个印度僧人,在这刹那之间,那印度苦行僧又已点倒了保护金瓶的两名高手,竹杖向前一点,轻飘飘的好像毫不经意,杖尖已倏地指到了焦春雷的风府穴。在千军万马之中,信手点穴,认穴认得如此准确,而且如此快捷利落,令得焦春雷也不禁一惊,不敢怠慢,连忙运气使力,劲力直透棒端,反手一棒,用的倒钩把竹杖钩着。焦春雷用力一震,以为这竹杖不被钩裂就定被震断,哪料他用尽全力,这僧人的竹杖却似附在他的棒上似的,黏连牢附,如同一体,力无所施,劲亦消解,而且还隐隐有一股潜力迫来。焦春雷此惊非小,狼牙棒要抽开也不可能，心知这僧人的内力，高出自己不止一倍，若然相持下去，再过片刻，定受内伤，正自焦急，忽见青光一闪，"咔嚓"一声，龙灵矫一剑飞来，在当中轻轻一挑，将狼牙棒和竹杖分开，微微笑道："焦大人你还是回去保护金瓶要紧。"

苦行僧抽出竹杖，见杖身竟已被宝剑划了一道剑痕，也不禁"噫"了一声，忽而双眼一张，哈哈笑道："你也来了！"龙灵矫道："昨日你较量我，今日我可要较量你了。"长剑一展，一招"骏马明驼"，向前疾削，那僧人竟把竹杖一横，迎着宝剑遮挡。按说竹杖遇着利剑，那是必断无疑，哪知他这一杖，所使的劲力，却是巧到极点，一沾剑刃，便即随手一带，龙灵矫竟不由自主的跟他移动三步。

苦行僧的竹杖滴溜溜一转，用一个"沾"字诀，要将龙灵矫的身形带动。龙灵矫左手本来捏着"剑诀"，忽地双指一弹，竹杖竟给弹歪，那竹杖舞到急处，劲力甚大，龙灵矫竟能以弹指力之力，将它消解，那僧人也不禁叫了一个"好"字。说时迟，那时快，龙灵矫的长剑一摆脱竹杖的沾缠，立刻连进三招，每一招又分为三式，剑尖所指，都是僧人的要害穴道，即是说在瞬息之间，要连刺九处穴道，而且手法有虚有实，各具奥妙，那僧人本是点穴高手，见了亦自愧不如。但他的武功确是高明之极，竹杖一封，竟然也在瞬息之间，连下四记杀手，以攻为守，将龙灵矫的攻势一一化解，两人旗鼓相当，功力悉敌，一时之间，杀得个难分难解。

另一边陈天宇与幽萍二人，闯过了白教喇嘛那关之后，便直扑红衣番僧。幽萍叱道："上次在冰宫之中，饶你不死，小公主怎样吩咐你来？"当时冰川天女是叫他从速回国，休多生事的。红衣番僧是尼泊尔的国师，有生以来，只曾在冰川宫中遭过两次惨败，听幽萍提起此事，勃然大怒，喝道："不知死活的小丫头，洒家把你送往西天，让你去见你的小公主。"红衣番僧以为冰川天女已死，故有此言。

陈天宇见了杀师仇人,也是怒从心起,红衣番僧禅杖尚未落下,他已先施杀手,一招"倒卷冰河",剑光闪闪,登时把四面封住。红衣番僧吃了一惊,心道:"这小子在冰宫数月,武功竟然精进如斯!"禅杖往外一荡,骤然间忽觉一股冷气射来,红衣番僧打了一个寒噤,禅杖去势较慢,但仍然把陈天宇的宝剑荡开,震得他虎口生痛。

本来红衣番僧的功力,比陈天宇高强数倍,但一者是他已剧斗半天,尤其是对大内高手游一鄂那场,消耗了不少气力;二者是陈天宇的剑术精妙,令他有所顾忌;三者是陈天宇有幽萍的相助,幽萍的武功,在冰宫侍女之中,数一数二,那柄冰魄寒光剑,更是人间少有的兵刃,令他不能不分神运功,以抗御寒气。有此三个原因,陈天宇与幽萍合战红衣番僧,亦是难分上下。

这时峡谷之中,混战正酣,陈天宇与幽萍二人全力对付强敌,无暇旁顾,忽闻得官军轰然大叫,潮水般地乱涌,陈天宇、幽萍与那番僧都给冲开,随着人流向前移动。陈天宇举头一看,却原来是那三个白教喇嘛,已杀进中军,抢了三匹白马,其中的一匹驮着一个用龙纹黄绢覆罩的、形如笼子似的东西,八大高手的领袖焦春雷咆哮如雷,正向那匹白马追去。陈天宇大惊失色,心道:"这匹白马驮的,一定是金本巴瓶。"再一看时,只见那三个白教喇嘛,都已跨上马背。三匹白马一齐嘶鸣,向前横冲直撞。

焦春雷追不上,看看那三匹白马就要冲出重围。龙灵矫一声大喝,奋起神力,施展平生罕用的"招魂十八招"剑法,这十八招一气呵成,一招快似一招,每一招都是虚实并用,专刺敌人要害穴道,厉害是厉害极了,但却甚为损耗内力,剑法一展,刚使到第七招"追魂夺魄",那苦行僧人便气喘吁吁,竹杖一拖,闪开剑锋,让龙灵矫疾冲而过。龙灵矫心头一动,极是诧异。心中想道:

"以这妖僧的功力,不应如此!"苦行僧何以要假败,龙灵矫一时之间,猜想不透,时间急迫,也不容他思索,立即施展绝顶轻功,展开轻灵身法,专从空隙之处钻过,飞身追那三个白教喇嘛。

片刻之间,已追过焦春雷的前头,经过他身旁之时,隐约听得焦春雷低声说道:"让他去吧。"龙灵矫身法太快,收势不及,转头一望,焦春雷已在身后数丈,却仍是扬捧作势,脚步不停,龙灵矫不由得又是心中一动,想道:"难道我听错了?焦春雷是大内高手的首领,保护金瓶之责就搁在他的肩上,怎么他却说'让他去吧'?既是任让他去,何以焦春雷自己却又向前追赶?"龙灵矫心中虽然诧异,脚步却是不停,倏忽追到那三匹白马之后,那三个白教喇嘛一拨马头,三柄九环锡杖同时扫到,龙灵矫一招"长虹经天",宝剑横空一划,将三柄锡杖一齐挡开,这三个白教喇嘛武功也是上上之选,更加以一在马上,一在马下,龙灵矫自是难占上风。忽听得焦春雷叫了一声,斜眼一瞥,只见他满面惊惶之色,遥遥向自己招手。

龙灵矫诧异之极,不由剑势一慢,那三个白教喇嘛乘机拨转马头,向斜刺疾冲,倏忽过了后面峡谷的喇叭口,清军后防较弱,被他们一阵乱打,冲出去了。龙灵矫心念一动,猛地想道:"莫非这是调虎离山之计么?那白马驮的难道不是金瓶?"想是这样想,但这关系太大,万一料错,金瓶被劫,西藏清廷官吏,个个都是杀头的罪名。

龙灵矫略一踌躇,那三个白教喇嘛已冲出官军包围,正走上峡谷的斜坡,数千御林军见金瓶被劫,登时大乱,鼓噪之声如潮,后军变作前军,改转阵形,万箭齐发,千马同追,但那三匹白马乃是御苑宝马,霎眼之间,已冲上斜坡,御林军如何追赶得上?

正在这极度紧张之时,千军注目之际,忽闻得山坡上一声长啸,突然闪出一个白衣少年,衣带飘飘,拦在路中,把手一扬,三匹白马，一齐嘶叫。

那三个白教喇嘛，勃然大怒，三柄禅杖一齐向前扫去，猛然间，忽见那白衣少年双手一扬，三道暗赤色的光华电射而到，铿锵之声，不绝于耳，那三个喇嘛的禅杖，被暗器打个正着，只觉虎口疼痛，禅杖几乎掌握不牢，只听得峡谷下面，有人在大声叫道："天山神芒，天山神芒！"那三个白教喇嘛怔了一怔，白衣少年笑道："留下金瓶，快滚回去！"那三个喇嘛见大功即将告成，如何肯听，猛地拍马，一齐前冲。

只听得那白衣少年又是一声冷笑，淡淡说道："真个要见见厉害，才肯罢手吗？"右手倏地一扬，又是三道暗赤色的光华电射飞来，三个白教喇嘛举杖一挡，却都没有挡着，那三匹白马一齐嘶叫，前足人立，三个喇嘛大叫一声，从马背上一个倒栽葱撞下马来！

龙灵矫又惊又喜，心道："来的原来是天山派的高手！"眼见这白衣少年的本领尚在自己之上，足以制服那三个白教喇嘛，心中放宽，正待回去救应，斜刺里忽然又杀出五个印度僧人，一律黑色的僧服，使的也都是竹杖。原来这五个僧人，乃是那苦行僧带来的弟子。

龙灵矫功力虽高，但以一敌五，急切间，却是脱不了身。看这五个僧人的用意，是想把他拦在外围，不让他回到中军救应。龙灵矫更是起疑。斗了几个回合，只听得白衣少年大声吆喝，那三匹白马，奔回阵中，早就有清军上前接应，马背上所驮的金瓶，仍然放在金丝碧玉笼中，没有损伤一角。

那三个白教喇嘛跌跌撞撞的仍紧跟在少年后面，锲而不舍。那白衣少年回头笑道："快回青海去吧，你们都已中了我的神芒，回去静养四十九天，或者还有可治，你们活命要紧，还缠着我做什么？"三个喇嘛也都知道中了他的暗器，可是他们都恃着有一身横练过的金钟罩的功夫，以为中了暗器，亦无大碍，待事过之后再将暗器箍出，亦未为迟，听白衣少年说得如此厉害，都不大相信，又怀疑这暗器有毒，更想再决雌雄，迫白衣少年取出解药，所以仍是紧追不舍。

那白衣少年身法快极，倏即冲入阵中，围着龙灵矫的五个印度僧人一齐散开，龙灵矫正想上前道谢，忽听得武氏兄弟在阵中大叫道："经天兄，你来得好极了。那匹白马背上驮的就是金瓶，你快助我们将金瓶先拿去吧！"龙灵矫这一惊非同小可：这少年比那印度苦行僧更为可怕，若然是他伸手，谁人阻拦得住？

只听得那白衣少年一笑应道："两位武大哥，麦老前辈，我要向你们求一个情，请你们都散去吧，让这金瓶运到拉萨！"

此言一出，在场的北五省英豪都是大吃一惊，麦永明气呼呼地叫道："什么，你要替清廷保护这个金瓶？"白衣少年道："不错，我是要保护这个金瓶！"武家兄弟叫道："经天，你为清廷尽力，有何颜面见你父亲。"白衣少年笑道："这也是家父的意思。武大哥，你们先散去吧，咱们在前山相会，我再向你们解释。"武氏兄弟大叫道："我不相信！"峡谷群豪惊诧之极，"什么，他是唐大侠唐晓澜的儿子？""唐大侠怎会让儿子作朝廷鹰犬，莫非是假冒的么？""看他身手，听武氏兄弟的称呼，绝非假冒，呀，这岂不成了唐家的不肖子吗？"峡谷群豪议论纷纷，霎时之间，都停下手中兵刃，驻马而观。

这白衣少年正是天山派掌门人唐晓澜的独生儿子，名唤唐经天，唐晓澜和武家乃是世交，武氏兄弟少时也曾到天山去见过唐晓澜，故此他们认得。但唐经天还是初初出道，其他的前辈英雄，却还未知他的来历，心中都在想道："唐大侠当年和甘凤池吕四娘等结为好友，共抗朝廷，做过许多轰轰烈烈的事，三女侠入宫暗杀雍正，其中之一，就是唐晓澜的妻子。他的父母连皇帝的头都敢杀，他却要保护金瓶，真是岂有此理！"众英豪虽然震于天山剑法的威名,却不以唐经天的所作为然,个个怒目而视,有如风暴将至,喧闹顿歇,反而一片沉寂。

唐经天微微一笑,正想说话,忽听得焦春雷一声骇叫,黄龙旗下的朝廷军官纷纷呼叫,中军又乱。只见那手持竹杖的苦行僧,正趁着众人注视唐经天之际,跳上一辆骡车,骡车中突然飞出两柄铁锤,向那僧人迎头痛击,那僧人的竹杖一个盘旋,两柄铁锤腾空飞去,那僧人左手一伸一缩,倏忽之间,将两个军官都掷出车外,那两个军官也好生了得,在地上一个"鲤鱼打挺",又跃起来,直扑骡车,苦行僧此时已跳出骡车,向西疾跑。

这几下动作快到极点,待焦春雷和一众军官发觉之时,那僧人已奔出了数十丈之遥,他的竹杖恍若灵蛇晃动,近身八尺之内的御林军,被他竹杖一沾,立即倒地。附近并无高手拦截,看看就要被他夺围而出。

唐经天大叫一声"不好",拔剑便追。原来这骡车虽不起眼,驾车的骡子又瘦又小,车上的布篷亦是破破烂烂,看来似是一辆粮车,其中藏的却是真正的金本巴瓶;白马背上,装在金丝碧玉笼中的那个反而是假的。所以焦春雷刚才虽然大呼小叫,作势追赶那三个白教喇嘛,其实却是巴不得他们离开,好减少一股劲敌。而那苦行僧的五个弟子,阻截龙灵矫回到阵中,用意亦就是便利他们的师父下手。这苦行僧并不是普通僧人,而是印度喀林邦的汗王所派来的瑜伽高手,喀林邦亦有控制西藏的野心,所以也在图谋劫夺金瓶。

唐经天一路跟踪,早知个中秘密,一见金瓶被劫,大呼"不好",拔剑便追。龙灵矫也飞身扑去,说时迟,那时快,印度僧人那五个弟子已会在一起,他们早有准备,一见师父得手,立即阻截这两个高手,这五个僧人的武功,虽然比起唐龙二人相去甚远,但他们配合有素,所用的天竺杖法,又自成一家,大殊中土,五根竹杖，首尾相连，风车疾转，牢牢地缠着唐、龙二人的长剑。唐经天正拟施用杀手，那三个白教喇嘛也折了回来，三柄九环锡杖，哗啷啷的响，狂呼疾扫，一拥而上。印度僧人加上白教喇嘛，以八人之力，合敌唐、龙二人，围得个风雨不透，更是不易冲破，这时那苦行僧怀着金瓶，已闯出官军阵外。

唐经天喝道："你们真的不要性命么？你们中了我的天山神芒，已透过穴道，深入体内，回去运功静养，还可有救，你们再一拼命，神芒钻心，那就纵有灵丹妙药，也难起死回生了！"三个白教喇嘛自恃内功深湛，不信天山神芒如此厉害，仍然挥杖急攻。这时，那印度苦行僧已奔出谷口，走上斜坡，他身法快捷之极，快马也追不上。

只听得那苦行僧一声长啸，山腰又窜出五个僧人，原来他深谋远虑，务求一举成功，带了十名弟子前来，分为两拨，五人在阵中殿后，五人在山腰接应，本来是准备应付清廷的八大高手的，八大高手已被麦永明带来的西北群豪缠住，竟无一人在后方防卫。

看看他就要奔到半山，缠着唐龙二人的那五个印度僧人正想撤退，那三个白教喇嘛仍然狂攻，唐经天大急，一算时辰已到，忽地叫道："你们三人胁下的天璇穴有何异象？"那三个白教喇嘛怔了一怔，只觉胁下穴道附近，有如虫行蚁走，麻痒难禁，而且越来越厉害。三人都是一流高手，知道这是所中的暗器，在体内顺着气血运行的迹象，不禁大惊，攻势一缓。那五个印度僧人正在欲撤未撤之际，唐经天忽地一声大喝，游龙剑扬空一闪，剑光暴长，剑花缤纷，那五个僧人都觉得剑光是向着自己刺来，五根竹杖不由得不拆散开来防御，只听得唐经天叫道："让你们也见识见识我的点穴手法，倒！"抖手之间，剑尖连刺了五个僧人的穴道，五个僧人几乎是在同一时间，一齐倒下，那三个白教喇嘛大惊，急忙闪开，唐经天与龙灵矫一掠而过。

把眼看时，只见那苦行僧已奔上山腰，丹达山高逾千丈，寻常人爬上半山，也要半日，唐龙二人尚未追到山脚，轻功再高，也赶他不上了。清军阵中一片哗叫惊呼之声，西北群雄见金瓶被异邦所劫，也都气沮，停下手来，大家都向上头遥望。

正在大家屏息而观之际，忽听得一阵琴声，随着天风，悠扬飘下，山高入云，杳不见人，琴声却是清脆可听，三千军士，过百英豪，个个惊愕，心中想道：莫非这是仙女山灵，独立峰巅，鼓琴观战。

唐经天更听得呆了，琴声隐隐，弹的正是《诗经》中"南有乔木，不可休思"那一章诗，这是冰川天女初见他时，为他所弹的歌词呵！

只见白雪皑皑的峰巅，倏地现出一个少女身影，一身湖水色的衣裳，系着大红丝巾，青山眉黛，素里红妆，颜色鲜明，雪映仙姿，更显得风华绝代！这正是他日夕思念的人——冰川天女！这刹那间，个个抬头，凝眸注望，峡谷之中，虽有万马千军，却几乎连一根针跌到地下都听得见响。

冰川天女来得之快，简直无法形容，在下面看上去，但只见裙带飘飘，恍若青女素娥，御风而降，霎眼之间，已到了山腰，恰好迎着那印度僧人和他的五个弟子。

那印度僧人也吃了一惊，只听得冰川天女淡淡说道："把金瓶留下来，让你过去。"说话的神气，就像一个女王在颁布命令，声调虽是柔和，却毫无可以商量之余地。

那印度僧人怔了一怔，把手一挥，六根竹杖，倏地同时打出，印度僧人见了冰川天女这身轻功，已知她是个最可怕的劲敌，所以一下手便指挥弟子，六杖齐飞，这是天竺杖法中的"大天罗"杖阵，六杖齐出，纵有三头六臂，也难招架。

龙灵矫与唐经天并立而观，见此情景，不由得惊叫一声，心道:"好狠的僧人,一师五徒,竟然联手来对付一个女子。"哪知心念甫动,喊声未歇,只见冰川天女身形一晃,双指疾弹,顿时飞起一片骇叫之声,五条黑影,就像脱了线的风筝一样,自山头飘落。

原来冰川天女见他们来得凶恶,心头生气,竟发出冰宫独有、并世无双的暗器——冰魄神弹,她的功力比幽萍高出不知多少倍,所以同是一枚冰魄神弹,击中敌人之时,却是大不相同,若然是幽萍所发,以印度僧人那五弟子的武功,最多不过打个寒噤,还可抵御,被冰川天女击中,神弹却透过穴道,奇寒之气,登时令得他们的血液也凝结起来,一个立足不稳,跌下山谷。

那苦行僧中了一枚冰魄神弹,亦觉奇寒之气,刺体侵肤,但他的瑜伽气功,已练到了第七段境界,是天竺有数的高手,虽觉不妙,还可禁受,竹杖横飞,竟不换招,仍向冰川天女打去。冰川天女冷冷一笑,解下束衣的绸带,左手一挥,那绸带矫若游龙,一下子就将竹杖缠着。苦行僧暗运内力,竟解不开她招数。

冰川天女夺不下他的竹杖,也颇为诧异,微"噫"一声,手指又弹了两弹,那苦行僧的竹杖被绸带缠着,避无可避,胸口的"璇玑穴"和脑后的"天柱穴"又中了两枚冰魄神弹,登时连打几个冷战,气功的运用,已不能随心所欲。冰川天女叱道:"还不服输吗!"右手拔出一把寒光闪闪的长剑,略一挥动,只见一片寒光,一团冷气,好像薄霞轻绡一样,将那苦行僧笼罩当中。这时,山谷下面,隐隐传来苦行僧那五个弟子的呼号之声,一听便知他们正在逃命。

那苦行僧长叹一声,腾出左手,自怀中一探,但见宝气外宣,光芒四射,镶着大红宝石的金本巴瓶取了出来。冰川天女微微一笑,接过金瓶,绸带飘开,放松竹杖,身形一侧,让出路来,那苦行僧急忙抱头鼠窜而去。冰川天女将宝剑插回鞘中,捧着金瓶,飘然而下。清军护送金瓶的主帅和硕亲王急忙传令,把后队改为前队,分兵两翼,上去包围冰川天女。

陈天宇与幽萍正在和那红衣番僧恶斗,忽然万马无声,千军沉寂,战斗竟然停了下来。这正是冰川天女初初现身的时候。幽萍抬眼望去,这一喜非同小可,狂叫道:"天宇,你看看是谁来了?"红衣番僧也不由自己地回头一望,这一望只吓得魂魄齐飞,耳边只听得陈天宇大叫"冰川天女"之声,倏地青光一闪,陈天宇口中大叫,手底毫不放松,一招"冰河解冻",长剑一划,红衣番僧冷不及防,胸口给他划开,幽萍道:"叫你走你不走,现在可迟了!"补上一剑,刺入胸膛,那番僧狂叫一声,鲜血四溅,陈天宇一脚将他尸体踢翻,报了杀师之仇,立即拖着幽萍,奔上前去。

这时清军正分兵两翼,要上去包围冰川天女,北五省的英豪,也纷纷拥上。冰川天女手捧金瓶飘然而下,看看就要落到山脚。

龙灵矫按剑欲动,唐经天急在他耳边说道:"快快止住官兵,待我上前接她。我料她没有恶意。"龙灵矫半信半疑,他亦已认出,冰川天女就是盗去他草拟的"迎接金瓶草案"的那个神秘女子,心中实在不敢相信她会暗助自己,但见她得了金瓶,却不逃走,反而下来,心中又是捉摸不定。这时八大高手已奔出阵中,左右包抄。

忽见武氏兄弟,疾走如风,抢在大内八大高手的前头,冲出阵来,后面跟着的十多位西北黑道英雄,也一涌而上,争先迎接冰川天女。

武氏兄弟只道冰川天女是同道中人,手抚剑柄,施了一礼,道:"多谢女侠拔刀相助,请将金本巴瓶交与我吧。咱们大功告成,可以随大队撤退了。"在武氏兄弟,原是一番好意,他们见清廷大内八大高手,都准备围攻冰川天女,怕她怀有金瓶,目标太大,不易逃脱,所以建议她交出金瓶,好掩护她一同撤退。

冰川天女眉毛一扬,道:"你是何人?"其时清军已包抄而上,

冰川天女微微一笑,接过金瓶,绸带飘开,放松竹杖……

武氏兄弟急道:"咱们都是来夺取金瓶的一条线上的朋友,闲话以后再叙吧。"伸手就要来接金瓶。冰川天女冷冷说道:"你闪不闪开?"蓦地双指一弹,连发两枚冰魄神弹,武氏兄弟突感奇寒透骨,登时跌倒。后面的伙伴大惊,急忙抢上,冰川天女双指疾弹,又将五六个人打倒,余人急避,冰川天女冲开缺口,一掠即过。

麦永明又惊又气,清军将领喜出望外,想不到冰川天女却是站在他们这边。焦春雷一马当前,抱着狼牙棒就在马背上唱了个喏,施礼说道:"女侠深明大义,助朝廷杀贼,夺回金瓶,这功劳非同小可,我焦春雷有礼了。我是内廷侍卫统领,请将金瓶交与我吧。"伸手也要来接金瓶。冰川天女眉毛一扬,淡淡说道:"谁管你什么统领不统领?我没有工夫与你多叙虚礼繁文。"蓦地又是双指一弹,焦春雷登时打了一个冷战,从马背上直蹾下来。大内高手齐都大惊,急急上前,有几个抢着去救护首领,有几个抢着去攻击冰川天女,冰川天女连连冷笑,双指疾弹,刹那之间,将大内高手击倒一半。

清军个个吃惊,人人错愕,只见冰川天女笑靥生春,已是迫近阵前,想不到这样一位美若天仙的小娇娘,手底下却是如此狠辣,而且冰川天女自然带着一股凛然不可侵犯的尊贵神情。而对着这样一位貌美如花武功又深不可测的女子,弓箭手竟然不敢放箭,钩镰手也举不起钩镰枪。

麦永明正在又惊又喜,忽见唐经天从人丛中钻出,抢到自己身边,抱拳说道:"麦大侠,今日绝不能夺取金瓶了,请麦大侠下令,叫众家兄弟撤退。"麦永明道:"哼,想不到你与清廷一鼻孔出气!"举拳欲击,唐经天三指一扣,按着他的拳头,在他耳边低声说道:"两害相权取其轻,让清廷保有西藏,总胜于让与异邦。这金瓶万万不能劫夺!"麦永明心中一凛,蓦地冷汗直流,却道:"武氏兄弟他们中了那女子的邪恶暗器呢,此仇岂可不报!"唐经天道："这包在我身上给他们医治便是。快快撤退，快快撤退！"

麦永明略一沉吟，这一瞬间，他心中已反覆想了几转，他初意本是为了与清廷作对，才劫夺金瓶，想不到事情如此复杂，尼泊尔人和印度的喀林邦汗王也都为了想染指西藏而来劫夺金瓶，唐经天的"宁与清室，不与番邦"说来确是道理。于是略一沉吟，蓦然说道："好，我依你便是。咱们等下在前山相见。"一声令下，北五省英豪扶着武氏兄弟等受伤的人都向前山撤退。

在唐经天劝麦永明之时，龙灵矫也正在劝护送金瓶的钦差大臣和硕亲王，劝他止住御林军，让冰川天女入阵。和硕亲王眼见冰川天女如此厉害，而且金瓶又在她的手中，纵算能把冰川天女擒杀，金瓶若有损坏，护送金瓶的官员，只恐个个都要问斩，如此一想，也是冷汗直流，只好听从龙灵矫的劝告，下令止住清军，不许动手。

陈天宇与幽萍二人杂在军士之中，挤到前面，忽见清军前翼，两面散开，让出一条通道，竟让冰川天女从容走进，不禁大为诧异。陈天宇对幽萍说笑道："看这模样，真像迎以公主之礼呢！"幽萍道："她本来是公主嘛，咦，她好像是在找什么人。"

只见冰川天女手捧金瓶，神气庄严之极，在千军万马的包围之下，从容举步，缓缓行来，美目流盼，明艳照人，被她眼光扫着的人，都觉得神摇目眩，不敢仰视。忽见她在阵中停了下来，眼光注视到一个人的身上，陈天宇跟着她的眼光望去，不禁又惊又喜，悄声对幽萍说道："原来她是找他！"幽萍道："谁？"陈天宇道："就是那白衣少年！"这时幽萍也看见了，冰川天女距离她不过百来步，她几乎要叫出声来，但峡谷中静悄悄的，数千军士都在凝神观望，幽萍被这气氛吓得噤不敢声。

忽听得冰川天女微微一笑，轻声说道："嗯，你果然在这里。"唐经天道："你也终于下山了。"两人眼光碰在一起，冰川天女不禁脸泛红潮,唐经天一笑说道:"愧无佳句酬知己,喜见金瓶历劫回。今次你慨然相助,不只我多谢你,这里的人和西藏的官员,都要多谢你了。"冰川天女笑了一笑,若无其事地淡淡说道:"这金瓶与我有什么相干?我又不是替他们去夺金瓶,谁要他们多谢了。这金瓶有什么宝贝,值得你争我夺?我才不要呢!你曾替我的冰宫风景,题过几对佳联,我知道你想要这金瓶,现在我就将这金瓶送与你作为笔资,以后咱们谁也不欠谁的,你也就不必再来纠缠我了。"唐经天一笑接过金瓶,忽道:"你忘记一件事,咱们那日约好在冰峰下面比剑,还没有比成呢!"冰川天女眉毛一扬,道:"你还想与我比剑吗?好,那你今夜三更再到这山上来吧。"眼光一瞥,看见了陈天宇与幽萍二人。

  冰川天女颇感意外,招一招手,将二人唤到跟前,问幽萍道:"你怎么也到这儿?"幽萍道:"那日我和谢姑姑去采草药,冰峰倒塌,火山爆发,熔岩阻路,回不了山,所以来了。"冰川天女道:"你呢?"眼光停在陈天宇的面上,陈天宇不知从何说起,嗫嚅说道:"我未得你的释放,只因那日地震,不得不逃出来,你要处罚便处罚吧。其他的事问你的侍女便知道了。"冰川天女道:"好,你这小伙子倒很倔强,我还真怕你逃不出来呢。你犯了我的禁令,本该终身被囚,但经过这场大难,等如死了一次,也可以作抵了。往事一笔勾销,你自去吧。"叫幽萍道:"你也可以跟我回山了。"幽萍心头一震,她下山以来,无拘无束,正自玩得高兴,尤其在见了陈天宇之后,一路同行,甚为相得,更舍不得分开,但主人有命,岂敢不遵,只好低下头来,应了一声,冰川天女瞧在眼里,也不说话。

  冰川天女交了金瓶,携了幽萍,正想转身,忽听得唐经天叫道:"且慢。"冰川天女道:"什么?你急不及待,就想在这地方与我比剑么?"唐经天笑道:"不是比剑,你的冰魄神弹太厉害了!"

冰川天女甚是得意,道:"你怕我的冰魄神弹,我不用它就是。"唐天经道:"你用冰魄神弹打伤了我的许多朋友,请你送一些解药。"冰川天女道:"原来如此。好吧,这解药给你便是。"唐经天接过解药,长揖作谢,冰川天女好像自言自语,又好像对幽萍说道:"世俗之人,就是如此啰嗦讨厌。"唐经天煞有介事地说道:"我再啰嗦一次,今晚之约,不要忘了。"冰川天女被他逗得笑了起来,携了幽萍,转身便走。

队伍中忽然挤出六个尼泊尔武士,走到冰川天女面前,一齐跪下,双手搭在头顶,口中喃喃有辞,状若祷告。和硕亲王甚为奇怪,问龙灵矫道:"这几个番贼要不要捆缚起来?"龙灵矫道:"今日之事都让冰川天女处置,否则有变。"和硕亲王虽觉此话令他不大舒服,但得回金瓶,已是万幸,也就不敢多管,勉强笑道:"这女子叫做冰川天女么?名字真是奇特。"

冰川天女用尼泊尔话与那几个武士谈话,在场的人,除了龙灵矫、唐经天与幽萍外,其余无人懂得。只听得那几个尼泊尔武士众口一词,都是劝冰川天女回国。冰川天女冷冷说道:"我说过的话从不更改,你们回去告诉大汗,叫他多读汉人的圣贤之书,好生治理国事。"那几个尼泊尔武士不敢作声,冰川天女问道:"你们的国师呢?"武士道:"他已死了。"冰川天女道:"他总爱多事,无端的来抢什么金瓶?回去告诉你们的大汗,治理好自己的国家已够他费一生精力了,何必还派人到西藏来捣乱。他的国师死了也好,给他一个教训。"龙灵矫与唐经天听了,一惊一喜。

令龙灵矫吃惊的是:这冰川天女不但武功奇幻,而且还是尼泊尔的公主。唐经天喜的却是:冰川天女虽说不理世事,但看她此次所为,却是暗护中国。

冰川天女吩咐完毕,把手一挥,那六名尼泊尔武士鱼贯退出,清军早得到主帅命令,不加阻拦,让他们自去。冰川天女昂头一笑，对幽萍道："咱们也该走啦！"数千御林军屏住呼吸，目送她美丽的背影，走出阵中，恨不得能挽留她再停半刻。

陈天宇目送她们的背影，心中也是愁思如潮，只见她们主仆一先一后，缓缓走出峡谷，幽萍忽地回眸一笑，目光和陈天宇碰个正着。陈天宇心头震荡，忽地想起那藏族的神秘少女芝娜，芝娜娴静深沉，有如幽谷百合，而幽萍却顽皮活泼，有如夏日玫瑰，风情各擅胜场。陈天宇心中暗暗祷告：但愿芝娜还在人间。

忽见清军一阵骚动，原来冰川天女与幽萍已走上半山，背影在树木丛中冉冉而没，军士们纷纷站在马背，纵目遥望，发出啧啧的叹息之声。

和硕亲王松了口气，传令整队，并亲自来见唐经天。唐经天淡淡地和他点一点头，却将金瓶交与龙灵矫，一笑说道："好生保护，不要再失去了。"龙灵矫将金瓶交与和硕亲王，安置妥后，和硕亲王眉开眼笑，对唐经天道："侠士尊姓大名？此次建立大功，小王自当禀奏皇上，定有厚赏。"唐经天冷冷说道："山野小民，闲散惯了，不求功名，不求利禄，有甚厚赏，请分与护送金瓶的官兵吧。"掏出几颗药丸，交与龙灵矫道："这便是解冰魄神弹的灵药，开水服了，不出半日，便可痊愈。后会有期，我先走了。"和硕亲王见他冷淡自己，反而对龙灵矫亲热，心中甚是不快。

龙灵矫迈前半步，忽地说道："唐兄且慢。"唐经天回头说道："有何见教？"龙灵矫摸出一个五寸见方的玉匣递过去道："这件东西，请唐兄留下。"唐经天怫然不悦，说道："难道我是贪图礼物，才来护送金瓶的吗？"龙灵矫笑道："这不是我送你的礼物，这是君家故物，因缘时会，落在我的手中，我替你家保管了几十年，现在归还给你，你若有所疑惑，回去一问令尊，便当明白。"唐经天疑云大起，心中暗道："听他所说，这件东西好像非比寻常，我父亲的武功，在当今之世，数一数二，怎会有东西落在他的手上，这倒奇了。这位龙老三，武功不在我下，行径奇特，如此人才，却肯在福康安帐下当一名不大不小的官儿，难道是他当真另有来历？"当下百思不解，只好接过那个玉匣。正是：

神龙见首不见尾，玉匣藏珍侠士疑。

欲知后事如何？请听下回分解。

第十二回

琴韵寄深心　尘缘未了
边城窥隐秘　旧地重来

唐经天正自疑惑，忽听得后面三声炮响，回头一看，只见一队人马，甲胄鲜明，旌旗招展，排成两列，有如两道长蛇，蜿蜒走入峡谷。龙灵矫道："迎接金瓶的专使到啦！"唐经天道："谁是专使？"龙灵矫一招手，陈天宇从人丛中走出，龙灵矫道："便是他的父亲。"陈天宇过来与唐经天相见，相谢当日救命之恩。唐经天笑道："你的武功大有进展了，有你和龙老三在此，将金瓶护到拉萨，当可无虑。我也应该走了。"与龙灵矫点头道别，飘然走出峡谷。和硕亲王甚为不快，但他此时忙于接待专使，也就不再理会唐经天了。

唐经天匆匆赶到前山，与麦永明等西北群豪相会，群豪意犹愤愤，纷纷责问，唐经天再三解释，说明不能劫夺金瓶之理，又取出解药，将受伤诸人救治。武氏兄弟性情直率，听唐经天说得有理，说道："唐兄智虑深远，果非吾等所及。今日之事，吾等告罪了。"唐经天道："累两位兄弟受伤，我才该向你们赔罪。"武家兄弟道："怎能怪到老兄身上，那女子是唐兄的什么人，要你替她赔罪？"唐经天面上一红，武氏兄弟又笑道："那女子相助唐兄，用意虽好，手底却是太辣，他日若有机缘，我们还要向她领教领教。咱们都是天山七剑之后，到时你可不许帮助外人呵！"唐经天道："两位兄弟休要取笑。"心中却暗自笑道："大水冲倒龙王庙，本来都是一家人。她是桂仲明的孙女，算起来还是你们的长辈哩。"

唐经天别过西北群豪，独自上山。想起龙灵矫之事，疑团满腹，打开那玉匣一看，只见里面藏着一块汉玉，碧绿晶莹，中央一道红印，刻着几个篆字道："受命于天，国运久长。"唐经天大吃一惊，这汉玉玉质佳绝，价值连城，并不出奇，看这几个篆字，分明乃是帝王佩戴之物，心中想道："龙老三怎么说此玉乃是我家的东西？"忽然想起母亲（冯瑛）和他谈过的父亲当年的英雄事迹，说康熙皇帝曾赐过父亲一块汉玉，不知是否即是此物？

他哪知道，原来他的父亲唐晓澜乃是康熙皇帝的私生子，唐晓澜当年入宫见母之时，康熙曾以此玉相赐。唐晓澜与冯瑛不愿儿子知道此段家世，徒增烦恼，因此在谈到得玉的经过时，只提到当时诸皇子夺位，自己因缘时会，曾偶然救过康熙，故此得玉，其他的事，一概不提。后来失玉的经过，冯瑛也只是毫不经意地谈过一次，致令唐经天今日见了此玉，心中更增疑惑。尤其是此玉何以会落到龙灵矫手里，更是百思不得其解。

唐经天思索不明，心中笑道："他日见了父母，必然分晓，何必苦思。"当下收好玉匣，独自上山。

黄昏日落，山间明月升起，这山上也有冰川，虽然没有念青唐古拉山、天湖附近的大冰川之壮丽，但蜿蜒有如银龙，围着山腰，一片银白，冰光月色，互相辉映，也似人在广寒深处。唐经天念着冰川天女，心中怅触，微喟吟道："冰川映月嫦娥下，天女飞花骚客来。我一定要把月里嫦娥，请回尘世。"

忽听得山头上一片琴声，随着天风，飘入耳鼓，冰宫侍女幽萍和着琴声歌道："云母屏风烛影深，长河渐落晓星沉，嫦娥应悔偷灵药，碧海青天夜夜心。"这是唐诗人李商隐的咏嫦娥诗，唐经天曾用过这诗的最后一句,替幽萍作嵌名联。这时听她们主仆弹奏这一首诗,心中笑道:"广寒仙子,也毕竟思凡了。"寻觅琴声,攀登峰顶。

正在抬头远望,忽听得离前面十余丈处,唰啦啦的一片响,两个一身青色箭衣的人,竟在荆棘茅草之上,展开了"登萍渡水"的绝顶轻功,晃眼间便没入草莽密菁深处。唐经天心中大骇:这两人的轻功,竟然不在自己之下,不知他们何以要在深夜到此荒山。

唐经天借物障形,悄悄掩近。遥见那两人躲在乱草丛中,唐经天也躲在一块石头后面,屏息呼吸,听他们说道:"闻说今日北五省黑道上的人物都来劫夺金瓶,焦春雷他们几乎吃了败仗,幸有那龙老三大显神通,金瓶失而复得。如此看来,那龙老三也委实不可轻视呀。"这是一个苍老的男子声音。唐经天暗自笑道:"你们只是知其一不知其二,来劫金瓶的岂止北五省这一干人物,印度和尼泊尔都派有人来啊。若非冰川天女,金瓶早就被劫到印度去了。"但听他特别谈到龙灵矫,却不由得心中一动。

只听得一个女声答道:"龙老三武功超卓,却甘心在福康安帐下,当一名参赞,此事确是可疑。怪不得惠总管特别请我们出来,要摸一摸他的'海底'(来历底细之意)了。敢情是皇上也起了疑心哩。"唐经天想道:"原来这对男女是清宫新聘的能手,他们武功,看来远远在那八大高手之上。"

歇了一歇山顶上的琴声又起,这回弹的却是苏东坡的一首小令《卜算子》,词道:

"缺月挂疏桐,漏断人初静,时见幽人独往来,缥缈孤鸿影。　惊起却回头,有恨无人省。拣尽寒枝不肯栖,寂寞沙洲冷。"

词意幽怨,琴声凄迷,唐经天不禁听得痴了。

忽听得那女的道:"我们明日夜间便要赶到拉萨,你却偏偏要上山来听这琴声，你安的是什么心？"男的道："听说今日还有一个女的来助阵，敢情就是在此弹琴的人，此事甚奇，咱们既然经过，不可不看。"

那女的道："哼，若是一个臭男子在这里弹琴，你就不会巴巴地攀上来了。"听这语气，醋味甚浓，似乎是对夫妇。唐经天心中一动，想道："西域夫妇双修，像这般年纪而又大有来头的人物，除了姨父姨母（李治和冯琳）和我的父母之外，便数到青海灵山派的巨擘云灵子夫妇，难道这两人也应了清宫的礼聘么？"只听得那男的道："哈，你说到哪里去了？在这山上弹琴的女子即非冰川天女，亦必是大有来历之人，咱们既奉皇上差遣，理该处处小心，既然经过，岂可不探探她的底细。"那女的道："皇上要你探的是龙老三的来历。"男的道："龙老三现正忙于保护金瓶，他哪料到有人暗中对他窥伺？咱们此去，必然一举成功，何况老大已先到了拉萨呢，你不用担心。咱们还是出去看看这弹琴的女子吧，从这女子的口中，也可以探听到一些龙老三的来历。"

那对男女唰啦一声从茅草丛中跳出。冰川天女弹了两阕，还未见白衣少年来到，正是芳心微愠，忽见两个相貌丑陋的男女跳出来，那男的还龇牙露齿，冲着她嘻嘻地笑，不由得大为恼怒。那女的道："喂，你是不是日间助阵、替龙老三保护金瓶之人？"那女的见冰川天女如此美貌，丈夫又冲着她笑，无名火起，说出话来，甚不客气。

冰川天女冷冷一笑，斥道："你这对狗男女敢来偷听我弹琴，给我滚下山去！"一扬手就是两枚冰魄神弹。唐经天所料不差，这对男女正是云灵子夫妇。他们是一派的领袖，几曾受过人这般辱骂，夫妇俩勃然大怒，正待出手，忽觉一股奇寒之气，扑面射来，不由得大为惊骇，急忙运气闭穴，饶是如此，也不由自己地机伶伶地打了一个冷战。

冰川天女见冰魄神弹打他们不倒，亦是好生惊诧，玉手一扬，又是两枚冰魄神弹，这回加重了内家劲力，可以透穴而过。云灵子急忙闪身，那冰魄神弹从他身旁掠过，爆发开来，顿时飞出一团寒光冷气。他的妻子挡冰魄神弹的手法比他还要高明，解下束身腰带，轻轻一卷，就把冰弹裹住，抖手一绞，冰弹在腰带裹碎了，化成冰水，渗了出来。那女的就把腰带当作软鞭使用，径扑冰川天女。

冰川天女也解下了束身的绸带，用力一挥，有如玉龙夭矫，立刻缠着了那女的腰带。霎眼之间，三进三退，绸带飘舞，彩色缤纷，好看之极。云灵子喝道："你莫非就是冰川天女么？"冰川天女秀眉一扬，道："你既知是我，还不快快滚下山去！"云灵子冷笑道："就算你真是天女下凡，也得领教领教你的冰川剑法！"从腰间抽出一对判官笔，点打冰川天女背心上的两道大穴。

双笔挟风，点打穴道，又狠又准，冰川天女心中一凛，想不到这个丑汉竟然也是一个点穴高手。不敢轻敌，立刻用了一招"回风折柳"，身形一转，把冰魄寒光剑拔在手中。云灵子挟数十年功力，双笔一封，用了一招"横架金梁"往上一崩，满拟将冰川天女的兵刃当场折断，哪知冰川天女剑走轻灵，一沾即过，寒光冷气，耀眼沁凉，云灵子竟不由自主地打了个寒噤。

冰川天女在瞬息之间，接连刺了三剑，云灵子转攻为守，足踏八卦方位，连连后退，但双笔交叉，封闭得十分严密，笔尖指着冰川天女的穴道，随时可以伺机反击。云灵子的妻子桑青娘功力也不在乃夫之下，见冰川天女剑法凌厉，急将腰带抖得笔直，使出一路飞龙鞭法。桑青娘练的是西藏密宗的"柔功"，善能以柔克刚，那腰带挥舞起来，有缠、打、圈、匝、沾、扫、拖、卷八法，可作几种兵器使用，并能夺取敌人的刀剑，比寻常的软鞭，厉害何止百倍。冰川天女分心使剑，绸带舞成的圆圈防御稍疏，微露空隙，桑青娘的腰带立即钻入，一伸一缩，有如毒蛇吐信，竟想攻入内圈，上刺冰川天女的双目。冰川天女迫得将冰魄寒光剑横转过来，左一招"雪花六出"，右一招"积水凝冰"，左右两剑，寒光闪闪，瞬息之间，变化八个招式，桑青娘不敢强攻，抽出腰带，防护要害，冰川天女解了本身的威胁，正想掉转剑锋，云灵子的判官笔早已飞点过来，抢了先手，一招紧过一招，不让冰川天女有反攻的机会。

片刻之间，斗了三五十招，双方都是暗暗吃惊。云灵子夫妇是一派巨擘，合藉双修，在西域久享盛名，以二敌一，竟然不能取胜，心中自是无限惊异。冰川天女的剑法融中西剑法之长，精妙无比，但被他们夫妻联手围攻，却也只能打个平手，占不了半点便宜。

唐经天伏在岩石之后，看了许久，只见云灵子夫妇攻势渐渐加强，判官笔笔走龙蛇，每一招都是指向要命的穴道所在；桑青娘的腰带更是刁钻古怪之极，如灵蛇游动，遇隙即入，冰川天女渐渐处在下风。但她的剑法精微奥妙，每每在下风之际，突出奇招，云灵子夫妇摸不透她的门路，亦是有所顾忌，虽然占了上风，仍是小心翼翼，不敢有半点轻进冒险。

唐经天凝神细看，暗中揣摸冰川天女的剑法，心中叹道："我只道天山剑法天下无敌，而今看来，她的剑法奇诡变幻，有许多地方还要胜过天山剑法，真是学无止境，必须精益求精。"其实冰川天女的剑法在奇诡变幻之处自是稍胜，但论到博大精深，沉稳浑厚，却尚不如天山剑法。天山剑法遇到功力比自己高的人，可以凝守自保，冰川天女的剑法长于攻而防守较疏，遇到功力较自己高的人，却不免稍稍吃亏。

云灵子夫妇的功力与那印度的苦行僧及龙灵矫等人在伯仲之间，若然以一敌一，百招之内，必然输给冰川天女。但而今夫妇联攻，以二敌一，自是大占便宜。但因冰川天女那把冰魄寒光剑是天下最奇怪的宝剑，寒光闪处，冷气侵肤，他们不能不分出心神，运气防御，如此一来，虽占便宜，迫切间却也难奈她何。

月亮渐渐西移，冰川天女与他们斗了一百来招，渐觉气喘心跳，暗自想道："那白衣少年为何还不来呢？"心中烦恼，不能镇定。云灵子夫妇都是老手，一见有机可乘，立即加强压力，云灵子的判官笔以泰山压顶之势，紧紧压着冰川天女的宝剑，不让她使出奇诡的变招，桑青娘的腰带又乘隙钻入，着着进迫，幽萍本是满不在乎的在旁观战，这时也渐渐有点为主人担心。忽见云灵子的那对判官笔一招"流星奔月"，双插脑门，而桑青娘的腰带也几乎在同一瞬间，攻入内圈，带上金环，琅琅作响，冰川天女的剑被封在外门，迫切之间，撤不回来，势将落败，幽萍不禁"呵呀"一声惊叫起来。

好个冰川天女，就在这将败未败、危险万分之际，显出了非凡的本领，只见她剑柄一抖，剑锋在判官笔上碰了一下，登时飞出数十百朵剑花，寒光闪闪，人影不辨，一口剑也似化了数十百口一般，这一招名唤"冰河解冻"，是冰川剑法中临危解困、败里反攻的绝招。这时云灵子的判官笔若仍然下插，准可以在冰川天女的脑门上搠两个透明的窟窿，但他们夫妇二人也必然要被冰魄寒光剑在身上戳十几道伤口。云灵子夫妇一来不识这剑法的奥妙，被她的冰魄寒光眩目欲迷，看不清敌人方位，哪敢冒然下插；二来他们夫妇俩都是老手，武林高手比武，总是未料胜先防败，久已奉为金科玉律。哪料得到冰川天女的这招剑法，全然不顾自身，狠辣无比，他们二人被冰川天女的攻势所胁，不由自己地急急抽回兵器，封闭门户，就在这时，忽听得附近有人大声叫道："好呵！"原来是唐经天在岩石后看得情不自禁，叫出声来。

此声一出，云灵子夫妇都是大吃一惊，云灵子判官笔一分，使出一招"燕子斜飞"之势，半攻半守，高声喝道："灵山派的云灵子在此，哪条线上的朋友，请出来相会。"云灵子威震西域，他自报名头，无非是想震慑对方，令他知所顾忌的意思。不料声犹未毕，忽见两道乌金光华，电射而来，叮当一声，两支判官笔竟给敌人的暗器射得斜飞起来，招式被破、门户洞开，冰川天女的寒光剑迅逾飘风，一闪即进！

云灵子魂魄齐飞，只觉寒光耀眼，冷气攻心，无可招架，心中叫道："我命休矣！"忽听得一声裂帛，那剑光绕顶而过，却未落下，云灵子武功也确有独到之处，就在这瞬息之间，一个"鹞子翻身"，急忙向后一纵，飞掠数丈，连爬带滚，跌下山坡。

原来那裂帛之声，乃是他妻子桑青娘的腰带被冰川天女的宝剑所割断，桑青娘见丈夫危急，挥带蛮攻，一招"玉女投梭"，腰带笔直如矢，竟当作五行剑使用，上刺冰川天女双目，冰川天女横剑将它割断，缓了一缓，云灵子才逃得出性命。

桑青娘弃了腰带，紧跟在丈夫之后，逃下山坡，两夫妇抬头一看，只见冰川天女扬剑欲追，那白衣少年却站在她的面前，指手划脚，似是作劝止之状。云灵子拔出刺在判官笔上的暗器，失声叫道："你是天山唐晓澜的什么人？"唐经天道："我替家父向两位老前辈问候，请恕小辈无礼。"云灵子夫妇相顾失色，凭他们有多大的胆子也不敢去招惹天山派的掌门唐晓澜，何况眼见唐经天的武功，竟然能用天山神芒射入他的铁笔，只这份本领，就不在他们之下。云灵子冷汗直流，却扬声骂道："好呀，我不与你一般见识，我找你父亲算账去。"这当然是为了掩饰颜面，故意自高身份之言。冰川天女冷笑道："秃驴，你还敢硬嘴，再试我一剑！"云灵子听她骂自己是"秃驴"，怔了一怔，不自觉的一摸头顶，只觉触手光滑，原来顶心的一片头发，已被冰川天女削去，这一吓非同小可，不敢再多说半句，两夫妇三步并作两步，慌忙逃下山去。

冰川天女道："这两个贼人偷听我的琴声，虽然削了他们的兵器和头发,尚未消我心中之愤。"

唐经天说道:"世上奸邪之辈比他们可恶的多的是。你哪能时常跟他们生气。"歇了一歇,微微笑道:"你弹琴就只许我来听么?可惜我不是子期,不知琴心何处?"

冰川天女面上一红,啐道:"谁为你弹琴来了?你还要不要与我比剑?"唐经天道:"不必比了,适才我见了你的真实本领,剑法确是高明,我甘拜下风就是。"冰川天女道:"我最讨厌人口不对心,你心中分明在那里说,冰川剑法也不过如此,哪比得上我的天山剑法。"唐经天笑道:"原来你还有看透人心事的本领么?这次你却看错了。我心中说:冰川天女的剑法果是高明,在三年五载之内,我赢不了她。"冰川天女道:"这才是真话。"原来她心内正是如此想法,她见了唐经天几次显露的本领,心中想道,自己虽然未必输给他,但在三年五载之内,却是赢他不了。被唐经天抢先说了出来,冰川天女不由得幽幽地叹了一口气。

唐经天道:"好端端的又叹气作什么?"冰川天女半晌不答,忽道:"原来你是天山唐大侠的儿子。"唐经天道:"咱们彼此的身世来历都已知道,说来不是外人,我听父亲说,他想招集天山七剑的后代和门人来一次盛会,到时我和你一齐去,让你认识你父亲昔日的朋友。"冰川天女面色微变,道:"我父亲远走域外,他早就不把自己当作天山一派了。我怎敢参加你们的盛会!"唐经天怔了一怔,不知冰川天女何为而出此言。但看她说得甚是认真,眉宇之间,竟隐隐有一种拒人于千里之外的神色。唐经天微感不快,便不再提。

唐经天有所不知,冰川天女的父亲桂华生,当年正是因为比剑输给自己的父母,一气之下,而远走异国,采集西土剑术,想融会中西之长,另创剑派胜过天山的。

只见冰川天女凝眺远方,若有所思,幽幽说道:"随缘而遇,缘尽即散。你上冰峰一场，我也替你夺回金瓶以为报答了。咱们完了这段因果，既不比剑，还是散了吧。"尼泊尔乃是佛教国家，所以冰川天女也甚受佛教影响，唐经天听了，又是一怔，沉默半晌，微笑说道："冰峰已倒，你既入红尘，尘缘哪能便了？冰宫虽好，冷冷清清，即算真能修成仙女，也不过等于桂殿嫦娥，嫦娥也还有'碧海青天夜夜心'的叹息呢！难道冰宫之外，就没有值得你留恋的地方？"

冰川天女心潮荡起微波，抬头一看，只见唐经天一身白色衣裳，在月光之下，更显得潇洒出尘，一双明如冰镜的眼睛注视着自己。冰川天女不禁面上一红，心乱如麻，竟似觉得有所留恋，至于留恋的是什么？自己也不清楚。也许就是此时此刻的美的感受，也许就是此人此语，与自己甚是投缘？但想起此人又正是自己必须与他分个高下的人，此刻不能分出，三年五年甚或十年之后，也必须与他分个高下，这才不负父亲创立剑派的遗志，思念至此，不觉惘然。

忽听得唐经天又道："你的两位伯伯，一在川中，一在湖北，你就不想去看看他们吗？他们几十年来思念你的父亲，到处请人打听。陈天宇的师父铁拐仙便是受他们所托，冒险上到冰峰，以至身死冰宫的。难道你也不动心么？"冰川天女道："什么？铁拐仙在冰宫死了？"幽萍道："不错，听说他们师徒是为了保护冰宫，以至铁拐仙被红衣番僧所伤，因而致死的。"将陈天宇告诉她的种种事情，转述给冰川天女知道。冰川天女想起铁拐仙夫妇的一片热肠，不觉黯然。唐经天道："你的两位伯伯若知道有你这样一个冰雪聪明的侄女儿，不知道该多高兴呢，你不想去会会你在中国的亲人吗？"

冰川天女道："我不知道他们居住的所在，怎样去找？"唐经天道："所以说咱们并未缘尽，不能就此分散。我陪你去找两位伯伯便是。咱们先到川西找冒川生大侠,然后再上武当山找石广生大侠。"冰川天女面上又是一红,半晌说道:"好吧,那么咱们何时动身?"唐经天道:"我陪你找两位伯伯之前,也请你陪我找一个人。"冰川天女道:"什么人?远不远?"唐经天道:"就是那个龙灵矫,咱们到拉萨找他,耽搁不了几天。"冰川天女道:"金瓶已替他夺回,还找他作什么?"唐经天道:"此人身份大是可疑,你可知道,云灵子夫妇,本来就是想向他找麻烦的。"将所见所闻,说了一遍,道:"云灵子夫妇的武功远在焦春雷等八大高手之上,清宫却不请他们护送金瓶,而要他们乘此时机,暗中侦察龙老三的底细,可见清朝皇帝对龙老三的重视,竟似不在金瓶之下。这疑团我非揭开不可。"冰川天女眉头一皱,道:"偏你这么多事!"唐经天笑道:"你就是不愿意,也得陪我走一趟。"冰川天女道:"为什么?"唐经天道:"这样咱们就不必彼此领情,将来你再要与我比剑之时,也好说话。"冰川天女"嗤"的一笑,道:"你这话说得倒是。好吧,我就先陪你去拉萨一趟。"

三人拂晓动身,除夕之夜,赶到拉萨。只见拉萨街头,人如潮涌,处处香烟缭绕,灯火辉煌,市中心的大昭寺更是饰以金箔,每层檐角,都悬以七彩玻璃灯,越发显得富丽庄严。人们在街头狂欢跳舞,或唱民歌,或诵佛曲,人群不歇地向着大昭寺欢呼,比内地的过年还要热闹百倍。唐经天心中暗道:"满清皇帝这件事倒是做得对了。他将金本巴瓶送来,从此西藏的政教制度都由中央规定,西藏与中国更不可分。怪不得西藏的人如此高兴,尽管有人挑拨汉藏满蒙各族的情感,可是他们却愿意在一个家庭之内,如兄如弟如手如足呢!这金本巴瓶就是统一的象征。"看着人们如此狂欢,想起日间金瓶到来之时,全城僧俗都去迎接,那更不知是何等热闹!他们迟来半日,错过盛会,心中暗暗可惜。

三人好不容易才挤过布达拉宫下面的广场,进入葡萄山北面旷

·235·

僻的山地，山坡上有一幢形式特别的屋宇，屋作圆形，有如碉堡，四面围有围墙，这便是龙灵矫的住家。唐经天叫幽萍在外面等候，他和冰川天女施展绝顶轻功，夜探龙家。只见里面一片寂静，人们想必是都到外面凑热闹去了。他们摸到龙灵矫的书房外面，忽听得里面有脚步声踱来踱去，两人飞上屋檐，使一个"珍珠倒卷帘"的姿势，向里窥望。冰川天女与唐经天的轻身功夫好到极点，端的如一叶飞堕，落处无声。连龙灵矫竟也未察觉。两人向里一望，只见龙灵矫好似神魂不属的样子，在书房里绕来绕去。正是：

遁迹风尘人不识，问君何事却关心。

欲知后事如何？请听下回分解。

唐经天和冰川天女施展绝顶轻功，夜探龙家。只见龙灵娇好似神魂不属的样子，在书房里绕来绕去。

第十三回

闹市孤臣　神龙图大事
寒光热浪　冰剑斗妖邪

唐经天心中一动，想道："龙老三连日奔波，而今金瓶已安然无事，放到大昭寺了，他还有什么心事？这么晚了，还不歇息？"忽听得门外有脚步声，冰川天女与唐经天将身子一缩，隐伏在屋檐凹槽之处，只见门帘揭处，一个瘦长的汉子走了进来，乃是龙灵矫的师弟颜洛，亦即是曾经施展空空妙手，偷过幽萍的冰魄寒光剑的那个人。

龙灵矫嘘了口气，道："师弟还没睡么？"颜洛道："这半月来我真替师兄担心，如今可松口气了。"龙灵矫苦笑道："披上袈裟事更多，金瓶到后，咱们的大事正在开始呢！"颜洛道："依我看来，咱们还是暂时避开的好。"龙灵矫道："你害怕了？"颜洛道："不是害怕。但这几日来，我总似感到一种预兆，似乎咱们的行藏已被人瞧破。"龙灵矫道："福大帅也没半点疑心，你不必胡思乱想。"颜洛默默不语，似是欲说还休。

龙灵矫道："咱们十几年来，屈身幕府，为的什么？眼看目前已打下了一点根基，尤其这次经过我的策划，安然接到金瓶，福大帅更要倚靠咱们，就算有什么风浪，也可安然度过，你怕什么？"颜洛道："但愿如此。"

停了一停，龙灵矫续道："我叫你与各个土司打交道，进行得可好么？"颜洛道："还好。"龙灵矫道："幕府之中有我，这次咱们要放手干它一场。"颜洛道："大帅府中明日一早便要举行团拜，庆贺新年，并慰劳今次有功的将士，师兄，你还是早点睡吧。"龙灵矫道："你呢？"颜洛道："明日之会，师兄你是要角，我这些闲角，迟一点登场也行。我还要去巡视一遍。"龙灵矫笑道："太过于小心了，难道还有谁敢混进这儿不成？"颜洛也笑道："师兄这么快就忘了月前之事了？"龙灵矫道："世上能有几位冰川天女？何况冰川天女也不是存心与咱们为敌。"颜洛道："话虽如此，还是小心的好。"与师兄道了一声"安歇"，便自退出门去。

唐经天听了他俩师兄弟这场谈话，更是疑团满腹，不知龙灵矫打的是什么主意，要干的是什么事情？忽听得龙灵矫在房中吟道："揭地掀天为事业，翻江倒海作文章。哈哈，这金本巴瓶一到，该是我大显身手的时候了。"唐经天不禁骇然，心道："这龙老三口气好大，莫非他想造反不成？只是在此时此地，岂宜造反？"

唐经天正在心里琢磨，对他的身份尚未分明，正拿不定主意要不要下来与他相见，忽听得院子外边一声尖叫，那是颜洛的叫声，似乎是受到人暗中的袭击。龙灵矫在房中一跃而起，正想掀帘跳出，那尖叫之声尚未停止，只听得一阵怪笑，紧接而来，笑声初起时，似在几间屋外，倏忽便到了面前，端的是声到人到，快速无比！

以冰川天女和唐经天这样的武功，也不由得心中一凛，须知颜洛与龙灵矫乃是师兄弟，颜洛功夫虽然逊于师兄，在武林中也算得是一流人物，来人竟然能在瞬息之间将他击倒，这份身手，端的惊人，而且听他笑声未停，身形已现，这份轻功竟也与冰川天女在伯仲之间。

唐经天掌心扣了两支天山神芒，冰川天女也拈出两枚冰魄神弹。唐经天打了一个眼色,示意叫冰川天女暂时隐忍,只见那黑影一溜烟似的直闯进来,正遇着龙灵矫掀帘而出,骤听得铮铮数声,银光四射,那黑影倏地停住,怪声笑道:"好一个'八臂哪吒招宝'的绝技呀!你的师父是四川唐老二么?"淡月疏星之下,隐约看到那黑影是个瘦长的汉子,面颊深陷,双睛如火,头发似一蓬乱草,狰狞怕人。

唐经天好生诧异,这怪客发的乃是一种歹毒的暗器三棱透骨钉,专打人身穴道,这尚不足为奇,奇怪的是龙灵矫接暗器的手法,他一招之间,便将六枚透骨钉全都收去,这正是四川暗器名家唐家的手法。唐经天听父亲说过,唐家上一辈有一个人名叫唐金峰,排行第二,人称二郎神唐老二,当年以一张弹弓称霸江湖,这怪客所指的"四川唐老二"当是唐金峰无疑,但算起年龄,唐金峰若然还在,亦当在八十开外,难道龙灵矫竟是他的弟子?而这位怪客竟是他的平辈?

只见龙灵矫拢袖一揖,恭谨答道:"正是家师。敢问老前辈此来,有何指教?"那怪客又发出怪笑道:"你在漠外十年,竟也不知道我是谁么?"倏地将手掌举起,在龙灵矫面前一晃,那手掌鲜红如血,好像剥开了皮一样,在淡淡的月光之下分外鲜明,唐经天这一惊非同小可,只听得龙灵矫在下面已叫出声来:"原来是赤神子前辈来到,请恕晚辈无知,有失迎迓。"

这赤神子是隐居在康藏边境之间的一个老魔头,所练的功夫怪异之极,要将四肢的皮肤剥去,用一种毒草熬汁洗炼,故此手足都是鲜红如血,触人即死。当年江湖上的黑道白道,全都怕他几分,大家称他为"赤神子",真实的姓名反而不传。唐经天的父亲唐晓澜出道之时,他已在西北一带横行,后来忽然消声匿迹,据传说是受了当年天山七剑之一、女侠武琼瑶的惩戒,详细情形,却是无人知道。唐晓澜归隐天山十余年,天山七剑相继逝世,连最后的两个女侠易兰珠和武琼瑶也都死了,赤神子才偶一露面。唐经天曾听父亲道及,说是赤神子曾约过他到巴颜喀拉山的南高峰比武,他不愿与外派妖邪争胜,置之不理,赤神子遭到拒绝,也没有去找他,想不到此人却在今夜出现。

只听赤神子又怪笑道:"你既知道我是谁,就该乖乖地听我吩咐,你在西藏十多年,干了什么事情,一一从实招来。"龙灵矫道:"我十多年来在福大帅帐下作幕,所做的事情,福大帅全都知道,老前辈若然信我不过,可以去问福大帅。"赤神子冷笑道:"你拿福康安吓我吗?你瞒得过福康安,可瞒不过九重天子,你更名改姓,就以为没人知道了吗?"

龙灵矫吃了一惊,却仍是镇静问道:"我不明白老前辈说的是什么意思?我好端端的又未曾犯罪,为何要更名改姓?"唐金峰已死了十多年,赤神子只查到龙灵矫是他的弟子,却还未查到龙灵矫的来历,见龙灵矫矢口不认,拿他无法,心中火起,不理大内总管所传的要他谨慎从事的御旨,立即嘿嘿冷笑道:"你推得倒好干净,好吧,你立即跟我走,有罪无罪,自然有人给你判定。"龙灵矫道:"能不能跟你走,这可得问过福大帅。"赤神子怒道:"你拿福康安作护符吗?福康安也未必护得了你,你听不听我的吩咐?"龙灵矫道:"晚辈并非敢抗你老之命,只是职守在身,不敢擅离。"赤神子道:"你这芝麻绿豆的官儿,随时可以革掉,你神气什么?"龙灵矫道:"就是革掉,也得有正式的文书,或者是福大帅的手令。大清律例,一切大小官员,非经上峰差遣,不得擅离职守。正因为我是个小官儿,更不敢以身试法。"赤神子大怒道:"你左一句福大帅,右一句福大帅,尽和我打官腔,哼,你当我赤神子是什么人?我不理你什么大帅,什么律例,你今晚若不跟我走,可是自己找苦来受。"龙灵矫道:"我宁愿受老前辈责罚,也不敢冒犯皇法。"赤神子突然冷笑道:"皇法,我就是皇法!"倏地伸出蒲扇般的大手,向龙灵矫搂头一抓。

龙灵矫早有防备,长袖一挥,向赤神子手掌一卷,立即避开,这一手是"流云飞袖"的绝招,暗藏内力,俊巧非常,只听得赤神子冷笑道:"好呀,就凭唐老二传你这几手三脚猫的功夫,就居然敢与我动手动脚了?"手掌一翻,从双袖翻卷之中腾了出来,龙灵矫身法已快,他的身法更快,竟如闪电般的一闪即到,在相距丈许之处出掌,招数刚展,掌锋便拍到龙灵矫胸前,龙灵矫腾挪闪避,不敢叫他的掌锋沾上,好容易闪避了六七招,唐经天和冰川天女已听得他微微气喘。

冰川天女好生诧异,看龙灵矫的功夫,虽然远不及赤神子,但最少亦可挡他三五十招,龙灵矫的掌法绵密之极,虽处下风,未露败象,不知何以便会气喘如牛,实是莫名其妙,冰川天女看了一阵,不禁微微的"噫"了一声。

赤神子"嘿"的一声冷笑,喝道:"原来你还约有能人在此埋伏,好呀,都下来吧!"口中说话,手底却是毫不放松,掌风人影之中,只听得"嗤"的一声,龙灵矫的马蹄袖竟被他扯去一截,"流云飞袖"的招数登时破了,龙灵矫大吃一惊,连连后退。就在此时,忽听得一声娇笑,冰川天女与唐经天已从屋檐上跳了下来,龙灵矫喜出望外,呆在当场。

赤神子也怔了一怔,冰川天女明艳照人,羞花闭月,赤神子揉揉眼睛,几乎不相信世间竟然有这样美丽的姑娘。冰川天女双指一弹,叱道:"看什么,先打瞎你的狗眼!"赤神子正在呆看,忽见两点寒光电射而至,冷气沁入眼帘,赤神子也真了得,就在这一瞬间,只见他霍地一个"凤点头",左手一抄,就把两枚冰魄神弹接在手中,"咦"的一声,冰水从他指缝滴下,他挥掌一洒,右掌一起,相距丈许,掌锋却倏地便拍到冰川天女胸前。

冰川天女何等功力,她所发的冰魄神弹即算唐经天与龙灵矫等辈也不敢硬接,而今赤神子接了居然无事,还能迅速出招,冰川天女也不禁吃了一惊,忽见眼前红影闪动,赤神子通红如血的手掌已拍到跟前,出招如电,掌势飘忽,这也还罢了,最骇人的是,他掌挟劲风,热呼呼的,竟似鼓风炉中喷出的一股热风。冰川天女顿感呼吸不畅,急忙使一个"风刮落花"的身法,连闪三招,骂道:"好个妖僧!且叫你也见识我的宝剑!"赤神子连发三掌,连她的衣裳也沾不着,好生诧异,只见冰川天女一个翻身,冰魄寒光剑已拔在手中,剑锋一指,一道寒光,挟着刺骨的寒气,登时射到赤神子的面门!

赤神子吓了一跳,双掌齐出,热风冷气,互相抵消,倏然之间,斗了十余廿招,各自无事,赤神子自从三十年前被武琼瑶打败之后,今番初逢劲敌,精神陡振,哈哈怪笑道:"妙极了,妙极了,我正热得难受,难为你玉手挥凉,给我解热!"冰川天女大怒,一柄冰魄寒光剑使得凌厉无前,她的剑法以武林罕见的达摩剑法为基础,掺以西欧及阿拉伯的剑术,奇诡无比,奥妙莫名,指东打西,指南打北,赤神子被她一阵强攻,不敢再行说笑,暗自玄功默运,将掌力热风逐渐加强,两只腿好像钉牢在地上一般,任冰川天女的剑势有如惊涛骇浪,连番猛卷,他竟不移动半步。又战了一刻,赤神子缓了口气,叫道:"好,你能接到我五十招以上,后辈之中算你第一了。你是何人?师父是谁?"冰川天女冷冷一笑,道:"看你修到今日,亦非容易,快快滚开,休得多事!"说话针锋相对,半点不让。

赤神子喝道:"小妞儿不知好坏,祖师爷有意饶你性命,你却敢与我顶撞!"掌法一变,有如长江大河,滚滚而上,突然转守为攻。冰川天女感到他掌力越来越为沉重,虽然还能应付,额头却已微微沁出香汗。

在冰川天女与赤神子恶斗之时,唐经天却将龙灵矫拉过一边,悄悄问道："龙三先生，你端的是何等样人？"龙灵矫微微一笑，说道："你也不相信我吗？你将那块汉玉交与你的父亲，他自然会知道我的来历。"唐经天道："我不是这个意思，并非要向你查根问底，清宫对你甚为注意，派来缉拿你的高手不止赤神子一人，你若真是在西藏有所图谋，犯了'大罪'，那么趁现在的时机，赶快逃跑，还来得及！赤神子这干人有我们替你阻挡。"

龙灵矫眼珠转了几下，似是心中正在委决不下，忽然紧握唐经天的手，道："唐兄弟，多谢你啦，我不能走，你们不必管我。"唐经天见他言辞闪烁，态度模糊，好生疑惑，对龙灵矫实是捉摸不透，若说他是侠义中人，西北群豪却无一人知道他的来历；若说他是死心塌地扶助福康安，他却暗中派师弟去联络西藏的各个土司；若说他是受外邦指使，想在西藏搅起叛乱，他却又极力保护金本巴瓶；若说他是胸怀大志，想把西藏作为抗清的基地，则时地均不适宜。唐经天百思不解，对龙灵矫的底细摸不清楚，对他究竟应采取何种态度，一时之间，也就难以决断。

唐经天正想再设法套问，忽见冰川天女与赤神子互相追逐，你劈一掌，我刺一剑，兔起鹘落，电掣风驰，那庭院不过三丈见方，两个人穿梭来往，掌风剑影，此去彼来，就像数十百人在战场上恶斗一般，看得人眼花缭乱。

冰川天女剑法虽然精妙，但赤神子挟数十年功力，加上所练的世间独一无二的歹毒的邪恶外功，久斗之下，冰川天女竟渐渐落在下风，虽是互相追逐，但以唐经天这样的大行家，已看得出冰川天女的剑法渐渐被赤神子迫得舒展不开。

龙灵矫道："这老魔头的血神掌触人立死，碰它不得，你们俩人不必犯险，赶快走吧，我自有法子应付他。"唐经天目注斗场，只见冰川天女一双秋水盈盈的眼睛，也正望着自己，眼光中含有怪责的神色。他知道冰川天女的脾气，若然不能战胜，绝不肯走开。

当下对龙灵矫微微一笑，说道："且待我们替你把赤神子打发之后，我再走吧。"不理龙灵矫同不同意，倏地纵身便跃入斗场。

赤神子正杀得性起，一掌紧似一掌，要强抢冰川天女手中的宝剑，忽见一道乌金光华，电射而来，赤神子把手一招，欲待硬接，忽觉那暗器挟风，劲力奇大，估量自己的功力，若然硬接，只恐要被它穿透掌心！

赤神子武功确是高强之极，就在这神芒射到的俄顷之间，忽地双指一弹，弹在冰川天女的剑上，那柄冰魄寒光剑骤然一荡，只听得"铮"的一声，天山神芒从两人的空隙之间穿过，余势未衰，射到柱上，整支神芒，没入石柱之中。

赤神子这招实是使得险到极点，须知冰川天女的剑法也是快若飘风，赤神子出指一弹，若有毫秒之差，手指就要被剑锋削去，那时阴寒之气攻入血管，多好的内功也难抵御。但给他一弹弹个正着，冰川天女的剑势反而为他所用，劲力更增，恰恰替他碰飞了唐经天的天山神芒。赤神子露了这手功夫，唐经天固然吃惊，赤神子更是吃惊不小。他以为冰川天女在后辈之中已是独一无二，哪料唐经天年纪轻轻，看他发暗器的内家劲力，犹在冰川天女之上。不由得倒吸了一口凉气，想不到自己潜修了几十年，连两个后生小子也不能取胜。

双方动作都是快如闪电，唐经天神芒一发不中，游龙剑立刻出鞘，游龙剑是当年天山派始祖晦明禅师采五金之精所炼的镇山之宝，剑质之佳，尚在冰魄寒光剑之上，略一挥动，便见光芒四射，果然矫若游龙；赤神子反手一掌，没有打着敌人，反而几乎给游龙剑尾的锋芒扫着，急忙一个转身，用掌力迫开冰川天女的剑。唐经天的剑如影随形，跟踪又到，赤神子猛地双掌齐出，一股热风，呼呼作响，唐经天如身陷洪炉之中，迫得退后几步。赤神子脚踏五行八卦方位，不住地绕场疾走。

唐经天这才明白龙灵矫何以在十招之内，就给赤神子迫得气喘如牛的道理，原来是他掌心所发的热力在作怪。天山派的内功乃武学正宗，唐经天火候虽然稍欠，但却是家传心法，急忙凝神静气，运剑防御，果然好了一些。双剑联攻，威力倍增。赤神子若然以一敌一，原可稍占上风，而今以一敌二，那就只有退守的份儿了。

双方越战越紧，冰川天女不怕热力，步步进迫，看看就要把赤神子迫到墙边，无路可退，忽听得外面两声怪啸，又有两个人窜了进来，正是在丹达山上偷听自己弹琴的那对夫妇——云灵子与桑青娘。赤神子精神一振，哈哈大笑，但这两人却并不上前帮忙，飞入庭院，却突然一齐停住。

赤神子道："你们若是怕事，就不必来。"云灵子道："大哥，和你动手之人乃是唐晓澜唐大侠的儿子。"赤神子面色一变，忽而又哈哈笑道："你们怕他我须不怕他。枉你们是一派名宿，几十岁的人却给唐晓澜的名头吓倒！好啦，你们不敢招惹天山派的人，且待我单独应付他。"言下之意，实是暗示云灵子与桑青娘去绊住冰川天女。

云灵子夫妇给赤神子说得甚是尴尬，听了他的暗示，正合心意，干笑两声，掩饰窘态，说道："我们不是怕他，不过不愿与后辈一般见识。"赤神子愠道："对目中无人的后辈，咱们也得管教管教，好，我今日就先把唐晓澜的儿子捉了，把他送上天山，先问他一个教子不严之罪。"

云灵子夫妇心中暗暗好笑，却也不愿再说，立刻抽出兵器，合攻冰川天女，把她与唐经天分隔开来。这一下形势立变，赤神子反守为攻，着着进迫唐经天。

唐经天"嘿"的一声冷笑，剑法也是骤然一变，但见剑光霍霍，有如水银泻地，紫电盘空，全身都藏在游龙剑的光幢之内。这是天山剑法最精微奥妙的大须弥剑式，剑势展开，有如铜墙铁壁，即使遇到功力比自己高的人，亦难攻入。大须弥剑式也并不是只守不攻，而是随着敌人的攻势转移的。只要对方稍一疏神，便可突围而出，立施杀手。

赤神子一掌紧过一掌，连攻了二三十招，唐经天仍是兀立如山。但赤神子每发一掌，都带着一股热浪侵来，肉掌虽然不能攻进剑墙，热浪却是无孔不入。唐经天虽是能运用内功抵御，到底不如冰魄寒光剑的天然寒气之妙，故此冰川天女独战赤神子之时，可以抵敌至一百余招之后始见下风，而唐经天挡了三十多招，却已渐感难以应付。

冰川天女独战云灵子夫妇，也是感到处在下风，但却不如唐经天之甚，在一百招之内，双方都是有守有攻，桑青娘憎恨冰川天女美貌，出手特别狠辣，那条合金的腰带，诡招百出，连用缠、打、围、推、沾、扫、拖、卷八法，有如灵蛇游动，遇隙即钻。云灵子使的判官双笔，更是专点人身三十六道大穴，加以腕力沉雄，双笔使开，既可当作点穴的兵器，又可当作五行剑运用，攻势绵绵不断。冰川天女以一敌二，渐渐感到难以化解。

唐经天全力守御，过了五十多招，双眼赤红，汗出如浆，热得越发难受了，他偷眼一瞥，见龙灵矫仍是倚门观战，既不逃走，亦不助拳，真不知他打什么主意。唐经天心中不禁发恼，又见冰川天女亦已渐渐落在下风，更为焦躁。高手相斗，最忌心神不定，唐经天这一焦躁，剑法立刻被赤神子的掌力打得散乱，微露空门。

陡听得赤神子大喝一声，乘着空隙，一掌劈进，忽见剑光一散，有如浪花飞溅，千点万点，直洒下来，赤神子眼神一花，但见四面八方人影晃动，竟辨不清唐经天身形所在的真正方向。赤神子吃了一惊，不敢强攻，急忙回掌自保，说时迟，那时快，就在这一刹那，只听得呜呜两声怪啸，唐经天已是腾出手来，连发两支天山神芒，分射云灵子夫妇。云灵子夫妇识得厉害，双双跃开，唐经天身法何等快捷，趁着这三个人各自散开之际，已与冰川天女会合。

原来唐经天这一招也是冒险非常，这一招乃是天山剑法中追风剑式的"电射星驰"，是一连十几个虚着构成的剑式，只是剑尖颤动，并未真个出招，但因动作太快，所以在敌人看来，就似乎处处都有剑锋刺到。这一招的用处，其实只能迷惑敌人的眼目，不能真正伤人。若被对方识破，仍按原式进攻，不为所惑，则自己反要受伤。唐经天从攻守兼备的大须弥剑式，忽然改为强攻的追风剑式，原是无可奈何之着，但赤神子不识天山剑法的奥妙，果然被他骗过。到醒觉时，唐经天已与冰川天女并肩而立，联剑同防了。

赤神子气得哇哇大叫，扑上前去，云灵子夫妇也是一退复进，仍然准备合攻冰川天女。唐经天斜刺杀出，一剑横封，将云灵子夫妇挡了一挡，那一边赤神子身形方起，冰川天女的六枚冰魄神弹早已向他打来。赤神子双掌翻起热风，六枚冰魄神弹全都在赤神子头顶裂开，寒光冷气，四面弥漫，倏地就似构成一片灰色的光网，将赤神子全身包没，冰魄神弹所包的乃是亘古寒冰所发的奇寒之气，六枚齐发，厉害之极，正是赤神子的克星，赤神子掌心所发的热力，抵挡不住，不由得也机伶伶地打了一个冷战。虽然以赤神子的功力尚不至受阴寒之气所伤，但一冷一热，呼吸亦感不舒，胸口竟然作闷。

这一来形势又是一变。唐经天与冰川天女双剑相联，合战赤神子与云灵子夫妇三人，因有冰魄寒光剑挡得住赤神子掌风所发的热浪，首先不受威胁，而赤神子适才被冰魄神弹所袭，功力又不免稍受影响，此消彼长，唐经天与冰川天女以二敌三，虽然还是抢不到上风，但已打成平手。

正在混战之际，忽听得外面人声嘈杂，角门开处，一批军官走了进来，走在前面的顶戴花翎，身穿黄马褂，竟然是个有功勋的二品文官，后面跟着七八个武官，龙灵矫的师弟颜洛也在其中，走路摇摇晃晃，面色灰白，但仍然支持得住。

走在前面这个大官乃是驻藏大臣官署中专管刑名的臬司（即等于大法官），名叫宗洛，本身又是满清的宗室，后面的那些军官则是龙灵矫的同僚。原来颜洛中了赤神子一掌，虽然受伤不小，但知道事情险急，强自运气支持，急急乘马赶到官署，将他们都请了来。

宗洛一副大官的架子，喝道："你们这几个是什么人？为何在此胡闹？"唐经天微微一笑，与冰川天女收了宝剑，退了出来，朗声笑道："我们是什么人，跟你来的官儿们都知道。"那些军官们齐声答道："他们就是日前在丹达山口保护金瓶的那两位义士。"宗洛看了冰川天女一眼，露出笑容，点了点头，换了口气说道："好，那你们是有功之人，退下待赏。"咳了一声，眼光射到赤神子面上，厉声斥道："你们这几个凶徒胆子可不小哇！竟然夜入官家，持械行凶，你们目中还有皇法吗？"

赤神子嘿嘿冷笑道："皇法？老子就是奉了你们皇帝老儿之命来的！"宗洛怒道："你就是钦差大臣，也不能如此无礼。"众军官都动了怒，道："内府派来的人哪会如此撒野？""若然是奉了朝命前来，为何福大帅不知道？"议论纷纷，竟然把他们当成是冒牌的货色。

赤神子怒不可遏，将大内总管所给的委令，掷给宗洛，上面的钤记分明，果然是内廷新聘的"供奉"，这事早在龙灵矫意料之中，宗洛却是颇出意外，怔了一怔，放软口气道："那你们到此意欲何为？"赤神子指着龙灵矫道："这人形迹可疑，混在西藏十多年你们都不知道。要劳动当今天子请老子出山，你们还有说的？"

龙灵矫冷冷说道："禀大人，这三人都是武林败类，以前与龙某结有私仇，而今他们混入内廷，公报私仇，假传圣旨，你问他们，是不是有钦旨指明要捉拿龙某？"清宫之中，对龙灵矫的身份

唐经天与冰川天女以二敌三,虽然还抢不到上风,但已打成平手。

不过有所怀疑,尚未查明,所以大内总管只不过是口头传下皇帝的密令,叫他们查探明白,正式的逮捕文书自然是拿不出来。

赤神子怔了一怔,道:"皇帝请我们捉一个芝麻绿豆的官儿,要什么文书?"宗洛是官场老手,这时也颇感踌躇,若然赤神子所说是真,自己包庇钦犯,罪名非小;但若果是假传圣旨,则自己任令龙灵矫被他们捉去,福大帅必然动怒。龙灵矫虽不过仅仅是个四品幕僚,但谁都知道他是福康安倚为左右手,最最宠信的人。宗洛踌躇难决,心中想道:"福大帅是近支宗室,又是皇上最宠信的人,不如由他处决。"官场之中"推""拖"二字乃是做官的秘诀,主意一定,便即说道:"你们各执一辞,我也难于决断,不过西藏之事,皇上早有明令,交福大帅全权处理,你们前来捕人,依理当事先通知大帅。好吧,你们明天一早,都随我见福大帅去,现在谁也不许动手。"正是:

惊悉神龙图大事,又观天女斗妖邪。

欲知后事如何?请听下回分解。

第十四回

大漠传声　童心戏天女
驼峰聚会　妙计骗佳人

赤神子虽然骄横，但以宗洛的身份，又将福康安抬了出来，不由他不同意，当下说道："好吧，谅福大帅也不至于包庇钦犯。"宗洛向冰川天女打了一个招呼，道："那么两位义士明儿也一同去作个证人吧。"冰川天女道："谁耐烦理这些闲事。"唐经天一笑说道："今晚之事，诸位大人都曾目击，我们二人的身份，福大帅亦已知道，我们山野小民，不惯见官，还是免了吧。"脚尖一点，与冰川天女飞身掠出院子的围墙，回头一瞥，只见龙灵矫含笑点头，眼中表露谢意。

唐经天心中疑惑更甚，一路思量。冰川天女笑道："这龙老三也算得是个人物，不知他何以不逃？"唐经天道："我看他城府甚深，案子转到了福康安手中，想来会有转机。"两人一面走一面谈话，不知不觉到了葡萄山南面山脚，布达拉宫的灯火，遥遥的照射山脚下面的广场。那是他们与幽萍相约碰头的地方。

只见山脚下一对黑影靠得很近，似是正在隅隅细语。冰川天女笑道："看这黑影似是一个男子，幽萍怎么和他这样亲热？"悄悄掩过去一听，只听得幽萍道："小公主说暂时不回冰宫，听说要到四川去，我也许会跟她去的，咱们以后恐怕很难见面了。"那黑影道:"你若碰见芝娜,千万告诉她请她回到萨迦来见我一面。"幽萍笑道:"你就只挂念芝娜姐姐么?"冰川天女心道:"这小鬼头也懂得卖弄风情了。"几乎忍不住笑出声来。那黑影突然向前一跃,叫道:"有人!"正想拔剑,冰川天女微微一笑,跳了出来,将他的佩剑递过去道:"天宇,你的功夫果然大有进境了,这都是在冰宫中偷学的吧?"

这黑影正是陈天宇,原来他也是听到龙灵矫家中有事,特来探望的,却想不到在山脚下碰到等候主人的幽萍,幽萍告诉他说,冰川天女和唐经天都进去了,不管龙灵矫的对头有多么厉害都不必担心。他们都把冰川天女与唐经天视若天人,以为他们一到,就没有什么不可以解决的问题,哪知道龙灵矫的案子,内情却是非常复杂。

陈天宇突然见到冰川天女出现,甚是尴尬,冰川天女道:"我欠下你师父的情份,无以为报,你虽未经我的许可,偷学我的剑法,但那是在大地震之后,由于要保存武学之念而起,我又怎能怪责你呢。我只问你,你也来这里做什么?"陈天宇嗫嚅问道:"那龙三先生怎么了,我看他倒是一个好人,你们会帮助他吧?"唐经天显出身形,微笑说道:"你这小子倒有一份热心肠。"忽而面色一端,说道:"但这事你还是不要多管的好。"陈天宇听他这么一说,不觉愕然。

唐经天道:"令尊此次立了大功,福康安与和硕亲王定当另眼相看,他日论爵叙功,最不济也可官复原职,那时你们当可遂回乡之愿了。"陈天宇的父亲陈定基是京官,拜御史之职,只因弹劾奸臣和珅,被贬到西藏,晃眼十年,无日不想还乡。唐经天知道他们父子心事,故有此言。

陈天宇苦笑道:"和珅现在正是炙手可热,权倾朝野,哪能这样容易回去。我父亲现在倒是官复原职了,可惜不是复御史之职。"唐经天道:"怎么?"陈天宇道:"是复萨迦宗宣慰使之职。福大帅已批准拨款重修官署,另派一队精兵,送我父亲上任了,只怕这几日就要动身。福大帅对我父亲说:'你在萨迦丧兵辱命,本当有罪,现在将功折罪,已算格外开恩,你先回萨迦去吧,好好地做三两年,那时我再保举你,让你回去做京官。'哼,他竟和我父亲大打官腔,我父亲还有何话可说?只好准备再回萨迦啦。"

唐经天道:"咳,想不到官场如此赏罚不明。不过回萨迦也不是什么苦差使,你们不是在那里住了十年么?何必如此愁眉苦脸?"陈天宇好像满腔心事的样子,眉头深锁,欲说不说。幽萍忽地"噗嗤"一笑道:"萨迦的土司想把女儿许配给他哩,这傻小子另有心上之人,他怕一回萨迦,就会惹起麻烦。呀,你这傻小子,别人有新郎可做,高兴还来不及呢,你却慌成这个样子!"幽萍与陈天宇曾同行多日,无话不谈,故此深悉他的心思,陈天宇被她取笑,更是尴尬。冰川天女不觉笑道:"我当是什么事情,原来是这等无聊的小事,你不是长有一对脚吗?你不愿做新郎,双脚一溜,难道能强拉住你?"冰川天女哪知官场之中错综复杂的关系,一笑置之,陈天宇心中更是苦闷。

唐经天道:"你回去吧,我教你一个妙法儿。"把陈天宇拉过一边,在他耳边悄悄地说了几句。冰川天女道:"哼,你这个人总爱装神弄鬼,你教他什么坏主意,见不得人的?"唐经天笑道:"天机不可泄漏,我这坏主意,什么人都见得,就是不方便给你们听。"冰川天女道:"谁稀罕听你的!"

陈天宇愁容稍敛,说道:"那俄马登也很难对付呀。"唐经天道:"你如今的武功大非昔比,俄马登不是你的对手了。你放心跟父亲回去吧,只是要多点小心,提防他的诡计。"陈天宇一看天色,只见月亮西堕,东方天际,已微露曙光,怕父亲在家中挂念,只好向冰川天女告辞。

唐经天与他扬手道别，只见幽萍好像心神不属的样子，呆呆地望着他的背影。冰川天女笑道："傻丫头，一个土司女儿已经够他烦了，你还想再给他添上麻烦吗？"幽萍撅着小嘴儿道："公主，你也拿我取笑？我可不敢服侍你了。"冰川天女待她有如姐妹，平素也常说笑，见她怪不好意思的，一笑作罢。三人回到市区，已是天色大明，彻夜狂欢的人群，这时才渐渐散去。

三日之后，冰川天女这一行人离开拉萨，准备穿过西藏，进入回疆。他们在拉萨逗留三日，为的就是探听龙灵矫的事情。龙灵矫的案子到了福康安手中，果然大有转机，福康安将龙灵矫扣留起来，虽然仍是将他当作犯人，打入囚牢，但总胜于将他交与赤神子了。福康安的主意是要先问明皇上，再行发落，这样一来一回，最少也得半年，龙灵矫的案子就这样的被搁置起来，因而唐经天也放心走了。

其时已是冬去春来，积雪虽然尚未融解，比严冬季节，却已容易行走得多。三人脚程又快，十余日后，已从西藏的南部进入了回疆的塔里木盆地。

一路行来，只见黄沙漠漠，山脉绵延，冰川天女叹道："中国地方真大，远远望去那座高插入云的大山叫什么名字？"唐经天道："那便是闻名世界的天山了，这里的山脉都是它的分支，天山山脉绵延三千多里，南北两高峰也相去一千里呢。"冰川天女本来兴致勃勃，听他提起天山，面色一沉，微露不悦之色。唐经天尚未发觉，继续说道："从此处东行可入甘肃，沿着古时汉刘邦所修的栈道，便可进入川西。若然北行，可到天山。冰娥姐姐，你愿不愿先到天山一游？"冰川天女忽地冷冷一笑，道："你当凡是天下习武之人都要到你们天山去朝拜么？"唐经天诧道："你这是什么话？令尊也是源出天山一派，怎么'你们''我们'的生分起来了？"冰川天女冷笑不答，只顾赶路，把唐经天弄得莫名其妙。

大漠上经常是数十里不见人烟，只拣有水草的地方便支起帐幕过夜，这一日他们走了一百多里，好不容易才找到一个丘陵高地，可以遮蔽风沙。他们便在背山阴处，支起帐幕。冰川天女与幽萍同宿一个帐幕，唐经天在离开半里之地，另外独自一个帐幕。这一晚冰川天女心思如潮，睡不着觉，与侍女幽萍在帐中闲话，冰川天女拿她取笑，笑她舍不得离开陈天宇，笑她一下山就贪恋尘世的繁华，幽萍笑道："陈天宇自有他的芝娜姐姐，我和他不过姐弟一般，哪谈得上儿女之情。倒是你呀——"冰川天女愠道："胡说，我有什么给你说的？"幽萍道："不错，唐相公的人品武功那倒真是没有可说的，你两次弹琴，我都听见了呢！嘻嘻，南有乔木，不可休思。汉有游女，不可求思。嘻嘻，你不怕他求之不得，辗转反侧吗？"冰川天女佯嗔道："你再乱嚼舌头，看我撕不撕破你的嘴？"

主仆正在互相取笑，忽听得远处有呜呜之声，隐隐可闻，冰川天女面色一变，凝神静听，那怪声有点似吹角之声，又似尼泊尔一种特有的乐器所发之声。冰川天女忽道："我出去瞧瞧，你不要惊动唐相公。"取了冰魄寒光剑，立刻跃出帐外，翩如飞鸟，掠入了黄沙漠漠之中。

大漠上虽有丘陵，月光却是分外明亮，冰川天女提一口气，奔出了七八里路，果然在一片草地上，见着一团人正在厮拼。刀剑碰击之声划过夜空，声声紧接，震动耳膜，打得十分激烈。冰川天女定睛一瞧，却原来是那两个尼泊尔武士合战武氏兄弟，那两个尼泊尔武士各使一柄月牙弯刀，弯刀的上半截刀柄镂空，迎风鼓荡，呜呜有声。不过，这两个尼泊尔武士的刀法虽然甚是凶猛，但武氏兄弟的剑法更加神妙，剑势如虹，杀得这两个尼泊尔武士只有招架之功，毫无还手之力。

武氏兄弟正自杀得性起，忽见冰川天女奔来，那尼泊尔武士叫道："古鲁巴，乌黑赤迷，乞儿赤赤。"冰川天女咕噜咕噜地说了几句,似乎是问话的口气,武氏兄弟一句也听不懂,武老二性子最急,骂道:"有话向阎罗王说去。"骤地手腕一翻,剑锋往上一圈,剑尖一拖,朝着说话的那个武士颈上一勒,这一剑厉害非常,那尼泊尔武士的月牙弯刀正被武老大的长剑封住,撤不回来,看看咽喉就要被剑锋割断。

冰川天女叫道:"剑下留人!"声到人到,武氏兄弟陡觉寒光疾射,冷气侵肤,都不由自己地倒退三步,同声骂道:"你这妖女胆敢在这里横行,哼哼,若不给你一点教训,你还真当是咱们中国无人能制服你了!"双剑齐出,分刺冰川天女左右两肋穴道,这一招乃是终南派剑法中的杀手绝招,名为"长虹贯日",双剑合使,威力更是大了一倍有多。冰川天女柳眉一竖,寒光剑骤然一抖,但见剑花错落,一柄剑就如化成了十数柄一般,武氏兄弟吃了一惊,但觉到处都是利剑刺来,急忙回剑防身。他们双剑合璧的厉害杀手,一照面就被冰川天女轻描淡写地化解开了。

但冰川天女却并不乘势反击,只见那两个尼泊尔武士已跳开一边,跪在地上,好似禀告一般,絮絮地说个不休。冰川天女挽着剑柄,东一指,西一划,好似漫不经意地将武氏兄弟的招数一一破开,偶而也问那两个武士几句,他们说的是尼泊尔话,武氏兄弟完全不懂。冰川天女本来是绷着一张俏脸,面色愠怒,随着那两个尼泊尔武士的禀告,却渐见柔和,听到后来,还点了点头,意似嘉许,微微露出笑容。

冰川天女的面色由愠怒而变为柔和,武氏兄弟却被她激得心头火起,又惊又怒,要知武氏兄弟乃是名家之后,素以剑法自负,冰川天女却一面谈话一面拆招,竟好似戏耍一般,全不把他们放在眼内。

武氏兄弟本来就对冰川天女怀有敌意,在抢夺金本巴瓶之时,若非唐经天在场劝止,他们早已想与冰川天女过招,这时见她包庇这两个尼泊尔武士，越发认定冰川天女与他们乃是一丘之貉，更兼冰川天女好似漫不经心地一面谈话一面拆招，更令他们难堪。两兄弟一声胡哨，剑法骤变，使出终南派的乱披风剑法，双剑齐飞，一正一反，全都是攻击的招数，这套剑法，共有十八招杀手，循环往复，奇正相生，因是双剑联攻，所以全无防守，真如狂风暴雨，疾卷而来，形同拼命。冰川天女也禁不住心中一凛，虽然仍是神色自如地一面和那两个尼泊尔武士说话，但却不敢像先前那么大意了。

武氏兄弟一阵强攻，但见冰川天女那把寒光闪闪的宝剑也越使越疾，竟似化成了一座光幢，罩着全身，又如在周围筑起了一座剑墙，怎么样也攻不进去。两兄弟正自惊心，忽听得冰川天女大声地说了一句尼泊尔话，向那两个尼泊尔武士挥了挥手，那两个尼泊尔武士如获大赦，在地上叩了三个响头，爬了起来，立刻飞跑。武氏兄弟怔了一怔，想去追赶，又被冰川天女的剑光罩住，摆脱不开，正自着急，忽见冰川天女笑了一声，剑光一荡，武氏兄弟的两口长剑几乎给震得脱手飞去，不由自主地急忙后退，冰川天女笑了一笑，忽然用汉语说道："这两个武士我已让他们回国了，你们也都走吧。"说得甚是柔和，但却隐有一般威严，好像是女王在颁发命令一般。

武氏兄弟是世代名家之后，江湖之上，谁都敬他们三分，除了有限的几个前辈，谁也不敢对他们下令，冰川天女说话虽然柔和，他们却是勃然大怒，武老大骂道："这两个番贼跑来捣乱，你敢擅自放走他们，你要走也不成！"武老二骂道："你这妖女，我们早看出你不是好人，莫说唐经天不在你的身边，就算他来代你求情，我也不能饶你！"两兄弟口口声声地大骂"妖女"，竟然不惧冰魄寒光剑的威力，缠斗不休。

冰川天女初见那两个尼泊尔武士之时，本来甚为恼怒，但问明之后，始知他们并不是敢于违抗自己的命令（冰川天女在夺回金瓶之时,曾吩咐过他们,要他们即行回国,不得再在中国捣乱的),而是因为回疆尚有尼泊尔国王派来的几个武士,他们想到回疆来通知他们,叫他们一同回国,哪知被武氏兄弟发现,以为他们不怀好意,一路追踪而来,终于发生了一场恶斗。冰川天女本是一场好意,意图问明是非,再行处置,初意并非偏袒那两个尼泊尔武士,却不料又引来了一场误会。

冰川天女心高气傲,被武氏兄弟你一句我一句地骂她"妖女",还把唐经天扯了进来,纠缠不清,也不由得心中愠怒,发了脾气。

武氏兄弟各自长啸一声,拔脚便跑,边跑边骂"妖女",冰川天女大怒,展开身形,立即追赶,那柄冰魄寒光剑忽左忽右,始终是轮流贴着两兄弟的背心,那股奇寒之气,渐渐隔着衣裳传入体内,但武氏兄弟也溜滑得很,似是猜到冰川天女的心意,料她不敢施展杀手,一觉被她的剑尖沾上,立即反剑强攻,双剑配合,招数凌厉,也往往迫得冰川天女不能不撤剑招架。就这样的直追出五六里地,武氏兄弟虽然拼力化解,但技逊一筹,冰川天女的剑尖始终是如影随形,紧紧追迫。两兄弟运气抵御,渐觉难以忍受,冷得牙齿打战。

冰川天女冷笑道:"还敢乱骂人么?"忽听得武氏兄弟又是一声长啸,土堆旁边突然现出一个少女,月光之下,看得分明,一身紫色衣裳,发束金环,长眉如画,笑得如花枝乱颤,指着武氏兄弟道:"你这两个小子如今可碰到苦头了,真是丢人现世。还不赶快给我退下去!"武氏兄弟同声叫道:"姑姑,这妖女好厉害,你得小心,还是请她老人家来吧!"那少女斥道:"胡说,你这两个草包赶快退开,这一点点事情,还要劳动她老人家出手吗?"这少女一副跃跃欲试的样子,稚气未消,看来还不到二十岁,比武氏兄弟年轻得多,但听武氏兄弟对她的称呼,她的辈分却似乎比武氏兄弟高了一辈。

这少女突然间出现，冰川天女不由得停下手来，只见那少女不住地向自己打量，忽而笑道："你这柄剑真好玩，光闪闪的，是什么东西打的？"活像一个小孩子看到一件新奇的玩具，在啧啧称赏的神气。冰川天女不觉失笑，道："这柄剑可不是好玩的，我想送给你玩，你也不能拿它呢，你是谁？"那少女道："为什么拿不得？妈，你准不准我拿别人的东西？"冰川天女一怔，再一看时，忽见土堆旁边又多了一个中年女人，一身黑色衣裳，头上却结着两只丝绸白蝴蝶，笑眯眯地看着自己。冰川天女不禁吃了一惊，心道："怎么这女人来得如此快法？无声无息，连我也察觉不出？"这中年妇人发式却作少女打扮，最妙的是她笑嘻嘻的，连神态也像一个淘气的小姑娘，冰川天女暗笑道："真是有其母必有其女，且看她们怎样！"

只听得那中年妇人笑道："梅儿，这位姐姐比你高明得多呢，你不信就试试看。你想拿她的东西也拿不到。喂，大武小武，过来，你们为什么和她打架？"武氏兄弟跑到那中年妇人身边，唧唧咕咕地说了一大通，冰川天女只听到几声"妖女"的骂声，似乎是故意骂给她听的。

冰川天女一怒，正要发作，忽见那少女鼓起嘴巴道："妈，你总是看不起我，我不是小孩子啦，你不必教我，我就试给你看。"忽地冲着冰川天女一笑道："这位姐姐，我要借你这把剑玩玩了，你舍得么？"突然一跃而起，凌空扑下，身法怪异之极，就如一只大鸟一般，冰川天女大吃一惊，横剑一削，那少女叫道："咦，果然是拿不得的！"半空中一个翻身，左掌轻轻向冰川天女肩头拍下，右手伸出五指，来扣冰川天女的脉门。

冰川天女的轻功已是世间少有，但这少女竟似鸟儿一样能在空中回翔转折，更是惊人，冰川天女一连三剑都被她轻轻巧巧地避开，棋逢对手，不由得精神陡长，身法一展，和她认真厮斗。

那少女窜高纵低,时而跃起,时而游走,俨似穿花蝴蝶,十指忽伸忽屈,跟着冰川天女的剑尖疾转,冰川天女赞了一声:"好俊的身法!"盈盈一笑,剑招倏变,只听得那中年妇人先赞了一个"好"字,叫道:"梅儿,小心,这是达摩剑法呀!"那少女连连躲闪,冰川天女剑法展开,一发不可收拾,但见寒光四射,忽聚忽散,轻灵处有如流水行云,狠疾处又有如冰河倒泻,那少女幸而有能够凌空扑击的绝技,避过了不少险招,亦觉吃力非常。

冰川天女见她比自己年小,心中怜惜,正想罢手,那少女应道:"空手打不过你,我也要用剑啦!"只见她在空中扑击而下,一个转身,手中已多了一柄精芒四射的短剑,拔剑之快,连冰川天女也看不清,冰川天女正使到一招"春风解冻",剑尖两边晃动,上刺双目,忽见那少女一剑平挑,当中直刺,冰川天女手腕一翻,寒光剑转了一个圆圈,意欲把那少女的短剑卷走,不料那少女的剑法竟是完全不依常理,看她这一剑明明是当中杀入,不知怎的,剑锋一偏,却突然刺到了冰川天女右肋的大穴。冰川天女吃了一惊,吸了口气,脚步不移,肌肉陡地内陷一寸,那少女的剑尖已触及冰川天女的衣裳,忽觉软绵绵的毫无着力之处,就差那么一寸,没能刺进,这一剑的强劲之势反而给她化解于无形,更是大吃一惊。

冰川天女剑法何等快捷,就在这一瞬间,剑锋一转,又使出了一招"积水凝冰",这一招一反轻灵之势,却是以沉雄的内劲直压下来,料那少女不能抵挡,那少女果然被迫得连退两步,才刷的一剑,反手劈削,这一招却是武当派中的一个寻常招数,名为"飞渡阴山",冰川天女对武当派的剑法最为熟悉,笑道:"这一招用得不对,该用守中带攻的'华容截道',还可勉强抵挡。""飞渡阴山"这一招依着剑势,应该在左边连刺两剑,再从右边直刺一剑,前两剑是虚招,后一剑才是实招。冰川天女深明剑理,抢先一步,封着她的左方,一举就将她的两着虚着破去,叫她根本不能从右方

冰川天女一怔,再一看时,忽见土堆旁边又多了一个中年女人……

换招再刺。

哪知这少女的剑法奇诡无比,出剑的姿势明明是"飞渡阴山",剑锋一到,方位却完全变了,冰川天女抢先一步,封着她的左方,她却刷刷两剑,从右斜方疾刺,高手比剑,最忌是料敌有误,冰川天女全神贯注左方,右方露出空门,回剑防身已来不及,那少女娇声一笑,剑锋一划,意欲割断冰川天女束身的彩色衣带,忽听得母亲叫道:"梅儿,小心!"剑锋一触,那腰带突然飘了起来,倒卷她的剑柄,原来这一剑若然直刺过去,冰川天女必然受伤,那少女生性顽皮,见冰川天女的衣带彩色绚烂,十分美丽,想和她开个玩笑,抢她的衣带,哪知冰川天女的功力比她高得多,身体各部份都练得柔软如绵,随心所欲,那少女稍微一缓,她已用腰劲将衣带飞舞起来,当成软索使用。那少女幸得母亲提醒,急忙移形易位,剑招立变,但饶是如此,也被冰川天女制了机先,一口气抢攻了十余二十招,迫得她只能退守,所有奇诡的攻敌剑法,全都使不出来。

那少女连走下风,突然发起娇嗔,鼓起小嘴巴骂道:"你不准我还手,这样的比剑有什么意思?"好像她和冰川天女只是拆招,要冰川天女让她有攻有守,而不是真的厮杀似的。冰川天女"噗嗤"一笑,道:"好,我让你还手便是。"将冰魄寒光剑稍稍从中路移开,故意露出破绽,那少女果然得机疾进,瞬息之间抢攻三招,招招不同,第一招是峨嵋派剑法中的"万水朝宗",第二招是崆峒派剑法中的"骏马奔泉",第三招是嵩阳派剑法中的"金针渡世",连发三招,竟然是三种完全不同的剑法,这还不奇,最奇的是她每一招剑法都似是而非,方位角度都和原来的剑法不同,冰川天女这次是早有准备,腾挪闪展,以最上乘的轻身功夫,一一避过。但饶是如此,一被那少女抢了先手,攻守之势又是一变了。

冰川天女心中一动,想起父亲和她谈过的中国各大剑派,其中有一派是白发魔女所创的剑派，采集各家各派的剑法融于一炉，但剑式虽同，方位却异，刚刚和原来的剑法相反。天山剑法以光明正大、深厚渊博被誉为剑学的"正宗"，而白发魔女这一派剑法，却专事奇诡变幻，和天山剑法刚好是一正一反，各有擅场。冰川天女和那少女斗了三五十招，心中想道："莫非这小姑娘使的就是白发魔女的剑法？"暗暗称奇。

冰川天女所料不差，这少女所使的果然是白发魔女这一派的剑法，若遇着寻常的武学之士，纵然识破，也难抵挡，但冰川天女是何等样人，她的剑法以达摩剑法为基，又杂以欧洲和阿拉伯的剑法，怪异精妙之处，实不在白发魔女这一派的剑法之下，初时因为对那少女心存怜惜，而又出于不意，所以才几乎吃亏，而今识破了她的剑法，心神一定，那少女的奇招怪着，全都奈她不得。

那少女使出浑身解数，都被冰川天女轻描淡写地化开，沉不住气，神情焦躁，剑法渐乱，冰川天女微微一笑，道："还要比么？"那少女突然一跃而起，短剑凌空下击，疾如鹰隼，她竟然以凌空扑击的奇技配合了白发魔女所创的剑法来使用，冰川天女大吃一惊，无暇思索，身子凭空拔起数尺，也展出达摩剑法的绝招"一苇渡江"，剑刃平削，就在半空中横截过去。那少女除了能在跃起之时，像飞鸟般的回翔扑击之外，其他真实的本领与轻身的功夫，都还不及冰川天女，她这一剑本来极为冒险，不料一击不中，反被冰川天女制住。两人都是脚不沾地，凌空交手，快如闪电，冰川天女一剑削出，心头蓦然一转：这一剑若然刺实，必定穿喉而过，自己与她无冤无仇，岂可如此？但凌空交手，收势已来不及！

那少女骇叫一声，忽听得耳边母亲的声音说道："梅儿，你还不信我的话么？"陡觉身子一轻，被人凭空提起，轻轻抛出，落于地上，举头看时，只见母亲和冰川天女都已面对面的站在地上。

冰川天女一剑削出，后悔无及，万万料想不到就在这瞬息之间，眼前黑影一闪，就在两口宝剑相接未接的交叉缝中掠过，把那少女提走，冰川天女眼观四面，耳听八方，也被这突如其来的黑影惊得呆了。她本能地身子向后一翻，只听得耳边有人说道："小心，站稳了！"但觉此人似乎是轻轻地扶了自己一下，冰川天女立刻一个筋斗，头下脚上的一个转身，落到地上。

冰川天女惊疑不定，这个像少女打扮的中年妇人，武功之高，简直不可思议，抬头看时，只见她笑盈盈地望着自己，啧啧赞道："好漂亮的小姑娘，有婆家没有？"冰川天女臊得满面通红，她以公主的身份，生长在冰宫之中，隔离尘世，自幼受众侍女的伺候，几曾有人和她开过玩笑，何况是初初见面的人？何况这人看来又似乎是一位前辈高手，冰川天女要骂也骂不出来。

那中年妇人笑得头上所结的两个白蝴蝶轻轻颤动，那神态与她的年纪大不相称，竟然像一个淘气的姑娘，专向她的女伴寻开心似的，只听得她又向着自己笑道："剑法也俊极了，真是才貌双全。我给你找个婆家好不好？"冰川天女嗔道："你这人怎么老不正经，再开玩笑，我就不客气了！"

那妇人越发哈哈大笑，道："你年纪轻轻，怎么装模作样，就好像我的姐姐一般，哈，我的侄孙们叫你做妖女，我看你倒像个小老太婆。"冰川天女大怒，刷的一剑刺出，明知刺她不着，也要出一出气，只听得那妇人又笑道："你对我的女儿倒是有点手下留情，但对我的侄孙却是太不客气了，你的剑法是跟谁学的，为何如此逞强？"

冰川天女愠道："好吧，我欺负了你的侄孙，你就来惩戒我吧。"她心高气傲，明知难敌，却傲然进招，那中年妇人笑道："你这样美丽的姑娘，我爱惜还来不及呢，怎舍得惩戒你？"忽然伸手在冰川天女的面上摸了一把，冰川天女明明见她伸手，却是躲闪不开，冰川天女怎耐得她如此戏弄，心头火起，剑法一展，疾似飘风,连连施展杀手!

那中年妇人笑道:"真是恼了我么?"又在她的头上摸了一下,冰川天女追着她的身形,刷刷刷连刺数剑,那中年妇人又笑道:"你这把剑倒真是件宝贝,可惜现在是寒天,要是夏日,带着这把宝剑,连扇子也用不着,怪不得我的女儿想借来玩。给我瞧瞧,看是什么做的?"冰川天女心中一凛,急忙把冰魄寒光剑舞得泼水不进,心中想道:"看你如何抢我的宝剑?"又想道:"可惜腾不出手来,要不然一连奉送她十粒冰魄神弹,看她吃不吃得消?"陡然间忽觉一股香风沁入鼻观,只听得"铮"的一声,那妇人双指一弹,冰魄寒光剑竟然脱手飞出。那妇人一把抄着,接在手中,翻来覆去地瞧了又瞧,笑道:"这回真是难倒我了,是什么做的连我也不知道!"冰川天女又惊又怒,扑上前去抢夺,那妇人笑道:"用不着这样着急,我不要你的!"骤然将剑柄一伸,送到冰川天女手中,手法巧妙之极。冰川天女又羞又怒,接剑便刺,那中年妇人双臂一伸,忽然将她的手腕托着,道:"让我再瞧一瞧,呀,真是如花似玉,我见犹怜。这个媒人我做定了!"在她的面上又摸了一把,骤地双手一松,笑声犹自在草原之上回旋,人影却已奔出数里之外。

冰川天女抬头看时,武氏兄弟和那少女也不见了,原来他们当那中年妇人和冰川天女戏耍之时,先自走了,冰川天女却没留神。这时遥望那中年妇人的背影在草原上冉冉消失,冰川天女不由得叹了口气,心道:"我父母费尽心血,创了这套中西合璧的剑法,以为可以天下无敌,哪知连这个妇人也斗不过。呀呀,我父亲的心愿只怕难以达到了。"她哪知道这个妇人武功之高、辈分之尊,在武林中仅仅是有限的三两个人可以与之相比!

冰川天女心头郁结,她还是有生以来第一次被人戏弄,怎么样也咽不下这口气,但却又无可奈何,只好没精打采地回去。走了半个时辰,抬头一望,只见一片冰轮,高悬天际,正是午夜时分,月光分外清明,在大漠之中,周围数里之内的景物都隐约可见。那两座帐幕,搭在山边,目标更显,冰川天女一眼望去,只见唐经天那座帐幕的外面,有着两条黑影,似是一男一女,男的自是唐经天无疑,那女的身材却不似她的侍女,冰川天女好不惊奇,再跑里许,定睛一瞧,看清楚了,原来却是适才和她交手的那个少女!

唐经天这晚在帐幕之中,翻来覆去,睡不着觉,脑海中不住地泛起冰川天女的影子,那似喜还嗔的神情,那闪烁不定、有如草原夜星的眼睛,令人眩惑的说话。冰川天女的身世之谜是揭开了,可是她为什么一听人提起天山,就有一种讨厌的神色呢?她自己也知道,她本来也属于天山一派——她是桂仲明的孙女儿呵,可是她为什么对于天山一派,总有一种"见外"的心情?这个谜唐经天怎么也猜不透。大漠上夜风呼啸,唐经天想起下山之时父母的嘱咐,叫他去找寻桂华生伯伯的下落,而今他已找到了桂华生的女儿,可是她却不愿跟自己到天山去见她父亲以前的朋友,这又是为了什么呢?唐经天想来想去,甚为苦恼。如果换是别人,唐经天一定要问个水落石出,偏偏冰川天女又是那么高傲,一副好像是与生俱来的高傲!那一股凛然不可侵犯的尊贵的神情,使得别人不敢向她多问半句!

唐经天既是疑惑,又有点不安,有点反感,这复杂的情绪,在他的心头打结。蓦然间他心头一荡:为什么自从认识了冰川天女之后,就老是这样的情绪不宁?这刹那间,他脑海中又泛起另一个少女的影子,这少女比冰川天女还小一岁,是他的表妹李沁梅,是和他从小玩到大的。可是对于沁梅,他却只是觉得她淘气好玩而已。为什么对沁梅又没有那样的心情?唐经天想到这儿,自己也莫名其妙!或者更毋宁说是:他已经窥察到自己心底的秘密了,可是下意识却不愿说出来。

外面风刮得更大了,风声中隐隐传来了一阵"呜呜"的声音,时断时续，忽高忽低，唐经天心中一凛，想道："这不是那两个尼泊尔武士的兵刃所发出的声音吗？"唐经天不比冰川天女，他有父母，有叔伯辈的武林名宿，所以虽然和冰川天女差不多年纪，见闻之广，却远非冰川天女可比，他知道尼泊尔有一种月牙弯刀，上半截刀柄镂空，迎风有声，他在日喀则的客店曾见过那个尼泊尔武士使这种刀，后来在抢夺金瓶之时又曾见过。在日喀则时，天上没有刮风，纵有微风，也被墙壁挡住，所以虽然挥动之时，也发出声音，却并不刺耳。在抢夺金瓶之时，那是在千军万马之中，这"呜呜"之声在声音的海洋中更分辨不出。如今在大漠草原之上，夜风掠过，声传甚远，唐经天一听就听了出来。

唐经天好生奇怪，这两个尼泊尔武士为何还留在中国？他走出帐幕，跳上篷顶，张目一望，只见冰川天女的背影，正在向西北方奔去，快捷如电，眨眼不见。唐经天本想跟着追踪，但心念一转，却又停住。

唐经天想的是：这两个尼泊尔武士是冰川天女的国人，他们对冰川天女敬若神明，冰川天女一去，有什么事情她自能解决。而且不知他们之间有什么秘密，若然自己也追踪跟去，只恐冰川天女以为自己好管闲事，甚或会怪自己越俎代庖。这样一想，就停止追踪，改向冰川天女的帐幕走去。

帐幕外闪出一条人影，却是冰宫的侍女幽萍。月光下只见幽萍面上略显张皇的神色，抢先问道："咦，是唐相公吗？这么晚了，为什么还出来？"唐经天道："你听到那呜呜的声音吗？"幽萍道："听到的，我猜这不过是沙漠中的怪鸟啼声罢了。"唐经天笑了一笑，道："你的公主呢？"幽萍道："她连日奔波，早已熟睡了。我听到你的脚步声，不知是什么人，所以出来查看。你快回去，吵醒了她，她又要不高兴了。"唐经天微微一笑，道声"打扰"，回到自己的帐幕，心中想道："冰川天女果然不愿自己知道。"

他虽然明知冰川天女不会有甚危险，可是冰川天女离开了她的帐幕，总叫他放心不下，更无法安睡了。唐经天索性点燃了西藏族人常备的大牛油烛，坐在帐幕之中呆守。

也不知过了多少时候，忽听得帐幕外轻微的声息，有人在外面弹了几下，唐经天跳起来道："你回来了吗？"心中正是奇怪，冰川天女既不愿让他知道，为何又找自己？帐幕一揭，只听得一个稔熟的声音笑道："唐哥哥，你想念着谁呵？"唐经天怔了一怔，随即笑道："哼，原来是你这小鬼头！"这少女眯着眼睛，在烛光映照之下，一脸淘气的样子，可不正是自己的表妹，李治和冯琳的女儿李沁梅。

李沁梅道："大武小武说得不错，有了她就一定有你，他们猜你的帐篷就在附近，果然一找便找到了。喂，你赶快求我，你所想念的人，现在如何，我可知道！"唐经天又好气又好笑，却也急于要知道冰川天女的消息，轻轻地打了她一下，道："怎么？你见到谁来了？"李沁梅道："怎么？你有了新的朋友，就欺负我了！我偏不说。"唐经天道："好啦，我的小表妹，我向你赔礼了，行不行？快说。"李沁梅笑了一笑道："我和她打了一架，果然厉害，凶得很呢！我看你也不是她的对手，你可得小心，准备将来挨打。"李沁梅一股劲地向唐经天取笑，唐经天可无心说笑，急忙问道："怎么，你和她交了手了，她呢？"李沁梅道："我妈妈现在正和她玩耍呢，你知道我妈妈的性子，怎知道她要玩到几时？"唐经天更是惊奇，又问道："那么武家兄弟呢？"李沁梅道："我那两个宝贝侄儿说你袒护那个'妖女'，不愿见你了。其实嘛，我知道他们是因为给那'妖女'打败，自己难为情，所以不敢见你。喂，她叫什么名字？我从来没有见过这样美丽的女子，大武小武叫她做'妖女'，真是不该。"

唐经天哪有心情和她说笑，只是搓着手走来走去，口中不住说道："姨妈和她动手？这怎么好？这怎么好？"李沁梅笑道："我妈又不是要杀她，你急什么？妈也说她长得美丽，所以只是要和她玩玩呢。"唐经天心道："呀，你哪里知道，对她岂能戏弄，你认真和她厮斗，将她打伤了也比戏弄她好。"心中颇怪姨妈越老越不正经，一生都是那么爱和人开玩笑。他却忘了，他小时喜欢姨妈更甚于喜爱母亲。

原来冯琳和唐经天的母亲冯瑛是孪生姐妹，两人的性格刚好相反，冯瑛庄重之极，冯琳却淘气非常，俗语云："江山易改，品性难移。"这股脾气，竟然老亦依然。李沁梅的祖母是武琼瑶，武琼瑶是白发魔女的关门弟子，故此李沁梅既精通白发魔女的剑法，又从母亲处学会许多外派的武功，她的空中扑击之技，就是冯琳当年从八臂神魔萨天剌那儿学来的。冯琳不但将全身本领都传给女儿，连性格也传了给她。

李沁梅见表兄着急，越发得意，笑道："谁叫她欺负大武小武，你不见他们那狼狈的样儿，那才真气人呢！她将剑尖贴着他们的背心，又不下手，只是戏弄，就像狸猫戏弄鼠子一般，我都看不过眼啦！我妈要给他们出一口气，非加倍戏弄她不可。喂，喂，你还没有告诉我呢，她叫什么名字？"唐经天道："唉，你还问呢，都是自己人。她叫桂冰娥，和你祖母同辈的桂仲明就是她的祖父。你们将她戏弄，姨父一定责怪。"李沁梅伸伸舌头道："你打算告我么？"忽而扮了个鬼脸道："我才不怕，我怕我爹爹，我爹爹怕我妈妈，我妈妈又怕我。你呀，你告也告不入。"

唐经天拿她真没办法，心中想道："姨妈要和她开玩笑，那就谁也阻止不来，将来再慢慢开解她吧。姨妈和小辈最合得来，她将来若知道了我姨妈的性格，也会欢喜她的。"心中自己开解，定了定神，问道："你们怎么会到这儿来的？"

李沁梅娇声一笑，骈起双指，对准他额角戳了一下，笑道：

"表哥，你真是昏了头啦。连你自己父亲三年一次的开座考学都忘了吗？"原来他的父亲唐晓澜乃是天山各派的领袖，定下规矩，每三年一次招集天山的后辈，考他们的武功本事，以定奖惩，并加以指点，这叫做小聚集；每十年一次还有个大聚集。那就不只在回疆西藏的后辈要来，即远在各地的同辈，凡属与天山七剑有渊源的都要来，即如川西的冒川生，湖北的石广生等都要来的。今年恰好是三年一次的"小聚集"之期，唐经天去年下山之时，得他父亲特别准许，若无别事，自当赶回，若因找寻桂华生伯伯，路途遥远，也可以作为缺席，准不参加，所以唐经天一时没有想起来。

而今唐经天虽然想起，却仍是有所不明，问道："我父亲开座考学，和你们来到这儿又有什么关系？"李沁梅道："你没有听姨父说过吗？我祖母的师姐飞红巾老前辈当年在南疆哈萨克部落，传授过酋长呼克济夫妇的几手武功，那位酋长的夫人叫孟曼丽斯，死了还不过十年，我小时候还见过她来探我的祖母呢。后来我祖母死了，她也老得不能走动了，这才没来。"唐经天道："这个孟曼丽斯死了，和你们又有什么关系？难道说你们要到阎罗王那里找她吗？"

李沁梅啐了一口道："你是真糊涂还是假糊涂？"唐经天笑道："我是真糊涂。"那当然是和她开开玩笑，李沁梅却认真地说道："孟曼丽斯死了，她还有子孙呀。本来孟曼丽斯只不过跟飞红巾老前辈学了几手功夫，也没有师徒名份，算不上是天山派的。但她孙儿近年知道姨父每三年有一次开座讲学，除了较考后辈弟子之外，还指点到会后辈的武功，所以他们也想来。我母亲看在我死去的祖母份上，准了他们，又怕他们年轻小辈，不知所在，上不了天山，所以特地来接他们。其实嘛，也是我母亲久静思动，想下山玩玩，我呀，我总是喜欢跟我母亲的，所以也就来啦。听说过了这个沙漠，南边就是哈萨克人的聚居之地了，是么？"唐经天道："是呀，回疆地方，姨妈比我熟得多，何必问我。"李沁梅笑道："我走这沙漠也走得厌烦了,我就怕母亲是哄我的,所以问你一问。"停了一停,继续说道:"在大沙漠边缘,我们遇见了大武小武,他说要追踪两个人,我们反正要穿过沙漠,就和他一同走,想不到今晚就遇见那个什么什么桂冰娥,哈,也就是你呀你想念的那个人。"

唐经天道:"那两个尼泊尔武士呢?"李沁梅道:"什么尼泊尔武士?"唐经天道:"就是大武小武追踪的那两个人呀。"李沁梅道:"我没有见着。他们小孩子闹着玩,我才懒得管呢。"唐经天噗嗤一笑,李沁梅道:"笑什么?哼,也许那两个尼泊尔武士给大武小武杀了,所以你的冰娥姐姐才那么生气。我妈说过,外国的武士到中国来多半不怀好意,杀伤一两个也算不了什么一回事。"

唐经天心中焦急,走出帐幕,望了又望,道:"怎么还没回来?"李沁梅道:"我妈作弄她还未够呢。"唐经天道:"姨妈等会来么?"李沁梅微微一笑,突然伏到唐经天肩上,在他耳边悄悄说道:"我妈说要给你做媒,她今晚作弄了你未来的新娘子,怕你们两个生气,她不来啦。她叫我对你说,叫你带了新娘子回天山去。既然她也是自己人,那就更该去啦。"唐经天道:"胡说。"李沁梅一本正经地道:"一点也不胡说,你到了这儿,还不回去,难道当真是只顾伴她,连姨父姨母你也不回去见见么?"唐经天心中一动,举起手作状打她,李沁梅又笑又嚷,忽见一个白衣人影,突然来到面前。

李沁梅笑声一停,"咦"了一声道:"你回来得好快呵!"唐经天赔着笑脸,迎上前去。冰川天女冷冷地看了他们一眼,突然扭头便走。她本来对李沁梅颇有好感,此际见了她和唐经天这样亲热,居然还嫌自己"回来得快",心中不知怎的,颇有一种酸溜溜的味道,更兼受了她母亲的戏弄,气愤难平,竟然不理唐经天的呼唤,头也不回,自回帐幕。

李沁梅伸伸舌尖,道:"好大的脾气,唐哥哥,我惹恼你的冰娥姐姐了,我可不敢再留啦。"唐经天对这个小表妹实是毫无办法,啼笑皆非,李沁梅走了两步,忽然又转过头道:"记着,带你的新娘子给我们兄弟见见,今次是在慕士塔格山的驼峰聚集,你母亲替你父亲讲学呢,机会真是再好也不过了!"像银铃一般的笑声飘荡夜空,李沁梅边笑边跑,转瞬间便不见了。

唐经天一片茫然,慢慢地走向冰川天女的帐幕,只见帐中烛光已灭,依稀似听得啜泣之声,唐经天叫了一声"冰娥姐姐",没有回答,叫了两声,也没回答,在她的帐篷外弹了几下,也没回答,不过啜泣之声却没有了。旷野沉寂,夜风还在呼啸。唐经天道:"何苦来呢!"呆呆地站在冰川天女的帐篷外面,遥望星辰,心中思如潮涌。

突然间一个念头在心上升起,想道:"小表妹虽是说笑,但带冰娥回去见见父母也好。我父亲和几位前辈都想念华生伯伯,见了他的女儿也定然欢喜。"但随即想道:"冰娥一听我说要去天山就不欢喜,我姨妈又戏弄了她,她更不愿去了,怎好说得?"手指偶然一触,触着龙灵矫送还给他的那块汉玉,唐经天禁不住又想道:"冰娥要去见她的伯父,也不迟在这几个月的工夫,先到天山一行,倒是两全其美。既免我父母挂心,又可问那龙三先生的来历。但怎能说得动她?"想来想去,忽地心生一计,这时长夜将逝,快将是拂晓的时分了。

唐经天想出办法,精神抖擞,索性再不回去睡觉,就在冰川天女的帐幕前面徘徊漫步。眼见星月西沉,朝阳升起,大漠之上,寒气顿消,帐幕一揭,幽萍走了出来,见唐经天还在,大是惊奇,唐经天急忙上前问好,正待说话,幽萍道:"公主说,不用你陪她了,她自己会走。"唐经天怔了一怔,想不到冰川天女如此任性,自己想了半夜才想出的妙计竟是白费心机,不由得呆若木鸡,迫切之间,说不出话。

幽萍受她主人所嘱，传话之时，本是一本正经，这时见了唐经天如痴似傻的样子，不由得又觉可怜，又觉好笑，问道："怎么，你昨晚一晚都没睡么？"唐经天凄然苦笑，不答幽萍的话，自顾自地吟道："如此星辰非昨夜，为谁风露立中宵？"帐幕再揭，只见冰川天女也走了出来。

冰川天女本来对唐经天颇为恼怒，忽听得唐经天吟这两句诗："如此星辰非昨夜，为谁风露立中宵！"不由得又喜又悲，心中怅触，几乎流下泪来。这两句是黄仲则诗中的名句，黄仲则是和他们同一时代的人（乾隆十四年生，四十八年卒，比他们大约大十五六岁。），清词丽句，传遍大江南北，就连漠外边疆，凡是欢喜读书的人无不能背诵他的诗句，诗名之盛，就如清初纳兰容若的词名一样。冰川天女父亲未死之时，就曾教她背过这两句诗，那时她还只是十岁的小孩子，还未懂得什么，如今一听唐经天念出，顿觉这两句诗实是出于至性至情，感人之极。尤其适合眼前的情景，就好似这是唐经天特别为她所作的一样。冰川天女幼失父母，独处冰宫，虽有一群侍女，但却从未感受过这般的关怀与爱惜。"呀，这傻子竟然为我在风露之中立了一个通宵！"心肠不由得软了。

唐经天冲口念了这两句诗，忽见冰川天女出来，面上一红，颇觉不好意思，上前强笑说道："冰娥姐姐，你好早呵！"幽萍道："你更早呢！喂，小公主，这傻子昨晚一晚没有睡觉。"冰川天女望了他一眼，默然不语，良久良久，忽然抬头说道："谢谢你陪了我们这么多天，以后不必你陪了。我们自己会问路前往。"唐经天听这语气，已经软了几分，一笑说道："大漠之中，最易迷路，也未必遇到熟悉路途之人，我反正没事，正好给你们带路，说得好好的，怎么又要单独走了。"

冰川天女心中一酸，本想气他几句，但一来冰川天女是个自尊心极强之人，不愿提起昨晚之事，更不愿显出有半点妒忌他和那个女孩子亲热之心，以免失了自己的身份；二来见唐经天那可嗤可笑可怜可悯的样儿，也不忍再用说话刺他，听他这么一说，只是微微地点了点头，说声"也好"。

三人在沙漠之中走了几日，冰川天女初次下山，又是在这种一望无际的沙漠草原之中旅行，几乎不辨东西南北，只是越走越见山脉起伏，远远那座高插云霄的大山，也越来越显现了，冰川天女奇道："不是说要到四川吗？怎么倒好像走近天山了？"

唐经天笑道："天山离这儿还远着呢，咱们不过抄捷径前往罢了，哪里是到天山呀。"冰川天女根本不知道路，只有跟着他走。开始几天，冰川天女对他甚是冷淡，十多天后，渐渐有说有笑。一行人穿过了沙漠，这一日到了一座大山前面，山上冰雪覆盖，半山腰处，伸出一座白雪皑皑的山峰，挡在面前，这座山峰，好像一头大骆驼，头东尾西，披着满身白色的绒毛。冰川天女心有所疑，突然问道："这不是天山吗？"唐经天道："这哪里是天山，你问问牧人看。"山下是一片草原，常有牧人来往，走了数里之地，果然遇见赶骆驼的人，冰川天女一问，始知这座山名叫慕士塔格山，这座山峰便叫做骆驼峰。冰川天女这才放下了心。她哪里知道慕士塔格山乃是天山山脉的分支，和天山南面的主峰已经相去不远了。正是：

不识天山真面目，只缘身在此山中。

欲知后事如何？请听下回分解。

第十五回

古窟传经　湖边谈往事
冰弹受挫　盆地觅芳踪

山上云海迷茫，雪峰矗立，像水晶一样，闪闪发光，积雪的高峰在阳光照射之下，幻出千般彩色，万道霞辉，冰川天女想起冰宫，就好像一个远离故乡的旅人，忽然看到了与故乡相同的景色，忍不住在山脚下流连观赏，啧啧赞叹，道："这山好像比我所居住的念青唐古拉山还要高呢！景色也美丽极了！只是念青唐古拉山上有一个天湖，湖光山色，互相辉映，在别的地方却寻找不到。"唐经天笑了一笑，道："这座驼峰的上面也有一个冰湖，虽然及不上天湖的波澜壮阔，但却另有一种幽美的情调。"冰川天女回眸一笑，道："是么？"似乎被唐经天所描写的景色迷住，悠然神往，忽而又叹了口气道："可惜咱们还要赶路。"

山上传来了轻微的声响，好像层冰乍裂，枯枝初燃，发出一种噼噼啪啪的声音。幽萍"咦"了一声，道："这是踏雪破冰的声音，这山峰上有人行走么？"唐经天道："适才所说的那个冰湖，不但景色美丽，湖中还有雪莲。胆大的猎人常在开春的时候攀上去采雪莲。听这声音，似乎上面采雪莲的还不止一人呢。"天山雪莲是人间奇葩，花开之时，灿如云霞，又是无上的妙药，能治败血、亏损、创伤，并可解各种奇毒。冰宫中有各种灵丹妙药，其中也有用雪莲合成的，但冰川天女却没有见过盛开的雪莲，听了唐经天的话，禁不住喜孜孜地道："那么咱们就拼着耽搁半日行程，上去瞧瞧，开开眼界。"

唐经天正是巴不得她说这句话，道："既然姐姐有此雅兴，小弟自当引路。"驼峰峭拔光滑，禽兽也难行走，平时采药的人，多是结伴同行，用长绳互相联系，以斧凿在山岩上凿开裂口，插上铁钉，攀援而上，也还常有失事的。幸唐经天这一行三人都具有绝顶的轻功，但也爬了一个多时辰才爬到上面。

只觉眼前空阔，一片光亮，山顶上有一股清泉，注入一个方圆数十丈的小湖中，湖中有闪光的浮冰和零落的花瓣，清泉后面有一丛野花，生长在纠结牵连的荆棘之中。冰川天女道："这里面有雪莲吗？"唐经天道："都给人采去了。"冰川天女颇为失望，但冰湖的景色实在清丽之极，足以令她流连。冰川天女举目四望，只见湖畔的雪地上许多脚印，通到花丛，花丛后面，山的那边，还隐隐闻得杂乱的脚步声。

唐经天笑了一笑，忽道："到了这个地方，你实在应该再去看看，这是你们贵派发祥之地呵。"冰川天女道："怎么？"唐经天道："你祖父当年就是在这里遇到你们的师祖辛龙子的。"（事详拙著《七剑天下山》。）冰川天女道："那么这花丛后面还应该有我师祖当年的石窟。"拔出宝剑，披开荆棘，立刻往里面直走。

想不到花丛中竟辟有一条小径，外面的荆棘不过是遮掩的，铺路的泥土尚松，冰川天女心中起疑，这小路看来是新近才开辟的。

花丛后是一面石壁，石壁上凿出一个窄窄的洞窟，那形状就像一个人盘膝而坐一般，原来这乃是辛龙子当年坐关之处，辛龙子曾靠着这块石壁坐了一十九年，石壁上现出了他的身体轮廓，后来他就按照这个形状，凿成了石窟。冰川天女的祖父桂仲明是辛龙子死后遗书所传授的弟子，所以这个地方算得是武当派北宗的一个圣地,冰川天女拜了三拜,绕过石壁。

绕过石壁,人声脚步声更是清楚,冰川天女抬头一看,只见对面一块山峰斜伸出来,山腰处凿有十数个洞窟,正中的这个洞窟,外面还搭有一个竹棚,竹棚内隐有人影,山坡上山路间有三五成群的人,看来倒像赶赴什么盛会似的。

冰川天女惊疑更甚,她虽然不识江湖路道,但只要一看,就知道这些人绝对不是采雪莲的人。一个念头突然在冰川天女心中升起:"唐经天为什么要诱我上这山来?"

冰川天女心念一动,立刻施展登萍渡水的功夫飞掠过去,忽听得有人叫道:"兀那女子是什么人?这里不许外人赴会!"又一个声音道:"哼,她竟然还敢佩剑上山呢!"冰川天女大怒,只见山坡上两个黑衣少年,正在对着自己指指点点,冰川天女正想发作,忽又听得一声娇笑,一个女孩子带着稚气的声音叫道:"哈,唐家哥哥,你果然听我的话,真把她带来了。喂,你们休得胡说,惹恼了唐哥哥。她才不是外人呢!你们知道她是什么人?来,来,来,我告诉你们!"这小姑娘正是曾与冰川天女交过手的那个李沁梅,只见她一面向唐经天招手,一面向自己指点,和那两个黑衣少年挤眉弄眼,显然是拿冰川天女取笑。李沁梅后面还有武家兄弟和另外两个不知名字的人。

冰川天女这一气非同小可,心中骂道:"哼,唐经天你这小子竟然敢如此捉弄于我,将我带上山来给人笑话!"转过身就想找唐经天算账,只见唐经天已被那小姑娘截着,不住地说:"小表妹,你休得胡说八道,胡说八道!"

冰川天女更是气怒,刚转身奔出两步,忽见眼前人影一晃,一个美貌的中年妇人悄没声息地拦在自己的面前,正是曾羞辱过她的那个妇人,只见她微微笑道:"这位姑娘,你是和经儿同来的吗?"冰川天女大怒,不假思索,一抖手就是六枚冰魄神弹向那美妇人飞去！六枚齐发，威力奇大，即使赤神子也禁受不住，冰川天女被这妇人戏耍，心中气恼，又知道自己不是她的对手，所以一出手就用这种世上无双的暗器取胜。

那妇人"咦"了一声道："这是什么玩艺？"只见她五指齐挥，有如一朵兰花突然开放，姿势美妙之极，叮叮声响，五枚冰魄神弹触指飞扬，在空中飘飘荡荡，既不破裂，亦不落下，力道用得之巧，真是出神入化。但这还不足为奇，更令冰川天女吃惊的是：最后一枚冰魄神弹，她竟然用口咬着，舌尖一卷，吞了进去，微微笑道："原来是冰魄精英，比这山上的清泉好喝多了。"冰魄神弹的奇寒之气，内功火候未到的，只要触着便会生病，内功好的，若被打中穴道，亦要禁受不住，至于能够把它吞下，当作雪水一般吃掉，那简直是难以想像！

冰川天女凛然一惊，转身便走，只见那美妇人身形一起，双袖一卷，把弹上半空的五枚冰魄神弹都接入袖中，笑道："这暗器我倒未尝见过，倒得仔细瞧瞧。喂，小姑娘，我与你素不相识，为何你一见面就用这种厉害的暗器打我？"冰川天女领教过这妇人淘气的手段，只道她又要来戏弄于己，心想这妇人本领比自己高出十倍，要逃也逃不掉，心中一定，反而站住，愤然骂道："你若然是前辈高人，就不该如此两次三番戏弄后辈。哼，哼，天山派的真会恃强欺弱，现在我才相信。"那妇人怔了一怔，心道："我几时戏弄过她，为何她如此骂我？"

原来这妇人并不是李沁梅的母亲冯琳，却是唐经天的母亲冯瑛。冯瑛冯琳是一对孪生姊妹，性情大不相同，相貌完全一样。冯瑛是当年天山女侠易兰珠的衣钵传人，又得过吕四娘的指点，比她的丈夫，现在天山派的领袖唐晓澜的武功还高明得多，当今之世，无人可以与之相比！这次驼峰聚会，就是由她主持的。

冯瑛性情柔和，见冰川天女发怒，更觉楚楚可怜，本来想拿着她问话的，听她如此一说，反而退后三步，笑道："你对天山派的成见也未免太深了，好吧，我不逼你。你愿说便说，不愿说我也不问你的来历因由。"冰川天女叫道："萍儿，下山！"话声未说完，身形已掠出十数丈外，冯瑛见了，也不禁暗暗赞道："当年我在她这般年纪，也没有她这样高明的轻功。"

冰川天女疾跑，隐隐听得唐经天在后面呼唤，冰川天女气恼之极，头也不回，霎眼之间，就跑过一个山坳，忽听得一声笑道："梅儿说你一定会来，我还不相信呢。哈，你果然来了。看来我这个媒可要做定了！"只见一个妇人拦在前面，笑得头上的两个蝴蝶结也迎风摆动，冰川天女不知这是冯琳，还以为是适才与自己交手的那个妇人，故意抄小径追来将她戏弄，一晃身向斜坡奔下，正想出言骂她，忽然斜坡上的乱石堆中又窜出一人，却是赤神子。

原来自龙灵矫在拉萨被福康安扣留之后，福康安要遣人上京，问明真相，不肯将龙灵矫交与赤神子。赤神子无法，只好派云灵子先赶入京，禀告大内总管，一面留下桑真娘在拉萨监视，而自己则暗中追踪唐经天和冰川天女，顺路想再邀一两位强手相助。

赤神子自思：若然以一对一，则唐经天和冰川天女都要比自己稍逊一筹。但以一对二却是难以取胜，因此只敢暗中追踪，不敢露面。

这一日来到了慕士塔格山的驼峰之下，见唐经天等一行三人攀上山峰，赤神子也追踪而至，因他不识山路，又是待唐经天等人攀上半山才跟上来的，故此赶到之时，已经是冰川天女逃下慕士塔格山的时候了。

赤神子突然碰着冰川天女也是吃了一惊，但见她只是一人，而且神情狼狈，似乎刚刚给人打败的样子，又不禁心中暗喜，便突然窜了出来，迎头就是一掌。

冰川天女前后受攻，暗叫一声"苦也"，心中想道："赤神子犹可抵敌，那妇人却是太过厉害。"不敢退后，只好向赤神子疾攻，一抖手先发出三枚冰魄神弹，随即把寒光剑一挥，护定身躯，疾冲而过。

赤神子知道冰魄神弹厉害，好生溜滑，陡然一个转身，移形换位，避开冰魄神弹，一下子便到了冰川天女右侧，更不换招，手腕一翻，立刻变为擒拿手法，硬抢冰川天女的宝剑。

冰川天女正觉着一股热气扑面喷来，正想横剑削下，忽觉背后衣袂带风之声，颈项一凉，耳边听得那人笑道："今日天时不正，又冷又热，你们捣什么鬼？"原来冯琳飞身赶到，她见赤神子相貌古怪，掌发热风，而冰川天女则发出一种带着奇寒之气的暗器，两者都是她未曾见过的"宝贝"，她一淘气，便在两人的颈项各吹了一口凉气。

冰川天女一跃跳开，那山坡铺满冰雪，冰川天女在冰峰之上长大，溜冰滑雪是她最擅长的技艺，闪开之后，不假思索，便在峭滑的山坡上直溜下去。那赤神子却不知冯琳是何等样人，恨她放走敌人，又被她连吹三口凉气，气得哇哇大叫，转过身来，举掌便劈冯琳。

冰川天女溜到山坡，山风吹来，隐隐听得唐经天呼唤自己，心中一动，脚步稍慢，忽见山坡转角处又窜出两人，却是与李沁梅在一起的那两个黑衣少年，高声叫道："留下剑来，让你下山！"这两个少年，一个是李沁梅的哥哥李青莲，一个是唐晓澜的徒弟、当年无极派大师钟万堂的侄孙钟展，两人一般年纪，一样打扮，就如兄弟一般。这两人都属少年好事之流，被武氏兄弟唆使，预先走开，悄悄到这里埋伏，想折辱一下冰川天女，替武氏兄弟出口闷气。

冰川天女柳眉一扬，冷冷说道："我不信你们天山弟子就有这么霸道！"脚尖一点雪地，箭一般的立刻到了两个黑衣少年的面前，一招"千里冰封"，寒光剑挥了一个圆弧，立即把两个少年的长剑圈在当中。她的滑雪本领举世无双，比"陆地飞腾"的轻功还要快得多。

两个黑衣少年吃了一惊，双剑刚刚展开，就被冰川天女宝剑的冰魄寒光裹住，冰川天女剑柄转了几转，两个少年的长剑几乎给她绞得脱手飞去。冰川天女心中恼怒，立意要将他们的兵刃反夺出手，剑光越收越紧，绞转也越来越快。钟展是唐晓澜所收的唯一弟子，武功火候虽然远不及他的师兄唐经天，但亦已得天山剑法的真传，临场亦较镇定，见冰川天女的剑运转如风，难以相抗，突然悟出以静制动之道，趁着冰川天女在两招之间，劲力一紧一松的连接间隙，突然使出一招"江海凝光"，这是天山剑法中"大须弥剑式"的一招最稳健的防守招数，全身劲力都凝在剑尖，冰川天女正自得心应手，忽觉敌人的长剑竟似化成了一条铁柱，绞之不转，怔了一怔；李青莲学的是白发魔女这一派的奇诡剑法，趁机将长剑向前一探，立刻消解了冰魄寒光剑的绞转之势，刷刷两剑，指东打西，似左反右，马上转守为攻。

论到真实的本领，冰川天女固然要比钟展李青莲任何一个都强，但两人联剑攻她，冰川天女却要稍稍吃亏，幸而冰川天女曾见过李沁梅所使的奇诡剑法，知所应付，更兼在雪地之上斗剑，冰川天女最是擅长，因此在二三十招之内，冰川天女还是攻多于守。李青莲和钟展暗暗吃惊，各呼惭愧，心中想道："怪不得武家兄弟吃了大亏，这妖女果然厉害，竟能独挡天山两派的剑法。"冰川天女也是暗暗吃惊，心道，天山弟子果然名不虚传，连两个后生小辈也有这么高的本领。

双方都感到敌人难以应付，正自斗得紧张，忽听得那中年妇人的声音，自远远的山头传下："莲儿展儿，让她下山，快快回来。"冰川天女不由得大吃一惊，这声音明明是在远远的山头传来，居然像在耳边呼唤一般，这还罢了，另有一事，最令冰川天女怀疑难释。

那中年妇人明明就在山坡之上将赤神子戏弄，何以声音却似从驼峰之上传来？冰川天女不知，这发声呼唤的乃是冯瑛，将赤神子戏弄的却是冯琳。

钟展和李青莲听到师母姨母的命令,哪敢不依,疾攻两剑,想把冰川天女迫退几步,就立刻脱身奔回驼峰。冰川天女早料到他们有此一着,也是冰川天女心高气傲,明知他们要撤走,却立意要挫折他们一下,趁着他们双剑要收未收之际,突然反削两剑,钟展已见机转为守势,还能抵挡,李青莲正采攻势,被她一绞,借势激荡,手中的长剑竟然脱手飞出,"呛啷"一声,掉在雪地上。冰川天女冷冷一笑,道:"看到底是谁解剑?"脚尖一点,又已滑出十余丈远。李青莲气得哇哇大叫,只好回山。

唐经天本意是将冰川天女哄来,让她拜见自己的父母,一叙世交之谊,好消释前嫌,哪知弄巧反拙,冰川天女却把他的母亲误作他的姨母,竟然出手打他的母亲。唐经天知道母亲端庄凝重,与姨母的性好戏谑截然不同,不禁暗叫"糟糕",担心母亲会因此不喜欢冰川天女。尴尬之极,好不容易摆脱了他小表妹的胡缠,急急自后追来。

冰川天女正自滑雪下山,忽听得唐经天的呼唤之声,越来越近。冰川天女恼恨难平,怒气未消,对唐经天的呼唤理也不理,到唐经天相距十余丈了,才回头一望,鄙夷一笑,哼了一声。唐经天道:"冰娥姐姐,你听我说。"冰川天女拾起一块雪块,劈面就打,愤然说道:"我今日才知你的为人,我是给你寻开心的吗?"脚尖一点,又滑出十余丈远,唐经天叫道:"你听我说了再走也不迟!"冰川天女又回头掷了一块雪块,道:"谁听你的说话?你再也不要跟我说话。"

唐经天也是个带有几分傲气的少年人,冰川天女在气头上的说话令他甚是难堪,他顿然止步,正欲另外想法,驼峰上又飘下了他母亲的呼声:"经儿,回来!"接着是一个严厉的声音:"经儿,不许你拦截这个姑娘。"这是他父亲唐晓澜的山顶传声。原来唐晓澜夫妇起初本以为冰川天女是儿子新交的友人,心中虽然有些不满他擅带

冰川天女正自滑雪下山，忽听得唐经天的呼唤之声，越来越近。冰川天女恼恨难平，怒气未消，对唐经天的呼唤理也不理，到唐经天相距十余丈了，才回头一望，鄙夷一笑，哼了一声。

外人参加聚会，但也还没有什么。后来见冰川天女莫名其妙的，一见面就用极厉害的暗器偷袭，又误以为她不知是哪个邪派高手的弟子，特地趁此盛会来向他们挑衅的，因此一误再误，误以为最初的想法错了：这女子不是儿子带来的友人。误以为唐经天去追她是想将她截回，交给自己处罚。以唐晓澜夫妇的身份，绝不能与后辈为难，何况冯瑛又早已答应让她下山，故此唐晓澜夫妇都先后出声拦阻儿子。唐经天只好停步不追，只见冰川天女在雪地上滑走如飞，那积雪的山坡削滑异常，转瞬之间，冰川天女的背影已只看见一个黑点，好像雪地上飞滚的弹丸，眨一眨眼就滚到山谷下面去了。

唐经天一片茫然，心头郁郁，走回驼峰，经过山腰之际，忽听得冯琳笑道："经儿，你看我耍这个老猴儿。瞧清楚了，这一招你不可不学。"山坡上，冯琳正在捉弄赤神子，就如灵猫戏鼠一般，忽而向他吹一口冷气，忽而绊他跌了一跤。赤神子暴怒如雷，凭着听风辨器之术，听出冯琳正在背后偷袭，背心一撞，呼的反手一掌，冯琳三指一扣，用猫鹰撕抓的绝技扣他脉门。赤神子万料不到她的招数如此刁毒，竟然在自己掌力笼罩之下，伸指欺到跟前，脉门是人身要害，若被她扣着，多好武功，亦无能为力，急忙缩手，却还是给冯琳的指尖轻轻弹了一下，"啪"的一声，赤神子的手掌被弹得反打回来，在自己的面上狠狠地打了一记，热辣辣的半边面孔登时肿了。冯琳笑道："这一招叫做自打耳光，好不好玩？"唐经天本来郁郁不乐，也禁不住哈哈笑了起来。

赤神子几十年苦练，想不到二次出山，便遭如此折辱，气得哇哇大叫，双掌一错，先护着全身要害，再运起真气，发动掌心的热力，狠狠扑击冯琳，唐经天在三丈之外，也觉热得难受。冯琳皱了皱眉，道："你这鬼样儿真令我讨厌，这对狗爪子也会冒气，哼，哼，且给点厉害让你瞧瞧。"忽而转头向唐经天道："经儿，你知道这老妖怪是什么东西吗？"唐经天道："嗯，他是清廷的鹰犬。"冯琳本意是将他戏耍，要待问清楚后才决定出手的轻重，一听他是清廷鹰犬，嘻嘻笑道："那就妙极了，好，你既仗这对狗爪子欺人，我就把你的这对狗爪子切下来。"唐经天道："姨母，宝剑给你。"冯琳道："哼，切这对狗爪子要什么宝剑，你瞧我的。"

只见她笑得如花枝乱颤，头上的两个蝴蝶结随风摇动。冯琳突然将头上的蝴蝶结解下，那蝴蝶结是用十数根彩色的丝线拧成一股细绳捆着的，蝴蝶结一解，那股彩绳抖了开来，轻飘飘地飞扬，冯琳道："好，你瞧清楚了。"左右两手各执一股彩绳，向赤神子身上一抛，就要缚他的两手。赤神子大怒，喝道："妖妇，你敢如此欺我？"横掌如刀，直上直下地乱削，心道："你这根彩绳如何缚得住我。不给我指甲撕断，也得给热力烧毁。"哪知这彩绳飘飘晃晃，不比寻常兵器，既不会被敌人抓中，又不受掌风之力，赤神子只见眼前彩色缤纷，那五彩头绳，在眼前晃动，不觉目眩神迷，心烦意乱，忽听得冯琳叫道："着！"赤神子两边手腕都给彩绳缚着，勒得不能动弹。冯琳暗运内力，力透丝线，把那股彩绳变得有如一根网线，入肉数分。内功练到最高境界，可以摘叶伤人，飞花杀敌，冯琳用头绳捆敌，就是这种功夫。

冯琳所学的武功之杂，天下无双，这一手功夫本源出于西藏红教的"飞绳解腕"，西藏人用绳索可擒犀牛，犀牛力大，缚在它身上任何部份，绳索都会被它拉断，只有缚着它的前足软蹄，它才不能发力，乖乖驯服。当年红教的祖师喀尔巴见西藏人活捉犀牛，悟了此理，创出"飞绳解腕"的功夫，只要用软绳缠着敌人的脉门，那就纵令敌人有金刚大力，亦自发挥不出。冯琳小时候曾在当时的四皇子胤禛（即后来的雍正帝）府中学会这手功夫，到她归隐天山，又练成了正宗的内家气功，更把"摘叶伤人，飞花杀敌"的内功运用上了，所以虽然只是一根极细的彩绳，也可当成钢丝使用，比红教的"飞绳解腕"更要厉害多了。

赤神子双手被缚，脉门给彩绳紧紧勒住，血脉不能畅通，不但手腕疼痛，愈来愈甚，呼吸亦觉紧迫，内力运不出来，两眼睁得大如铜铃，晕眩虚软，就如患了重病一般，叫也叫不出来。唐经天见此形状，心道："不用半个时辰，赤神子的手掌就算还未给勒断，也要气绝身亡。"心中殊觉不忍。忽见人影一晃，对面的山头有人叫道："琳妹，你这玩笑也开得太过份了！"在山头上站立的人正是唐经天的父亲唐晓澜。

冯琳道："你不知这人多可恶，他是清廷的鹰犬呢！"唐晓澜看清楚了，摇了摇头，又传声叫道："这人是你的婆婆（武琼瑶）当年曾释放过的。难为他练了几十年，若非大恶，还是饶了他吧。"冯瑛也在驼峰上传声说道："琳妹，你怎么还像小时候任性，用这样狠毒的手段。放了他吧，我不高兴见他的神气。"冯琳最是敬畏姐姐，微微一笑，将彩绳收了，道："好，以后这人若与经儿作对，我可不理。"赤神子双手一松，深深地吸了口气，一跃跃开，低头一看，只见双腕如给火绳烙了一道圆圈，入肉数分，惊骇之极，听唐晓澜的称呼，知道这妇人是唐晓澜的小姨冯琳，抬头一看，冯琳似笑非笑地还在冷冷地盯着他。赤神子打了一个寒颤，心知唐晓澜夫妇的武功还在冯琳之上，想起自己以前要找唐晓澜比试，真是不知天高地厚，哼也不敢再哼，急急下山逃走。

唐晓澜招手道："经儿，你过来。"与唐经天回到驼峰，进入当中的石窟，这些石窟，都是为了这次聚集而开辟的。当中的石窟是唐晓澜夫妇所居。唐晓澜将儿子带入洞窟，又将李治冯琳夫妇请了过来。这才盘问儿子道："经儿，适才那女子是何等样人？你是不是认识她的？为何她一见面就用冰弹打你的母亲？"唐经天道："她是冰川天女……"唐晓澜已有二十年不在江湖道上行走，奇道："有这样古怪的名字。"冯琳插口笑道："她这一打打得真好！"冯瑛诧道："怎么？"冯琳笑道："姐姐呀，你做了我的替死鬼了，她本来是要打我的。"

冯瑛知道妹妹的脾气,笑道:"一定是你招惹了她,这个小姑娘我见犹怜,你却去作弄她,真是为老不尊。"冯琳道:"姐姐好偏心,新媳妇未入门,就先帮她来数说我了。我不过逗她玩玩而已,谁欺负她了。"冯瑛道:"什么?经儿,如此说来,这姑娘是你特地带她来见我们的了?"唐经天道:"娘别听姨妈的胡说。"冯琳笑道:"姐姐,你不知他们多亲热呢!"当下将那晚遇到冰川天女之事说了,又指着唐经天道:"你敢说你不是特地带她来的么?"唐经天道:"不错,我是特地带她来的,可是你知道她是什么人?"冯琳道:"就是不知呀,知道了,我们还问你?"唐经天道:"爹,你不是叫我下山之后,顺便寻访桂华生伯伯的下落吗?桂华生伯伯已经过世了。这个冰川天女,就是桂华生伯伯的女儿,她可不是外人,你不怪我带她回来参加这次的聚集吧。"

此言一出,众人都是又惊又喜,急问其详,唐经天将两上冰峰,邀冰川天女保护金本巴瓶等等情事说出,说到冰宫的仙境时,众人都悠然神往,如听神话一般。冯瑛道:"想不到桂华生却有这样的奇遇,还生下一个这么天仙般美丽的女儿。"冯琳笑道:"你赶快叫经儿将她追回来,要不然就要给别人抢去了。"唐经天不理姨妈的戏谑,对父亲道:"只是我有一事未明,按说她本是天山一脉,何以一提到天山之时,她总是一副漠然的神气,好像甚为见外。天下武林人士所向往的天山,在她心目之中,竟似是一个讨厌的地方。"唐晓澜皱皱眉头,亦觉十分不解,冯瑛心思灵敏,想了想,笑道:"琳妹,这又是你种的恶果。"冯琳道:"怎么,你总是把什么过错都推到我的身上!"撅起嘴儿,就像一个淘气的小姑娘。

冯瑛说道:"经儿,你听我说一个故事。约三十年前,那年的天下暗器第一高手唐金峰有个女婿,叫做王敖,用白眉针伤了你的姨妈,你姨妈一怒,将他杀了。唐金峰带了女儿来寻仇,那时我住在山东大侠杨仲英的家里,唐家父女把我当作你的姨妈,我助杨大侠将他们杀退,误会更深。那时桂华生是唐家的好友,第二次唐金峰邀了桂华生来,我们不知道他是桂仲明的儿子,那桂华生剑法非常厉害,竟将杨仲英的宝贝女儿迫得跌下湖中,被山洪卷去。"说到此处,朝唐晓澜笑了一笑,原来杨仲英的女儿杨柳青曾是唐晓澜的未婚妻,后来二人解约之后,唐晓澜才与冯瑛结婚的。冯瑛笑了一笑,续道:"你爹爹那天恰巧也在那儿,大为恼怒,就要与桂华生拼个死活,后来我们用天山剑法把他迫得也几乎跌下湖中,险丧性命。幸得吕四娘及时赶到,这才救了他。其后杨家姑姑没有死,你爹爹将这事也忘怀了。桂华生却从此失了踪,大约他一生都记着此事。"

唐经天道:"原来如此,这就怪不得了。"冯瑛道:"怎么?"唐经天道:"怪不得桂华生伯伯要远游异国,博采中西剑法之长,另创新招,而冰川天女也一再要与我比试剑法了。"唐晓澜叹口气道:"想不到桂华生如此好胜。"冯瑛道:"难得桂华生如此苦心,从此中华剑派,又增异彩,武学日新又日新,这岂不可喜可贺。"唐晓澜点了点头,默然不语。

唐经天忽然问道:"娘,你刚才所说的那个天下暗器第一高手唐金峰,是不是排行第二,人称唐二先生?"冯瑛奇道:"你怎么知道?"唐经天道:"这唐二先生有没有嫡传弟子?"唐晓澜面色微微一变,急忙问道:"经儿,你这次下山,遇到什么异人?"唐经天道:"有人托我将一件东西带回交给爹爹,他说这件东西本来是我们家里的。"冯瑛冯琳听了都不觉大奇,唐晓澜两眼闪闪放光,道:"拿给我看。"唐经天将那块汉玉掏了出来,交给父亲,唐晓澜再三摩挲,忽然叹了口气,过往的冒险经历,一一涌上心头。冯瑛道:"这是谁交给你的?"唐经天道:"就是福康安的幕客,名叫龙灵矫的那个人。"唐晓澜忽然摇了摇头,道:"什么,姓龙的?不,藏有我这块汉玉的人,绝不能是一个普通的幕客,他用的一定是个假姓名。"唐经天道:"爹,你说得不错。赤神子找他晦气,也说他是个更名改姓、图谋不轨的人。但赤神子只查到了他是唐金峰的徒弟,却不知道他的真姓名。爹,他到底是谁?"

唐晓澜道:"他是年羹尧的儿子!"唐经天吃了一惊,年羹尧一代枭雄,当年唐晓澜夫妇与江南七侠等天下英雄,都把年羹尧当作第一个大对头,那些惊心动魄的故事,唐经天不知听父母说过多少遍。

唐经天道:"原来他是年羹尧的儿子,怪不得他在西藏拉拢土司,密结党羽,看来他想在边陲发难,自建皇朝,成则可与清廷分庭抗礼,败亦可割据一方了。只是西藏形势复杂,在那里举事,只恐反被外人乘虚而入。"唐晓澜道:"我儿所见甚是。"当下沉吟不语。冯琳插口道:"你怎么知道他一定是年羹尧的儿子?"唐晓澜道:"胤禛登位之后,我私入皇宫,被哈布陀了因等所擒,康熙皇帝给我的那块汉玉被他们搜去,那时年羹尧是他们的半个主子,他们所搜得的东西既然不在雍正手中,那就当然是在年羹尧的手中了。"

冯琳道:"若此人真是年羹尧的儿子,被当今天子查明身份,那是必死无疑。你救他不救?"唐晓澜道:"他父亲是我们的死对头,他可不是。再说,他一意抗清,想必还把我们引为同道,看他叫经儿将汉玉交回,其中实有深意。"冯瑛道:"这意思显明不过,他实是想与我们结纳。"冯琳道:"年羹尧此人,现在提起,我还恨之入骨。但愿他儿子不像他。"忽然幽幽地叹了口气。

冯琳平日笑口常开,好像天地之间,从无一件事情,足以令她忧虑。唐经天还是第一次见他姨母叹气,心中好生诧异。唐经天有所不知,原来他姨母冯琳在年家长大,与年羹尧曾是青梅竹马之交,年羹尧对她极有情意,后来冯琳发现了年羹尧凶残卑劣的真面目,这才反脸成仇,恨之入骨。但到底有过一段故人情分,而今她听得年羹尧儿子的讯息,怅触往事,免不了分外关心。

冯瑛看了妹妹一眼,微微笑道:"但愿年羹尧的儿子不似他的父亲。但我们不明底蕴,也不便贸然相救。这样吧,经儿,你不是要往四川吗?顺道可以一访唐家,告知他们龙灵矫的下落,唐家是武林世族,按江湖的规矩,也该让他们作主。"唐经天正怕父母要将自己留下,闻言大喜,冯瑛又笑道:"你见了桂家妹妹(指冰川天女),可以告诉她说我很喜欢她。也可以请冒伯伯劝劝她,释了前嫌,三年之后,再请她回来聚会。"冯琳忽然一本正经地道:"经儿,我教你一个妙法,你再找她比剑,故意输给她一招就行啦。"唐晓澜摇了摇头,道:"为老不尊,专教小辈作伪。"冯琳煞有介事地说了,随即自己却禁不住哈哈大笑起来。

第二日唐经天再下驼峰,续往东行。他本来的路线是自陕入川,而今绕了一个弯,只能取道青海,经过昌都地区,进入川西了。

唐经天一路探听,总探听不出冰川天女的行踪,心中大是挂虑,怕她不识道路,不知撞到哪儿。

走了十多天,这日已进入青海中部的柴达木盆地,一大片草原,莽莽苍苍,遥接天际,草原上虽间有黄土沙漠,但大部分都是肥沃的黑土,落叶成层,野羊一群群地在草原之上奔走。唐经天在大草原上策马奔驰,胸襟开阔,豪兴遄飞,心中想道:"这一大片盆地,若然将之开发,不知能养活几千万人?可笑古往今来,多少英雄豪杰,争王争霸,徒苦黎民,有这么一大片肥沃的草原,却千万年来都任之荒废。"

唐经天正在极目遐思,忽听驼铃混和马铃,一队旅人迎面而来,有男有女,有老有幼。唐经天颇为奇怪,心道:"现在已是开春时分,只有北方的人往南方,何以这队旅人却从南边来?"上前一看,只见那些旅人都面有仓皇之色,好像一群逃犯,仆仆风尘。

唐经天好奇心起,上前便问,队中的一个老者瞧了他一眼,道:"就只你单身一人吗?"唐经天道:"是呀。请问老伯何以要离开南边这水草丰饶之地,是要到西藏经商的吗?"那老者摇了摇头,道:"只你单身一人,那倒无甚忧虑,你可以继续赶路。再走两天,就是吐谷浑汗王治下的大城哈吉尔了。"

唐经天奇道:"为何单身一人,便无忧虑?"那老者道:"白教喇嘛的法王不知为什么要挑选秀女,专捉年青的女子,外地来的女客,只要相貌娟秀,一给那些喇嘛发现,便拖了去。弄得城中风声鹤唳,我们经过那儿,不敢停留,马上便走。听说前天还有一个会武功的年青美貌的单身女客被他们捉去了呢!"唐经天听了,大为奇怪,道:"白教喇嘛的法王又不是皇帝,为何要挑选秀女?"那老者道:"我们也不知道呀。有人说是要拿去献给神的,那就更可怕了。不过好在他们只捉女的,不捉男的,所以你倒不必担心。"唐经天皱了皱眉,心道:"白教喇嘛的法王乃是一派之尊,都是说要护持佛法的,何以如此胡为。而且喇嘛教不比其他邪教,也是佛门的一个别派,从来未听说过喇嘛教要童男童女祭神的,这究竟是怎么回事?我本来不想到哈吉尔,现在却是非去不可了。"当下别过那队旅人,立即赶路。

唐经天马行快疾,第二日中午,便到了哈吉尔城。哈吉尔在柴达木盆地的边缘,算得是个大城,但比之中原的城市却相差甚远,城中人口,不满一万,只有几条街道,除了酒楼客店之外,普通民居,家家闭户,更令人有萧条之感。唐经天拣了一家客店,安置好马匹之后,便将店小二唤来,命他打酒,并重重地赏了他一笔小账,那店小二甚是欢喜,和唐经天缠七夹八地闲聊。

唐经天问道:"听说你们这里的法王要挑选秀女,有这事吗?"店小二道:"有呀。你不见那些民居都闭了门户,年青的女孩子都不敢出来吗?不过,这事情已经过去,听说他们也已挑选够了,今天已经没有喇嘛搜捉女子的事情发生了。"唐经天道:"为什么要挑选秀女?是祭神吗?"店小二道:"法王的命令,谁敢去问?只听说从西藏来了一个大喇嘛,法王要招待他,再过两天,就要开一个盛大的法会,是不是祭神,我们也不知道。"唐经天听了,更为奇怪,须知白教喇嘛是给现在西藏当权的黄教喇嘛,在明末崇祯年间,驱逐出西藏境外的,百多年来,两教如同水火,互相仇视,怎么从西藏来的黄教大喇嘛,这儿的白教法王反而会隆重招待?

那店小二又道:"好在你是单身男客,若是女的,捉了去连家人也不知道。前两天就有一个外来的女子被喇嘛捉去,她还会武功呢。"唐经天心中一动,问道:"你怎知她会武功?"店小二道:"就在我们对面的这家酒店捉去的,我还去瞧了热闹来呢!那女子的服饰像是从西藏来的,不但会武功,还会妖法!"唐经天道:"胡说,光天化日之下,有什么妖法。"店小二道:"你不信吗?我亲眼见的。起初有四个小喇嘛捉她,她一拳一脚就打翻了两个,还有两个,只见她把手一扬,就有一团白茫茫的冷气射出来,那两个小喇嘛登时大打冷战!你说是不是妖法?"

唐经天吃了一惊,这暗器分明是冰魄神弹,冰川天女绝不会被喇嘛捉去,难道被捉的竟是她的侍女幽萍?只听得那店小二又道:"你说这妖法厉不厉害?但妖法究竟比不上佛法,那四个小喇嘛被打倒后,又来了两个大喇嘛,他们不怕妖法,那女子发出的寒光冷气,两个大喇嘛只打了一个寒噤,立即就伸手把她捉了。"唐经天心道:"如此说来,这白教法王手下,倒很有几个能人。幽萍被捉,冰川天女必然不肯干休,真想不到踏破铁鞋无觅处,得来全不费工夫。我只在这里等她便是了。"当下向店小二探问喇嘛寺院的所在,店小二道:"客官也想去进香吗?那寺院平日热闹非常,这几天恐怕没有什么人去了。但你是外来香客,去也不妨。那喇嘛寺庙是我们这里最大的建筑,你既来到这儿,去瞻仰一番,也是应当。"唐经天问明了地址,小睡片刻,吃过午饭,便到白教喇嘛大寺去。

这座喇嘛寺院,比起拉萨的布达拉宫,那自是远远不如,但亦甚为雄伟,几十座大大小小的殿宇,在半山上毗连而起,金碧辉煌,外面三座大殿供奉着诸般佛像,任人参拜,香客虽然不算拥挤,但亦络绎不绝。唐经天杂在香客之中,听他们谈论,他们对前几日的搜捉少年女子之事,虽然议论纷纷,但对那白教法王,却是十分尊敬,有的还说:"活佛要这样做,必定有他的道理,那些女子,得沾佛泽,正是她们的福气,我们妄自谈论,不怕堕入拔舌地狱吗?"看他们对活佛狂热崇拜的情形,竟不在西藏的喇嘛教信徒之下。唐经天心道:"经过了这一场事情,还有这么多善男信女前来进香,看来这白教法王,也自有得人尊敬之处。"

唐经天看清楚了白教喇嘛寺的形势,回到客店,睡了一觉,三更时分,换了黑色的夜行衣服,蒙上面巾,悄悄离开客店,施展绝顶轻功,便到喇嘛寺去,想探个水落石出。

寺院规模甚大,也不知哪里是法王的宝殿,唐经天选当中的一座殿宇飞身掠进,只见院落沉沉,内中隐隐有笙歌奏乐之声,唐经天皱皱眉头,跳进里面,忽见两个小喇嘛迎面行来,唐经天隐身一棵菩提树后,只听得一个小喇嘛道:"咱们这里也有圣女了,她们念经唱佛曲,唱得真好听,听说还要练舞呢,从今以后,可热闹了。"另一个小喇嘛道:"你这小鬼头休要动了凡心,多瞧她们一眼也有罪,犯了戒律,可不是当耍的。"那小喇嘛道:"你休得胡说,你才动了凡心呢。我只是远远地听,你却三次从圣女的宫前走过。"唐经天一跃而出,双臂一伸,将两个小喇嘛拿着,低声喝道:"我问一句你们答一句,若敢叫嚷,就杀了你们。"他用的是小擒拿的手法,扣着两个喇嘛的手腕关节,叫他们动弹不得。

两个小喇嘛惊得呆了,唐经天问道:"哪里来的圣女?是前几天捉来的那些女子吗?"两个小喇嘛点了点头。唐经天道:"她们关在哪儿?"小喇嘛道:"她们住在靠近法王宝殿的那座圣女宫里。"唐经天道:"你们佛门弟子,把年青女子捉进来做什么?"小喇嘛道:"这是她们的福气,法王要她们做第一批圣女。"唐经天道:

"要圣女做什么?"那小喇嘛露出奇怪的神气,好像嘲笑唐经天的无知,道:"男的当喇嘛,女的当圣女,那是经文上也有说的,你问得好奇怪!"唐经天怔了一怔,这才想起在喇嘛教的几种派别中,红教黄教都不收女的,只有白教,据父老传言,可以收女的信徒。只因白教在百多年前就被逐出西藏,所以这教规在西藏已很少人谈论,连唐经天一时也想不起来。原来圣女就是女喇嘛的意思。

唐经天心中稍宽,又问道:"没有人骚扰她们吗?"小喇嘛虽然在唐经天手掌之中,也露出愠怒的神色,连道:"罪过,罪过。你怎么敢如此说?圣女宫中,男子不许进去。只有几位老圣母教她们念经,要有法事她们才出来的。"唐经天道:"被你们捉来的圣女,是不是有一位会武艺的女子?"小喇嘛道:"听说有这么一位,但她不肯做圣女。这是她与佛无缘。活佛也不勉强她的。"唐经天道:"她也关在圣女宫吗?"小喇嘛道:"我已说过我们都不能进去,怎知她是不是在那儿?"唐经天道:"那么法王殿的所在,你们总该知道了?"那小喇嘛指一指正中的殿宇,道:"你是什么人?"唐经天问明之后,不理会他们,顺手将他们点了哑穴,叫他们在十二时辰之内,不能说话。

正中的那座殿宇圈在围墙之中,顶上铺着金黄色的琉璃瓦,唐经天料想是法王的宝殿。将两个小喇嘛放在树后,跃过围墙,只见佛殿之前,有两个白衣喇嘛守护,唐经天的轻功本事,已到了炉火纯青之境,真如一叶飘堕,落处无声,两个白衣喇嘛似有警觉,探头探脑,一副疑鬼疑神的神色,月光下看得分明,原来就是以前到西藏抢夺金本巴瓶的那两个白教喇嘛。唐经天曾与他们交过手,知道他们武功不弱,虽然拦阻不了自己,但一被发觉,就是一场大大的麻烦。

院子里多的是百年老树,唐经天就隐身在一棵枝叶茂密的参天古树之中,树顶上有几只大鸟栖息,似乎也发现下面有人,振翅拍动不已。唐经天摘下一片树叶,轻轻一弹,使出摘叶飞花的暗器功夫,那片树叶穿枝飞上,在树顶栖息的大鸟都给惊得振翅飞起,发出叫声。那两个喇嘛道:"原来是鸟儿作怪。"唐经天是何等功夫,趁着他们凝望飞鸟,背向自己之际,一个飘身,倏忽之间,已掠进了法王宝殿,藏身檐角,真要比飞鸟还快捷,饶是那两个白教喇嘛,也丝毫没有发觉。

唐经天悄悄向里张望,正中一座房间,距他藏身之处有数丈之遥,隔着窗纱,只瞧见两个人影,一个高大的影子坐在当中,想必就是法王,另一个站在旁边的,当是侍者。唐经天凝神静听,只听得那法王道:"咱们几代祖师,盼了百多年,终于盼到了。班禅的佛使说,要请咱们回去,以后大家不要再争斗了。阿难尊者,你的意思怎样?"那个叫做阿难的侍者说道:"这都是沾活佛的威望灵光,不过——"那法王道:"不过什么?你是说咱们这次回来,还不够光彩吗?"阿难道:"我不是这个意思,不过咱们在这里是至高无上——"那法王接口道:"回去之后,就是寄人篱下了,是吗?我告诉你,班禅的佛使已转达了西藏两位活佛的意思,划出三个地方让咱们建立寺庙,彼此相容。纷争了百多年,我也不想再动干戈了。"唐经天心道:"这法王倒有一些见识。"白教当初是给黄教用兵力逐出西藏的,若然再打回去,西藏难免战祸。

那法王又道:"我也不想离开这儿,将来西藏的那三处地方就由你主持。"说到这儿,唐经天只见阿难的黑影合十俯腰,想是谢恩。那法王叹了口气,道:"能再回西藏,总算了了祖师的心愿。有三处地方,我也心满意足了。那批圣女怎样?"阿难道:"除了几个人外,其他的都愿听活佛的法旨。"那法王道:"咱们也不要勉强她们。百多年前,咱们的祖师在西藏掌教之时,民间的女子争着来做圣女,这里的风俗不同,汉人占了大半,他们不知做圣女的光荣,所以难免大惊小怪。百年来我们不召圣女,就是为了这个缘故。而今既然准备回到西藏,不能不恢复旧时的仪礼,寺庙落成的开光大典，没有圣女的奉神歌舞，那还成何体统。"唐经天心道："原来如此，倒还情有可原。我几乎将他们当作淫僧看待呢。"那侍者道："是呀，他们大惊小怪，真是不好。"那法王道："也不能怪他们，汉人连把儿子送来当喇嘛的都不多，何况要他们的女儿。那些不愿当圣女的多半是汉人，是么？"侍者点了点头，正想说话，那法王又道："咱们这次事出匆忙，不向他们事先说明，也不大好。这样办吧，明日咱们开个法会，你派人去请城中的士绅父老来随喜，顺便向他们解释清楚。不愿当圣女的，都让她们的父母领回去。"阿难道："有一个不愿当圣女的，不是汉人，从服饰上看，是从西藏来的，她打了我们的喇嘛，这怎么办？也放回去吗？"打骂喇嘛是一桩大罪，法王似乎踌躇不决，良久说道："事情过后再说吧，也不要难为她。"阿难道："听说她不肯吃东西。"法王道："明儿我叫老圣女跟她说去。"

说到这儿，那法王突然站起身来，道："倒一杯酒给我喝喝。"只见他持着酒杯，走近窗前，忽地推开了窗，双指一弹，酒杯径向唐经天匿身之处飞去。

那酒杯劈空打出，其声呜呜，竟似一支响箭，劲力之强，可以想见，而且听风辨器，那酒杯竟是朝着唐经天胸口的"玄机穴"打来，虽然在昏夜之中，认穴不差毫黍。唐经天不由得心中一凛：想不到这白教法王竟有这么俊的暗器功夫！唐经天伸指一弹，猛然间，又闻得一股酒香，迎面喷来，只见眼前一条白练，倏地散开，化成白蒙蒙一片的"酒浪"，酒花如雨，四处飞洒。原来那白教法王，把酒杯和酒，都当成了暗器。

唐经天伸指一弹，"当啷"一声，酒杯碎裂，饶他闪避得快，衣袖上也沾了几点酒珠，刺穿了几个小洞。这一手功夫，和唐经天刚才用树叶打鸟的功夫，同属一路，都是第一流的上乘内功。唐经天大吃一惊，只听得那法王叫道："什么人如此胆大？"声到人到，倏地穿窗飞出,他披着大红袈裟,就像一片红云,当头压下,唐经天双脚勾着屋檐,上半身已倾斜在外。

那法王大喝一声,双掌一推,只觉来人竟似铁铸一般,推之不动。那法王倏地缩回右掌,劲力一收,唐经天蒙着面巾,两只眼睛,露在外面,那法王撤回右掌,骈指如戟,就挖唐经天的面上双睛。左手仍然与唐经天的双掌相抵,猛力推压。唐经天正在暗运内力,忽觉左边受攻的劲力,突然消失,而右边的劲力,却忽尔增强一倍,高手比试,最忌不知敌人的攻势所在,那法王双掌的攻势突然转换,劲力一收一紧,唐经天失了平衡,上半身摇摇晃晃,已将跌倒,忽又见那法王伸指点他的面门,这一招更是毒辣无比!

唐经天正想出杀手化解,蓦然间心中念头一转:这法王乃是一派之尊,打伤了他,牵涉太大。那法王双指点出,忽觉敌人的劲力也是突然一收,但见敌人的身躯凭空拔起,已闪转了身,就要跃下。那法王"嘿"的一声冷笑,心中想道:"你这手轻功,虽然超妙绝伦,同时避开了我指掌的两路攻势,但无奈你的背脊已卖给我了!"当下右手又变指为掌,一招"手挥琵琶",向唐经天背心猛击,但听得"蓬"的一声,如击败革,唐经天似弹丸一般,直给他击出墙外,那法王也"哎哟"一声,倒在瓦面。原来唐经天在他掌击背心之时,也反手一拂,用天山派独特的"拂穴"手法,只在一拂之间,五根手指,就连点中了他的五处穴道。

白教法王急忙运气解穴,他内功精湛,是白教喇嘛有史以来的第一人,运气三转,已自冲关解穴,只是四肢麻痹,还未曾完全恢复原状。那法王也不禁又惊又诧,心中想道:"这人的功夫绝对不在我下,他本来可以化解我的招数,何以却如此冒险,硬生生地挨我一掌?"正是:

有心犯难求真相,换得法王另眼看。

欲知后事如何?请听下回分解。

第十六回

圣女宫中　疑云迷侠客
喇嘛寺里　法会起干戈

外面两个白教喇嘛，闻声惊起，正待跃出围墙，往外追赶，那法王传声斥道："你这两个脓包，想白赔上性命么？他受了我的一掌，不过三天，必然送命，你们追他做什么？"说完之后，低低地叹了口气，心中想道：这人修到如此武功，亦非容易，却不知是受谁指使，到此窥探，白白赔了性命。心中大是后悔。

且说唐经天挨了那掌，背心隐隐作痛，溜回旅店房间，解下里面的金丝软甲，就着房中的铜镜一照，只见背心瘀黑一块，亦是不禁骇然。他拿起那件金丝软甲，心道："幸而有这一件宝贝，要不然真会给他震伤内脏。这法王的功力，果然非同小可！"

原来唐经天这副金丝软甲，有个来历，那是他母亲冯瑛，在周岁之时，无极派的宗师钟万堂送给她作见面礼的。这金丝软甲是用喜马拉雅山上金毛狐的背上金毛编织成的，又软又轻，刀剑不入，掌力更不能震碎。那白教法王的掌力，本有开碑裂石之能，但受了软甲一隔，传到唐经天身上的劲道，自然消了一半，加上唐经天本身的功力，内脏虽受震荡，却无大碍。唐经天还不放心，又用天山雪莲所炼成的碧灵丹，内服外敷，然后安安静静地睡了一大觉。

第二天一早起来，那店小二进来闲聊，两人不免又谈起白教法王之事,那店小二道:"他们都说前两天喇嘛寺搜捕美貌少女,必有来由。法王今晚大开法会,请了许多士绅,让他们拈香随喜,还请了那些被捉进喇嘛寺的少女的父兄,听说一共请了百多位外人,这是自喇嘛寺建成以来,从所未有之事。明天一早我们就知道喇嘛寺为什么要抓少女了。"唐经天笑道:"他又不请你,你哪能这样快知道?"那店小二满脸神气地道:"他虽然不请我,可是却请了咱们掌柜的,掌柜的回来,还会不和我说?"原来开设这间客店的主人,也是城中二流士绅,叨在被请之列。唐经天大喜,又和他聊了半个时辰,探听关于这间客店主人的事情,原来这位掌柜是继承父业,年纪甚轻,还不到三十岁。唐经天又打听到了今晚的法会是凭帖入座,想他所请的宾客甚多,必不会仔细盘查。

黄昏过后,唐经天早已探听清楚,悄悄溜入掌柜的房中,伏在屋梁之上,只见那店主人高兴非常,拿出黑缎马褂,正在更衣,那张描金的大红请帖,就放在炕上。唐经天刮下墙上的泥屑,搓成了一个小小的泥丸,轻轻一弹,就打中了那店主人的昏睡穴,非过十二个时辰,不能自解。

唐经天从梁上跳下来,将店主人放在炕上,给他盖好了被,笑道:"让你好好睡一大觉。"换了他的衣裳,店主人的身材和唐经天倒差不多,只是面庞稍为瘦削紫黑,唐经天取出随身携带的"易容丹"(这是古代走江湖的黑道人物所必备的东西,亦是原始的化装术用品,有清一代以甘凤池最为擅长,唐经天的父亲唐晓澜就是从甘凤池学到制炼易容丹的法子的),调了一点煤灰,用热水化开,搽在脸上,抹干了手,随即取了法王那张请帖,微微一笑,悄悄溜出客店。

喇嘛寺的知客僧并不认识所有邀请的客人,加之千百年来,从无人敢到喇嘛寺捣乱,而喇嘛寺中又是高手如云,故此并无特别防备,果然给唐经天料中,没有经过仔细的盘查,只是凭着请帖,就放入了。

　　法会宏开，正中大殿招待的是各处喇嘛寺院的主持和其他贵宾，东边偏殿则招待城中的士绅和被捉去当圣女的家长，酒过三巡，白教法王的首座弟子阿难尊者走来敬酒，朗声说道："今日有天大的喜事告与你们知道，西藏的活佛与咱们的活佛已经讲和啦！"座上士绅一齐欢呼，过去百年，两教大小冲突不下数十次之多，人命财产的损失难以估计，今日一旦化干戈而为玉帛，自然个个喜悦。有些士绅，欢呼之后，忽地醒起不妥，又纷纷说道："咱们愿活佛永远驻锡青海，不要离开我们。"阿难尊者微微一笑，说道："班禅活佛已与法王讲好，西藏拨出沁卡、萨迦、琪布三个地方，由咱们建立寺院，法王在寺院建成之时，自当前去主持开光大典，大典过后，教务便由兄弟主持，法王体谅你们，他会再回来永远荫庇你们。"众人又是一阵欢呼。阿难尊者所宣布的事情，唐经天早已知道，但西藏所拨出的那三个地方，却还是第一次听到，心中不觉一动：那三个地方之中的萨迦宗地方，正是陈天宇父亲的官衙所在之地。

　　阿难尊者待欢呼声停下之后，面容一端，继续说道："为了到西藏主持寺院开光大典，咱们按照教规，挑选圣女。能当上圣女的，都是与佛有缘，天大的福气。但法王为了体谅你们，有不愿女儿当圣女的也可以坦率陈明，法王准许他们领女儿回去。"此言一出，满座无声，阿难板起面孔，再问了一次，结果三十六个圣女的家长，只有七人敢说出要领女儿回去，十多个人不敢做声，还有十多个人则衷心喜悦地叩谢活佛的恩典。

　　阿难尊者说完之后，又敬了一道酒，微笑说道："法王今日特准你们拈香随喜，你们现在就可进入正殿，在阶下排列，不准拥挤争先，自有法坛使者收你们的佛香，替你们通名禀告。"阿难先走，接着那些宾客便鱼贯而入，排列阶下。唐经天自亦混杂在众人之中。

　　大殿雄伟非常，殿上百余喇嘛，阶下百余宾客，地方还是绰有余裕。殿上神龛数十，各式佛像，奇形怪状，大殊中土，忽然众声俱寂，那白教法王，缓缓起立，走到主座的如来佛像之前，燃点第一支香，唐经天昨夜虽曾和他交手，而今始瞧得真切，只见那法王身材魁伟，面如满月，不怒而威，端的是法相庄严，是一个有道高僧的模样。唐经天心道：幸喜昨晚没有鲁莽从事，但他拿了冰川天女的侍女，冰川天女岂肯与他干休。

　　法王点了第一支香后，法坛使者便接受宾客的藏香，插进各座佛像前面的香炉，代为通名禀报。香烟缭绕之中，忽然钟声齐鸣，佛殿后走出两队白衣少女，每边都是一十八人，由两个年老的"圣母"率领，口宣佛号，手舞足蹈地在佛像之前，随着钟声的节奏，跹跹起舞，且舞且唱，唱的是喇嘛教经文中的佛曲，阶下宾客，虽然十九不懂，但亦觉得音韵悠扬，十分悦耳。那些小喇嘛，更是个个伸长了颈项，听得出神。

　　那法王拍了两下手掌，仪式完成，两队少女鱼贯退出，只有一个领队的"圣母"留着未走，走到法王跟前，低声禀告。法王说话，大殿之上，谁敢喧哗。唐经天内功精湛，听觉极为灵敏，只听得那圣母说道："我已劝过她了，她还是不肯答允。"那法王道："好，那你就领她出来。"

　　唐经天心弦颤动，目不转睛地注视大殿旁边的月牙角门，想道：等会幽萍被带出来，要不要立即冲上前去将她救走？

　　主意尚未打定，只听得细碎的脚步声从殿后走来，角门中白衣飘动，刚才进去的那个圣母已带了一个少女出来。这刹那间，大殿上下，寂静无声，数百人个个仰头而视，连一根针跌在地下都听得见响。

　　那是一个披着白纱的藏族少女，只见她紧紧闭着嘴儿，一双明如秋水的眼睛凝望着前面的人群，显出一派茫然的神色，冰冷的面孔，瞧不出一点表情，既不是害怕恐惧，也不是愤怒悲伤，面对着数百的陌生人，她连眉毛也不动一下，好像面前一切都不存在似的，殿上红烛光辉，如同白昼，在烛光映照之下，更显得冷艳无伦。她的面貌有点像冰川天女，但却并不是冰川天女的侍女幽萍！

唐经天一心以为这被擒的少女定是幽萍，哪知却是一个从不相识的藏族少女，但却又似在什么地方见过一面似的。唐经天惊诧之极，他知道得清清楚楚，地震之后，逃下冰宫的侍女，只有一个幽萍，这少女既非幽萍，何以她又能使出世上所无、冰宫独有的冰魄神弹？唐经天苦苦思索，不禁呆了。

唐经天不知，这少女正是陈天宇的心上人儿，那神秘的藏族少女芝娜。唐经天初上冰宫与冰川天女比剑之时，她也曾杂在侍女群中观看，只是那时唐经天全神贯注在冰川天女身上，哪留意到杂在众多侍女中的她。

那圣母走到法王跟前低声说道："就是她了。她不但娟秀圣洁，还会几手武功，我本想叫她在将来的萨迦寺院中做圣女主持的，哪知她与佛无缘，只好罢了。"这几句话，阶下诸人只有唐经天听得清楚，这一瞬间，忽见那藏族少女的秋波一转，目光缓缓移动，朝着那法王看了一眼，脸上掠过一丝惊异的神色，盈盈眉眼，若有所思，但亦是一掠即过，随即又是冰冷如前。

曾与唐经天交过手的两个白教喇嘛，这时也侍立法王左右，其中一人上前禀道："这妖女曾用邪毒暗器打伤了咱们寺中的喇嘛，放她不得。"那法王面容沉肃，一声不响，也不知他打的是什么主意。

与白教法王并肩而坐的是吐谷浑的大汗，自芝娜一走出来，他就目不转睛地注视着她，这时忽然站了起来，向法王合十一拜，低声说道："求活佛慈悲，饶了这个女子，让我带回宫去处置。我愿替这女子赎罪，重修佛殿，再饰金身。"

法王管教，大汗掌政，在西藏青海等地方，教权高于政权，法王尊于大汗。但白教喇嘛，逃至青海，到底是托庇于大汗治下，靠大汗作护法。吐谷浑大汗此言一出，白教法王眉头一皱，看来甚是踌躇，久久尚未答话。

唐经天暗自动怒，听这说话，吐谷浑大汗心中实是不怀好意。这少女虽然不是幽萍，唐经天亦不愿她落在大汗手中，心头正自盘算救她之计，殿上贵宾席中，忽然走出一人，亦走到法王跟前合十一拜，朗声说道："这妖女似乎别有来历，求活佛恩准，让我试她一试。"唐经天在阶下看得分明，这人竟然是与赤神子一道，曾在拉萨缉拿龙灵矫的那个云灵子。

云灵子是清廷大内的"供奉"，为龙灵矫之事，回京禀报，路过青海，他与白教法王以前相识，特来观礼的。以云灵子的身份，乃是清廷的使者，吐谷浑的大汗虽然割据一方，形同独立，名义上到底是受清廷管辖，听了云灵子之言，心中虽然恼怒，却也不便发作，但亦变了面色，冷冷说道："你待怎生试她？"云灵子笑道："大汗放心，我总不至于毁了她的容颜便是。"云灵子自恃武功，竟然不理吐谷浑大汗的恼怒，亦未得法王的点头，便走到芝娜面前，伸出双指，忽然照着芝娜胸前的"乳突穴"一戳，这一招既轻薄又狠毒，看来是云灵子有意迫芝娜出手招架。

原来云灵子到了哈吉尔，听说芝娜曾用过那种会令人发冷的暗器，也与唐经天一样，怀疑芝娜是冰川天女的侍女幽萍，见了之后，始知不是。但冰魄神弹只有冰宫才有，云灵子虽然未曾目击芝娜使过冰魄神弹，心中到底疑团莫释，怀疑她纵不是冰宫侍女，也必有点渊源。云灵子夫妇吃过冰川天女的大亏，对冰川天女恨之入骨，故此立心要与芝娜为难，有意试她一试，看她的武功，是否与冰川天女一路。

只见他双指打了一个圈圈,缓缓戳下,吐谷浑大汗勃然大怒,怒声喝道:"休得亵渎圣女!"一跃而起,喝手下上前拦阻,云灵子头也不回,手指已然戳到芝娜胸前,忽地一声厉叫,倒跃丈余,背心一撞,将大汗手下的两名武士撞得四脚朝天,爬不起来。而云灵子亦捧着手腕,额上沁出黄豆般大小的汗珠,一时之间,竟然说不出话。

白教法王大为惊骇,云灵子的武功他素所知道,并不在他之下,心中想道:"这女子虽会武功,但比起我座下的白衣喇嘛,亦还相差甚远,何以云灵子会吃了她的暗算?"惊骇之下,竟自忘了"活佛"的身份,离座而起,上前察看。

忽见那藏族少女回身合十,盈盈说道:"谢活佛恩典,小女子愿舍身献佛,永为侍女。"此言一出,"圣母"与一众喇嘛都大感惊奇:这女子曾绝食两日,任凭如何劝解,总是不发一声,不料到了此时,却突然在法王面前应允。那"圣母"首宣佛号,认为那是活佛的感召。

法王眼利,却见芝娜胸前,多了一件饰品,乃是一块用象牙雕成的小圆牌,上面写有几行梵文,竟然是喇嘛教中颁给德行圣洁的善男信女的护身灵符。喇嘛教以白象为尊贵之物,因此用象牙雕成的灵符最为珍贵,颁给女子的更是极为少有。芝娜本来是沁布藩王的独生女儿,沁布藩王在以前的西藏诸藩之中,领地最广,势力最大,班禅喇嘛亦曾靠他护法,所以赐了他女儿一面象牙灵符,无非是保佑她吉祥如意、百邪不侵的意思。喇嘛教中相信这种灵符有很大的驱邪效力,非与佛有缘,或被认为德行圣洁的善男信女,活佛不会恩赐,但芝娜却是例外。她三岁之时,父亲就求了活佛把这道灵符让她佩戴了。

黄教白教虽然作对,但却是同出一源。黄教活佛以"佛"的名义庇护的女子,白教亦当尊重,那法王不知道芝娜本来的身份,还以为她原就是黄教中的圣女,听她说愿永远献身白教,作为他教中的圣女,自然是心中欢喜。正想说话,忽听得云灵子哇哇大叫,原来是他自己通了穴道,盛怒之下,一时之间,却还未能说出话来。

白教法王把手一挥,道:"呼儿鲁赤,哈乞兀拉玛赤赤。"这是藏语,意思是说,你还要运气疗伤,不可妄动。云灵子怔了一怔,倏然止步。忽见吐谷浑大汗带着两名武士,奔上前来,大声呼喝道:"把这野人撵走,哼,哼,谁敢侵犯我的圣女。"两个武士去撵云灵子,大汗却奔向芝娜。白教法王微微一笑,转头说道:"大汗,你说得很对,她现在已是我教下的圣女,谁也不能侵犯她了。"吐谷浑大汗倏然变色,垂手说道:"有活佛庇护,那我就不必多事啦。"法王以活佛的身份在圣殿之上说出要庇护芝娜的话,吐谷浑大汗纵然心有不甘,也不敢再向法王求索了。殿上的喇嘛都感奇怪,法王竟肯为了这个不知名的藏族少女,第一次和大汗抬杠。众人的目光都集中在法王和大汗的身上,大汗的面色显得甚是尴尬,背转了身,还未举步,忽又听得"砰砰"两声巨响,原来是自己的两名武士,又被云灵子摔倒地上。

吐谷浑大汗勃然大怒,他奈何不了活佛,把一腔怒气都发泄在云灵子身上,大声喝道:"来人啦!"他带来的在阶下护卫的武士都奔上殿来,眼见就是一场围殴。

唐经天杂在阶下的人群之中,举头仰望,心中笑道:"这局面可难收拾,且看法王如何应付。"法王缓缓走向大汗,背向芝娜,忽有两条黑影疾如鹰隼地从法王身边窜过,奔向芝娜,双双出手,搂头便抓,这两人却是法王的护坛弟子,也即是曾与唐经天交过手的那两个白教喇嘛。这两个喇嘛以前奉法王之命进西藏抢夺金本巴瓶之时,曾得过云灵子的助力,这时见云灵子受伤,他两人生性鲁莽,也不去想云灵子的武功比他们强得多,只道云灵子是受了芝娜所伤,而芝娜的暗器却是他们所能克制。

法王心中方自思量如何调解,待发觉之时,拦阻已来不及,正想出声喝止,忽听得一声清脆的笑声,那两个白教喇嘛登时打了一个寒颤,跳起一丈多高。众目睽睽之下,只见两个少女笑盈盈地走上圣殿,前面的少女一身湖水色的衣裳,脸如新月,浅画双眉,碧绿的眼珠有如黑夜中闪闪放光的两颗宝石,姿容淡雅,令人一见就起了一种飘飘出尘的感觉,几疑是素娥青女,谪落人间,那绝世姿容,把殿上的芝娜也比了下去。霎时间,连奔去撺云灵子的那些武士也都不由自己地停了下来,呆呆向她注视。

后面的那个少女,也是一式打扮,但头上的秀发却梳成两条辫子,束以红绫,似笑非笑,现出一脸顽皮的稚气,跟着前头那个少女,就好像丫鬟跟着小姐一样,虽然比不上主人的仙姿绝俗,却也美艳如花。大殿上下,有四五百人之多,外面还有护坛的喇嘛弟子,这两个少女突如其来,竟无一人发觉。

唐经天虽料到冰川天女会在此地,却想不到她会在这个场合之下突然出现,几乎忍不住叫出声来。只见冰川天女带着幽萍,轻移莲步,倏忽便到了那藏族少女的身边。那两个白教喇嘛刚刚落地,认出是保护金瓶的冰川天女,勃然大怒,四拳齐出,冰川天女脚步丝毫不动,衣袖忽地一挥一卷,轻轻一送,两个喇嘛水牛般的身躯,竟然飞出了一丈开外,直滚到法王的脚边。这是最上乘的"沾衣十八跌"的功夫!冰川天女一把拉着芝娜,便向外走。这一瞬间,众人的目光都跟着注视那被摔倒的两个白教喇嘛,只有唐经天目不转睛地盯着冰川天女,只见她眼睛眨了两下,似乎是见到了芝娜所佩戴的灵符,轻轻地"噫"了一声,芝娜与她耳鬓厮磨,似乎在她的耳边悄悄地说了两句话。

白教法王沉声喝道:"都给我站住!"身形一晃,倏地也到了冰川天女身边。唐经天心中大急,这两人武功都足以震世骇俗,一交上手,只恐自己也拆解不开。忽见那藏族少女,退了两步,向着冰川天女盈盈一揖,清声说道:"白教修女,拜见护法。"白教法王吃了一惊,眼光落处,只见冰川天女的胸前,也佩着一道灵符,发散着淡淡的幽香,正是佛教中视为异宝的贝叶灵符。这种灵符,除了有限的几个高僧活佛,以及曾以大力护持过佛法的世上君王之外,其他佛门高弟,一生之中也未必能见过一次。

原来冰川天女这道贝叶灵符,是她的母亲华玉公主遗给她的。尼泊尔是个佛教国家,前任国王一生护法,所以得了一道标明他护法身份的贝叶灵符。他生前本想依照西方的继承大法,将皇位传给女儿,是以这道贝叶灵符也就传到了华玉公主手上。冰川天女以前独住冰宫,与世隔绝,母亲给她的这道贝叶灵符,她从未向人展示,谁也不知此事。

冰川天女这道贝叶灵符,比起芝娜那个由活佛所赐的护身灵符,不可同日而语,芝娜是"圣女"身份,地位还在大喇嘛之下,而冰川天女则是"护法"的身份,与活佛可以平起平坐。故此当冰川天女向白教法王施礼之时,白教法王也恭恭敬敬地还了一礼。在场僧俗,连唐经天在内,不明所以,见法王还礼,都不禁骇然。

唐经天再转眼一看,只见幽萍傍着那藏族少女,正自叽叽喳喳地说个不休,语声极低,说的又是藏语,唐经天凝神静听,只听得"萨迦宗"和"陈天宇"等名字,那藏族少女仍是一派漠然的神色,眼光闪烁,似乎是示意幽萍不要多说。唐经天心中大疑,忽听得白教法王沉声喝道:"嚓,你是何人?"正指着自己。原来唐经天听得忘形,不知不觉地挪动身子,挤到了队伍前面。

与此同时,云灵子一声大吼,忽地向冰川天女冲来,白教法王展袖一拂,喝道:"云灵子休得无礼!"云灵子手指拈着一根黑漆发光的芒刺,叫道:"你看这是什么?这是天山神芒!天山派的人勾结这个妖女到此捣乱,活佛,你还不将他们拿下吗?"原来云灵子

忽听得一声清脆的笑声,那两个白教喇嘛登时打了一个寒颤,跳起一丈多高。众目睽睽之下,只见两个少女笑盈盈地走上圣殿……

适才所中的暗器，正是唐经天偷放的天山神芒，他穴道一解，就近便向冰川天女发难。

白教法王心中一凛，袍袖再展，喝道："云灵子休得胡言，这位女菩萨是我佛门的护法。"云灵子被法王一拂，倒退三步，暴怒如雷，但却不敢向法王发作。这时大汗带来的武士已是纷纷奔向云灵子，云灵子大喝一声，双手直上直下，把一群武士打得翻翻滚滚。大汗叫道："反了，反了！"云灵子推开喇嘛，奔下石阶，登时大乱。

唐经天仍是目不转睛地盯着冰川天女，冰川天女适才当云灵子冲向她时，微微一闪，彩袖轻舒，似乎是避开强敌，却面对着唐经天，闪开之际，那长袖在空中挥舞，卷了一个草书"走"字，分明是向唐经天示意，叫他速走。唐经天更是起疑，忽见眼前人影疾奔如箭，云灵子已经冲至，那两个白教喇嘛也跟着奔来。

唐经天一个"盘龙绕步"，左手骈指前伸，右手虚握，向后一拉，作张弓放箭之状，这正是天山派一个极厉害的招数，名为"后羿射日"，前面用的是铁指禅功，后面用的是肘锤。云灵子武功本来就逊唐经天一筹，更兼在受伤之后，更非对手，被唐经天铁指一戳，他恃着有"铁布衫"的横练功夫，挺起肩头，往前一撞，只听得"喀嚓"一声，肩上的骨头断了两根，痛得几乎晕倒。那两个白教喇嘛正好奔至，恰又碰上了唐经天的肘锤，前面的喇嘛受他的肘锤一撞，向后跌翻，又碰倒了后面的喇嘛，变成了两个滚地葫芦。

云灵子是一派宗师，武功确有过人造诣，受了一指，屏住呼吸，忽地提一口气，又再翻身扑上，只见两点寒光，骤然在唐经天与云灵子之间散开。唐经天以为冰川天女出手相助，不以为意，忽觉面上冰凉，湿漉漉的好不难受，唐经天本能地将衣袖一抹，只听得那两个白教喇嘛大声叫道："不要放走此人！"白教法王这时也看清楚了唐经天的身法，认出他就是昨晚来的蒙面怪客。

白教法王向冰川天女稽首说道："多谢女菩萨出手相助"，就欲下场，亲自捉拿。冰川天女微笑说道："活佛既已认清此人面目，何故妄动无明？活佛难道还想与西藏的黄教大动干戈么？"

白教法王怔了一怔，道："女菩萨何出此言？"冰川天女道："此人助清廷与黄教夺回金本巴瓶，活佛想是知道的了？"这时那两个白教喇嘛正在破口大骂，骂唐经天以前在峡谷抢夺金瓶伤了他们之事。法王向冰川天女看了一眼，心中甚是疑惑，冰川天女道："当时替黄教夺回金瓶，我也在场。"白教法王怀疑的正是此事，他从那两个白教喇嘛口中，已知道当时的两个劲敌，除了一个天山派的弟子之外，还有冰川天女这么一个人，心中想道："她是佛门护法，护的到底是谁？难道云灵子所说是真，她竟是与我作对来的？"

只听得冰川天女道："黄教白教同出一源，既已讲和，就不该再与此人为难。金瓶留在拉萨，正是两教之福，活佛该不嫌我多事吧。"白教法王本是聪明杰出之士，听了此言，凛然一惊，想道："果然亏了他们，当日假如金瓶让我们夺了，今日如何能订和约。原来他们早已具有深心，暗中消弭我两教的祸患来的。"想到此处，不由得对冰川天女施了一礼，拍了一下手掌，急忙叫那两个白教喇嘛回来。其实抢夺金瓶之事，全是唐经天的策划，冰川天女只是后来才从唐经天的口中知道他的用心，而今转述出来，不过是想法王不与唐经天为难而已。

唐经天见冰川天女突然用冰魄神弹袭击，使自己露出本来面目，先是莫名所以，随即想起，这是冰川天女要迫自己离开此地，心道："她既不愿在此和我相认，那确是非走不可了。"但云灵子与那两个白教喇嘛缠得甚紧，以三敌一，唐经天一时之间竟自不能摆脱，也无暇分心听冰川天女与法王的谈话，正在高呼酣斗之间，忽听得法王将那两个喇嘛唤了回去，唐经天正愁白教法王也下场动手，如此一来，倒是大出他意料之外。

敌人三去其二，云灵子来不及撤走，只听得唐经天一笑说道："老前辈请恕我无礼了。"左右开弓，呼呼两掌，都打中云灵子要害，更妙的是他用的乃是阴力，表面并不受伤，过后方才发作，云灵子左右树敌（大汗的武士也要擒他），又要维持面子，不愿请求法王荫庇，留在寺中疗伤，却强用轻功提纵之术，跳出墙头，以至他后来静养了一个多月，方能复原，武功也从此减了三成，上京禀报龙灵矫的事情，也因此延误了。

唐经天一见云灵子跃出墙头，跟着也从另一面高墙跃出。跃出之时，回头一望，只见冰川天女正在朝着自己微笑。正是：

冰弹突袭犹含笑，莫测芳心意若何。

欲知后事如何？请听下回分解。

第十七回

大漠藏龙　九重惊蛰伏
风尘侠隐　一剑看雄飞

　　唐经天回到客店，客店中的伙计正在闹得手忙脚乱。原来他们见主人迟迟不去赴法王之约，起初尚不敢催，后来见天已入黑，主人尚未出房，掌柜的大了胆子，推门入内，只见主人熟睡如死，唤之不醒，不禁大惊，以为他是中了邪，正在外面请了巫师前来，忙着替他禳解。唐经天甚是好笑，悄悄将法王的请帖，再送回店主人的房中，又替他解了穴道。住客们大半惊醒，到庭院去瞧热闹，唐经天神不知鬼不觉地回到房间，将行李收拾好，打了一个包裹，留下了一锭银子，又悄悄地溜出了客店。

　　他对今晚之事，甚多不解。首先是那藏族少女究竟是何等样人，何以她起先誓死不从，其后又甘做白教喇嘛的圣女？冰川天女初次下山，不识道路，何以会撞到此地？是否巧合？冰川天女迫他走却又向他微笑，是恼他还是谅解了他？冰川天女也曾为黄教保护金瓶，何以白教法王却又对她以礼相待？种种疑团横亘心中，他一心想见冰川天女，听得敲过了四更，又再奔向白教的喇嘛寺院。这一次是熟路重来，不用摸索，便直奔东边的圣女宫。他打定主意，先去查探那神秘的藏族少女，不愁不知道冰川天女的下落。

　　圣女宫重门深锁，果然禁卫森严。唐经天略一踌躇，便飞身掠上瓦面，其时所有的圣女都已回来，宫中的灯火亦早已熄灭，但那些圣女经过今晚的一场大闹，都睡不着觉，犹自在房中谈论不休。唐经天在瓦面上蛇行兔伏，但闻得处处莺声燕语，夜风穿户，脂香扑鼻。唐经天皱了皱眉，辨不出那藏族少女的口音，又不敢闯进圣女的香闺去逐间查访。

一抬头，忽见东面小楼一角，尚有残灯，唐经天跳过两重瓦面，看清楚时，琉璃窗上，现出三个少女的影子，可不正是冰川天女主仆和那藏族的少女。唐经天心中笑道："这可真是踏破铁鞋无觅处，得来全不费功夫。"悄悄掩近，只听冰川天女说道："这几页是我抄给你的打暗器的手法，你藏好了。"那藏族少女道："姐姐大恩，我到死也不忘记。"唐经天心道："她们果然是相识的。但多少武功，为什么专教她打暗器呢？"只听得幽萍"噗嗤"一笑，说道："你死呀活呀地乱说，我舍得你死，有人可舍不得你！"窗内人影闪动，那藏族少女去撕幽萍的嘴，幽萍又道："我可是说真的，别人在真心地等你。"唐经天心中一动，想道："莫非是这女子有心上的人儿在萨迦，他又是谁呢？"唐经天虽然聪明，却想不起那是陈天宇。因为唐经天曾亲眼见过陈天宇和幽萍亲昵的情形，猜不到陈天宇的意中人不是幽萍，却是面前这个藏族少女。

琉璃窗上，冰川天女倩影如花，只听她低声喝道："幽萍别胡闹啦，芝娜妹子，你好自为之，珍重，珍重！"唐经天只道她就要告辞，忽见她手指一弹，"啪"的一响，楼上有人叫道："好贼子，居然敢闯到这儿来啦！灵獒咬他！"接着一声怪啸，突见四条小牛般大的怪兽发出吼声，向着唐经天扑来，竟是西藏所特有的一种狼犬，是野狼和狗杂交所生的，凶恶异常，比狼还要厉害，似这般大小的更是少见！

四条狗露出白巉巉的牙齿，分成四路攻来，居然似懂得武功的人一样，分进合击。唐经天一个闪身，反手一掌，刚将一条狗打开，两侧"汪汪"吠声，腥风扑面，一条狗从正面咬他咽喉，另一条狗从侧面窜进，前爪搭上他的肩膀。唐经天沉肩一甩，左手一抓，将两条恶犬都摔出一丈开外，陡听得又似半空中起了一声霹雳，押阵那条恶犬似乎是群犬的首领，碧油油的双瞳好像放射怒火一般，巨尾一剪，腾空窜起，向着唐经天一剪一扑，临敌之势，竟如猛虎。

唐经天身形一转，待那猛犬双爪搭来时，陡地飞起一脚，不料这条恶犬竟是久经训练，知道趋避，唐经天没踢中它，不由得怔了一怔，想道："这条狗闪避之快，竟胜似练过十年的轻功之士！"心存怜惜，本来他这一踢，乃是鸳鸯连环腿法，踢了左脚，右脚随之而发，两脚踢出，非中不可。只因心存怜惜，左腿一抬，并不踢出，那条猛犬，何等快疾，随着唐经天的身形，张牙舞爪，又再扑到。

适才被打开的三条猛犬虽然跌得不轻，但这种狗皮粗肉厚，并没受到重伤，吃了大亏，更加愤怒，喑喑狂吠，又再合围，这一回，四条猛犬都似知道敌人厉害，竟如高手对敌一般，有攻有守。唐经天手脚一动，它们就立刻窜开，冷不防就是一口，楼上的啸声，亦若合符节，在上面隐隐指挥，四条狗随着啸声，忽分忽合，忽进忽退，和唐经天纠缠不休，"圣女宫"中登时人声鼎沸。

唐经天合十一揖，使出内家真力，将四条猛犬迫出离身八尺之外，朗声说道："在下此来，只欲一见敝友，并无恶意。贵主人请将灵獒唤回，若再纠缠，请休怪在下打狗不看主人面了。"

楼上啸声蓦然停止，只见一个青衣老妇，手挥长剑，一跃而下，骂道："你这恶贼，今日在宝殿之上闹得还不够么？圣女宫中，岂是你这臭男子来得的？胡言乱语，亵渎神灵，吃我一剑！"居然是极上乘的西藏天龙派剑法，唐经天不得不闪，那四条猛犬，又随在主人之后，窜上前来猛啮。唐经天一看，这青衣妇人原来就是日间率领圣女出来谒见白教法王的那个圣母。

唐经天一指楼房,道:"我确是来访朋友。"那圣母越发大怒,斥道:"再出污言,叫你死无葬身之地!"要知她教中的圣女何等贞洁,连男子多看一眼,也不可以,怎能与外人交为朋友?唐经天之言,实是犯了她教中的大忌,也就怪不得要被她目为狂妄之辈了。她一面挥剑疾攻,一面指挥四条灵獒猛啮,叫唐经天不能分辩。

冰川天女不肯下楼相认,唐经天为难之极,又怕那白教法王到来,更是纠缠不清,把心一横,双掌一错,突然将一条猛犬提起,旋风一舞,向着另一条猛犬一掷,两条猛犬碰个正着,同时惨叫一声,摔倒地上,再也爬不起来。那圣母大怒,刷刷刷,连刺三剑,唐经天一个"盘龙绕步",翩如飞鸟,从她身旁掠出,伸手一抓,用"小擒拿"手法抓住了从侧边扑来的猛犬,仍依前法,旋风一舞,向另一条猛犬掷去,岂料这条猛犬正是最厉害的那一条灵獒,亦是群犬的首领,竟然在半空中怒叫一声,翻身扑下,非唯闪开了唐经天这一掷,而且双爪堪堪搭上了唐经天的衣裳。

唐经天使出"沾衣十八跌"的上乘内功,振衣一弹,将那条猛犬弹开数尺,一闪身又避开了那圣母的一剑,忽听得铮的一声,眼前寒光闪闪,冷气森森,唐经天知是冰魄神弹,双指一嵌,将冰弹捏在手中,只觉内中有物,冰弹触体遇热便化,藏在冰弹内的纸团却留在他的手中。唐经天正自一愕,忽听得冰川天女叫道:"你寺中有事,我不便再留,圣母,请恕我先走啦!"楼上飞出两条白衣人影,冰川天女携着幽萍,已是飘然而去。

唐经天无心恋战,突发一掌,将那圣母迫开,飞身窜出,便欲逃跑,圣母气得咬牙切齿,叫道:"灵獒,追他!哼,你亵渎神灵,又气走护法,把你喂狗,也是该当!"那条猛犬一下子扑到唐经天背后,唐经天知道厉害,迫得回身抵挡,这狗灵敏机警,用擒拿手抓它不着,打死了又觉可惜,一时之间,唐经天拿它无法,被它缠着,那圣母又挥剑攻来,圣母宫中亦已发出警号!

唐经天一皱眉头,突然心生一计,待那猛狗扑来,将长袖挥出,轻轻一带,那条狗收势不住,被他一带,竟扑到圣母身上,唐经天这一招快捷之极,那圣母尚未看得分明,忽听得耳边"汪"的一声,震耳欲聋,脸上腥气扑鼻,原来是那条狗张口狂吠,滴下口涎,溅了圣母满面,圣母大怒,骂道:"畜生!"将狗摔开,只听得哈哈大笑之声,唐经天跳出围墙去了。

唐经天跑到外面,张眼四望,哪里还有冰川天女的踪迹。冰川天女的轻功比他还要稍高一筹,又先走一刻,要追也追不及。唐经天叹了口气,打开纸团,借着月光一看,上面写着一行小字:"休要多管闲事!"唐经天不觉心中苦笑:"我只是欲见你一面,你不见我也还罢了,却三番两次将我戏弄。"回头一望,圣女宫隔邻的法王宝殿,亦已灯火通明,唐经天心道:"白教法王必然惊起,呀,想不到糊里糊涂与他结了仇。那藏族少女既然甘心愿做圣女,我也不必再去救她了。"

唐经天一口气奔出了哈吉尔城,心中闷闷不乐,忽地想道:"冰川天女总要到川西去找她的伯伯,就算她不识路途,多费些时日也终能寻到。我不如到冒伯伯那里去等她。"主意打定,胸中郁闷稍舒,于是在山冈上胡乱睡了一觉,第二日便续向东行。

从青海越过巴颜喀拉山,便是四川西部,川西古称荒僻的"野人"之地,唐经天走了数日,不见人烟,好在野果甚多,渴了摘果子食,饿了就打野羊烤吃,倒也不愁。这一日,踏进了川西的天险雀儿山,过了雀儿山,就是汉人的地区了。

雀儿山天险端的名不虚传,虽然没有天山高峻,但四周高峰犬牙交错,行经山脊之时,遥望四周群山,都好像披着雪衣俯伏在山脚底下,俨如一群或跪或卧的羊群,蔚成奇景。触目所及,到处都是嵯峨怪石,突出雪上,远远望去,又好似一排精工雕刻的屏风。

走了两天,山势愈来愈险,这一日唐经天翻过了山脊,远远见到山背升起的袅袅炊烟。唐经天心中一喜,但随即想起,群山重叠,虽似近在眼前的景物,也常常要跑大半天,要找到那山背人家,只怕还得两天路程。唐经天放快脚步,忽见天色突然阴暗,原来已走到雀儿山最险窄之处,两面山峰,紧相合抱,山石层层对立,最狭窄处,相去不过二三丈距离,曲曲折折,好似重门深锁。走了一段,忽听得前面有喘息之声。

只见一个衣衫褴褛的汉子,身倚危崖,气喘吁吁。唐经天喝道:"你是谁?"那汉子咿咿呀呀的发出两个模糊的声音,唐经天再走前两步,那汉子突然伸出两只手来,喘气说道:"那位客官,可怜可怜我这小叫花吧!"

唐经天张眼一望,蓦然吃了一惊,这汉子伸出来的两条手臂,上面结满一个个大大小小的疙瘩,十指弯曲,满面红云,面上下颊,左右也各有一个疙瘩,看来竟是个周身毒发的大麻风。唐经天虽无世俗之见,在这阴森可怕的山道骤然见着这麻风的怪相,也不由得倒退三步。那汉子张着一双失神的眼睛,呆望着唐经天,好像是饿了几天的样子,静候他的布施。

唐经天一定心神,深觉奇怪,麻风患者南方最多,西北极少,在川西"野人"之地见到麻风,已是一奇,这雀儿山是人迹罕到之地,这麻风却居然能来到此处,更是一奇。但随即想道:"是了,他一定是逃避世人,涉过万水千山逃到此处来的。"(要知清代的医学远不如今日发达,麻风本来不易传染,但当时的一般人却深信麻风必会传染,把麻风患者看成最最危险之人,一发现有人患了麻风,就立刻要将那人烧死,将骨灰深深地埋在地下。)由于西北麻风患者极少,识得此病的人不多。因此有些病人,不辞翻山涉水,希望能来到西北山区,苟延残喘。这等于长途逃难,但逃难尚有人布施,麻风却是人见人怕,麻风患者不敢投村宿店,不是饥饿而死,便是力竭而死,能到西北逃生者百不得一。

唐经天思念及此,不觉起了怜悯之情,想道:"他身罹恶疾,宁愿逃入深山与鸟兽为邻,这是何等可哀,又需要何等勇气!"便从囊中取出一条烤熟的羊腿,掷过去道:"给你!前面野果极多,你可以自己采摘。"羊腿落在那人跟前,那人却不俯腰去拾,他眼睛却突然一闪,一双晶亮的眸子,发出骇人的光芒。这刹那间,唐经天忽觉此人虽然形容丑怪,但却是眉清目秀,不类常人。尤其在眼睛张开之时,那眼光如同闪电,竟似练武之人一样。那麻风患者双眼一张便合,又变得憔悴无神,慢慢弯腰去拾那条羊腿。唐经天道:"喂,你叫什么名字?是练过武的么?"那麻风坐在地上,捧着羊腿大嚼,竟似听而不闻。

唐经天心道:"嗯,他是饿得慌了。"又暗笑道:"我问他这些干嘛?就算他是武学中人,我也不能与他做伴。何况,我又急着赶路。"只见那麻风患者一下子就嚼了半条羊腿,倏地又张开了眼睛,狠狠地盯了唐经天一眼,那眼光似是愤怒,又似憎恶,比适才更是骇人。在如此阴沉的山谷之中,一个大麻风露出如此的眼光,唐经天也不由得打了一个寒噤,提起脚步,展开身形,在他身边疾掠而过。

走不到十步光景,刚到山坳之处,忽听得轰的一声,一块磨盘般大小的巨石,突然从上面掉下来,山道狭窄,转身亦难,唐经天奋起神力,双臂一托,将那大石一掷,只听得轰轰之声,震耳欲聋,那块巨石带动山泥,堕下深谷,唐经天回头一瞧,只见那麻风提着一根拐杖,顶着上面的一块大石,唐经天喝道:"你干什么?"话犹未了,又是轰隆一声巨响,那块巨石凌空飞堕,声势比刚才还猛。唐经天站稳脚步,大喝一声,双臂一托,又将那块巨石掷下深谷。泥土飞溅,枝叶飞舞,霎时之间,竟自张不开眼睛,待到张开眼睛之时,那麻风已不见了。

唐经天大愤，喝道："素不相识，你为何加害于我？""你为何加害于我？加害于我，于我……"群峰回响，久久不绝！那麻风患者已不知躲到哪儿去了！

唐经天自下山以来，亦曾经历过不少惊心动魄的怪事，但从无一次有今日之怪异！这大麻风竟然是个具有绝顶武功的异人，此事已是不可思议！更令唐经天百思不得其解的是：他对这个麻风有恩无仇，实不明他何故如此阴险伏击，难道真是泯灭了人性不成。

走出山坳，天空豁然开朗，山路盘旋倾斜，这是雀儿山的南面，形势远不及北面险陡，有山路即是已有人迹，唐经天舒了口气，一直奔出十余里地，再也不去想那莫名其妙令人憎厌的麻风。

第二日傍晚，已下到半山，山坡上有间泥屋，屋边一个草棚，屋中升起缕缕炊烟，晚风中还吹送来烤肉和米饭的香气。唐经天看这泥屋的式样，形如马房，东西长达三丈，宽亦丈余，知道这是山户人家，特地辟来招呼过路的旅客，以及准备上山采药或打猎的人们投宿的，换言之，即是简陋的山中客店。唐经天这几天来只是吃烤羊肉和山果，极想一尝白米饭和蔬菜的滋味，也想能够安适地睡一觉，便到那泥屋敲门求宿。

屋主人是个五十岁左右的山民，相貌朴实，见唐经天求宿，笑道："我这儿好几个月没有人来，一来便是一大堆，客官，你今晚不愁寂寞了。里面有南方来的药商，有十几个人呢！"唐经天交了一锭银子，叫他做饭，进入屋中，只见里面堆有十几挑药挑，两个中年镖师偷偷地拿眼睛瞟着自己。忽地听得当中那个老年镖师咳了一声，两个中年镖师低下了头，装作若无其事的样子。

除了三个镖师之外，还有七八个精壮的汉子，横七竖八地卧在地上，拿扁挑当作枕头，想是药行的伙计。屋中一个五十左右满面油光的商人，傍着那老年镖师，也偷偷地拿眼睛瞟唐经天，眼光落到他的剑穗之上，剑穗两边摆动，他的眼光也似乎晃来晃去，露出惊惧的神情。

唐经天微微一笑，拱手说道："诸位是到青海去吗？"那老镖师淡淡地打了个招呼，药商"嗯"了一声，并不答话。唐经天道："兄弟是到川西去的，今晚幸会，大家有伴了。荒山野岭，人多胆壮，可以好好地睡一觉。"那两个中年镖师皮笑肉不笑地"哼"了一声，那老年镖师道："好说好说，兄台是从北面翻过山来的吗？"唐经天道："不错，这山路可真不好走！"那老年镖师道："兄台单身独行，胆气过人，佩服佩服！老朽吃这口镖行饭，全靠外面朋友的帮忙，不怕兄台见笑，若只是我一个人，我也不敢翻过这雀儿山。"说着，用眼睛睨唐经天。

唐经天暗暗好笑，心道："这老儿定是将我当作独脚大盗了。"拱手说道："老师傅太客气了，还未请教大名。"那老镖师道："敝姓郭，贱字台基，转请兄台高姓大名。"唐经天也说了。那老镖师似乎不愿和唐经天多说话，交代了江湖套语之后，唐经天问一句他答半句，敷敷衍衍，绝不多言。

唐经天知道江湖禁忌，亦知道他们暗中对自己戒惧，便也不再多问，心中却自想道："郭台基，这个名字可没听过。"康藏青海新疆等地，有几种贵重的药物，如犀牛黄、麝香、熊胆之类，但对普通药物，却极缺乏，故此每年都有一二帮财雄势厚的大药商，运各种药物到康藏，交换当地的特产回去，每做一次生意，少说也有十万两银子以上的交易，替这等药商保镖的人，非有惊人的本领，可不敢迢迢万里，跋涉长途，走这不毛之地。

吃过晚饭，药行的人在屋子当中燃起一大把枯枝，围着火堆睡觉，那三个镖师，轮流守夜，唐经天自在一个角落展开随身携带的轻便卧具睡了。

刚阖上眼睛，忽听得外面有脚步之声，那两个中年镖师一跃而起，道："来了，来了！"老年镖师"嘘"的一声，道："闹什么，给我躺下。"那屋子的两扇板门,照着山中客店的规矩,为了方便客人的投宿,终夜都是虚掩着的,那脚步声来得快极,一下子就到了门前,门未推开,就听得嘻嘻哈哈的笑声,唐经天和那三个镖师都怔了一怔,笑声清脆非常,来的竟是女子!

只见两个女子先入门来,后面跟着一个男子,那两个女子一老一少,相貌相似,似乎是母女,少女的头上插着一朵野花,春风满面,一进门便嚷道:"哈,这么多人,可真热闹!"那中年妇人穿着一件绣有白牡丹花的浅红衣裳,画着两道长长的眉毛,伸出指头在嘴边"嘘"了一声,道:"说话小声点儿,别吵醒了客人!"是教训女儿的说话,但神情语气,却没有母亲的威严。唐经天心中暗暗好笑,想道:"我姨妈(冯琳)是女中怪物,这妇人看来也和她差不多。"

这两母女腰间都挂着一张弹弓,嘻嘻哈哈的像一对不知世故的姐妹,眉宇之间却隐隐透着一股迫人的英气,跟在她们背后的那个男子,年约五旬,身材魁伟,虎背熊腰,出步沉稳,虽没见他身上带有兵器,但显然是个江湖上的大行家。

药行的人本来就没有睡,这三人一来,个个都偷偷用眼睛瞟他们,尤其是那两个中年镖师,自那两母女一跨入门,眼睛便不离左右。那少女忽地格格一笑,蓦然斥道:"要就大大方方地看个饱,鬼鬼祟祟地偷偷张我干什么?"

两个镖师臊得满面通红,一瞪眼睛,就想发作,后面那身材魁伟的老者一步跨上前来,双拳一拱,说道:"小女娇纵惯了,请各位恕她年幼无知,休与她一般见识。"将女儿推上一步,道:"霞儿,还不给伯叔们赔礼么?"那两个镖师正自咕哝:"什么路道……"见那男子赔话,又叫女儿赔礼,难以发作,反觉不好意思,那少女忽道:"喂,你们说什么?爹,你听,他们骂我!"那身材魁伟的老者面色一沉:"野丫头,一出门就到处惹人笑话。"那老

只见两个女子先入门来,后面跟着一个男子,那两个女子一老一少,相貌相似,似乎是母女,少女的头上插着一朵野花,春风满面,一进门便嚷道:"哈,这么多人,可真热闹!"

镖师咳了一声，急忙站起，道："小孩儿家说笑，老兄不必当真，我这两个伙计粗粗鲁鲁，不知礼数，这位姑娘，你也莫怪。"

镖行伙计和那少女都沉着面孔，走过一边，中年妇人道："老爷子，别唠叨啦，不是说人家要睡觉吗？"她平素宠惯女儿，见镖行伙计和她女儿"吵架"，也不问谁是谁非，心中大不高兴，这一句话明里是说她的老伴，暗中谁也听得出来，她是恼了镖行的人。老镖师心内嘀咕，心道："江湖道上，最忌和尚、道士、书生、妇人之辈，这两个雌儿，背着一张弹弓，又不像卖解的娘儿，今晚可得小心防备。"

这对母女离开镖行的人，想找寻一处合适的地方，展开卧具。唐经天倚着墙壁，还未卧下，一抬头，忽见那中年妇人目露异光，一步一步向他缓缓行来，走到离他数步之地，忽然站住，直上直下地打量他，脸上泛起一层红晕，手捻裙带，好像一个娇羞的少女，突然之间，碰到了多年不见的情郎。那身材魁伟的老者走来道："青妹，咱们到那边墙角去吧。"忽然双眼发光，也呆呆地望着唐经天。唐经天奇怪之极，心道："这两天怎么老是碰着莫名其妙的事情？"

那老者呆了一呆，似是发觉了自己的失态，尴尬一笑，拱手说道："小哥，你贵姓？"唐经天道："小姓唐。"那中年妇人失声说道："嗯，你姓唐？"药行的伙计不知是谁"嘘"了一声，那老者道："说话小声点儿。"那中年妇人压低声音问道："唐相公，你是从哪儿来的，要上哪儿去？"那少女噗嗤一笑，道："妈，你怎么这样盘问人家？"

唐经天稍稍迟疑，终于答道："我从西藏来，准备到川西去找个朋友。"那中年妇人道："嗯，从西藏来的？看你的样儿，练过好多年的武功吧？"眼光落在他的游龙剑上，唐经天将这柄剑枕在身下，只露出半截剑柄。那少女又是格格一笑，道："妈，你真是老糊涂啦！你不见人家带着剑吗？还用问的？"唐经天道："单人独行，带把剑不过壮壮胆子罢了，我哪懂什么武功？"

那老者微微一笑，似是赞他谦虚，又似嘲他说谎。那中年妇人忽道："我向你打听一个人，也是姓唐的，不知是否你的本家？"唐经天道："谁？"那中年妇人道："这个人叫做唐晓澜！"

唐经天心头一震，须知他父母当年大闹清宫，杀了雍正，虽然事隔多年，到底还是朝廷的钦犯。唐经天在陌生人的面前，如何敢泄露出来？那妇人一对水汪汪的眼睛，含着焦急与期待的神情，看来实无丝毫恶意，唐经天定一定神，微微笑道："唐大侠的名字我是听说过的，但他乃一派宗师，我仰慕非常，却是无缘拜见。"那中年妇人好生失望，那少女笑道："妈，你时常和我们提起唐伯伯，想这位唐伯伯高处天山，寻常人岂能见到？你碰到从回疆西藏来的人便问，也不怕人笑话么？"装出她父亲平日说话的神气，那妇人给她的女儿逗得笑起来，斥道："小丫头，你倒教训我起来了？"

唐经天怕她啰嗦盘问，打了一个呵欠，那老者道："霞儿，青妹，这位小哥明天还要赶路，咱们也该安歇啦。"在离唐经天数尺之地展开卧具，倚着墙壁，半坐半卧，闭目假寐。

两日之间，连逢许多怪异之事，唐经天哪睡得着，心中仔细琢磨，猜不透这父女三人的来历。偷眼斜窥，只见那两个中年镖师，手中提着兵刃，守着火堆，也时不时地偷窥她们，那老镖师则呼呼地打鼾，唐经天一听，就知他是假装熟睡。

也不知过了多少时候，药行的伙计熬不住疲倦，鼾声大作，都睡着了。那老镖师忽地张开眼睛，低声说道："小心！"随即提起一支烟杆，那烟锅有茶杯口般大小，黑黝黝的，显是铁铸的烟杆，那老镖师装了一袋旱烟，呼呼地吸起来。忽听得"轰隆"一声，两扇板门给人一脚踢开，涌进十几个人，走在前头的是个四十左右、身材高大的汉子，提着一张弹弓，哈哈笑道："好极，好极，肥羊都赶到屋里来了，咱们可不用费力啦！"

那两个中年镖师霍地跳起，便欲上前迎敌，那老镖师一迈步，拦在他们前面，将旱烟管徐徐一挥，左手抚着烟管，团团一揖，朗声说道："朋友们请了。在下是北京振威镖局的郭台基，在镖行上混口饭吃，请恕在下眼拙耳矇，不知寨主在此开山立柜，未投拜帖，失礼之极。俺郭某在这厢赔罪了。"

盗魁后面的人哈哈大笑，有人叫道："咱们才不理这套虚礼繁文。咱们可只知道肥羊到口，就得随手擒来，沽之哉！当家的，你说可是？"那盗魁打量了郭台基一眼，笑道："小三子休要油嘴滑舌，俺瞧这位郭镖头也是一尊人物，江湖上哪里不交朋友，就这么办吧，这批药材，可巧正合山寨之用，咱们就不客气要留下啦，镖行的伙计可以走开，应得的镖银咱们也都不要。好，郭镖头，你瞧这样可够朋友了吧？"那药商吓得抖抖索索，瞧着郭镖头，生怕他与强盗妥协。

郭台基仰天打了个哈哈，道："多承寨主手下留情，本该听寨主的吩咐，只是食君之禄，担君之忧，雇主就是咱们镖行的衣食父母，咱们若是只图自己，弃了衣食父母，以后这镖行的生意也不用做啦，镖行上下数十人都得饿死。寨主，俺老朽还得请你体谅下情。"

那盗魁冷冷一笑说道："郭镖头果然够义气，但俺兄弟们若不做买卖，难道郭镖头叫我们喝西北风不成？"那两个中年镖师道："他们既然不卖面子，师父，咱们还与他多说做甚？嘿，说不得只有兵刃上定输赢了！"那盗魁哈哈大笑，道："还是这两位少镖头干脆！"蓦地弹弓一拽，那两个中年镖师举刀相格，忽听得"啪"的一声，那弹丸忽地裂开，挟着一溜火光，登时燃烧了衣服，那两个中年镖师就地一滚，皮肉焦痛，跃起来时，只见老镖师已与盗魁斗

· 335 ·

在一起。

那老镖师年纪虽老,身手可是矫捷之极,盗魁还来不及拽弓,他的旱烟袋已迎头磕下,盗魁赞了一个"好"字,将铁胎弓一拉,用弓弦来割老镖师的手腕,这一招使得甚是怪异,那老镖师一个转身,烟杆反手一送,倏地当成小花枪使用,跟着一个"进步连环",烟袋一敲,变成了铁锤的手法,再一转,却又当成了判官笔,点打那盗魁肋下的软麻穴。那盗魁举起铁弓,左迎右挡,也是接连用了三种手法,解开了老镖师三种不同的招数,哈哈笑道:"振威镖局的镖头果然名不虚传,但碰到俺飞火弹朱定,这威也恐怕不能扬啦!"手法一变,一张铁弓盘旋飞舞,弓背扫击,弓弦拉割,咄咄迫人。用铁弓当作兵器,乃是在十八般兵器之外的独特武技,那老镖师可还没有见过,饶他有数十年火候,也只是堪堪抵挡得住。

那两个中年镖师在地下爬起,盗众已蜂拥而上,药行的伙计也群起迎敌,两边人数差不多,盗众胜在通晓武艺,药行则有两个镖师力战,等于平添了十来个人,这混战一时间难分上下。

唐经天坐了起来,不愿先露身份,且瞧那父女三人的动静。只听得那少女格格笑道:"妈,这强盗也会使弹弓呢!"那中年妇人道:"呸,天下之大,就只有你会使弹弓么?"那少女道:"嘿,天下之大,就只有咱们杨家的弹弓打得最好,妈,我可记得你说过这话。"那中年妇人道:"你忙什么?且让他们吃点苦头。"唐经天心中一动,想道:"杨家的弹弓?哪一个杨家的弹弓?"

忽听得那盗魁一声怪啸,弓弦一弹,在老镖师的肩上拉了一道长长的口子,那老镖师踉踉跄跄倒退三步,大喝道:"俺与你拼了!"那盗魁哈哈大笑,道:"别忙,时候有的是!"蓦地张弓连发,嗖嗖嗖,一连打出十几枚连珠弹。

那少女笑道:"这两下手法还算不错。"那盗魁的硫黄火焰弹一发,立刻有几个药行伙计应声倒地,还有几个给烧焦了皮肉,急忙伏地打滚。那盗魁弹弓连曳,忽听得那老者道:"霞儿,瞧你技痒难熬,现在可以出手啦!"

那少女格格一笑,蓦然起立,弹弓一曳,疾似流星,把那盗魁的火焰弹都在空中碰裂,火星四处飞散,那盗魁大怒,一个闪身,避开了那老镖师的一击,弹如雨发,都向那少女打来!

那中年妇人道:"霞儿,你的打法还不成,你瞧清楚了!"弹弓一曳,俨如冰雹乱落,将那些火焰弹都撞了回去,弹丸竟似长着眼睛一样,都落到盗众的身上,烧得他们滚地哀号,盗魁也几乎着了一弹,勃然大怒。那老镖师正在追击盗魁,要与他拼命,骤见这两母女出手,怔了一怔,那盗魁反身一个"蹬脚",向老镖师胸口倒踢,眼见那老镖师就要受伤,那身材魁伟的老者道:"青妹,你收拾这些盗党。"身形一起,俨如兀鹰下击,一把就将那盗魁倒提起来,摔出门外。

忽听得一声怪笑,纷乱之中谁也没有瞧出,竟然又有一个陌生的汉子溜了进来。唐经天听这笑声,心头一震,张眼瞧时,只见来人披着一身破破烂烂的麻衣,提着一根黑漆漆的拐杖,满面红云,下颊两个疙瘩,一笑之时,牵动肌肉,更显得丑恶怪异,此人非他,正是他前日在雀儿山最险峻之处所碰见的怪麻风!

唐经天斜倚墙壁,将上衣一拉,遮了半边脸孔,只见那麻风少年伸手一格,那老者登时退了三步,怒声喝道:"你是谁?"

那麻风恶丐笑道:"你不知道我,我可知道你!你在山东鼎鼎大名,我以为你还在山东,曾访过你两次,都没见着,谁知你却在此。哈哈,真妙极啦!听说你的五行拳是大江南北的第一高手,我倒要见识见识!哎,还有你这位夫人听说是铁掌神弹的后人,唉,余生也晚,来不及见铁掌神弹,却幸还能在这儿遇到二十多年前名震江湖的前辈女侠,说不得也要一并领教啦!"

适才被老者摔出门外的盗魁,又走了进来,听了这恶丐的说话,一时未瞧清楚,以为他是个独脚大盗,大喜过望,叫道:"喂,肥羊各分一边,一碗水大家喝啦!"那麻风倏地睁眼道:"谁理你的肥羊?你给我滚!"双手一举,那盗魁和老者瞧清楚了他手臂上大大小小的疙瘩,不由得都骇叫一声,只见那麻风恶丐伸手一挥,将那个盗魁连同一扇板门,都撞得飞出外边,山风中隐隐闻得那盗魁的哀号,竟不知给摔到哪儿去了。正是:

游戏风尘一异丐,少年英侠也心惊。

欲知后事如何?请听下回分解。

第十八回

青女素娥　浮云掩明月
奇人疯丐　铁剑骇英豪

盗徒们吓得魂飞魄散，也顾不得皮肉的灼伤，连那些还在地上打滚的，也发一声喊，连爬带滚，纷纷夺命奔逃，镖行和药行的伙计，如见鬼魅，远远避开，缩到墙边，连那个老镖师也吓得呆了。

那老者刷的一下面色变得灰白，叫道："你就是专与天下英雄作对的毒手疯丐？"那麻风道："哈哈，不错，够资格与我作对的英雄可不多，你们的五行拳呀，神弹子呀，还不赶快施展？"那老者叫道："霞儿，快走！"反身一跃，拾起一柄镖行伙计所用的长刀，没头没脑地便向那麻风急斫。他本来以五行拳著名，用刀实非所长，只因瞧见了那大麻风长满疙瘩的双臂，心中发毛，不敢与他肌肤相接。他虽然不长于刀法，这几刀也劈得虎虎风生。那麻风双目一睁，哈哈笑道："你不敢与我碰手碰脚？我偏要叫你尝尝我身上的脓血！"他将铁拐交给左手，舍而不用，单手风车般地疾转，直在刀光之中迫近老者身前。

那中年妇人喝道："霞儿，快走！"弹弓一曳，连发三弹，一取那疯丐面上的"眉尖穴"，一取胸前的"灵府穴"，一取下身的"会阴穴"，这三弹连发，曾打败过不少名家高手，厉害无比。那疯丐叫声："杨家神弹，果然名不虚传！"霍地一个"凤点头"，闪开了奔上盘的弹子，双指一嵌，接了奔中盘的弹子，铁拐一拨，将奔下盘的那颗也反击得无影无踪。蓦地一声怪叫，张口一咬，咬着那长柄弯刀垂下的刀环，那老者一生走南闯北，不知会过多少高人，却从未见过这个怪招，虎口一麻，长刀竟给他咬去。那疯丐嘻嘻怪笑，手臂一横，伸掌就抹那老者的口面，老者大吼一声，兜胸就是一拳，临急之时，使出了五行拳的杀手，那疯丐一声怪叫，腾地倒跃三步，拐杖往地上一点，鬼魅一般，又到了老者的身前，嘻嘻笑道："我不信你能挡我三招！"那老者这拳少说也有七八百斤气力，兜心一拳，竟打他不倒，这真是从所未有之事，心中又惊又急，蓦见那疯丐又举起手臂，伸掌来抹，待要跃开，却给他的铁拐一把勾住了颈项。

那少女疾发弹子，她的"隔衣打穴"功夫，还未练得纯熟，用的是"满天花雨"的手法，一发就是一大把。那疯丐铁拐一勾，先把那老者绊倒，嘻嘻笑道："待下再叫你尝尝滋味！"铁拐盘空一舞，少女的弹子都给他的杖风震得化为粉屑。那疯丐叫道："好，先请你这位如花似玉的小姑娘尝尝我身上的美味！"铁拐点地，凌空飞出，少女骇极大呼，一跤跌倒地上。那妇人急发弹子，连打疯丐身上七处大穴，虽明知伤他不得，但救女情殷，只盼能将那疯丐暂时迫开，不叫他玷污了女儿。那疯丐竟然理也不理，弯腰伸臂，就要抱这个晕倒地上的小姑娘。

忽听得呜呜两声，只见暗赤色的光华闪了两闪，那疯丐一声怪叫，跃起丈高，几乎碰到屋顶，铁拐一挥，凌空下击，那妇人大为惊骇，将弹弓掷于地下，取出柳叶双刀，连忙招架，那疯丐势如猛虎，左右一扫，当中一击，不过三招，就将那妇人的柳叶双刀全都击飞，忽地张口一吐，叫道："混小子，你也来了！"

那妇人吓得魂不附体，张眼一瞧，只见寒光刺目，剑气如虹，一个白衣少年正在与那疯丐恶战，中年妇人一跃而起，叫道："游龙剑!"

这白衣少年正是唐经天,他在那两母女最危急的时候,用极巧妙的手法,发出两支天山神芒,杂在弹子之中打出,那疯丐闭了全身的穴道,他又不知天山神芒的厉害,以为闭了穴道,纵被打中也是无妨,哪知这两支神芒配上唐经天的内家劲力,竟破了他闭穴的功夫,神芒钻头,直攻心肺,那疯丐受了重伤。

唐经天一发神芒,立刻出手,那疯丐兜头一吐,唐经天疾闪闪开,拔出游龙宝剑,岂知就在这瞬息之间,只听得嗤嗤两声,唐经天绝料不到这疯丐的暗器竟然是在口中吐出。他初意只是避他口涎,退开不过数尺之地,不料嗤嗤两声,手腕上似给大蚂蚁叮了两口一样,并不疼痛,但却麻痒之极。唐经天大怒,喝道:"你这厮简直是一条逢人便啮的毒蛇!"那疯丐哈哈笑道:"你说得一点不错,你就是今晚第一个给毒蛇咬着的人。"唐经天运剑如风,刷刷刷,霎眼之间,连发三剑,疯丐那双手拿着铁拐,两边一扯,忽地扯出一把黑漆发光的铁剑,原来那铁拐中空,竟是一个奇特的剑鞘。

唐经天的游龙剑何等厉害,铿锵一声,斫在那麻风的铁剑上,登时溅起一溜火光,将那柄铁剑斫了一道口子,那麻风"噫"了一声,挥剑斜劈,唐经天的宝剑削铁如泥,斫它不断,也自大出意外。只见那麻风剑招完全不依常轨,看似杂乱无章,其实每一招都有极深奥的变化,一连挡了他追风剑法的十八招进手招式,丝毫不露破绽,这麻风的内力也大得出奇,以唐经天所修的纯净内功,竟然占不到半点便宜。

那中年妇人救醒女儿,那老者亦已跳起,三人同时大呼,帮唐经天斗这恶丐。这恶丐右手挥舞铁剑,敌住唐经天的游龙宝剑,左手挥舞"剑鞘"敌住那父女三人的兵器,右手守多于攻,左手却是攻多于守。唐经天使出追风剑法的精妙招式,霎眼之间,斗了二三十招，那疯丐头上冒出腾腾热气，汗流满面，唐经天知道神芒已循着穴道攻他心肺，手底更不放松，刷刷两剑，分心直刺！

那疯丐双眼一睁，目光如电，扫了一下，蓦然喝道："浑小子，你动了真气，还要命么？"唐经天咬牙一剑，那疯丐举剑一挡，在火星蓬飞中忽然一个筋头，翻出门外，唐经天举步欲追，忽觉遍体有如针刺，一股腥气似从心肺之间泛出，直冲喉头，陡然间，但觉金星乱冒，眼前一片黑漆，跌倒地上。

唐经天急急运气镇护心神，只听得满屋子的脚步声，哗叫声，道谢声，那老者道："老镖头且休言谢，请来帮眼看看这位朋友受的到底是什么伤？"唐经天口不能言，心头也渐觉麻木，迷糊中似听得周围纷纷议论的声音："咦，这是什么暗器？""不可乱用解药，用得不对，反而会加重伤势。""咦，怎么好像蛇咬的伤口？""看，这脸上的黑气，真像是被毒蛇咬的！""谁带有金针，刺一点毒血看看。""不必看啦，这暗器准是用毒蛇的口涎炼的。"这时间唐经天只觉脑袋好像有一块铅似的，越来越沉重，身上好像有无数小蛇游动，乱啮乱咬。唐经天想叫他们取出他囊中的用天山雪莲所炮制的碧灵丹，只是舌头亦已麻木，旁边的人只听得他发出"咿呀"的模糊声音，越发手忙脚乱。再过片刻，唐经天隐隐听得有人说道："且看这个药能不能用？"眼睛一黑，立刻失了知觉。

到唐经天有了知觉之时，已是七日之后。唐经天可不知道过了这么长的日子，只觉得似从一场恶梦中醒来，迷迷糊糊地依稀记得前事，张眼一瞧，但见红日当窗，窗外花枝颤动，房中缕缕幽香，很是舒服，耳边听得柔声说道："谢天谢地，醒过来啦！"只见那两母女坐在床前，含笑地看着自己，那柄游龙宝剑，悬在床头。

唐经天道："我怎么会在这儿？这是什么地方？"那中年妇人道："霞儿，端一碗参汤来。"柔声说道："你中了那疯丐的喂毒暗器，已躺了七天啦。这儿是我们的家。"唐经天闭目一想，想起那疯丐的怪状,打了一个寒噤,道:"多谢你啦!"那妇人道:"我们才该谢你。"少女端了参汤进来,唐经天呷了两口,神智更见清醒,那妇人道:"霞儿,把唐哥哥换下的衣服拿出去,那两件新衣裳你缝好了没有?"少女答道:"早缝好啦。"唐经天闻到衣衫上的一股腥臭之味,又见这两母女双眼发红,想是熬了几个夜晚,守护自己,心中大是过意不去,道:"活命之恩,终身不忘!"那少女格格一笑,道:"妈,他爹爹当年是不是也这样文绉绉的?"那妇人笑道:"这暗器的毒真是人间少见,说来还是你自己医好的,多谢我们做什么?"唐经天道:"怎么?"那妇人笑道:"幸好我认得你这把游龙宝剑,又知道碧灵丹的用法,要不然我也束手无策。"

那妇人笑了一笑,往下说道:"先是那药商看出这是蛇毒,送了你两丸专解蛇毒的药丸,那药商原来是专卖北京最著名的乐家药材的,他感谢我们打退强盗,不惜以最珍贵的灵药相赠,但也只是能暂时阻遏毒气不至发作,我们雇了一乘竹轿,将你抬回家中,替你推摩挤血,都没有用。我忽然想起,你既是这柄游龙剑的主人,囊中定有天山的灵药碧灵丹,我用雪水将灵丹开了,一半内服,一半外敷,呀,那疯丐的暗器,奇毒真是世间罕有,以天山雪莲这样善解各种无名肿毒的灵药,也得花七天工夫!"

唐经天神智清醒,想起那晚之事,又听她现在的说话,不由得问道:"你认得我爹爹吗?"那妇人微微一笑,脸上忽然泛起一层红晕,就像那晚她初见唐经天之时,一模一样,轻掠云鬟,低声说道:"何止认得,我们还是青梅竹马之交呢!你爹没有和你提过铁掌神弹杨仲英的名字吗?我就是铁掌神弹的女儿。"唐经天叫道:"呵,原来你就是杨柳青,嗯,杨伯母。我妈常说起你。"那妇人柳眉一扬,道:"你妈好?"唐经天道:"好。我妈说廿多年前,他们都曾受过你父亲的大恩,我爹曾在你爹门下习技五年,说来你该是我的师叔。"那妇人想起廿余年前的情事,尴尬笑道:"你爹爹好?"唐经天道:"好。我爹在天山之时还供奉有杨师祖的灵位呢。"那妇人这才真正开颜一笑,道:"我们本来是要到天山探望你的父母的,想不到在这儿遇见了你。这也真是缘法。"

原来这妇人名唤杨柳青,曾经是唐晓澜的未婚妻,后来解除了婚约,才改嫁五行拳名家邹锡九的。女子最难忘初恋情人,杨柳青虽然生了女儿,心中还不时会忆起往事,与唐晓澜多年不见,难免悬念。邹锡九也知道妻子情意,深知她与自己已是一对恩爱夫妻,对唐晓澜的忆念绝非旧日之情,而且他也想见唐晓澜一面,因此陪着妻子远来。他们本来是在山东杨仲英的旧家居住,三年之前,为了一桩事情,才搬到四川来的。

唐经天中毒太深,醒后数天,才能扶壁试行,看来非疗养一月半月,难以恢复。因此只好在邹家住下来。邹家三父女对他爱护备至,尤其是杨柳青,简直将他当成亲生儿子一般,百般呵护。杨柳青的女儿邹绛霞天真活泼,有如依人小鸟,时常请唐经天指教武功精义,唐经天初初伤愈,她就扶他在庭院里散步,唐经天心无邪念,也并不以为意。

过了十天,唐经天除了体力尚差之外,毒气已经去尽,人亦渐渐复原,这一晚和邹绛霞在屋外散步,屋外花影扶疏,月光如水,这时已是春尽夏来,茉莉花开得正香,晚风吹来,中人欲醉。

邹绛霞笑语盈盈,不知怎的提起天山,邹绛霞问道:"天山之上好不好玩?"唐经天道:"住惯了不觉怎样,若没有到过的人,样样都会觉得新奇,那里终年积雪,冰河交错,从山顶望下,就像千百道银色的长龙一样。"邹绛霞道:"呵,那岂不成了神话中仙女所居的琉璃世界了?"唐经天道:"我还见过冰宫呢!"骤然想起冰川天女,不觉黯然。邹绛霞道:"在天山上吗?"唐经天道:"不,不在天山。"邹绛霞忽然发现唐经天似是有点郁郁不欢,忙问道:"提起天山,你定想家了?待你伤好之后,我们都陪你去。"唐经天道:"不,我还要到川西一趟。"邹绛霞道:"在天山上,寂不寂寞?"唐经天道:"我们有几家人家,时常来往,也不算寂寞。我姨妈也在天山,她最欢喜顽皮的女孩子。"邹绛霞道:"嗯,我听妈妈说过,她说你妈姐妹俩非常相像,好玩得很。"唐经天笑道:"她们本是一对孪生姐妹,有时候连我也分辨不出来。"邹绛霞道:"你的表兄弟像你么?"唐经天道:"不像。"忽地笑道:"我表妹倒有点像你。"邹绛霞道:"你的表妹美么?"唐经天道:"很美,像你一样。"邹绛霞道:"你说谎,她一定美得多!"忽地笑道:"我妈说你神情举止,都像你父亲少时一样,那么你也一定是个多情种子了?"

此话突如其来,唐经天一怔道:"什么?"邹绛霞道:"你爹以前在我外祖家曾写过一首词,那张词笺,我妈还收着,我瞧着好玩,带在身边,想请你解给我听,我不大懂,但读起来也觉得写词的人,一定多情得很。"邹绛霞女孩儿家,口没遮拦,唐经天听她谈论自己的父亲,却有点不好意思,但心中好奇,便道:"你带在身边么?拿来给我瞧瞧。"

那张词笺已有点残破了,但每一个字都还完整,填的词牌是《百字令》,词道:

"飘萍倦侣,算茫茫人海,友朋知否?剑匣诗囊长作伴,踏破晚风朝露。长啸穿云,高歌散雾,孤雁来还去!盟鸥社燕,雪泥鸿爪无据! 云山梦影模糊,乳燕寻巢,又惧重帘阻;露白葭苍肠断句,却倩何人传语?蕉桐独抱,霓裳细谱,望断天涯路。素娥青女,仙踪甚日重遇。"

这首词本来是唐晓澜当年思忆吕四娘而写的,杨柳青一知半解,却误会成是为她写的,保留至今。邹绛霞道:"你妈真好福气,你爹爹把她当成仙女呢!你妈那时候为什么将他冷淡?"她把词中的"素娥青女"当成是唐经天现在的母亲,唐经天却是心中奇怪。

唐经天反复吟哦,细味词中之意,乃是怀念远人,而又有一种"可望而不可即"的幽怨。唐经天心道:"那时父亲正住在杨家,这首词自然不是写给杨柳青的了。"他也不知此词来历,只道是父亲当年写给母亲的词笺,暗自笑道:"我只见爹爹和妈妈相敬如宾,原来当年也曾闹过一场别扭。"邹绛霞微微笑道:"有其父必有其子,想来你也是个多情种子了,可惜你的小表妹不在身边呵。"

这首词缠绵悱恻,如怨如慕,唐经天反复吟哦,想起冰川天女,不觉痴了。见邹绛霞笑语盈盈,一副无邪的天真少女神态,心中暗自笑道:"你哪里知道,我的小表妹不过像如今之你、当年你母亲一样,而我也和我父亲一样,心中怀念的实是另有其人。"

邹绛霞见唐经天忽而沉思,忽而微笑,既似意恼,又似神伤,只道是自己说错了话,撩起他的情绪,心中暗暗后悔。忽听得唐经天轻轻咳了一声,茉莉花下,她的母亲走了出来,邹绛霞嗔道:"妈,你为什么偷听我们说话?"杨柳青笑道:"你们说了什么话来了?连妈也听不得。"她俩母女有如姐妹,说惯笑话,唐经天却是有点尴尬,问道:"伯母这么晚了,还一个人出来?"杨柳青看了他们一眼,道:"是呵,是很晚了。"

唐经天面上一红,只听得杨柳青缓缓说道:"经天,你现在尚未完全恢复,霞儿你陪唐哥哥玩,可不要离开家门太远。"邹绛霞见母亲这回说话,不似取笑,问道:"这是为何?"杨柳青道:"经天,你还记得那疯丐吗?"邹绛霞打了个寒噤,抢着说道:"这丑八怪,死麻风,烧变了灰我也记得。"唐经天笑道:"其实他也不算丑怪,不是有意地吓人的时候,看来倒是一个眉清目秀的少年。"话说出后,心中忽然一动,暗暗诧异。

唐经天曾听父母谈过他们当年在海岛上大战毒龙尊者之事,毒龙尊者曾经是个大麻风,后来逃到海岛中自己疗好,因而憎恨世人。唐经天曾读过一些医书,心中想道:"像他那样满身疙瘩,麻风病该是染得很重的了,何以眉毛并不脱落?莫非他也是和毒龙尊者一流人物?"又想道:"若然如此,那他的病也该早已治好。何况毒龙尊者当年逃到海外,练了几十年才练到上乘武功。他这样年青,患了麻风,自然无人肯教,他又怎么练到了一身上乘的武功?"忽然想起莫非他是毒龙尊者的徒弟,但这是绝不可能之事。他的母亲曾经谈及,当吕四娘将毒龙尊者收服之后,毒龙尊者回到中原,不到三年就死了。那时这疯丐最多不过是三两岁,说话还未说得清楚的娃娃。

唐经天本是个心思灵敏的人,病愈之后,神智清明,细想那疯丐的音容举动,只觉有不少可疑之处,问杨柳青道:"伯母,你提起这个疯丐,莫非他又在附近出现了?"杨柳青道:"不错,邻县一个武师前来报讯,说是他们那儿发现这么样的一个怪人,专与武林好手作对,听说唐老太婆也给他打了,那位前来报讯的师父还想邀请霞儿的爹去助拳呢,他却不知我们早与那疯丐会过了。"唐经天一想,自己尚未复原,若然那疯丐一来,的确无人是他对手。邹绛霞问道:"是那个曾教我打过暗器的唐老太婆么?"杨柳青道:"不错。"笑对唐经天道:"廿多年前,她的丈夫被你的姨母所杀,那时她曾几次向我们寻仇,后来得人化解,如今与我们反而成为了好友了。"她们所谈的"唐老太婆"就是唐赛花,算起辈分来亦即龙灵矫的师姐。唐经天心中一动,他本来要去寻访唐家的人的,却原来就在邻县。

邹绛霞骂道:"该死的大麻风,真是像乱咬人的疯狗一般。"唐经天道:"伯母可知道他的来么么?"杨柳青道:"听你邹伯伯说,这疯丐是最近两年才出现的,他从中原到西北,专找武林中的成名人物,羞辱一番,便扬长而去,谁也不知他的来历。"唐经天沉吟不语,心中反复思量,不得其解。忽听得杨柳青道:"这个疯丐已经够怪了,还有更怪的呢!"邹绛霞道:"怎么个怪法?"杨柳青道:"居然有两个美若天仙的女子肯与这大麻风一道。"唐经天吃了一惊,道:"什么?"杨柳青道:"有人见他们三人一道,还有说有笑呢。听说那两个女的也曾进入唐家,详细情形可就不知道了。"

唐经天大为奇怪,心中想道:"难道这两个女子竟是冰川天女与她的侍女幽萍?"想冰川天女何等高傲,等闲之人都不放在她眼内,她肯与那麻风一道?此事说来实是过于怪诞,难以入信。但除了她们二人,又还有谁称得上"美若天仙"?

他没想到,这两个"美若天仙"的女子,当真就是冰川天女和她的侍女幽萍。她们到了哈吉尔,得见白教法王,问明了入川的道路,方向是走对了,可是却走了几次岔路,进入雀儿山时,反落在唐经天之后。这天她们也到了雀儿山的险峻之处,幽萍忽然低声惊呼,跃后数步,冰川天女一看,只见岩石之下,卧着一个乞丐,挡着去路。这乞丐衣裳破烂,露出两条手臂,臂上结满一个个大大小小的疙瘩,还有几处疮口,现出暗紫色的皮肉。面上一片红云,略带浮肿,形象十分难看,冰川天女不识麻风,见了这乞丐奄奄一息的样子,起了怜悯之心,略一思量,对幽萍道:"救人一命,胜造七级浮屠,你把他扶起来,待我看看。"幽萍想不到主人竟有如此吩咐,大感为难。

冰川天女道:"此地人迹罕到,我们不救他尚有谁救他?幽萍,你快去将他扶起。"冰川天女未经世故,一片好心,却未想到,既然此地人迹罕到,这乞丐就定非常人。幽萍无奈,上前两步,瞧了那乞丐一眼,道:"我看他只怕不能活了。"冰川天女道:"你怎么知道?"幽萍折了一枝树枝,轻轻一撩,道:"你看他僵卧如死,已经不能动了。"话未说完,那乞丐忽然打了个呵欠,伸一个懒腰,坐了起来,张开两只呆滞无神的眼睛,木然地看了冰川天女一眼,呻吟说道:"我快死啦,你们还欺负我吗?"冰川天女听他说话,声音虽然微弱,却无气败神衰之象,于是对那乞丐微微笑

冰川天女一看，只见岩石之下，卧着一个疯丐，挡着去路。

道:"你一定是饿了多天了,先吃点东西。"将一只熟羊腿递到他的手中,那麻风漠然无动于衷,既不感激,更无道谢,将羊腿拿了过来,片刻之间,嚼得干干净净。冰川天女道:"你怎么长了满身毒疮呵?"那乞丐把眼一睁,道:"我生来就是如此,你怕看就走远些。"冰川天女道:"我不是讨厌你,我是想给你医治。"那乞丐道:"你给我医治?"眼睛眨了一下,随即又毫无表情。

冰宫中有的是各种灵药,冰川天女随身亦携有多种,只道他患的是一般毒疮,便拿出一瓶专解无名肿毒的药粉,递给他道:"你将这药敷上,看看如何?"那乞丐敷了手面之后,打开赤膊,背上有一个个坟起的结节,道:"我敷不到。"冰川天女道:"幽萍,你给他敷。"幽萍不敢不允,折了一枝树枝,裹以白布,在山涧中一浸,蘸上药粉,替他搽了背脊。那乞丐道:"这药凉浸浸的,果然不错,但我这疮以前也曾医过,百药无效,你的药未必就能将我医好。"冰川天女道:"再过两天,若这药无效,就再试第二种。"幽萍急道:"我们还要赶路呵!"那乞丐盯了幽萍一眼,道:"好极啦,我正愁找不到食物,同你们走,既有药医,又不愁没吃的。"冰川天女本未想到与他同走,但话一说出,那乞丐立即缠上,冰川天女稍一踌躇,道:"好,救人救彻底,那你就跟着走吧,你能走吗?"那乞丐道:"我一吃饱,走山路那是毫不费力。"拾起拐杖,就跟在冰川天女后面。

冰川天女同他走了两天,到了雀儿山的南面,远远望去,已可见到山下的人家。这两天来,那乞丐都是一声不响,冰川天女打了野兽,烤熟了分给他吃,他亦照样大嚼,并无道谢,药敷了两天,他身上的红肿稍退,尚未知效果如何。幽萍心道:"过了雀儿山,就是人烟稠密之地,带着这样一个乞丐同走,岂不教人笑话?"正想和冰川天女说,那乞丐忽然坐了下来,对冰川天女道:"你不怕我吗?"冰川天女奇道:"我为什么怕你?"

那乞丐喃喃自语道："嗯，世上谁都怕我，就只有你不怕我。"幽萍噗嗤一笑，道："你有什么本领，别人要怕你？"那乞丐道："不错，你说得对，别人不是怕我，是讨厌我！"冰川天女瞪了幽萍一眼，那乞丐又道："你为什么救我？你不讨厌我的毒疮吗？"

冰川天女道："我母亲一生崇信佛法，她对我说过佛祖的故事，佛祖曾割肉喂鹰，舍身救虎，又说'我不入地狱，谁入地狱'。为了救人，佛祖宁愿如此，我虽然不是佛门弟子，但母亲的话却没有忘记。"那患麻风病的乞丐双眼一睁，似愠似怒，却忽地冷冷一笑，道："原来你之救我，竟是当成下地狱救人一样，那我岂不成了地狱中的恶鬼了？"冰川天女道："我没有这样的意思，嗯……"心中感觉这乞丐无可理喻，本想解释却又忍着。

那乞丐又看了冰川天女一眼，道："你身佩宝剑，想必是个大有本领之人了？你的宝剑可以借我一看么？"幽萍又噗嗤一笑，道："我们的公主本意是要救你，她的宝剑若然借给你看，那就反而害了你了。"那乞丐道："怎么？"幽萍道："她的宝剑不是常人所能看的，看了不死也得大病一场。"那乞丐道："这样厉害？"言下之意，大不相信，忽又拍掌笑道："那更妙了，我既怕野兽吃我，又怕别人害我。你们既有这样大的本事，又有这样厉害的宝剑，那我跟着你们，就什么也不用怕了。"幽萍眉头一皱，道："谁要你跟！"那乞丐道："救人救彻底，你们刚才说得如此好听，现在又不理我了吗？"幽萍心道："那都是小公主惹的麻烦，我几曾说过救你？"冰川天女心中一动，道："你既然愿意跟我们走，那就一同走吧。"这乞丐居然能看出她的宝剑，冰川天女也不禁暗暗心疑了。

幽萍无奈，只好让那个乞丐跟着她们，走了半天，眼前一亮，只见一条瀑布像一张珍珠帘子从山上倒挂下来，那乞丐道："我走不过去啦。你背我过去。"幽萍大怒道："你这个人怎的如此不知自量？你就是我的父亲我也不能背你。"那乞丐道："那还说什么入地狱救人？上有瀑布，下有山涧，你们跳得过去，我可不能。"索性在山涧边大马金刀地坐了下来。幽萍哭笑不得，怒道："小公主不要再理他啦！"冰川天女道："且慢。"正想说话，忽听得一声怪笑，声震山谷，半山乱石堆中忽然跳出两人，为首的正是赤神子。

赤神子晃动鲜红如血的手掌，哈哈笑道："小妖女，咱们又碰上啦，唐经天那臭小子今日可不能再庇护你了！"纵身一跃，立即跳到冰川天女跟前，双掌一错，连环拍出。后面那人也跟着一跃而下，冲着幽萍就是一拳，幽萍飞身闪避，但那人拳势来得猛极，幽萍刚一闪身，拳风已到背后。

这人乃是赤神子邀来的助手，名叫谷石君，是雀儿山的野人，练就一身金钟罩功夫，刀枪不入，他一身之力可以击毙猛虎，赤神子在慕士塔格山的绝峰之上，吃了冯琳的大亏之后，心中不忿，仍想与唐经天为难，所以邀了他来，准备对付唐经天与冰川天女，今日在此撞上，见唐经天不在，赤神子更是气焰高涨。

谷石君一拳直击，幽萍闪身一跃，谷石君手臂一弯，斗大的拳头横勾了过来，看这拳势幽萍万万躲闪不了，冰川天女正在抵御赤神子的急袭，无暇回顾，见此情状，叫了一声："不好！"忽见谷石君一个踉跄，几乎跌倒，大声骂道："你找死么？"原来是那个乞丐，不知怎的，忽然在地下一滚，恰恰滚到了谷石君与幽萍之间，就像一块拦路的石头一样，谷石君几乎给他绊跌。

谷石君大怒，提起右足，一脚踹下，那乞丐"哎哟"一声，抱头一滚，谷石君这一脚快捷异常，竟然没有将他踹着，不觉怔了一怔，陡见眼前寒光连闪，冷意沁人，冰川天女连发三枚冰魄神弹，都打中了谷石君的穴道。

谷石君一身铜皮铁骨，被寻常的暗器打中穴道自是无妨，但那冰魄神弹挟着奇寒之气，从毛孔之中钻入，谷石君也不禁打了一个寒噤，冰川天女趁此时机，冰剑一展，已将幽萍护住。

只见那乞丐滚到数丈外,头枕一块大石,眼睛半开半闭,懒洋洋地看着眼前这一场凶恶的厮杀,赤神子喝道:"哪一条线上的朋友,识相点儿。"那乞丐伸了一个懒腰,叫道:"城门失火,殃及池鱼,不妙!不妙!"突然又是一滚,赤神子身形方起,他又已滚到三丈开外,枕着另一块石头,仍然是懒洋洋地眯着眼睛,装出一副没事人的闲观神气。赤神子这飞身一扑,本想将那乞丐一掌击毙,一击不中,也不禁心中凛然。正想追踪,再施杀手,却听得谷石君大叫一声,原来他又中了冰川天女一剑。

谷石君的硬功已到了登峰造极的地步,但冰川天女的宝剑是世间独一无二的宝物,她不用损伤敌人的皮肉,只那股奇寒之气,已令人禁受不住。谷石君的内功未到火候,被她在瞬息之间,连刺三剑,体内的血液,都几乎冷得凝结,禁不住哇哇大叫。

赤神子当初邀谷石君相助,原是想用来对付唐经天,不想唐经天不在,他那一身金钟罩的功夫,却恰恰被冰川天女的冰弹冰剑克制,展不出来。赤神子顾不得那个乞丐,急急回转身来,先解谷石君之困,只见他呼呼呼连发三掌,热风四播,冷气全消,谷石君身上暖和,精神一振,又再挥拳急上,助友强攻。

冰川天女剑走轻灵,剑锋指处,寒光四射,赤神子运掌成风,每发一掌,亦是热浪袭人。此往彼来,冷热交战,剑掌争雄,论功力是赤神子深厚,论剑法是冰川天女神奇。各有擅长,相差无几。但谷石君那一身横练的功夫,却远非幽萍所能抵敌,战了半个时辰,冰川天女还没有什么,幽萍却已娇喘吁吁,险象四露。赤神子一阵强攻,陡地大喝一声,一个"雪花盖顶",拍向冰川天女脑门。冰川天女迫得挪动脚步,回剑横削,就在这一刹那,她与幽萍之间,已是露出空隙,赤神子左臂一抖,陡地暴长几寸,向幽萍搂头抓下。

幽萍吓得呆了,忽觉小腿冰凉,有人在地下将她的小腿一抱,幽萍一个倒栽葱向后直跌,被那人推出三丈开外,低头一看,只见小腿上湿涩涩的,印着两个大掌印,那疯丐正横卧路中,两边滚动。抱她小腿的人,不是这疯丐还有谁?幽萍一看掌印,想起这是满身长着毒疮的疯丐印上的,不觉一阵恶心,哇的一声,吐了出来。

谷石君恰好挥拳攻上,忽见那疯丐又莫名其妙地滚来,不禁大怒,喝道:"你这臭叫花是成心混搅来的?"双脚齐起,连环疾踢,那疯丐仍是懒洋洋地眯着眼睛,忽地一个鲤鱼打挺,坐了起来,嚷道:"这是你家的地方么?老子喜欢在这里睡觉,天子也管不着!""唏"的一口唾涎向谷石君吐去,谷石君踢他不中,怕他的口涎飞溅,急忙向旁斜跃,忽听得赤神子叫道:"谷兄弟,小心了!"只听得嗤嗤声响,谷石君万万料想不到这疯丐的暗器竟是杂在口涎之中喷射出来。只觉肩上一阵麻痛,登时晕眩,那疯丐身手好不快捷,身子仍然坐在地上,双足一个盘旋已滚到谷石君跟前,伸出铁拐,喝一声"着!",把谷石君勾倒,冰川天女刷的一剑,将他刺个正着。

赤神子内外功夫都有极深厚的造诣,疯丐那一口唾涎暗器,并没有将他射中,大家身法都快到极点,就在冰川天女剑刺谷石君的同时,他与疯丐已碰在一起,赤神子双掌一分一合,展出杀手神招,上扼喉咙,下抓胸口,那疯丐横拐一勾,忽觉热气攻心,几乎透不过气,大叫一声:"乖乖不得了!"被赤神子的掌锋一带,"卜通"一声跌入了山涧之中。

冰川天女急忙上前迎敌,赤神子忽地面色一变,头上冒出热腾腾的白气,飞身一掠,不接冰川天女的剑招,跃过数丈宽的山涧,向山上急奔,连谷石君的死活也不顾了。冰川天女大为奇怪,抬头一看,只见那疯丐赤着上半身,坐在山涧中的石块上,动也不动一下,冰川天女一眼瞥去,低呼一声,呆呆怔了!

那疯丐的两条手臂，本来是结满一个个大大小小的疙瘩，十指弯曲，满面红云，面上下颊，左右也各有一个疙瘩，形貌十分难看；如今在山涧之中一浸，但见皮光肉洁，目秀眉清，虽然还不及唐经天那么俊朗挺拔，却也长得不俗，冰川天女惊诧之极，一时之间说不出话来。

忽听得幽萍一声惊呼，冰川天女随着她所指的方向看去，只见那谷石君的手臂肿得像吊桶一般大小，面目瘀黑，肌肉抽搐，口中发出模糊的凄厉的叫声，看那样子，竟像是给极厉害的毒蛇咬伤一样，叫了几声，在地上打了几个大翻，忽地张口一咬，狠狠地咬着一撮草根，双手乱抓乱挖，显见难受之极，冰川天女不忍，随手捡起一块石子，双指一弹，打入了他的死穴。

那疯丐纵声大笑，道："只便宜了那赤神子。没有打中他的要害！"冰川天女叫道："你是谁？"那疯丐双脚一跳，跃上草地，拾起那根黑漆漆的铁拐，碟碟笑道："我是个神憎鬼厌的大麻风！"冰川天女博览群书，记起汉人的医书中有过这个病名，叫道："什么？你是麻风？"那疯丐一声不响，忽地将铁拐两边一扯，那铁拐竟然是镂空了的，疯丐扯出一把黑漆发光的铁剑，将中空的铁拐倒转，在掌心上一捺，随即伸手在面上一抹，幽萍一声骇叫，只见那疯丐在瞬息之间又恢复了原形，臂上长出疙瘩，面上现出红云。

冰川天女柳眉一皱，道："既已露出本来面目，为何还要弄鬼装神？"冰川天女这时已经看出，那疯丐的可怕相貌，乃是故意弄出来的，他臂上的疙瘩，乃是暗运内劲，将肌肉迫起，形成了一个个的结，面上的红云，却是染上去的，那药料就贮藏在铁拐之中，若非亲眼见他涂抹，谁也看不出他是假装。

那疯丐眼光一扫，忽地又纵声怪笑："什么叫做本来面目？你知道我的本来面目是什么？"向前一跃，信手一剑，就向冰川天女劈去。

这一下大出冰川天女意外，叫道："你干什么？"那疯丐不由分说，唰唰唰一连进了三式剑招，每一招都是凌厉之极，冰川天女也曾见过听过无数怪异之事，却从无一件比得上今日之事的怪异绝伦，以冰川天女的绝顶轻功，也险险躲避不开。幽萍叫道："公主拔剑！"冰川天女一个"乳燕穿帘"，避开了疯丐的四五两招，冰魄寒光剑一个回环疾削，那乞丐打了一个寒噤，哈哈笑道："我就是要见识你这把宝剑！"口中说话，手底却是丝毫不缓，左剑右拐，乱劈乱刺，竟似天风海雨，迫人而来，每一招都藏着极复杂极厉害的变化，冰川天女迫得展开中西合璧的独门剑法，将他挡住。

那疯丐腕力奇大，冰川天女试了几招，只要一碰着他的铁剑，虎口便隐隐发麻。冰川天女抖擞精神，剑走轻灵，不与他的铁剑正面交锋，却展开了绝妙的身法，一口冰魄寒光剑就像化成了数十口一般，但见冷气腾空，寒光匝地，将敌我双方都笼罩得风雨不透，若是武功稍逊之人，纵不中剑受伤，也会冷个半死，那疯丐却视若无事，哈哈笑道："妙极，妙极！省得叫人扇凉。"两人在片刻之间，交换了五七十招，难分上下。幽萍见那疯丐的铁剑虎虎生风，不禁为主人暗暗忧虑。

冰川天女心道："这疯丐定是另有来由，我何苦与他死拼？"使出达摩剑法中的神妙招数，一招"玉女投梭"，寒光起处，将那疯丐乱草般的头发削去了一大绺。与此同时，那乞丐的铁剑一挥，也正好与冰魄寒光剑碰个正着，但听得"当啷"一声，冰川天女的宝剑，脱手飞上半空。原来那乞丐也抱着同样的心思，双方都想略占上风，便行收手，冰川天女的剑势较为迅捷，抢了先机，但那疯丐内劲较强，趁势一挥，也磕飞了冰川天女的宝剑，论起来还是各不输亏。

这几下动作如电，幽萍哪看得清楚，见主人的剑被疯丐磕飞，不由得骇叫一声，脱口骂道："贼麻风，狗咬吕洞宾，不识好人心,我家公主怎样对待你来,你却恩将仇报!"那疯丐昂头一笑,嗤嗤声响,两点黄豆般大小的黑点,朝着幽萍劈面喷去,冰川天女大骇,剑已落手,扑救无及,幽萍急忙使个"镫里藏身",扭腰闪避,只觉两鬓沁凉,两边的头发给他割去了一绺。

　　冰川天女纵身一接,将冰魄寒光剑接在了手中,护着侍儿,正要发作,忽见那乞丐呜呜哭泣,哭得鸟飞猿跃,到了后来,竟是大放悲声,闻者心酸。冰川天女道:"咦,你怎么啦?有什么伤心之事?"

　　那疯丐将铁剑插入鞘中,又成了一支铁拐,一拐一拐地走到溪边,掬起山涧清泉,在面上一抹,一刹那间,红云尽退,疙瘩全消,又变成了一个眉清目秀、唇红齿白的少年。他向冰川天女一揖,道:"我为你破了誓言,你是这世上第一个不讨厌我的人,好,你们走吧!"冰川天女道:"你这话是什么意思?"那疯丐道:"我立誓与天下武功高强之人作对,你与我打成平手,本来我要与你再决胜负,现在算啦。"

　　冰川天女道:"这是为何?"那疯丐道:"就因为你不讨厌我。"冰川天女道:"除我之外,也不见得人人都讨厌你。"那疯丐道:"除非是吕四娘还在人间。我师父说,这世上就只有吕四娘一人不讨厌麻风。"冰川天女曾听父亲说过吕四娘的名字,知道她是当今天下的第一高手,但却不明吕四娘怎地与这疯丐扯上关系,奇而问道:"你怎知她不讨厌麻风,而且,你实在也不是麻风!"

　　那疯丐抹干眼泪,忽地又纵声长笑,道:"我师父说的,哪能有假?这世上就只她一人不讨厌麻风,不,现在连上了你,有两个人啦。"冰川天女道:"你明明不是麻风,你师父难道是麻风吗?"那疯丐道:"我与我师父一般,若不是我的师父,我早就被世人抛弃,死在路旁了。"冰川天女一诧,心中想道:医书上说,麻风无法可治,听这人口气,又却像他师徒本来是个麻风,后来医好了的。好奇之心一起,不肯放他便走,又问道:"你师父是谁?"那疯丐瞪了她一眼,道:"我也不知道我师父是谁!"冰川天女道:"哪有这个道理?"那疯丐道:"你三四岁之时,是否全懂人事?"冰川天女道:"咦,你是三岁之时便入师门的?"那疯丐道:"不错。我刚学会满山爬走之时,我师父便死了。"冰川天女点点头道:"嗯,你真可怜!"

那疯丐面色一沉,喝道:"我不要人可怜!"举起铁拐,作势欲击,忽又缓缓放下。冰川天女道:"你师父……"她本想问:"你师父既然在你三四岁之时便死,你又从哪里学来这一身上乘的功夫?"却见那疯丐双眼圆睁,大声喝道:"我不许可怜麻风的人再提我师父的名字!"幽萍小声道:"公主,咱们走吧!"

冰川天女摆了摆手,面向那个疯丐,道:"你叫什么名字?这总可以问了吧?"说得甚为委婉,那疯丐看了冰川天女一眼,叹了口气,低头说道:"你是第一个肯问我名字的人。好,我就告诉你吧,我叫金世遗,这名字是我师父起的。"冰川天女冰雪聪明,一听这名字,便知这是"今世遗"的同音,心道:若然他真是麻风,又未曾医好的话,照汉人的习俗,他确是要被世人遗弃。

那麻风说完之后,仍然出神地望着冰川天女,冰川天女道:"你上哪儿?"那疯丐道:"我喜欢上哪儿便上哪儿。你上哪儿?"冰川天女道:"我去川西。"那疯丐道:"那么,我也上川西。你认得路吗?"冰川天女虽无意与他同行,但不惯说谎,坦然说道:"问是问过了的,过了此山,没有记认,也许就会走错啦。"那疯丐道:"如此说来,我陪你一同走好不好?"

幽萍大为着急,用眼角瞟看主人,冰川天女缓缓说道:"那么,也好!"她心地慈悲,见那疯丐愤世嫉俗,不愿令他误会是自己讨厌他,故此答允。幽萍道:"出了此山,便有人烟,小公主,咱们怎好与他同走?"冰川天女一片纯真,被幽萍提醒,这才想起，面前这个疯丐，赤着上身，下身穿着用麻袋缝成的裤子，裤管亦已破烂，走到外面，确是不雅。那疯丐哈哈笑道："你嫌我难看吗？"一转身立即如飞奔走，转瞬之间，没了踪迹。

冰川天女道："你瞧，无缘无故，又结了怨啦。"幽萍道："这个怪物，我瞧着他便觉胆寒。"冰川天女道："幸亏我不知道麻风的症状，若然知道，初初一见，我也难免害怕。"想起这麻风扮成疯丐的诡异行为，心中百思不得其解。正是：

湖海飘零愤俗世，奇行怪迹惹人猜。

欲知后事如何？请听下回分解。

第十九回

浅笑轻颦　花前谈往事
兰因絮果　月下见伊人

雀儿山四周高峰，犬牙交错，人在山中，视界窄狭，颇有一种阴森的感觉。要翻过山顶后，这才豁然开朗，俯视群峰，就像披着雪衣伏在山下的羊群。幽萍精神一振，拍手笑道："好在咱们摆脱了那令人讨厌的麻风。"就好像那"麻风"若在身旁，连这美景也会被玷污似的。冰川天女笑道："他既不是真的麻风，又没有伤害了咱们，你何以对他如此憎恶？"幽萍道："我就是讨厌他那阴阳怪气的行径，你说他哪一点比得上唐相公？"冰川天女听侍女提起唐经天，幽幽地叹了口气。

走了两个时辰，走出南面的山隘，山下人家，已然在望，幽萍舒了口气，更是欢喜，笑道："这几日山路，真把我闷死啦。整天吃烤羊腿，也吃得腻了。"冰川天女微微一笑，遥遥指道："你瞧是谁来了？"幽萍一看，只见半山腰处，突然窜出一人，穿着一身整洁的青布衣裳，长袖临风，头上束着方巾，乍眼看来，似是一个潇洒不羁的书生，看真切时，竟原来就是那个自称"金世遗"的疯丐。

幽萍气得转过了脸，冰川天女却微笑道："你怎么又回来了？"金世遗道："佛要金装，人要衣装，你既然嫌我，我就只好去偷了一身衣裳，好陪你走路呀。"说话神态，甚是滑稽，冰川天女笑道:"原来你还会做贼。"金世遗道:"不错,我还偷了别的东西呢,你要不要?"在背囊中取出一个红漆饭盒,揭开盒子,里面装的竟是四式精美的小菜,还有喷香的白米饭,冰川天女一片纯真,心无芥蒂,取过来道:"多谢你啦。"要分一半给幽萍,幽萍想起这"麻风"前几日那满身脓疮的丑恶模样,虽然明知他是假装,也不觉恶心,摇摇头道:"我不要。"自己挑路边的野果吃。金世遗看冰川天女毫不介意地将饭菜吃了,露出感激的眼光,不知不觉滴出两颗泪珠。

金世遗陪她们走了两天,故作疯狂的神态已收敛了十之八九,有说有笑,闲时也给冰川天女讲一些江湖上的奇闻怪事,只是每当冰川天女要试探他的来历之时,他就顾左右而言他,冰川天女也就不再多问。

这日到了雀儿山南面的一个小镇,三人走入镇中,幽萍发现路人都好像对他们投以诧异的眼光,心中极不舒服,暗暗埋怨公主要这疯丐同行。金世遗忽道:"这里有我一位朋友,咱们去访一访他。"幽萍道:"我们又不认识你的朋友,你访友自个儿去。"冰川天女好奇心起,却想瞧瞧他的朋友是何等样人,笑道:"咱们既已同行多日,认识一下你的朋友也是应该的。"幽萍气得说不出话,只好同去。

两人随着金世遗走,走到了一家朱漆大门的人家,金世遗唤了几声,没人答应,也不知他用什么手法,那门一下子就给他弄开,里面走出了一个少年。

这少年身穿对襟描金马褂,领上围着一条狐皮披肩,举止安详,的确是大家子弟风度。冰川天女暗暗诧异:金世遗竟有这般朋友。这少年看了他们一眼,对着这些突如其来的客人虽感诧异,却并不现诸声色,他迎着金世遗双拳一拱,微笑道:"素不相识,不知兄台何事过访?"冰川天女吃了一惊,想不到金世遗此来又是胡闹。

金世遗道："我来拜访唐二先生，谁要见你？"冰川天女心头一动：唐二先生，此名好熟。正在思索，只听得那少年又说："先祖已去世多年，等不及阁下了。"金世遗说："什么，唐二先生已经去世了？真可惜、真可惜呀！嗯，那你还有什么长辈？"那少年道："我祖父伯叔均已弃世，无人招待你了。"金世遗道："岂有此理，你长一辈的男男女女都死绝了吗？"那少年虽有教养，至此亦不禁愠怒，说道："我长一辈的只有姑姑还在，她年老多病，已有好几年足不出户了。"金世遗道："好，那就请你姑姑出来！"那少年想不到金世遗如此不通情理，冷冷说道："前年冒川生老伯来探望姑姑，姑姑也没有出迎。她实是年老多病，并非有意慢客。阁下尊姓大名，请予赐示，待在下转禀姑姑，说你来过便是。小弟不远送了。"双拳一拱，摆出了送客的姿态。

冰川天女心中一凛，少年所说的冒川生正是她要寻访的伯伯，原来竟是与他们这家相熟的。须知冒川生乃是中原的武林领袖，这少年的语意说得十分明白，试想像冒川生那样的武林名宿到来，他姑姑尚不迎接，金世遗登门求见，岂非太不自量？

只见金世遗面色一变道："你是要逐客了？"那少年道："不敢，不敢，请谅，请谅！"双手张开，仍然摆出送客的姿态。金世遗碟碟一笑，突然伸手在面上一抹，那少年骤见金世遗的面突然变得浮肿，现出红云，手臂上又长出疙瘩，不由得大吃一惊，叫道："你，你！"金世遗"呸"的一口唾涎，吐在那少年的华服上，双手一送，把那少年重重地摔了一个筋斗，哈哈大笑道："你要送客，我偏不走，唐老太婆，看你出不出来？"

只听得一个苍老的声音道："好本事，好本事！"一个白发萧萧的老太婆扶着女仆的肩头颤巍巍地走下庭阶，那少年在地上一跃而起，道："就是这个恶丐，他一定要见姑姑。"那老婆婆道："对付恶狗，该当如何，你也不知道吗？取我的弹弓来！"说话之间，神态完全变了,一个看似体衰力弱的老婆婆,刹那之间,变得英气迫人。只见她在女仆手中接过弹弓,右手如托泰山,左手如抱婴儿,弓弦一张,嗖嗖连声,弹丸疾发!

金世遗哈哈大笑,叫道:"终于见着你们唐家的暗器了!"突然一个筋斗,在地上打一个风车,那根铁拐,随着他的身形,也舞得呼呼风响。冰川天女看得不禁骇然,这老婆婆的弹丸打得又狠又准,十二颗弹丸,颗颗方向不同,有的斜飞,有的直射,有的打过了头与另一粒弹子一撞,又折射回来,看似凌乱,却是每一颗弹丸,都奔向人身一处大穴,这种发暗器的手法,真是武林罕见,世上无双。金世遗好像早有准备,成竹在胸,那一个筋斗打得妙到毫巅,上下穴道颠倒,将那飞弹袭穴的凌厉攻势隐隐化解。只听得一阵叮叮当当的繁音密响,火星四溅,十二颗弹丸都给铁拐震飞,但金世遗那根铁拐也给那些弹丸打得似蜂窝一样,点点斑斑,金世遗不由得倒抽了一口凉气,别看这老婆婆年迈苍苍,内劲之强,绝不在他之下。

那老婆婆道了一个"好"字,又道:"不知自爱,可惜,可惜!"弹弓再曳,与上次又全然不同,上次打得弹丸挟风,呼呼作响,一听就知劲力非凡,这一次弹丸飞出,却是悄无声响,每三颗一组,列成品字,四组弹丸,分向四方飞来,竟像她是从四个不同的方向所发。弹丸快慢不一,飞到近身,忽地后列改成前列,有如冰雹乱落,花雨袭人。金世遗叫道:"唐家暗器,确是名不虚传!"手足并用,陡地又在地上连翻两个筋斗,蓦地一声冷笑,怪声叫道:"你也尝尝我的暗器!"一个筋斗翻到了老太婆的面前,"嗤"的一声,张口便吐。

冰川天女大吃一惊,她看了这老太婆的暗器手法,这时已蓦然想起,这老太婆便是唐经天曾对她说过的唐赛花,亦即是数十年前威震江湖,号称天下暗器第一手的唐金峰的独生女儿。唐金峰排行第二,人称"唐二先生",当年他们父女和唐经天父母有过一段"梁子",后来得吕四娘之助,才释嫌修好的。龙灵矫是唐金峰的关门徒弟,亦即是这个老太婆的师弟,唐经天这次顺道入川,为了龙灵矫之事,正要寻她。

冰川天女想起了唐赛花的来历,见金世遗张口要吐他那独门的歹毒暗器,不由得大吃一惊,当下不假思索,拔出宝剑,抖起一道冰魄寒光,飞身急上,在两人中间左右一分,寒光剑的剑尖直指到金世遗胸前的"璇玑穴",要迫他不能伤害唐老太婆。

说时迟,那时快,只听得轰的一声巨响,唐赛花的宝弓已与金世遗的铁拐相接,五根弓弦全都震断,金世遗的铁拐也飞上半天,接着"唰"的一声,金世遗的衣服给冰剑割开,金世遗大叫一声:"好!"一纵身接了铁拐,立刻转身飞奔。冰川天女斥道:"你这个凶残成性的东西,以后永不要再见我。"金世遗一声不响,瞬息之间,身形越过墙头,飞出园外。

冰川天女一片茫然,看着金世遗的背影似惊鸿疾逝,对他也不知是憎恶,是惋惜,还是同情。

唐赛花将断了弦的铁弓掷于地上,道:"好漂亮的小姑娘,你和他不是一路的吗?"冰川天女道:"冒川生正是家伯。"唐赛花颇感惊奇,道:"嗯,你是冒川生的侄女儿?你怎的会与这疯丐在一起?"说话之间,对那疯丐,似乎露出极度鄙夷的神色,冰川天女虽然并不把金世遗认为朋友,但不知怎的,却对唐赛花说话的神气,感到甚不舒服,淡淡说道:"路上碰到的。"眼光一瞥,见唐赛花脸上隐隐笼罩着一层黑气,惊叫道:"唐伯母,你中了他的暗器了!"想起金世遗暗器的歹毒,毛骨悚然,对金世遗的同情化为乌有,恨恨说道:"真想不到他是逢人便咬的恶狗!"

唐赛花冷笑道:"难道你还以为他是什么好东西吗?"冰川天女皱了皱眉,道:"伯母,你要不要试服我的解毒散?"那少年对冰川天女甚是好感，早挨近了来，这时才有机会插口道："姑娘，真多谢你了！幸得你将他逐走。你有解他暗器的灵药吗？"冰川天女道："那是我自己配制的，比不上天山雪莲，但对付一般毒药还很有效，对这厮的歹毒暗器，却不知成与不成？"

冰川天女长处冰宫，不知人间世故，既不以小辈之礼与唐赛花相见，对那少年的道谢又不知谦让，更兼她那与生俱来，自然带着的一副高傲的神情，唐赛花心中亦是甚不高兴，冰川天女不知别人对她误会，正想掏出药来，唐赛花双眼朝天，冷冷说道："不用。"那少年道："姑姑，试试也好。"唐赛花双眼一睁，道："端儿，咱们唐家的暗器从无空发，有些孤陋寡闻的外人或许不知道，你难道也不知吗？三天之内，包管那疯丐要将解药乖乖的送来，与我交换。你姑姑虽然年迈，这三日还能挺住。"那少年道："姑姑，那魔头中了你什么暗器？"唐赛花道："是三日之内发作，七日之内毙命的白眉针！"冰川天女见唐赛花这样咬牙切齿的神情，想两人的暗器都是这般歹毒，思之不禁骇然。

唐赛花道："冒川生前年曾到我家中来过，现在青城山隐居。他是一代名宿，怪不得你这样高明。我老婆子一来是走不动了，二来是怕别人说我奉承，恕我不领你去找你的伯伯了。"话中隐有送客之意。冰川天女道："不敢有劳伯母，我自己会去，但有一事却要禀明伯母。龙灵矫在拉萨下狱，此事不知你们知道不曾？"

唐赛花眼皮一翻，叫道："什么？龙灵矫在拉萨被人捉了？"要知唐赛花一生无子，龙灵矫入唐家之时，只有七岁，名义上虽是唐赛花的师弟，唐赛花实则将他当作儿子看待，将他抚养成人，故此分外关怀。冰川天女将龙灵矫下狱之事简单地说了一遍，唐赛花"哼"了一声，道："福康安与赤神子有这么大胆，哼，看来他们是不许我这老婆子安安分分地守在家中了。"那少年道："姑姑，你别动气，养好了伤再说。"唐赛花点点头道："不错，侍儿扶我回去。"不理冰川天女,径自走进屋内去了。

冰川天女哪曾受过如此冷淡,对幽萍道:"咱们走吧。"那少年急忙上前施了一礼,道:"我姑姑年老糊涂,你不要见怪。令尊是石大侠还是桂大侠?"冰川天女道:"家父排行第三,名字上华下生。"那少年听说她是桂华生的女儿,吃了一惊,随即说道:"原来是桂姐姐,我叫唐端,请桂姐姐念在我姑姑无人保护,屈驾多留两日。"冰川天女道:"你姑姑不是用白眉针将那'疯丐'伤了,现下只等他来交换解药吗?我本事低微,怎能保护你的姑姑?"唐端赔笑说道:"我姑姑过于自信,怎知那疯丐在三日之内来是不来?而且若然他不知白眉针的厉害,不肯交换,三日之内,前来行凶,那又有何人能够抵挡?"冰川天女一想,唐端的说话果然并非多虑,心道:"那老婆子虽然无礼,到底是位前辈,我若就此走开,她有三长两短,我良心上也说不过去。"慈悲之念一起,便答应在唐家留下。

转瞬过了三日,唐赛花把自己关在静室中,静坐御毒,足不出户,冰川天女见唐端日增愁烦,心中亦是惴惴不安。想那金世遗虽因愤世嫉俗,专与成名的武林人物作对,但用这种歹毒暗器伤害一个老婆婆,总是不能原谅。不知不觉又从金世遗而想到唐经天,两人都是年少翩翩,唐经天的教养与金世遗却是不可相提并论。但冰川天女想起唐经天对她的戏弄,却又觉得金世遗那种游戏风尘的态度,亦有一种坦率之处。其实冰川天女自己不知,她对唐经天已隐隐有了情愫,故此对唐经天的任何缺点,任何误会,都会责备求全;对金世遗则只是一种好奇,最多杂有怜惜之念,故此反而能从他的怪僻行径中,也看到他有"可取之处"。

这日已是第三日黄昏,金世遗还不见来,冰川天女对唐赛花的伤势甚为挂念,走出卧房,想去探望,唐家甚大,却少婢仆,冰川天女走到唐赛花的静室外面,听得里面有人说话,正是唐赛花的声音,只听她高声说道:"这疯丐今晚必来,他若不向唐家叩头谢罪,这解药不要与他!"

唐端道:"姑姑,咱们也要他的解药。"唐赛花厉声说道:"咱们唐家世代以来,没人敢小觑一眼,如今一个疯丐闯进闯出,传出去还有何面子?非叩头赔罪,这解药绝不能拿出。"唐端道:"可是姑姑,你……"唐赛花斥道:"我拼着不要他的解药,若他不肯赔罪,就教他陪着我一同死。好叫天下人知道,谁敢在唐家放肆的,就得把命儿赔上。"唐端道:"姑姑,这,这……"话声颤抖,显得心情极是惶恐,唐赛花"啪"的一掌击打床沿,又厉声斥道:"你这样不争气,还算得唐家的人吗?"冰川天女在外面听得毛骨悚然,心中想道:"本来双方交换解药,互不输亏,岂非甚好,想不到这老婆婆却如此好强要脸,狠心毒手!"她本来对金世遗绝不同情,如今听了这一番话,对唐赛花也隐隐起了反感。

里面唐端放低声音,想是对姑姑劝说,忽听唐赛花又是"啪"的一声,厉声斥道:"你不听话,我没给这疯丐害死,就先给你气死了!"斥责之声过后,房门一开,唐端走了出来。

冰川天女慌忙一闪,她身法快极,就在这刹那之间,已隐到假山背后。唐端本领虽与她相差甚远,但他自幼练习暗器,听觉却极灵敏,急忙走去,冰川天女缓缓走了出来,只见唐端正张口欲呼,却忽地又放柔声音说道:"呵,原来是桂姐姐,你是找我吗?"冰川天女道:"是呀!"她不惯说谎,顺着唐端的问话说了之后,面孔通红,唐端眼光充满喜悦,深深地看了她一眼,道:"桂姐姐你找我有什么事?"冰川天女讷讷说道:"我找你,找你,想打听一个人。"唐端道:"谁?"冰川天女道:"就是我前日与你说过的那位唐大侠之子唐经天。想他也定然经过此间,你们是本地人,容易打听。"她本来不想提唐经天,临急之时,为了圆谎,却莫名其妙地自然而然地说了出来。

唐端好生失望,但他幼承家教,素有涵养,却也不在面上表露出来,淡淡说道:"这几日为了照料姑姑,没空出外打听,过了今晚,我一定替姐姐留心。咦,姐姐,你躲一躲!"冰川天女一听,听出半里之外有微风落叶之声,唐端急道:"这是我家之事,待紧急之时,再请姐姐相助。"冰川天女知是金世遗到了,点了点头,躲到假山背后,心中奇怪,唐端前日还坚留自己,怕对付不了金世遗,要自己相助,怎么如今又不要了?继而一想,恍然大悟,想是那老婆婆太过要强,所以坚持要唐家的人自行了结。

冰川天女刚躲进假山,只听得一声怪笑,金世遗已到园中,真是快捷无比。唐端板起面孔,正想说话,金世遗已哈哈大笑,抢先说道:"好厉害的白眉针,我总算见识你唐家的暗器了!这种歹毒的暗器,也亏你们逢人便用,这是你们暗器世家的家风吗?"冰川天女暗暗奇怪,本来是金世遗无缘无故找上唐家,怎么他反而先怪起唐家来?

唐端大约也是同样心思,只见他双眼一睁,怒声斥道:"你的暗器就不歹毒?无缘无故地打伤一个老婆婆,难道这也算得是侠义道的所为吗?"冰川天女正自心中说道:"问得好,责得好!"但听得金世遗哈哈大笑,怪声说道:"我本来就不是侠义道,你这话可是废话!"在江湖上行走的人,即算本是个下三流的宵小之辈,也多以"侠义"两字作为幌子,绝不肯像金世遗那样自承,唐端不觉一怔。

只听得金世遗又哈哈笑道:"我是专门领教侠义道本领的人,你家的姑姑若然是个普通婆子,我自然不会寻她,可她却是自称天下暗器第一的高手!你们唐家也曾世代以侠义标榜,哈哈,如今也领教了。"唐端道:"怎么?我们唐家的人总不至于像你那样鄙劣偷袭!"金世遗又仰天大笑,说道:"我且问你,武林之中,彼此印证武功,可是常事?"唐端道:"不错。"金世遗道:"我本来只是想见识见识你们唐家的武功和暗器手法,你姑姑却先用了剧毒的白眉针,要把我置于死地,你说我该如何?有毒的暗器天下也不只是你唐家独有,哈哈,那我也只好奉陪了!你家的白眉针要七日方能致人死命,我的毒龙钉你的姑姑最多只能挨三天!你要我死,那也容易,只是我可看你哭灵之后,那才会死去哪!"唐端心中发毛,他这才知道原来是姑姑先发了白眉针,这才引出这疯丐的毒龙钉的。

金世遗说的也自有他的一片歪理,按说若然唐赛花知道他只是想印证武功,即算用暗器打伤了他,也不该用喂毒暗器。可是金世遗从山东闯到川北,专以折辱武林中的成名人物为乐,名气太坏,唐赛花想下手除他,也有她的道理。唐端被金世遗一问,怔了一怔,随即怒冲冲地说道:"你这样疯狗一般的东西,谁与你讲江湖规矩?我姑姑才不屑于与你印证武功!"

金世遗面色一沉,喝道:"你再多说一句,我也就不顾江湖规矩,先取你的性命!"双目倏地露出凶光,唐端一噤,只听得金世遗又冷笑道:"你姑姑不屑于与我印证武功,如今可要哀求我给解药了吧?"唐端抗声说道:"你如今也要哀求我们唐家的解药了吧?"金世遗道:"不错。但你可别忘记,你姑姑过不了今晚,我可还要过四日才死。这四日之差,就值得你向我磕三个响头。"唐端怒道:"什么?彼此交换解药,还要我向你磕头赔罪!"金世遗道:"你姑姑现在谅也不能走动,那只有你替她磕了。"唐端大怒道:"你不磕头赔罪,休想得我解药。"金世遗道:"那我只好擦亮眼睛,看你哭灵了!"唐端又气又急,心中忽思:"这疯丐中了我姑姑的白眉针,按说如今毒力该已发作,我未必就不是他的对手?"正想动手,金世遗竟似知道他的心意,随手一掌,呼的一声,把一枝小树劈倒,冷笑道:"你要用强吗?那也成!"话犹未了,忽见眼前人影一晃,快逾飘风!

唐端大吃了一惊,只道是那疯丐突然发难,左手一招"弯弓射雕"，右手一个"披风横斩"，唐家的暗器天下闻名，掌法上也有独门杀手，这两招为了临危救命，以攻为守，更是唐家掌法的精华所在，左右开弓，但只觉微风飒然，来人从身边掠过，连衣角也捞不着，抬头看时，只见冰川天女衣袂轻飘，拦在两人中间。

唐端叫道："不敢有劳相助，唐家之事，由我承当。"但见冰川天女面若冰霜，转向那疯丐道："这个给你，你的解药也拿出来！"唐端吃了一惊，伸手一摸，怀中的解药已在那瞬息之间给冰川天女偷去。唐端只道是冰川天女出来相助，不料她竟然偷了自己的解药送给敌人。不由得张口结舌，半响才出声道："你，你……"

金世遗也吓了一跳，几乎与唐端同声叫道："你，你……"冰川天女道："把解药拿出来！"金世遗道："你好呵！"冰川天女长剑一指，道："彼此交换，两不输亏。把解药拿出来，从今之后，不要再来见我！"金世遗看了冰川天女一眼，蓦然把手一扬，道："给你！"冰川天女伸手一接，金世遗左手又是一扬，叫道："这个也给你！"冰川天女长袖一卷，只见后来掷来的那宗物事，却是用羊皮纸包裹的一个石头，正自不明其意，金世遗愤然说道："你要见的人在这里面，你好好地去瞧吧。"话声未了，已自翻墙飞出，唐端不由得打了一个寒噤，心道："这疯丐中了姑姑的白眉针，只还有四天性命，居然还是这么了得！幸亏未曾与他真个动手。"

冰川天女把那羊皮纸摊开一看，登时呆了。只见纸上画着两个人像，一个是唐经天，另一个却是美艳的少女，画得非常生动，那少女巧目含笑，眉黛生春，半面脸向着唐经天，手指拈着裙角，活画出一个初解风情的娇痴少女，那羊皮纸上还画着地图，指出怎样去找寻唐经天的道路。冰川天女心道："原来唐经天就在邻县，此去不过两日路程。这少女究是何人？金世遗给我这画又是什么用意？"

只听得唐端叫道："桂姐姐，桂姐姐！"冰川天女把羊皮画收进怀中，心烦意乱，听他连叫了几声这才回转头来。唐端道："呀，这如何是好，姑姑一定怪责我了。"冰川天女突觉心中一阵厌烦，把金世遗的解药塞到唐端手里，冷冷说道："我给他向你赔罪，这成不成？"唐端慌忙避开，冰川天女道："你姑姑吩咐过你，若然他不磕头赔罪，你们唐家的解药就不能交出，是也不是？"唐端道："正是呀！"冰川天女道："你们唐家的解药是我交给他的，与你无关，你姑姑若然怪责也不会怪到你的身上。这一包解药你快拿去给你姑姑，麻烦你替我向她问好！"突然大声叫道："幽萍，幽萍！"

唐端说道："桂姐姐，你做什么？"只见月光之下，幽萍匆匆奔出，冰川天女道："三日来多谢你的招待，再见啦。"唐端道："桂姐姐，你这不是见怪我们吗？"冰川天女道："你姑姑安然无事，我可以放心走了。哪谈得上什么见怪？"与幽萍一个回身反跃，掠过墙头。唐端追出去时，但见明月在天，星河耿耿，哪还有她们二人的影子。唐端叹了口气，想起冰川天女刚才的出手，实是一片苦心，要不然他和那疯丐在怒气头上，大约谁都不会让步，结果姑姑和那疯丐必至两败俱伤。想不到如此萍水相逢，匆匆便散，唯有没精打采地将解药捧回去禀告姑姑。

唐端心情紊乱，却不知道冰川天女更是心事重重。冰川天女本来不解人世的忧愁，但不知怎的，自与唐经天分开之后，总觉得郁郁不乐，今晚见了那羊皮图画，更是触动心头，一忽儿想立刻去见唐经天，一忽儿又想从此避开，永不相见。连自己也不知是爱是恨？所思为何？

冰川天女哪里知道，此时此刻，唐经天也正是心思缭乱，想念着她。

这晚，唐经天大病初愈，在月夜之下，和邹绛霞在屋外漫步，邹绛霞的母亲忽然来找他们，谈起那疯丐伤了唐赛花之事。唐经天听说有两个美若天仙的女子和那疯丐一道，不觉大吃一惊，猜想这两个女子,十之八九必是冰川天女主仆。觉得这事情过于怪诞,难以置信,但既然许多人见到,绘影绘声,又不由不信,心中自是暗暗纳闷。杨柳青见唐经天没精打采,只道他是听得那疯丐出现,心中不安,言道:"这两日咱们且避他一避,待你完全复原之后,咱们再合力斗一斗他。"邹绛霞听母亲说不许她在屋外散步,撅起小嘴儿道:"唐家哥哥刚刚病好,正要到外面走走散散心,关在屋中,那够多闷!"唐经天见她那娇痴的样子,不由得噗嗤一笑,心知邹绛霞好动爱玩,这十多天来,她不离病榻,服侍自己,实是难为了她,便道:"其实也不必如此畏惧,我虽然尚未十分复原,但自问若再遇到那个麻风,他也断不能再伤得我。"邹绛霞听他说得甚为自信,喜道:"唐哥哥,你想出了什么破敌的妙法?"唐经天道:"那疯丐最厉害的是口中所喷的暗器,但不能及远,我的天山神芒可以打到五六丈外,若再见他,我只用暗器拒敌,就教他不敢近身。"

杨柳青微微一笑,道:"既然你有把握,那你就和霞儿散散心吧。我不拦阻你们了。"她见唐经天和女儿都欢喜在花下散步,心中必有所思,暗暗欢喜。

邹家屋子倚山而建,屋外邹绛霞所种的茉莉花正在盛开,一片银白,在月光下发散着淡淡的幽香,中人如酒。邹绛霞俨似依人小鸟,紧紧地傍着唐经天。

唐经天在茉莉花下缓缓漫步,许久许久,都不说话。邹绛霞道:"唐哥哥,你想什么?"唐经天道:"没想什么。"邹绛霞忽地格格一笑,道:"我知道啦,你一定是听得我妈说那两个女子美若天仙,心中想见她们啦,是也不是?"邹绛霞本是故意取笑,却见唐经天忽地低下了头,幽幽地叹了口气道:"不错,我正是想念她们。"邹绛霞怔了一怔,道:"唐哥哥,你真是认识她们的?"唐经天道:"不错。她们本来是我很要好的朋友。"邹绛霞道:"那么,她们为何不与你一道,却反而与那人憎鬼厌的麻风同行?"唐经天道:"我也正想找她们问个明白。"邹绛霞面色一暗,道:"我可不想见那麻风。"唐经天道:"谁要你去见他?"邹绛霞道:"但我却想去见那两位美若天仙的姐姐。"唐经天道:"为什么?"邹绛霞道:"你欢喜的人我也欢喜,你带我去见她们成不成?"唐经天道:"她们是否愿意见我,我也还不知道呢。"邹绛霞道:"这却是为何?你不是说她们都是你的好朋友吗?"唐经天又叹了口气,道:"霞妹,你年纪还小,许多事情我说你也不明白。"

邹绛霞嗔道:"你也比我大不了几年。"忽道:"许久许久以前,我刚刚懂事的时候,就想见你了,你知道么?"唐经天笑道:"那时你怎知道世上有我这个人?"邹绛霞道:"我刚懂事的时候,妈就和我谈起你啦。"唐经天道:"我不信,你妈也是半月之前才认识我的。"邹绛霞道:"我妈常常和我说起你的父亲,说起他们同学之时的许多有趣之事。这些年来,妈老是想到天山探望你们,她说你父亲不大爱说话,有时还会对她发脾气。嗯,这点好像你不是这样。我妈常说:'霞儿,你很像我;唐伯伯也一定有儿女了,不知像不像他?'所以我小时候就想,唐哥哥不知长得如何?我未见过你,甚至不知道世上是不是有你,但我既听妈妈时常谈讲,就在心中画出你的形象,想象你是怎样的一个人。现在见到了,你果然像我哥哥一样。"唐经天心中一动,想道:"听绛霞所说,她母亲竟似将我爹当成亲人一般,为何我爹却不大提起她?"邹绛霞道:"唐哥哥,你又在想什么啦?"唐经天道:"我也在想,你也真像我的妹妹。"邹绛霞道:"真的?那你喜欢我么?"侧脸凝睇,活现出一个娇憨的女儿神态,唐经天笑道:"当然喜欢你啦,你就像一个小百灵鸟,我有什么愁闷,给你叽叽咕咕的一叫,就什么愁闷都没有啦。"邹绛霞道:"嗯,我也很欢喜和你玩。"两人都是一片无邪,不知不觉地轻轻携手。

月光透过花树，满地花影扶疏，唐经天忽又想起冰川天女，想起冰川天女也是极爱花草的人，若然她也在这儿，在这茉莉花中同行，这情景该多美妙！偶一抬头，忽见在远处的花丛中，露出一个少女的半边面孔。

透过花丛，但见一双明如秋水的眼睛凝望着自己，似怨如嗔；月光映得那少女的面孔如同白玉，美到极点，也"冷"到极点。这刹那间，唐经天的心头就似有一股电流通过，全身颤抖，蓦然尖叫一声，飞身扑去。邹绛霞叫道："唐哥哥，你做什么？是那讨厌的人来了么？"她还以为是唐经天发现了那麻风的踪迹，一抬头，见一个秀发及肩的少女从花中奔出，天姿国色，闭月羞花，不觉呆了！

但听得唐经天颤声叫道："冰娥，冰娥！"那少女回头一望，竟然是那样冰冷的怨恨的眼光！邹绛霞禁不住打了个寒噤。只见那少女回头一望，一声不响，又转过了身，拂柳分花，就好像神话中的素娥青女，冉冉而来，冉冉而没，转瞬之间，就不见了。

唐经天仍是连声叫道："冰娥，冰娥！桂姐姐，桂姐姐！"飞身急赶，可怜他大病初愈，饶是使尽了吃奶的气力，亦是追赶不上，刚刚追下山坡，勾着一块石头，一个倒栽葱跌倒地上。

邹绛霞气喘吁吁地从后追到，见状大惊，急忙把唐经天扶起，问道："跌伤了？"唐经天人如木石，眼如定珠，竟像是魂灵儿早脱离了躯壳，呆呆地靠着邹绛霞，面色如纸，殊无半点生气。

邹绛霞慌道："唐哥哥，唐哥哥，你怎么啦？"唐经天过了许久，才呼口气道："她来了，她又走了！"邹绛霞道："她是谁？"唐经天道："就是我们刚才说的那位冰川天女，呀，她为什么不肯和我说话？"邹绛霞莫名其妙，心想冰川天女既然是唐经天的朋友，却为何如此？但见唐经天自嗟自叹，竟好像忘记了还有另一个少女在自己的身边。邹绛霞心中一酸，既替唐经天可怜，又为自己难过,两人久久不作一声,过了一阵,邹绛霞轻轻说道:"唐哥哥,咱们回去吧。呀,世间上原来真有这么美丽的女子!"

冰川天女披星戴月,前来寻访,在花丛中恰好见着唐经天与邹绛霞并肩携手,笑话喁喁的亲热模样,与画图中所描绘的毫无二致,冰川天女芳心欲碎,再也不理唐经天的追赶呼唤,一口气奔出了十余里路。幽萍在山脚下小溪旁等候,见冰川天女一个人回来,那失魂落魄的样儿,竟是前所未见,不禁吃了一惊,问道:"怎么只是你一个人?"冰川天女道:"他,他……"回头一望,皓月之下,田野如画,景物悉见,可就只没见着唐经天。冰川天女并不知唐经天受伤初愈,轻功受了影响,所以追不上自己,误会更增,心中想道,原来他的呼唤追赶,都是做作出来的,更觉心酸,哽咽说道:"他,他不来了。"幽萍惊道:"你见到了他,他也不和你同来么?"冰川天女但觉千般情绪,纠结心头,自己也按捺不住,低低地啜泣。

冰川天女想起了唐经天初上冰峰的情景,想起了宫中比剑、园内题联……种种令人难以忘怀的往事,耳边隐隐听得幽萍自言自语地低声说道:"若知尘世是这般烦恼,还不如回冰宫的好。"忽而又想起了唐经天为她所题的那副对联:"月色无痕,绿窗朱户年年绕;仙姝有恨,碧海青天夜夜心。"更觉悲从中来,不可断绝!

忽听得有人纵声长笑,冰川天女抬头一看,只见金世遗撑着铁拐,一跳一跳地从树荫中跳出来,他不知从哪儿偷来了一套儒冠儒服,打扮起来,倒有几分像唐经天的样子,这身服饰,衬着他那撑着铁拐跳跃顽皮的神气,大是不伦不类。冰川天女恼道:"你笑什么?"金世遗嘻嘻笑道:"笑你!"若在平日,冰川天女必然发怒,此刻但觉心神不属,对一切的反应也都似乎麻木了。金世遗续道:"你不是一心一意想见他么?如今见了,不喜反悲,这岂不大是可笑!"冰川天女道:"谁要你管?"金世遗道:"我若不管,你还蒙在

两人都是一片无邪，不知不觉地轻轻携手。月光透过花树，满地花影扶疏，在远处的花丛中，露出一个少女的半边面孔。

鼓里呢。其实也好，迟哭不如早哭，哭个痛快，心里就舒服了！"冰川天女给他一说，眼泪反而忍着不流。金世遗又嘻嘻笑道："我那画图画得如何，是不是传神之极！"冰川天女一恼，"嗤"的一声，将那羊皮画图撕为两半。金世遗拍掌笑道："撕了更好，乐得心无牵挂，干干净净。"

金世遗的说话实是句句心存挑拨，连幽萍也听得出来。冰川天女却是心神动荡，觉得他的话也有几分道理：真是一切撇开，让心头干干净净的好。幽萍道："小公主，咱们走吧。"金世遗道："是呀，你们还是回转冰宫的好！"冰川天女一怔，心道："他如何得知我的来历？"只听得金世遗叹了口气，换了一副口吻说道："我早就说过，这世上的人本来就没有几个好的！宁与鸟兽同群，莫与世人相处，你如今相信了吧？"

冰川天女呆呆不语，金世遗又道："在这尘世中混，我也厌倦极了。你的冰宫有如世外桃源，丢弃不住，真真可惜。不如咱们都回去，请你借冰宫一角，让我安居。"幽萍按捺不住，叫道："你这厮简直不知自量，小公主肯让你这臭麻疯玷污了我们仙山的胜景？"金世遗面色一沉，蓦地一声怪笑，铁拐一抡，作势欲击，幽萍早有防备，拔出冰剑，却闪在冰川天女身后。冰川天女双眼望天，淡淡说道："你走吧，回不回去，我自有主张，不必你多管闲事。你说话无礼，我也不与你计较了。"

金世遗望了冰川天女一眼，像个泄气的皮球一样，将铁拐缓缓收回，道："好，看在你的份上，我也不与这小丫头计较。"忽而又纵声笑道："其实我们都是被这尘世弃遗之人，彼此正该相惜相怜，如今你反而将我看作对头，真没来由！几时你悟彻世间缘法，再说与我知道吧。"笑声震荡山谷，片刻之间，走得无影无踪。

冰川天女一片茫然，幽萍恨恨说道："这疯丐就像溺死的水鬼一般。"冰川天女听她说得奇怪，问道："怎么？"幽萍道："汉人的传说，说水鬼心肠最毒，他自己溺死了，总想找个替身，一知道有谁受了委屈，便千方百计地去引诱他，叫他也投水自尽。哼，哼，你看他刚才说了那么一大车的话，无非是想你再也不理唐相公，和他一道。这岂不像汉人传说中那种狠毒的水鬼？"冰川天女满腹愁烦，给她一说，也禁不住笑道："你下山未到一年，这把口却学得这么刁毒了。"幽萍道："怎么，你不信吗？"冰川天女面色一沉，道："我心中自有主意，不必你乱嚼舌头。"幽萍摇了摇头，不敢说话。冰川天女柔声说道："好吧，咱们快去川西，待见过我的伯伯之后，我就回转冰宫，再也不理尘世俗事了。"幽萍叹了口气，默默跟随主人。

唐经天被邹绛霞扶回屋子，一路无言。邹绛霞甚是担心，看他关上房门，自己却不敢回房去睡，悄悄地在他屋外徘徊。眼看明月已过中天，想来已是四更时分，唐经天房中兀无半点声息，邹绛霞渐觉露冷风凉，眼神困倦，心道："这傻哥哥大约已经睡了。"正想回房，忽见唐经天卧房的窗门倏地打开，一条白衣人影穿窗飞出。邹绛霞飞身上屋，急忙叫道："唐哥哥，唐哥哥！"唐经天回头说道："不要吵醒你娘，多谢你们相救之恩，我有事先走了！"邹绛霞叫道："不成，不成，你不能走！"只见唐经天在屋背飞身掠起，三起三落，箭一般的飞出了围墙。

邹绛霞尖声叫道："娘，你快来呀！唐哥哥走啦！"杨柳青夫妇住在西面厢房，纵然闻声即起，一时之间，也是难以赶到，唐经天听她叫喊，跑得更快，邹绛霞急了，不等妈妈，立刻便追。

唐经天虽是大病初愈，轻身的功夫还是要比邹绛霞好得多，距离越来越远。邹绛霞急道："唐哥哥，你真的如此便走了么？"唐经天已跑下山坡，听了此言，不由得心中感动，脚步稍缓，抬头叫道："霞妹，你回去吧。明年你到天山，咱们还可相见。我有要事，非走不可，不敢劳你远送了。"匆匆说完，立刻又跑，敢情他是怕再听到邹绛霞带着哽咽的呼唤。

唐经天一口气跑出了十多里地，这才松了口气，放慢脚步，心中却是难过之极。他为了要追踪冰川天女，迫不得已，留书道别，不辞而行，对杨柳青母女的情意殷殷，心中自感歉疚。他也料到冰川天女必是前去川西，寻访她的伯父，但一路追踪，向沿路之人打听，却一点也打听不出冰川天女的踪迹。问起如此这般的两个少女，路人都说没有见过。

唐经天惘惘怅怅，越岭翻山，连行多日，进入了四川西面的巴郎山脉之中。巴郎山脉蜿蜒南走，过了雅安，便连接峨嵋山脉。巴郎山虽不如雀儿山之险，但一路支脉绵延，山路却比雀儿山长得多。而且山岭层叠，有如重门深户，峰回路转，曲折之极，常常一个山头，看似极近，走起来却很远。即使像唐经天这样具有极高明的武功，而且有行山经验的人，每天最多也不过走一百多里。可幸的是，蜀中山水奇丽，峨嵋更是号称"天下之秀"，从巴郎山脉南下，越走越觉山水清幽，倒是可以稍解胸中烦闷。

山中甚少人家，错过宿头，在所难免。这一日唐经天走多了路，到了入晚时分，抬头一望，四处没有炊烟，本来打算寻觅一个岩洞，住宿一宵，但见明月升起，圆如玉盘，眼所及处，山水如画，不觉动了豪兴，踏月夜行。走了许久，忽见面前无数奇峰，好像平地涌起的一片石林，如笋如笔，峰峰相连。每一个石峰都是小巧玲珑，有如盆景。最高的也不过二三十丈，但各具姿态，如虎如狮，如熊如豹，端的是万笏朝天，千岩竞秀。唐经天看惯了西北的大山，即巴郎山一路南来，也是雄伟之极，乍见面前这一片石林，不觉啧啧称异，走近前去欣赏。那片石林，恍如一面屏风，遮着天光，但走近之时，忽见两峰相连之处，中间开了一个大洞，刚刚可以容得一个人通过，月光透过这个洞口，照射下来，里面还有潺潺的流水声。

唐经天好奇心起，爬入洞口一看，只见里面一片空地，杂花盛开，空地四边，仍是无数石笋，其间又各有许多奇形怪状的岩洞，好像石林之中，又有好多门户一般。唐经天捡了一个最大的洞口，爬进去看，越入越深，忽闻得里面隐有人声，不觉大奇，又穿过一个洞口，这洞口在石峰上端，虽不算高，也有二十来丈，唐经天施展"壁虎功"，附身在峭壁之上，向下一望，大为惊诧。

但见下面一片空阔，满谷幽兰，谷中又长出无数小石笋，最高的不过五六丈，怪石嶙峋，如剑如戟，而且隐隐排成阵势，石阵中有两个人东穿西插，似是被困在内，迷了出路，看清楚时，乃是一对中年男女，两人相距甚近，看来只要绕过两支石笋，便可碰头，但他们绕来绕去，明明彼此都可以从石隙中看见对方身影，却总是走不到一处。

唐经天家学渊源，不仅武功高深，也略懂一些奇门八卦之阵，这时他在高处下望，时间稍长，便给他看出了个所以然来，这石笋虽是天生，但却暗合诸葛武侯的八阵图形势，分成休、生、伤、杜、死、景、惊、开八门，若非找到了"生门"门户，任你如何瞎摸瞎撞，也走不出来。正是：

石阵暗藏生死路，谷中老怪显奇功。

欲知后事如何？请听下回分解。

第二十回
玄功内运　侠士破神招
异境天开　书童有奇遇

唐经天暗暗惊异，正想下去将他们带出阵图，但仔细看时，却又看出有点"不对"，一时间不敢造次。那两人武功很是不弱，时不时跃起一丈多高，手攀石笋，但那些石笋笔直光滑，无可着力，试了几次，都不成功。又有两次两人好像是无意之中偶然走近生门，却忽地有一颗石子打来，石阵之中门户狭窄，那石子又打得非常巧妙，以那对中年男女的身手，竟然没法招架，终于又给迫了回去。唐经天心中一凛，看情形这石林中的幽谷竟似有高人在内，暗中摆布。

那对中年男女也似觉察到了，那男的首先叫道："晚辈不合动了好奇之念，闯进此间，请主人恕罪。"唐经天一听，声音好熟，正在寻思，忽听得谷中有人"呵呀"叫了一声，尖锐清脆，似是一个刚刚发育的少年。唐经天心中大奇，再看时，只见距离那石阵数丈之地的另一堆乱石后面，突然跑出个人，果然是个十五六岁的大孩子。

只听得他高声叫道："是萧老师吗？"那中年男子道："是我，是萧青峰！呀，你是江南？"语气中充满惊诧与狂喜之情。唐经天也是十分惊讶，在西藏之时，他曾见过萧青峰一面，但那时的萧青峰面色枯黄，相貌清瘦，背微佝偻，活像个科场失意的老儒，而现在看来，虽是在月光之下，不似白天的看得真切，但亦可觉出他英姿飒爽，与以前判若两人，年轻何止十岁！唐经天心道："怪不得我认不出他，别来还未够一年，他怎的却完全变了样子？"唐经天不知，萧青峰是服了铁拐仙的优昙仙花，这才返老还童的。

江南跑到石阵外面，又叫又跳，嘻嘻哈哈地笑道，"真是萧老师，萧老师呀，不是你出声，我简直就不敢认你。你怎么背不驼了，连额上的皱纹也没有了。""嘻嘻，这位太太是谁？哈，是萧师娘，萧老师，你大喜呀，讨了娘子了，我江南可要叨扰你一杯！萧师娘，萧老师有没有和你提起过我江南的名字？"江南一开口就像连珠炮似的响个不停，那女的禁不住笑道："大名鼎鼎的江南还会不提起，你是陈公子的书童，衙门之中就数你最爱说话！"唐经天又是一番惊诧，陈天宇的书童跟谁学的武功，路数和陈天宇竟是全不一样。

萧青峰道："喂，闲话少说，你先把我放出来。"江南哭丧着脸道："我怎么能将你放出来？"萧青峰道："为何不能？"江南道："我也不懂得这古里古怪的石阵。"萧青峰道："怎么你刚才又拿石头打我？"江南道："我不知道是你呀。"萧青峰道："其他人就可以打吗？你年纪也不小啦，还这样顽皮！"江南道："有人要我这样做的。"萧青峰道："谁？"江南道："我的师父，不，是那个一定要做我师父的老家伙。"

萧青峰道："什么老家伙？你跟了他多久了？天宇呢？他待你有如兄弟，你怎么偷偷逃跑，拜别人为师？你偷跑出来，有多久了？"萧青峰连珠炮似的发问，江南不等他说完，就叫起撞天屈来，叫道："谁说我偷跑出来？我哪里是要拜别人为师？公子叫我出来的，你不明不白，怎么胡乱冤我！"那中年妇人笑道："他性急，你也性急，青峰呀，你得一句一句问他，要不然什么也说不清楚。"

萧青峰微微一笑，道："不错，我倒忘了江南火爆的脾气了。好吧，我一句句问你，陈公子为什么叫你出来？"

江南道："陈公子，不，不，是老爷叫我出来的。他叫我带一封信给京师的周大人。什么信？他当然不会跟我说。哈，可是我知道，这位周大人是他的姻亲，这是我偷问上房的丫头彩凤，她告诉我的。我还知道他写的是什么呢！喂喂，萧老师，你可知道老爷为什么给我取名江南？原来是他想念他的家乡，西藏这地方，我还觉得好玩，老爷他可受不了，老是想回家。我有一晚偷听他和公子说话，老爷说这次他做了什么迎接金瓶的专使，立下功劳，可惜福大人，哼，福康安那小子不肯给他保奏，还是叫他回萨迦去做宣慰使，老爷因此便想到写信给他的亲家周大人，请他转奏皇上，盼皇上念在他这番功劳，赦他回去。老爷说：但万里迢迢，叫谁送信才放心得下？哈哈，萧老师，你猜少爷保举谁？他说叫江南送信最妥当！你们老是说我多嘴，会说不会做，没用！少爷呀，他可看重我！所以我说是少爷叫我出来的，也没有说错！"

萧青峰仅仅问了一句，江南就唠唠叨叨地说了一大车子的话，唐经天躲在石壁的缝隙间，听着也不觉好笑，心道："这江南果然名不虚传，真爱说话！"萧青峰也忍不住笑道："少爷怎么这样看重你，他偷偷教了你的武功，是不是？"江南道："着呀，你猜得一点不错！就是去年的春天，那几个偷马贼火烧衙门，将你赶跑之后，我才知道了你萧老师是身怀绝技的奇人，咱们公子也有一身惊人的武功，于是我就央求公子教我，公子那时一为逃婚，二为要送你这位老师，他没空教我。后来他从拉萨回来，这才教了我一些粗浅的功夫。要不是我懂得一点功夫，你想，他怎么放心让我给老爷送这样一封重要的信件。"

萧青峰忍住笑问道："你既然知道这信重要，为什么又在此间耽搁下来，还让什么老家伙收你做徒弟？"江南又叫屈道："谁说我是有意耽搁的？我经过此间，也不过是像你老师一样，心中好奇，所以跑进来瞧，哪知道呀，一跑进来，又像你一样，被困在这石阵之中，走不出来了。"萧青峰面上一红，道："好，那我不怪责你，后来，你怎么又出来了呢？"

江南道："我被困在石阵中，走不出来，肚子又饿，我乱骂一通，哈，想不到这一骂，却把人引出来了。"萧青峰道："是那个老家伙？"江南道："不错。我骂呀骂的，眼睛一花，一个穿着紫黄道袍的老家伙就到了我的面前了，也不知他是从哪儿出来的。这老家伙道：'你若肯做我的徒弟，我就带你出去。'"萧青峰道："于是你就肯了？"江南道："不愿意也没办法呀。我困在石阵中整整一天，比你们被困的时间还长得多，我不要吃饭吗？我心里虽然一百个不愿意，口头也说肯了。那老家伙眉开眼笑，牵着我的手东一绕西一绕，不知怎的就突然走出来了。我说：对不住，你要收徒弟就另收一个吧，我可要赶路。那老家伙道：你这孩子真是不知好歹，别人给我磕头，求我三天三夜我也不会收呢。如今我立下了誓，要在未死之前收一个衣钵传人，但我又不肯走出此谷，只好等谁走入来，只要他未满十八岁我就收谁，这岂不是你的造化？我说我不要你这个造化，转身便走。这老家伙道：你本事再强百倍，也走不掉，你走走看。我一走，不知怎的腿弯一麻跌倒了，不由自己地倒翻了三个筋斗，直翻到那老家伙跟前，这才自然停止，腿弯也不麻不痛了。那老家伙道：你第二次逃跑，就没这么好过了，我要你全身麻痒疼痛三天，第三次再跑，我就把你打死。他说得很平淡，好像打死个人，根本就不算一回事。但他的目光却是令人不寒而栗。我害怕啦，我说我要给我家少爷送信。那老家伙说：谁管你的什么少爷，我说过的话从不更改。我没办法，只好给他当徒弟。"萧青峰道："你跟了他多久？"江南屈着指头说道："只有七天。"萧青峰道："胡说，你又说谎了！"江南叫道："我几时说过谎？"萧青峰道："只有七天，你怎么学会了暗器打穴的功夫？"江南叫道："咦，这就是暗器打穴的功夫吗？我还只道他是教我丢石子玩儿。"

唐经天听了也不由得心中一震，只七天功夫，就居然能教人用石子打穴，这谷中异人的功夫当真是深不可测了。萧青峰又道："是那老家伙预知我们进来，叫你用石头打我吗？"江南道："敢情他是知道。他今晚对我说，有两个人走入谷中，我既然收了徒弟就不欢喜外人到此，你给我去用石头打他。也不必乱打，只要见他向左边转了两转若然又向右方转两转，再想跳起时，你就打他。萧老师，我不知道是你们呀，我觉得这也蛮好玩，我就依他所教来丢石头了。萧老师，你可不能怪我。"萧青峰又好气又好笑，道："那么说，你是没法将我们带出去了。"江南摊开手道："确是没办法，你们若是肚子饿，我偷一点东西给你吃还成。"萧青峰道："好，让我们自己试看。"左转两转，右转两转，转来转去，却仍是走不出来。

萧青峰大为着急，月亮西落，残星明灭，看看又是黑夜将逝，晓色云开。江南道："萧老师，咱们闹了一晚啦，你饿不饿？我回去偷点东西给你。"萧青峰道："不用。"搔头抓耳，无法脱身。唐经天微微一笑，从悬岩上现出身来，朗声说道："萧先生，久违了！"倏如苍鹰展翅，双臂一张，一掠而下。

萧青峰看清楚了，喜出望外，道："唐相公，你怎么也到了这儿？"唐经天道："像你们一样，也是动了好奇之念。"口中说话，脚步不停，直入石阵之中。江南叫道："喂，喂！走进去走不出来的，我不认识你，我可不能给你多偷一份东西。"但见唐经天微微含笑，带着萧青峰夫妇，左边一兜，右边一绕，片刻之间，便已走出石阵。

江南看得睁大了眼睛，道："原来你是个大有本事之人，你是谁？"萧青峰道："他曾救过你家公子……"江南截着说道："哈，我知道啦,你是唐经天。唐相公,少爷和我谈过你,他说你的天山剑法,举世无双。喂,喂,你能不能将我也带出这个幽谷?我刚才的话你都听到了是不是?我要赶着给公子送信呢!你、你、你能不能带我出去?"

唐经天微微一笑,道:"江南,你静一会儿,我自有分数。"转身对萧青峰道:"萧先生,恭喜你呵,几时讨的新娘子?"萧青峰道:"我去年回到成都之后,即重返青城门下。她,她也还在成都,等着我。"给唐经天介绍新妇,原来就是他的表妹吴绛仙。他们二人本是青梅竹马之交,只因当年萧青峰痴恋谢云真,吴绛仙不敢表露心意,后来萧青峰在冰宫之外重遇谢云真,知道谢云真已嫁了铁拐仙,又知道吴绛仙还在等着他,于是遂离开西藏,回到成都,向吴绛仙求婚,自然是一求即允。萧青峰四十多岁始做新郎,说来甚是忸怩。

唐经天道:"你们夫妇欲上哪儿?怎么也经过此间?"萧青峰道:"去年我和天宇上念青唐古拉山,得见冰川天女,知道她就是桂华生的女儿,回来之后,便欲向她的伯父冒川生老前辈报此喜讯,只因俗务耽搁……"江南插口笑道:"萧老师,你成家立业,怎能说是俗务?"唐经天道:"江南,不要打断萧老师的话。"萧青峰道:"只因俗务耽搁,至今未曾拜见。恰好又听到一桩事情,非得查个明白,向冒老前辈禀告不可。"唐经天道:"什么事情?"萧青峰道:"冒老前辈是武当名宿,当今中原武林公认的第一高手,他自己定下,每十年一次,开山结缘,嘉惠后学。如今十年之期又届,再过半月,就是他开山结缘之期了。"唐经天道:"好极了,咱们不是刚好可以赶上吗?"萧青峰道:"但今年他开山之时,可能有人与他为难!"

唐经天睁大双眼,几乎不敢相信自己的耳朵。想那冒川生乃是一代大侠,不只武功已臻化境,而且德高望重,有如泰山北斗,各家各派，无不景仰，有何人敢与他为难？

萧青峰歇了一歇，往下续道："听说准备领头捣乱的是崆峒派的一个奇人。"唐经天微微一笑，道："崆峒派的掌门赵灵君，与令高足天宇兄，大概还可以争一日之短长。"言下之意是说，连赵灵君亦不过如此，其余诸子更不足道。凭什么去与中原的第一高手为难？萧青峰却是面色凝重，往下续道："崆峒派近三十年来人才凋落，前后两辈的掌门人都够不上一流高手之列，所以各大剑派都不把他们放在心上，其实这一派的武功也有其独特之处。"唐经天心中一凛，道："此话不错，若非有独到之处，就不能成为一家。只是各人禀赋不同，领悟不同，用功的程度不同，这才分出了高下浅深，原不可一概而论，我刚才因赵灵君的功夫尚浅，而贬低了崆峒一派，这是我失言了。"唐经天毕竟是名门高弟，从善如流。

萧青峰续道："听说这人是崆峒派上一辈的人物，因见本派武功不振，日益式微，因而在三十年前，便选了一个隐僻所在，避世苦修，穷研祖师剑谱，并创新招。几十年来，谁也不知道他的功夫究竟练到了何等程度。最近我在一个偶然的机会中，打听到他有出山之意。"唐经天道："怎么，他一出山就准备去与冒大侠较量，好闯名立万么？哼，这也是江湖上常见之事，但真正高人却不屑为。"萧青峰道："他若非与中原第一高手比试，就显不出他的本事，也不能重振崆峒的威风了。不过，除此之外，听说还另有一因。"说至此处，忽地向唐经天微微一笑，道："这恐怕是因你而起。"唐经天道："这倒奇了！"萧青峰道："听说你曾用天山神芒打伤过十三名崆峒高手，有这事么？"唐经天道："不错，赵灵君也在其内。"萧青峰道："另外还有一个使冰剑的少女与你一道，是么？"唐经天道："那是冰川天女的侍女幽萍。另外还有一人，就是令高足陈天宇。崆峒派若因此事记恨，当来找我，何以去找冒大侠？"

萧青峰笑道："你们父子隐居天山，名头比冒川生更大，他自忖未必能胜过令尊。而且与你们比试，在天山之上，谁有本领上去观战，胜负无人得知，比较之下，那自然是找冒川生更上算了。他们把那个侍女幽萍当成冰川天女，不知如何，他们又探听出冰川天女是冒川生的侄女，如此瓜葛牵连，他们便更有借口与冒老前辈为难了。听说他们还准备大约外派能人，到冒老前辈开山结缘之日，去闹个天翻地覆。我一来要去见冒大侠，告知他我曾见过冰川天女之事，二来就是要请他提防捣乱。想冒大侠是何等声望，纵能在事发之后镇压下去，也是不妥。"

唐经天沉思有顷，微微一笑，道："这好极了！"

萧青峰道："崆峒派的那位怪人要去与冒老前辈为难，怎么反而好呢？"唐经天微笑道："咱们可有热闹看了呵！"萧青峰道："你也是要去谒见冒老前辈么？"唐经天道："不错，算来刚好可以及时赶到。但愿冰川天女也能及时赴会，那时我们倒要瞧瞧，这位崆峒派的怪人到底练了些什么奇异的武功，居然敢到冒老前辈面前，扬名闯万！"萧青峰一听，便知唐经天到时有意出手，心中暗喜，想道："冒老前辈出手，那自然是失了身份。唐经天和冰川天女武功极高，却是小辈，有他们二人在场，这确是好极了！"于是说道："那么咱们再等片时，待天色大明，便可一路走了。"

江南满肚皮说话，闷了许久，见两人一停，立刻插口叫道："喂，还有我呢！"唐经天道："你，你什么？你有了一个好师父还要走吗？"江南叫道："亏你是我们公子的好友，你不知道我给他送要紧的信吗？你怎能不带我去？"唐经天笑道："也不迟在这一会，我且问你，你们的公子好吗？"江南鼓起嘴巴说道："怎么不好，一餐吃三碗大米饭！"唐经天道："不是问你这个，那土司的女儿怎么啦？"江南道："怎么啦？天天打扮，像个小娼妇似的，朝早夜晚，出去打猎，都经过我们的衙门，少爷算是怕了她，从早到晚，躲在衙内，简直不敢出来。敢情是怕碰见了她，被她一口咬去。"说着自己笑起来。

唐经天忍俊不禁，微笑道："如此说来，他们的婚事已成定局了。"江南道："没有呀，公子给他一个推字，不过现在说清楚了，是土司迫老爷答允的，到明年春天，那个喇嘛庙造起来了，听说有一个什么白教的活佛要去主持开光大典，那时就要由活佛替他们证婚，再也逃不了。"唐经天心中一动，想道："陈天宇念念不忘那神秘的藏族少女芝娜，他大约还未知道，芝娜已做了圣女，明年春天，就要跟白教的法王到萨迦去参加开光大典。"

这时天已大白，朝阳透过石林的空隙，洒下满地金光，林中的小湖也闪着金色的水纹，景致奇丽绝俗。萧青峰道："咱们可以走了吧？"江南道："喂，你说过要带我走的呀！"唐经天道："好，烦你带引我们，向你的师父辞行。"江南道："什么？向那个老家伙辞行，他不许我走的呀！"忽听得一个苍老的声音说道："哪位高人，看上了我这个不成材的弟子？"声音并不很大，但千峰回响，撞得石林内嗡嗡作声。江南躲到唐经天背后，只见唐经天合十一揖，朗声说道："后学唐经天，误入仙境，尚望恕罪。"声音高亢而清，好像一把剑刺入石林之中，碰着石壁，发出金属声音。双方各显功力，旗鼓相当。唐经天刚刚把话说完，倏地眼前一亮，湖边已多了一人，穿着紫黄色的道袍，相貌奇古。

江南吓得手颤脚震，躲在唐经天背后，不敢露出头来。那黄袍道士却不理他，径向唐经天说道："数十年来，能走出我的石阵的，只有阁下一人。能者称强，这有什么恕罪不恕罪的。你既能走出石阵，想必也有能为带我这个不成材的弟子出去，好吧，你就带吧！"唐经天不由得心中一凛，刚才听这道士说话的声音，虽因群峰回响，测不出他的实际所在，但最少也当在百丈之外，他竟然声到人到，这石林中另有洞天，那是不消说了，而这道士身法之快，也委实是不可思议。听他现在的口气,那当然是暗中含有较量的意思了。

唐经天吸了口气,暗运天山正宗的玄功,道:"既然如此,待他事情办了,日后再来请益。"携着江南,缓缓地步出石林。那道士手中拿着一柄拂尘,但见他身形不动,仍是站立原处,拂尘只是轻轻一拂,冷冷说道:"这顽童还没长翅就想飞啦,阁下可得好生管教呵!"唐经天已尽得天山心法,那拂尘虽只是轻轻一拂,他已听出风声,而且不用回头,就知那拂尘已飞出几条玄丝,潜刺他和江南的穴道。想那拂尘丝是极微细之物,那老道竟能轻轻一拂,就射出几条,当作刺穴的飞针使用,这真是防不胜防。唐经天身形一闪,拉着江南道:"小心点儿,这儿有块石头。"若不经意地挡了一挡,将本来要射江南的那几条拂尘玄丝,全都挡在自己的身上。唐经天虽然暗运玄功,这刹那间,也觉得身上十几处穴道,同时发麻,好像给许多蚂蚁叮了一口似的,若非早有防备,几乎着了他的暗算,心中暗道:"这道士果是功力非凡,虽然还及不上我姨母飞花摘叶、伤人立死的功夫,比起我来,却是深厚得多了。"

江南莫名所以,叫道:"哪儿有块石头呀?怎么我看不见!"他一点也不知道,若非唐经天故意这么一挡,他两腿早成残废。唐经天道:"江南,快谢师父放行!"他知道像这等异人,一击不中,那就再也不能与一个末学后进,是自己徒弟身份的一个顽童为难。江南也算机灵,虽然不明用意,却仍是恭恭敬敬地作了一揖说道:"多谢师父放行!"唐经天放开了手,让江南自己走了。那黄袍道士面色铁青,冷冷说道:"从今之后,你我再无师徒名份,你好生去吧。"那声音直刺进江南的耳鼓,江南心头一震,险险跌倒地上,急忙掩耳疾走,只觉身上微微发热,但他急于逃走,却也并不在意。

唐经天正想告辞,只见那黄袍道士眼瞪瞪地盯着自己,发出一种极难听的声音道："好本事，好本事，你师父是谁？说出来让老朽好去请教！"

唐经天微微一笑，道："晚辈所居之地，离此甚远，哪敢有劳前辈出山。"此话明是客气，实是占了身份，即是说自己的师父足可以当得他的"请教"，不过不敢"有劳"罢了。唐经天本来谦下自持，因见那老道说话太过狂妄，所以刺了一句。须知唐经天的父亲乃是当代的武学大宗师，辈分极尊，因此唐经天不必为他的父亲客气。

那黄袍道士怪眼一翻，冷冷说道："我本来此生不想走出这片林子，冲着你这句话，我非找你的师父不行，你师父是谁？"唐经天微微一笑，正想答话，忽听得石林中一阵磔磔的怪笑，倏忽之间，从里面的石洞又蹿出一个人，怪声笑道："黄石道友，你输了眼了。天山派的武功家数，你也看不出来吗？你试想天下后辈，除了唐晓澜的独生爱子，还有谁敢在你的面前如此放肆？我早说过天山派以正宗自居，将一切异派都看作邪魔外道，如今你该相信了吧？"这话显明挑拨，唐经天抬头一看，只见那人又黑又瘦，形如枯竹，面颊深陷，双睛如火，头发似一蓬乱草，狰狞怕人，正是那个被冯琳戏弄个够，赶下慕士塔格山的赤神子。

江南骇叫一声，慌忙钻出外面的石洞，心中暗自奇怪：里面的石窟只有师父一人，这怪物是从哪儿来的？难道在石林中另有通路？

唐经天亦是心中一凛，想道："这赤神子一来，只怕不容易走出去了。"赤神子说完之后，那黄袍道士果然哈哈大笑，忽地面色一沉，拂尘一举，峭声说道："我本不欲与后辈为难，但既然是你，我若放你出去，别人只道我怕了天山的唐晓澜夫妇。"唐经天虽知形危势险，仍是气定神闲，微笑说道："既然两位老前辈都要留我，那么我还有何法走出，只好留下来任你们处置了。"话中隐藏讥诮。黄袍道士怒道："我要留你，何须别人帮手，赤神子，你在这儿做证人，这小子若接得我七招，我就让这干人出去，你也不许拦阻。好个狂妄的小子，你还不把兵刃亮出，更待何时？"

黄石道人划出道来，只限七招，那即仍是占着老前辈的身份。唐经天又是微微一笑，道："既然定要赐教，那也不必限定七招，我站在这里，不会逃跑，老前辈你不进招还待何时？"唐经天不肯先亮兵刃，口中虽称他"前辈"，实是将他当作平辈看待罢了。黄石道人勃然大怒，道："好，那是你自己找死！"拂尘一举，也不见他作势纵跃，身子竟突然移前丈许，呼的一声，拂尘已迎面拂到！

这拂尘一拂，看似寻常，其实却含有两种不同的劲道，先是阳刚之力，那拂尘聚在一起，形如铁笔，呼呼挟风；阳刚之力倘若未能收效，拂尘一到对方面前，尘尾立即散开，化成阴柔之劲，千丝万缕，齐刺敌人穴道，任是如何高手，也难防备。唐经天竟然凝立不动，黄石道人喝道："你真个要死？"这时拂尘已是迎面散开，黄石道人暗思："打死了一个手无寸铁的小辈，岂不惹人笑话？而且我何必与唐晓澜结这样深仇？"他这第一招本来未用全力，这样一想，劲力又减了二分，但若被他拂中，不死也得成为残废。

拂尘迎面散开，千丝万缕，一齐罩下，就在这间不容发之际，唐经天忽地张口一吹，尘尾飘飘，有如柳絮随风，都拂了开去。本来黄石道人的功力要远比唐经天为高，但因他有所忌惮，只用了一半力量，而唐经天却是潜神蓄气，用了天山心法"吹云劲"的上乘内功，此消彼长，黄石道人这一记绝招，竟是伤他不得！

黄石道人怔了一怔，拂尘一转，全用了阳刚之力，那千根玄丝，根根竖起，都似利针一样，下刺咽喉，上刺双目。萧青峰是使拂尘的高手，见他使得如此出神入化，也不禁骇然！说时迟，那时快，几乎就在这同一瞬间，只见寒光一闪，矫若游龙，唐经天叫道："谨遵命，请接招！"唐经天的游龙剑，乃天山派的镇山

黄石道人怔了一怔，拂尘一转，全用了阳刚之力，那千根玄丝，根根竖起，都似利针一样，下刺咽喉，上刺双目。说时迟，那时快，只见寒光一闪，矫若游龙，唐经天叫道："谨遵命，请接招！"

之宝,非同小可,黄石道人料不到他出剑如此之快,看这剑势,吹毛立断,黄石道人怕剑锋割断他的尘尾,只得硬把那阳刚之劲撤了回来,一转拂尘,避开那游龙剑的锋芒。唐经天这一出手乃是天山剑式中的追风剑法,前招未老,后招续到。黄石道人正想换招,但见他剑锋一颤,银光乱洒,端的是势挟风雷。黄石道人喝声"好小子!",移形换位,尘尾一拂,改用了阴柔之劲,半攻半守,将唐经天的剑势解开。这时黄石道人已使了三招了!

但黄石道人那拂尘的招数确是怪异非凡,唐经天这两记追风剑的杀手,何等威力,看来已迫得他要转攻为守,哪知就在这一转眼间,他已疾奔巽位,转过乾方,封了唐经天的剑路,拂尘起处,遍袭唐经天上半身十三处穴道。唐经天若是仍然依照追风剑的剑势出招,那后心背腹的空门,就立刻要被敌人攻入。黄石道人暗中得意,拂尘正待乘隙刺入,忽见剑光一聚,竟似平地上涌起一座光幢,将唐经天全身包没。这是天山剑法中最深奥的须弥剑式,一定要碰到比自己高明的强敌,这才施展,施展开时,却像铜墙铁壁,无瑕可击。黄石道人攻不进去,这一招用尽心力,竟是白费精神!

江南从外面的石洞中探进头来,叫道:"好呀,只剩下三招了,我数着哩!"黄石道人勃然大怒,忽地强行进招,拂尘一扫,一招之间,同时攻唐经天的奇经八脉。唐经天心中一凛:他明知我这大须弥剑式无隙可乘,何以还敢强攻?心念方动,剑光一绕,拂尘已被削断了数十根,再被剑风一荡,更碎成无数细屑,只见黄石道人张口一吹,那无数尘丝碎屑,都透入剑光层内!

大须弥剑式虽然泼水难入,吹毛立断,但却不能挡着那发屑般的尘丝。唐经天大吃一惊,知道若被这些破屑吹入七窍,那就有再好的武功,也难抵受。迫得身形掠起,斜身一转,衣袖一挥,将那些尘丝碎屑拂开。只是如此一来,大须弥剑式立时现出破绽,黄石道人喝声:"着!"倒转拂尘,往前一刺,"嚓"的一声,唐经天的肩头下面三寸已被刺入，衣裳也穿了一孔！

原来黄石道人这拂尘上的招数，一共就只有七招，不过从七招之中又可以生出许多变化，所以黄石道人说"只限七招"，其实已是用了他全部的看家本领。这七招杀手，一招比一招厉害，黄石道人见用了四招还奈何不了唐经天，故此拼着牺牲一撮尘尾，在第五第六招使出了最古怪的杀着，一招破他的大须弥剑式，另一招则倒转尘尾，改作判官笔用，在他不致命的地方使劲一插！

黄石道人这柄拂尘非常特别，尘柄乃是精钢合金所铸，尖端锋利，可以刺穴，可以伤人，还可以破敌人的内家气功。这一插正插在唐经天肩背的"愈气穴"之处，满以为唐经天必将受伤倒地，哪知尘柄所触之处，竟似碰着弹簧一样，忽地反弹起来。唐经天一个转身，笑吟吟道："还有一招！"

黄石道人大吃一惊，自己这一插业已扎破衣裳，插正穴道，即算是练到第一流的金钟罩铁布衫的功夫，亦是难以抵挡。难道这人年纪轻轻，就练成了金刚不坏之躯？

黄石道人有所不知，原来并非唐经天已练成了那种刀枪不入的上乘内功，而是他身上穿有母亲给他的金丝软甲，这软甲是四十多年之前，无极派的大宗师钟万堂将师祖傅青主遗下的宝物，送给他母亲冯瑛作"抓周"的礼物的。这软甲宝剑也刺不穿，何惧于他的精钢尘柄？

这几下快如电光石火，旁观的赤神子与萧青峰夫妇等人，眼见唐经天从死里逃生，都不禁惊呼，萧青峰是先惊后喜，赤神子则是先喜后惊。萧青峰刚刚伸手拭汗，忽听得黄石道人一声大呼，整个身躯飞起来，倒持拂尘，作最后的凌空一击！

黄石道人这最后一招，拂尘与铁掌一齐施用，拂尘拂穴，铁掌击胸，竟用了十成力量，势道极是骇人，唐经天还来不及运用大须弥剑式防身，黄石道人的拂尘铁掌已凌空击下，周围三丈之内，全被他的威力笼罩，逃亦难逃。唐经天的软甲只能防护上半身，而且也挡不住这种掌力。唐经天见势不好，拼着挨他一掌，急转身躯，将背心迎了上去。

这刹那间，又听到赤神子的怪叫之声。唐经天全力对付黄石道人，已无暇顾及；萧青峰夫妇忽见赤神子也来偷袭，更不禁骇极而呼！

就在唐经天这性命悬于俄顷之际，忽又听得赤神子一声厉叫，黄石道人打了一个寒颤，掌势稍偏，唐经天何等快捷，立刻飞身掠开，反手一剑，刷的一声，把黄石道人的衣袖刺穿了一个窟窿。黄石道人叫道："何方小子，敢施暗算？"

只听得头顶上石林交错之处，一个人哈哈笑道："你这两个老不死，何尝也不是偷施暗算，两个老不死合力欺负一个浑小子，羞也不羞？哈哈哈哈，哈哈！"这笑声入耳刺心，唐经天抬头一望，只见石林上露天光的一块怪石上，端坐着那假装麻风的怪叫花金世遗。而在金世遗的背后，则是冰川天女主仆。敢情是他们当着自己激战之际，悄悄掩来，林中诸人，注目恶斗，所以都没有发现。而赤神子的厉叫，黄石道人的打颤，那当然是冰川天女与金世遗所施的独门暗器创下的杰作了。

黄石道人大怒，一纵身，就想跃上去抓金世遗，金世遗叫道："你连一个浑小子都打不倒，我何必与你合手？"身形一闪，手足并用，猿猴般地猱升上那笔直如笋的石峰，逃出外面。黄石道人要想追他本亦不难，但这时又听得赤神子叫了一声，回头一看，见赤神子黑气满面，料想已中了剧毒暗器。黄石道人孤掌难鸣，只好回去救赤神子。

唐经天道："七招已满，我走了！"他依照江湖礼节，将说话交代之后，心急如焚，立刻施展绝顶轻功，紧紧追踪。只见冰川天女主仆在前，那疯丐手舞足蹈地紧跟后面。唐经天大叫道："冰娥姐姐,冰娥姐姐!"冰川天女回头看一看他,目光隐含幽怨。唐经天叫道:"冰娥姐姐,你停一停,听我说两句话。"冰川天女斜眼一瞥,竟不停留,携着幽萍,如飞疾走。唐经天叫道:"冰娥姐姐,你停一停,听我说了再走也不迟。"金世遗忽地哈哈大笑,挡着去路,"呸"的吐了一口唾涎,怪叫道:"谁耐烦听你的说话?"正是:

为求天女秋波顾,疯丐英豪各用心。

欲知后事如何?请听下回分解。

梁羽生 著

冰川天女传 下

本书版权由传慧出版有限公司授权广州市朗声图书有限公司在中国大陆（不包括香港、澳门、台湾地区）专有使用

版权所有·侵权必究

图书在版编目（CIP）数据

冰川天女传 / 梁羽生著. —广州：中山大学出版社，2021.8
ISBN 978-7-306-07136-1

Ⅰ. ①冰⋯ Ⅱ. ①梁⋯ Ⅲ. ①侠义小说－中国－当代 Ⅳ. ①I247.5

中国版本图书馆CIP数据核字（2021）第038219号

敬告读者

为了维护读者、著作权人和出版发行者的合法权益，本书采用了新型数码防伪技术。正版图书的定价标示处及外包装盒上均贴有完好的防伪标签。刮开涂层，可见到一组数码，您可以通过两种途径查验真伪。

1. 拨打全国免费电话4008301315，按语音提示从左到右依次输入相应数码并按#键结束。
2. 扫描防伪标上的二维码，按提示输入相应数码。

读者如发现盗版图书，可向当地"扫黄打非"办公室、新闻出版局、公安机关、市场监督管理局等部门举报，或直接与我们联系。

联系电话：020-34297719　13570022400

我们对举报盗版、盗印、销售盗版图书等侵权行为的有功人员将予以重奖。

广州市朗声图书有限公司

谢时臣《峨嵋雪图》：

谢时臣，明代画家，字思忠，号樗仙，吴县（今江苏省苏州市）人。图绘峨嵋山大雪纷飞之景，深山中寺宇掩映，危栈上驴队成行，山下旅人踏雪赶路。画者自题此图为「天下四大景」之一。

峨嵋是中国的佛教四大名山之一，因有山峰相对如蛾眉，故名。地势陡峭，风景秀丽，素有「峨嵋天下秀」之称。

文徵明《关山积雪图卷》：

文徵明（1470—1559），明代画家、书法家、文学家、鉴藏家。长洲（今江苏苏州）人。初名壁，字徵明，后以字行，亦字徵仲，号衡山居士，世称「文衡山」。诗文书画并佳，师沈周，为明四大家之一。本幅长卷绘群山飞雪、千峰失翠之景，为文氏得意力作。

大昭寺金顶上的卧鹿法轮：大昭寺是西藏最早的土木结构建筑，公元七世纪吐蕃赞普松赞干布所建。相传是由文成公主亲自勘测地形，卜算基址，用以供奉文成公主和尺尊公主带来的佛像。

布达拉宫：

布达拉宫位于西藏拉萨市西北的玛布日山上，据传最初是吐蕃赞普松赞干布为迎娶文成公主而修建。后来大部分毁于战火。1645年五世达赖罗桑嘉措下令重建，用八年时间修建白宫。罗桑嘉措圆寂后，他的管事人桑结嘉措又扩建了中央部分的红宫，于1693年全部完工，基本形成布达拉宫的建筑规模。布达拉宫主体建筑共13层，高117米，金碧辉煌，气势雄伟。体现了汉藏文化的融合，也是藏族建筑艺术的精华。

六世班禅画像：
六世班禅罗桑贝丹益希（1738—1780），藏传佛教格鲁派领袖。乾隆三十年（1765年），清朝廷颁赐其金册、金印，册封其为班禅额尔德尼。乾隆四十五年（1780年），经万里跋涉，从后藏日喀则到达承德朝觐乾隆皇帝，并参加乾隆皇帝七旬万寿庆典。是年十一月因病圆寂于北京西黄寺。

目 录

第二十一回	寻觅芳踪	名山逢怪客	
	追查旧事	古寺遇良朋	401
第二十二回	空际香花	玉人戏英侠	
	蓬莱异岛	童子拜奇人	421
第二十三回	愤世奇行	赢来疯丐号	
	狂歌骇俗	惹得美人怜	441
第二十四回	羽士魔头	群邪朝法会	
	冰弹玉剑	天女上峨嵋	463
第二十五回	妄动无明	玄功消一旦	
	安排有道	衣钵得真传	481
第二十六回	知己难逢	怜才惜疯丐	
	深情谁遣	忆旧念佳人	503
第二十七回	云破月来	空劳魂梦绕	
	钟声梵呗	惊见剑光寒	519
第二十八回	舞影翩跹	飞刀杀仇敌	
	风云动荡	侠士护危城	543
第二十九回	塞外兴波	奸徒困侠士	
	宫中对掌	侠丐斗神僧	559
第三十回	块垒难平	伤心话故国	
	狂歌当哭	失意走天涯	579

第三十一回	短梦几时醒　音传海外
	幽情谁可诉　人散荒原 …… 599
第三十二回	一片天真　书童戏玉女
	十分惶惑　怪客劫囚牢 …… 619
第三十三回	缥缈异香　飞鸿天际远
	踟蹰女侠　走马雪山遥 …… 639
第三十四回	峭壁现侠踪　疑云阵阵
	堡中来怪客　妖气重重 …… 665
第三十五回	幽谷屯兵　战云迷塞外
	军前露面　天女震番王 …… 683
第三十六回	较技服三军　神弓无敌
	振衣凌绝顶　滑雪奇能 …… 701
第三十七回	剑影刀光　群英逞绝技
	干戈玉帛　杀气化祥云 …… 721
第三十八回	恩怨全消　卅年怀旧恨
	死生度外　一醉解千愁 …… 735
第三十九回	大雪寒风　高山消霸气
	轻怜蜜爱　冰塔救佳人 …… 759
第四十回	天女散花　珠峰劳怅望
	冰川映月　云海寄遐思 …… 789

第二十一回
寻觅芳踪　名山逢怪客
追查旧事　古寺遇良朋

　　唐经天大怒，喝道："你让不让开？"金世遗哈哈大笑，站在路中，手舞足蹈，怪声叫道："不害臊么？追人家的大姑娘！"唐经天反手一振，打出一支天山神芒，只见一道暗赤色的光华，如箭疾射。金世遗上次与唐经天交手时，曾领教过天山神芒的厉害，被他射中，运了七日的玄功，方才平复，这时早有防备，但见一箭飞来，他突然一个筋斗，倒翻出去三丈有余，举拐一迎，叮当一声，火花飞溅。那天山神芒的去势已被他消了一半，再经这么一挡，立刻斜飞出去，没入荆棘丛中。金世遗又一个筋斗，翻转身形，挺腰怪叫："大姑娘已走得远啦！"

　　唐经天焦急之极，见天山神芒虽能把他迫退，但他仍然是拦住去路，只好硬冲，当下更不打话，飞身一掠，游龙剑抖起一道寒光，一招"穿云裂石"，同时刺金世遗喉头、胸口两处要害。金世遗拔出了铁剑，左拐右剑还了一招。两人功力悉敌，都给对方震得倒退三步。

　　唐经天剑走轻灵，左刺三剑，右刺三剑，使出天山剑式中的追风剑法，着着强攻，端的如水银泻地，逢隙即入。战到分际，唐经天觑着个破绽，游龙剑自左至右，突然划了一个圆圈，将金世遗的铁拐铁剑都圈在当中。只待圆圈一转，剑点立刻四处撒开，可以同时刺他上身的九处麻穴。金世遗怪叫道："好厉害，你这浑小子为了一个大姑娘就不念我适才的救命之恩了么？"突然将右手的铁剑在左手的铁拐上一击，拐剑齐飞，自身也凭着这一震之势，飞出圈外。

唐经天心中一凛，暗想道：适才黄石道人那最后一击，若非他与冰川天女的暗器及时打到，我必然给黄石道人打中，虽说我有软甲护身，即算受了掌力所伤，我也有天山雪莲调治，断断不至于丧命，但他们总算是有相救之恩。如此一想，他这一剑本来还有两个极厉害的后着，这时却自然收了，喝道："好，你以前无缘无故地伤我，弄得我几乎送命；今日看在你出手的份上，这恩怨一笔勾销，你让开路，以后咱们还可做做朋友。"

金世遗向后一望，忽地又怪笑道："谁和你做朋友，你这不要脸的小子，简直不懂江湖义气。"唐经天道："什么？我不懂江湖义气？你这话是骂谁？这正该是骂你！"金世遗道："是骂你！不点醒你，你不服气，我来问你，江湖上的义气是不是讲究有饭大家吃，有衣大家穿，自己有了的更不应抢别人的，是也不是？"唐经天道："不错，黑道上的朋友是讲究这一套。"金世遗道："好，那你有了邹家的小姑娘，为什么又要桂家的大姑娘？纵然我和你不是朋友，桂家的大姑娘可是我的朋友哩。你有了一个还要追我的朋友，这算什么江湖义气？"唐经天乃正派弟子，万料不到他讲出这一番混账的话来。

唐经天气得说不出话，那金世遗兀是嘻嘻怪笑，道："我说得对了吧？你这回可服气了？"唐经天大骂道："胡说八道，你再乱嚼舌头，我就一剑把你剁了！"金世遗道："只怕你剁不着！"唐经天大怒，游龙剑扬空一闪，又再出招，金世遗一面招架，一面时不时地向后面张望，看他这情形，敢情是要等到冰川天女走得远远之后，料唐经天再也追她不着之时，才肯罢手，不再纠缠。唐经天又急又气，但两人工力悉敌，唐经天在剑法上虽然稍稍占一点上风，要想摆脱他的纠缠，却是不能。这时唐经天一腔怒气，全都发泄在金世遗身上，想道："原来是这厮挑拨的！"刚才对金世遗那一点怜惜之情已化为乌有，将最精妙的天山剑法，都施展出来，直如惊涛骇浪，撼山裂石。金世遗用铁拐封闭门户，用铁剑还攻，竟也如江心巨石，傲然兀立。双方各不相让，斗了一百多招，未分胜负，萧青峰夫妇与江南都已赶至，见这声势，比刚才斗黄石道人还更激烈，都是暗暗心惊。

只听得唐经天叱咤一声，左手一勾，将金世遗的铁拐勾着，右脚飞起，游龙剑又分心直刺。他用了三记杀手绝招，全是拼命的招数，只道总有一招得手。不料忽听得金世遗一声怪笑，突然又是一个筋斗，倒翻竖地，"呸"的吐了一口浓痰，骂道："为了一个妞妞儿拼命，值得么？好，见你这小子如此可怜，咱老子就让你过去。"他这一个倒翻，唐经天那一剑就刺了个空。唐经天再一脚踢去，又刚刚踢着竖在地上的铁拐。铁拐一飞，金世遗也就在这间不容发之际，借着那铁拐一震之力，平地飞起，在半空中接了那根拐杖，落到六七丈外。金世遗向林中一跑，还自好整以暇的，回过头来，向唐经天裂嘴一笑。唐经天正想再发天山神芒，只见他身形掠起，跳上一棵大树，像猿猴般挨着枝头，纵跃如飞，没入林中，倏忽不见。

唐经天呆然凝立，金世遗那回头一笑，神态潇洒之极，唐经天心中一动，脑中浮起金世遗以前那副肮脏的颜容，与现在相比，简直如同两人，心道：原来他也是这般俊秀的少年，他苦苦纠缠冰川天女，这是为何？唐经天一向以为，世上除他之外，再无第二人可配得上冰川天女，这时却不自禁的竟然有了醋意，有了醋意，即是在心底里承认这冒充麻风的怪物也算得是个厉害的对手了。又想起他适才逃避自己的两记杀手，那两次所显的身手，皆是怪异绝伦，凭自己对各家各派武功的熟悉，竟也瞧不出他半点家数，心中又不自禁地暗暗叹息，凭这少年的身手，确算得上是江湖上的后起之秀，却怎么行事怪僻得如此不近人情？

萧青峰夫妇与江南自后赶上，江南惊魂初定，又叽叽呱呱地叫道："真险，真险！喂，唐相公，那少年是什么人？怎么他用暗器助你，却又拦阻你去追赶那个少女？"唐经天满怀心事，置之不答。江南又自作聪明地叫道："那女子真美，我知道我们的公子欢喜一个神秘的藏族少女，那女子我见过，当时我以为世上再没有比她更漂亮的了，哈，如今见了这个女子才知道真的是天外有天，人外有人。哈，唐相公，这就是你的不是了！"唐经天愕然道："怎么？"江南道："你一定是像我们的公子一样，一见了美貌的女子，就神迷意荡了。这不怪你，但人家到底是同来的呀，你就是有意思，也该先请那个男的替你引见。说不定他们是一对兄妹，这还好，若是一对夫妇，那就怪不得他要打你了。"唐经天哭笑不得，他千辛万苦地攀登冰川，请得冰川天女下山，却想不到落到如斯结果，连江南也以为她和自己乃是初见面的陌生人。

萧青峰瞪了江南一眼，喝道："不许多嘴！"江南嘀嘀咕咕，心中骂道："刚走出险境，又摆起老师的架子来了。"但见萧青峰神色甚是认真，不敢多话，一赌气便走得也不起劲，自然落在后面。萧青峰上前小声说道："唐相公休要烦恼，现在虽赶她不上，但到了冒老前辈那儿，一定可以见面。"唐经天如梦初醒，暗自笑道："真的是我糊涂了，她既然来到此地，当然是要去找她的伯伯了。"但，想到还有半月之期才能见面，而这半月她却与那"疯丐"同行，不禁心中隐隐作痛。其实，唐经天料错了，冰川天女并不是与金世遗一道，而是金世遗一路地跟踪她。金世遗知道她心绪不佳，还不敢过于接近她呢，这次在石林之中，乃是冰川天女先到，金世遗随后才到，见她出手，知道她尚未忘情于唐经天，心中亦暗暗着恼呢。

唐经天没精打采，一路前行，萧青峰是与唐经天同一时候上冰峰拜会冰川天女的人，知道其中因果，亦是郁郁不乐。正走路间，忽听得江南叫了一声："哎哟！"萧青峰回过头来，问道："作什么？"江南蹲在地上，捧着肚皮，道："肚子痛！"萧青峰道："刚才还好端端的，怎么忽然之间肚子痛？"萧青峰精于医理，替江南把脉，却无半点肚痛的病象，骂道："小鬼头装神弄怪，咱们都有正经事儿，要赶路程，谁耐烦和你戏耍？"江南叫道："谁和你开玩笑，我真的肚痛！"唐经天上前替他把脉，过了好一会子，面上越来越现出惊讶的神色，萧青峰道："怎么？他真的肚痛吗？"唐经天忽然骈起双指，倏地向江南胸口的"璇玑穴"点去，这是人身死穴之一，萧青峰大骇，心道："他纵多嘴，招惹了你，也不至于死呀！"但唐经天出手如电，萧青峰哪能拦阻？

只听得江南嘻嘻一笑，叫道："好痒，好痒！我最怕痒，唐相公，我不和你闹。"唐经天道："肚子还痛不痛？"江南道："咦，奇怪，一痒就不痛了。"唐经天微微一笑，伸出双指，轻轻在他肩上一弹，萧青峰站在旁边，看得真切，这正是"通海穴"的所在，按摩这个地方，可以舒筋活血，平时武林中人，若被敌人点了其他穴道，一时不知道解穴之法，就请人点他的"通海穴"，使血脉流通，纵不能解，亦可延长时刻，所以点这个穴道，只有益，绝无害。不料唐经天只是那么轻轻地一弹，江南又捧腹叫道："哎哟，好痛，好痛！"唐经天急忙伸指，又在他小腹上的"志堂穴"一戳，这"志堂穴"也是上身九处死穴之一，萧青峰又吃一惊，只听得江南又叫道："咦，唐相公你是怎么弄的，我又不痛了。"唐经天道："痒不痒？"江南道："不痒，只是有点麻木。"唐经天哈哈一笑，道："是了，不是我作弄你，这是你师父作弄你的。"

萧青峰大奇，问道："怎么？是那个老道士做的手脚么？看他如此武功，如此身份，既然亲口答允了江南，让他出去，永不追究，怎么又要作弄他？"唐经天微微一笑道："说起来也算不得是捉弄，可能还是江南的好造化呢。"萧青峰诧道："此话怎说？"

唐经天沉吟半晌，忽然问道："萧先生，你说那个想与冒老前辈为难的崆峒派奇人，你可知道他的名字，住在何方吗？"萧青峰道："就是不知呀，若然知道，我早就禀告冒大侠了，何须四处打听。"唐经天道："我在天山之时，曾听父亲和姨父谈论，说是崆峒古传有一种练功之法，可以将经脉的运行打乱，以逆为正，以正为逆。所以点了死穴反而无事。但这种功夫，必须终生不断地练，一间断就于人有害。而且即算终生苦练，也难保不会走火入魔。所以后来少人肯练，这种功夫就失传了。"萧青峰道："如此说来，莫非那老道士教江南所练的，就是这种功夫吗？"唐经天道："我看多半是了。"萧青峰道："那么，江南如今与他虽然绝了师徒之份，岂非也要终生练他这种功夫？"

唐经天道："江南只在他门下七天，学的不过是最初步的功夫。这种功夫也是要讲究循序渐进，由浅入深的，非得师父传授，他哪能继续练功？不过，好在时日还浅，发作起来，也不过是肚痛、骨痛、腰酸、脚软而已，若然时日深了，发作起来，不死也成残废。所以在数百年前，崆峒派中，凡是练这种功夫的，都不敢离开师门。"萧青峰道："如此说来，江南岂不是要重回那古怪的林子里，一生伴那个老妖道？"江南叫道："我死也不去，那老妖道不打死我，我闷也闷死了。唐相公，你得替我想法呀，我不去，不去！"

唐经天笑道："不去也行，那你得长年四季，每天肚痛一个时辰。"江南叫道："不，我最怕肚痛，肚痛就吃不得东西，那多糟糕。唐相公，你一定会治，你替我治了，说什么我也答应。"唐经天笑道："那么我给你治了，以后你不许再多嘴。"江南叫道："成，成！你给我治了，以后别人问我一句，我只答半句。"

唐经天禁不住"噗嗤"一笑，对萧青峰道："所以我说这是江南的造化了。当日我父亲和姨父谈论，你知道我姨父曾得傅青主所遗下的医书，精于医理，在傅青主的医书中，也曾谈到这种练功之害，据说要免此害，只有练正派的最上乘内功，把五脏六腑都练得百邪不侵，那自然没事了。所以我只好传授江南一点我派内功的窍要了。"江南大喜道："好呀，我给你磕头，叫你做师父。"说了就做，跪下磕头。

唐经天轻轻一拦，江南全身挺直，跪不下去，唐经天笑道："我才不要你这个多嘴的徒弟呢！"江南道："哎哟，我早说过不多嘴了。"唐经天正容说道："再说，我天山派收徒最严，我年纪又轻，你要拜我为师，那是万万不可。而且，我只传你一些内功的窍诀，亦并非全教，其他剑诀拳技等更一概不传，你不能算是天山弟子。"萧青峰笑道："江南，得到天山派的内功窍诀，那已经是毕生异数，你尚未知足，想得陇望蜀吗？"江南道："哎哟，原来拜师父还有这些讲究，我只是过意不去，所以才想拜师父罢了，你既不要我做徒弟，那更好，我少得一个人管。"唐经天道："瞧，你又多嘴了。"江南道："好，不说，不说！你给我治了，我连多谢也不说。"

唐经天甚是欢喜江南，先给他吃了两颗用天山雪莲合成的碧灵丹，增长他的真元之气，然后授他的内功窍要。江南自己还不知道，他这一下可是受益非浅，既有了崆峒派古传奇功的底子，不怕人点穴，又得了天山的内功心法，自此功力大增，日后竟成为武林中一位响当当的人物，这是后话，按下不表。

且说唐经天为了传授江南的内功，三日来只行了百多里路，还算江南聪明，第四日已心领神会，尽得所传。唐经天遂和江南分手。江南东下重庆，准备从重庆乘船出三峡，自武汉取道上京送信；唐经天和萧青峰夫妇往川南，准备上峨嵋山拜会冒川生。他们日夜兼程,走了十天,峨嵋山已经在望。越近峨嵋,唐经天越是情思缭乱,想起即可见到冰川天女,自是衷心欢喜;但想起那"疯丐"和她一起,见了之后,不知如何?又不禁黯然。

冒川生和峨嵋山金光寺的长老是方外至交,所以二十多年来,都借居在金光寺里,这次的"开山结缘"也在金光寺举行。金光寺建在峨嵋的最高处——金顶,唐经天等人赶到之时,已经是盛会的前夕了。

峨嵋是中国的佛教四大名山之一(其余三处是浙江的普陀山、安徽的九华山和山西的五台山),纵横四百余里,山势既雄伟而又秀丽,远远望去,就像两道清秀的浓眉,峨嵋便是由此得名的。唐经天等一行三人,晨早登山,但见苍松交道,怪石嶙峋,瀑布飞悬,流泉幽冷,"峨嵋天下秀",果然名不虚传,唐经天虽是满怀心事,至此亦觉胸襟一爽。

山径上,树林中,时不时见有三五成群的背影,那自然是来朝山听讲的各方人物了。唐经天一向僻处天山,未曾到过中原,萧青峰亦隐居在西藏十有余年,音容已改,那些江湖人物无一认识他们,只当他们也是来向冒川生请益的后辈。

唐经天等三人都具有一身上好的轻功,中午时分,便到了峨嵋的最高处"金顶"。从金顶眺望四周,但见峰峦叠叠,云烟四起,端的是变化万千,不可名状。金光寺建在山巅,就像隐藏在云烟之间。唐经天和萧青峰夫妇,进入寺门,有个知客僧前来迎接,唐经天问道:"冒大侠精神好么,烦你替我们禀报一声,说是有他的子侄辈求见。"知客僧看了他们一眼,合十微笑,说道:"冒大侠已入定三日,我不便去惊动他。反正明儿你们便可见到,也不必多礼了。"那知客僧也是一点不知道他们的来历,只当他们是少年后辈。须知以冒川生的身份,来此朝山听讲之人,十有八九都认是他的"子侄辈",也有不少希冀能单独会见冒川生的,若然来者不

苍松交道,怪石嶙峋,瀑布飞悬,流泉幽冷,"峨嵋天下秀",果然名不虚传。

拒，冒川生哪见得许多，故此莫说冒川生真是入定，即算不是入定，知客僧也不会替他们引见的。知客僧将他们安置在两间僧房内，便又忙着招待其他有头面的人物了。

冒川生是武当派名宿，来听讲"结缘"的人自是以武当派的为最多，他们不知从哪儿听来的风声，也隐约知道今年可能有人捣乱，都在三三五五的谈论。有的说若然要冒川生亲自出手，那就是武当派的奇耻大辱了，有的说武当剑法，威震四海，江湖上第一流的高手，也不足当我们后辈的一击，还有谁敢来捣乱，敢情这根本就是谣言。唐经天听在耳中，暗暗好笑，却也暗暗担心。是夜，唐经天闭目调神，做了一个时辰的内功功课，到了中夜，推窗一看，只见月华如练，外面山头，忽然看见如萤光般的点点火光，由少而多，冉冉升起，飘忽不定，与天空中的星月之光相互辉映。

这是峨嵋山特有的奇景，佛教人士称为"圣灯"，每当天气晴朗的晚上，便有点点萤光出现，越聚越多，恍如在空际飘浮的万点灯光，故此称为"圣灯"，其实乃是因为峨嵋山特多磷矿，所谓"圣灯"，实际就是山中的磷光。

金光寺寺规最严，又当法会宏开的前夕，气氛肃穆，寺中的僧众与各方来的客人合计有数百人之多，却无一点声响。唐经天中夜无眠，凭窗遥望，心中想道："此间一片宁静和平，若然真个有人捣乱，可是大煞风景。"随即想起石林中那个黄石道人，不知他是否就是萧青峰所说的那个崆峒奇士，若然是他，自己一人可难对付；忽地又想起了冰川天女，若然与她联手应敌，那么就是对付比黄石道人更强的敌人，亦不足为虑了。想到此处，脑海中忽地又浮起金世遗那嬉皮笑脸的无赖神气，冰川天女却会偏偏跟他一起，实是令人难解。越想情思越乱，心中郁郁不乐，遂披衣而起，想到隔房找萧青峰夫妇夜话，哪知萧青峰夫妇已不知何往。

原来萧青峰此时也是情思如潮，他这次是第二次参加冒川生的

"结缘"盛会,想起上次在盛会的前夕,闹出了谢云真与雷震子比剑之事,自己无缘无故地被卷入漩涡,以致与雷震子他们结了大仇,远避西藏,几乎老死异乡,而今屈指数来,又将近二十年了。幸而去年在冰峰之上,与雷震子解了前仇,万里归来,又做了新郎,而今再到峨嵋,重参盛会,心中自是无限感慨。萧青峰的妻子自然知道丈夫的心意,一时兴起,便要丈夫带她到当年比剑的地方一看。

同样是盛会的前夕,只是那一晚星月无光,今晚却是银河明净,夜空皎洁,更加上空中飘浮的万点"圣灯",半里之内的景物都看得清清楚楚。萧青峰指点当年比剑的所在,将那一晚惊险的情事,和妻子细说。这些事情她早已说过不知多少遍了,但如今身处其地,听起来就更加真切。

吴绛仙微微笑道:"那夺命仙子谢云真现在不知何往,你还思念她么?"萧青峰道:"谢云真手底狠辣,但却是个够交情的朋友,对好朋友谁都会思念的。"吴绛仙道:"就是这样么?"萧青峰续道:"我还非常地感谢她,原来她比我更知道你。"吴绛仙道:"怎么?"萧青峰道:"她说你是个温柔贤惠的好女子。现在我又知道,你还是个最善于体贴丈夫的妻子。可惜我是个笨驴,要是我二十年前已知道你的情意,我就不会跑到西藏去挨那十年之苦了。"话中充满蜜意柔情,他是真实地感到妻子比谢云真好得多,世上有她那样谅解丈夫体贴丈夫的可真难得。吴绛仙微笑道:"我可真想见谢云真一面。"萧青峰道:"她和铁拐仙现在不知是否还在西藏,怎能见她?"说话之间偶然一瞥,忽见远处野花丛中,隐约露出一个少妇的面孔。

那少妇转了个身,原来她还背着一个婴孩,大约是野花的枝叶拂着了婴孩酣睡的面孔,"哇"的一声哭了出来。这刹那间萧青峰几乎不敢相信自己的眼睛。吴绛仙道:"咦,她是谁?""谢云真"三字险险就要从萧青峰口中叫出,忽听得有人叫道:"小妖妇,你居然还有胆量上峨嵋山？""哈，你当我们认不得了你吗？再过二十年，你死了变灰我们还记得你！""我们倒要见识见识夺命仙子究竟是怎样追人的魂、夺人的命！"声势汹汹，刹那之间，便来了四名黑衣道士，每人手上，都拿着一柄闪闪发光的长剑，在离开谢云真十余丈远的地方，分站在东南西北四个角落，将她围住。

萧青峰暗暗叹了口气，人世间的冤仇，有时真是结得莫名其妙，看这光景，分明是这几个道士还记着二十年前谢云真刺伤了雷震子的那一场仇恨，其实那时的雷震子骄妄自大，设下陷阱，暗算伤人等等事情，他的同门兄弟又有几人知道？萧青峰本想出去劝解，但转念一想，自己也是当日闯下祸事的人，若然露面，表明身份，只恐又要卷入漩涡，且先看看谢云真如何应付，再作打算，于是将新婚的妻子一拉，躲在一棵大树后面。

若依谢云真二十年前的脾气，哪容得这班道士喝骂，只怕早已拔剑动手，如今经过了廿多年来的飘荡江湖，火气收敛了不少，只见她拍了拍背上的婴儿，淡淡说道："冒大侠借峨嵋山开山结缘，各家各派，来者不拒，我本来就是峨嵋派的人，怎么反而来不得了？"站在东角的道士冷笑道："冒大侠是我们武当派的长辈，你伤了我们的大师兄雷震子，弄得他而今不知下落，你还有脸皮听冒大侠的讲座吗？"西角的道士也冷笑道："雷震子也遭了你的辣手，你还屑于学我们武当派的这点微末功夫吗？"萧青峰听了，暗暗叹息，想武当一派，在明代中叶盛极一时，其后由盛而衰，后来到了清代康熙年间，桂仲明得了达摩剑法，武当派方始声威重振。如今桂仲明的儿子冒川生（冒川生是跟母亲冒浣莲的姓）虽然是一代武学大师，足以继承乃父，但不理琐事；武当的掌门，武功虽好，为人庸碌，门下师兄弟辈都不怕他，以致又像百余年前一样，虽是名闻天下的正宗大派，但却是有实学者少、骄妄者多了。

谢云真听他们提起雷震子，微微一笑，说道："雷震子虽然受了点伤,却是得益不少。"那四个道士轰然大怒,喝道:"小妖妇辣手伤人,还说风凉话儿!"谢云真本想把雷震子在冰峰上的事情说出,见他们如此,故意不说,却仰天叹道:"可惜呀!可惜!"那四个道士同声叫道:"可惜什么?"

只见谢云真拍拍背上的婴孩,道:"小宝宝,不要慌,不要怕,这几个牛鼻子野道士算不了什么。"那孩子也真奇怪,刚才穿过花丛,被花枝拂了一下,哭出声来,如今见那四个道士亮出光芒闪闪的长剑,反而觉得好玩,两只小手从襁褓里伸出来,抓呀抓的,还发出嘻嘻的笑声呢。谢云真续道:"可惜冒老前辈本是一代宗师,武林中人人钦仰,推为领袖,而你们却只把他当作武当派的长老,这岂不反而贬损了他的威望?呀,我真为他可惜,武当派出了你们这几个不成器的蠢物!"

那几个道士乃是武当山本宗弟子,技业得自冒川生的二弟石广生亲授,石广生十几年前已经逝世,这几个道士在武当山本宗中,算得是辈分颇高的有地位的道士了,这时被谢云真一骂,均是怒从心起,西角的道士一抖长剑,冷冷说道:"谢云真,把你的孩子放下,咱们得领教领教你的夺命剑法!"谢云真若无其事地淡淡说道:"你们武当派明日便有血光之灾,你们不知戒惧,反而要与我为难,这岂不是可笑呵可笑!"萧青峰在树后听了此言,吃了一惊,怎么谢云真也听到了风声,而且说得如此确切,敢情是她另有所知?

那几个道士素来骄妄,以为本派无人敢犯,听了此言,非但不加感激,反而更为动怒,东角的道士陡地喝道:"敢情就是你勾结外派奸邪,前来捣鬼?放下这小孩子,领道爷一剑!"那孩子正在嘻嘻地笑,突然闻这喝声,吓了一下,又"哇"地哭了出来。谢云真道:"我本不欲与你等一般见识,而今你这牛鼻子野道吓了我的孩子,我可饶你不得!"那道士正待说道:"那就快放下孩子进招!"话未出口,忽见青光一闪,谢云真拔剑快极,霎眼之间,剑锋已抵到了他的咽喉。那道士慌忙招架,谢云真的剑法是不出手则已,一出手就狠辣非常,但听得当的一声,那道士手中的长剑已断了一截,剑光一绕,道士头上的三叉髻又被削去一股,慌忙一个倒跃,避她追击,狼狈非常。谢云真背上的婴孩瞧着好玩,又再破涕为笑。他刚一岁多些,含糊叫道:"嘻嘻,妈妈!嘻嘻,妈妈!"牙音还未清楚,但却听得出是赞赏他妈妈的意思。萧青峰听到,也几乎忍不住笑,心道:"这小芽儿到底是铁拐仙和谢云真的孩子。"

那三个道士又惊又怒,这时再也不理会谢云真背着孩子了,一齐大喝,各抖长剑,便要合围。那站在东角的道士,惊魂稍定,抓起断剑,叫道:"咱们在这妖妇身上留下两处记号,动手时小心一些,不要伤了孩子!"四个道士展开了合围的四象剑阵,缓缓而进,首尾联防,看看就要发难!

这四象剑阵乃武当派镇山阵法之一,封闭得异常严密,除非将其中一二人杀伤,否则阵势越缩越紧,被围者绝难走出。只见谢云真口角挂着冷笑,长剑一振,嗡嗡作声,看来也似就要施展杀手。萧青峰暗叫"不妙",正想走出,忽见山坡上一条人影疾冲而下,口中发出嘻嘻的怪笑,倏忽之间,就到了下面,那四个道士"呵呀"一声,忽地散开,同声叫道:"大师兄!"

萧青峰从大树后面探头窥视,见来的果然是雷震子,上衣一片鲜红,像是刚刚和人厮杀过后一般。只见他一跳一跳地直上直下,大声喝道:"玄武、玄涵,你们干什么?嘻嘻!还不赶快住手!嘻嘻。""谢大姐,是你呀,嘻嘻!"前一句本来是喝骂那四个道士的,一股威严神气,但其中杂着莫名其妙的怪笑,反而显得极是滑稽,更加上他到了平地,仍是一跳一跳的缩头缩膊,好像忍不住痕痒一般,越发显得神情诡异。

武当派门规素严,雷震子是武当第二代大弟子,除了长老和掌门之外，就要数他最尊，那四个道士被他一骂，都不敢笑，谢云真却忍不住笑，道："雷震子，你是怎么啦？"雷震子道："你为什么要和他们动手？嘻嘻！咳，有什么不是也得看我的薄面嘛，嘻嘻！"又是怪笑又是咳，谢云真先是好笑，渐觉情形不对，说道："他们说我迫得你不知下落，一定要和我过招，哈，好在你也来了，否则我号称夺命仙子，这条小命却先要给你们武当门下夺去。"那四个道士纷纷叫道："她二十年前欺负你，现在又欺负我们，大师兄，今回万不能叫她跑了。""她还说明日我们武当派便有血光之灾呢，哼，大师兄，你说怎能容她如此胡说乱道？"雷震子忽地一跃数丈，叫道："一点不错，明日便有血光之灾！嘻嘻，你们简直是丢了武当派的面子，嘻嘻！"跃起、落下，说话之间，竟然在四个师弟面上挨次打了一巴掌。雷震子性烈如火，这一巴掌还打得确实不轻。四个道士被他打得天昏地转，忽听得雷震子怪笑一声，一跤跌倒，口中发出嘶嘶之声，似笑非笑，手足搐动，摸起来一片冰冷。

四个道士都吓得慌了，探他鼻息，还有呼吸，抚他脉搏，亦是正常，只是怪笑不已，声嘶力竭，不能说话。四个道士大为诧异，谢云真冷冷说道："你们解开他的衣服看看，九成是给人在穴道要害之处做了手脚啦。"谢云真背过面去，那四个道士解下他上衣一看，不看犹已，一看之下都同声怪叫起来，如遇鬼魅。谢云真忍不着好奇，不再避忌，回转头来，在月光之下，只见雷震子的背上有一个鲜红手印，另外三处地方，瘀黑一片，成了一个不规则的三角形，那三处地方，一处是麻穴，一处是痕痒穴，一处是笑腰穴。

四道士面面相觑，呆了一阵，忽地同声尖叫，心中实是惊骇已极。须知雷震子乃是武当第二辈弟子中的第一高手，同门师兄弟对他无不慑服，如今却见他受敌人暗算，而且所受的伤如此诡异，想起谢云真和雷震子刚才所说的话，均是不寒而栗，只怕明日真有血光之灾。

谢云真武功虽较他们高明得多，见了这鲜红的掌印，和那三处瘀黑的穴道，也自心惊，想来想去，想不出江湖之上，究竟何家何派，有如此邪恶的毒手？那几个道士手忙脚乱地试给雷震子推血过宫，解穴活脉，雷震子越发嘶嘶怪叫，汗水一滴滴地流下来，谢云真道："你们别乱试了，若是你们能够救治，他还不会自己解么？"四道士自己无法可施，被谢云真一说，以为是谢云真故意嘲笑他们，又羞又怒，竟然不约而同地迁怒于谢云真，骂道："我们不行，且看看你的高明手段。"

谢云真心中有气，忽听得一人笑道："她号称夺命仙子，并不是救命仙子呵！"四道士回头一看，只见一个白衣少年悄无声地站在他们背后，竟不知是什么时候来的。谢云真一见，认得这白衣少年正是在冰峰之上，与冰川天女两度比剑的唐经天，心中大喜，微笑说道："救命的神仙来啦，你们这四个牛鼻子野道士还不赶快求他！"四道士见唐经天如此年轻，哪里肯信，听谢云真意存讥笑，正欲发作，唐经天微笑道："且待我试一试，看行是不行？谢女侠，你还有两个老朋友在那边等着你呢！"谢云真早就察觉了萧青峰夫妇躲在树后，这时讨厌那四个道士，正好乘机跑开。

唐经天低头一看，只见雷震子背上的掌印鲜红如血，这时竟有热气冒起，凑近一闻，隐隐有一股皮肉烧焦了的味道，吃了一惊，这正是赤神子的独门邪手，看来他掌力只是用了一二分，不过意欲留一个标记而已。再看被点的那三处麻穴、痕痒穴和笑腰穴，都是瘀黑坟肿，点穴的手法，怪异绝伦，也不似中原的武家所为。

唐经天沉吟一阵，猛地想起一人，心道："莫非他已经来了！"急忙取出用天山雪莲制炼的碧灵丹，嚼碎了在掌印周围敷上，雷震子在迷糊中但觉一阵沁凉，直透心脾，翻了个身，坐起来一眼瞧见了唐经天，认得他是当日用神芒一连打伤了十三名崆峒高手的白衣少年,虽不知其名,但却知他是天山弟子,急道:"玄武玄涵,你们还不叩头,嘻嘻!"唐经天道:"不必多礼。"又将一粒碧灵丹给他服下,问道:"你遇见什么人了?"雷震子道:"先是一个大麻风,嘻嘻,后来是一个发如枯草的老怪物。嘻嘻!"唐经天的料想果然不错,真是金世遗和赤神子,只不知这两人又怎会同在一起?

雷震子断断续续说道:"那大麻风打了我,嘻嘻!后来又救了我,嘻嘻!"他被赤神子所印的那记血手印,经用天山雪莲敷治之后,痛楚大减,已不碍事,只是那三处穴道尚未解开,所以仍然发出嘻嘻的怪笑。唐经天怔了一怔,无暇多问。他与金世遗曾交过好几次手,知道他的点穴手法,立即在相应的穴道上揉搓,替雷震子推血过宫,发现金世遗的点穴手法虽重,看来竟是用拐杖的尖端点的,但却并不伤及筋脉,看来只是有意开一个大玩笑,令雷震子怪笑狂跳,不得解救,要过二十四个时辰方能自休!唐经天替雷震子解穴,又好气又好笑,世上除了金世遗这个怪人,再无第二个会做出这样怪诞顽皮之事。

穴道一解,麻痒自止,雷震子慢慢坐起吁了口气,唐经天道:"那大麻风怎样先打了你后来又救了你?"雷震子道:"我赶回来参加盛会,在山口遇见一个大麻风,我心想法会何等庄严,怎容得一个大麻风也来扰乱会场,于是我便要驱逐他走,他问我是何人,我说我是武当山第二辈的大弟子雷震子,幸亏是我遇见了你,要是我的师弟遇见你,准会将你打死。我还布施了他几两银子,叫他快快走开。不料他忽然哈哈大笑,说道:原来是雷震子么?听说在武当第二辈弟子之中,要数你的武功最高。我正心想:原来这个大麻风也知道我的名气。哪知他笑声未歇,忽然拿起拐杖就在我身上戳了几下,我不由自己地怪笑狂笑,待要觅他决斗,转眼之间,便不见了他的踪迹,真是邪门!"那四个道士听了,都是心中大骇,想雷震子是何等武功,竟然被敌人一连戳了几下,毫无办法招架,那麻风的本事，可想而知。唐经天却是暗暗好笑，心道："金世遗专与武林中的成名人物开玩笑，若你不自报名号，也还罢了。你这骄妄之心一起，自炫名头，就是不赶他走，也难免受他捉弄！"

雷震子又道："我被他捉弄，自是怒不可遏，哪知走了几步，又遇到一个发如乱草的怪人，我还未说话，他已知道我的名字，问道：'雷震子呵，你有什么事情这样好笑？'我道：'干你什么事？'那怪人忽道：'好，我再叫你哭笑不得，我要在你身上刻一标志，让你替我报给冒川生知道。'我急忙拔剑，忽地感到一股热气扑面而来，就在这一瞬间，忽又听得嘶嘶怪响，那麻风在岩上现身，骂道：'老怪，你懂不懂江湖的规矩？我做了的买卖，你怎么又来插手。'那怪人掌势如风，被他一骂，忽地跳开，但手掌已在我背上轻轻沾了一下。"唐经天这才知道，原来并非赤神子手下留情，而是他忌惮金世遗的独门邪恶暗器，所以来不及重伤雷震子。如今赤神子想是去找那金世遗算账了。

雷震子中了毒掌之伤，刚得天山雪莲之力，替他消了热毒，但因内伤尚未痊愈，说了一大堆话，上气不接下气。其时武当派的弟子，已有数人闻讯赶来。唐经天心念冰川天女，道："雷兄，你回寺中静养，用普通的提神补气之药，不过三日，亦可以自疗了。"雷震子两次和唐经天相遇，尚未请教姓名，这时方欲请问，唐经天身形一晃，已自飞过花丛，端的是来去无声，倏忽不见。那四个道士目瞪口呆，这才知道真的是天外有天，人外有人。

唐经天本就料想到金世遗必然会到此间，但此时知道他确实到了，心中仍是忐忑不安，想道："他一定是陪着冰川天女来了，冰川天女最为好洁，他的本来面目亦是个英俊的少年，何以如今又假装了麻风出现？难道不怕冰川天女憎恶么？"又想道："金世遗一路和她同行，定当知道她是冒大侠的侄女儿，源出武当一派，他怎么却作弄了武当的门人？就是怪僻也不应如此不近情理。难道他不怕冰川天女见怪？"

唐经天闷闷前行，又想道："冰川天女来了，怎么不赶快到寺中去见她的伯伯。难道她也学了金世遗怪僻的行径，在这附近山头游荡吗？"唐经天本来是个聪明的少年，这时却不由自己地神思昏乱，心中忽起奇想，想拼着一晚不睡，在附近山头，找寻金世遗和冰川天女的踪迹。正在胡思乱想之际，忽见山坡上松荫下，两女一男，并肩同行，右手边那个女的，背着婴孩，自然是谢云真了。另外两人则是萧青峰夫妇。唐经天掠过他们身边，正听得谢云真说道："不错，就是那个大麻疯！"

唐经天本不想惊动他们，闻得此语，心中一跳，身形一落，脚步踏在地上，发出声响。谢云真回过头来，笑道："怎么？雷震子的伤不碍事吧？"唐经天道："幸好赤神子的掌力未曾用足，有了天山雪莲合成的碧灵丹，料当无事。说来还得多谢那个大麻疯。"谢云真道："怎么，又是那个大麻疯？"唐经天将金世遗捉弄了雷震子然后又救他的事情约略说了一遍，笑道："赤神子狠毒之极，那大麻疯的怪僻行径也令人惊怕，幸而我知道他的点穴手法，要不然就是将赤神子那掌力所带的热毒解了，雷震子仍然得狂笑狂跳十二个时辰。雷震子是他们武当派的第二代大弟子，那可有多难为情！"

谢云真吃了一惊，道："幸喜我得高人所救，要不然我也着了这个大麻疯的道儿！"唐经天道："你也碰着他了？"谢云真道："不错，他正想用石头打我的穴道，幸得一位不露面的少女将他吓走。"唐经天大奇，急道："什么少女有这样的本事，是冰川天女吗？你又是怎么遇到了那大麻疯的？"正是：

惆怅伊人何处觅，惊鸿一瞥杳无踪。

欲知后事如何？请听下回分解。

第二十二回

空际香花　玉人戏英侠
蓬莱异岛　童子拜奇人

谢云真拍拍背上的孩子，孩子已经熟睡，脸上露出甜美的笑容，就像山谷中盛开的花朵。谢云真道："听声音不像是冰川天女。你问我怎么遇见了大麻风，这事得从头说起。"唐经天正在倾听，谢云真拍拍孩子，忽地笑道："你瞧他长得一点也不像他的父亲。"萧青峰道："他很像你，将来必定是个英俊的少年侠客。"这话实是称赞谢云真的美貌，谢云真微微一笑，问唐经天道："你从西藏来，可知道这孩子的父亲现在还在冰峰上面吗？那日山崩地裂，我刚从外面采药回来，地震之后，上山的通路已给熔岩堵塞，我在山腰，见冰宫还在，不知那场大地震有否波及他们？"

唐经天一阵伤心，萧青峰不知道，他却是知道铁拐仙已然身死，谢云真永远不能再见他了。但见她如此期待的神情，怎忍心明白告诉，只得含糊说道："后来我也没有再上冰宫，尊夫情形不大清楚。请你在此次盛会之后，即到萨迦去寻你们的徒弟陈天宇，他一定清楚的。"谢云真听他此言，觉得有点奇怪，但亦不以为意，往下续道："我本来早就想到金光寺拜见冒大侠，告诉他，他有一位侄女，现在在念青唐古拉山的冰峰之上，已学成了绝世武功。为了这孩子，直到如今，方能前来。动身之前，我也曾听到一点风声,说是有许多异派魔头,要趁今年的盛会与冒大侠为难,我还不大相信,哪知果然给我碰上了。看来明日必定有一场大闹。"唐经天道:"怎么?除了那大麻风之外,你还碰见了什么人吗?"

谢云真说道:"不错。就是在今日的黄昏时分,我刚刚进入山口,孩子饿了,我躲在一块岩石之后,给他喂奶,忽听得有人走入山谷,我一看,原来是几个武当山的道士和崔云子。他们似乎一路在争论什么,只听得崔云子叫道:'雷大哥没有死,他约我今晚到金山寺相会,你们不信,等下你们自己就可亲眼见他。'看来他与雷震子是分道而来,所以我适才见着雷震子也并不觉意外。那几个道士不知说了些什么,只听得崔云子又大声说道:'这其实并不关夺命仙子谢云真的事!都是王瘤子从中捣的鬼!'我听他提起我的名字。更是留神,那几个道士似是十分惊诧,叫道:'王瘤子不是你们结拜的三弟吗?'崔云子道:'不错,他是崆峒的门徒,崆峒派……'刚刚说到此处,忽听得一声怪叫,只见山岩上突然飞下一条黑影,扑到崔云子身上,崔云子举起他的大弓一挡,但听得声如裂帛,崔云子怪叫几声,登时跌倒。那叫声真是凄厉非常,令人汗毛凛凛。正当此时,一件黑忽忽的东西,忽然朝我的头飞来!"

谢云真号称夺命仙子,平素在江湖之上,只有别人怕她,但如今她说到此处,也不自禁声音颤抖,令人心悸。萧青峰道:"那是什么?"谢云真道:"那是崔云子仗以成名的铁胎神弓,被拉直了成为一条铁棍,想是在那人飞扑而下之时,两边用力一夺,就成了这个样子。"唐经天听了也不觉骇然,想夺弓掷弓,只不过一瞬间之事,内力所至,铁弓便变成了铁棍,连自己也未必能够。谢云真又道:"这还不算厉害,崔云子那把神弓,是件宝物,弓弦用铂金精炼,刀剑难断,如今却都整整齐齐的从中断了。弓弦随风飘扬,有如一蓬乱草,故此发出呜呜声响。弄断十根八根尚不足为奇,只是这仅仅是一拂之力,就全部弄断,若非眼见,连我也不敢相信。"

唐经天道："那从岩石上飞扑下来的人，是不是一个身穿黄衣的老道士？"谢云真道："不，看样子不过是个三十多岁的汉子，又高又瘦，头发俨如乱草，月光下面色苍白之极，令人惊恐。"唐经天"咦"了一声，道："如此说来，这又不是黄石道人了，当今之世，除了几位正派的前辈之外，又有谁有这样的功力？"

萧青峰也是极为惊诧，但他老于世故，一想之下，便道："看来此人不是崆峒派的，亦是与崆峒大有关系之人，所以当崔云子刚提到崆峒派时，他便想杀人灭口。"唐经天想起赵灵君等十三个崆峒高手围攻雷震子之事，脱口说道："不错，崆峒派中以赵灵君为首的有一班人，效力清廷，想袭灭回疆一带抗清的武当派门人，崔云子一定是想说明此事，所以被那人杀了。"

谢云真道："不错，那人是想灭口。不过，人没有杀，口却灭了。"萧青峰奇道："怎么？崔云子给他点了哑穴吗？"谢云真道："还不仅是被点了哑穴呢！那铁弓跌在我的身边，我动也不敢一动，幸好孩子吃饱奶了，也熟睡了，没有声息，那人没有发现。我从岩石的缝隙中望出去，只见那人将崔云子打倒之后，出手如风，只听得那几个道士个个，呵呵地怪叫，手舞足蹈地乱跳，就像脚下是一盆炭火一样。那人怪笑道：'看你们还敢不敢乱嚼舌头！'转瞬之间，又猱升到山坡之上，端的是捷似猿猴，幽谷之中闻得怪叫声与怪笑之声交响，骇人心魄。不久笑声消歇，道士的怪叫也渐渐嘶哑，再过一会已发不出声来。我料那怪人是去得远了，想救人是我辈应为之事，便大着胆子，出来一看，当初我也以为他们或者是被点了哑穴，哪知出去一看，只见那几个道士连同崔云子在内，个个张大嘴巴，口中的舌头，都已割断，再仔细审视，肩上的琵琶骨也都被捏碎，不但个个成了哑巴，而且武功亦俱消失，全部成了废人！"

萧青峰夫妇听得骇然，道："怎么这样狠毒！简直比那大麻风还要可恶百倍！那大麻风只不过开开玩笑而已，还不至于出手便弄人残废。"唐经天默然不语，只听得谢云真往下续道："那些人个个目光呆滞，嘴巴张开，合拢不来，又不能发声，脸上的肌肉也扭曲变形，十分可怕，我又不能将他们一个个背出去，心下可是当真害怕，因此只好不顾凶险，想赶到金顶寺报讯。出了山谷之后不久，见有十多个道士打着火把，从谷口的另一端进来，大声呼唤，猜想是他们的同门师兄弟，来找寻他们的。我稍为宽心，但想此事还是该报与冒大侠知道，因此仍然赶往。哪知到了金顶的附近，又碰到了那个大麻风！竟在一夜之间，连遭两次险事！"

唐经天微笑道："想是那大麻风也知道你夺命仙子的大名，因此故意与你为难。"谢云真道："我也不知他如何认得我，我走到金顶附近，金光寺已是遥遥在望，想是因为我跑得太快，孩子又醒了，哇哇地哭出声来。我停了下来，轻轻抚拍他，想起自己一人，背着孩子奔波，不免有些伤感，我拍着孩子道：'呀，若你爹爹在此，什么凶险之事，咱们都不用害怕！'孩子也似乎知道大人心意，哭声顿止。我正欲继续赶路，忽听得嘻嘻的怪笑之声，发自头顶。我抬头一望，只见在头顶的一个岩石上，一个满面红云、浓眉大眼的汉子，披襟迎风，箕踞石上，赤膊露胸，臂上长满疙瘩，胸前露出一撮黑毛，竟然是个麻风，这一下吓得我比刚才还要害怕！那麻风凭高望下，迎着我嘻嘻笑道：'来的是夺命仙子谢云真吗？'骤然间我想起了他莫非就是那个江湖上所传说的人见人怕的大麻风？孩子又哭了，我鼓起勇气道：'喂，你不要吓了我的孩子！'那麻风道：'你不是号称夺命仙子吗？怎么你却怕我？'忽然扮了一个鬼脸，吹了一声胡哨，不知怎的，孩子竟给他逗得笑了起来。那麻风得意洋洋地笑道：'分明是你怕我，你却假说是孩子怕我。孩子非但不怕我，还喜欢我呢！喂，你的丈夫铁拐仙呢？为什么不与你同来？'我正在想应付之法，不答他的说话。那麻风又笑道：'呀，可惜,可惜!听你刚才自言自语,铁拐仙大约是没有来了,要不然我倒要向这位名满天下的同行请教请教!'那麻风作叫花子打扮,用的又是一支铁拐,看来倒真像我丈夫的同行。那麻风又道:'喂,我好歹都是你丈夫的同辈,你怎么对我不理不睬?'我手抚剑柄,便想冲过,喝他让开。那麻风道:'行,但你板起面孔,却教人见了生气,你得对我笑一笑,我就将路让开。'我不由不怒,拔剑便冲,那麻风笑道:'哈,我也不夺你的命,就是要你笑,你不笑也不行!'他箕踞在岩石上,居高临下,忽然随手一抓,将一块石头,捏成了几个小块,一抖手就向我打来!"

唐经天道:"是不是也像他打雷震子一样,不过打雷震子是用铁拐,而打你则用的是碎石。"谢云真道:"一点不错,那石子来得快极,一块打左肋的软麻穴,一块打右肋的痕痒穴,还有一块打笑腰穴。作'品'字形打来,手法怪异之极。前面是峭壁悬岩,我若用轻功躲闪,只能后斜纵跃。但这麻风真是可恶之极,他打出的一把碎石,有的直射,有的斜飞,有的却向左右旋转,有的飞过了头顶又倒转回来,除了向正面奔来的那三块小石子之外,左右斜方和后面掉转头的石子,也都是每三颗成为一组,分打三处穴道,在这情势之下,我不论向何方躲闪,都一定是自己迎上去要给他打个正着!"

唐经天道:"这种打暗器的手法确是高明之极,我看除了四川唐家,与以前灵山派的名宿韩重山之外,恐怕就要数到他了。你手上没有宝刀宝剑,又背着孩子,那是更难躲闪的了。"谢云真道:"我也以为定被打中,百忙之中,只好运气闭穴,但那些石子来得太快,即算运气闭穴也来不及,不料就在这一瞬,忽听得一声极清脆的笑声,接着叮叮之声不绝于耳,我连看也看不清楚,那些石子倏地便向我身旁飞过,堕下幽谷,那麻风大叫一声,登时在岩石上飞跃而起,放开了我,奔入密林之中,密林中只见青衣一闪,是个女子，只瞧见她的背影，转瞬之间就不见了。"

萧青峰大奇，道："如此看来，那把碎石定是给这女子用暗器打落了，你瞧出了是什么暗器吗？"谢云真道："没有瞧出，不过听这声音，那是一种极微细的暗器，敢情是梅花针之类。"至此，唐经天也不禁骇然，心道："那女子身匿林中，比那疯丐距离谢云真还远，居然能用飞针碰落碎石，这份武功岂不是尚在我之上？"

唐经天沉思半晌，缓缓说道："真的不是冰川天女？"这话他已问过一次，但心中仍是怀疑之极，除了冰川天女还有何人？谢云真道："当时我正在惊骇之中，那女子又跑得快极，林子中的树枝树叶，又遮住她的身子，我仅仅瞧了一眼她的背影，惊鸿一瞥，过眼不见。冰川天女身子修长，而这个女子的背影却比她矮得多，看来不似是冰川天女。"

这时已过了午夜，月亮渐渐西移，山中的"圣灯"——那些磷火所发的点点之光，也半明半灭，飘浮山谷，渐渐消逝。唐经天一心想念冰川天女，心道："在这种情形之下，谢云真走了眼也是有的。我就不信世间除了冰川天女之外，还有哪一个少女有此本领。"谢云真道："你屡次提起冰川天女，冰川天女不是说过不下冰峰的吗？难道她也到此间来了？"唐经天道："冰峰倒了，她自然也下山了。只怕现在就在此间！"

谢云真叹了口气，道："若然是她，但愿她不要碰上那个大麻风。冰川天女有如幽谷百合，清净高洁，若然见着那大麻风，不要说交手，只怕见了他的形貌，也会恶心，那岂不是玷辱了我们高贵的公主？"唐经天听了，脑海中又浮起冰川天女与那疯丐同行的情形，人世之事，确是难料，冰川天女居然会与那疯丐结交，说出来也无人相信，如此一想，心中更是难过。谢云真见他久久不语，笑道："你想什么？是想冰川天女还是想那个大麻风？不如你去出手，将那个麻风驱逐了吧，免得他在此间捣乱。"

唐经天眼珠一转，道："不错，我拼着今夜不睡，也要去寻找他们。"谢云真道："他们？"奇怪唐经天何以将冰川天女与那大麻风连在一起。唐经天道："我瞧他们既不进寺中投宿，一定还在附近的山头。雷震子现在想已渐渐恢复，可以行走了。你们再去找他，叫他带领你们到金光寺去。今晚之事应该禀告冒大侠知道。"

唐经天离开他们，独自攀登峰顶，山风振衣，幽谷猿啼，星月西移，磷火明灭，冷冷清清，哪里有人的影子。唐经天迷迷茫茫，想起一晚之间，所见所闻，竟然有这么多怪事。自己此来，一者是为了寻觅冰川天女，二者是为了护持法会。但依今晚之事看来，那个把崔云子与武当道士弄成残废的怪人，既然不是黄石道人，那就更为可虑。一算起来，敌人方面，最少有三个高手，黄石道人、赤神子和那怪人。这三人的武功，自己都难取胜，何况还有那个疯丐，到时又不知要出什么花样，敌友难知。

唐经天迷迷茫茫，在山巅上四下眺望，不自禁地高声叫道："冰娥姐姐，冰娥姐姐！"他运天山的正宗内功，人又处在山巅，接连叫了几声，但听得群峰回响，"冰娥姐姐，冰娥姐姐，冰娥姐姐……"之声回旋空际，久久不绝。谅在周围十余里内，不管冰川天女是藏在密林还是幽谷，只要她人在此间，就必定能够听见。

唐经天叫几声，歇了一阵，又叫几声，当那回声渐渐消歇之际，唐经天正自心中忖度："她听见了我的喊声，会不会寻声觅迹，前来见我呢？"心念甫动，忽闻得一声极其清脆的笑声，起自对面山峰，这笑声熟悉之极，但唐经天在迷茫之际，一时之间却不敢断定究是冰川天女还是另外的熟人。唐经天自然希望是冰川天女，不假细想，又叫道："冰娥姐姐，我在这儿，你出来呀！"忽地眼前彩色缤纷，额上一片沁凉，唐经天还以为是冰川天女的冰魄神弹。但冰魄神弹哪有彩色？唐经天伸手一接，只见手中接着的是一个花环，编得十分精致，心中奇怪万分！

细看时，原来那花环用花枝结成了一个同心结，上面还结出七个小字"是你的总是你的"，花环上露珠欲滴，看来还是刚刚结成！唐经天大喜若狂，对面的山峰与这边有怪石相连，不过数丈，唐经天飞身三掠，奔入那边的密林，不住口地叫道："冰娥姐姐，冰娥姐姐！"唐经天的轻功，除了有限的几个前辈之外，能与他匹敌的实在没有几人，如今搜遍林中，竟然不见人影。唐经天心道："即算是冰娥姐姐，也逃不得如此之快！"心中忽然一阵沁凉，想道："想冰川天女何等矜持，她怎会直言无隐，毫无顾忌地说出心中爱意？这个花环一定不是她编的！但不是冰川天女编的，又是谁人这样顽皮，与自己戏耍？"唐经天冷静细思，大喜之后，继之以大失望，不觉心智迷糊，迷茫怅惘，在林子中漫无目的地走来走去，直到天明。

这山中还有另一个人，也是如此迷茫怅惘。这个比唐经天还要失望的人，正是金世遗。

金世遗自从川康边境的雀儿山中，见了冰川天女之后，一直暗暗追踪，或隐或现，直追到了峨嵋山。这一日刚刚进入峨嵋山，金世遗因为不愿让她发现，总落后半里之遥，借着山石林木，遮蔽身形。峨嵋山山势雄奇，地形复杂，千岩万笏，他稍不留神，抬头远望，忽然就不见了冰川天女主仆的背影。他急急加快脚步，往前直追，眼睛四下搜索，刚刚转入一处山坳，这时天色将晚，余霞散绮，山坳有一道飞瀑流泉，从山顶直泻下来，汇成一个清澄幽冷的水潭，潭边野花杂开，形成了锦屏一样的花丛，花丛中忽听得有个女孩子格格笑道："小公主，我说唐相公一定先来了这里等你。"正是冰川天女的侍女幽萍之声。金世遗心中一跳，冰川天女久久无言，只听得幽萍又笑道："其实你就是恨了他，也该向他问个清楚。"

金世遗躲在一块石头后面，那石头没有人高，金世遗蜷缩身躯,手脚仍然稍稍露出来。金世遗急着要听她们说话,也不留意。花丛中传出很低弱的叹息,隐约听得是冰川天女的声音说道:"不要你管。"幽萍又是格格一笑,道:"小公主,其实你这是何苦来呢?我明明知道你欢喜他!"冰川天女道:"乱嚼舌头。"幽萍道:"若是你不欢喜他,你也就不会恨他了!"金世遗听了,心头又是卜通一跳,细想此言,大有道理。

冰川天女不见说话,幽萍又道:"我说呀,你若再和唐相公生这无谓的闲气,倒教小人得意了。"冰川天女道:"什么?"幽萍笑道:"你难道不知道,有个人呀,就像猎犬一样追逐我们,不,不是猎犬,是个癞蛤蟆呀,癞蛤蟆想吃天鹅肉。"金世遗大怒,不由自己地跳了出来,大叫道:"什么?我是癞蛤蟆!"

花丛中罗袂轻飘,翠环微响,冰川天女与幽萍走了出来,幽萍冷笑道:"小公主,你瞧我说得不错吧。你说他是不是像一头猎犬,鼻子倒真灵呢,咱们在哪里他都嗅得出来。喂,算我说错了,好不好?猎犬比癞蛤蟆要高一等。"金世遗一声冷笑,面色倏变,铁拐一举,忽见冰川天女拦在前面,道:"你要怎的?"金世遗道:"你是天鹅,我这癞蛤蟆望都不敢一望;你的侍女是水鸭,我这癞蛤蟆倒想咬她一口!"冰川天女横眉一瞥,冷冷说道:"金世遗,你眼中还有我吗?"金世遗一生任性,以他的武功,要伤幽萍那是易如反掌,这时被冰川天女一斥,不由得心中一凛,但觉冰川天女自然而然的具有一种威严尊贵的神气,教他不敢放肆。

他本来想再说几句冷嘲热讽的话,话到口边又吞了下去,正容说道:"你的侍女出言无状,我……"冰川天女道:"你想要教训她吗?我的侍女不必你代为教训。"金世遗怒火又起,虽然不敢发作,负气的说话却冲口说了出来,就用冰川天女适才的话反问道:"冰川天女,你眼中也还有我吗?"冰川天女向他瞧了一眼,淡淡说道:"咱们本是萍水相逢,眼中有谁没谁,本来就无关紧要。"

金世遗冷了半截，妒恨惭怒种种情绪倏时涌上心头，叫道："你眼中就只有姓唐的那个小子！"幽萍冷笑道："这又关你什么事？"冰川天女叹了口气，眼光在金世遗面上溜过，目光充满怜惜温柔，虽然她的年纪要比金世遗小，却像一个姐姐教训弟弟的说道："呀，你有这身本事，若然归了正途，可以成为一代侠士；再不就是潜心武学，也可成一代的宗师。怎么你却要故意将自己变得这般无赖？"金世遗心头一震，这种说话，他平生从未听人说过，在说话中也听得出冰川天女对他的爱惜关怀，但这时在如此的心情之下，他又哪能够冷静地去想？他只觉全身血脉偾张，脑中纷乱，身子似要爆炸一般，半晌才迸出一句说话："我怎么无赖了？"他自懂人事以来，就是这样愤世嫉俗，嬉笑怒骂，游戏风尘，从来未想过自己的行径对是不对，根本就没有考虑过什么无赖不无赖的。冰川天女被他一问，顿然怔住，说不上来。须知冰川天女所受的教养和他全然不同，她肯直言说金世遗无赖，已经是破了她平日含蓄矜持的惯例，再要她当面数说别人如何无赖，那简直是不可想像之事。

只见金世遗的目光如痴似傻，呆呆地望着冰川天女，幽萍心中害怕，道："你一直跟着我们，这不就是无赖吗？"金世遗叫道："路又不是你的，你有你走，我有我走，这怎么是无赖了？"冰川天女心头微感不快，避开了金世遗的眼光，道："世遗兄，路也有很多，咱们还是各走各的好。"金世遗忽地大叫一声，立即像猿猴一般攀上附近山峰，远远的逃开了冰川天女的视线。

金世遗攀上山峰，忽而长吁，忽而怪笑，忽而手舞足蹈，忽而在地上打滚，他身上那套偷来的华美的衣裳给荆棘刺穿，面上手足，也擦伤流血，他却全然不理，但觉自己的灵魂似要爆破躯壳向冥冥的太空飞去，又恨不得身体能霎时间化作微尘，撒遍大地山河。这心情是羞惭、是愤怒还是自伤？连他自己也不明白，料想世上亦无别人能够理解。他一把撕裂了身上的衣裳,在山涧旁临流照影,大声叫道:"我也是父母所生的清白之躯,为何世人对我这般轻贱?"

这刹那间,他一生的经历闪电般地在脑海中一幕幕闪过。他记起了自己的童年,别人的童年是欢乐无忧,而他的童年却是辛酸痛楚。他母亲早逝,父亲是一个落拓江湖的教学先生,在异乡教馆,在他五岁那年,因为年老多病,东家不谅,辞了他的教职,他父亲别无其他谋生技能,又带着孩子,迫得乞讨回家,在途中时常生病,幸得同伴的乞丐照顾,孩子才得不死。求乞三年,还未回到家乡,他没有死,他的父亲却病死了。他从此变成了小叫花,混在乞丐堆中沿门求乞,衣服破烂,身上长满虱子,就像其他乞丐一般,没有人来料理。如是者的求乞生活又过了三年,不知是因为肮脏还是疾病,他满身生了一粒粒的小疮,脸上现出红斑,皮肤起结,他自己是小孩子自然什么也不懂,但见其他的乞丐从此避开了他,出外求乞,人们也远见远走,几乎经常挨饿。有一个老乞丐告诉他道:"看来你是患上了麻风病了,你不要到人多的地方去求乞了,别人会把你活生生的打死的!"他骇怕得不得了,这才知道为什么连乞丐也躲开他的缘故。他自此不敢求乞,只是在晚上才悄悄出来,偷别人园地里的瓜果蔬菜生食,有好几次险些给人追上打死,白天偶一露面,就有人骂他是"小麻风"。胆小的远走,胆大的就追他,嚷着要把他活埋。幸而他跑得快,屡次险死还生。这样地过了几个月野人般的生活,小小的心灵,包不住巨大的悲痛,自思自想这样做人实在毫无味道,有一天他跑上高山,肚子饿,身上冷,叫一会爹,叫一会娘,突然把心一横,就从山岩上跳下来,他的脚下是一条瀑布,瀑布冲下百丈幽谷,这小孩子拼着一死的狂激心情,就像瀑布一样。

往事一幕幕闪过,金世遗回忆至此,只觉脚下山峰颤动,眼前也是一条瀑布,脚底也是深不可测的幽谷,这时的心情和当年也甚为相似,他叹口气道:"那时有人救我,现在有谁救我呢?"他脑海中又闪过另一幕往事,那是奇怪万分的遭遇,改变了他一生命运的奇遇!

就在那一刹那,就在他从山岩上跳下的那一刹那,昏昏迷迷感觉还未完全消失的那一刹那,他似乎觉得有一只大手从半空抓着了他,将他拉出了死亡的幽谷。

他好像做了一场极其可怕的恶梦,身子突然间好像被抛上了云端,又似突然间被抛下大海,耳边隐隐听得轰轰的波涛之声,也不知过了多久,忽似听得有人轻声地说道:"呀,好可怜的孩子!"

有人轻轻地抚拍着他,喂东西给他吃,这使他追回了几乎失掉了的记忆:就像他在襁褓之时,他的母亲对他一样。他睁开了眼睛,几乎疑心自己还在梦中,只见眼前是一片茫茫、波涛起伏的大海,自己置身于一叶轻舟之中,船上除了自己之外,还有一个相貌奇特的老人,正在看着自己。

他揉揉眼睛,看清楚了那个老人,只见这老人又高又大,穿着一身野麻所织的衣裳,在阳光海浪的映衬之下,发出一种黄色的光泽。这老人的头发非常长,直披到肩头,比他所见过的那些十几年没有理过发的乞丐的头发还要长,若是平日他见到这个老人,一定会吓一大跳,这时他却感到他的目光有无比的温柔,在他的身边,就像有母亲保护的孩子一样,反而忘记了一切害怕。

那老人望着他笑道:"好孩子,你终于醒了,肚子饿吗?"他摇摇头,那老人却拿出一个大红葫芦,将里面的液体倒给他吃,甜甜的有一点酒味。他喝了之后,精神好似好了许多,问道:"你是谁?是你救我的吗?"那老人点点头笑道:"好孩子,我已经注意你好多天了,你一个人在深山野岭也有勇气求生,这本来很难得呀,为什么又要寻死呢?幸亏我伸手得快,要不然你早已粉身碎骨了。"

这刹那间,他一生的经历闪电般的在脑海中一幕幕闪过。他记起了自己的童年。

他咬咬指头,很痛,的确不是做梦,"梦中"的景象也并不全是幻觉,他们的小舟正在大海中航行,波涛将小舟抛上抛下,有如腾云驾雾。

那老人又笑道:"你已经昏迷了五天啦。你的体质很好,别的孩子可没有你恢复得这样快。"

他骨碌地爬了起来,望着那老人叫道:"为什么你要救我?为什么你不怕我?我是个麻风,人见人怕的小麻风!"

那老人笑了一笑,低声说道:"你不是麻风,我才是麻风!"他吃了一惊,望那老人,那老人虽然相貌奇特,长发披肩,但面色红润,连一点斑疹也没有,手指修长,皮肤光洁,一点也不像他,怎么是个麻风呢?

那老人道:"我以前真的是个大麻风,后来自己医好了。你患的是皮肤病,那是因为肮脏而引起的皮肤病,经海水洗了几天,太阳晒了几日,早就好啦。呀,可惜你不是一个麻风!"

声音伴着叹息,竟似十分遗憾。金世遗那时不过是个十一岁的孩子,觉得非常奇怪:这老人竟会嫌自己不是麻风!他怔怔地看着那个老人,那老人缓缓说道:"我因为曾经是个麻风,当年所受的痛苦,十倍于你,后来逃至荒岛,发誓不见世人,直至十年之前,我被一个女侠点化,觉得这样避世隐居,独善其身,实在也没有什么意思,所以又改了心志,另发宏愿,立誓要救天下的麻风患者,这十年来也曾救了不少人。如今我自知已入暮年,来日无多,因此又想在患麻风的幼童中挑选一个徒弟,可惜总选不着一个合适的。"

金世遗福至心灵,立刻挣扎起来,纳头便拜,哀声求道:"世人都当我是个小麻风,我若回到陆地之上也是一死,师父,你若不要我,我只有跳下海去!"那老人沉思半晌,道:"好吧,但你可得有这个胆量跟我到荒岛去过一生。"金世遗道:"我连死都不怕,还怕什么?"于是就在小舟中行了师徒之礼。

小舟再行数日，金世遗在海浴阳光的天然治疗之下，恢复很快，不但体力充沛，而且皮光肉洁，完全变了个样子，舟行数日，忽见一个海岛，横在前面，海风吹来，异香扑鼻，香气之中，却又带着腥味。远望过去，只见绿荫覆盖全岛，花开树上，灿如云霞。有清泉从岛中流出，汇成小溪，注入大海。近岛处沙湾环抱，水波不兴，金世遗叫道："呀，这里真好！"

那老人笑道："好与不好，要你看后方知。"携金世遗舍舟登陆，一踏上沙滩，只听得海岛内的树林里沙沙之声大作，无数长蛇窜了出来，有的七彩斑斓，有的头上生角，昂头吐舌，密密层层，几乎把沙滩都遮住了。金世遗吓得魂不附体，但见那老人微微含笑，一点也不害怕。那些蛇朝着他昂头起伏，俨如欢迎久别的好友，点头致敬一般，金世遗惊魂稍定。老人回头笑道："好孩子，害不害怕？"金世遗道："这些毒蛇，充其量也不过像外面的世人一样，要将我弄死，这又有什么害怕？"老人笑道："你这心思，倒和我初来一样。"

自此金世遗便在这小岛上住下来，跟随那个老人学习武艺，金世遗本来只知有姓，未曾起名，"世遗"二字乃是那老人到了海岛之后才替他取的。

到了海岛之后，金世遗才知道那老人名叫毒龙尊者，这个海岛名叫"蛇岛"，在黄海与渤海交接之处，亘古以来，人迹不到。毒龙尊者少年时候，是个武师，后来患了麻风，被人驱逐，无意之中，飘流到这个海岛，与毒蛇为友，取毒蛇的口涎，治愈了麻风，他一身绝世惊人的武功，就是在蛇岛之中练出来的。

毒龙尊者携金世遗到了蛇岛之后，就悉心传他武艺，金世遗聪明之极，每种武功，从来不要师父指点三遍，最多两遍，就能记得。毒龙尊者每年总要出外一两次，每次一两个月不等，师父出去之后，他就独自在蛇岛之中练功。师父每次回来，说的总是救了多少个麻风患者之事。师父常常和他说起麻风患者的苦楚,以及他少年之时,怎样险险被人烧死等等情事。金世遗自己曾身受其苦,对外面人世,憎恨之极,只愿一生能在这海岛之上,再不重踏人世。

如是者年复一年,霎眼之间已过了七年,金世遗自己也不知道自己已经练成了第一流的武功,忽然来到了这一天,又发生了一个突然的变故……

往事一幕幕地闪过,金世遗脑海中泛起那一幕景象:一日黄昏,红日西落,火球一般的太阳就像沉入大海之中,余霞散绮,海上一片金碧。金世遗忽被师父叫到跟前,只见师父面容有异,缓缓说道:"你已经尽得我的所传,如果重回陆地,行走江湖,料想当今之世,已无几人能与你为敌了。"金世遗急道:"师父,外面人心叵测,我还是留在这里的好。"毒龙尊者点了点头,又摇了摇头,道:"不错,外面果然是人心叵测,连武林中人,亦多半如此。但其中亦不是没有好人,像邙山的吕四娘和江南的甘凤池就是好人。"

金世遗从来没听过他师父提过中原的武林宗派,甚是好奇,正想问吕四娘和甘凤池是什么人,只听得师父又道:"还有天山派的,呀,你若不出去寻访到天山派的门下,就有杀身之忧!"金世遗莫名其妙,问道:"这是什么缘故?"毒龙尊者道:"我所创的这家武功,自信不在天山诸侠之下,不过,不过……"金世遗道:"不过什么?"毒龙尊者皱了皱眉,道:"再过些时,你就知道了。呀,不知天山门下,如今还有何人?他们会不会幸灾乐祸,让咱们这派的武功绝灭,唯他独尊?"金世遗叫道:"什么?现今天山派的弟子是没有心肝的坏人吗?弟子愿随师父出去,找他们比武。"毒龙尊者又摇了摇头,道:"等下我都和你说个明白。你替我将蛇儿叫来。"金世遗在蛇岛七年,已学会了驱蛇之术,听了师父吩咐,便想出去呼唤,忽见毒龙尊者头顶上冒出热腾腾的白气,忽道:"世遗,你要记着你少时所受的痛苦!"金世遗道:"弟子记得!"毒龙尊者挥手道:"快去快来,我还有许多话要和你说!"

金世遗在海岛各处走了一遍,将群蛇都唤了出来,那些蛇如有灵性,一队队的排在林外,每一队有一条大蛇随金世遗游进林中,似是要向毒龙尊者请安问候。金世遗走进林中,叫道:"师父,蛇儿都唤来了。"抬头一看,猛可里大吃一惊。

只见师父汗出如浆,两目圆睁,眼珠一动不动。金世遗叫道:"师父,你怎么啦?"毒龙尊者一声不出,金世遗上前一摸,只见他身体已经僵硬,竟是死了!他的身边摆着他日常所用的铁拐,铁拐下面有一本书,封面写着"毒龙秘笈"四字,封面歪歪斜斜地写着几个字:"武功大成后,要找天山派,呈书与他看,求……"写到"求"字,笔划已是潦草模糊之极,几乎辨不出来,想是气力用竭,未待写完,便死去了。

金世遗放声痛哭,群蛇俯首,亦似致哀。金世遗这才知道师父原来是想唤群蛇前来话别,他说有许多话要和自己说,只恨未及听他最后的话,不知他要说的是什么。金世遗将师父埋葬,大声叫道:"师父,我记得你的话,我记得你我都同受过的痛苦,我明白你的意思,我要憎恨世人!"

金世遗哪知他将师父的意思完全理解错了!毒龙尊者在逃至海岛之后,不错,他是一直憎恨世人,但在十七年前,吕四娘、甘凤池、冯瑛、唐晓澜诸人来到蛇岛,吕四娘、冯瑛联剑杀败毒龙尊者,又救了他的性命,将世人有好也有坏、与立身处世的大是大非等等道理,反复和他谈论,终于令毒龙尊者恢复了人性,化恨为爱,因此他才以有限的余生,尽力去救治世上的麻风患者。他要金世遗记住曾受过的痛苦,无非是想金世遗继承他的遗志,将来也出去救治麻风患者,推而广之,救一切受苦受难的人,可惜最后的遗言来不及详细言说,竟令金世遗断章取义,完全误会了师父的意思!

金世遗葬了师父之后,将师父的遗书《毒龙秘笈》揭开来看,其中的武功,虽然十之七八自己都曾经练过,但诀窍精微之处可不能全都懂得,有了此书的解说,这才豁然妙悟,将所练过的武功贯通。书中还有制炼各种剧毒暗器的法子,以及各种打暗器的奇妙手法,金世遗都一一依书练习,又练了三年,试掌力则发掌可以摧树,试暗器则用一枚毒针就可射杀海底鲨鱼。心中想道:"我师父在蛇岛一生,创出了这种厉害的武功,应该叫外面的人知道,这才不至埋没了他一生的心血!"又想道:"听师父日常谈论,中原各派的武功,也没有什么不得了之处,那些人以前居然敢歧视我的师父,我不如出去玩一玩,将他们打个落花流水,待到打败了天下所有的成名人物之后,我才说出我的师承来历,好叫师父名垂不朽!"如此一想,金世遗便有了离开蛇岛之意。

只是这三年来却有两个极大的疑问,盘塞心中,无法思解。那便是师父临死之前,提及天山派的那些说话是什么意思?以及师父何以会突然间死去?正是:

忽然暴死太离奇,两个疑难谁可解?

欲知后事如何?请听下回分解。

第二十三回

愤世奇行　赢来疯丐号
狂歌骇俗　惹得美人怜

金世遗三年来苦苦思索，这两个疑团终是无法打破，他师父为什么要他在武功大成之后去找天山派？为什么不去找天山派将来便有性命之忧？细细咀嚼师父几句话，又不似是和天山派有仇。至于为什么要把这本《毒龙秘笈》"呈"与天山的掌门看，那更是莫名其妙。金世遗虽然从未涉足武林，但亦知道每一派都把自己的独门武功视为不传之秘，万万不能泄漏给外人知道，师父临终时在沙滩上写的话，会不会是神智昏迷的"乱命"？最后那个"求"字更令金世遗不服气，这句话毒龙尊者没有写完，金世遗不知道师父要他"求"天山派什么，他自己思量本门的武功如此神妙，又有什么需要求人的？

至于师父之突然死去，那就更是奇怪了。以师父那样深不可测的武功，即算享尽天年，寿数应尽，但他明明还有许多话要和自己说，以他的武功，怎么不能多拖延一刻？为什么等不到自己回来就死去了？

金世遗最初随师父到蛇岛之时，本来想在这海岛度过一生，师父死后，他一人与毒蛇为伴，渐渐觉得寂寞无聊，加以他现在已长大成人，从初来时十一岁的小孩子，倏忽过了十年，变成廿一岁的少年了,少年的心情和孩子的心情自然有很大不同,小孩子可以自得其乐陶醉于自己的小天地,在这海岛上玩蛇、捉鸟、戏水、堆沙,已足够他玩了,少年人却憧憬于外面的世界,憧憬于外面更广阔的天地,虽然外面的世界对他是如此陌生,而且令他憎恨。

他怀着这两个疑问,在师父死后,又在蛇岛独自过了三年,终于按捺不住,于是取了师父留给他的那根铁拐,带了师父的遗书,就坐上他来时的那只小船,划过渤海,又回到了大陆。

十年的时间不算短,也不算太长,但他已完全变了样了,从一个被人欺负的小麻风变成一个怀有惊人武功的英俊少年了。

这少年人却怀着一股狂激的心情,向这个曾欺负过他的世界挑衅!他用上乘的内功,随时易容变貌,故意把自己变成一个大麻风,谁敢欺侮他,他就以眼还眼,以牙还牙,将别人捉弄得哭笑不得。他到处去找武林中的成名人物比试,不过数年"毒手疯丐"之名就传遍江湖,没有一人是他对手。越是享有盛名的前辈,他就越发要戏弄他,弄得中原的武林人物,闻风远避。

他也曾想去找甘凤池与吕四娘,但后来听得甘凤池已死,吕四娘久已不知踪迹,他才放弃了这个念头。他记着师父的话,以为武林中只有这两个是好人,其他的人他就毫无顾忌地欢喜怎样捉弄便怎样捉弄。

几年来他打败了无数成名高手,每一次打败敌手,他心中总是十分得意,但随即又感到寂寞与悲伤,越是胜利,越是悲伤。而且这样的情绪,随着每一次的胜利而加深,每次的胜利与得意,都只不过像天边一瞬即逝的彩虹,而寂寞与悲伤,却是永远笼罩心头的浓雾!

为什么?因为他嘲弄了这个世界,而这世界也便遗弃了他!没有一个人和他交朋友,甚而没有一个人把他当作正常的人一样,接待他或和他交谈。他假冒麻风,向这个曾欺负过他的世界挑衅,而这个世界却以超过百倍千倍的力量还击了他。那便是寂寞、冷淡与难以忍受的歧视!他武功越练越高,但那又有什么用?他所感受的,所获得的不是尊敬,而是异样的冷淡与轻蔑。这感受与岁月俱增,以至本来有些人对他并无恶意,并无轻视,而他也一例看待,把别人当成对他怀有恶意的人。他在自己的周围张起无形的帐幕,把自己与这世界隔绝开来。

因果相乘,他行事越怪诞不经,便越感到苦恼寂寞。中原的武师几乎都被他打败了,他自信武功已是天下无敌,于是便离开中原,浪游西北,想要去找天山派的掌门。想不到未曾踏入回疆,就在川康交界的雀儿山,竟然遇到了一个将他当作朋友看待的人,对他并不歧视轻蔑,并不憎恶远避,甚而对他的麻风也丝毫不以为意,还给他治病,携他同行。这人便是冰川天女。(他可不知道,冰川天女根本没见过麻风,也不知道麻风是什么模样,他假扮麻风,一点也没有吓着她。)

就像酷寒的幽谷里忽然透进了阳光,即使是一线阳光,也令幽谷大有生意,他的心扉给冰川天女在无意之中打开了。他除了师父之外,从未有过要与人亲近的念头,但自从见了冰川天女之后,就不愿离开她,纵许是暗暗跟踪也好。这倒并不是幽萍所说的"癞蛤蟆想吃天鹅肉",而他只是觉得,这世上只有冰川天女才是他可以亲近的人。

在雀儿山中,他又遇见了唐经天,起先他并不知道唐经天是天山门下,后来知道了,却又同时知道唐经天是冰川天女的爱侣,不知怎的,他的心中竟自起了莫名其妙的妒意。他本来是要找天山派的掌门,先行比试,再探听天山派与自己师父的渊源,解答自己胸中的疑问的,但在见了唐经天之后,这个念头就忽然打消了。一来是他不愿对天山派有所求,二来是他发现唐经天的武功竟与他不相上下,大出他意料之外。唐经天是天山派掌门人唐晓澜之子,儿子已经如此，父亲可想而知，他是个心高气傲之人，自忖不是唐晓澜的对手，便立志再下苦功，练那《毒龙秘笈》的奥妙玄功，准备练到师父的那般境界时，再上天山挑衅。

于是他暗暗追踪冰川天女，故意在冰川天女与唐经天之间挑拨离间，兴波作浪。这本来是正人君子所不齿的事情，但对金世遗来说，他的脑海之中根本就没有世俗的道德观念，更没有想过什么是"正派"的行为，什么是"无赖"的行径，他只是像一个孩子一样，欢喜一件东西，就不愿意让第二个孩子抢去。幸好他心地尚非邪恶，否则他趁着唐经天在邹家疗伤未愈之际，大可以将他打死。

就是怀着这样的心情，金世遗追踪冰川天女，一直追踪到峨嵋山口。他完全料想不到，冰川天女主仆竟会毫不留情地指斥他，幽萍骂他是"想吃天鹅肉的癞蛤蟆"。这还罢了，连冰川天女也当面说他"无赖"，轻轻的一句说话，就像晴天之中突然起了霹雳，轰散了他幻想的彩虹。

此际，他独立峨嵋之巅，往事一幕一幕地从脑海中闪过，天上星月西沉，山间磷火明灭，他的心情也就像磷火一样闪烁无定，一忽儿暴怒如雷，一忽儿心伤欲绝，忽然间脑子里好像空空洞洞的，全然不能思想，真的似整个世界遗弃了他，离他而去。他在地上打滚，挣扎呼号。荆棘刺伤了他的手足，刺伤了他的头面，他也不感觉丝毫痛楚。偶然间在山涧这边临流照影，照见自己俊秀的面庞，面上几条被荆棘刺伤的淡淡的血痕，他便按捺不住激动的心情，发狂似的叫道："我也是父母所生的清白之躯，为何世人对我这般轻贱？"

他狂叫、冷笑，忽地将衣裳都抓裂作片片碎，赤了身子在山涧里洗了一会，凝视水中清白的影子，喃喃自语道："这个人是不是我，我的本来面目是这样的吗？"突然一跃而起，解开他放在树下的随身携带的包袱，里面有他以前假扮麻风时的那套褴褛衣裳，他抖了一下，重新披在身上，手涂药料，在面上一抹。玄功内运，转瞬之间，面上布满红云，手臂长出疙瘩，又变成了一个形容丑怪的大麻风！又跑到山涧旁边临流照影，哈哈笑道："这才是我的本来面目，这才是人人憎厌的我的本来面目！"

他在自轻自贱之中感到一种莫名其妙的痛快。本来他在遇到冰川天女之后，和她同行几日，怪僻的性情已渐渐有所改变，当他知道了她不喜欢自己的麻风形貌之后，甚至曾立下誓愿，从此恢复本来的面目和世人相见，不再吓人了。还为此而偷了一套华美的衣裳。却想不到今晚被冰川天女主仆的说话刺伤，他非但不打算恢复本来面目，却反而恢复了愤世嫉俗的心情，比前更甚！

唉，这也不能怪他"偏激"，须知他有生以来，除了师父之外，只碰见过一个冰川天女，是把他当作"人"看待的人。所以他这心情，并不是普通的失恋。也许他根本就没有想到过爱情，而是感到被人抛弃，被人轻蔑，以及自尊心被毁灭的悲伤，而这种悲伤比失恋的悲伤那是不知超过几千万倍！

星月西沉，磷火明灭，山顶的白云结成滚滚的波涛，像一个无边无际被煮沸了的海洋，翻翻滚滚。这是黑夜将尽、曙光即现之前的景象。山风吹来，拂面清爽，金世遗低头一看，发现自己无意之间已走到悬崖的边沿，那悬崖孤峰凸出，伸入云海之中，岩上刻有"舍身崖"三个大字，这正是峨嵋山上最高最险的危崖，常有人从这里跳下去自杀。金世遗心中一凛，竟不知自己怎么会走到此处。试一俯视，但见峭壁千丈，幽谷无底，若然心智迷糊，稍一不慎，跌下去便是粉身碎骨之祸。

金世遗俯视幽谷，冷冷一笑，陡然间，他脑海中泛起冰川天女的影子，那番劝他立志做人的说话，那带有怜惜的眼光，像一股暖流流过心田，他低叹一声，却又心中笑道："就是你不说这番说话，我也不会从这里跳下！"飞身一跃，翻了一个筋斗，站起来时,已在山头空旷之地,远远离开了险境,生命也从死亡的边缘拉了回来。

只是狂激的心情还未趋于平静,他发声长啸,声振林木,可是这声音能传到冰川天女的耳边吗?他独立峰巅,凝望云海,滚滚的云浪幻成各种各样的形象,云海中冰川天女好像仍是带着那一股高贵尊严、不可接触的神气,用高高在上的、怜悯的眼光看着他。"我不要人怜悯!"他心中叫道,再一凝视,冰川天女的形象亦已模糊,在云海中隐隐淡去,白云冉冉,冰川天女的幻影也越飞越高,远远地离开了他,好像要飞到另一个世界。他拾起铁拐,又到山涧旁边临流照影,水中现出他变形之后的丑陋面貌,他如疯似傻,叫道:"不错,她是云端的天鹅,我是涧底的蛤蟆。"狂笑一会,又痛哭一会,但觉世界之大,竟无一人理解自己,悲从中来,不可断绝!他以自暴自弃的心情,索性用污泥涂在自己的身上、面上,把自己弄得更像个泥首污面的疯丐!心中叫道:"世人都憎厌我,轻贱我,好吧,我就要让你们更多三倍的讨厌!"

他正在自轻自贱,自怨自艾之际,忽听得身后"噗嗤"一笑,笑得非常柔媚,却又非常顽皮,一个女子的声音说道:"哈,这癞蛤蟆真好玩!"金世遗一腔愤激之气,正自无从发泄,闻言大怒,一个转身,拾起一团污泥便向发声之处摔去,只听得那女子的声音又道:"真是个大傻瓜,你这样自轻自贱,又有谁人怜惜你?"金世遗身法何等快捷,这一瞬间,他已抛出污泥,飞身前扑。他的独门暗器手法又狠又准,虽是一团污泥,被他使劲抛出,也像一块石头。只听得"喀喇"一声,一枝树枝,已给泥团折断,但那人影却也不见了。泥团尚自打不着,他这一扑,自然也是扑了个空,额头几乎碰到树上。

金世遗这一惊非同小可,他自离开蛇岛以来,闯荡江湖,败在他手下的成名人物,不计其数,能与他打成平手的,亦不过是唐经天、冰川天女、赤神子等有限几人而已！想不到而今却突然间遇到了劲敌，而且，听这声音，这劲敌还竟然是个年青的女子，别的功夫虽未知道，只凭这份轻功，就已远远在他之上！

世间竟然有这样的女子！真是不可思议、难以相信的神奇之事！金世遗本就好胜，这时更撩起了较技争雄之念，他追入林中，眼光四下搜索，忽又听得那女子的声音在背后格格一笑，清脆的声音宛若银铃，笑道："来而不往非礼也，你也接我这个暗器！"金世遗大叫一声，倏地回头，伸手便抓。声音就在背后，金世遗心想这一抓断无落空之理，他的内功已练到收发自如的境界，就在这回身抓敌的刹那间，同时封闭了全身的大穴，教任何暗器都难伤害。

但听得笑声摇曳，只见一个白衣少女的背影腾空飞起，在空中一个回旋，已斜掠出数丈之外。金世遗飞身扑去，眼睛忽然一花，但见五色缤纷，手足头面都已给敌人的"暗器"打中。这暗器不知是什么东西，粘在面上，一片冰凉。金世遗急忙停步，伸手一抹，原来竟是无数花瓣，花瓣上露珠未干，所以粘在面上湿漉漉的一片冰凉，这一抹把他头面手足的污秽，都抹得干干净净，就如给那少女强迫洗了一个脸！

金世遗一生欢喜戏弄人家，想不到而今为人戏弄，他又是气恼，又是好笑，那女子已经不见，金世遗知道再找也找不见，索性就在林中睡一个大觉。这时他的注意力已被那神龙见首不见尾的女子所吸引，心思一分，冰川天女给他的刺激自然减了几分，这一觉倒睡得香甜，直到第二日日上三竿才醒，这已是冒川生开山结缘的前一天了。

金世遗这一日几乎翻遍了峨嵋山，找不到那少女的半点踪影，他料想冰川天女已进入金光寺，本想闯入金光寺去闹一场，但在山顶遥见唐经天入寺，心头不觉又涌起冰川天女对他那冷淡的神态，与骂他"无赖"的声音。妒恨、羞惭、自伤、自贱等等心情，交并纠结,盘亘胸臆,这一晚他就在金光寺附近,存心对入山的高手挑衅,第一次戏弄了雷震子,吓走了赤神子,心中甚是得意。第二次戏弄谢云真,想不到那少女又突然出现,就在他用石子分打谢云真的麻穴、痕痒穴、笑腰穴之时,所发出的石子全被那少女的飞针暗器射落。

这一场遭遇,谢云真曾详详细细地讲给唐经天知道,令到唐经天惊讶不已。金世遗是身受之人,当时的惊讶那就更不用提了。

唐经天在听谢云真讲述之时,误以为这女子一定是冰川天女,但金世遗当然知道不是,所以他当时立刻抛开了谢云真,急追这神秘的女子。高山密林,那女子倏地跃入林中,身法却不似昨晚之快,似乎是故意引金世遗去追,但金世遗仍然是追她不上。只见那女子竟似飞鸟一般,从一棵大树飞到另一棵大树,树叶遮着视线,何况又是在黑夜之中,虽有月光磷火,亦是看不清楚,只隐隐见她的背影,忽起忽落,裙裾飘飘,体态轻盈之极!金世遗也给弄得迷惑起来,心中暗道:世间哪会有轻功如此高明的女子?莫非她竟是这山中的仙女?

金世遗从峨嵋的最高峰——金顶,一直追到了猴子坡,那女子已不见了。金世遗知道她若不是故意现身,实是无法寻觅,不觉大为气馁,心中想道:"仙女那是绝不会有的,如此看来,我自以为是天下无敌,哪知却端的是天外有天,人外有人。唐经天冰川天女与我年纪相若,武功亦自相等;这女子不知是什么人,但看她体态,绝不会是老太婆,武功竟比我高明了不知多少倍!"

金世遗自思自想,忽听得猴子的叫声,抬头一看,只见有好几只猴子从峭壁上爬下,金世遗正自百无聊赖,一时兴起,纵身一跃,已把一只猴子抓着。那猴子吱吱怪叫,其余的猴子都吓跑了!

金世遗笑道:"你跑得快也逃不出我的掌心!"放开手中的猴子,飞身一抓,又抓到了第二只猴子,他童心大起,竟要和山中的群猴开开玩笑,逐一戏弄。忽听得山岩上又飘下那熟悉的"格格"的笑声。金世遗忙抬头一看,月亮正在中天,山岩上毫无遮蔽,这回可是看得清清楚楚,只见岩石上坐着一个少女,紫衣玄裳,发上束着两个金环,长眉如画,笑得如花枝乱颤,看样子最多不过十七八岁,一脸稚气未消,伸出一只手指托腮,侧目斜睨,瞅着金世遗笑个不停。

金世遗怎样也料想不到这少女竟是如此年轻,简直就像个瞒着父母偷跑出来戏耍的大孩子!饶是他见多识广,也不觉呆住。只听得那少女说道:"猴子又不会武功,你捉弄它做什么?"听她说话,竟似知道他以往的行径。

金世遗又是一怔,这是第二个不怕麻风的少女,而且比冰川天女随便得多,笑声中带着嘲讽也好似斥责,但却像顽童数说她的同伴一样,熟络之极,无拘无束。金世遗呆呆地望着她,一时间竟不知怎样和这女孩子说话。只听得那女孩子又道:"你用强最多捉到一个猴子,它们也不服你,这有什么意思,你看我的!"一边说,一边嘻嘻地笑。

金世遗道:"好,我看你怎么捉猴子?"心道:"你轻功纵比我好,难道就能一下子捉到许多猴子?"那少女嘻嘻地笑,唱道:"猴儿叫,猴儿跳,顽皮的猴儿没烦恼。来,来,来!我有果子给你吃,咱们交个好朋友!"不过一会,便有几只猴子从树林中钻出,接着越来越多,在女郎面前跳跃欢叫,那少女拿出一包栗子分给猴子食,猴多栗少,分不胜分,那些猴子真像和女郎交上了朋友似的,没有栗子,也依恋不去。

这并不是女郎有什么妙术,原来峨嵋山上猴子坡的猴子,从不怕人,它们和寺庙里的和尚厮混熟了,群猴常扶老携幼到寺庙来,和尚也经常备有一些粗粮,以招待这些"不速之客"。它们也会在游客面前嬉戏,博取食物。除非你故意吓它,否则不会逃跑。

金世遗呆呆出神,只听得那女郎笑道:"你对它好,它就对你好,你要欺侮它,它当然不和你做朋友。你怎么连这点道理都不懂呵!"金世遗心中一动,这话说的是猴子,但却何尝不是说人?金世遗看得有趣,扑上山岩,也想和群猴戏耍,群猴认得他是适才欺侮同伴的"恶人",不待他扑到跟前,便一哄而散。女郎怒道:"刚玩得好好的,你怎么又把我的猴儿吓跑了?"

金世遗看她佯嗔薄怒,拦着去路,似是毫无防备,突然倒持铁拐,脚尖在岩石上轻轻一点,使个"一鹤冲天"之势,凭空窜起三丈来高,他本在女郎下面,这样一来,反而居高临下,在空中一扑,立刻用拐柄倒勾,他顾虑用空手捉不着她,改用铁拐,不啻将手臂续长了八尺。那女子叫道:"好呵,你真会欺负人!"也不见她作势,身子突然腾空飞起,脚尖在他拐上一点,顺势又飞高数丈,在空中一个转身,斜飞出去,落下山坡,那姿势疾似空中飞鸟,端的美妙绝伦。金世遗在她脚点拐杖之时,左手一带,没有将她带着,只是手指轻轻碰着她的指尖,不知怎的,心神一分,那女郎又已躲入森林去了。

金世遗猛然省起,这女子的轻功,自己似乎是在哪儿见过一般,再一想,原来这在空中转身的飞扑之势,酷似猫鹰。"蛇岛"附近有个"猫鹰岛",上有怪鸟,其形似猫,常常飞临蛇岛,和群蛇恶战,正是毒蛇的克星,金世遗在蛇岛十年,已见过不少次了。听师父毒龙尊者说,以前在猫鹰岛上,有一对双生兄弟,名叫萨天剌、萨天都,擅长猫鹰扑击之技,只是两人早已死掉,听师父说他们又没留下传人,却怎的这女郎也会猫鹰扑击之技?金世遗不觉大奇,再一想,还有更奇怪、更令人莫名其妙的事。

金世遗心中想道:"这女子的猫鹰扑击之技,确是世间罕见的轻功,但她适才在铁拐上的那一踏,力道却也不见得怎样强劲,掌力也似乎还比不上我,这是什么缘故?"须知内功强弱,一触即知，半点也掩饰不得，这女子在两晚之间，曾三次出现，第一次用飞花作为暗器，金世遗给打中了还不知道是什么。第二次用梅花针碰落金世遗的石子，功力之深，更是不可思议。但到第三次出现，却忽然比前两次弱了许多。金世遗大惑不解，心道："难道她是故意做作？难道她已做到劲力大小，发放随心的地步？但以我现在的造诣，她若是隐力不发，我也该觉察出来。又难道前两次出现的并不是她？"细细一想，心中笑道："不会呀，不会！世界虽大，有一个武功如此高明的少女，已是出奇，哪可能还有一个？而且她前两次出现，我虽然只见背影，未睹真容，但那身材体态，前后却是一样，轻功的路数，也完全相同，明明是一个人，断无看错的道理。"他越想越觉奇怪，这一晚他也像唐经天一样，满腹疑云，在山林中搜索了一夜。

饶是金世遗如何鬼怪精灵，武功超卓，却是猜想不到：先后出现的竟是两个人，这两个人乃是母女。用飞花戏弄金世遗的是冯琳，引他到树林中的那个少女却是冯琳的女儿李沁梅。

冯琳年过四旬，但她驻颜有术，远远望去，还似一个少女。更妙的是，她的脾气，至老不改，不但形貌似少女，性情也似少女，而且是不经世故的顽皮少女。她因为一再捉弄冰川天女，在慕士塔格山造成了一场误会，将冰川天女气走。事后她姐姐冯瑛埋怨她，冯琳看出了唐经天对冰川天女的情愫，当即在姐姐跟前许诺，一定要撮合他二人的姻缘。冯瑛知道妹妹的脾气，并不怎样当真。岂知冯琳这次却是说了就做，竟然暗暗跟着唐经天来到了峨嵋山。她本来是不想带女儿的，但她的女儿比她还要顽皮，一定跟她母亲去瞧热闹。冯琳被她缠不过，只好携她同行。唐经天、冰川天女与金世遗一路所闹之事，她全都看在眼里，金世遗的自怨自艾，她也全听在耳中。冯琳幼年的遭遇，虽然不似金世遗的凄惨，却也有相同之处，她周岁之时，父亲惨死，她被猫鹰岛的双魔萨天刺、萨天都捉去，藏在四王子胤禛府中，虽然学到了许多异派武功（猫鹰扑击之技便是其中之一），也受了许多劫难。所以她窥伺了金世遗多日，不但不觉得他讨厌，反而大有性情相投之感。

此刻她们母女正在密林之中细语，冯琳笑道："我上次离开天山之后，便听得武林同道说，说中原出现了一个毒手疯丐，十恶不赦，原来却就是他！喂，你说待我把他戏弄够了，再将他杀掉，好是不好？"

李沁梅叫道："为什么？我瞧他怪可怜的。"冯琳道："你看他比表哥如何？"李沁梅道："武功倒是不相上下，年纪也差不多。只是表哥太像一个大人，没他那样有趣。"冯琳忽地噗嗤一笑，道："好呀，那我就不杀他，留他给你做伴儿。"李沁梅未解男女之情，却也知道母亲是开她玩笑，扑到母亲身上，两母女闹作一团。冯琳道："别闹，别闹，我教你一个戏耍他的法子。"李沁梅被母亲一哄，静了下来。冯琳道："你的轻功比他高明，其他功夫，却是有所不及。我教你一个法子，叫他永远也打不赢你，那么就只有你戏耍他，他不能戏耍你了。"李沁梅不相信，道："你还当我是小孩子吗？武功哪有这样快便可以练成的道理？"冯琳道："我教你这种武功，就只能打赢他，对别的人却没用处的，你信不信？"李沁梅见母亲说得甚是认真，半信半疑，随母亲到密林中去练武功。两母女一样性情，凡事一开了头，就不能罢休，她们本来是想在冒川生开山结缘之日，去瞧热闹的，如今一时兴起，母女俩练功练得入迷，把冒川生开山结缘的大事也抛之脑后了。

这一晚，唐经天与金世遗都是彻夜无眠，不知不觉，便到了第二日清晨，是冒川生开山结缘的正日了。

晓日透出云海，峨嵋山金光寺响起了一百零八响钟声，大雄宝殿打扫得干干净净，开始接待从各地而来要向冒川生领益的武林好手。这次来的人特别多，因为冒川生是武当派辈分最高的人，所以

晓日透出云海，峨嵋山金光寺响起了一百零八响钟声，大雄宝殿打扫得干干净净，开始接待从各地而来要向冒川生领益的武林好手。

武当派的弟子自动地担任了招待之职，靠近讲坛的地方也都给他们占据。唐经天混杂在宾客之中，见这情形，不禁暗叹武当派南支的人才零落，不说武功，在气度上，武当派的第二代弟子，就没有一个人足以继承前贤。

正在举座肃静，静待冒川生升坛的时候，忽听得殿堂外嘻嘻哈哈的怪笑之声，闹成一片。雷震子大吃一惊，急忙抢出去看，只见十几个同门，手舞足蹈，跳上跳下，不用说又是那疯丐弄的把戏了。武当弟子大感面上无光，手足无措，只听得宾客中有人笑道："这是什么仪礼呀？"唐经天急忙越众而出，向着那十几个如中疯邪的武当弟子，左打一拳，右打一拳，众人哗然大呼，随雷震子一同出来的四大弟子便想上前动手，雷震子面色铁青，沉声喝道："别人出手相救，你们也瞧不出来吗？"果然在片刻之间，那十几个武当弟子都复了原状。原来唐经天因为来不及替他们一个个"解穴"，迫得用"神拳解穴"的本领，以内家真力，在刹那之间，冲开各人的穴道。各派高手个个惊奇，正在喧闹之时，里面钟声当当，冒川生就将升坛了。

冒川生是中原公认的武林第一高手，每十年开山一次，他春秋已高，这次开山之后，只怕未必再有下一次了。是以各派高手，一听钟声，立即肃静无声，依次入座。唐经天也因此免了被人查问，当下亦混在众人之中。唐经天暗暗留神，只见坐在前面几排的，十九都是邪里邪气，与虔诚听道的人，一眼就可以分别出来。唐经天心中叹道："树大招风，高名招妒。这说话倒真是不错。"

钟声接连响了十八下，金光寺的老方丈将冒川生引出讲坛，唐经天一看，只见冒川生相貌清癯，须眉皆白，满面慈祥之气，登上讲坛，双目一扫，神光奕奕，连坐在最远的人都觉得冒川生看见自己了。只听得冒川生缓缓说道："武学之道，有如大海，浩淼无涯，老朽虽痴长几年，其实亦不过略窥藩篱，不足言道。今次开山

· 455 ·

结缘,非敢好为人师,不过互相切磋而已。"冒川生的开山结缘,起源是由于本派弟子请他定期讲授武功,后来各派闻风而来,这才扩大成为了每十年一次的盛会,那是各派承认他足为师范的。如今听他说了这一番话,真是谦冲自牧,不愧有道之言。连存心来挑衅的也自心中暗暗佩服。

那大雄宝殿长宽各十余丈,冒川生说话声音不大,但殿中每一个人听来,声音一样大小,一般清楚。唐经天大为心折,心中想道:"冒老前辈果然是名下无虚,虽在暮年,中气的充沛,却也不在我爹爹之下。"要知内功有造诣的人,固然可以传声及远,但像冒川生这样的在大殿的讲坛上说话,近身的人必有震耳如雷之感,坐在中间的人又必然遭受回声的干扰,坐在后排的人则一定有刺耳之感。但冒川生却如家常闲话,不疾不徐,远近各人,都像是感到他就坐在对面和自己谈天一样,丝毫没有运用内功以气传声的感觉。这正是内功已练到化境,才能达到的境界。

冒川生接着讲了一段《易筋经》的精义,内功有了造诣的人,固然领悟得多,初学之士,也从中悟到许多武学的原理,亦是获益不浅。冒川生讲完那一段《易筋经》后,按照以往的规矩,开始每日的"结缘"。由请益的人将他本身最擅长的武功演练出来,请冒川生指点。这次仍依往例,由武当派后一辈的首席弟子先行请教。雷震子是今次赴会的武当派第二代大弟子,遂出来练了一套武当派的"九宫八卦掌"。只见他步似猿猴,拳如虎豹,打来甚有威势。但赴会的一流高手,却是暗暗诧异,大家都看出了雷震子内劲不足的缺点。雷震子在中原武林中也算得是一流高手,熟悉他武功的人以及上一届看过他演武的人,都觉得他这十年来不但没有进境,反而退步许多,按理来说,练武之人,拳不离手,即算进步不大,亦断无退步之理。

众人不明其中道理,唐经天却是心中嗟叹,想道:"他昨晚受了赤神子的一拳，又被金世遗连点三处穴道，虽然得我救治，元气却是损耗不少。"

雷震子将一套"九宫八卦掌"练完之后，垂手恭立坛下，请祖师指点。冒川生双眼一张，目光闪电般的在他身上扫过，微笑说道："掌法也还纯熟，但武当派这套掌法，其中却是夹有点穴法的，要掌指并用，你的点穴法那还差得很远。"此言一出，座中高手甚是诧异，雷震子亦是不大服气，他夹在掌中的点穴法实是毫无破绽，而且轻巧灵活，确已完全得了武当心法。座中高手不约而同地想道："冒川生难道是老糊涂了？雷震子的缺点，明明是内劲不足，他却指摘他的点穴法，这不等于考官评卷，将好的说坏，坏处却反而看不出来吗？

雷震子虽然不大服气，还是恭恭敬敬地说道："请祖师指点。"冒川生道："你走近了来，瞧清楚了！"他仍然端坐讲坛，突然伸手一点，就点着了雷震子手腕上的三焦穴，雷震子突然一震，跳了起来，冒川生反手一点，又点着了他背脊的天柱穴，冒川生出手或缓或疾，身不离席，脚不沾地，点一下，雷震子跳一下，任他跳荡不休，冒川生每出一指，都必然点中他一处穴道，劲力又用得妙极，绝不令雷震子受伤。众高手大开眼界，都在暗道："点穴法竟然有这样神妙的！"但心中却是不能无疑："冒川生的点穴法，那是数十年功力之所聚，雷震子要学也学不来，像雷震子适才所演的点穴法，实在也不应说他差得太远了。"武学之道，应该根据他那一级的程度来评论，比如童生的文章，只要能够通顺，便可"贴堂"，岂能拿去与状元的文章相比？所以一众高手，虽然对冒川生的点穴法，佩服得五体投地，但对他的评论，却仍是有所非议。

唐经天却是心中一动，但觉冒川生的眼光似乎是在有意无意之间，瞧了自己两眼，仔细看时，冒川生点雷震子的麻穴、痕痒穴、笑腰穴三处，用的全是反手指法，逆点穴道。唐经天的内功造诣以及点穴功夫，自然远非雷震子可及，这一看立即领悟，看来冒川生的点穴法，正恰巧就是破金世遗那种独门点穴法的功夫，再看他点其他穴道，无一不是克制金世遗的点穴法的，唐经天不觉大奇，心道："难道冒老前辈见过金世遗了？难道他是有心传授我么？"唐经天与金世遗工力悉敌，各有所长，唐经天顾忌金世遗的歹毒暗器和毒龙点穴法，金世遗也顾忌他的天山神芒和须弥剑法。而今唐经天在点穴法上领悟了克制金世遗之道，其他武功虽然与金世遗还是半斤八两，但点穴的功夫稍胜，自忖下次相遇，便有了取胜的可能，不觉大为兴奋。于是一面暗记冒川生的手法，一面揣摸他劲力大小的巧妙地方。一直看完冒川生点完了雷震子的三十六道大穴，连眼睛也不眨一下。

唐经天自以为已领悟了冒川生点穴的神妙之处，但还有一样妙处，却连唐经天也不知道。这个妙处是只有雷震子才知道的。

雷震子先前不大服气，被冒川生一点之后，全身震动，只觉一股热气，自所点穴道之处，直传到心田，只点了几下，阳跷脉立刻畅通，再几下，阴维脉的跳动也由弱而强。昨晚他受了赤神子一掌，热气攻心，尤以阴跷脉和阴维脉受损最甚，虽得唐经天的天山雪莲解救，这两处经脉仍是阻滞不通，如今被冒川生一点，看似点穴，实却是替他解穴，非但如此，而且替他加强各处经脉的运行，令雷震子本身所具有的内家真气迅即凝固，这一下等于助长了他三年的功力，得益之大，不言可喻！

片刻之后，冒川生点完了雷震子的三十六道大穴，不但阳跷脉阴维脉由弱而强，其他各处经脉，如任脉、带脉、冲脉、督脉、足少阳肾经脉、手少阳三焦经脉等等，无不畅通，只觉无限舒服。旁观高手但见雷震子跳荡不休，呼吸气息极重，口中不断喷出热气，还以为他不胜指力，哪知他却是得了冒川生之助，将赤神子的掌毒与留在身中的邪气全都驱出了。

冒川生一笑敛手，气定神闲，一派若无其事的样子，仍然端坐讲坛的蒲团之上，微笑问道："领悟了么？"雷震子恭身说道："领悟了！"冒川生徐徐说道："怕未必呢，不过你领悟几分，也不错了。"唐经天正自出神，在心中复习冒川生的点穴手法，听这数言，直刺耳鼓，抬起眼睛，忽觉冒川生的目光又似停留在自己的面上，不觉心中一动，想道："这话大约是说给我听的。雷震子哪能领悟？"殊不知他和雷震子都只是领悟了一半，冒川生这次出手点穴，实是一举三用，一者是向赴会存心挑衅的群邪示威，让他们大开眼界；二者是暗授唐经天克制金世遗的点穴法；三者是借此替雷震子恢复元气。能完全领悟冒川生的妙用者，座中并无一人。

雷震子正想归座，第二排中跳出一个人，朗声报道："末学后辈南海离火岛郝中浩求大宗师指点。"冒川生道："原来是赤城岛主的高足，好说好说！你家的离火坎水掌法，老朽也佩服得很。"郝中浩道："冒老前辈如此说法，那岂不是教后辈如入宝山空手回吗？"冒川生的"开山结缘"，照例不能拒绝后辈的请教，于是说道："各家有各家的独到武功，贵派的掌法我不敢妄言指点，但你也不妨试演出来，待我看看，是否还有其他地方，咱们可以切磋。"郝中浩施了一礼，说道："我有不情之请，求与贵派的大弟子雷师兄对掌，对掌中有何破绽，求老前辈一一指出，这样获益更大。"赴会诸人听了，心头都是一震！

照往届冒川生开山结缘的规矩，求冒川生指教的后辈，本来就有两种办法，一种是自己将本身最得意的武功练出来，一种是两人合手，请冒川生指点，每届求冒川生指点的人都很多，后一种办法，因为同时可以指点二人，节省时间，所以也常常采用。但若是两人合手者，多数是同门师兄弟，或者是好友世交，胜败不伤和气。而今郝中浩要与雷震子合手，两人绝无渊源，那当然是郝中浩有心向武当的大弟子挑衅了。

故此赴会诸人都是心头一震,即连唐经天也暗暗替雷震子担心,想道:"郝中浩这岂不是存心捡便宜吗?离火岛赤城岛主的掌法独创一家,雷震子昨晚若未受伤,怕还未必能打成平手,如今他元气未复,如何能是郝中浩之敌?"

只见冒川生仍是神色如常,毫无惧态,微笑点头说道:"那也好。雷震子,你就用九宫连环掌法,向郝师兄领教领教吧。"

雷震子站了出来,大殿中间空出数丈方圆之地,两人在当中一站,雷震子立好门户,道:"请郝师兄赐招。"郝中浩一点也不客气,雷震子刚刚说完,他右掌一起,呼的一声,立刻劈面打下。

赤城岛主所创的离火坎水掌法,一阳一阴,右掌极刚,如火之烈,左掌极柔,如水之性,刚柔相济,阴阳相配,妙用无穷,郝中浩是赤城岛主的大弟子,尽得乃师所传。赤城岛主僻处海外,郝中浩却常在中原走动,这次立心来向冒川生挑衅的群邪,先去游说赤城岛主相助,赤城岛主素闻冒川生之名,不欲多事,郝中浩却被说动,来到峨嵋。前一夕群邪计议,只要激得冒川生出手,那就是已坍了他的台。故第一仗就派郝中浩出来挑战雷震子。

郝中浩自然也看出了雷震子内功不足的弱点,所以第一手就用离火阳掌,呼的一声,刚劲之极,雷震子双掌一分,右掌从左掌掌背擦过,当中一划,啪的一响,郝中浩掌背起了五道红印,退后三步,雷震子的掌心也皮肉破损,现出血丝,上身摇晃不定。但却并未给对方的掌力震退,这一下双方都是以硬碰硬,各自受伤,但比对之下,却显然是雷震子占了上风!郝中浩大吃一惊,会中诸人,连唐经天在内也均惊诧不已!大家都是莫名其妙,怎么雷震子的功力会突然增进了这许多?

他们怎知雷震子的功力本来与郝中浩在伯仲之间,但经过冒川生的暗助,这就比郝中浩强了三分。雷震子得理不饶人,立即跨步穿掌,呼,呼,呼,连劈三掌,郝中浩连连后退,突然左掌一迎,雷震子忽觉对方全不受力，郝中浩左掌一搭，搭上了雷震子的掌背，右掌立刻反手斫下，武当弟子有的被吓得叫出声来，眼看大师兄的手腕就要被敌人斫断！

忽见雷震子指尖一翘，正正指着郝中浩的虎口穴道，郝中浩一凛，左掌松开，一招"金生丽水"，解开雷震子追击的掌势。雷震子第一次遇到坎火离水掌法，本来还未懂得这掌法的奥妙之处，但他刚才听得祖师说他的点穴法不行，领悟了九宫八卦掌中必须以点穴的指法，配合掌力，出奇制胜，所以一遇危急，立刻便用点穴法解救，郝中浩不敢拼个两败俱伤，果然奏了奇效。

冒川生微微一笑，道："郝中浩刚才那一掌应该横斫肘尖，左掌应立即变招抓敌脉门，这样就不至于给对方窥隙点穴了！"众高手都暗暗点头。郝中浩心道："呀，这话你何不早说！"怔了一怔，雷震子双掌齐到，郝中浩正待右掌迎敌，用"力劈三山"的招数硬挡，下一手就用左掌的"顺水推舟"的阴柔掌力反击，忽听得冒川生道："不成，不成！该先用坎水掌法的'微步凌波'消敌来势！"郝中浩无暇思索，不自觉的立刻照着冒川生的指点应敌，果然将雷震子带过一边，这才心中一震，想道："幸亏他说得早，要不然以硬碰硬，雷震子的功力高我三成，这手腕岂不是给他折断了。"

两人一分即合，又再交锋，冒川生依着"开山结缘"的规矩，随时指点，而且对郝中浩的指点，比对雷震子的指点还多，叫赴会的高手听了，都佩服冒川生确有大宗师的气度，非但一点也不偏祖本门弟子，而且还暗暗相助对方，即是郝中浩本人，亦是大为心折。

岂知冒川生别有妙用，他知道九宫八卦掌以正制奇，绝对能应付得了郝中浩的邪门掌法，而雷震子本身的功力又高于对方，那已是立于不败之地，所可虑者是雷震子初遇这种掌法，未曾深悉其中奥妙，可能被对方阴阳掌法所迷，所以他不怕去指点郝中浩，在指点郝中浩之时，亦即是令雷震子更领悟对方掌法的奥妙所在，好知所预防。而指点雷震子之处，都是关键所在，雷震子的掌法本就纯熟之极，一经指点，那就更加变化无方了！

两人各展平生所学，拆了将近百招，郝中浩虽然得冒川生指点较多，而且每一次指点都非常中肯，毫无虚假，但还是处在下风，不觉心中叹了口气，托地跳出圈子，拱手说道："雷师兄的掌法非我所能敌，多谢大宗师指点，我回岛去一定再依大师的指点苦练。"郝中浩口服心服，从此永不敢再与武当派为敌，而他自己也确实因此得益不少。

两人刚刚归座，坐在第三排的一班人忽然鱼贯而出，这班人一律黑色衣冠，手持长剑，腰悬暗器囊，共有九人之多，走出来也各按着八卦方位，满透着怪气。正是：

名山处处妖邪到，接二接三起事端。

欲知后事如何？请听下回分解。

第二十四回

羽士魔头　群邪朝法会
冰弹玉剑　天女上峨嵋

那为首的黑衣人抚剑一揖，朗声说道："素仰武当派的九宫八卦掌奇妙无方，咱们有个小小的阵法，也是按着九宫八卦的奇正循环之理所布，正好与贵派印证印证。求大宗师多多指点。"这九人步出来时已是按着九宫八卦方位，将坛前的一众武当弟子都暗暗围着，为首的话一说完，一声呼啸，竟然不待冒川生允准，九柄剑刷的就一齐出鞘，将十多名在坛前侍奉的武当派弟子，连同雷震子在内，都一齐圈在当中，为首那人剑诀一领，迎面就给了雷震子一剑！

座上各派英豪，无不失色，这九人实是无礼之极，武当派弟子更是大怒，双方更不交代客套的说话，立即掌来剑往，噼噼啪啪地乱打起来。被围在阵中的武当弟子虽有十多人，在数量上占了优势，但那九名黑衣人同进同退，首尾相连，此呼彼应，时而一字散开，时而四围合击，九人作战，俨如一体，武当派的弟子被围在中，左冲右突，竟然冲不出三丈方圆之地。而且互相拥挤，人自为战，渐渐连手脚也施展不开。

唐经天看得暗暗心惊，想道："这九宫八卦阵果然甚是奇妙。今日武当弟子只恐要吃大亏。"正自踌躇不决要不要出手相救，忽听得冒川生微笑道："韩重山与叶横波留下的阵法果是高明，只是这阵法要配以暗器之力，门户才能紧封，威力方能大显，你们为何不用全力，只施展了一半？"唐经天闻言不觉心头一震。原来冒川生所说的那韩、叶二人乃是夫妇，武功极高，暗器功夫尤其出神入化，与四川唐家齐名。他们是灵山派的长老，论起辈分，和冒川生是同辈。三十年前，当雍正帝胤禛还是四皇子之时，他们曾受胤禛之聘，助胤禛夺得帝位。事隔三十年，换了两个皇帝（从雍正至乾隆）。灵山派的人从不在江湖露面，叶横波与天叶散人也早已死了。大家都已淡忘，哪知灵山派还留下韩重山的阵法，今日竟然搬到峨嵋山来。

冒川生此言一出，那九个灵山派弟子和唐经天都是心中暗惊，灵山派弟子惊的是：祖师的阵法，三十年来从未用过，不知冒川生何以能窥破其中奥妙？唐经天惊的是：这九宫八卦阵不用暗器已是厉害非常，若用暗器，只恐武当弟子，个个都难逃劫运！

这时九宫八卦阵已越收越紧，九个黑衣人九口长剑交叉穿插，将武当弟子迫在一隅，毫无反攻之力。为首的黑衣人是灵山派掌山门弟子叶天任，心中想道："此来为的是把武当打个全军皆墨，好给灵山派重新扬威立万，看这情势，不出一时三刻，我方便可大获全胜，何必再用暗器杀伤，若然杀死了武当的弟子，激得冒川生出手，他虽然失了身份，咱们也是弄巧反拙。"于是答道："大宗师指点得是，这阵势碰着了极强的对手，自然该用暗器加强威力，一般的敌手，不用暗器他们也逃不出阵去。"这话说得极其自满，简直不把雷震子这一班武当门下放在眼内，雷震子大怒，长剑平胸，"唰"的就是"怒涛卷空"，直刺叶天任的"风府穴"，叶天任迈前一步，并不反击，自有两旁的师弟，架开了雷震子的剑招，将他更迫进垓心。叶天任大为得意，道："先师九宫八卦阵不知还有何破绽，请冒老前辈指点。"

冒川生微微一笑，道："你的阵势威力，只用了一半，自然还是有破绽。嘿，雷震子，你走乾方，奔巽位，凌一瓢，你走离方，奔坎位，避近攻远，那就走出来了。"雷震子等人依着指点，不理近身之敌，各抢方位，左掌右剑，攻击外围堵截的敌人，九宫八卦阵按着阵势转动，一给敌人欺身掠过，其势就不能回身反击。雷震子等人方位抢得恰到好处，舍近攻远，果然不过片刻，十多名武当弟子全都脱出包围。

叶天任又羞又怒，因他有言在先，请冒川生指点，又声明不用暗器，亦可困敌，所以冒川生三言两语，指引门下脱出包围，他亦是难以发作。只听得冒川生又微笑道："你这阵法，即算施用了暗器，也不一定困得住敌人，内中的破绽其实还多着哩！"灵山派九个弟子相顾失色，人人动怒，个个气愤。

叶天任寒了面孔，冷冷说道："那就请雷震子各位师兄再入阵中指教，有甚破绽，冒老前辈随时指正。"座中各派高手虽然觉得灵山派这九个黑衣人太过无礼，被冒川生毫不留情地指摘，人人称快，但亦觉得冒川生此言可能令雷震子等反招败辱，唐经天亦是如此想法，心中暗道："冒老前辈理该见好便收，这阵法纵有破绽，但灵山派的暗器非同小可，若雷震子等再入阵中，纵有指点，受伤恐是免不了的。"

冒川生端坐坛上，看了叶天任一眼，道："何须适才那么多人，要破你这阵法，只须一人便够！"

叶天任面孔铁青，一揖到地，道："冒老前辈要亲自指教，那真是我们三生有幸，敢不拜谢！"不但叶天任以为是冒川生想亲自下场，座上群英也都是人同此心，心同此理，想道："若要以一人之力，破灵山派这九宫八卦阵，那确是非冒川生莫办，但那不是太失身份了吗？"

只见冒川生又是微微一笑，缓缓说道："老朽哪还有这个兴致，我叫我武当派的一个后辈与他们印证一下，看我的话说得对是不对。"此言一出，又是合座皆惊，大家都知道武当派的后辈人物之中，最强的便是雷震子，以雷震子本身的功力，以一敌一，恐怕还不是叶天任的对手，如何能破得了这九宫八卦阵？

唐经天亦是极为惊诧，想道："若然是我陷在这九宫八卦阵中，他们不用暗器，我可以破。若然使出暗器，从八个方位齐向中央打来，那我仗着宝剑之力，大约仅能自保，更不要说破他的阵了。武当派的后辈中谁有那么大的本领？"正自疑惑不已，忽听得冒川生轻轻拍了一下手掌，殿堂后面环佩叮当，人还未到，幽香先散，一股醉人的香味，直冲鼻观，众人目不转睛，但见屏风后面，转出来一个女子，身穿湖水色的衣裳，脸如新月，浅画双眉，小口如桃，眼珠微碧，只是这么轻轻一盼，满场鸦雀无声，唐经天又惊又喜，心头卜卜乱跳！

这少女不是别人，正是冰川天女！唐经天虽然料到她一定会来，却想不到她在这等场面之下出现。只见她向冒川生施了一礼，道："伯伯，你要我破的就是这九宫八卦阵吗？我可不愿伤人。"冒川生道："你放心好了，我自然会给他们医治。"冰川天女道："可是，恐怕也得小病个把月呢。"冰川天女绝世容颜，灵山派的九名弟子乍见她时，个个神迷心醉，几乎没人想起她就是来破阵的敌人。待听得她和冒川生一问一答，竟然好似破阵那是必然之事，所顾虑的只是他们受伤或生病而已。这一下，顿时令得灵山派的九名弟子都起了同仇敌忾之心，叶天任长剑一挥，布好阵势，愤然说道："我们就是粉身碎骨，也只怨自己学艺不精，但刀剑无情，姑娘，你也得小心则个，若然一个失手，划伤了你的颜容，这罪我们可担待不起。"

九柄长剑，闪闪发光，叶天任这番话虽是愤激之言，却也正是众人心中所思，冰川天女吹弹得破的粉脸，只要被剑尖轻轻划了一

殿堂后面环佩叮当,人还未到,幽香先散,一股醉人的香味,直冲鼻观,众人目不转睛,但见屏风后面,转出来一个女子……

下,那就是大煞风景之事。可是在冒川生的跟前,有言在先,谁又敢出声劝阻?

只见冰川天女傲然一笑,眼光一瞥,自然显出一种高贵尊严的气派,对叶天任的话竟似不屑置答,轻移莲步,一下就进入阵中!按阵势应该是叶天任先出剑御敌,叶天任一阵踌躇,见冰川天女双手空空,他的剑举了起来,想刺又不敢刺下。

冰川天女冷冷说道:"你胆怯么?我是让你们先运气护身,要不然我一动手,你们就不止病个把月了。"灵山派的弟子一齐大怒,阵势一转,叶天任旁边的两个师弟绕了上来,愤然嚷道:"师兄,和她客气作甚?"双剑齐出,各按方位,左边的黑衣人挽剑平削,使的招数是"雁落平沙",右边的挥剑斜刺,用的招数是"玄鸟划沙",合成了一个极厉害的剑圈,封着了冰川天女左右两方的退路。武当派的弟子,除了雷震子见过冰川天女的本领之外,余人都是暗暗心惊,只恐这双剑一划,冰川天女的粉脸便得留下疤痕。

只见冰川天女娇声一笑,身形微晃,灵山派的九名弟子连看也未看得清楚,双剑已刺了个空。陡然间,但听得铮的一声,冰川天女拔剑出鞘,寒光疾射,冷气森森,叶天任连打三个寒噤,那两个刺冰川天女的黑衣人功力较低,更是冷得牙关打战,如堕冰谷。

叶天任叫道:"变阵散开,用暗青子招呼这个妖女!"九宫八卦阵本来是向里收紧,这时骤地向外扩开,外围旁观的人纷纷走避,距离稍远,冰魄寒光剑射出的冷气,勉强可以抵受。叶天任一声呼哨,八个方位,暗器齐飞,都向着中心站立的冰川天女疾射。冰川天女道了声"好!",双指频弹,冰魄神弹似冰雹般的乱飞出去,那些较为细小的暗器,如梅花针、铁莲子、飞蝗石、袖箭、透骨钉之类,被冰弹一碰,立刻堕地,冰魄神弹一散,一颗颗好似珍珠大小,亮晶晶的从空中洒下,破裂之后,那寒光冷气,更是弥漫扩张,宛似从空中罩下一张无形的冰网。冰魄神弹是念青唐古拉山上冰谷之中的万载寒冰所炼,那奇寒之气,刺体侵肤,比冰魄寒光剑还厉害得多,旁观者功力稍低的都不禁颤抖,挤到外边,灵山派的弟子首当其冲,更是禁受不起,有几个已冷得浑身无力,瘫在地上。

较大的暗器冰魄神弹碰它不落,冰川天女使用冰剑拨开,其中一件暗器,形如曲尺,带着鸣鸣的怪啸之声,冰川天女觉得奇怪,用冰剑一拨,那暗器忽然跳了起来,一个回旋,直刺冰川天女酥胸,这一下怪异的来势,冰川天女也不禁吓了一跳,人丛中忽听到有人叫道:"金刚指。"冰川天女熟习各派武功,对金刚指亦曾练过,急忙双指一钳,将暗器钳住,兀是跃动不休。冰川天女回头一瞥,只见唐经天正站在人丛之中向她微笑。再一看,只见叶天任双眼通红,双手各扣着一件奇形暗器,正待发放。原来这暗器名为"回环钩",乃是韩重山当年赖以成名的暗器,可以斜飞转折,碰物回翔,恶毒无比。幸而叶天任功力与冰川天女相差甚远,要不然用金刚指也钳它不住。

就在这一照面之间,叶天任双手齐扬,两柄回环钩都带着怪啸之声盘旋飞出,冰川天女一手持剑,单凭左手的金刚指力,不能钳住两柄回环钩,那两柄回环钩来势极急,左右盘旋,合成了一个圆弧,不论向哪方躲闪,都难免被钩上的利刃所刺,在座高手,怵目惊心,都在想道:灵山派的武功倒不见得有什么了不起之处,但这暗器的古怪,却是厉害非常,端的不在唐家之下。

正在大家屏息而观之际,那两柄回环钩看看就要碰着冰川天女,忽见青衣闪动,裙带飞扬,霎眼之间,大殿之中,忽然不见了冰川天女的影子,众人正在错愕,那两柄回环钩无人拦挡,竟然带着鸣鸣的啸声,直向人丛之中飞来。众人登时骚动,有的闪避,有的便想出手硬接,乱糟糟之际,忽见两道乌金光华腾空飞起,叮叮两声,那两柄回环钩忽然掉头飞回,去势如电,比刚才叶天任发出之时还要快速得多!

众人又是大骇,这回环钩盘旋飞出,力道极强,竟然给人用暗器打回,这份功力比雷震子叶天任等辈,高出何止十倍!那两柄回环钩掉头之后,直飞如矢,竟然飞到了冒川生的讲坛,座中许多高手本待寻觅那发暗器的人,但在这样紧张的关头,哪能分出心神旁观。

但见冒川生微微一笑,挥袖一拂,那两柄回环钩又激射而出,飞得甚高,霎眼之间,便从众人头顶越过,射到大殿之外。几乎就在同一瞬间,忽听得叶天任惨叫一声,跌倒地上,手颤脚抖,在地上滚转,如中疯魔。众人眼睛骤然一亮,冰川天女身形又倏地重现,站在坛前。原来她适才跃至梁上,只因身法太快,众人连看也看不清楚。她恨那叶天任太过歹毒,避过回环钩后,随手弹出一颗冰魄神弹,打中了叶天任的太阳穴,那奇寒之气随着穴道直钻心头,叶天任如何抵受得住?

冒川生合十说道:"善哉,善哉!众弟子赶快救人!"雷震子等一众武当弟子早已伺候在旁,这时灵山派九个黑衣人个个都受冰魄神弹之伤,尤以叶天任伤得最重,雷震子急忙指挥同门,将他们扛入后院禅房。殿中秩序刚刚恢复,忽听得磔磔的怪笑之声,又从殿外传来。

笑声摇曳,震得大殿嗡嗡作响,众人抬头一看,只见头上似骤然飞起一片红云,自殿外一掠而入,从众人头上越过,落在坛前。原来是一个穿着红衣的瘦长汉子,两颊深陷,双睛如火,头发蓬乱,狰狞怕人。座中有一两个较为年长的,喊出来道:"赤神子!"

赤神子磔磔怪笑,对着冒川生只是微微地点了点头,傲岸之极,突然伸出蒲扇般的大手,向下一捺,道:"你们在这里比试武功,怎么暗器飞到我的头上来了。"当当两声,捺下的就是那两柄回环钩,跌在地上,裂成八片。众人均吃了一惊,赤神子的指力之强,确已到了捏石如粉的地步。

冒川生道:"赤神道友,他们后辈的暗器,怎么伤得了你,何必动气?"赤神子"哼"了一声,道:"你把那发暗器的后辈叫出来。"冒川生笑道:"他们此刻正在冷热交作,待他们病好之后,你再到灵鹫山找云灵子夫妇去吧。"云灵子夫妇是灵山派的长老,亦是赤神子的好友。赤神子一听,皱皱眉头,朝地上一瞧,认出那是灵山派的独门暗器回环钩,他本来存心挑衅,一计不售,接着又冷笑一声,左手一伸,双指之间钳着两支袖箭般长短的芒刺,道:"这可不是灵山派的暗器了。"

唐经天一跃离座,叫道:"这是我发的天山神芒,你待怎样?"原来唐经天刚才用天山神芒打飞叶天任的回环钩,天山神芒嵌入钩中,这时也到了赤神子手上,天山神芒坚逾金铁,他捏之不断。赤神子瞪了唐经天一眼,向冒川生稽首说道:"你开山结缘,盛会难逢,我也求你指点指点。"赤神子本意是想借此与唐经天动手,但慑于冒川生的德尊望重,到底不敢过于放肆,所以姑且照"结缘"的规矩,话明在先,然后好与唐经天比试。不意冒川生微微一笑,说道:"难得道友也来,'指点'那是不敢当的,我叫我的侄女向你领教吧。冰娥,你就使一趟达摩剑法,向这位前辈请益吧。"

赤神子与冒川生同一辈分,冒川生此言,表面似是谦虚,实即仍是把他当作来"结缘"的一般后辈看待,赤神子勃然大怒,正待发作,只听得冰川天女笑道:"这位前辈我已领教过多次了,我看他再苦练十年,下次再来,求你老人家结缘,也还未晚。"这说话即是说以赤神子现在的本领,连她也打不过。冒川生摇摇头道:"你真是初出茅庐,不知沧海之大。"此语似责似赞,赤神子气得七窍生烟,伸出蒲扇般的大手,朝着冰川天女,呼的一掌拍下,喝道:"小妖女,看是谁要苦练十年!"唐经天手抚游龙剑柄,踌躇未退,冒川生向他挥一挥手,笑道:"你也要来结缘吗?这次未曾轮到你,你且下去歇歇。"

唐经天退回原座，赤神子与冰川天女已在坛前交手，赤神子伸出蒲扇般的大手，扬空一抓，一抓不中，立即变招，双掌牵引，划了半个圆弧，徐徐推出，只听得"哎哟"一声，有一个人已晕倒地上。座中高手，均是大吃一惊。

这赤神子的功夫怪异之极，双掌通红如血，原来他手掌上的皮肤都已剥去，连骨头都露了出来，这还不足骇人，更骇人的是，他掌挟劲风，热呼呼的，竟似鼓风炉中喷出的一股热风，围在前面观战的人，功力稍低的都立感呼吸不舒，闷热难受，有一个人竟因此晕倒。众人被热浪迫得不由自己地后退，冰川天女笑道："黔驴之技，不过尔尔。"冰魄寒光剑陡地一挥，顿时寒光耀眼，冷风四射，那闷热之气，全被驱散。冷热相消，众人都觉精神一爽，又围上前来，看他们交手。

只见赤神子狂呼疾搏，俨如一头发了狂的野兽。他掌势飘忽，出招如电，冰川天女身法虽是轻灵之极，仍然给他如影随形，掌锋总是不离要害。但他的掌势虽是飘忽不定，却也碰不着冰川天女的衣裳。众人都不禁啧啧称异。看来冰川天女似是暂处下风，但她剑随身转，每一招每一式都刺削得恰到好处，双方斗了一百来招，赤神子竟没占到丝毫便宜。

冒川生面露笑容，一面看一面点首，忽而笑道："两人攻守均正。只是赤神道友的掌力还未发挥尽致；冰娥，你的战法轻灵已是恰到好处，稳健也足防御，只是剑学有如兵法，要讲究出奇制胜，你的偏锋变化，尚未尽达摩剑法的所长。"他随即就两人的掌法剑法，指点了几招，讲的都是最上乘的武功奥义，除了唐经天等有限几人，余人都是莫名其妙。

赤神子却是又惊又怒，他和冒川生本是平辈，而今听他的指点，竟是深通自己武功的窍要，而且两边指点，亦并无偏袒之处。因此赤神子虽恨冒川生当众贬低他的身份，将他当作后辈来"结缘"的人一样看待，却也做声不得。冰川天女一经指点，出招越发精妙，真的是意在剑先，赤神子的后着也常被她料及，预先防御。赤神子这一派的武功是越战威力越强，掌力越来越重。赤神子曾与冰川天女交手数次，深知她的功力比自己尚逊一筹，这时已斗到了将近两百招，赤神子的掌力已发挥尽处，一举手一投足都带着一股劲风，围观诸人，又渐渐觉得热风盖过了冷气，不约而同地又向后挪动。赤神子斗到分际，忽地一声狞笑，周身骨骼格格作响，突然一跃而起，两只蒲扇般的大手交叉斩下，周围的数丈方圆之地，全在他的掌力笼罩之下。

唐经天也几乎叫出声来，忽见冰川天女柳腰一折，剑光霍地散开，顿觉寒潮匝地，冷气弥空，冰川天女全身竟似被包围在一层轻绡薄雾之中，旁观者心迷目眩，只有唐经天等有限几人看得清楚。只见赤神子那股凶猛如挟风雷的掌势，在冰魄寒光的阻隔之下，停了一停，不敢即行下扑，说时迟，那时快，就在赤神子的掌力将发未发之际，冰川天女一个踉跄倒退，突然反手一剑，寒光骤起，竟然从赤神子绝对意想不到的方位刺了入来，赤神子吃了一惊，回掌护胸，只听得刷的一剑，赤神子头上的乱发已被削去了一大片。

唐经天又惊又喜，他深知赤神子功力高于冰川天女，一直为冰川天女担心，想不到她在临危之际，先后使出两招达摩剑法的怪招，一招"海上明霞"，一招"一苇渡江"，攻守联成一气，奇正相生，竟然把赤神子杀得连连后退，连唐经天也料不到她的剑法突然间精进如斯！原来冰川天女到了金光寺后，得冒川生的指点，更悟了达摩剑法的精髓，加以她不畏赤神子的掌心热力，达摩剑法的奇招一出，恰恰成了赤神子的克星。

赤神子哪甘败在后辈手中，狂吼一声，又聚了全身功力，连环运掌，势如排山倒海。冰川天女踏着九宫八卦方位，不住后退，但每一剑都沉稳异常，暗消赤神子的攻势。赤神子连发了二九一十八掌,虽然把冰川天女的剑光压得只能防身,却是未能取胜。赤神子心中烦躁,把内力全运到掌上,一招"排山运掌",把冰川天女的护身剑光迫得摇晃不定,连宝剑也给震得离身,这掌力刚劲非常,眼看冰川天女就要毁在他双掌之下!

众人看得惊心动魄,禁不住哗然大呼,却忽地听得赤神子一声厉呼,扑倒地上,接着闷雷般的一声巨响,尘土飞扬,殿柱摇动,原来是赤神子骤然跌倒,掌力击在地上,地面竟然裂成了两道小坑。只听得冒川生微微笑道:"冰娥,你还不向老前辈赔罪吗?"赤神子一跃而起,面色铁青,一言不发,疾向殿外奔去,冰川天女还未出声,他已经走得不见了。

原来以冰川天女的功力,本挡不住赤神子那一招毕生功力之所聚的"排山运掌",但她曾得冒川生指点,深悉应付之方,趁着赤神子全力前扑之际,却用达摩招式中的怪异身法,在间不容发的空隙,绕到赤神子身后,将七枚冰魄神弹,一齐打入赤神子的穴道。赤神子的全身功力都运在掌上,身上其他部分,全无防御,即算是普通壮汉的一击,他亦已禁受不起,何况是七枚冰魄神弹。

这一战令得全场慑伏,有些想来挑衅的异派妖邪,见冰川天女的玉剑冰弹如此神异,自问武功远及不上赤神子,都悄悄地缩在一角,不敢出头。

秩序刚刚恢复,忽见大殿门口人影一闪,一个黄袍道士,抢了入来,也不见他奔跑作势,却是倏地就到了坛前,端的是迅捷无伦,冒川生本来盘膝端坐,这时也站了起来,显见是不敢将来人当作后辈看待。众人俱都惊讶,只见这道士相貌清癯,执着一支拂尘,飘飘然颇有仙风道骨之概,在座高手,面面相觑,无一人知道他的来历,不解冒川生何以对他如此谦逊。那道士拂尘一扬,哈哈笑道:"冒老头子,咱们也来结缘结缘!"拂尘一起,那千百根尘尾,根根竖立,有如钢刺,冰川天女剑未归鞘,那黄袍道士拂尘正待拂下，冰川天女身形一起，一剑就挡在中间，冒川生道："冰娥退下！"只听得铿铿锵锵的一阵繁音密响，有如碎金戛玉，冰川天女的玉剑被他一拂，陡地反弹起来，那黄袍道士冷笑道："好个漂亮的小姐姐，毁了你岂不可惜？你不是我的对手，冒老头子，你还装腔作势的在坛上作什么？"

人丛中唐经天飞身跃起，这一跃姿势美妙之极，恰恰落在黄袍道士与冰川天女的中间，黄袍道士道："上次饶你不死，你还敢来么？"唐经天喝道："黄石道人，休得无礼！冒老前辈岂能与你这厮动手，来，来，我和你结缘！"游龙剑倏地出鞘，一道白光，俨如长虹掠过空际，黄石道人见识过这把游龙剑的厉害，倒也不敢怠慢，拂尘一拂，唐经天的剑势被他轻描淡写地化开，黄石道人招数快极，一拂之后，更不换招，拂尘一侧，将尘杆当作五行剑用，往上一迎，"当"的一声，唐经天的游龙剑也弹了起来，退后两步。黄石道人一个盘龙绕步，拂尘又起，千丝万缕，当头罩下，唐经天早已使出大须弥剑式，剑光四下展开，护了全身，拂尘一扫，尘尾碰在剑上，叮叮当当，有如奏乐。黄石道人这一招用的乃是柔功，尘尾毫不受力，游龙宝剑虽利，却无一根削断。唐经天吃了一惊，黄石道人旋风般地从他身旁掠过，拂尘一起，竟要奔上讲坛，径取中原公认的武林第一高手冒川生！

本来以唐经天的武功，虽非黄石道人之敌，也可以挡得三五十招，只是黄石道人一生苦练，立下宏愿要为崆峒派重振声威，他哪肯耗费精力与唐经天过招？所以开首三招，便用威力绝大的杀手，迫得唐经天全取守势，这样自然顾不及拦阻他。

唐经天吃了一惊，出剑拦阻，已来不及。他虽然明知黄石道人绝不能伤害得了冒川生，但只要他迫得冒川生动手，能在十招之内不败的话，中原武林的面子便将丢尽，这"开山结缘"的盛会，也将被破坏无遗了。

只见寒光一闪，冰川天女已抢到坛前，一招"飞瀑流泉"，剑光飞洒，宛如黑夜繁星，千点万点直洒下来，这正是她父母合创的冰川剑法中最厉害的一招，黄石道人也不由得打了个寒噤，拂尘竟被挡住。黄石道人大怒，喝道："你这女娃儿也找死么？"拂尘一缩，冰川天女收势不及，冰魄寒光剑堪堪刺到黄石道人的胸前，忽觉手中一紧，一股大力直往外拉。原来黄石道人的拂尘能柔能刚，故意让冰川天女的玉剑攻入内围，招数用老，力道已成强弩之末之际，拂尘一绕，用柔劲缠着冰川天女的玉剑，再用阳刚之力紧迫，一柔一刚，两股力道牵引，冰川天女禁受不住，冰魄寒光剑几乎就要脱手飞去！

忽听得铮然一声，冰川天女骤感轻松，原来是唐经天已然赶上，游龙宝剑直刺黄石道人的背心，黄石道人的内功虽然已练到一流境界，寻常刀剑伤害不了，但游龙剑是天山派的镇山之宝，黄石道人可不敢硬接一剑，迫得将对冰川天女的杀手撤了回来，以尘杆架开唐经天的宝剑。冰川天女身法何等快捷，剑锋一指，连抖三下，一招三式，连刺黄石道人的三处穴道，黄石道人武功确是奥妙无比，只见他身形一矮，长袖一拂，滴溜溜的一个转身，把冰川天女的一招三式，或挡或避，全都化解开去，而且在转身之际，反手一拂，还把唐经天也迫得倒退两步！

前来挑衅的各异派妖邪大声喝彩，各正派的高手也禁不住悚然震惊。哪知黄石道人却是有苦说不出来，表面看来，他似轻描淡写，毫不费力的一举便将冰川天女与唐经天的攻势全都化解，其实那一下却是危险非常。只因冰川天女与唐经天联手对敌的次数未多，尚未曾配合得妙到毫巅，要不然他纵能解开冰川天女的突袭，也避不了唐经天的杀手。

三人在坛前恶战，霎忽之间就斗了三五十招，冰川天女与唐经天渐渐心意相通，或此攻彼守，或双剑联攻，无不收发自如，有如流水行云，毫无阻滞。冰川天女的剑法以轻灵奇诡见长，唐经天的剑法则走沉稳凝练的路子，两人都是最上乘的剑法，正好相辅相成。黄石道人功力虽比他们高得多，并以数十年潜心苦练的怪异功夫应敌，仍然占不了半点便宜，而且渐渐有被迫处下风之势。旁人虽然还未看得出来，黄石道人却是自己知道，不禁倒吸了一口凉气。

唐经天与冰川天女联剑合攻，渐渐将黄石道人的凶焰压住，唐经天定了心神，偷看冰川天女，只见她似喜如嗔，如怨如怒，唐经天心魄一荡，想道："这场盛会之后，但愿她肯听我细诉心曲。"高手比拼，哪容分神，黄石道人一抖拂尘，趁着唐经天稍为松懈之际，立刻连下杀手，冰川天女急忙出剑消解，但已被黄石道人反抢先手，再斗到三十招之后，两方才扳成平局。

唐经天知道此战关系重大，再也不敢分神大意，展开大须弥剑式，把游龙宝剑化成一座光幢，将冰川天女一并护住，大须弥剑式是天山剑法中最奥妙的剑式，只守不攻，威力强了一倍，端的是风雨不透，饶是黄石道人的拂尘逢隙即入，也自攻不进去。冰川天女有唐经天防护，可以全力进攻，剑法越发凌厉。这一场恶战，双方都以最上乘的武功剑法比拼，在场高手见所未见，闻所未闻，个个都看得定了神，连眼睛也不敢眨一下。拂尘柔韧，碰击无声，大殿之中，但听得剑风飒然，人影来往，静得连喘息之声，都可以听得见，若非身在殿中，真不知此间有如此激战。

正在四座凝神之际，门外忽然一阵骚动，但听得嘻嘻哈哈的怪笑之声，此起彼落，不断传来。唐经天心中一惊，知道定是金世遗前来捣蛋，可是大敌当前，哪容得他分心旁骛。

座中一众高手，却被这突如其来的怪事转移了目光，不约而同地个个回头，但见十多名武当道士，一跳一跳地涌入殿中，个个裂开嘴巴，怪笑不已。雷震子勃然大怒，在坛前稽首禀告冒川生道：

"昨晚那疯丐又来捣乱了,结缘盛会,岂容他来侮辱,求祖师示下。"雷震子恨极金世遗,急怒当头,却也不想一想以冒川生的身份,怎能与金世遗一般见识,与他动手。

霎眼之间,那些武当道士一跳一跳地都涌入殿中,后面一个面目俊秀的少年,穿着一身华丽的衣裳,却故意撕裂了几处,这少年手持铁拐,左边一拦,右边一摆,原来这群道士竟是被金世遗好像赶鸭子一样赶进来的。座中高手都耳闻"毒手疯丐"之名,骤然见他如此这般的出现,都不禁骇然。金世遗哈哈笑道:"好热闹呀好热闹!"正想说道:"我也来结缘结缘。"忽见冒川生面色一沉,一摇头,将一串念珠甩出,念珠在空中飞散,突然间怪笑之声顿止,殿中静得可怕,忽地听得有人怪叫道:"好热闹呀,我也来结缘结缘!"铮铮数声响过,一条人影飞扑上坛,竟然向冒川生偷袭,冰川天女急忙舍了黄石道人,上前拦挡。

只听得"叮当"一声,寒光四散,冰川天女的玉剑几乎把持不住,手臂一阵酸麻,牵动得肋骨都隐隐作痛。这人来得太快,冰川天女初时还以为是金世遗前来胡闹,甚为恼怒,但这一剑仍然未用全力,一照面后,只见这人披头散发,竟是个干瘦得像一根枯竹的汉子,形貌比金世遗扮麻风时还要难看。冰川天女大吃一惊,这怪人的功力不但比金世遗高得多,即连黄石道人也似乎比他不上。

座中的谢云真也是大吃一惊,这怪人正是她前晚所见割了许多武当道士舌头的那个怪人。只听得冒川生缓缓说道:"洞冥道友,四十年前旧事,你还未忘怀吗?"此言一出,座中上五十岁的人都吃了一惊,原来四十年前,昆仑山枯竹洞有一个修士名叫洞冥子,练成一身邪异的功夫,专与正派中人为难,那时冒川生方在壮年,火气未敛,听同道中人说起此事,立即上昆仑山去找他比试,激斗半日,将他打败,当下迫他立誓,永不许他在江湖行走,这才将他释放。四十年来,他毫无消息,江湖上都以为他已经死了,想不到他却在冒川生第三届开山结缘的首日突然出现，不问可知，乃是前来挑衅。在座高手都不禁心头震悚，论起年龄，这洞冥子该与冒川生不相上下，而今看来，不过还似四十多岁的样子，武林中只有最上乘内功的人，有意修持，才能驻颜不老，众高手不约而同地心中想道："这洞冥子修练了四十年复出江湖，若非他有制胜的把握，焉敢出来？只恐他的武功比冒川生还要练得高了。"

洞冥子磔磔怪笑，道："冒川生，你而今已成一代宗师，我还是个囚徒，这岂非太不公道？我要向你求情，你到底还许不许我在江湖行走？"冒川生道："四十年间，星移物换，沧海尚有变为桑田，人事更多变化。你的誓言，守是不守，那自然是随你心意了。"冒川生这番说话的意思，即是说约束可以随着人事的变更，你若自问已经改邪归正，那自然不必再守誓言。洞冥子一时间悟不出他的话意，又冷笑道："当时你以武力迫我自囚，而今我二次出山，自己也不知配不配在江湖行走，少不得还要向你领教一番。"冒川生微笑道："江湖之上岂是只凭武功？"洞冥子嘿嘿冷笑，叫道："我当日在掌上输了给你，今日只知道要在掌上讨回来！"飞身一跃，再行扑击，冰川天女早已扣好七枚冰弹，洞冥子身形一起，她的七枚冰弹亦已同时射出，洞冥子叫道："米粒之珠，也放光华？"十指齐弹，那些冰魄神弹，都给他弹破，寒光冷气，化为雾网，洞冥子连乞嗤也不打一个，伸开手指，向冰川天女就是一抓。正是：

四十年来怀宿怨，要将铁掌斗宗师。

欲知后事如何？请听下回分解。

第二十五回

妄动无明　玄功消一旦
安排有道　衣钵得真传

　　七枚冰魄神弹同时出手，洞冥子竟然若无其事，冰川天女也不禁吃了一惊。说时迟，那时快，只见洞冥子一跃而起，五指如钩，朝着冰川天女的面门，便是一抓。洞冥子一身黑色衣裳，身形起处，如一缕黑烟，倏忽滚至，他十指都长着极长的指甲，这一爪抓下，莫说给他抓破面门，只要在冰川天女吹弹得破的粉脸上着了一下，这后果便是不堪想象。

　　金世遗满腔愤气，本想到会上胡闹一场，他用碎石将十多个在外面轮值的武当道士打了笑穴和麻痒穴，像赶鸭子一样赶入会场，正在洋洋得意，不料冒川生将一串念珠甩了出来，只是一举手之间，就破了金世遗的打穴法，使那十多个武当道士立时恢复常态。毒龙尊者的点穴法独创一家，金世遗曾以此打败不少强敌，自以为天下无人能破，哪知与唐经天几次交手之后，这碎石打穴的功夫已被唐经天识破，虽然尚未能克制他，但已知道了解法，昨日唐经天替雷震子等人解穴，金世遗后来知道，心中已是一震，而今见冒川生不费吹灰之力，弹指之间同时解了十多个人的穴道，这武功更是深不可测！听那念珠破穴之声，金世遗自忖，若然打到自己身上，自己也不能抵挡，幸而冒川生只是替门下弟子解穴，并不与他为难，金世遗不由得心头气馁，骄气大敛。但转眼一瞥，见唐经天与冰川天女联剑对付黄石道人，金世遗心头又如打破了五味瓶子，又酸又苦，极不舒服，正待悄然退出，忽见洞冥子突然飞入，人在半空，就弹开了冒川生的几粒念珠，接着竟然对冰川天女连施杀手。这时洞冥子的长爪看看就要抓到冰川天女脸上，金世遗即算对唐经天有多大恨意，这时亦焉能不救？

但见在这电光石火的刹那，冰川天女霍地一个凤点头，反剑一削，洞冥子这一爪抓她不住，大出意料之外，身形一晃，左手一伸，连环又抓，金世遗大喝一声，旋风般地杀了进来，铁拐当头砸下，洞冥子伸手一抓，恰恰抓着杖头，这一交手，两人都以上乘的内功相拼，金世遗身不由己地被他拖了两步。冰川天女见势不妙，刷的一剑，刺洞冥子颈椎的"天柱穴"，这一招正是攻敌之所必救，哪知洞冥子武功已臻化境，竟不回头，随手一抖，将金世遗的铁拐抖了起来，当的一声，弹开了冰川天女的玉剑，右掌接着伸出，在铁杖上一按，狞笑叫道："狂妄小子，叫你知道厉害！"洞冥子单掌之力，金世遗已感不支，这时被他左掌一送，右掌一拍，铁拐竟然内弯，金世遗虎口流血，冰川天女大惊，运剑如风，刷，刷，刷，一连三剑！

洞冥子哈哈大笑，右掌仍然按在拐上，左手抓着金世遗的杖头自左至右转了一个圆圈，冰川天女的剑刺得快，他的拐也转得快，金世遗双手抓牢铁拐，被他拖得打圈疾转，座上诸人都看得眼花缭乱，但见铁拐盘旋，人影飞舞，洞冥子与金世遗各在铁拐一端，渐渐连哪个是洞冥子哪个是金世遗也分辨不出来。冰川天女一连三剑都砍在铁拐中间，眼见人影越转越疾，诚恐误伤了金世遗，第四剑不敢刺出。忽听得金世遗怪笑一声，身形腾空飞起，冰川天女吃了一惊，只见洞冥子仍然持着铁拐一端，金世遗却骑在铁拐上，忽地"呸"一声，吐出一口唾涎，隐隐杂着嗖嗖的飞针破空之声，冰川天女赶忙移形换位，反身一剑，一招"倒挂天虹"，疾刺洞冥子背心的"天枢穴"！

金世遗本来已被洞冥子完全制住，这一下变化，却是大出洞冥子意料之外，但他练有上乘的闭穴功夫，却也并不惧怕金世遗的暗器。冰川天女的剑招来得快，洞冥子无暇发放金世遗，转身一拂袖先解开冰川天女的剑势，三人出手都是迅逾飘风，就在这电光石火的刹那之间，冰川天女被他一拂，立即引剑便退，洞冥子未及转身，只觉颈项滑腻腻的，似是被金世遗的唾涎沾上，心中大怒，反手一挥，铁拐飞起，金世遗在半空一个筋斗，头下脚上，双手一按，握紧铁拐，大声叫道："刺他风府穴、璇玑穴、潜精穴！他中了我的暗器，毒气就要发作了！"

洞冥子的内功已练到一流境界，虽然还未练成金刚不坏之躯，但自信已是百邪不侵，更兼他闭了全身穴道，毒气更难潜入，所以对金世遗的话，初时还不以为意，不料挡了冰川天女敬招之后，忽觉风府穴、璇玑穴、潜精穴三处隐隐发麻，果然是毒气循着血管内攻心肺的征兆！不由得又惊又怒。

原来金世遗适才所用的暗器乃是天下至毒的暗器。蛇岛上有一种怪蛇，名为"金角神蛇"，蛇头微凸若角，毒性最大，金世遗的飞针便是这种"金角神蛇"的口涎所炼过的。金世遗在炼这种暗器之时，先服下特制的解药，让这种蛇咬过几次，因而身体自然产生了一种抗毒素，他把飞针含在口中，亦是无害。但别人若给打中穴道，除非确已练到金刚不坏之躯，否则毒针见血，毒气即侵，闭了穴道，仍是无法防御。这种毒针亦分几种，以前唐经天、唐赛花所中的是毒性较轻，慢慢发作的。而今洞冥子所中的三支毒针，却是毒性最强，立即便要发作的毒针。

洞冥子忽觉风府穴、璇玑穴、潜精穴三处隐隐发麻，又惊又怒。说时迟，那时快，只见金世遗双手按着铁拐，在半空中一个转身，又已落到地上。哈哈笑道："米粒之珠，也放光华，你要向冒老前辈请教，呸，你配么？还是我和你结缘结缘吧！""米粒之珠，也放光华！"乃是洞冥子适才讥笑冰川天女的话语，而今金世遗也用来嘲笑他，一来是讨好冰川天女，替她出一口气；二来是有意激动洞冥子的怒火，令毒气发作得更快。

洞冥子当然知道他的用意，吸了口气，默运玄功，一声不响地又挡开了冰川天女的连环三剑，金世遗冷笑道："我这暗器，天下无人能解，你给我磕三个响头，叫我爷爷，我看在新收的灰孙子的脸上，或许能饶你性命。"洞冥子怪眼一翻，喝道："不知死活的小辈，教你知道我的厉害。"长袖一拂，把冰川天女拂开，忽地呼呼两掌，向金世遗疾劈，掌势有如排山倒海。金世遗笑道："你动了真力，死得更快！"却也不敢怠慢，横拐一挡，拐杖又给他拿着。金世遗适才冒了性命之险，用"天魔解体"的怪招才能脱身，这时不敢被他抛转，杖一被他拿着，立即用千斤坠的功夫定住身形，同时运劲外夺，冰川天女一抖玉剑，走偏锋疾上，连环出剑，又刺他那三处中了毒针的道穴，只听得"嚓"的一声，铁拐忽然分开。金世遗手中拿着一把铁剑，原来他这把铁剑乃是藏在拐中的。洞冥子拿着铁拐的外壳，架开冰川天女的宝剑，金世遗的铁剑也是一件宝物，横斫直刺，招数怪异无伦，挥动之际，隐隐有股毒蛇的腥味。洞冥子将铁拐一掷，忽然向地上一倒，盘膝坐在地上，展开双掌，力挡冰川天女与金世遗的围攻。

这时，金世遗左手持拐，右手持剑，攻势越发凌厉，洞冥子端坐地上，身子动也不动，只凭双掌的伸缩擒拿之势，力敌三般兵器，看来是只有招架之功，毫无还手之力，金世遗又不断地出言讥笑，要激他怒火攻心。洞冥子拆了二三十招，黑气已渐渐透出华盖。冰川天女心地仁慈，念他终是前辈，有些不忍，见金世遗不断地施展杀手，叫道："让他走吧！"洞冥子怪眼一翻，喝道："谁要你让,你要走也不能呢!"金世遗笑道:"你瞧,他自己要向阎罗王报到,谁阻得来?"抡起铁拐,又重重地当头敲下。冰川天女转眼一瞥,只见唐经天在另一边战黄石道人,黄石道人转守为攻,那柄拂尘宛如玉龙夭矫,在剑光笼罩之下,不住地觅隙强攻,唐经天仗着大须弥剑式,仅能自保,就在冰川天女一瞥之间,他已接连遇了几次险招。

冰川天女见唐经天迭遇险招,不由得大为着急,心中想道:"洞冥子已受重伤,料金世遗对付得了。"反身一跃,收剑跳出圈子,忽觉洞冥子双掌似有一股牵引之力,几乎摆脱不开,但适值其时,金世遗又是一拐打下,冰川天女用力向外一跳,长剑撤了出来,心中惊疑不定。但见唐经天正被黄石道人攻得手忙脚乱,无暇思索,玉剑一挺,飞身一掠,立即上去刺黄石道人的背心,解了唐经天之困。

两人再度联剑,不过三十招,又抢了上风,把黄石道人迫得转攻为守。双剑纵横,正在杀得痛快,唐经天忽然眉头一皱,低声说道:"冰娥姐姐,你快去助那疯丐,不必理我。"

原来这时金世遗已碰到了性命的危险。冰川天女和他联手对付洞冥子之时,还不觉什么,冰川天女一去,但觉洞冥子的掌力越来越强,金世遗拐剑兼施,看似攻势极为凌厉,但已被他的掌力胶着,三十招过后,竟是渐渐施展不开。抡拐转剑之时,都要非常用力。金世遗又惊又急,用力外夺,洞冥子忽然改守为攻,双掌翻飞,虽然坐在地上,掌力所及,周围丈余方圆之地,都已被他封住,金世遗的铁拐铁剑就似陷入了泥沼之中,只能勉强挥动,想拔出来脱身而走,已是不能。金世遗也曾连喷两次毒针,但这时洞冥子早有防备,焉能再给他毒针射中?他毒针一出,就被掌风震成粉屑,非但不能解困,反而因为分了分心,更被洞冥子的掌力所吸,看看就要被他牵进内圈。金世遗心中明白,洞冥子是在消耗他的内家真力，如此下去，再过三十招，自己便要气衰力竭，那时纵然不死，也要变成废人。可是对方的掌力越来越强，又迫得自己非要使用内家真力相拒不可。正在苦苦撑持之际，洞冥子忽地厉声叫道："狂妄小辈，如今知道了我的厉害么？"双掌一翻一覆打了一个圈圈，金世遗的铁拐铁剑都已被他抓着。这时忽听得冰川天女叫道："不，咱们先收拾了这个妖道再去助他。"原来冰川天女还未看出金世遗的危险，一心想打败黄石道人再合力去助金世遗。她这话是答复唐经天的。金世遗听了，却如利箭穿心，气愤悲酸，心中想道："我一心助你，你却只顾那个小子。"心中悲痛，斗志消失，被洞冥子内力所吸，更是抵挡不住，看看就要仆倒。忽又听得唐经天叫道："不，先救他！"只见赤色光华疾闪，铿锵两声，两支天山神芒被洞冥子抖起铁拐打飞，但如此一来，金世遗所受的压力减了几分，身形重新恢复稳定。金世遗心中大愧，但斗意又增，拼了全力再和洞冥子相持。但唐经天的天山神芒虽然厉害，对洞冥子却只有威胁之功，不能致他死命。金世遗的铁拐铁剑被对方抓住，欲攻不能，要放手也不行，内力被迫得消耗更甚。

唐经天见势不妙，突然转守为攻，从大须弥剑式一变而为追风剑法，俨如雷霆疾发，怒潮奔腾，黄石道人迫得退后两步，暂避锋芒，唐经天反身一跃，游龙剑凌空下刺，有如鹰隼穿林，向洞冥子颈项挥去。他以退为进，攻势一发即走，在一招之内，摆脱了黄石道人的羁绊，便立即转取洞冥子，端的是迅捷之极，美妙非常。几乎同在这一瞬间，冰川天女也飞身掠起，手中玉剑化成了一道寒光，也刺向了洞冥子的背心。原来她已看出了金世遗的危险，与唐经天抱着一样的心思，同来援救。

洞冥子本事再大，也难挡唐经天等三个人的同时攻击，只见在剑光人影之中，洞冥子骤然站起，将金世遗一推，铁拐铁剑一齐反弹，与冰川天女的玉剑碰个正着，铮铮声响，一齐荡开，先化解了冰川天女攻他后心要穴的剑招。唐经天的追风剑法何等迅疾，趁着他推拐挡剑的空隙，刷的一剑，改抹为削，直欺到身前。洞冥子双掌方出，撤掌已来不及，饶是他闪避得快，肩头上也已着了一剑。但唐经天被他反掌一带，亦是身不由己地向前扑了几步。这一招，双方几乎是同时发动，唐经天的宝剑先到，洞冥子的掌力未得发挥，唐经天这才不致于给他震倒；但唐经天因避他掌力，这一招攻势也未使足，要不然洞冥子的琵琶骨只怕也要被游龙剑刺穿。

洞冥子先中暗器，后遭剑伤，强运玄功，闭住了全身穴道，不但止住了毒气内侵，也止住了鲜血外流。他这派的内功虽非正宗的内功可比，却另有其神妙之处。正宗的内功，在受了重伤之后，讲究的是运气自保，忌戒用力，他这派的内功却是以全身精力贯注在受伤之处，等于筑堤防御洪水一样。在洪水未攻破堤防之前，一无异状，俨如常人，一样可以扑击攻敌。但正宗的内功，自己疗伤之后，并不影响本身元气，等如治水中的"疏导"之法，将毒气宣泄，便可无碍。他这派的内功，等如治水中的"堵塞"之法，只能治标，不能治本，时间一久，精力涣散，便等如给洪水攻破堤防，不死亦成废人，就算即时可以取胜，因全身精血被耗，将来最少也要减十年功力。

金世遗与冰川天女不知洞冥子的内功另有怪异之处，见他受伤之后，居然一跃即起，又施扑击，真是见所未见，闻所未闻，大是惊异。洞冥子恨极金世遗，他知道此际在敌方三人之中，金世遗因适才消耗真力过多，已是最弱的一环，所以一跃而起，乘着唐经天身形未定，未及回援之际，呼的一掌，就想把金世遗毙于掌下！

这一掌势挟千钧，金世遗左拐迎击，右剑护胸，情知抵挡不了，只不过稍尽人事，希望少受损伤而已；就在这间不容发之际，只见寒光疾闪，冰川天女拦在金世遗的面前，一招"雪拥蓝关"，剑势自左向右，划了半个圆弧。这一剑半守半攻，本是极其精妙的招数，但洞冥子这一掌是毕生功力之所聚，冰川天女被他的掌力一冲，但听得呼的一声，身形已飞了起来，在空中连翻了两个筋斗，这还是她闪避得快，以绝顶的轻功一沾掌力即飞身而起，要不然，若给洞冥子的掌力打实，冰川天女也免不了剑折身亡。

洞冥子被她一挡，衣袖给割去了半截，掌势自是稍受延阻，金世遗铁拐一招"驾乘六龙"拦腰横扫，洞冥子左掌一劈，碰个正着，但听得轰的一声，金世遗的铁拐脱手飞出，弯成了个弓形，洞冥子的左掌腕骨亦碎了两根，吊了下来。说时迟，那时快，洞冥子反掌穿胸直进，手指一弹，将金世遗的铁剑弹开，掌风飒然，看看就要"印"到金世遗胸口要穴。

洞冥子正待施展杀手，猛听得背后金刃劈风之声，原来是唐经天的游龙剑已然刺到，洞冥子迫得转身发掌，但他还是不肯错过机会，虽然为了应付唐经天，不能对金世遗施展杀手，但转身之际，仍用阴毒的手法，伸长了指甲，中食二指已在金世遗的胸口一划而过！

正如螳螂捕蝉，黄雀在后，唐经天进击洞冥子，黄石道人亦已如影附形，跟踪追到，冰川天女人未落地，立即发声叫道："留心后面！"跟着柳腰一折，也抢着向黄石道人的后心出剑。

这几下子的动作快如电光石火，但见黄石道人拂尘一起，唐经天脚步一个踉跄，斜扑出去，洞冥子飞身疾掠，左手一招"手挥五弦"，五根长指甲都在唐经天的背心划过，发出轻微的铿铿之声，唐经天的衣服已给他撕开了几条破片！

只听得"刷"的一声，唐经天脚跟未定，反手便是一剑。洞冥子心中一凛，以他和黄石道人夹攻之力，居然给唐经天闪了开去，已是大出意外，他那五指一划，乃是最阴狠毒辣的"神魔抓法"，明知已划破了唐经天的衣裳，按说应该把他的背心皮肉抓破，令他穴道的经脉碎断，但唐经天竟然面色如常，半点血珠也没有溅出！

洞冥子左手腕骨断了两根，急切之间不能用力，只能用右掌之力，一连化解了唐经天的三招攻势。这时，只见冰川天女也已与黄石道人战在一起。

冰川天女剑法虽然精妙，气力却是远远不如黄石道人，七招一过，香汗淋漓，唐经天独战洞冥子，更是吃力。激战中唐经天回头一看，只见黄石道人将拂尘散开，有如一张渔网，罩着冰川天女的冰魄寒光，紧紧向内收束。唐经天深知他的拂尘厉害，冰川天女仗宝剑护全身，拂尘千丝万缕，只要被一根尘丝透过剑光，那便是刺穴攻心之祸，这时冰川天女的剑光已被他愈压愈缩，仅仅能护着头面与心胸各处要害了。唐经天心内吃惊，急忙叫道："咱们快联在一起。"一分心，几乎吃了洞冥子一掌。唐经天连展追风剑法，奋力强攻，仍然被他掌力胶着，冲出两步，反被迫退三步。冰川天女全身在"尘网"威胁之下，更是脱不了身。

金世遗喘息未定，拾起铁拐，那支铁拐被洞冥子拗弯，已似一张铁弓，金世遗奋力一扯，又将它扯直，飞身一起，铁拐点打黄石道人背心的"天柱穴"。黄石道人反手一拂，金世遗这一招却是虚招，铁拐向旁一戳，在地上一点，身形在半空一转，"呸"的一口浓痰，又向洞冥子吐出，洞冥子大怒，却亦怕他的痰内藏有暗器，扬袖一拂，荡起劲风，将他的痰涎吹开。

高手比斗，所争的只是瞬息的时机，金世遗连施奇袭，迫得黄石道人与洞冥子都要分神对付，冰川天女与唐经天已趁着这瞬息之间的空隙，剑光骤长，突出包围，会在一起。

冰川天女居中，唐经天与金世遗各在一边，形成了三人联手对付两派的宗师，形势稍稳。金世遗接了黄石道人两招，百忙中偷看冰川天女，只见冰川天女脸泛红潮，也正在看着唐经天，那眼光中充满关怀感激与爱怜，眼光停在唐经天被洞冥子抓破衣裳的所在，低声问道："没碍事么？"唐经天道："你放心吧，我没受伤。"说话之间，连挡开了洞冥子的三招攻势。激战之中，他二人竟是蜜意柔情，互相关注。冰川天女除了留神敌人的攻势，眼睛就没有离开过唐经天，她一点也不知道金世遗也正在激战之中，偷眼看她。

金世遗心内一酸，想道："真是各人有各人的缘分！"又想道："唐经天中了洞冥子一抓，居然毫未受伤，呀，我凭什么与他争强赌胜？"自卑之感，油然而生。他却不知唐经天身上穿有傅青主当年送给他母亲的护身宝甲。金世遗被洞冥子抓伤之处，全仗他用真气护着，这时思潮纷乱，伤处隐隐麻痛，金世遗暗叫"不好"，赶忙再定神运气时，洞冥子已看出破绽，忽地一掌向他胸口扫去！

金世遗的铁剑正被黄石道人的拂尘拂过一边，门户大开，洞冥子那一掌当胸劈入，实是无可抵御。掌风人影之中，忽见唐经天抢快一步，"砰"的一掌击中金世遗腰胯，金世遗身躯腾空飞起，这一下不但大出众人意外，就连金世遗也莫知用意，还以为是唐经天乘机偷下毒手，心中还未骂出，忽觉身子被一股力道所推，如水激射，竟然暗合着自己平素所用的轻功飞掠之势。这一瞬间，金世遗顿然醒悟，原来是唐经天用最上乘的借力送力的功夫救了自己！唐经天这一掌的力道真是恰到好处，表面看来，打得甚为凶猛，其实对金世遗却是毫无伤害，而且令金世遗飞掠之势更其迅疾自然。本来唐经天还未用得如此精妙，只因他与金世遗曾交手数次，熟识他的轻功路数，而借力送力又正是天山派的内功绝技，故此冒险一试，立见奇效。

洞冥子是前辈高手，唐经天一掌拍出，他可是立即便看出了唐经天的手法，洞冥子端的狠毒之极，左手一摆，五根长指甲忽然脱肉飞出，密射唐经天的面上双睛。冰川天女急忙横剑挡开，洞冥子一声怪啸，身子腾空，紧蹑金世遗背后。他这一下怪异的手法，耗损了不少精血，用意就在声东击西，将唐经天与冰川天女阻止，而他却就在这瞬息之间，追到金世遗的背后！

金世遗去势极速，从殿中众人头上飞过，众人纷纷闪避，只见他一个筋斗翻了下来，已到了大殿的阶下。洞冥子的轻功也确是高明之极，如箭离弦，金世遗刚刚落地，他也飞到了金世遗的头顶，人在半空，就似巨鹰扑下，双掌齐发，猝击金世遗的顶心。他恨极了金世遗用暗器伤他，心想日后自己反正要成废人，这一下竟是将全身所有的精力都运在掌心，凌空下击，比前两次更为凶猛。座中除了冒川生之外，即算唐经天与冰川天女合力抵挡，也挡不住，更不要说已是筋疲力竭、受伤之后的金世遗了。

就在金世遗的性命悬于俄顷，千钧一发之时，忽听得一个极清脆的声音笑道："道友干嘛生这样大的气呀！"洞冥子身躯一震，双掌下击，竟然打歪，众人眼前一花，只见一个中年美妇，不知什么时候已到了两人身边，长袖轻轻一拂，洞冥子忽地一声厉叫，仆到地上，又立刻翻起，盘膝跌坐。金世遗飞奔出殿，那中年美妇"噫"了一声，似是想追出去，眼光一转，看见洞冥子端坐地上，他那满头蓬乱的头发，本来是乌黑得光可鉴人，这一瞬间，却忽地变得根根灰白，面上现出无数皱纹。洞冥子的外貌本来似个中年壮汉，只在眨眼之间，就变成了一个极其衰弱、奄奄一息的老人。那中年美妇也似颇感意外，又"噫"了一声，缓缓走到洞冥子身边，看了一眼，随即合十说道："罪过，罪过！道友，你好好走吧！"

洞冥子嘴角肌肉抽搐，隐约现出一种诡异的笑容，眼睛微张，吁气说道："折在你的手上，总算值得了。"眼皮一合，垂首胸臆，看情形竟是死了。

这一下当真是全场震骇，以洞冥子那拼了全身精力的临死一击，即算冒川生亲自出手，也不过仅能化解，而这妇人衣袖一拂，却就能致他于死，神奇之处，确是令人难以思议！这时，唐经天刚刚追到，他本来是来救金世遗的，哪知在这瞬息之间，已发生了许多变化：美妇人来到，金世遗逃走，洞冥子身死。这几件事全都出人意外！唐经天也不禁按剑茫然，他初时还以为是姨母冯琳，而今一看，只见这妇人端庄淑秀，眉宇之间，隐隐有股尊严的神气，但面目慈和，却又令人感到亲切，和他姨母的那股孩子气，截然两样。唐经天心中一震，想道：莫非她就是我父母最尊敬的当今第一位前辈女侠？

只见冒川生双手合十，走下讲坛，恭恭敬敬地迎上前来，口宣佛号，说道："善哉，善哉！洞冥子妄起无明，终归极乐。女侠适逢其会，了此因果。何须耿耿于心？"美妇人还了一礼，道："东平一会，匆匆又已三十余年，冒老师功行精进，善果可期。我接奉大札，特来送行，无意间竟开杀戒，洞冥子虽非全然因我而死，我也感歉然呢！"停了一停，又道："三十多年，沧桑几换，想不到后辈中又多了如许能人，真是长江后浪推前浪，令人欢喜赞叹。"眼光一转，对唐经天道："晓澜是你何人？"唐经天只露出一手轻功，那美妇人已瞧出他的师门宗派，唐经天不由得心中凛然，料想她定然就是那位前辈女侠，跪在地上，行了大礼，说道："正是家父。老前辈可是邙山的吕四娘么？"那中年妇人衣带轻飘，唐经天被一股力道托了起来，吕四娘只受了他半礼，含笑说道："晓澜冯瑛有此佳儿，可喜可贺！呀，川生兄，想不到白驹过隙，转眼之间，咱们在世上的老朋友，也就只剩下这有限几人了！"

在座的各派高手，听得这位中年美妇就是天下知名的吕四娘，无不惊异。一个个都肃立致敬。要知这吕四娘乃是江南七侠中硕果仅存的一人，她杀死叛徒师兄了因，刺死雍正等事，几十年来脍炙人口，武林中人久不闻她的讯息，都以为她已死了，哪知她还是如此年青。论辈分她和冒川生、唐晓澜是同辈，论年龄她比冒川生小，比唐晓澜大，论声望她比唐晓澜、冒川生还高，世上无人可与并肩。来参加结缘盛会之人，得见冒川生已自觉缘分不浅，而今得见当世第一位前辈女侠吕四娘，更是喜出望外。

中年美妇合十说道:"罪过,罪过!道友,你好好走吧!"冒川生双手合十,口宣佛号,说道:"善哉,善哉!洞冥子妄起无明,终归极乐。女侠适逢其会,了此因果。何须耿耿于心?"

吕四娘道："各位不必拘礼，都请坐下来吧。"向四座点了点头，与冒川生并肩同上大殿。

且说金世遗、唐经天一走，黄石道人独战冰川天女，正占上风，忽听得吕四娘来到，黄石道人心头一震，拂尘举起，刚刚架开冰川天女的剑招，停在半空踌躇不敢落下，吕四娘走过他们身旁，微笑说道："道友苦心虔修，又恢复了崆峒久已失传的武功，真是可喜可贺呀。"吕四娘说话之时，黄石道人的拂尘好似被微风吹拂，缕缕散开，手腕亦微感酸麻，拂尘不由自己地落下。黄石道人大为吃惊，吕四娘所露的这手"传音挫敌"的功夫，他也只是仅曾耳闻，未尝目睹，想不到神妙如斯！不由得心中气馁，急忙施礼道："贫道黄石参见吕大侠。"吕四娘道："你我师门素无渊源，只能以平辈叙礼，参见那是万不敢当。"停了一停，又道："各派武功，各有擅场，原不必逞强斗胜，定要分个高下。"这话正说中黄石道人的心病，黄石道人不禁面红耳赤，垂首说道："敬聆教导，敢不凛依。"吕四娘续道："比如洞冥子道友，以外家的上乘功夫练到内家的境界，这也算得在武学中另辟蹊径了。只因妄起无明，反而令自己几十年的苦功付诸流水，连传人也没有留下来，这岂不是大为可惜？"黄石道人惊愧交作，不敢答话，只听得吕四娘又道："洞冥子乃昆仑派长老，遗体理应归葬昆仑。道友与他乃是知交，这事就拜托你了。对昆仑门下，还望你善为解释呢。"黄石道人道："谢女侠慈悲，你准洞冥道友遗体归山，昆仑门下，已是感恩不浅。"按江湖的规矩，洞冥子上门挑衅，身死亦是自取其咎，准他归丧本土，确乎是个恩典。

黄石道人走到洞冥子身边，只见洞冥子仍是盘膝趺坐，姿势未改。黄石道人轻触他的身体，洞冥子应手跌下，满头白发，簌簌掉落，身躯也似缩小了许多，道袍亦显得宽大松弛。在这片刻之时，他死后竟变成了个干枯的小老头儿，见此情形，阖座惊异！

原来内功练得最高境界，确有一种驻颜之术，但有道之人，不在乎外貌的衰老与俊朗，大多数不愿分神练这种驻颜术，像冒川生就是。吕四娘是在年青的时候，就得易兰珠授以"潜精内现"之法，其后内功精进，不须着意，便得永葆青春。洞冥子却是走入魔道，用邪派的由外而内的玄功保持不老，所以一到精力涣散，立刻便露出他本来寿数的衰老之貌，而且气血耗尽，身体也便干枯，在深通武学之士看来，这现象是毫不足异。但洞冥子之猝然而死，即连吕四娘亦尚有所未明。

黄石道人脱下道袍，将洞冥子的遗体裹好，向金光寺主持金光长老稽首说道："还要借贵寺的法坛一用。"金光长老合十说道："老衲也该替洞冥道友送行。"法坛与大殿毗连，内中设有火葬的场所，原来黄石道人以带着尸体上路不便，故此拟将洞冥子火化，将他的骨灰带回昆仑山安葬。吕四娘冒川生金光长老带了唐经天冰川天女雷震子诸人都去观礼。

火光中洞冥子的遗体渐渐焚化，金光长老合十主礼，道："咄，妄念贪嗔一火烧，四大皆空相！"冒川生道："四娘，我本来想迟几天才走，你既然提早来了，我也该提早去了。"吕四娘道："迟去早去，都是一样。你的衣钵传人已觅好了么？"冰川天女心中一凛，正在琢磨伯伯与吕四娘说的话是什么意思，只见吕四娘如有所悟，已是笑道："她的达摩剑法已尽得武当真传，还添了不少新的变化，你几时收的女弟子，怎么我一点也不知道？"冒川生道："冰娥，你来见过吕大侠，以后多听她指点。"笑对吕四娘道："冰娥是我的侄女，舍弟浪游异国，飘泊终生，有了此女，死也可以瞑目了。"冰川天女再施礼参见了吕四娘，吕四娘摸她的头顶道："有此佳儿，你也可以去得安心了。"雷震子听得大为奇怪，心道："师祖在金光寺住得好好的，他一大把年纪，正宜在此享乐天年，他还要到哪里去？"

说话之时，洞冥子的遗体已焚化净尽，火光中升起袅袅的黑烟，隐隐有股腥味。吕四娘面有异容，忽道："原来是这样，这倒出乎我的意料呢。"冒川生道："四娘看出什么来了？"吕四娘回首问唐经天道："适才与洞冥子交手的那小伙子是谁？"唐经天道："他名叫金世遗，江湖上人称毒手疯丐，行事可有点邪气。"吕四娘道："是邪？非邪？非邪？是邪？现在也还难说呢。他的师父是我至交，当年就是由邪归正的。"唐经天直到现在还未知道金世遗的来历，急忙问道："他的师父是谁？"吕四娘道："我见了他身法已自起疑，而今见了他在洞冥子体内的毒针化成的黑气，他的师父必定是毒龙尊者了。"唐经天和雷震子都不禁惊诧失声。他们熟知武林掌故，当然知道毒龙尊者是前辈高手中的第一个怪人。

吕四娘缓缓说道："我正奇怪洞冥道友何以挡不住我轻轻一拂，原来他是中毒已深，把全身精力都凝于一处，拼死一击，被我的真力拂散，毒气反攻心脏，所以一下子便死了。"雷震子诸人听了，都是吃一大惊，金世遗的暗器奇毒无比，那已是骇人听闻；吕四娘轻轻一拂，就能将洞冥子毕生功力之所聚的掌力一举击散，那更是闻所未闻的绝顶武功！

吕四娘双指一弹，秀眉一蹙，忽地叹口气道："可惜，可惜！"又看了唐经天一眼道："金世遗也是后辈中有数的人物，你与他交情如何？"唐经天实是对金世遗毫无好感，坦直答道："我对他只有怜才之念，对他的行径可不敢恭维。"吕四娘道："那就行了。世人皆曰杀，吾意独怜才。何况金世遗还没有到可杀的地步。当年我救他师父毒龙尊者之时，连我的师兄甘凤池都不同意，后来大家还是认为我做得对了。"唐经天心头一动，道："是不是金世遗有甚灾难，弟子可有能尽力之处么？"吕四娘微笑道："待咱们办了冒老师的大事，我再与你细说。"唐经天心中暗暗纳闷，想道："金世遗虽然中了洞冥子一抓，但所伤非重，以他的内功，尽可自疗，吕四娘的口气何以说得如此严重？"

转眼之间洞冥子的遗体已焚化净尽，黄石道人将他的骨灰装进一个玉坛，自向昆仑山去。冒川生将他送出寺门，再回大殿。

大殿中各派弟子恭立迎候，静待冒川生再主持"结缘盛会"。冒川生登坛将未讲完的易筋经奥义讲了一遍，端坐坛上，缓缓说道："老朽德薄能鲜，承各派同道不弃，推我主持盛会，三度结缘，实在是惭愧之极。三度结缘之中，我眼见新人辈出，武学昌明，一代胜于一代，我在大惭愧中也有大喜悦。今次结缘盛会，就到此为止了。"依往次之会，冒川生的结缘盛会最少也有半月之久，而今只不过一日，冒川生便说结束。合座都是大为惊奇，有人正待发问，冒川生双手一按，又缓缓说道："各派武功都有擅场，各位也都是一时俊彦，武学之道，一理通百理融，我今次所讲的易筋经奥义，乃是内功修持的基本功夫，各位以本派功夫参融此理，回去向本门长老请益，也就不必老朽再晓舌了。今次多谢诸位前来，老朽倒是有点私事，要请诸位作个见证。"顿了一顿，道："冰娥，你过来！"

冰川天女走近坛前，冒川生道："我忝为武当派的长老，这几十年来，却只做了个'自了汉'，对本门弟子，疏于教导，以至弄得人才凋落，我甚是愧对列代祖师。我看你心地纯良，武功也尽得本门心法，所以我也不避忌至亲，今日我将衣钵传你，以后领导同门之责，就得由你负起了。"冰川天女吃了一惊，她正是讨厌尘世的繁嚣，一心想回冰宫，哪肯做什么掌门？冒川生似是知悉她的心意，道："你且别忙，听我一一交代。"又唤道："雷震子，你过来！"雷震子走到坛前施礼，冒川生道："武学之道，有如大海，你今日可知道不足了么？"雷震子满面羞惭，垂首禀道："弟子知道了！"

冒川生微笑道："知道了就好了。你掌门师兄日前上书给我，说是年老力衰，难任艰巨，请我另立掌门，我瞧你这一年多来，修养颇有进益，掌门的担子，就由你挑起来吧。"雷震子做梦也料不到师祖指定他做掌门，惊喜羞惭交并，讷讷说道："这担子弟子可挑不起。"眼睛看着冰川天女。冒川生道："能知不足，便挑得起。做掌门的最要紧的是行事公允，赏罚分明，约束同门，不离侠义之道，那便对了，武功倒在其次。冰娥是我衣钵传人，以后若有关本派兴衰的大事，你决断不下的，可以去禀告她。"

座中各高手听了，都是心中一凛。原来照武林的规矩，每派一个掌门人，掌门人若还有长辈存在，长辈就是本派的长老，掌门人碰到大事要取决于长老，长老中的至尊的一位实际亦即等于太上掌门，不过他不理繁杂的琐事罢了。以目前的武当派而论，冒川生三兄弟都是长老，但石广生前几年已死，现在又知桂华生亦早已去世，那即是只有冒川生一人是太上掌门。掌门可以更换，长老却不能更换，除非长老都死了，或者是由同门公推，或者是由前任长老提定，才可以从同辈中选出一人作为本派的长老，但这人必须武功德望都为武林各派钦佩的才行，所以若然长老都死了，也可以不必再推定或指定"长老"的。在这样的情形下，掌门人亦就是本派的至尊了。现在冒川生指定冰川天女是他的衣钵传人，又要雷震子有大事须取决于她，那即是说冰川天女从今日起便是武当派的"长老"，亦即"太上掌门"，但依武林规矩，冒川生未死，这"太上掌门"岂能擅立？而且冰川天女又是这样年青！因此众人都觉惊诧。

冰川天女对这些规矩全然不懂，一听伯伯原来并不是要她做掌门，只是要她"管"雷震子，她心中暗笑道："我早就替你管过雷震子了，这倒不必推辞。"于是欣然点首，道："听伯伯吩咐，但侄女可不欢喜到武当山去，将来还要回转冰宫的。"冒川生笑道："你如今就是本派至尊，你欢喜到哪里去就到哪里去，谁人还来管你？"

冰川天女怔了一怔，心道："我怎么变成了本派的至尊了？"忽见冒川生端坐坛上，闭目垂首，面上带着慈祥的笑容，大殿内数百人等,一齐肃立,鸦雀无声,吕四娘合十赞道:"带发修持数十年,先生妙道悟人天,勘破色空无世相,更欣衣钵有真传!"金光大师也赞道:"了无牵挂西归去,居士居然菩萨行!"雷震子率领同门,一齐跪下,冰川天女惊道:"我伯伯死了么?"吕四娘庄严说道:"你伯伯福寿全归,安然坐化,这是尘世间罕见的大喜事,你哭什么?"

冰川天女也曾钻研过佛家的道理,知道这样的安然坐化,确是佛门弟子认为最难求得的事情,非有道之士莫办。但想起从今以后,自己在世上再无一个亲人,心中却也不免有点难过。当下急忙随众礼赞。雷震子禀道:"吕大侠,我师祖的后事还要你老主持。"吕四娘笑道:"我此来就是特为送你们的祖师西归的,他的后事,我当然义不容辞。但我先要和唐经天说几句话。"

吕四娘和唐经天走过一边,吕四娘低声说道:"经天,你不必参加丧礼了。"唐经天道:"冒老前辈是家父的知交,我不送他下土,岂非不近情?"吕四娘道:"我辈何须拘执俗礼?救人一命,胜造七级浮屠,冒老前辈知道你去救人,也不会怪你的。"唐经天惊道:"救谁?"吕四娘道:"救金世遗。"唐经天道:"洞冥子那一抓似乎也不足致金世遗于死呀。"吕四娘道:"不是洞冥子致他于死,是他自己的武功致他于死。"唐经天如坠五里雾中,道:"这弟子倒不明白了。"吕四娘道:"毒龙尊者的武功是他自己在荒岛中悟出来的,荒岛中除了毒蛇,别无生人,加上他愤世嫉俗,修练内功之时,胸中充满了乖戾之气,所以他的内功虽然自成一家,奥妙神奇不在你我两派之下,却非正道。功夫越深,内魔越厉害,据我猜测,毒龙尊者必然是走火入魔死的,这种微妙的内功反克之理,只怕他要在临死之前方能明白。金世遗道行尚浅,那自然更不明白了。"这种内魔外魔之说,乃是武学中的术语,听来似是神秘,其实亦并非不可解释,那就是功夫的运用不依正道所招致来的隐患而已。以鸦片作比喻,鸦片本可治病,可以用作振奋精神,但不间断地吸服,反令人精神衰靡,无异慢性自杀!"邪派的内功"即等于鸦片,练之越久则中毒越深,同一道理。

吕四娘又道:"金世遗的内功还远未到达他师父的境界,本不会走火入魔,但若他不自知防范,终有一日像他师父那样而死。"唐经天插口道:"那何必这样着急,就要赶去救他?"吕四娘道:"本来他不会这样早便走火入魔,但他中了洞冥子的阴毒掌力,触发内魔,等于一个吸毒已久的人,忽遇大病,隐毒发作,那自然抵挡不了。我刚才曾见过他与洞冥子交手,以他的功力,大约在三十六日之内,尚无性命之忧,你赶紧去找他,先给他服三颗用天山雪莲所制炼的碧灵丹,可以延他性命至七十二天。"唐经天大骇道:"天山雪莲亦只不过延长三十六日吗?"吕四娘笑道:"由上乘内功而来的邪魔内毒,世间无药可医,而天山雪莲能延长性命,已经是非常难得的了。"唐经天大为失望道:"这样只能治标,不能治本,苟延性命又有何用?岂不是始终不能救他吗?"吕四娘道:"不,就你能够救他!"

唐经天道:"何以只是弟子能救他?"吕四娘道:"天山派的内功自晦明禅师一脉相传,博采众家之长,去芜存菁,最为纯正深厚,助人解除因内功修炼不得其当而生的毛病,非你们这派不行。"唐经天道:"弟子还是不懂。"吕四娘笑道:"你功力未到,自然还未懂得。但只要你找到金世遗之后,带他回天山去求你的父母相救,则金世遗不但性命可保,而且内功由邪归正,对他大有裨益,将来的成就不在你下。"唐经天沉吟不语,吕四娘道:"但你至迟要在三十六天之内找到他,在七十二天之内要与他同到天山。"唐经天内心交战,此时心意已决,毅然说道:"好,那么弟子马上动身。"

只是他费尽心力,千辛万苦,才能重会冰川天女,而今又要匆匆分手，心中自是难免不舍。一抬头，只见冰川天女也正凝望着他，目光一接，又转头过去和幽萍说话了。吕四娘眼光何等锐利，见此情景，已瞧料了几分，道："冰娥，你送他一程。"冰川天女见吕四娘有命，缓缓行来，外表矜持，心中却是有一股说不出的幽怨和懊恼，却又不敢先问唐经天因何匆匆而来，匆匆而去。

吕四娘道："我看金世遗此人冷傲之极，若然知道你是去救他，怕未必肯受你的恩惠。你得随机应变，想个法子，骗他和你同上天山。"唐经天道："弟子知道。"冰川天女从两人的对话中，才知道唐经天是去救金世遗，心中大是感动。

吕四娘走开，自去和雷震子商量冒川生的后事。冰川天女送唐经天走出寺门，两人都默不作声，行了一段路，到了下山的路口，唐经天叹口气道："冰娥姐姐，你还恨我么？"冰川天女道："你我有什么牵涉，我好端端恨你作什么？"唐经天道："如此说来，你还是恨我了。不管你怎么恨我也好，我总是想念着你。"冰川天女忽地幽幽说道："只怕见了妹妹，又忘了姐姐了。"唐经天才知道她是怀疑自己和邹绛霞的事情，笑道："她还是一个孩子呢。那时我在她家里养伤——"委婉地解释了一遍，乘机表白自己的心曲，说得极是温柔诚挚，冰川天女道："原来都是金世遗捣的鬼。"唐经天诧道："怎么？"冰川天女将金世遗送画引她去看等等事情说了，唐经天又好气又好笑，道："真是岂有此理！"冰川天女道："你还救他么？"唐经天道："为什么不？"冰川天女盈盈一笑，道："我就是喜欢——"唐经天道："喜欢什么？"冰川天女本想说道："我就是喜欢你这样的胸襟。"见唐经天追问，忽感忸怩，又是盈盈一笑，两人之间的误会，全都消解在这盈盈一笑中。正是：

无端情海波澜起，却喜云消雾散时。

欲知唐经天是否找得着金世遗？请听下回分解。

第二十六回
知己难逢　怜才惜疯丐
深情谁遣　忆旧念佳人

可是唐经天并没有找着金世遗。他几乎搜遍了峨嵋山，都没有发现金世遗的踪迹，只是在金光顶附近的峰坳，就是在盛会前夕，他听到一个少女的笑声，接到那少女掷给他的花环，便即突然消失的那个地方，发现了几块破布，似是从衣裳上撕下来的，破布的花纹和色泽，都似金世遗那日穿的衣裳，破布上还有点点血痕，附近有凌乱的足印，可是再追踪下去，又什么都没有发现了。

金世遗到哪里去了呢？

金世遗那日奔出寺门，心中百感如潮，情思混乱，冰川天女那含情脉脉的眼光，尚在他脑海中留下鲜明的印象，那花朵一般的笑容，竟似是有生命的东西，就要从记忆中跳出来似的。可惜这含情脉脉的眼光不是对他的，而是对唐经天的，是在性命相扑、力抗强敌之时，她这样看唐经天的。冰川天女那花朵一般的笑容，变成了有刺的玫瑰，刺痛了他的心。金世遗狂叫道："呀，只要世上有这么一个女子，用这样的眼光对我一瞥，我就即时死了，也是心甘！"这一瞬间，他又想起了幽萍对他的讽刺："癞蛤蟆想吃天鹅肉！"想起了冰川天女对他的劝勉："以你的聪明才智，若然归入正途，可以成为一代侠士；再不就是潜心武学，也可以成一代宗师。

怎么你却故意将自己变得这般无赖?"冰川天女说这话时,也曾注视过他,但那是期待的、怜惜的、责备的眼光,和她对唐经天的眼光,绝不相类。金世遗这时神思混乱,他没有理智反省自己,没有去想冰川天女那番说话中对他深厚的好意,只觉心情激荡,难以自休,喃喃自语道:"我是癞蛤蟆吗?我真的就是这样一个不成材的东西吗?"他又想起唐经天适才在殿中拼死救他的事情,心中叫道:"他才是个侠士,我呢,我只是冰川天女心目中的无赖!"忽又冷笑道:"哼,哼,焉知他不是故意做给冰川天女看的?我自出生以来,就从来没有见过一个侠士,我自出生以来,从来就只是受到世人的轻贱。世间真有侠士这种'东西'吗?哈,哈,侠士又值多少钱一斤?"要知金世遗本就属于性情偏激这一类人,受了洞冥子阴毒的掌力后,神智迷糊,越发魔长道消,尤其是拿自己和唐经天相比之下,自卑自贱的心情更为浓重,神智即算偶一清明,也迅即被魔障所蔽。但觉四海茫茫,天地之大,竟似没有一处地方可以容身,没有一个人可以让自己向她细诉心曲。

金世遗就在这样半疯的状态中,茫无目的地在峨嵋山上乱跑,不知不觉经过金光顶附近的峰坳,就是他初遇李沁梅的那个地方。金世遗心头一触,停下脚步,忽听得一个少女"嗤"的一笑,从林子里跑出来,这时金世遗神智未清,但觉这少女似曾相识,一时间却未想起她就是曾戏弄过自己的李沁梅。

李沁梅走出来时,有几只猴子也跟着她蹿出来,一见金世遗的怪相,吱吱乱叫,都跑开了。李沁梅"噗嗤"一笑,道:"你看,你专门欢喜欺负人,连猴子也欺负。怪不得连畜生都不愿意和你交朋友。"金世遗忽地记起这个少女曾在此处和他交过手,这句话又大大的刺痛了他,一时神智迷糊,大叫道:"好呀,你们宁愿与畜生要好,也不愿与我要好,我就欺负你啦,你怎么样?"不由分说,举起铁拐,便是拦腰一扫,李沁梅笑道:"你也未必欺负得了我!"金世遗一拐扫去,打了个空,心中一凛:怎么这少女的武功如此高强?越发激起好胜之心,铁拐一个盘旋,呼呼风响,但见杖影如山,霎忽之间,就把李沁梅的前后左右的退路,全都封住。金世遗迷了理智,拐法更是凌厉,李沁梅好生奇怪,心道:"江湖上称他毒手疯丐,但依我母亲所说,他并不是真疯,上次他虽无缘无故与我动手,却也看得出他只是试招,想逞强好胜而已,为何今次竟似意图拼命,状若真疯?幸好我母亲教会了我应付他的方法,要不然给他铁拐碰着,那岂不是筋断骨折之祸?"

金世遗连扫十几拐,没有沾着李沁梅的衣裳,哇哇大叫,拐法杂乱无章,只是狂呼乱扫,李沁梅笑道:"留神,我要点你的笑腰穴啦!"在杖风人影之中,欺身疾进,骈指如戟,果然来点金世遗的"笑腰穴",金世遗武功本要比李沁梅高强,但李沁梅这一手点穴,手法身法都怪异之极,铁拐竟然拦挡不住,武功高强之士,临危之际,常会无意中便出绝招,金世遗神智虽然昏迷,本能还在,铁拐支地,忽地一个筋斗,在地上打了一个盘旋,李沁梅吃了一惊,耳边听得母亲说道:"走巽位,点他风府穴!"金世遗一拐打去,李沁梅已到了他的侧边,金世遗又一个筋斗翻开,两人使的都是怪招,李沁梅心中暗叫"惭愧",想道:"母亲和我拆了三天,我还是几乎应付不了。"金世遗更是奇怪,心道:"这女子的点穴法怎么如此怪异?我倒要用本门的点穴法给她一个厉害。"但李沁梅迫得极紧,金世遗竟缓不出手来,心中又想道:"那出声的女子又是何人?怎么我看不见她呢?"他怎知道那是冯琳在林子里用的"传音入密"的功夫。金世遗大翻筋斗,躲避李沁梅的点穴,渐觉气喘,李沁梅柔声笑道:"我说你欺负不了我,你还不相信吗?你累啦,也该歇歇啦。"忽听得金世遗"哑"的一声,冯琳叫道:"梅儿,快退!"李沁梅刚一闪身,眼睛一花,脚跟一软,忽地倒地。

这刹那间,金世遗神智忽地清醒,想起了李沁梅是这世界上第二个将他当作朋友的人(第一个是冰川天女),心中大悔,他出道以来,虽是游戏风尘,专向成名人物挑衅,却从未杀害无辜,想不到今天却杀了个将他当作朋友的少女。他自悔自恨,头脑昏乱,迷茫中不自觉地跪在地上合十忏悔。

要知金世遗所喷的毒龙针剧毒无比,连洞冥子那么高的功力也禁受不起,何况是李沁梅这样一个稚气未消的少女?故此金世遗神智一清便悔恨交并,跪在地上,合十忏悔,不敢抬起头来,生怕看到李沁梅挣扎的痛苦眼光。却不料正在他自悔自责,心中迷乱已极之际,忽听得李沁梅娇声笑道:"你怎么啦?我又不是你的娘老子,你干嘛要跪我?"

金世遗这一惊端的非同小可,一跳起来,只见李沁梅笑语盈盈,就站在自己的面前,这真是不可思议之事,金世遗简直不敢相信自己的眼睛!忽见李沁梅纵身一跃,嘻嘻笑道:"我还要领教你的点穴法!"骈指一点,金世遗本能地出指反点,以点穴制点穴,却不料李沁梅的点穴手法怪异之极,金世遗的指头尚未沾到她的衣裳,却已被她在腰间戳了一下,金世遗登时手舞足蹈,大声狂笑起来。

李沁梅开心之极,在旁边顿足拍手,好像小孩子在看耍把戏,哈哈笑道:"这叫做以其人之道还治其人之身,看你以后还敢胡乱捉弄人么?"又扬声叫道:"妈,你快出来看,你教的点穴法真行,他现在已变成我手心中的猴儿啦,真好玩呀真好玩!"原来冯琳在林子里和女儿练了三天,所练的就是克制金世遗的点穴法,也正是冒川生间接教给唐经天的点穴法,不过冒川生一见了金世遗的武功之后,用不到半晚的功夫,就想出了克制之道,而冯琳却要想了两天,两人所研究的结果,所创的点穴法不谋而合,也可见到上乘的武功多是殊途同归。

李沁梅拍掌跳跃,忽见金世遗神色不对,眼露凶光,与一般人被点了"笑腰穴"应有的现象不大相同,不自觉地止了笑声。冯琳走出林子，只瞥了一眼，就尖声叫道："不好，这是即将走火入魔之象！"急忙将金世遗拉过来，解开他的穴道，金世遗用力一跳，冯琳早已防及，左手按着他的太阳少阴经脉交会之处，金世遗只觉一股凉气好像慢慢地钻入体中，心头有说不出的舒服，眼皮闭合，又觉得好似孩提时候，母亲在用手拍他哄他睡觉一样，不久就睡着了。

冯琳所学的功夫甚杂，这次她是用西藏红教的"潜心魔而归真"的功夫，大耗本身的功力，费了一支香的时刻才把金世遗体内逆行混乱的真气收束，使它重归平静。这时冯琳已知道金世遗的内功路子不对，但还未知其所以然，到撕开了金世遗的胸衣一看，察看了洞冥子给他的抓伤，知道了所以然，却不知用何法可以根治，对女儿叹气道："这人所修练的内功，与任何一派都不相同，进境最速，但潜伏的隐患亦最大，我用潜心魔而归真的功夫也只能保他七十二天，无法救得他的性命。"

李沁梅道："这怎么是好？"冯琳想了一想，道："咱们将他带回天山去，你的姨父姨母是天下内家的正宗，也许他们有法子治。何况他的师门来历，咱们又知道了；说来他的师父和你的姨父姨母大有渊源呢。"李沁梅正想问母亲何以忽然知道了金世遗的师门来历，只见金世遗已缓缓张开了眼睛。

金世遗好似从一个美妙的梦中醒来，张眼一看，只见除了李沁梅之外，还有一个中年妇人低着头看他。这妇人面貌与李沁梅相似，头上打着两个蝴蝶结，笑嘻嘻地显得十分淘气。金世遗睁大眼睛，对着李沁梅叫道："这是怎么回事？你中了我的毒针，怎么还能活着？她又是谁？"

冯琳微微笑道："你是毒龙尊者的徒弟吗？"金世遗翻身坐起，诧道："这世上无人知道我的来历，你怎生晓得我恩师的名字？"冯琳笑道："你不必问我是谁，凭你所用的毒针，除了毒龙尊者之外，无人有此暗器。你这种毒龙针，只有用猫鹰的口涎炮制成的丸药才可以解，是也不是？"金世遗道："是呀，但也必须立时吞服，而且亦不能消得如是之快；再说这解药天下无人藏有，连我自己也没有了，你又从何取得？"原来金世遗所藏的解药，在他初入峨嵋山之夜，因为他受了幽萍说话的刺激，在山上打滚，又自己撕破衣裳，跳下山涧洗澡，迷茫之中，解药被瀑布冲去，醒来之后，悔已无及。

冯琳嘻嘻笑道："我的解药比你的还强呢！"取出一个红色的药球，迎风一晃，一股药味，冲进金世遗的鼻观，金世遗跳起来道："你怎么有这个宝贝？唉，难道你是我恩师的好友？你是吕四娘吗？"冯琳只是嘻嘻地笑，道："你怎么只知道一个吕四娘？"原来她这个药球乃是她的姐姐冯瑛交给她的，冯瑛得自猫鹰岛的主人萨天刺，比毒龙尊者的解药更为有效。

冯琳道："你的师父呢？"金世遗道："死了。"冯琳道："呀，可惜，可惜！"金世遗听她惋惜自己的师父之死，心中大是感激，想道："她即算不是吕四娘也必然是我师父的好友。"对冯琳的好感油然而生。冯琳道："你再静坐运气看看如何？"金世遗盘膝一坐，刚一吐纳，便觉浊气上升，冯琳将手掌轻抚他的背心，道："你现在可知道你有性命之忧了么？"金世遗只觉一股凉气直透心头，就像适才的感觉一般，昏昏思睡。冯琳在他额角弹了两弹，手掌移开，金世遗又清醒了。

金世遗一练内功，便生异象，这乃是从所未有之事，他武功已有相当造诣，自然知道这是心魔反克之兆，冯琳所说，绝非恫吓之辞，心中一酸，反而哈哈笑道："蝼蚁难保朝夕，蟪蛄不知春秋，我苟活人间二十年，比起来也不算短寿了。反正世上人人都讨厌我，我早死了也可令他们眼中干净！"

冯琳笑道："怎见得人人都讨厌你？若然是我，我能够活多一天便要活多一天。这世界花花绿绿，多么好玩！"手掌在金世遗的背心轻轻滚转,金世遗只觉心中烦躁顿消,呼吸顺畅,知道冯琳正以上乘内功,助自己收敛体内逆行的真气,心中大是感激,想道:"她与我无亲无故,却肯耗费功力助我,果然并不是人人都讨厌我的。"冯琳又道:"怎么样?你还愿意死吗?"金世遗道:"咦,你为什么定要救我?"冯琳道:"我欢喜人人都很快乐,若见到你忧生愁死,我心里就不舒服了。所以我救你,实在是为了我自己的快乐。喂,你跟我走吧,我纵不能保你长命百岁,也可令你寿过花甲。这世界好玩的事情多着呢,你就是不懂得玩!"

金世遗一生游戏人间,嬉笑怒骂,无处不是玩世不恭,而今听得冯琳说他不懂得玩,怔了一怔,道:"你这人倒很有趣,好呀,我现在不愿死了,就跟你去玩玩。你要带我到哪儿去?"冯琳道:"说给你听,就不好玩了。"金世遗与她母女大是投缘,拍手笑道:"好,那么咱们就走。"

三人即日离开了峨嵋山,取道川北,穿过大雪山、宁静山,到达前藏,准备从西藏至回疆。这三人性情相近,谈谈笑笑,嘻嘻哈哈,倒不寂寞。只是冯琳总不肯透露自己的身份,也不肯说明要带他到什么地方。金世遗得她以西藏红教的"潜心魔"内功相助,神智清明,痴癫之气减了不少,透露出少年人的活泼天真,与李沁梅尤其相得。

他们三人都是绝顶的轻功,从峨嵋山走到西藏,只不过花了二十多天的时间,这一日他们走出唐古拉山山口,只见下面山谷,有一队人蜿蜒经过,行列前面是八头白象,象队中有金幢宝盖,甚是庄严。李沁梅童心大起,道:"妈,你看,这是藩王出巡吗?"冯琳看了一会,道:"藩王没有这么大的气派。好像是哪一派喇嘛的教主。哈,这倒好玩得很,待我去打听打听。"冯琳身形一晃,立刻掠出了十余丈地,在半山坡处传声说道:"你们千万不要走开。若真有什么好玩的事儿,我再回来同你们去瞧热闹。"话声说完,人影倏然不见，金世遗大是佩服。他却不知道冯琳这一离开大有深意，冯琳喜欢热闹，固然是一个原因；另一个原因，却是借此机会让金世遗多和她的女儿亲近。

金世遗目送冯琳的背影冉冉而没，叹口气道："你有这样有趣的母亲，真好福气！"李沁梅道："你的母亲呢？"金世遗道："我是无父无母的孤儿。"李沁梅道："呀，真可怜！"金世遗面色一变，愠道："我不要人可怜！"李沁梅赔笑道："我说错了，你别见怪。你是个独来独往的奇男子。"李沁梅本来也极任性，但碰到像金世遗这样比她更任性的男子，不知怎的，她反而样样迁就金世遗了。

金世遗听她一赞，转怒为喜，笑道："我也没有见过像你们母女这样奇怪的人。你的母亲真好，又有本事，又好玩。"李沁梅"噗嗤"一笑，道："是吗？傻哥哥，其实你也可以当她是你的母亲，她疼你比疼我更甚呢。"金世遗第一次听到有人这样亲昵地叫他做"傻哥哥"，心中甜丝丝的极为舒服。

金世遗眨眨眼睛，心中忽然一跳，问道："你妈妈为什么对我这样好？"李沁梅道："她说你没人照顾，到处流浪，正和她的身世相同。"金世遗道："你妈也是自小没了爹娘的吗？"李沁梅道："嗯，听说她周岁之时，家中便遭横祸，我的外祖父当场身死，过了差不多二十年，外祖母才碰见我的母亲。"金世遗道："那么你的母亲不是吕四娘了。"他的师父毒龙尊者最佩服吕四娘，曾对他说过吕四娘的身世，吕四娘的祖父吕留良是一代大儒，父亲吕葆中虽然也是遭受清廷杀戮，却是她二十多岁的时候了。

李沁梅道："谁说我的母亲是吕四娘呢，你怎么老是以为我的母亲是吕四娘？"金世遗道："她这么好的武功，怎不令人疑心她是吕四娘？"李沁梅笑道："你真是井底之蛙，嗯，我又骂你了，你别生气。"金世遗道："你这一骂，我倒很服帖。现在我才知道，世上原来有这么多能人。"李沁梅道："说实在的，我母亲的本领大约还不及吕四娘,不过她们当年倒是并驾齐名的江湖三女侠。"金世遗大感兴趣,道:"哪三位女侠?"李沁梅道:"还有一位是我的姨母,她的本事比我的母亲还强,我的姨父虽说是天山派的掌门,但入门却在我姨母之后,我的姨母是当年天山七剑之一的易兰珠女侠的衣钵传人!"李沁梅小孩心性,夸耀姨母,心中甚感骄傲。金世遗面色一沉,问道:"呵,原来你的姨父是天山派的掌门,那么你的姨父是唐晓澜了?"李沁梅还没有留意他的面色,冲口答道:"不错。原来你也知道我姨父的名字。我母亲就是想带你上天山,请我姨父姨母救你呢!"

这一瞬间,金世遗的心头又酸又苦,面色涨红,他久已横亘胸中的疑问也一一解开了。他现在已知道了自己的内功路子不对,那么当年自己的师父之死,自是由于走火入魔无疑;而师父的遗言,劝他去找天山派的人,原来就是想天山派的人救他,以免他重蹈自己的覆辙!

金世遗性情偏激,极度的自卑,也极度的自尊,他又一向以为本派武功天下第一,要他向任何人低头,都是难以忍受的事。何况是向唐经天的父亲?向自己曾较量过几次的唐经天的父亲。李沁梅这时已发觉他的面色不对,强笑问道:"傻哥哥,你又想什么了?"金世遗忍气问道:"这么说来,唐经天是你的表兄了?"李沁梅喜道:"不错,原来你们是早就认识的吗?"金世遗冷笑道:"不止认识,还是好朋友呢!"心中却在自思:"原来她的母亲就是唐经天的姨母,我道她有这样好心,原来是想借此机会,叫唐经天的父亲向我市惠,叫我从此在唐经天的面前永抬不起头来!"他把冯琳的好意全往坏处想,霎时间热血上涌,只觉得自己孤苦伶仃,到处受人戏侮,真不如任由命运支配,真个死了倒也干净!

李沁梅哪里知道这一瞬间,金世遗的思想就有了这么大的变化,拍手笑道:"哈,原来你们还是好朋友,那真是妙极啦!"金世遗道:"不错,是妙极啦,你们安排得真妙!你过来。"李沁梅道:"嗯,你不舒服么?让我看看是不是发烧?"她见金世遗面色涨红,还以为他热气上升,走近两步,金世遗忽地哈哈一笑,道:"多谢你俩母女的安排,真妙极啦!"突然伸指一戳,这一下当真是大出李沁梅的意料之外,欲避无从,咕咚一声,仆倒地上。

只听得金世遗的怪笑之声在山谷中回旋震荡,李沁梅被他点了软麻穴,站不起来,幸而她得母亲所教,熟悉金世遗点穴法的奥妙,自己运气冲关解穴,不到半个时辰,四肢已能转动。金世遗的影子早已不见了。但闻群峰回响,余音未绝,金世遗的怪笑之声尤自摇曳在山巅水涯。李沁梅但觉一片茫然。喃喃自语道:"好端端的,怎么突然间又发疯了?"她还当真怕金世遗发疯,疾忙追下山去!

在山谷下面,忽见一队喇嘛迎面而来。前面八头白象,当中一头白象,坐着一个身材高大的喇嘛,覆以黄幢宝盖,中间十六名喇嘛骑马相随。在象队的两旁,则各有一列少女,个个白衣如雪,长裙摇曳。中间一个少女,明艳照人,神气却冷傲之极,坐在马背,动也不动,宛如一尊大理石像。

李沁梅旋风般地跑来,突然碰着这队白衣喇嘛,脚步还未来得及收住,便听得有人娇声斥道:"谁人敢闯法王法驾?"一个戴着面纱的女人跳下马来,不由分说就伸手来抓李沁梅。李沁梅本能地闪身一格,那妇人这一抓快捷之极,不料抓了个空,反而给李沁梅推开几步,"噫"了一声,跟踪急追。这女人正是白教喇嘛中的"圣母"。李沁梅哪里知道,她在无意之中竟闯了白教法王的法驾。白教法王的地位和达赖班禅同一班辈,都是活佛的身份,这一闯驾,在喇嘛弟子眼中,乃是非同小可的冒犯活佛之事!

李沁梅见十六个白衣喇嘛,排成一个圆圈,不声不响地个个注视着她,一步一步地迫近,不觉有些心慌,叫道:"喂,你们要干什么?"两个护法喇嘛道:"你这妖女,胆敢闯活佛法驾,还不快向活佛求饶?"李沁梅道:"咦,哪位是活佛?你指给我瞧瞧。"说话的口气,就像小孩子要去见识一件稀奇的事物似的。那两个护法喇嘛大怒,一出左掌,一出右掌,合成一个圆弧,双掌齐抓,白教喇嘛的武功自成一派,这一手两人合用的"金刚捉妖"手法,比中原武林的大擒拿手还要厉害,却不料李沁梅自幼得母亲所授,最精于小巧腾挪的功夫,两个喇嘛双掌一合,只听得李沁梅嘻嘻一笑,竟像游鱼一般的滑出了他们的手心。两个喇嘛吃了一惊,急忙归回原位,幸喜李沁梅还未闯出圆圈之外。

李沁梅叫道:"喂,这条大路又不是你们的。既然号称活佛,就该有慈悲之心,怎么占了大路,不许人行走?走路也有罪么?"那十六个白衣喇嘛不理不睬,圆圈慢慢围拢,李沁梅双掌一推,十六个喇嘛合力挡住,俨似铜墙铁壁,哪推得动?钻又钻不出去,心中大急,骂道:"喂,十六个大男人,欺负我一个女子,还要脸么?"情急之下,一低头便硬冲过去。忽听得当前两个喇嘛"咭咭"地笑了两声,笑得甚怪,脸上一派正经神色,好像突然给人抓着痒处,不由自己地笑了出来似的。这两个喇嘛一笑之下,身形歪过一边,李沁梅从缝隙中一钻而出,心中大是奇怪,想道:"哈,是了,他们定然是给我骂得不好意思,所以故意放我走了。"回头做了一个鬼脸,拔脚便跑。

刚跑得两步,两头白象已拦在面前,象背上两个喇嘛各伸一根九环锡杖,拦住去路。李沁梅道:"喂,真要动手么?"拔出短剑一削,叮当两声,短剑给反弹起来,那两根禅杖却纹丝不动。原来这两个喇嘛正是白教法王最得力的弟子,前年春初派去抢金本巴瓶的就是这两个人。

李沁梅给拦住去路,毫无办法,背后那十六个喇嘛又围上来,李沁梅正想撒野乱骂,忽见骑在中间那头白象上的那个脸色红润发光的高大喇嘛道:"孩子无知,由她去吧。"在象背上挥起拂尘一拂，李沁梅陡觉一股劲风吹来，借势一个筋斗，翻了出去。后面那十六个喇嘛果然散开，无人阻挡。那白象背上的喇嘛又道："这孩子说得不错，活佛理该慈悲，唵哈哞咪喇哄……"叽哩咕噜地说了一句藏话，似是给她祝福。李沁梅想道："这个喇嘛一定是什么活佛了。"回过头去看，却见那些喇嘛个个神情肃穆，李沁梅有点胆怯，不敢多看，急急奔逃。

霎时间走出了二三里路，忽见山坡上有人招手道："沁儿，你好大胆，快过来！"抬头一看，正是她的母亲。

李沁梅大喜，急忙跑去，投入母亲怀中。冯琳笑道："连我也不敢去招惹他们，你却胡闹。要不是我，你这次苦头有得吃呢！"李沁梅道："哈，我知道，那圆圈中的两个喇嘛是你用暗器打着他们笑穴的，我还以为他们是给我骂怕了呢！"冯琳的飞花摘叶，可以伤人立死，也可以打人穴道。但由于李沁梅功力未到，尚未能学。她猜中是母亲暗中助她，笑道："我还以为活佛是个好人，原来是他怕了你，才放我的。"

冯琳面色一端，道："那白教法王豁达大度，我也对他起敬，你怎好胡乱说他？你知道他们是做什么来的吗？"李沁梅道："不知道。"冯琳道："适才我去打听，原来前面就是萨迦城。白教法王与黄教喇嘛讲和，班禅许他回西藏传教。萨迦起了一个很大很大的白教喇嘛寺庙，白教法王是率领他的弟子来主持开光大典的。"李沁梅道："这一会子功夫，你竟然到了萨迦城吗？"冯琳笑道："还说一会子，好半天了呢！你们谈得还不够吗？嗯，金世遗呢？他这回倒很正经了，嘎？没有跟你来胡闹？"李沁梅心头一酸，说道："他又发疯了呢，跑得无影无踪了。"

冯琳道："胡说，我连日用'潜心魔'的内功，助他制住内魔，最少在七十二天内可以无事，好端端的怎么会发疯？你和他说了什么来？"李沁梅道："我哪有说什么，我只是说你要将他带上天山,请姨父救他。"冯琳叹了口气,道:"呀,你真是不懂事。我就是怕他心高气傲,不愿受人恩惠,所以故意瞒着他的。你却偏偏给我拆穿了。你不知道,他和唐经天还有心病呢。"李沁梅好奇心又起,问道:"什么心病?"冯琳叹口气道:"咳,你这痴丫头比我当年还傻,比我还更欢喜理闲事。不说啦,谁叫我是你的母亲,只得又费心机给你找他啦。呀,女儿大了,真是麻烦。"李沁梅面上一红,赌气说道:"谁要你去找他?稀罕么?"冯琳笑道:"好,不稀罕,不稀罕!天下男子有的是。可就没一个对你心思,是么?"李沁梅道:"不错。"冯琳扮了个鬼脸道:"是,不错了吧?既然没一个对你心思,那就只好找他了。去,去,咱们到萨迦瞧热闹去,金世遗也是个爱热闹的人,他一定不会走得远的。"

萨迦是藏南的一个山城,平日寂静得有如世外桃源,这回白教法王来到,乃是旷古未有的大事,顿时热闹起来了,许多远地的香客都闻风赶来,萨迦的土司和清廷派驻萨迦的宣慰使陈定基更是忙得不可开交,连日打点,替白教法王安排行宫,筹备供奉。只有一个人这时却闲得无聊,独自在宣尉府的后花园中徘徊叹息。这人就是陈定基的儿子陈天宇。

陈天宇自从随他的父亲重回萨迦之后,土司旧事重提,又要迫他和自己的女儿成婚,陈天宇用个"拖"字诀,拖得一天算一天。陈定基念念不忘故乡,他亦不愿儿子做土司的女婿,可又不能不敷衍他,陈定基本有打算,他听儿子的话,派了江南携函入京,求一位做御史的亲戚,请他转奏皇帝,求皇帝念他迎接金瓶的功劳,赦他回去。可是从西藏到北京路途遥远,江南去了半年,兀无音讯。两父子真是度日如年,土司又常常招请他们去赴宴,硬叫女儿出来纠缠陈天宇,令陈天宇苦恼非常。

幸喜这几天土司忙着迎接白教法王,陈天宇倒乐得耳根清静。这一日法王来到,陈定基和土司都去陪伴法王,衙门里的人也上街去瞧热闹,陈天宇百无聊赖,什么事都无心绪,一个人躲在衙门里面。只听得打了三更,城中还是处处飘起烟花,喧闹之声未减。父亲又未回来,与外面热闹的气氛相比,衙中更是寂静得可怕。陈天宇独自一人到后花园去散步,月凉如水,寒气袭人,陈天宇幽幽叹了口气,道:"月华如练,长是人千里!一样的春夜,一样的月光,可是我的芝娜却在何方?"

一个藏族少女的倩影在他心底慢慢浮起,冷艳的颜容,神秘的微笑,曾在多少个梦中困惑过他!陈天宇与芝娜虽然是会少离多,但那几次短短的聚会,都是他一生中永难忘怀的事件,他想起了在土司家中飞刀劈果救她的事;想起了在荒山月夜,第一次知道了她的身世之谜;而更难忘怀的是在冰宫的那几个晚上,在那神话般的仙境里,听芝娜细诉衷曲。可是谁也料不到世变之奇,冰峰倒塌之后,自己又重回到这令人烦恼的萨迦而芝娜却从此杳无音讯。

"芝娜是不是在那场天灾巨劫之中死去了呢?"陈天宇真不敢这样想,可是却又不能不如此想。蓦然间他又想起幽萍,想道:"幽萍也逃得出来,芝娜未必遇险。"自宽自解,心中却仍是抑郁难消。若将芝娜去比土司的女儿,那真无异于把灵芝仙草去比残花败柳。怪不得土司越是迫婚,他就越发思念芝娜了。

夜更深,外面喧声渐渐平静,陈天宇兀自在花丛中痴痴地想,忽听得花丛中似有细微的脚步声,陈天宇怔了一怔,只见一个披着白纱的少女,分花拂叶,轻轻地走了出来,一双明如秋水的眼睛深情地注视着他,脸上有一朵笑容,淡淡的笑容更衬出她神情的忧郁。陈天宇叫道:"这是做梦吗?你是芝娜!"那少女道:"不是做梦,但和做梦也差不多。你把它当作一场春梦好了。"笑容未敛,眼角却滴下两颗亮莹的泪珠。正是:

如此良宵如此月,尚恐相逢是梦中。

欲知后事如何?请听下回分解。

只见一个披着白纱的少女,分花拂叶,轻轻地走了出来……

第二十七回

云破月来　空劳魂梦绕
钟声梵呗　惊见剑光寒

陈天宇将中指送进口中一咬,疼得跳了起来,大喜叫道:"芝娜,这不是梦,这不是梦!咱们是真的相聚了,咱们从此永不分开了!"芝娜笑道:"好,咱们永不分开。"陈天宇紧紧将她搂住,好像生怕她突然飞走似的,但见她眼角泪珠莹莹,脸上的笑容也带着一股凄凉的况味,更显得神色十分忧郁。陈天宇吸了一口凉气,担忧说道:"芝娜,你在想些什么,你真的答应了么?咱们从此永不分开了?"芝娜道:"我什么时候都在你的身边,你没有在梦中梦见我么?"陈天宇道:"是呵,我每一个梦中都梦见你。有时你向我拈花微笑;有时又见你在月夜的悬岩边,偷偷地哭泣。然而这都是梦境,这些都过去了。以后咱们没有哭泣,只有欢笑。"芝娜道:"我也时时梦见你。这可见得,咱们本来就没有离开过。"陈天宇叫道:"不,我要的不是梦境,我要的是永恒的相聚。"芝娜幽幽说道:"什么是真?什么是梦?什么叫做一瞬?什么叫做永恒?"

这几个问题,是千古以来,多少哲人所苦思未解的问题,陈天宇突然觉得被她的忧郁情绪所传染,一时间茫然不知所对。园门外钟声梵呗,隐隐传来,跑江湖的贩马人唱起《流浪者之歌》:

"你可曾见过荒漠开花?

你可曾见过冰川融化？

你没有见过？没有见过！呀！

那么流浪的旅人哪，

他也永不会停下！"

这贩马人的流浪之歌也已唱到尾声了。

芝娜接着轻声唱道：

"永恒的爱情短促而明亮，

像黑夜的天空蓦地电光一闪！

虽旋即又归于漠漠的长空，

但已照见了情人最美的形象！"

这是从尼泊尔传来，在西藏流行的一首民歌，是欢愉的情歌，也是悲凉的情歌。陈天宇心头似铅一般沉重，讷讷说道："什么是一瞬？什么是永恒？不，我要的是欢乐的永恒！"

芝娜微笑道："那么咱们就不要尽在相聚与分离上纠缠，咱们现在到底是见着了，虽然'像黑夜的天空蓦地电光一闪'，咱们在电光一闪的瞬息之间，难道就不能尽情欢乐？天宇，你说些欢乐的话头吧，你说什么，我听什么。"

陈天宇叫道："什么？咱们的相会只能像黑夜的天空蓦地电光一闪？为什么你不能留下来？"芝娜道："只是这瞬息的时间我已不知冒了多大的危险，天宇，说吧，说些我欢喜听的话。我不能再逗留啦，我就要走啦！呀，我就要走啦！"

芝娜沉郁的面上现出一派决然毅然的神气，陈天宇心中一动，突然起了不祥之感："芝娜是来向我诀别的么？"这念头瞬息之间在他心中转了无数次，他不忍说出来，呆呆地望着芝娜。芝娜反而微笑道："天宇，说些欢乐的话儿吧。"她声音抖颤，虽然勉强露出笑容，那笑声比哭泣还更凄酸。

陈天宇道："离开了你，还有什么欢乐。嗯，芝娜，咱们这次都在冰峰浩劫之中逃出性命，咱们难道还要再受第二次更大的劫难？"芝娜道："我一出生，劫难便随之而来了，要避也避不开，呀，你不晓得。"陈天宇叫道："不，我都晓得。我知道你要报仇。芝娜呀，咱们生则同生，死则同死。我和你一道去报仇。若然侥幸不死呢，我就和你立即逃回南边去，逃回我的家乡去。"芝娜凄然笑道："傻想头。血海深仇岂能请人代报？再说，我能令你为我的私事而引起西藏的风云么？我的报仇事小，你一插手进去，那纠纷可就大啦！"

陈天宇一想，自己父亲是清廷派驻萨迦的宣慰使，芝娜的仇人则是萨迦的土司，清廷为了怕西藏各土司反叛，所以除了派福康安镇守拉萨之外，还派有各地的宣慰使，宣慰使的任务之一就是要笼络土司。若然自己真的助芝娜刺杀土司，父亲必被处死无疑；而且说不定会引起更大的纠纷，弄出西藏的边疆动乱。

芝娜抬着泪眼凝望天际浮云，陈天宇心情激动之极，道："你若死了，我也不活。"芝娜道："不，还是活着好。多少事情还要你做呢。再说，我也未必准死。"陈天宇道："那么，我就等着你，不管你是死是活，我都等着你。"芝娜叹了口气，道："多谢你啦。你知道我现在是什么人，我这一生不管是死是活，永不能和男子相爱相亲。我此次来已经是犯了戒律啦。天宇，还是请你把这次相聚当作一场春梦的好！"陈天宇一看，只见她白衣如雪，脸上忽然泛出一层圣洁的光洁，她刚才说过冒了绝大危险，才能来此作一瞬间的聚会。陈天宇惊疑交并，道："为什么，我知道你是沁布藩王的女儿。是不是你们的习俗，藩王的女儿不能下嫁汉人？"西藏的藩王确乎有这个规矩，但陈天宇却猜得错了，芝娜并不是为了这个。

陈天宇又叫道："若然如此，那我就终身不娶。"芝娜轻轻举袖，拭了眼角的泪珠，忽然微笑道："你是我此生的第一个知己。你的快乐就是我的快乐，我愿意见到你终生快乐，你知道么？"陈天宇心情动荡，芝娜收了眼泪，他的眼泪却不自禁地夺眶而出，哽咽说道："嗯，我知道!"芝娜道："那么，你就听我再说。"

陈天宇目不转睛地注视芝娜，只见芝娜眼睛骤然明亮，射出一种令人心醉的光辉，低声说道："冰川天女待我很好，她是我这一生的第二个知己，我把她当成姐姐一般。"陈天宇道："嗯，我知道，我也曾得过她许多好处，很感激她。"芝娜道："她比我福气得多，唐经天对她一片痴情，嗯，就像你，你……"她本想说："就像你对我一样。"脸上一红，说不下去了。陈天宇接口笑说："我的本事比不上唐经天，但自问对人的真诚，却与他并无二致。"他不须多说，已猜到了芝娜所要说的话。

芝娜微微一笑，这一笑像初绽的蓓蕾，扫除了脸上的忧郁，那是真正出于内心欢愉的微笑，只听得她又往下说道："我这一生的第三个知己则是冰川天女的侍女幽萍，她快乐无愁，惹人喜爱，谁若和她相处，必然得到快乐。"陈天宇心头一震："芝娜说这番话是什么意思？"他不愿意细心推敲，激动说道："我只愿与你永远相聚。世上再没有任何快乐，可以与你给我的相比！"

芝娜又抬起眼睛仰望，月亮快要落下去了。芝娜叹口气道："我真的要走啦！"陈天宇叫道："不，你不要走！"芝娜道："迟早都要分手，你看开一些，心中就不会愁闷了。"陈天宇紧紧牵着她的衣袖，忽听得当当的钟声，随着晚风吹来，断断续续，芝娜数道："一、二、三……十二、十三……十六、十七、十八。"陈天宇奇道："你数这钟声做什么？这是法王行宫的钟声。"芝娜道："就要做早课了。"陈天宇诧道："什么早课？"芝娜避开了陈天宇的眼光，忽道："法王来了，萨迦可真热闹。过两天就是喇嘛寺的开光大典啦。"陈天宇道："什么热闹都难令我动心。若然不是和你一起，我也不想去看什么开光大典。"芝娜凄然一笑，道："不去看也好。那么咱们就此分别啦！"抽出一柄匕首，突然一划，将陈天宇拉着她的那段衣袖切下。

陈天宇正在用力,忽然失了重心,几乎跌倒,只见芝娜已跳上墙头,翻过去了。回头一瞥,那眼光充满无限悲苦,无限眷恋,而又是突然诀别的神气。陈天宇本来可以追上她,但追上了也难以挽回这诀别的命运,陈天宇但感一片茫然,不知此身何处!芝娜的歌声犹似在耳边缭绕:"永恒的爱情短促而明亮,像黑夜的天空蓦地电光一闪,虽旋即又归于漠漠的长空,但已照见了情人最美的形象。"芝娜的半截袖子尚在手中,衣袖上一片润湿,也不知是芝娜的泪还是自己的泪。

陈天宇独立园中,不觉已是天明,家人们在城中过了一个狂欢之夜,都回来了。他们并不知道少爷一夜未睡,纷纷在那里谈讲迎接法王的热闹情景。有一个人道:"可惜那群圣女都披着面纱!"

陈天宇心中一动,忙走出来,问道:"什么圣女?"去看了热闹的家人七口八舌地说道:"就是活佛带来的圣女呀!哈,这个白喇嘛教可与黄教不同,收了许多漂亮的少女做喇嘛哩。""听说这些圣女个个能歌善舞,到喇嘛寺开光之时,她们都要出来演给我们看呢!""就可惜罩着面纱。""她们的装束真漂亮,曳着白色的长裙,纤腰一搦,飘着两条绸带,行起路来袅袅娜娜,真似嫦娥下界,仙子临凡!""你别心邪啦,听说圣女是白喇嘛教中最圣洁不可冒犯的人,若然不是她们来赴盛会,偷看她们一眼也是有罪的。""她们能不能嫁人?""和教外的男人说话都不可以,还说嫁人呢?""呀,呀,真可惜!"

陈天宇平素与家人无甚拘束,所以家人们也在他面前谈笑无忌。陈天宇一言不发,静听他们描绘白教圣女的装束,竟然就是芝娜昨夜的装束。"莫非芝娜做了圣女?""芝娜为什么要做圣女?"陈天宇情思昏昏,有如乱丝,愈想愈乱。

父亲大约是忙于接待白教法王,昨晚在土司家中过夜,直至中午还未回来。陈天宇独自坐在书房,不断地在想芝娜这种神秘的行动,不知不觉地提起笔在纸上乱画,画了许多芝娜的像,又在纸上写了无数个芝娜的名字,忽听外面家人呼唤,陈天宇如梦初醒,看着满纸"芝娜",似欲在画中跳出,心里一酸,却又不禁哑然失笑!

家人道:"公子,外面有人找你。"陈天宇道:"什么人?"皱皱眉头,挥手说道:"今天我不想见客,你想个法子给我回了吧。"家人应了一声"是",却迟迟疑疑,站在书房门口。陈天宇道:"怎么?"家人道:"这人说,他和公子是好朋友。非见你不可。管家的已请他进来了。"陈天宇奇道:"什么人?"心中颇怪那个管家未曾禀报,就擅作主张。家人道:"那人是个少年书生,他说他姓唐。管家的悄悄告诉我,说是这个人曾帮过老爷的大忙。"陈天宇"呵呀"一声,来不及换衣服,急忙跑出去迎接。

只见来的客人果然是唐经天。原来那老管家当年曾随侍陈定基去迎接金瓶,所以认得唐经天。两人一见,欢喜无限,陈天宇紧紧握着唐经天双手,叫道:"唐兄,什么风把你吹到这儿来?真是想死小弟啦。"唐经天笑道:"路过此地,特来拜候。哈,你们这儿可热闹哩。"陈天宇道:"唐兄也是来看喇嘛寺开光大典的吗?"唐经天笑道:"可以说是,也可以说不是。"陈天宇见他也似有满怀心事的样子,道:"咱们进去谈谈。"携手进入书房,让唐经天坐下,正在请茶,忽听得唐经天低声呼道:"咦,芝娜,芝娜!"

陈天宇跳了起来,手中端着的茶杯,"当啷"一声,跌落地上,碎成片片,急忙问道:"唐兄,你认得芝娜吗?"唐经天何等聪明,一瞧陈天宇的神情,便笑道:"原来你以前说过的那位藏族少女,便是芝娜。"陈天宇道:"你在什么地方见过她了?"唐经天道:"我曾在青海的白教法王宫中,见过她一面。可惜我那时候不知道她就是你的意中人,要不然我一定替你劝她,叫她不要做什么劳什子的圣女了。"将当日在法王宫中所见,及后来夜探圣女宫,碰见冰川天女主仆与芝娜同在一处等等情事,仔细说了一遍。陈天宇茫然若失,喃喃说道:"原来她是自己甘心做圣女的,这、这、这是为了什么呢?"

两人仔细参详,猜不透芝娜的用意。黄昏时分,陈天宇的父亲回来,听说唐经天来访,甚是高兴,虽然精神疲倦,仍然接见了他。陈天宇随侍在侧。陈定基和唐经天寒暄之后,自然而然地谈到了白教法王来到萨迦的事。说到了那班圣女,陈定基道:"土司本想在他的堡垒中围起一处地方,招待这班圣女住的。土司还想叫他的女奴去跟随这班圣女学拜神的舞蹈呢。法王起初并不拒绝,后来听说圣母不允,宁可在法王行宫的花园中另外间开一处地方,让这班圣女进去住。土司甚为扫兴,可亦无可如何。"陈天宇听了,心中一动,没说什么。不久,他的父亲因为精神太过疲倦,向唐经天告了个罪,进内歇了。

陈天宇与唐经天回到书房,说道:"今晚我想去探望芝娜。"唐经天吃了一惊,道:"法王的行宫,岂是可以随便去的?我去年去探圣女宫,也几乎脱不了身呢。"陈天宇道:"就是水里火里,粉骨碎身,我也要再见她一面。呀,就是不能和她说话,偷偷地瞧她一眼,也是好的。"眼光中充满渴望与凄怨,这是苦恋中的情人的眼光。唐经天懂得这个眼光,他自己也曾有过与陈天宇相似的心情,不由得叹了口气,低声吟道:"人间亦有痴如我,岂独伤心是小青。好吧,今日我就陪你去走一趟。"唐经天是顾虑到陈天宇可能被陷宫中,所以愿陪他同去。陈天宇欢喜无限,紧握着唐经天的手,好久好久说不出话来。

唐经天道:"好啦,你好好的睡一觉,养足精神吧。"陈天宇道:"我睡不着,唐兄,我心急着呢。"唐经天笑道:"再心急也要等到三更。"陈天宇道:"那么咱们就闲聊打发时光。"唐经天道:"我也想向你打听一个人。"陈天宇道:"什么人?"唐经天道:"一个疯疯癫癫、到处惹事的乞丐。"陈天宇道："前几天我听家人说起，有一个傻里傻气的少年，在街上走过，一边走一边把糖果饼食和铜钱抛给跟在他身边的小孩子，可是这少年衣服光鲜，却不是什么乞丐。"

唐经天急忙问道："这个人呢？"陈天宇道："后来就不知消息了。这几天大家都忙着接待法王的事，也没有什么人再去留意他。我也只是当作一件有趣的事情，听过就算了。"唐经天默默凝思，心道："如此说来，金世遗已到了萨迦，他喜欢热闹，放着这个喇嘛寺的开光大典，他一定不肯错过。"陈天宇问道："唐兄打听这个人做什么？看你也似心中有事，可以说来听听吗？"唐经天叹口气道："我的事没你那样伤心，可也麻烦得很。我要去救一个我所不喜欢的人，这事说来话长，咳，将来我再和你说吧。"

陈天宇在唐经天苦劝下，静坐了一会。唐经天用本身的内功助他宁神吐纳，不知不觉就到了三更。两人换上了夜行衣，便到法王的行宫去。

法王的行宫倚山建筑，那本来是一个涅巴（西藏官衔，土司之下的大管事）的府邸，为了招待法王，三个月之前，土司就要那个涅巴全家搬了出来，重加修建，里里外外，布置得十分堂皇富丽，远远望去，可望见行宫尖顶铜塔的琉璃灯光。陈天宇心急非常，施展轻功，几乎脚不沾地，唐经天跟他飞跑，也觉得有点儿吃力，心中大是惊诧，想不到年多不见，陈天宇的轻功竟然精进如斯！唐经天有所不知，陈天宇是在冰宫中机缘巧合，吃了一个六十年才结果一次、每次只结果一枚的异果，要不是他火候未够，本身功力未能配合，他的轻功已经可以独步天下。

用不了半个时辰，两人来到了法王的行宫，飞进花园，但见园中佳木葱茏，奇花烂漫，清流曲折，山石峥嵘，有一列红楼，隐在山坳树杪之间，景色在幽雅之中亦显得华丽。唐经天心道："短短三个月中，布置出如此一座神仙洞府，真不知费尽多少人力物力。"陈天宇正想绕过假山，跳上红楼，唐经天忽然将他一拉，两人同隐在一座假山背后。

只听得飒然风过，三条人影飞进园中，看那身法也是上上的轻功，落下来时，只有一个人似乎是踩着碎石，发出轻微的声响。其他二人，都如一叶飘堕，落处无声。这三个人一跳入来，四面一望，便即和他们一样，隐藏在一座假山后面。

陈天宇和唐经天躲在假山石的缝隙中，隐约可见到他们的背影。其中一人，也就是适才落下来时发出声响，轻功显然稍逊一筹的那个。他由于身躯肥胖，躲在假山背后，给同伴挤得透不过气来，把身体略略向外挪动，侧转身形，露出面部的轮廓。陈天宇一见，吃了一惊，原来这个人竟然是土司手下最得宠信的俄马登，也就是两年前在月夜荒山上追踪过芝娜的那个俄马登！

陈天宇伏在假山后面，只听一个极细微的话语传了过来，若非陈天宇曾苦练过"听风辨器"之术，还几乎以为那是草虫唧唧。那声音说道："你真的瞧清楚了？果然是沁布藩王的江玛古修？"随即另一个人低声道："她虽然罩了面纱，总瞒不过我的眼睛。"正是俄马登的声音。陈天宇心中一凛，想道："俄马登为什么这样注意芝娜？他来这里窥探，想也是为了芝娜了。"陈天宇想起了芝娜初到萨迦那次，落在土司手中，俄马登曾请过自己的父亲去援救，但其后却又一直追踪芝娜，直至冰峰。俄马登对芝娜是好意还是坏意？至今仍是一个难解之谜。

先头那个声音又道："那么你打算告诉土司吗？"俄马登道："告诉土司有好处也有坏处，最好是能够见见芝娜。可是，可是……"话声忽地戛然而止。陈天宇抬头上望，但见红楼一角，开了一扇门户，一个披着白纱的少女，轻盈走出楼来，手中抱着一件乐器，倚着栏杆，玎玎琮琮地弹了起来，低声唱道：

"圣峰的冰川像天河倒挂,
你听那浮冰流动轻轻的响——
像是姑娘的巧手弹起了东不拉。
她在问那流浪的旅人:
你还要攀过几座冰山?经历几许风砂?
……"

那是赶马人的《流浪者之歌》,歌声沉郁凄迷,无限酸苦,陈天宇想起初见芝娜的情景,不觉痴了。红楼的玻璃窗格,映照出灯火流辉,里面另一个圣女的声音低声唤道:"夜已深啦,芝娜姐姐,你还不睡吗?不要胡想心事啦!"芝娜道:"我睡不着。我摘一枝雪梅回来给你。"索性抱着东不拉走下红楼,又低声唱道:

"天上兀鹰盘旋,
地下群兽乱走;
呵,我但愿能变作天上的兀鹰,
我但愿能变作复仇的匕首,
兀鹰一爪抓死那残暴的狮王,
匕首一刺刺入仇人的心口!"

这是草原上粗犷的《复仇之歌》,从一个淡雅如仙的圣女口中唱出来,更令人心灵颤栗。芝娜抱着东不拉正在一步一步地往陈天宇藏身这边走来,在陈天宇与芝娜之间,斜侧的一座假山,俄马登正在扭曲他那肥胖的身躯探头窥视。在寒冷的月光之下,陈天宇一眼瞥去,只见俄马登的面上现出一种令人毛骨悚然的奸猾笑容。这笑容,陈天宇曾见过一次,就是那晚在荒山月夜之下,俄马登见了芝娜之后,从冰岩上悬绳而下时所发出的笑容。陈天宇不禁打了一个寒噤,不知道俄马登心头打的是什么主意。

芝娜走了几步,又轻轻地弹起东不拉,唱道:

"腾格里的大湖深千丈,

我对你的忆念啊,比湖水还要深;
阿尔泰山的金子光闪闪,
我对你的情意呵,赛过了黄金。
　　　＊　　　　＊　　　　＊
冰谷的曼陀罗花
等待仙子下凡将它采;

(西藏传说,曼陀罗花是天上掉下来的花种,要等待仙子下凡将它带回天上。)

飘泊的少女啊,
等待情郎你来将她爱。
曼陀罗花要天上的琼浆来灌溉,
少女爱情的鲜花呵,
要情郎的心血把它栽!"

歌声摇曳,蜜意柔情,即算盖世英雄也禁不住回肠荡气。陈天宇更是如醉如痴,只听得芝娜反复弹道:"曼陀罗花要天上的琼浆来灌溉,少女爱情的鲜花呵,要情郎的心血把它栽!"忽然叹了口气,低声唤道:"天宇呵天宇,我辜负了你的心血了。"

这刹那间,陈天宇的心湖波涛澎湃,简直不知道人间何世,此身何在,哪里还记得这是法王的行宫?不由自己地纵身跳出,叫道:"芝娜,芝娜!"

五弦一划,歌声骤止,芝娜惊叫一声,园子里顿时人声鼎沸。这刹那间,陈天宇忽然被人夹着领子一抽,腾云驾雾般被那人带着飞出围墙,一道暗赤色的光华带着啸声掠过园子,耳边只听得唐经天叫道:"快走,快走!"陈天宇身不由己地向前疾跑,转瞬之间上了山峰,俯头下望,只见园子里黑影幢幢,乱成一片。唐经天道:"法王已赶走了。活该俄马登那厮倒霉。"原来是唐经天见情势危险,不待同意就立即将陈天宇带出,同时射了一支天山神芒到俄马登那边,令俄马登那边三个人都被惊得跳了出来。这样便立即转移了白教喇嘛的目标,都去包围俄马登那一伙人。唐经天与陈天宇轻功卓绝,趁着这混乱的刹那间脱身,那些白教喇嘛瞧也瞧不清楚。

俄马登那一伙人轻功比不上唐陈二人,待惊觉时,未及跳出围墙,已被人围住。首先来到的是白教的圣母和在园中巡逻的四个护法大弟子,与俄马登同来的那两个人是印度喀林邦数一数二的高手,一个叫做德鲁奇,一个叫做基里星。白教圣母用的是尺来长的两股银钗,首先来到,迎着德鲁奇一刺,德鲁奇一闪闪开。

德鲁奇一扭臂膊,那双股银钗明明已刺到他的身上,却忽地往旁一滑,德鲁奇乘机一带,白教圣母收势不住,和一个护法弟子撞个正着,羞得满面通红,急忙挣开,德鲁奇一溜烟地溜过去了。原来德鲁奇擅长印度瑜伽之术,身体各部都练得随心所欲,柔若无骨,四大喇嘛,不敢在行宫之中将人打死,却是擒他不住。基里星没有这种瑜伽功夫,但他本身的武功却在德鲁奇之上,他和法王的首座弟子对了一掌,居然将法王的首座弟子推开数步。白教圣母乘着基里星也被反力震得摇摇晃晃之际,双股银钗一翘,疾刺他小腹的"中平""居藏"两处要穴,这位白教圣母的武功仅在四大喇嘛之下,而银针刺穴的功夫更是独步康藏,这一下来势如电,本来不易躲闪,但基里星的天竺婆罗门武功诡异之极,忽然一个筋斗倒竖起来,银钗"波"的一声,刺穿了他的裤裆,却丝毫没有沾着他的穴道。基里星乘势连翻两个筋斗,一个"鲤鱼打挺"跃了起来,飞过假山走了。

圣母勃然大怒,以她在教中地位之尊,几曾受过如此无礼?她认定这两个印度武士存心侮辱,动了真气,发下号令,园中的四大弟子和一众喇嘛都去围截德鲁奇和基里星。这可便宜了俄马登,别看他身躯肥胖,逃起命来,可是机灵之极,他和德鲁奇采取相反的方向,不向外逃,反而借物障形,悄悄地奔上红楼,在楼中暗角藏匿。只待那些喇嘛追出园外，他就可以乘机逃走。

却不料白教法王忽然从行宫里面走了出来，见俄马登的影子窜上圣女所居的红楼，这还了得？白教法王随手折了一条树枝，双指一弹，其疾如箭，俄马登正在举步，突觉臂上一痛，有如被利针穿肉，登时一个倒栽葱跌了下来，抬头一见法王，吓得魂飞魄散。法王认得他是土司手下的大涅巴，怔了一怔，将举起的手掌缓缓放下，叫小喇嘛过来，将他缚了。

这时德鲁奇和基里星已逃到墙边，基里星解开缠腰的软索舞成一个圆圈，一丈之内，风雨不透，四大弟子武功虽高，一时之间，却也近不了他。法王一怒，飞身追去，德鲁奇正窜上墙头，被法王一抓，抓着他的脚跟，忽觉手中软绵绵的，德鲁奇的脚跟似乎突然缩小了一寸，把握不住。法王内功精深，正拟用"弹指神通"的功夫，弹碎他的脚筋，基里星救友心切，软索朝着法王一扫，法王大怒，反手一削，有如刀斧，那根软索，登时断了。但一心不能二用，法王使出了上乘的内功，对付基里星的急袭，"弹指神通"的功夫不能同时使将出来，竟给德鲁奇挣脱，越墙走了。法王一指点倒了基里星，吩咐小喇嘛将他一并缚了。

这一场变生意外，虽然先后还不到一支香的时刻，法王行宫已是闹得天翻地覆。芝娜抱着东不拉，仍然站在原地，呆若木鸡。她目睹陈天宇的影子随着唐经天一闪即逝，耳边还响着陈天宇的"芝娜，芝娜"的呼唤——多深情的呼唤！园中闹得乱糟糟的，她竟似视而不见，听而不闻，直到法王将俄马登、基里星二人押解过来，法王沉声呼唤她时，她才如梦初觉。

一抬头，正碰着俄马登闪烁不定的眼光，芝娜惊叫一声："嗯，俄马登！"

法王道："你认得他吗？"芝娜道："认得，他是土司手下的大涅巴。"俄马登忙抢着道："她是我的至亲表妹。"圣母奇道："芝娜,咱们一路来到萨迦,为何总未听你提过?"芝娜眼光飘过,只见俄马登充满着焦急与期待的神情看着她,芝娜想起了俄马登曾请过陈定基救她的事情,想起了俄马登在日喀则山区的月夜,曾向她说过土司乃是他们共同的仇人,他愿意为芝娜的复仇助一臂之力,虽然陈天宇曾屡次说过俄马登此人不可靠,但却也没有他怎么不可靠的证据。芝娜心道:"不管他是好人坏人,他总是曾经想救过我。"由于她如此想法,她对俄马登的谎话,非但没有当面拆穿,反而替他圆谎,当下淡淡说道:"我已奉身活佛,永为圣女,自当一尘不染,四大皆空。即算我父母尚生,而今在此,我也不当牵挂,何况表哥?"圣母点点头道:"好,不愧是个德行圣洁、全心奉献的圣女!"

法王怒气稍敛,斥俄马登道:"你身为涅巴,擅闯行官,可知罪么?"俄马登道:"知罪。但求活佛饶恕。"法王道:"你擅闯行宫,就为的是见芝娜一面吗?"俄马登道:"我知道圣女不能私见外人,我又不敢求活佛通融,所以冒昧独来,求活佛恕我鲁莽无知之罪。"俄马登一口咬定想见芝娜,这就连他闯上红楼的大不敬之罪也掩饰了。法王一皱眉头,道:"你是独自来的么?他们不是你的同伴么?你们擅闯行宫也还罢了,怎么居然敢和我动手?"俄马登道:"请活佛容我详禀,我本是想见一见芝娜,来到之后,正好见着这两个歹徒也偷进来,我就发石示警。要是我和他们一伙,我岂敢惊动众人,将他们擒捉?"

俄马登睁着眼睛说谎话,将唐经天发神芒示警揽到自己的身上,当成是自己投掷的石子。法王将信将疑,道:"你怎么知道他们是歹徒?"俄马登道:"他们是印度的浪人,曾到过萨迦捣乱,奸淫良家妇女。我替土司管理地方,有权将他擒捉,只可恨我们这里没有能人,以至过去两次都被他兔脱!"俄马登一片胡言,污蔑德鲁奇和基里星。基里星气炸心肺,可是他被法王点了穴道,气在心中,却说不出话。

　　法王打了个哈哈道:"是这样吗?"俄马登忽地迈上一步,反手一掌,朝着基里星的天灵盖重重地拍了一掌,法王喝道:"你干什么?"一挥手,将俄马登摔了一个筋斗,但基里星已给他用重手法打碎了天灵盖,当场身死,一对眼珠凸了出来,显见临死之时,十分气愤。俄马登爬了起来,也装着十分气愤的神气说道:"此人屡次到萨迦捣乱,今番居然来闯行宫,还敢和活佛动手,我实在气他不过,未曾请准活佛,便失手将他打死,求活佛恕罪。"法王虽是怀疑,心中却想道:"这厮好坏也是土司手下的大涅巴,我若将他处罪,太过不给土司面子。何况他又是芝娜的表兄。"想了一想,挥手说道:"好,你回去吧,今晚之事,我派人告诉土司,你做得对是不对,该赏该罚,由你的土司处置。"

　　俄马登杀人灭口,捏了一大把汗,忽听得法王交由土司处置,真是喜出望外,慌忙跪下去叩了三个响头,道:"多谢活佛恩典。我还想和芝娜说一句话。"法王道:"好,你就在这里说吧,要不要我们避开?"露出威严肃煞的眼光,扫了俄马登和芝娜一眼。俄马登急忙道:"一点点小事儿,活佛准我和圣女说话,我已是感激不尽。嗯,芝娜,你知道我练过几年红教的外功,骨头一向很硬朗,近来呀不知怎的,后脑下面三寸之处,时时发痛,我记得你以前家中有千载的沉香木,听说用这种沉香木煎水三服,可以治愈脑痛,不知你有没有带在身边,可以给我一点么?"芝娜听得莫名其妙,心道:"我几时知道你练过红教的外功?我哪有什么千载的沉香木?俄马登这厮今晚怎么老是一派鬼话?"只见俄马登翘起大拇指,指着自己后脑那凹下之处,说:"就是这儿,就是这儿!"法王突的伸手一捏,道:"是这儿么?"俄马登"哎哟"大叫呻吟道:"是这儿。"法王道:"好,好,我给你治。"在他脑后揉了两揉,俄马登痛楚若失,又连连道谢。法王也不理他,由得他自己走出园子。

俄马登走后，法王沉着面色，冷冷说道："我真不知道，土司怎么用这样鬼鬼祟祟的人做大涅巴，一派鬼话。"芝娜吃了一惊，圣母问道："活佛瞧出什么来了？"法王道："他练过几年红教的外功，那是真的；练功不当，脑后会发痛，那也是真的；不过我试出他这痛是装出来的，若然真是练功不当所生疼痛，刚才我那一捏，他立刻要吐出瘀黑的毒血。"圣母奇道："他为什么要胡言乱语？"法王道："是呀，我也不知道。芝娜，你是不是有千载的沉香木？用沉香木煎水三服，可治脑痛，这倒也是真的。"芝娜道："我这表哥自小患有脑病，有点疯癫，不过不常发作，有时一两年发一次，今晚说不定刚是他发了失心疯了。"

芝娜又道："千载沉香木我家中以前倒是有的。后来我父亲故世，沉香木就放在棺中殉葬，我表兄却不知道。"千载沉香木放在棺中，可令尸体历久而不腐烂，西藏的富贵人家也确乎有这个风俗，法王相信芝娜，竟然不再追究，哪知道芝娜说的也是一派鬼话。

这晚芝娜一夜无眠，心中不住地想，俄马登说这番鬼话是什么用意？芝娜是个聪明伶俐的女子，想了许久，忽然恍然大悟，心道："是了，他翘起大拇指，一定是暗示土司，土司不是这里的首屈一指的人物么？也许土司也练有红教的外功，也许土司穿有护身甲，周身刀枪不入，就是脑下三寸之处是他的命门。"越想越有道理，暗暗感激俄马登对自己的"指点"。又想道："陈天宇老是说他奸狡，想不到他倒是真心实意地想助我复仇。"想起了陈天宇，又不由得一阵心酸，心知今晚惊鸿一瞥，以后便是生离死别，相见无由了。胡思乱想，不觉天明，圣母进来道："芝娜，你还不快去打扮，正午时分，咱们便该到圣庙去举行开光大典了。"芝娜柔肠寸断，一边打扮，一边仍在痴痴地想道："天宇他不知会不会来？呀，我是多么渴望最后再见他一面；却又多么为他担忧害怕，但愿他不要到这是非之场。"心中百般矛盾，难以自解，终于向着室中的佛像,跪了下去,喃喃祈祷道:"天宇呀,但愿我佛慈悲,给你保佑,令你心中安静,今日千万不要到喇嘛寺来。"

这时候,陈天宇也正是肝肠寸断。唐经天昨晚陪他回去之后,就一直劝他今日不要到喇嘛寺去看开光大典。这时两人还在辩论。陈天宇道:"你去不去?"唐经天道:"我去,你留在家中。"陈天宇道:"为什么你可以去,我不能去?"唐经天道:"我去是想去碰一个人。你呀,你明明知道芝娜已做了圣女,你还去做什么?"陈天宇道:"就因为我知道芝娜已做了圣女,我才想去再见她一面。要不然我才没有心情去看这什么开光大典呢。"唐经天道:"昨晚要不是咱们跑得快,已然闹出大事。今日的开光大典,非同小可,达赖班禅的使者,萨迦的土司,僧俗官员全都要到场观礼,你心绪不宁,若然这一去闹出事情,试问你将如何收拾?"陈天宇道:"我混在人堆之中,只是远远地看她一面,怎会闹出事来?"唐经天摇摇头笑道:"这个我可不敢担保,昨晚要不是你发声叫喊,也不会惊动法王。"陈天宇赌气道:"我发誓不说一句话,要不然你索性点了我的哑穴,这总可以了吧?"唐经天笑道:"你既如此固执,说不得我只好再陪你一次了。咱们换过一套普通的衣裳去吧。"

萨迦的白教喇嘛寺庙仿照拉萨黄教的布达拉宫形式,修建在噶尔那山上,布达拉宫有十三层,它比不上布达拉宫,但也有七层,高廿余丈,金鳌画栋,红墙白石,倚山踞岭,气概磅礴,在十余里外,远远就可望见。唐经天与陈天宇二人,换上了萨迦居民的一般服饰,混在后面进香礼拜的一群善男信女之中,随着人流,缓缓进入山谷,将近中午时分,才挤到了喇嘛宫下面的山径,但见在蓝天白云之下,喇嘛宫上十几只圆锥形的金顶闪耀着绚烂的色彩,宫殿里回荡着悠悠的钟鼓声。有两队披着绛色袈裟的喇嘛背负经匣,作为前导,沿着大青石铺成的人行路,缓缓登上宫殿。十二座大门都已开放,缕缕檀香从里面飘出来,这气氛有说不出的庄严肃穆。前来进香礼拜的善男信女千千万万，并无半点嘈声杂响。

唐陈二人随着人流穿过林立的廊柱，两廊都饰有壁画，其中有一幅《八思巴朝觐忽必烈去蒙古》的壁画尤其画得精彩绝伦，这画写八思巴去朝见忽必烈，左面画一群士兵官员簇拥八思巴的轿子，前面有蒙古官员来迎接，更前面有一个硕大无朋的蒙古帐幕，帐幕后有人烧火等候八思巴的到来。画上还有成群的骆驼、骡马、犁牛之类在草地上吃草，草地上还有一个穿着尼泊尔贵族妇女服饰的少女，这少女美艳绝伦，面貌竟然有几分相似冰川天女。因为人流行进极慢，唐经天百无聊赖，自然而然地浏览两旁的壁画，初时不过抱着消磨时间的心情，看到这幅壁画，不禁吃了一惊，心道："西藏边鄙之地，哪里来的这等画家高手？画中只有这一个少女，又是什么意思？为什么那样肖似冰川天女？"看陈天宇时，陈天宇却是目不斜视，踮着脚跟，只是凝望前面，好像他的芝娜就会忽然在前面出现，怕走了眼似的。其实前面是拥挤的人群，什么也看不见。唐经天暗叹陈天宇的痴心，但转念一想，自己也何尝不是如此？不禁哑然失笑。

好容易挤到了大殿的前面，唐、陈二人挤到前面的石阶站立，只见这座大殿有四个大飞檐，上缀人面鸟身的金像，塔下系铃铎，雕镂得极其精细，大殿内有两座金制的"喇嘛灵塔"，塔上遍缀珠宝璎珞，镶着各色玉石、珍珠、玛瑙、翡翠雕成的花朵，端的是富丽庄严，唐经天心中叹道："只这座喇嘛宫就不知浪费了多少人力物力。"陈天宇却在石阶上定了神，忽听得钟鼓齐鸣，一队白教喇嘛披着白色的法衣鱼贯而出，走在最前面的就是那个白教法王，左右两旁是四大弟子，转瞬就走到两座灵塔之间站定。

接着出来的是达赖班禅的使者，各率领四个大僧侣，和白教法王并肩各站在一个灵塔的旁边，他们是白教法王最尊贵的宾客。再后出来的是萨迦土司，带着四大涅巴，俄马登也在其中，面上挂着

金鳌画栋,红墙白石,倚山踞岭,气概磅礴,在十余里外,远远就可望见。

狡狯的笑容,却又作出一副诚惶诚恐的神气,垂首立在土司身后。看这样子,要就是法王还没有将昨晚之事告诉土司,要就是土司曲予优容,根本没有责罚。

陈天宇一心盼望芝娜,圣女却迟迟未出;唐经天则四面注目,心中不住地在想:"金世遗会不会来呢?"但前后左右,人头密密麻麻,即算金世遗混在其中,唐经天也认他不出。

只见法王缓缓挥手,开声说道:"本教离开西藏,屈指过了百年,今日仗佛祖慈悲,得以重回故土,又得达赖班禅两位活佛,大力支持,赐以萨迦,宏宣佛法,但愿以后干戈永息,同蒙我佛荫庇,永享太平。"要知白教自从在明代崇祯十六年间被黄教逐出西藏之后,百余年来,曾有过不少的纠纷,兵戎相见者亦有十数次之多,而今两教和睦,西藏人虽然已是很少白教教徒,亦是衷心喜悦,听得法王此番说话,欢声雷动。唐经天心中想道:"若然真能从此永息争端,费了这么多的人力建造一座喇嘛庙也还值得。"

殿上钟鼓敲了三遍,两队小喇嘛绕行大殿一周,喃喃诵经,遍洒法水,钟声梵呗之中,一队白衣少女鱼贯走出。这刹那间,大殿上下一片静寂,大家都知道开光大典即将举行,千万对眼睛都目不转睛地注意这队圣女,陈天宇更是焦躁不安,屏住了气向前观望,但见三十六名圣女个个披着面纱,捧着净瓶,忽地在佛像之前,盈盈起舞,陈天宇竭力想辨认谁是芝娜,一时之间,却是认不出来。

圣女遍洒杨枝甘露,跳的是"驱邪舞",三十六名圣女曳着白色的长裙,穿梭来往,舞姿翩跹,鱼龙曼衍,看得人眼花缭绕。只听得那些圣女用藏语且舞且歌道:

"一洒杨枝甘露,
消尽人间邪气。
我佛佛力无边,
保佑太平盛世。"

舞态轻盈,歌声曼妙,转而歌道:
"再洒杨枝甘露,
礼赞诸天佛祖。
佛祖善缘广结,
众生同登乐土。"

歌声本极和谐,唱到第二节尾后一音,忽地有一声高亢,微微颤抖,陈天宇、唐经天精于音律,听了出来。

只见其中一个圣女,长裙曳地,无风自飘,想是因为肢体颤动所致,陈天宇猛的心头一震,想道:"原来芝娜也瞧见我了。"眼睛紧紧跟着那位圣女,全神贯注,任他舞影翩跹,人影缭绕,陈天宇的心目中却只有这个圣女。这圣女虽然也披着面纱,但陈天宇却似透过面纱,看到她那对神秘的眼睛,在向自己盈盈眉语。那刚健婀娜的背影,那披肩光润的柔发,再加上那刚才旁人所未经意而陈天宇却已发觉的"失态",这一切都告诉了陈天宇,这圣女一定便是芝娜。

陈天宇眼睛紧紧随着芝娜,芝娜跳了两个圆舞步,杂在三十六名圣女当中,再无异态,舞步也非常娴熟,想是心中已恢复了平静。陈天宇心头酸痛,默默想道:"道是无情却有情,呀,芝娜,难道你这一辈子就真的甘心做一个永伴青灯古佛旁的圣女?"陈天宇哪里知道,芝娜的心中悲苦比他更甚百倍,芝娜是用了整个生命的力量,把心中的悲苦强压下去的。陈天宇哪里知道,芝娜正在准备把她的生命作孤注一掷,生怕露出半点痕迹呵!

那队圣女跳了一个圈圈,接着歌道:
"三洒杨枝甘露,
洗净心头尘污。
人天同证真如,
勘破色空妙悟。"

舞步由疾而徐，歌声一收，三十六名圣女，已在佛像之前排成一列，慢慢揭开遮在佛像外面的黄绫锦幔。佛像共是一十八尊，当中的一座释迦牟尼像高二丈四尺，指头粗如儿臂，圣女将杨枝甘露遍洒佛像之前，缓缓退立两旁，开光大典便告揭幕。

白教法王恭恭敬敬地向正中佛像献了"哈达"（丝绢。献哈达是西藏一种表示敬意的礼节）。接着是达赖班禅两位活佛的代表来献哈达，这时合殿上下人众，都合十低首，在心中默诵佛号，只有陈天宇一人，虽然也随着众人低下了头，眼角却仍然偷瞟芝娜。

跟在班禅使者后面献哈达的是萨迦的土司，土司挪动着肥胖的身躯，匍伏在释迦牟尼佛像的脚下，双手呈上哈达。执法的喇嘛正待接过哈达，披在如来佛像的臂上，忽听得土司大叫一声，只见银光一闪，一柄飞刀已插入了土司的后脑。白教法王尖声叫道："是你？芝娜！"俄马登大叫："有刺客呀！"圣母吓得魂不附体，咕咚一声，晕倒坛前，登时一片混乱。

芝娜蓄志报仇已久，这飞刀之技已不知练了几千百遍，她还怕一掷不中，在法王与俄马登的呼喝声中，第二柄第三柄飞刀又疾飞而出。法王离佛像数丈，举袖一拂，第二柄飞刀倒飞回去，嚓的一声，直刺入芝娜的肩头。陈天宇吓得几乎就要喊出声来，嘴巴却被唐经天掩住。正是：

曼舞轻歌情未已，飞刀惊见女荆轲。

欲知后事如何？请听下回分解。

二十八回

舞影翩跹　飞刀杀仇敌
风云动荡　侠士护危城

芝娜低呼了一声，身躯如花枝乱颤，那第三柄飞刀失了准头，插不正后脑下面的命门要害，却刺着了土司的背心，"铮"的一声，飞刀激起，最靠近土司的人是班禅活佛的代表，他不懂武功，猛然间见飞刀射到，慌不迭地低头一闪，不料那飞刀之势是斜飞而下，他这一闪，凑个正着，"喀嚓"一声，飞刀插入了他的背脊，半截刀刃连着刀柄露在外面，颤动不休。

法王扬袖一拂，立即一跃而前，以他武功之高，一伸手就能将芝娜拿着，但因忽见班禅的代表受了飞刀误伤，这一来，饶他是活佛身份，也吓得呆了，急忙先上去救护班禅的代表。芝娜一跳跳上神座，倏地撕开面纱，叫道："我是沁布藩王的女儿，刺土司是报父仇，与旁人无涉！"说时迟，那时快，白教的四大护法弟子一涌而前，为首的大弟子手指已触及了芝娜白色的长裙，芝娜一说完话，伸手一拔拔出插在她肩上的那柄飞刀，倏地回刀向咽喉一刺，登时鲜血泉涌，软绵绵地倚在佛像的身上，眼睛勉强睁开向堂下一望，又徐徐合上，脸上带着满意的也是痛苦的微笑。她临死之前，在人丛中瞧见了陈天宇，陈天宇的眼光始终没有离开她。

开光大典，何等神圣庄严，却忽然发生了血溅法坛之事，大殿上下人众都惊得呆了，忽又见芝娜自杀，空气死寂，猛然间不知是谁失声骇叫，登时大家都惊叫起来，向外乱涌。这刹那间，陈天宇要哭却哭不出来，眼见芝娜的尸体慢慢倒下，只觉胸中热血上涌，突然间叫出声来："芝娜，芝娜！"不向后退，反想挤上前去，他是练过内功的人，被唐经天禁止他说话，胸中郁积已久，这一下拚命大呼，在诸声嘈杂之中，更显得分外突出。唐经天急忙在他耳边说道："暂忍悲痛，休惹风波！"扯着他疾向外走。陈天宇这时已失了知觉，混混沌沌地被唐经天拉着，任他摆布。

殿上殿下，乱成一片。只听得有人叫道："土司已被刺死啦！"那是土司的随身武士检查了土司的伤势之后说的，土司披着护身甲，他本身又练有红教的外功，若不是飞刀刚刚插中他脑下三寸的命门要害，无论如何也不会毙命。

众人虽都料到土司必死，但听得众武士都齐声呐喊，仍是惊心动魄，往外拥挤之势更甚了。大殿外面的善男信女不知发生了什么事情，跟着骚动乱跑，就如一群被敌人追逐的败兵一般，潮水般地往外涌。只听得大殿上的俄马登又高声叫道："快去捉刺客的同党呀！"唐经天正挤出了外面的月牙门，一个护法喇嘛突然将他截住！

唐经天脚不停步，横肘一撞，那护法喇嘛大叫一声，跌倒地上，后面人如潮涌，有几个人在他身上踏过，待他爬起来时，唐经天与陈天宇早已钻入人群之中，没了踪迹。

白教法王虽在惊惶恐乱之中，仍是眼观四面，耳听八方，陈天宇那两声大叫，早已被他留意上了，但殿下人头簇拥，陈天宇、唐经天二人穿的又是一般萨迦居民的服饰，急切间瞧不清他们的面目。这时见护法喇嘛被人打倒，法王急忙追了出来，指着月牙门大叫道："闲人快快闪过两边，刺客的同党是当中这两小子！大家不准乱跑，原地站住！"

法王一叫，果然把挤向月牙门的人流遏住，唐经天吃了一惊，

芝娜倏地回刀向咽喉一刺,登时鲜血泉涌,软绵绵地倚在佛像的身上……

心道:"这法王当真厉害!"正在盘算脱身之计,忽听得有一个极熟悉的哈哈怪笑声,有人叫道:"闲人闪开呀闪开,待我来瞻仰活佛!"正是金世遗的怪声,唐经天来看开光大典,本来是为着撞金世遗,但这时却无论如何不能停下与他相见了,趁着混乱再起,唐经天拉着陈天宇挤过了月牙洞门,百忙中回头一瞥,只见法王已与金世遗斗在一起。唐经天莫名其妙,金世遗虽是玩世不恭,但竟敢在此时此地,向法王闹事,那却是连唐经天也绝对料想不到的事,不明他是为了何来?

挤到外间,地方宽阔,唐经天拉着陈天宇迅速逃走,片刻就跑出寺门,沿着山后小径奔逃,过了一支香的时刻,他们已逃到了噶尔那山的山背,人群都被隔在山前,连一点人声都听不到了。唐经天心中稍宽,在陈天宇的背心轻轻一拍,道:"陈兄醒来!"陈天宇两眼呆呆地望着他,茫然无神,喃喃说道:"呀,芝娜,芝娜,而今我明白你为什么去做圣女了。"唐经天道:"人死不能复生,我看这次乱子,只怕要生出极大的风波。你我还是赶快回衙,商量善后为好。"陈天宇仍是昏昏迷迷,似听懂又似未曾听懂,睁着眼睛说道:"我又不能将她的尸体领回埋葬,怎么替她办后事呀?"唐经天急道:"不是这个后事。"情知一时之间,说不明白,只得拖着陈天宇又跑。

忽听得有人用藏语冷冷说道:"你们闹出了大事,就想一走了么?"唐经天抬头一看,只见山树后面,转出两个人来,一个是印度僧人,右手握着一根碧绿色的竹杖,左手托着一个金盂钵,此人非他,正是以前来抢过金本巴瓶、被冰川天女打败的那个苦行僧;另一个则是昨夜私探法王行宫的那个印度武士德鲁奇。唐经天心中正在奇怪,他们怎么这样快就知道了?那苦行僧不由分说,就是一杖扫来,左手将金盂钵一翻,又向陈天宇迎头罩下。

唐经天见那金盂罩下,来势极猛,怕陈天宇抵挡不住,横肘一撞，施用绝妙的巧劲，在间不容发之际将陈天宇撞得身形飞起，迅即左拳上击，右掌横削。左拳用的是大力金刚手的功夫，只听得当的一声响，有如铁锤击钟，那苦行僧盂钵一翻，钵口朝外，一下子罩着了唐经天的拳头，盂钵飞一般地旋转，唐经天只觉得钵中隐隐有一股吸力，自己的拳头竟然抽不出来，吃了一惊。但他究竟是天山派嫡传弟子，丝毫也不慌乱，右掌一削，用的是至刚至猛的"五丁开山"巨灵掌力，那苦行僧一杖扫来，被掌力一震，杖头忽地翘起，乘势戳唐经天胸口的"璇玑穴"，唐经天早已料到有此一着，化掌为拿，忽地从至猛至刚的"五丁开山"掌法变为刚柔并济的大擒拿手，缩掌一抓，立刻将苦行僧的竹杖抓住。苦行僧也吃了一惊，急运内力往外夺杖，却也夺不出来。这一来变成了苦行僧的竹杖被唐经天右掌所制，而唐经天左手的拳头却被苦行僧的金盂所制，两人都是一等一的高手，急切之间，谁都不能解脱，变成了僵持之局。

德鲁奇是这个苦行僧的师侄，知道师叔的脾气，动手绝不要别人相助，但此时见唐经天武功太强，师叔头顶上直冒出热腾腾的白气，把心一横，拼着事后被师叔责骂，解下缠在腰间的钢索，呼地一抖，钢索有如长蛇出洞，流星闪电般地扫到唐经天面门。

若在平时，唐经天哪会把德鲁奇放在心上，但此时他与苦行僧苦苦相持，谁都不能脱身，眼见钢索飞来，竟是无法闪避。陈天宇却呆呆地站在道旁，一副失魂落魄的样子。唐经天一急，猛地大喝一声，这一喝有如半空里突然打下一个焦雷，德鲁奇窒了一窒，钢索垂了下来，差三寸没有打到唐经天，陈天宇被这一喝喝醒，飞身一跃，挥剑直取德鲁奇。

德鲁奇见陈天宇疾如飞鸟，已自吓了一跳，陈天宇凌空下击，一招"倒挽银河"，将德鲁奇的钢索荡开，再一招"大鹏展翅"，将德鲁奇迫得手忙脚乱，待到身形落地，第三招"冰川飞瀑"又到,这三招一气呵成,正是冰川剑法中的精妙杀着,德鲁奇哪里抵挡得住,只听得刷的一声,德鲁奇头上的六角毗卢帽被陈天宇利剑削为两半。

唐经天大喜,心道:"陈天宇被困冰宫数月,反而因祸得福,当真是得益不浅。"心想德鲁奇不是陈天宇的对手,自己胜券在操,当下精神大振,右掌一牵一引,把那苦行僧身形牵动,在原地转了一个圈圈。

唐经天眼见那苦行僧被自己的内力所迫,渐有支持不住之势,正拟再运玄功,挣脱他的金盂吸力。忽听得德鲁奇叽哩咕噜的用藏语说道:"你对意中人尚无力保护,还逞什么强替朋友助拳?"眼中发出冷冷的光芒,直盯着陈天宇的眼睛,陈天宇神智本来还未清醒,被他说话一刺,宛如利针刺到了心上,忽然掩面狂叫,跳过一边,倚在树上,叫道:"不错,我连意中人都无法保护,何以为人?呀,芝娜呀芝娜,我对不起你了!"

德鲁奇道:"对呵,你好好哭一场吧!"忽地磔磔怪笑,钢索一抖,又朝唐经天扫来,钢索头上的两颗钢珠叮当作响,眼见这一下非把唐经天打瞎不可,却忽见唐经天与苦行僧两人的身子都旋转不休,越转越疾,德鲁奇竟分不出谁是师叔,谁是敌人,钢索打到了两人的头上,又硬生生地收回,怕打错了人。就在这刹那间,忽听得唐经天一声长啸,不知怎的,两人的身形倏地分开,唐经天手上已多了一柄精芒四射的长剑。德鲁奇的钢索正在两人头上盘旋,一认出了唐经天的身形,立刻扫下,那苦行僧大叫道:"小心!"德鲁奇收索不及,当的一声,钢索被唐经天的游龙宝剑削去了一截,索端的两颗钢珠也被削掉了。

原来唐经天与那苦行僧相持了一个时辰,已悟出了苦行僧那个金盂钵之所以能吸住自己的拳头,并不是因为这金盂钵是什么"法宝",而是因为盂钵急速旋转所生的引力,这道理与急流激湍中的漩涡能够吞没巨舟的道理相同。唐经天的天山派内功是最上乘的正宗内功，比那苦行僧本就稍稍高出一筹，一悟出敌人制胜的妙理，知道拳头不能向外拉，越向外拉就越要被它吸进，于是被盂钵套着的拳头也跟着旋转，不过旋转的方向却与外面盂钵旋转的方向相反，这样转了两转果然脱了出来。而那苦行僧也趁着唐经天全力施为之际，将竹杖夺出，脱离了唐经天的掌握。

唐经天知道这两人一定还不肯干休，一脱困便立刻拔出游龙宝剑，果然那苦行僧又扑了上来，左手竹杖，右手金盂，连走怪招。他吃了亏，再不顾平日单打独斗的规矩，索性指点德鲁奇助他袭击。这时两人都不敢似适才的以内力相持（苦行僧因为知道唐经天胜于自己，而唐经天则顾忌德鲁奇在旁），唐经天施展天山剑法中的追风剑式，连取攻势，苦行僧则以竹杖点戳，分敌心神，而以金钵接唐经天的剑招。黄金的硬度胜于铜铁，盂钵又厚，即算被游龙剑刺着，也不虞损坏，在兵器上苦行僧并不吃亏。

这苦行僧曾是冰川天女手下的败将，按说也不是唐经天的敌手。不过，情形却又有点不同，冰川天女的兵器——冰魄寒光剑和暗器——冰魄神弹正是这苦行僧的克星，而唐经天论起武功虽不输于冰川天女，游龙剑却制这苦行僧不住。

德鲁奇是那苦行僧的师侄，德鲁奇的功力虽然远远不如唐经天，也曾练过瑜伽的功夫，移形换步，巧妙敏捷。唐经天的剑招被苦行僧的金盂一一接去，腾不出宝剑来削德鲁奇的钢索，德鲁奇便忽然从侧面进攻，忽然又跑到唐经天背后袭击，弄得唐经天不得不分神对付，常常要闪避德鲁奇的偷袭。

三人走马灯似的旋转，各展奇招妙着，转瞬之间，斗了一百来招，唐经天的攻势受到牵制，渐渐处于下风。偷眼看陈天宇时，陈天宇仍是呆呆地倚在树上，凝望着悠悠的白云。唐经天既为自己着急，也为陈天宇可怜，心道："他是性情中人，乍逢惨变，伤痛未过，怪不得如此了。"不忍催他相助。陈天宇在伤痛之中，即算催他，也未必能将他唤醒。

唐经天迫处下风，苦行僧与德鲁奇攻势骤盛，只听得"当当"两声，唐经天刺德鲁奇的两招，剑尖都刺到苦行僧的金盂钵上。德鲁奇的钢索抖得笔直，竟然当作长枪使用，刺唐经天的咽喉。唐经天霍地一个"凤点头"，钢索从他的头顶掠过，忽地又变作软鞭使用，呼的一声圈了回来；那苦行僧用金盂钵压住唐经天的游龙剑，左手的绿竹杖也点到了唐经天小腹的"愈气穴"。这两招配合得精妙无伦，唐经天不论向哪方逃避都难以避过，唐经天吸一口气，脚尖点地，凭空拔起，背心后撞，他身上穿有金丝宝甲，准备硬接德鲁奇的一鞭，同时也准备以闭穴的功夫，接苦行僧的竹杖点穴杀手。但这样做实是危险之极，德鲁奇的功力不高，那一鞭也许无甚伤害，苦行僧那一戳，却是天竺的天魔杖法中最厉害的杀手，专破内家气功，唐经天的闭穴功夫是否能挺住，那就在未可知之数了。

正在钢索竹杖夹击而来，堪堪就要触到唐经天身体之际，那苦行僧忽地一声怪叫，竹杖不向前点，反而向后一个后翻，似乎给一股大力推了出去，站立不稳，急用竹杖支地，接连打了几个大翻，滚下山坡。那德鲁奇被唐经天背心一撞，身形也飞了起来，幸而他的瑜伽功夫也练到了第三段的境界，在空中一个转身，学他的师叔样子接连打了几个筋斗，消去了唐经天反击的内力，跟着师叔滚下山坡走了。

这几下子动作快如电光石火，唐经天忽而脱险，自己也弄得莫名其妙。

德鲁奇是给唐经天撞跌的，但那苦行僧的竹杖并未触及唐经天的身体，却何以突然收杖不戳，而且好似被一股无形的潜力推倒一般，难道是那苦行僧忽发慈悲，还是暗中有人相助？唐经天目送这两人滚下山坡，倏忽不见，心中一片茫然，十分不解。

忽闻得一声极其清脆的笑声，从林子里发出，这笑声十分熟悉，唐经天不假思索，身形急起，正待穿林而入，寻觅这发笑之人，忽地眼前彩色缤纷，一个花环从林中飞出，触手沁凉，花环上还带有露珠，好像刚刚编就。

唐经天接了花环一看，上面用花枝结成四个小字："速离萨迦"。唐经天怔了一怔，这笑声，这花环，这掷花环的手法，与自己上次在峨嵋山上寻觅冰川天女之时，所碰到的一模一样，上次唐经天以为那掷花环的人是冰川天女，但后来仔细思量，冰川天女又似乎没有这种功力。今次唐经天知道冰川天女一定还未能赶到，掷花环的人断乎不会是冰川天女了，那么不是冰川天女又是谁呢？

笑声摇曳，从清脆响亮变为幽微，渐高渐远，宛若游丝袅空，若断若续，但仍是音细而清。唐经天吃了一惊，只这刹那之间，笑声由近而远，这人已经是在数里之外了，有这等本事的人世上寥寥可数，唐经天心头一动，叫道："姨妈，姨妈！"这时他才想到冯琳头上。冯琳善会摘叶飞花的功夫，又天生一副淘气的性情，最喜欢和小辈开玩笑，这两次向自己掷花环的人，除了她绝无别人，只可笑自己以前只是记挂冰川天女，这样容易料到的人竟没有想到。

唐经天叫了两声"姨妈"，笑声去得更远，听不见了。唐经天知道姨妈的脾气，追也没用。回头看那花环，心道："姨妈怎么也会来到此间，她为什么叫我离开萨迦呢？"想不出个所以然来，只当是姨妈开他玩笑。岂知冯琳自他二次离开天山，南下峨嵋之时开始，就跟着他了，而这一次也并非只是开玩笑的。

唐经天回过头来，寻觅陈天宇，只见陈天宇蹲在树下，正用树枝在地上乱划，地上歪歪斜斜的满是"芝娜"二字。唐经天暗暗叹了口气，将他拉起，道："走呵。"陈天宇茫然说道："走到哪儿？哪儿找得着芝娜？"唐经天沉声说道："芝娜是死了，她死后必然引起事情，你不替她料理，她死不瞑目。"陈天宇瞿然一惊，醒了几分,道:"怎么料理?"唐经天道:"先要保重身子,回去我和你说。"两人飞步奔回宣慰使的衙门,到内室坐定,唐经天替他把脉,见他六脉不调,肝脉尤其郁结,知他是因伤痛过甚所至,若不善为调治,只怕他练成的那点内功根基,都要付之流水。

唐经天道:"你现在什么也不要想,好好静坐一会。"陈天宇试一静坐,半晌又睁开眼睛说道:"怎能够不想呵?"唐经天略一沉吟,毅然说道:"我教你如何不想。"传了他一遍天山派修练内功的心法,学武之人,忽闻内功妙理,心中纵有何等大事,注意力也给移转了。陈天宇试按唐经天所传授的心法修练,但觉奥妙无穷,不知不觉地沉浸其中,哪消半个时辰,便觉心地空明,果然百念不生,唐经天知道他这样一坐,可以坐十二个时辰,便让他在房中静坐,自己悄悄走到外面打听。

这时府衙内已知道了喇嘛寺所发生的大事,人心浮动,唐经天将总管唤来,命他吩咐衙内人众,不许外出,并小心巡视,不得松懈。直到傍晚时分,宣慰使陈定基才回到衙门。

陈定基满面忧虑的神色,愁眉不展,管家的吃了一惊,心道:"老爷生平经过多少风浪,也未曾见过似今日的惊忧。"陈定基叫管家的关上大门,加派二十名精壮兵丁在外面守卫,安排妥当之后,邀唐经天进内室密谈。

陈定基第一句话就问道:"宇儿呢?"唐经天将经过说了一遍,陈定基奇道:"宇儿的意中人就是沁布藩王的女儿吗?我还以为是那个名字叫做幽萍的冰宫仙子呢。"幽萍曾在陈天宇家中住过许多天,与陈天宇形迹亲密,故此陈定基有此疑心。

陈定基又叹口气道:"如此,事情就更不好了。"唐经天道:"怎么?"陈定基道:"看来俄马登就要掀起一场内乱。我把你们逃走之后喇嘛寺中所发生的事情告诉你吧,请你替我参详参详。"

唐经天道:"你也瞧见我们了吗?"陈定基点了点头,道:"宇儿虽换了藏人的服饰,岂能瞒过我的眼睛?当你们还未逃出那月牙门的时候,法王追赶上去,我吓得一颗心都几乎跳了出来。忽然有一个古古怪怪的青年出来了,长得很俊,相貌看来,还有两三分像宇儿呢。呀,这人真不知是吃了狮子的心还是豹子的胆,他居然敢和活佛动手!"唐经天知道陈定基口中这个"古怪的青年"必是金世遗,急忙问道:"这个人后来怎么样了?"

陈定基道:"这个人似大鸟一样从屋檐上扑下来,活佛站在地上,冲着他就是一拳,说也奇怪,拳头还差着老远,只是那么凌空一击,少年就似给人推了一把,又折回屋檐上,接着又扑下来,法王冲着他又是一拳,他又折回原处,如是者三次之多,这时法王的四大弟子都已跳上屋檐,对他采取了包围之势。"

唐经天道:"那法王呢?"陈定基道:"四大弟子跳上屋顶,显出十分慎重的样子,如临大敌,从四方慢慢合围,法王还站在屋檐底下,向着那少年的身影,接连猛击数拳,少年不敢跳下来,只见法王每击一拳,那少年身子就摇晃一下,眼见那四大弟子就要捉着他了,法王突然也晃了一下,一拳将发未发,忽地叹了口气,挥挥手道:'让他走吧!'那少年一声长笑,在四大弟子包围之中,身子凌空飞起,一霎眼就到了另一间屋面,端的是疾如鹰隼,倏忽跳过几重屋面,看不见了。大殿上僧俗官员议论纷纷,有的说这是活佛大显神通,有的说那少年是刹支利魔的化身下世,故意来试白教法王的法力的。(喇嘛教的神话,刹支利魔是与佛祖对敌的一个恶魔,被佛祖幽禁在恒河河底。)白教法王拿不住他,可见法力也是有限。说这些话的多半是黄教喇嘛的僧官。"

唐经天心中好生惊诧,想道:"这白教法王用的是隔山打牛的百步神拳,自足以震世骇俗。金世遗的武功顶多只能与法王打个平手,他怎么能在法王神拳猛击之下,四大弟子包围之中,安然脱身而去?难道另有什么人暗中相助他么?听陈定基所说的情形,法王似是被什么高人暗中警告了。这不出面的高人又是谁呢？"唐经天怎么也猜想不到，这个暗助金世遗的人又是他的姨母冯琳。

陈定基续道："再说大殿上的事情。沁布藩王的女儿……"唐经天接口说道："她名叫芝娜。"陈定基点点头道："芝娜刺死了土司，立刻拔刀自刎，这桩事你们已见到了。芝娜自刎之后，俄马登就过来将她的面纱完全撕开，忽然叫道：'你们过来看，这个沁布藩王的女儿，原来就是以前偷进土司家中偷马纵火的女贼。'土司带来的人都拥上去看，有一大半认得，纷纷议论。俄马登又冲着我笑道：'陈大人，这也就是你以前极力恳求土司，保释她的那个女贼呢！'俄马登的笑令人毛骨悚然，我正想回说：'那是你请我保释的。'法王率领四大弟子已从下面走上来，俄马登和土司的人忽然抢了土司与芝娜的尸体，又说动了达赖活佛的代表，将受伤的班禅活佛的代表也一并带走了。俄马登临走时大声疾呼，说要替土司报仇，叫土司的人跟着他急速回府，白教法王也不便阻拦，眼见他洋洋得意地与达赖班禅的两位代表走出寺门，真不知他要闹出何等乱子？"

唐经天大吃一惊，道："俄马登的来历我不知道，但看这情形，他是存心要在西藏搞起一场暴乱。陈大人，你应该赶快修书报告福康安。"陈定基也觉得只能如此做了，正在修书，忽听得门外已是闹声大作。

管家的进来报道："俄马登率领一大队藏兵，已将衙门团团围住了。"陈定基苦笑道："这俄马登与我何仇何恨？来得这般快，难道还怕我这朝廷命官逃走不成？"与唐经天走上女墙的城楼一看，只见俄马登陪着土司的夫人在墙下大骂，四大涅巴分列左右，那印度苦行僧和德鲁奇也在军中。俄马登把手一挥，众藏兵高声叫道："把汉官斩尽杀绝，把汉人都赶出去。他们没有一个是好东西，都是到西藏来捣乱的。"

陈定基在城墙上向土司的夫人施礼,道:"贵土司被刺,真是不幸之事。本宣慰使谨致悼念之意。但贵土司被刺,与我何干?敢问夫人领兵前来,所为何事?这事情又怎么能迁怒所有的汉人?"土司夫人戟指哭骂道:"陈定基你休得假撇清,这女贼若不是你们唆使的,当年你为什么替她保释,你儿子又怎肯舍命救她?"俄马登接口骂道:"我们西藏的事情自己会理,要你们汉人来做什么?你们这次唆使一个女贼出来行刺,教她冒认是沁布藩王的女儿,分明是想挑起西藏的内乱,好让你们汉人渔翁得利,实行分而治之之计,不把你们赶走,咱们西藏休想平安。"

陈定基这一气非同小可,分明是俄马登借端生事,想挑起西藏的叛变,却反而诬赖了他。正待正言斥责,俄马登拉开五石大弓,喝道:"你们父子就是杀土司的主使人,还辩什么?看箭!"嗖的一箭射来,唐经天身形一晃,拦在陈定基的面前,双指一钳,把那支利箭钳住,喝道:"无耻奸徒,你也看箭!"双指一弹,那支利箭飞了回去,比用弓弦射出还更厉害。俄马登急忙缩头,用大弓一挡,噼啪一响,那张大弓竟被射断!俄马登慌得在地上打了个滚,避进人丛之中,仍自大声喝道:"放箭!"顷时千箭齐发,藏兵勇猛进攻。

唐经天舞剑挡箭,保护陈定基走下女墙,然后亲自指挥,衙门内的兵丁只有一百多人,而围攻的藏兵起码也有一千,几乎是以一当十,幸而这一百多人都曾经过陈天宇的训练,而宣慰使衙门重修之后,建筑也很巩固,藏兵虽多,急切之间,却是难以攻下。藏兵们几次用云梯强攻,都被唐经天折断梯子,但唐经天也不愿杀伤藏兵,只是尽力把他们的攻势遏止。

如是者围攻了一日一夜,双方都筋疲力竭,唐经天在这一日一夜之中,没有睡过片刻,亦感难以支持,到第三日早上,藏兵忽然撤退了一半,唐经天奇道:"我正怕他增兵再攻,怎么他反而减兵了？莫非俄马登又有什么诡计么？"看那些藏兵只是列阵围住，却并无进攻的迹象。俄马登和德鲁奇亦已不在军中，唐经天正在思疑，忽见一条人影从东面空隙之地疾奔而来。

这时正是拂晓时分，人影还未能看得真切，那些藏兵也不知是友是敌，一时间倒不敢攻击，那人影来得极快，倏忽间已越过两队藏兵，这时才看清楚来的是个四十多岁书生装束的人，守着墙头的兵丁也已有一大半认得出来，高声叫道："是萧老师！"萧青峰以前在衙门教书时，形貌衰老，活像个手无搏鸡之力、科场失意的老儒生，众兵丁见他如此矫捷，都不禁啧啧称异。

藏兵这时也看清楚了，纷纷拦截。萧青峰拂尘起处，碰着的藏兵立即倒地，藏兵不知道这是"拂穴"的功夫，以为是妖法，不敢再追。那苦行僧急忙奔出，萧青峰跑得快，他跑得更快，三伏三起，如箭离弦，倏忽间追到了萧青峰的背后。唐经天知道萧青峰不是苦行僧的对手，把手一扬，急忙发出两支天山神芒，苦行僧用金盂钵一挡，只听得"当当"两声，金星飞溅，苦行僧一看，只见两支天山神芒都射入了盂钵之中，深入数寸，不禁大吃一惊：天下竟有这样厉害的暗器，能够穿过黄金！饶他的瑜伽工夫已练到将近最高境界，也自生了怯意。

苦行僧被天山神芒一阻，萧青峰已跃上墙头。唐经天候他喘息过后，问道："萧老师，你几时来的？"萧青峰说道："我在峨嵋山金光寺送冒大侠下土之后，立即赶来，算来你比我早走一天半。"唐经天忙道："冰川天女呢？"萧青峰道："她为武当派门户之事，尚须料理，所以与吕四娘一道，要迟我两天才能动身。"唐经天沉吟想道："冰川天女的轻功远胜于萧青峰，即使迟两天动身，这时也该赶到了。难道又有什么意外么？"问道："你到了萨迦多久了？"萧青峰道："昨天到的。你不是说叫我找天宇打听我娘子的下落么？我一到萨迦，当日便想来此，包围得紧，直到现在才觅得机会进来。天宇呢?"唐经天道:"说来话长,他正在里面静养,你先说说,外面怎么样了?"萧青峰道:"外面乱得很呢!听说俄马登唆使达赖班禅的代表,说白教法王的圣女竟然连班禅的使者也敢用飞刀刺伤,这乃是对黄教喇嘛大大的侮辱,他们要叫达赖班禅派兵来驱逐白教,只怕又要卷起一场宗教战争。"

唐经天吃了一惊,他初时以为俄马登只是想驱逐汉人,如今看来,竟是到处乱点火头,想把西藏弄成糜烂之局,真不知其心何居?萧青峰道:"喇嘛庙也有藏兵监视了。但他们忌惮法王,还不敢胡闹。只是听说俄马登还想到印度的喀林邦和尼泊尔这两个地方去,请外兵来帮忙他统一西藏。"唐经天道:"这如何是好?须得赶快派人送信给福康安,派救兵来。"可是派谁送信?却无适当人选,正在踌躇,忽见外面藏兵两边分开,俄马登陪着两个白教喇嘛乘着一匹白象走来。正是:

藏边忽见风波恶,大祸弥天孰与平?

欲知后事如何?请听下回分解。

第二十九回

塞外兴波　奸徒困侠士
宫中对掌　侠丐斗神僧

唐经天一眼瞥去,认得这两个白教喇嘛正是法王座下的护法大弟子,也就是那年来抢夺金本巴瓶的人,心中奇道:"俄马登其实在暗中也和法王作对,法王却派这两个大弟子来做什么?"忽见土司的队伍两边分开,一个藏族少女,穿着一身青色的猎装,骑着一匹骢花马,泼喇喇地飞奔而来,藏军中的官员大至"涅巴",小至"戈什"(相当于伍长)都在道旁肃立致敬。萧青峰道:"这是土司的女儿!"土司的女儿纵马飞奔,场边叫道:"俄马登,俄马登!"俄马登回头说道:"桑壁伊江玛古修,你来做什么?回去,回去!"桑壁伊是土司女儿的名字,江玛古修是尊称(相当于汉语中的"高贵的小姐")。桑壁伊柳眉一竖,喝道:"俄马登,你在和谁说话,我叫你回去!"俄马登哈哈笑道:"我是奉了法王之命,又得你母亲的允可来的,你的父亲被女贼所刺,死不瞑目,正在泉下等待他的仇人,我就是来替你父亲抓仇人的呵!"桑壁伊头发蓬乱,香汗淋漓,显见心中焦急之极,但被俄马登这么一说,急切间竟无言以对,俄马登已跟着那两个白教喇嘛到宣慰使衙门外面喊话了。

那两个白教喇嘛在白象上竖起九环锡杖,锡杖上挂着一个八角形的用珍珠镶成的轮子,这是代表法王的法物,用藏语高声叫道:

"活佛使者来见大清本布（本布即大人之意）。"萧青峰道："开不开门？"陈定基略一迟疑，道："开门！"

陈定基开门接纳，引那两个白教喇嘛与俄马登、桑壁伊四人到客厅坐定，唐经天充作陈定基的随员，戎装佩剑，陪坐一旁。陈定基向那两个白教喇嘛奉献哈达、请过香茶之后，恭问来意，为首的那个白教喇嘛道："活佛不忍兵连祸结，愿作调停，现在土司的部下都说令郎陈天宇是女贼的同党，是刺杀土司的同谋，请本布将令郎交与活佛，再作调处。"

陈定基大吃一惊，料不到俄马登竟请得活佛出头，向他提出这个要求，他年过半百，只有这一个儿子，如何肯送出去？正待说话，土司的女儿却抢着说道："我父亲是沁布藩王的女儿刺死的，刺客已自杀死了，不该牵连到陈天宇。若说天宇以前曾救过那个刺客，那么要他到我家中，为我父亲守灵七日也就够了。"土司的女儿是陈天宇名义上的未婚妻，知道陈天宇若落在俄马登手中，那就凶多吉少了，因此不惜瞒着母亲，飞骑来救。

陈定基大喜说道："到底是桑壁伊江玛古修明白道理。就这么办吧，你们退兵之后，我叫小儿替土司守灵去。"

俄马登冷笑道："萨迦宗的事情，有你母亲和我主持，还未轮到你管呢。我再说一遍，我是奉了法王和你母亲之命来的，你还未听清楚？"若在土司生前，俄马登对他的女儿自不敢有半点违拗，但如今土司已死，大权都已落到俄马登手中，他一旦反颜相向，桑壁伊气得说不出话来，而且俄马登口口声声说是为她父亲报仇，又奉有活佛和她母亲的意旨，桑壁伊更没有反驳的余地。

俄马登不再理睬桑壁伊，转过一副面孔，堆着奸猾的笑容对陈定基道："本布，请你以大局为重，还是叫令郎跟我们走吧。"陈定基道："这，这……"俄马登道："你们汉人说得好，一人做事一人当，你儿子当年有胆在土司家中飞刀劈果，救走那个女贼，如今就没有胆量跟我们走吗?"

忽听得一阵清脆的笑声从后堂传出,一个青年缓缓走出,陈定基失声叫道:"宇儿,你……"话未说完,忽然张口结舌,像碰到什么怪异之事似的,但听得这少年哈哈笑道:"俄马登,你说得对,好汉做事一身当,我正想去见法王,请他评评理,好吧,咱们现在就走!"

陈定基惊惶迷惑,这刹那间,几乎呆若木鸡,目不转睛地盯着这个少年,这少年穿的正是陈天宇的服饰,连面貌也有几分相似,只是说话的神态与声音,轻佻之极,却和陈天宇的稳重沉厚大不相同。

陈定基张口结舌,说不出话来,斜眼一瞥,只见唐经天面上也露出怪异的神情,忽然向他打了一个眼色,冲着那少年叫道:"天宇兄,你的病还没好呵,怎么去得?"那少年冷笑道:"我的病可不要你担心,再说,就是我没有病,这位俄马登大涅巴也不能让我活呵,大涅巴,我拼着一身剐出来了,你怎么还不走呵!"陈定基奇怪万分,听他们的对答,这少年似乎与唐经天相识,而且有心来救他的儿子的,可是不但他从来没有见过这个人,也从来未听儿子说过有这样的朋友。

陈定基迷惑不解,唐经天比他还要惊奇。这少年不是旁人,正是他所要寻访的金世遗!金世遗轻功超卓,又善于易容变貌,他偷进府衙,换上陈天宇的衣裳,假扮成陈天宇的样子,这些都不是难事,但他为什么要如此做呢?唐经天又想道:"照吕四娘所说,他不能活过三十六天,现在屈指一算,已过了三十三天,但何以看他面色,却又一如常人,并无内魔扰体之象?"唐经天可没有料想得到,金世遗早得过他的姨母冯琳用密宗的内功相助,将他的危险期又延长了三十六天。

桑壁伊见"陈天宇"出来,初时也吓了一跳,听听他的说话,登时面上也现出奇异的光辉。

白教喇嘛缓缓起立,对陈定基合十谢道:"有扰了。"面上露出歉然之色,想把假扮陈天宇的金世遗带走。原来白教法王与座下四大弟子对陈定基都颇有好感,而对俄马登却有说不出的憎恶,只因俄马登挟持达赖班禅的两位代表,以驱逐白教作为威胁,白教法王为了想在西藏重立根基,这才不得不应俄马登之请。其实白教法王倒并不存心与陈定基父子为难。

俄马登像桑壁伊一样,也是目不转睛地盯着金世遗,忽地跨上一步,冷冷说道:"你是谁?"金世遗双眼一翻,道:"你是谁?"俄马登道:"我是萨迦的大涅巴俄马登,谁不知道?"金世遗道:"我是你萨迦土司的女婿陈天宇,谁不知道?而今土司已死,我是你的半个主人,你敢对我无礼?"俄马登喝道:"你这混账小子,敢来冒充,你找死么?"金世遗哈哈大笑道:"我是冒充的,天下之间,哪有当面冒充是别人丈夫的道理?"白教喇嘛看着桑壁伊,桑壁伊颤声说道:"天宇呀,俄马登不怀好意,你不去也罢。"她这话一说,无疑承认了此人便是陈天宇了。原来桑壁伊也早看出了这人是假冒陈天宇,但她实不愿真的陈天宇去送死,所以只好含羞带愧,承认金世遗是她的未婚夫。

这两个白教喇嘛一想,天下间确是没有冒认丈夫之理,而且这一去明是送死,天下又哪有这样的傻人,肯冒充别人去送死?便道:"我看他是真的,涅巴不必多疑。"俄马登冷笑说道:"陈天宇我见过不知多少次,咄,你真的是陈天宇,陈天宇的武功可很不错呵!"蓦然伸手一抓,金世遗笑道:"多承夸奖。"肩头轻轻一撞,俄马登跌个四脚朝天,周身骨骼都隐隐作痛,爬了好一会子才爬起来。唐经天笑道:"陈天宇的武功本来不错,大涅巴这回你相信了吧?"俄马登自恃一身武功,他心中以为金世遗必定是陈定基买来冒充儿子的,这样被买来替死的人能有多少本领,所以想令金世遗当场出丑，哪知金世遗的武功比陈天宇高出何止一倍，幸而他这一撞未用全力，要不然俄马登全身骨骼都要碎裂。

金世遗瞪眼说道："还敢说我冒充吗？"俄马登给他震住，不敢开口。那两个白教喇嘛笑道："大涅巴不必横生枝节了，法王有待，咱们快带了这个陈天宇走吧。"唐经天急忙上前说道："天宇兄，你这一去多多保重，这是你的药丸，你带走吧。"掏出一个小小银瓶，瓶中有三颗碧绿色的药丸，那正是天山雪莲所炮制的碧灵丹。依吕四娘所说，金世遗若服下这碧灵丹可延长他三十六天的寿。本来一颗就够，唐经天这时对金世遗颇有好感，索性将仅存的三颗都送了给他。

用天山雪莲所炮制的碧灵丹，功能解毒疗伤，固本培原，珍贵无比。当年崔云子与萧青峰恶斗，崔云子受了重伤，半身瘫痪，只服一颗，立刻复原，而今萧青峰见唐经天将银瓶中所有的碧灵丹，全都送给了金世遗，不觉骇然，心中想道："看这金世遗并不像有病的样子，武林中人视碧灵丹为至宝灵丹，得一粒已是罕世奇遇，唐经天将所有的灵丹都送了给他，这真是最厚重的礼物，纵有什么仇隙，也该化解了。"

忽见金世遗衣袖一拂，哈哈笑道："唐经天，我不领你的情！"唐经天骤出不意，银瓶给他拂得脱手飞起，惶然说道："这是我领你的情。"将银瓶接下，正想再说，金世遗冷笑道："你不过想在冰川天女的面前博得个侠义的美名，我偏不让你称心如意，我死生有命，何须求你！"神色冷傲之极，竟不容唐经天再说，径自随那两个白教喇嘛走了。

唐经天送出门口，金世遗瞧也不瞧他一眼。唐经天回到客厅，摇头说道："真是个怪物！"陈定基问道："此人是谁？"唐经天道："此人是江湖上人称毒手疯丐的金世遗。"萧青峰道："他此次舍命来救宇儿，倒是一番侠义的行为呢，他与宇儿素不相识，何故如斯?"大家谈论,百思莫解。却不知金世遗为的不是陈天宇,而是为唐经天。金世遗此人孤僻狂傲,游戏风尘,所想所为,与流俗迥异。他知道了自己必须天山派的内功相助才能救命之后,想起自己一向与唐经天作对,怎肯向他低首下心,心中一横,反而把生死置之度外,要在临死之前,做一件有恩于唐经天的事情,让他永远欠自己的情分。他偷进宣慰使衙门,知道了唐经天与陈天宇的交情,又知道了唐经天正为陈天宇之事,伤神之极,毫无办法,他找不到一件对唐经天直接有恩的事情,想道:"救他的朋友也是一样,总之要让他永远欠我的情分。"这其实还是出于好强争胜,要压倒唐经天的意思。唐经天哪能猜到金世遗这番曲曲折折的心意。唐经天想起金世遗还有三天性命,愀然不乐。但他冷傲如此,却又实是无法可以救他。

一盏茶后,外面守卫的人进来报道,土司的兵已走了十之七八,连那印度僧人也已退了,但在衙门外面,还是五步一岗,十步一哨,看情形尚未放松监视。大家都猜不透俄马登的用意,唐经天派萧青峰出外打听,黄昏时分,回来说道:"原来俄马登是要应付另外一场战事。你们听过洛珠的名字吗?"陈定基道:"他是沁布藩王的妻舅,听说是沁布辖下几宗(萨迦宗是其中之一)首屈一指的武士。"

萧青峰道:"洛珠听说他的甥女死了,尸骸又给俄马登抢去,便率兵前来替姐夫和甥女报仇。在俄马登包围咱们之时,他也正赶来包围了土司的城堡,所以俄马登要撤兵回去。俄马登以为宣慰使衙门只有宇儿是最有本事的人,去了宇儿,就无人能抵抗他了,所以他又千方百计请法王出面,要把宇儿拿去。现下外边的情况混乱之极,俄马登已派人去求印度的喀林邦大公和尼泊尔的国王出兵,图谋尽逐汉人,统一西藏,这风声也已传出来了,萨迦城中的汉人,都关起大门,不敢出街呢。看来西藏的混战之局已成,若再引外兵进来,这局面不堪设想。洛珠的兵少,只怕在几天之内,就要给俄马登扫平,那时,料想俄马登还会再来与咱们为难。"陈定基道:"我这个官做不做殊无所谓,但眼看西藏叛乱扩大,无法收拾,我何以上对朝廷,下对百姓?"

唐经天沉吟半晌,道:"还是依咱们今早的商议,火速派人报与福康安知道。求他赶快出兵。"陈定基道:"派谁呢?"萧青峰道:"我愿效犬马之劳。"唐经天看他一眼,却不言语,心中想道:"以萧青峰的武功,要突围远赴拉萨,只怕未必能够。"他自己本来想去,但想起留守的责任更重,故此踌躇莫决。萧青峰道:"唐大侠意下如何?"唐经天不便说他的本领不行,眼珠一转,忽地想起一人,道:"你不是心急着要见天宇吗?现在可以先见见他了。"

陈天宇得唐经天传授正宗的内功心法,已静坐了一日一夜,这时正做完功课,但觉神朗气清,心中郁结之气,也自然而然的散了。听得父亲呼唤,立刻出来,见着自己开蒙的业师,心中高兴,神色更佳,萧青峰道:"两年不见,听说你的武功大有长进了,可喜可贺呵。"陈天宇道:"那都是靠两位师父和唐大侠的指点。听说师父大婚,师母可有同来么?"萧青峰临老作新郎,反而有些腼腆,道:"她还留在四川。"脸上浮出喜悦的笑容。陈天宇突然触起心中伤痛,面色又沉暗了。

唐经天缓缓说道:"芝娜这次手刃父仇,为萨迦藏民除去一个残暴的土司,可佩之极。"陈天宇本已泪咽心酸,被唐经天一挑,抚胸低泣,叫道:"可是芝娜是永不会回来了。"陈定基从唐经天口中,已知道儿子苦恋沁布藩王女儿之事,见儿子伤痛,自是难过,但他以国事为重,见儿子如此,又不禁怫然不悦,厉声斥道:"宇儿,你读圣贤书所学何事?"陈天宇凛然一惊,道:"请父亲教训。"陈定基道:"如今西藏叛乱已成,你为一个女子颠颠倒倒,不惭愧么?"陈天宇呆了一呆,只听得唐经天又缓缓说道:"只可惜芝娜死不瞑目哪!"

陈天宇心头一震,颤声问道:"怎么死不瞑目?"唐经天道:"芝娜生前深心盼望汉藏一家,这心意你定然知道。"陈天宇道:"她以藩王女儿的身份,却绝不因我是汉人而有半点歧视,深情蜜意,我永世难忘。"唐经天道:"如今却因她之死,俄马登借口煽动叛乱,挑拨藏人仇视汉人,她岂能瞑目?她尸骸被俄马登抢去,迄今未能安葬,岂能瞑目?她所欢喜的人,如今眼见她生前所不愿见的叛乱发生,却袖手旁观,她岂能瞑目?"一连三个"岂能瞑目",好像三个焦雷打在陈天宇的心上,陈天宇呆如木鸡,良久良久,抬起眼睛,喃喃说道:"你叫我怎么办?"唐经天自言自语道:"我们想派人去向福康安请救兵,呀,可惜又请不到人去。"陈天宇急忙叫道:"你何不早说,为了父亲,为了芝娜,这送信的差事我义不容辞。"唐经天道:"这信关系重大,你可要胆大心细呵!"陈天宇道:"即使赴汤蹈火,这封信我也定然送到。"唐经天大喜,须知陈天宇的武功现在已胜于师父,虽然还比不上俄马登请来的印度苦行僧等人,但轻功却胜过了一流高手,纵打不过,也可逃脱。由他送信当然比萧青峰好得多。陈定基立刻写了呈文,交给儿子,这时已是黄昏时分,陈天宇草草吃过晚饭,立刻动身,他换上了一身黑衣,身形所至,有如一溜黑烟,霎忽即过,连闯俄马登布下的十几个哨岗,竟然无人发现。

白教法王这回满心高兴,到萨迦主持开光大典,满心以为从此可以在西藏重立根基,不料却闹出了这等意外之事,自己手下的圣女,竟杀了土司,又误伤了班禅的代表,弄得不妥,只恐达赖班禅又要将白教再驱出西藏。而自己以"法王"的身份,亦因此而受到俄马登的威胁,要助他将陈天宇捉来,尤其使得法王闷闷不乐。

这时他正在喇嘛寺的大藏宫中负手徘徊,心情烦躁,想起经文所说"你应该舍己为人,大发宏愿,普救众生",更觉不安,想道:"俄马登这厮奸猾异常,陈定基却是一个好官,我为什么要替俄马登陷害好人?我这样做哪还能做一教之主?"但随即又想到白教面临驱逐的危险,权衡利害,明知俄马登包藏祸心,威胁自己,却又不能不顺他之请。呀,在利害的关头上,除了大圣大贤,又有谁不为自己打算?以白教法王这样有道的喇嘛高僧,如今也彷徨无计,一忽儿想不顾利害,将俄马登严惩,拼着和黄教决裂的危险,最多再退回青海;一忽儿又想顾全大局,牺牲陈定基的儿子。正在人天交战、思潮混乱之际,忽报护法弟子已将陈天宇拿来,法王下命叫他们进宫,遣俄马登先回去。那两个白教喇嘛将金世遗押进大藏宫,法王一见,不禁吃了一惊!

金世遗虽然变容易貌,又换上了陈天宇的衣裳,但本来面目到底还不能完全改变,法王眼光何等锐利,一见便觉得似曾相识,再一思索,猛然省起这便是开光大典之日,到来胡闹的疯狂少年。

法王沉声问道:"你是谁?"金世遗冷笑道:"你派护法弟子前来请我,怎么还不知道我是谁?"那两个护法弟子大吃一惊,禀道:"土司的女儿认他是未婚的丈夫,陈定基也认他是儿子,想来不会有错。"心中却在想道:"俄马登说他不是陈天宇,真个是假冒的不成?"

法王狐疑更甚,心道:"若然是清廷宣慰使陈定基的儿子,断无与我作对的道理。"挥手叫两个弟子退下,掩上宫门,厉声斥道:"枉你一身武功,为什么要冒充别人?"金世遗道:"枉你是一教之主,为什么要听俄马登的摆布,陷害好人?"说话针锋相对,法王心中有愧,对答不上,金世遗怪笑道:"想不到活佛也有为难之处!哈哈,你管我是不是陈天宇,你但能拿得出一个人来交差,这不就完了!"

像金世遗这样的在法王面前放肆,那是从所未有之事,这刹那间,法王心中转了好几个念头,想把他放走,想把他惩戒一番,想把他交给俄马登，但又想起他武功如此高强，只怕他到了土司堡中，又闯出弥天大祸。金世遗嘻嘻冷笑，旁若无人，法王面色一端，忽地沉声说道："你真个自愿到土司堡中，代人受罪么？"金世遗道："那是我的事情，你不用管。"法王道："好，那我给你祝福送行。"手掌一翻，突然向金世遗顶心拍下，金世遗出掌相抵，嘻嘻笑道："我一不信神，二不信佛，谁要你的祝福？"忽觉法王掌力如山，迫得人几乎透不过气来，心中一凛，急忙全神运气，拼力抵挡，只听得法王说道："似你这样轻狂胡闹，便该处罪。你既自恃武功，我而今就把你的武功废掉！"金世遗本想反唇相讥，但法王的掌力越迫越紧，竟然令他不能分心说话。

但金世遗已尽得毒龙尊者所传，毒龙尊者的内功自创一家，虽非正宗，刚劲之处，却是武林独步，世上无双，金世遗虽然只有十多年的功力，但在半个时辰之内，亦能与法王相持不下，法王暗暗称异，心道："可惜，可惜，这样的良材美质，却偏偏不走正路，胡作非为。"

又过了一支香的时刻，金世遗忽觉有一股热力，从法王的掌心传了过来，有如置身烈日之下，全身发烫，金世遗渐渐支持不住，情知这样下去，自己必将累得力竭神疲，变成废人，但又不能不拼力抵挡，以免被他的掌力伤了五脏六腑。

又过片刻，金世遗但觉唇枯舌燥，有内火焚身之象，法王也觉得周身骨骼隐隐作痛，那是内力消耗过甚之象。但比将起来，法王以数十年的功力，自是较胜一筹，而金世遗却显已支持不住。法王吸一口气，掌心一压，心中忽地想道："他年纪轻轻，练到这般本领，我若废了他的武功，岂不可惜？"但随即又想："我若不将他废了，如何敢放心交给俄马登？"就在这掌力将发未发之际，忽见金世遗目露凶光，口角微微抽缩。法王本是个有道高僧，很难为外物所扰，见了他这等怪异的神情，也不禁心中暗惊。

原来金世遗自知难敌法王掌力,这时心中正起了杀机!他口中含有天下最毒的暗器——七煞夺命神针,那是用蛇岛最毒的毒蛇口涎所炼的,当年唐经天中了一针,虽有天山雪莲,也病了一个多月,法王的内功与唐经天不相上下,但他没有天山雪莲,若中了毒针,那是必将毙命的了。金世遗口角微微抽搐,心中忽地想道:"我与他无冤无仇,将他杀了,于心何安?"随即又想道:"若不杀他,我的武功便要废了,没有武功,更受世人欺侮,活着又有什么意思?"正要张口将毒针杂在口涎之中吐出,忽又想道:"他到底是一教之主,惨死我手,岂不可惜?反正我也活不久长的了,不如让他一次。"但觉法王的掌力咄咄迫人,忽地又起了一个念头,想道:"我自离开蛇岛以来,走遍江湖,打尽天下高手,从未败得如此之惨,我若给他废了武功,不知者岂不以为我真个敌不过他?有谁能想到反而是我让他,不忍取他性命?"金世遗一生好胜,此时想的是"宁教身死,不教名辱"。心思一变再变,毒针也已吐到唇边,就在将发未发之间。

可怜外面的四大护法弟子都正在宫门静候,他们等了个多时辰,里面还是沉寂无声,心中都是诧异之极,哪里知道,里面的两大高手,都已到了性命俄顷、危机一瞬之时!

陈天宇带了书信,闯过了土司军队的哨岗,连夜动身,奔往拉萨。往拉萨的路,要从土司城堡下面经过,城堡建在山上,路则从山谷穿过,陈天宇经过山谷时,只见山上密密麻麻满是军队,城堡上黑影幢幢,也似站满了人,陈天宇知道这是洛珠的军队前来围攻城堡,正与俄马登相持。陈天宇紧记着唐经天的话:不可中途耽搁,遇着军队便要绕道避开。陈天宇借物障形,仗着一身超卓的轻功,穿过山谷,幸喜山坡上的军队都没有发现,看看就要出了两军阵地,已到了山的北面,那是土司的防地边沿,只有几个哨兵在巡逻了。陈天宇提一口气,掠过最前面的哨岗,忽地一条黑影窜了出来,窄路相逢,正是俄马登这边武功最高的印度苦行僧。

月光之下,印度苦行僧依稀认得这夜行人正是他们欲得而甘心的陈天宇,哈哈笑道:"原来是你!"竹杖一挥,用了个"绊"字诀,竹杖挥了半个圆弧,滴溜溜地两边旋转,待一举便将陈天宇绊倒。陈天宇飞身一掠,一招"倒挂银河",长剑一削,这招正是冰川剑法的精华所在,满拟将竹杖削为两段,哪知剑尖刚刚与竹杖相触,那竹杖竟然如影附形,随着陈天宇的剑势旋转,竹杖有如毫不受力的纸条一样,附在剑上。陈天宇大吃一惊,剑柄一沉,往下一堕,身形站稳,便待逃走,忽听得印度苦行僧"噫"了一声,用藏语高声叫道:"俄马登,你过来,看清楚这人是不是陈天宇?"

陈天宇固然吃惊,那印度苦行僧也是惊疑不定。他曾见过陈天宇的功夫,在抢夺金本巴瓶之时,陈天宇不过仅仅能与他的徒弟打个平手,哪知他如今不但没有被竹杖绊倒,反而能卸开自己竹杖的沾黏之劲,看来内功的造诣竟与自己也差不了多少!他还以为是看错了人,急忙唤俄马登过来相认。

那印度苦行僧第二杖第三杖相继劈来,一杖用柔,一杖用刚,陈天宇抵敌不住,避免再与竹杖相触,虚晃一招,忽如巨鸟穿林地突然从苦行僧身边窜出。苦行僧伸手一抓没有抓着,眨一眨眼,但见陈天宇的身形已掠出数十丈外!

山坳处一条黑影奔来,嘿嘿笑道:"好小子,还想走么?"陈天宇一瞥,认得是俄马登,正是仇人相见,分外眼红,这刹那间,陈天宇想起俄马登诱骗陷害芝娜,又抢走她尸体的事,忍不住血脉偾张,把唐经天的嘱咐抛之脑后,手起一剑,立刻刺出,俄马登举刀一格,这一剑来得迅捷之极,一格格空,心知不妙,急忙闪身,只听得"唰"的一声,陈天宇的剑已刺穿了俄马登身内的软甲,剑尖在他肩头划了一道长长的口子。

但这样阻了一阻,那印度苦行僧已然赶到,陈天宇若要逃走,还来得及，但他恨极了俄马登，抽剑再刺，俄马登亦非弱者，这时不求攻敌，但求自保，竟然接连挡开了陈天宇的三招，待陈天宇第四招出手之时，忽觉背后微风飒然，剑尖一震，印度苦行僧的竹杖已搭着了他的长剑。

这回印度苦行僧小心翼翼，不让陈天宇再有脱身的机会，陈天宇虽然得了唐经天传授的天山派内功心法，到底时日尚浅，未能发挥妙用；那苦行僧乖巧之极，总是顺着陈天宇的剑势，陈天宇进则他退，陈天宇退则他进，两人盘旋进退，有如孩子嬉戏，其实却是各以上乘内功相拼。陈天宇的火候远逊对方，未到半个时辰，已感支持不住，心中暗暗叫苦。

忽听得树林里一声娇笑，那笑声竟是熟悉之极！陈天宇怔了一怔，突感寒气袭人，面前几点寒星骤然袭到！

陈天宇打了一个寒噤，忽地感到压力一松，身不由己地退后几步，用脚尖支地，转了两个圈圈，才稳住身形。抬头一看，只见那苦行僧长袖荡风，将一片灰蒙蒙的光网，吹得四散飘浮，场中突然多了一人，正是冰宫侍女幽萍，她所放的暗器，不消说便是冰魄神弹了。她的功力尚浅，伤不了苦行僧，但也令那苦行僧不得不分出心神应付。

苦行僧大怒，舍了陈天宇，便扑幽萍，幽萍身法轻灵，连避三招，陈天宇回身来救，忽听幽萍笑道："丹达山前，我主人已放了你一次，你还不知道厉害吗？"苦行僧吃了一惊，猛地省起：这女子和冰川天女常在一起，她既然在此出现，冰川天女只怕也在附近。他心中进退难决，手底仍是毫不放松，反手一杖，荡开陈天宇的长剑，左手一伸一缩，霎眼之间，又进了三招，幽萍的裙带几乎给他抓着。

幽萍忽地一声长啸，只听得一个极清脆的声音紧接着叫道："幽萍，你在和谁动手？我就来啦！"声音来自山巅，好像和幽萍闲话家常一般，音细而清，听得极为清楚，苦行僧一惊非同小可，这声音不是冰川天女还有谁人？苦行僧自到西藏以来，就只在冰川天女手下吃过一次大亏，对冰川天女忌惮已极，急忙飞身逃走。冰川天女来得快极，那声音尚在山谷回旋，回声未寂，便已在山坡上现出身来，白衣长裙，飘飘而下，真如姑射仙子，乘虚躜风而行。苦行僧奔到半山，回头一瞥，只见冰川天女已随后追来，吓得连跑带滚，滚下山坡。

俄马登身躯肥胖，武功比起苦行僧更是相差太远，但他比苦行僧乖巧，幽萍一到，他即起步奔逃。不过由于他轻功较弱，却还逃得未远。陈天宇道："这厮是个大坏蛋！"挺剑要追，幽萍笑道："何须这样费力！"双指一弹，冰魄神弹破空飞出，幽萍的冰弹虽然伤不了苦行僧，对付俄马登却是绰绰有余，俄马登正在没命奔逃，忽地感到颈后的"天柱穴"一片沁凉，一股冷气直侵入体内，半边身子登时麻木，冷得连体内的血液都几乎凝结，咕咚一声，立刻倒地，气力消失，爬也爬不起来。

幽萍道："等下咱们再对付他。天宇，三更半夜，你冒险到这儿来做什么？"陈天宇道："芝娜，芝娜，她，她……"声酸泪下，说话断断续续，良久良久，还未说得清楚。幽萍叹了口气，道："芝娜姐姐不幸身死，这事情我已知道啦。但她得报大仇，亦可瞑目了。"

冰川天女平素喜怒哀乐不形于色，这时却为芝娜之死，动了真情，喟然叹道："芝娜以前曾求我指点你的武功，那时你还没有拜铁拐仙为师，她很可惜你具有上佳的资质，却没有第一流的师父。所以求我看在她的情分上，传你自修上乘武功的心法。当时我没有答应。想不到后来冰峰倒塌，机缘偶合，你无意之中服了我宫中的朱果，不须修习，已得了我派上乘的轻功，又偷学了我本门的剑法，这是天意，我不怪你。但人虽学了我本门的剑法，却还未得到我的剑诀。现在芝娜不幸而死,我应助她完成心愿,将剑诀传授给你。只是你我年纪相若,我不能做你的师父。好在幽萍随我多年,虽然未得学全我的剑法,却懂得我的剑诀,我准许幽萍将剑诀代传给你。"陈天宇一向因为未得冰川天女同意,而偷学她的剑法,耿耿于心,而今非但得到冰川天女谅解,而且答允连剑诀也可令幽萍代传给他,心中一喜,当即拜谢。

冰川天女略侧半身,受了陈天宇的半拜之礼,接着问道:"唐经天是否在你的家中?"陈天宇道:"正是。我就是听唐大侠的差遣,想到拉萨去请救兵的。"冰川天女微微一笑,道:"福康安那儿我已去过啦,你不用再去了。"陈天宇十分惊诧,正想发问,冰川天女又道:"金世遗呢?嗯,你还没有见过金世遗,不过唐经天向你说过这人没有?"陈天宇道:"金世遗到我的家中,我虽然没见着他,他却暗中救了我的一命。"冰川天女诧道:"金世遗与你素不相识,他会救你性命?这是怎么回事?"

陈天宇将事情经过说了,冰川天女吃了一惊,说道:"如此说来,金世遗乃是去见法王了。"陈天宇道:"恐怕早见着了。"冰川天女道:"他是什么时候去的?"陈天宇道:"大约是中午时分,随着那两个白教喇嘛,从我家中动身的。若然法王不将他立即交给俄马登,现在应当还在喇嘛寺中。"

冰川天女略一沉吟,道:"幽萍,我早说过,金世遗此人虽然惹人讨厌,内心还有良善之性。他肯救人,难道我就不能救他?你和天宇先回去告诉唐经天,我现在去见法王一遭。"话一说完,立刻便走。幽谷之中,遂只剩下了幽萍与陈天宇两人相对。陈天宇突然想起了芝娜临死之前所说的话,对着幽萍,默默无言。

幽萍幽幽地叹了口气,道:"芝娜与我情同姐妹,我何尝不伤心呢?但人死不能复生,因她的死所起的风波,我们若不为她设法消弭,她在九泉之下,岂能安心?"轻轻握着陈天宇的手,温言相慰。幽萍所说的话,意思与唐经天一样,陈天宇听进耳中,却是更为感动,点点头道:"不错,我之要去拉萨,就为的是消弭这场风波。嗯,是了,冰川天女刚才说已见过福康安,这是怎么一回事?"

幽萍道:"喇嘛寺举行开光大典的那一天,我们也到萨迦。当日之事,我们都知道了。不过,你们没见着我们罢了。我们的公主早已料到有这风波,所以来不及去找他们,就先去见福康安。她曾经为福康安出过大力,保护金瓶,福康安很相信她的话,一说之下,便答允出兵,看来在印度兵未踏入藏境之前,就可将他们截住。"陈天宇这才知道,原来冰川天女之所以迟迟未见到来,乃是去了拉萨。唐经天空自担了一场心事。

两人正在娓娓而谈,忽然听得俄马登的呻吟,陈天宇恨恨说道:"都是俄马登这厮捣的鬼!"幽萍道:"好,咱们现在去对付他。"俄马登中了冰魄神弹,冷入骨髓,牙关打战,已是不能说话,幽萍叫陈天宇按着他背心的两道大穴,替他推血过宫,暂时减弱他体中的冷气,俄马登颤抖说道:"陈公子,你不看僧面看佛面,看在芝娜的份上,你应该饶我一命。"陈天宇怒道:"不说芝娜还可,说起芝娜我更要取你的狗命。"俄马登道:"我对芝娜,可是一片好心,以前她第一次被土司逮着之时,我曾托尊翁求情,今次她行刺土司,我也有暗中相助。这些都是事实,公子,你岂有不知?"幽萍冷笑道:"你当我们还不知道你的底细吗?你是印度喀林邦土王的奸细,你唯恐西藏不乱,意图勾结外人,统一西藏,自立为西藏王。这奸谋瞒得过土司,可瞒不过我们的公主。你暗助芝娜姐姐刺杀土司,不过是借刀杀人之计罢了。"

幽萍此语一出,俄马登固然是大为吃惊,身躯更是颤抖,即陈天宇亦颇觉意外,正想探问幽萍,冰川天女何以会知道俄马登的奸谋,忽见对面山坡火光晃动,人影簇簇,在前行的几个人中,认得出其中一个是印度苦行僧,陈天宇道:"想是苦行僧回去求救,邀集了堡中所有的好手,来与咱们为难。"幽萍道:"咱们赶快绕路避开,回你的家中等候公主。"陈天宇忽道:"苦行僧调集好手前来,堡中必然空虚。咱们正好乘机偷袭他们的老巢!"幽萍道:"何须如此冒险?"陈天宇道:"我怎忍见芝娜的遗体,一直被摆在她敌人的城堡中?"提起剑便想杀俄马登,幽萍道:"留下活口,还有用处。"伸手把俄马登的嘴巴一捏。

俄马登被她用力一捏,嘴巴张开,幽萍双指一弹,将两粒冰魄神弹弹入他的口中,硬生生地迫他咽了下去。冰魄神弹含有幽谷玄冰的亘古奇寒之气,打中外面的皮肤已是不得了,何况咽入肚中。俄马登双眼翻白,周身皮肤都冷起疙瘩,登时不省人事。幽萍笑道:"除了公主和我,世上无人再能将他救醒。好,咱们可以放心去了。"

两人展开绝顶轻功,偷偷从山背面爬上,两军在前面对峙,后山只有巡逻步哨;地暗天昏,竟是神不知鬼不觉地给他们偷偷溜入了土司的城堡。

两人绕了一圈,见东北角上一间精雅的房间,内有红灯掩映,窗纱上映出两个女人的影子,幽萍悄声说道:"咱们过去看看。"陈天宇犹疑说道:"何必去惹她?"幽萍道:"好,她是谁呀?"陈天宇道:"她是土司的女儿——桑壁伊。"幽萍噗嗤一笑,道:"你怕她么?别怕,别怕,有我保驾。"将陈天宇一拉,拉到了碧纱窗下。

房中果然是桑壁伊母女二人,只听得桑壁伊的母亲幽幽叹了口气,说道:"真料不到事情闹得这么大,我只怕你父亲的基业会断送在俄马登的手中!"桑壁伊道:"我一向讨厌俄马登,你偏听他的话。"她母亲道:"我怎知道他竟敢如此包藏祸心?他口口声声说要替你父亲报仇,我怎拦阻得了。"桑壁伊道:"好在天宇没有被他拿去。"她母亲道:"儿呵,你还在想念天宇吗?"陈天宇卜卜心跳。桑壁伊轻轻一笑,却没有说话。她母亲又叹了口气道:"事情闹到这般地步，咱们还好意思和陈家认亲么？"

桑壁伊忽道："把俄马登缚了起来，送到宣慰使衙门去请罪如何？"母亲急忙一手掩住了女儿的嘴巴，道："儿呵，这话千万不能乱说。现在兵权都操在俄马登手中，他若要害我们寡妇孤儿，那是易如反掌！"桑壁伊"哼"了一声道："我看他不止是要篡夺咱们的权位，还想做藏王呢。"她母亲道："正是呀。我现在才知道，你父亲出事之前，他已派人偷偷去印度与尼泊尔请兵了。"桑壁伊道："怕他终不是办法，咱们得想个法子对付他。妈，你为何不与达赖班禅那两位活佛的代表说去？"母亲道："这两位代表只怕自身也难保全，我，我怎敢和他们说去？"

桑壁伊大吃一惊，道："什么，难道俄马登还敢伤害他们吗？"做母亲的好半晌没有说话，女儿道："妈，你在想什么？"桑壁伊的母亲突然站了起来，推开窗子一望，幽萍与陈天宇早躲在山石后面，她没有看到人迹，吁了口气，这才开声说道："儿呀，我方寸已乱，正要和你商量。"正是：

大权旁落如何处？愁煞宫中桑壁伊。

欲知后事如何？请听下回分解。

两人绕了一圈,见东北角上一间精雅的房间,内有红灯掩映,窗纱上映出两个女人的影子……

第三十回

块垒难平　伤心话故国
狂歌当哭　失意走天涯

桑壁伊道："妈，你说。"土司夫人道："俄马登真的想杀班禅活佛的代表！"桑壁伊大为震惊，颤声说道："妈，你怎么知道？"

土司夫人道："班禅活佛的代表那日被女贼误伤，背上中了一把飞刀，幸亏没有致命。可是这事情非同小可，俄马登便借此想利用活佛的代表，请他们转呈达赖班禅两位活佛，把事情牵涉到白教法王身上，请达赖班禅出面，将白教喇嘛再逐出西藏。"

桑壁伊道："这事情我也听到一点风声。"土司夫人续道："幸亏那两位活佛的代表，做事慎重，只将当日的经过依实禀报上去，却没有请达赖班禅驱逐白教法王。俄马登日日挑拨煽动，班禅活佛的代表要求先见白教法王谈谈，意思是想查明事实的真相。俄马登哪肯让他们见法王，暗中指使替他主治的医师下药，令得班禅活佛的代表的刀伤非但不能治愈，而且日见严重。俄马登就推说他病重，不宜见客，将两位活佛的代表与外间隔绝了。在这期间他仍是日日催促班禅活佛的代表写信禀报活佛，班禅活佛的代表更是起疑，坚决不肯照他的意思写信。俄马登没法，索性一不做二不休，叫那个医师下毒，限令在今晚三更之前结束班禅活佛代表的性命。人人都知道班禅活佛的代表是给女贼刺伤的，如此一来，自然以为他是因伤而死,断无人疑到俄马登身上。俄马登以为如此一来,便可刺激班禅活佛,达到目的。"

桑壁伊惊道:"班禅活佛的代表若然在咱们这儿死去,只怕整个萨迦的僧俗官都要受活佛降罪。"土司的夫人道:"可不是吗?因此医师不敢下手,可是他又害怕俄马登杀他,故此偷偷来告诉我,求我替他做主,可是我又有什么办法?咱们的性命都捏在俄马登手上。"桑壁伊道:"咱们和他拼了!"她母亲苦笑道:"拼得过么?这是以卵击石!"

桑壁伊怒道:"莫不成眼睁睁地让他惹来大祸?"两母女愁容相对,毫无办法,忽地窗门"呀"的一声给人从外面推开,桑壁伊拔出佩刀,正待喝问,只听一个极熟悉的声音叫道:"是我!"桑壁伊几乎疑是梦中,跳进来的人竟然是陈天宇,桑壁伊想跳上去抱他,眼波一转,只见陈天宇后面还跟着一位少女,桑壁伊退后两步,呆呆地望着他们。

陈天宇道:"桑壁伊,你信不信我?"桑壁伊从未听过陈天宇用如此的口气向她说话,喜不自胜地点了点头。陈天宇道:"俄马登已给我们制住了。你们一点也不用害怕。"桑壁伊母女有如绝处逢生的人,狂喜得说不出话。陈天宇道:"不过你们不必阻挠那个医师,让他去谋杀班禅活佛的代表。"桑壁伊惊叫道:"为什么?"陈天宇道:"时间迫速,事后再说给你知。现在请你马上告诉我,班禅活佛的代表住在什么地方?"

桑壁伊的母亲到底是经过大风大浪的土司夫人,一怔之下,立刻明白了他们的用意,说道:"好,事不宜迟,你们快去。班禅活佛的代表在西面那个尖塔上的第二层。"陈天宇拉着幽萍立刻便走,桑壁伊心思不定,想追出去,又停在门边,喃喃说道:"妈,他们是做什么?"她母亲道:"他们是想当着活佛代表的面揭破俄马登的阴谋。吹忠(巫师,常兼作医师,就是土司夫人所说的替活佛代表主治的那位医师）只怕还要来见我，你回房去吧。"桑壁伊道："我不是问这个。"她母亲道："那你问什么？"桑壁伊眼圈一红，忽然低低地叹了口气，自个儿走出门外去了。

陈天宇与幽萍适才已探明了土司堡中的路道，很快便寻到西面那个尖塔，尖塔一共三层，西藏王公贵族，家中一般都造有这种式样的"神塔"，静悠悠的，若非他们得到土司夫人指点，真不知这里面供的竟然是一尊"活佛"的替身。陈天宇一纵数丈，飞鸟般地上了第二层，幽萍轻功较逊，跳不得那么高，手按飞檐，借一借力，才翻上去，就只是这一点点声息，在上面瞭望的人已探出头来，幽萍机警之极，不待他们出声，就用两枚冰魄神弹打中了他们的哑穴。黑夜之中认穴如此之准，陈天宇也暗叹不如，心道："果然不愧是冰宫侍女中首屈一指的人物。"

房中有盏油灯，班禅活佛的代表正躺在榻上辗转反侧，发出低低的呻吟声，一见他们进来，吓了一跳，一骨碌地坐起来。幽萍道："我是奉活佛之命来探望你的。"走近前去，露出胸前所佩的一道灵符。原来冰川天女与幽萍到拉萨之时，冰川天女以佛门之女护法的身份，的确去拜访过达赖活佛，幽萍那道灵符，就是达赖所赐。班禅活佛的代表将信将疑，心中想道："达赖活佛怎会知我在此罹难？"达赖班禅分居前藏后藏，距离颇远，以日程推算，班禅纵已接到他使者的禀报，也不能即时通知达赖。但班禅的代表见幽萍佩有达赖的灵符，虽有疑心，却也不敢张扬叫喊。

幽萍就正是要他不叫不喊，剔亮油灯，张眼一看，只见一片红肿，溃烂不堪，心中暗恨俄马登的狠毒，立刻取出一枚丹药，用茶水化了，涂在伤口上，合十说道："倚仗佛力，速愈此伤。"冰宫中的灵丹妙药，非同凡品，何况这只是外表的刀伤，一敷上去，伤者立感沁凉，精神一振，痛楚若失。

班禅的代表这时再也没有疑心，合十诵佛，然后低声问道：

"你们是谁？来时没有惊动人吗？"幽萍道："我们就是为了救你来的。俄马登已给我们制住了，他的手下还没知道。等会有人拿药给你吃，你不要吃！"一说完话，立刻与陈天宇隐身在屋中的佛像之后，班禅的代表莫名其妙，不住地低声念佛。

过了一会，有脚步声从外面走进来，班禅的代表问道："吹忠怎么不来？"来的人是吹忠的助手，原来那个担任主治医师的吹忠，心中害怕，不敢亲自毒杀"活佛"的替身。故此配了毒药之后，却叫助手端来，助手也不知道碗中盛的乃是毒药。

助手端着药碗恭恭敬敬地说道："吹忠有事，叫我来侍候活佛。"话声未完，幽萍忽地跳了出来，伸手一捏，助手"呵呀"一声叫了出来，幽萍趁势夺过药碗，往他口中一倒，转瞬之间，他面色由红转白，又由白变为瘀黑，可怜这个助手，糊里糊涂地就送了一条性命。

班禅的代表大吃一惊，叫道："好狠毒的俄马登！"不由得心中凛惧，对幽萍道："我明白啦，可是这么一来，咱们与他们也撕破面了，怎生出得城堡？"陈天宇道："不用惧怕，我们保你出去。"这话刚刚说完，外面人声纷至。陈天宇拔出长剑，开门一看，只见外面影影绰绰的大约有四五个人，当先的竟是那个印度苦行僧，最后面的是他的师侄德鲁奇，抱着僵硬冰冷的俄马登，还有两个人是俄马登的亲信武士。他们本来是集在一起，想去围攻冰川天女的，想不到没见着冰川天女，却寻着了俄马登。这一下，他们自然立即猜到堡中有事，是以赶了回来。

那印度苦行僧见冰川天女不在其内，放下了心，喝道："好呀，你们是吃了豹子的心狮子的胆？竟敢劫持活佛来了！"陈天宇道："你还敢说，快叫俄马登前来领罪！"俄马登的亲信武士大怒，喝道："你们用的什么妖法害死了大涅巴？若不立即将他救醒，要你这双妖男妖女的性命。"抡刀动斧，立刻砍进房中。陈天宇道：

"萍妹，你保护活佛代表。"展开长剑，叮当两声，将两个刀斧手挡了回去。

那印度苦行僧，左手举竹杖，右手举盂钵，嘿嘿冷笑，只等陈天宇一冲出来，就要当头罩下。陈天宇不惧堡中的武士，却不能不惧这个印度苦行僧，心中自知以自己与幽萍联手之力，只怕也未必能够与这苦行僧相抗，何况另外还有那么多敌人。看来今晚那是万难逃脱的了！那印度苦行僧见陈天宇不敢冲出，越发得意，嘿嘿冷笑，索性一步一步地走进房来，盂钵一翻，倏地将陈天宇的长剑罩住！

金世遗与白教法王在静室对掌，白教法王把金世遗迫得精疲力竭，正拟做最后的一击，金世遗也把毒针吐到了口边，要与白教法王同归于尽。就在这千钧一发之际，忽听得一声娇呼，金世遗的毒针刚刚吐出，吓了一跳，失了准头，被白教法王展袖拂落，而白教法王分了分神，这一掌推出也减了五成力量，金世遗虽然被他一掌推倒，内脏却没有受伤，在地上打了个滚，又跳起来。

金世遗与法王对掌，乃是他出道以来，第一次与强敌以全力相拼，心神贯注，连冰川天女进来都不知道。这时翻了一个筋斗，跳起来时，突然见到他所倾慕过又怨恨过的冰川天女笑盈盈地站在面前，不禁"呵呀"一声，叫了出来。嘴巴一张，忽觉一股奇寒之气，直透入体内，原来是冰川天女玉指一弹，将两枚神弹送入了他的口中！

金世遗适才被法王的掌力相迫，体热如焚，焦渴之极，突然得到冰魄神弹送入口中，真如在沙漠上的旅人，得到从天而降的甘露。只觉遍体沁凉，心头那股火热之气也立时消散了。金世遗是个武学的大行家，心头一震，立刻明白了是冰川天女用"以毒攻毒"的方法救了自己，要不然自己虽然侥幸能够脱身，不至于毙在法王掌下，但内火烧身，重者全身瘫痪，轻者也得大病一场！

这刹那间,金世遗神思昏昏,心中混乱之极,他此来本是为了与唐经天赌一口气,却想不到几乎送命,惨败的情形偏偏又给冰川天女见到,而且还是她救了自己的性命;性命不足惜,自尊心的受挫,却令金世遗大感难过。

金世遗这与众不同的奇怪心思,冰川天女哪能猜到,见他透过气来,缓缓走近,微笑问道:"怎么样?没受伤吧?嗯,你见到唐经天没有,我和你一同走吧,问他讨几颗碧灵丹去。吕四娘说你的内功练得不当,只有天山雪莲制炼的碧灵丹方能给你暂保真元。"冰川天女的声音温柔之极,金世遗从来没有听过这样"体贴"的话儿,若在往时,他听到冰川天女这样温柔的话语,不知该有多么高兴,而今听来,却如万箭钻心,温柔变成了讥刺,体贴变成了挖苦。金世遗突然大叫一声,飞身便走,冰川天女追出门外,只见他已上了屋顶,投掷下来的是一片冰冷的怨愤的眼光。法王在内,于理于情,冰川天女都不能丢开法王去追踪金世遗。冰川天女只得叹了口气,回转身来,摇摇头道:"真是无可理喻!"

"真是无可理喻!"法王也摇了摇头,随即向冰川天女合十问好,笑道,"适才这位年轻人是女护法的相识吗?"冰川天女道:"是一位见过几次面的朋友,他如此冒犯活佛,我心中也实是不安。"法王微笑道:"如此年纪,如此武功,也确算得是人间少有。幸亏女护法前来,要不然只怕我要与他同归于尽。"冰川天女随着法王的眼光看去,只见金世遗喷出的那口毒针,插在大理石的地砖上,周围也黑了一片。不觉骇然!

在青海之时,冰川天女曾经做过白教法王的上宾,这回相见,倍觉欢欣,法王请她坐下,命弟子奉上香茶,忽见冰川天女的眼光,却注视着走廊内一幅壁画。

白教法王微笑道:"女护法喜欢这幅壁画么?"冰川天女"嗯"了一声,缓缓走出,站在壁画之下,定睛凝视,面上流露出奇异的光辉,白教法王道:"这幅画名叫《八思巴进觐忽必烈去蒙古》。画中仕女人物,骆驼牛羊,都栩栩如生,草原风光,漠北情调,几乎要浮出画面。确是一幅美妙的壁画。"法王正在口讲指划,替冰川天女解释这幅壁画,眼光忽地停在画中一个少女的面上,也不禁"咦"了一声,奇怪起来。法王事忙,以前对宫中的壁画没有仔细留意,这时才看出了画中那个穿着尼泊尔贵族妇女服饰的少女,面貌竟然有几分相似冰川天女。冰川天女道:"画这幅画的画工还在这里吗?"白教法王道:"画工是以前的土司从拉萨请来的,这座喇嘛宫还有若干壁画尚未画好,画工未曾遣散,我叫人替你查查。"立刻将一个护法弟子唤来,叫他去查明是哪一个画工所画。

白教法王陪冰川天女说话,冰川天女将她赶往拉萨调停的经过说与法王知道。法王闻得她与达赖活佛以及清廷的驻藏大臣福康安都见过面,福康安并已答应出兵去截印度喀林邦的军队,而达赖活佛也知道了俄马登的阴谋,同意白教法王在萨迦地区有最高无上的教权,萨迦的事情,便由他全权处理。法王大喜,向冰川天女谢道:"多亏女护法以绝大神通,消弭了这场弥天大祸。"冰川天女道:"那是仰仗几位活佛悲天悯人的慈悲,大家都不愿挑起战乱,这才得以和平解决。我不过稍尽奔走之劳,有何功德可以称道?目下俄马登的亲兵尚在和洛珠的军队对峙,事不宜迟,咱们且先平定了这场乱事吧。"法王道:"俄马登这厮,我早就想将他拿来法办了,以前只因碍于黄教的面子,我远来是客,不便喧宾夺主,现既承达赖活佛委以全权,俄马登有多大能为,也逃不脱我的掌心。"立刻下令准备法驾仪仗,要连夜到土司堡中去平定这场乱事。

护法弟子分头行事,不到一刻,去访查画工的大弟子回来报道:"那幅壁画是一个尼泊尔的画工画的。"冰川天女忙问道:"他叫什么名字?"护法弟子道:"他说他要见到女护法才说。"冰川天女奇道:"他怎么知道我在此间?是你向他说我要查问这幅画的吗?"护法弟子道:"我没有说。这画工一听我问,便道:'除非是冰娥小公主来了,否则无人会来问我。呀,我到西藏来作这幅画就是为了等她。'"冰川天女忙道:"快请他进来!"护法弟子道:"他就在外边。"将门打开,只见一个白发萧萧的老画工走了进来,目不转睛地打量着冰川天女,忽然用尼泊尔话喃喃说道:"长得和当年的华玉公主真是一模一样。"

冰川天女道:"你是谁?你怎知道我母亲的名字?"那老画工道:"奴仆名叫额都,三十年前,曾伺候过驸马、公主。"冰川天女"呵呀"一声叫了起来,说道:"原来是额都公公,想不到有这个缘分见你,失敬了!"盈盈起立,裣衽一拜,护法弟子看得呆了。哪想得到活佛的贵宾,佩有贝叶灵符的女护法,竟然对这样一个穷愁潦倒的老画工恭敬施礼。

法王也大出意外,耸然动容,忙叫弟子给老画工设座,笑道:"原来你们是旧相识,当真意料不到。"冰川天女道:"不,我如今才是第一次和额都公公见面。"法王一诧,只听得冰川天女续道:"额都公公是教我母亲画画的师傅,母亲生前,时时和我谈他的画。他是尼泊尔的第一画师,我的冰宫中还藏有许多幅他画的画。"法王合十说道:"异国相逢,两代相见,真是缘法。"

冰川天女浮起一片怜悯之情,问道:"额都公公不在皇宫安享晚年清福,却跋涉关山,远适异国,这是为何?"额都持持斑白的胡子,缓缓说道:"就为的等你到这儿来召见我。我本来以为不知要等到什么年月,谁知现在就给我等着了。多谢我佛慈悲,尼泊尔有救了。"

冰川天女道:"你慢慢说吧,这是怎么一回事情?"额都道:"尼泊尔前任的国王,是你母亲的堂兄,在国中横征暴敛,大失民心;在国外穷兵黩武,结怨四邻,你知道吗?"冰川天女道:"母亲生前曾和我说起,她曾托人劝过堂兄。也因此我母亲发誓不再回尼泊尔。嗯，你怎称他作前王？"

额都啜了一口清茶，叹气说道："他死前一年，就是抢夺金本巴瓶的那一年，因为和邻邦开仗，受了箭伤，回到宫中，没有多久就死了。他的儿子继位，比父亲更为暴虐，弄到民怨沸腾。老一辈的都想念起你的母亲华玉公主来，说这王位本来应当是你的母亲的，假若当年你的母亲继承大宝，尼泊尔就不至弄成今日的样子了。人人都盼望华玉公主和驸马能够回来。"冰川天女也叹口气，道："我的母亲已死了十多年啦。"额都道："这消息我是知道的，可是国人还未知道，他们焚香祷告，总是盼望你的母亲回来。"

冰川天女咽了眼泪，道："你怎知道我母亲去世的消息？"额都道："前王曾派遣国师到西藏来探听华玉公主的消息。听说他曾见过你面。"冰川天女点点头道："不错，那红衣番僧两上冰宫，被我驱逐下山的。后来他在抢夺金本巴瓶的事件中也丧了命了。"额都道："他虽死了，可是他对前王所说的话，却种下一个大祸根！"

冰川天女奇道："他和国王说了些什么话来？"额都道："他说他见到了人世无双的绝色仙子，那说的就是你。"冰川天女杏脸泛红，道："这妖僧可恶，我当时真不该放他活着回去。"额都续道："他又说你的武功高强之极，连手下的一群侍女，也都是个个了得。若然你们肯诚心协助国王，尼泊尔定可称雄。只是据他看来，你实无意回国，但人事难料，你们对皇室既不忠心，留下来便是祸患，所以他劝国王选拔高手去暗杀你。"冰川天女冷笑道："我倒不惧。"额都道："前王听了他的说法，虽然对你甚不放心，但那时刚是他在西藏挫败之后，又和四邻结怨，国家多事，急切之间也选不到高手，听说你无意回来，也就算了。"

冰川天女道："那还有什么事呢？"额都道："他面见国王禀报之时，太子侍候在旁，我那时以宫中画师的身份，恰巧也在旁边。太子听到世间有这样绝色的女子，当时就留了心。即位之后，他两年来没立皇后，原来他是虚席以待。"冰川天女"啐"了一口道："那是癫蛤蟆想吃天鹅肉，痴心妄想。"额都道："可是他不知道你的心意，一直都是痴心妄想。这两年，他请到不少阿拉伯和欧洲的高手武士，又训练了一个登山兵团。准备到西藏来，迎接你回去。"冰川天女道："千军可以夺帅，匹夫不可夺志。他就是派十万人来，我也不会为他所动。"额都说道："他以战争作威胁，他料想福康安和藏王不会为你一人而轻启战端。他亲自带兵来迎接你，你纵不愿，西藏也不敢再留你居停。"冰川天女又气又愤，料不到自己竟惹了这么大的麻烦。

额都续道："我以前得你母亲厚待，恩义难忘，国人又都想念你们，所以我不惜抛弃了皇宫画师的位置，跋涉关山，来到西藏。我年老力衰，冰峰是上不了的，恰巧白教喇嘛宫要人作画，我便应征来了。你母亲一生礼佛，我料你也许会到喇嘛宫中参拜，所以便画了那幅画，希望你能见到，果然我佛慈悲，竟不须我多费时日久等。"

冰川天女明白了原委，说道："多谢你不辞劳苦，将信息带给我。"额都道："我来见你，还带来了我自己的心意和国人的愿望。"冰川天女道："愿听教言，公公你说。"额都道："你若有本领杀他，那么你便回去，杀他自立。国人都拥护你。即算你不能杀他，回国之后，振臂一呼，国人也会拥护你推翻暴君，立你为王。这王位本来是你母亲的，由你继承，名正言顺。"冰川天女微笑道："我哪有心思做国王？若不是冰峰倒塌，连尘世的麻烦我也不愿招惹。我本来就打算今生今世永隐冰宫的啊！"额都道："若你不欲为王，那就快远走高飞，因为恐怕国王不日就要带兵来了！"

冰川天女道："你怎么知道？"额都道："俄马登早就请他发兵，他乘此时机，正好作一石两鸟之计。"冰川天女心中烦闷，思如潮涌，久久不言。尼泊尔是她母亲的国家，中国是她父亲的国家。她爱这两个国家的心情，就如同爱她自己的父母一般，难分轩轾。她怎忍见自己的表兄带尼泊尔兵来向中国挑衅？她又怎忍见自己的母国在暴君统治之下民不聊生？可是若然自己真的听额都之计，回国去干预政事，那又将惹起多大的风波与麻烦？那又岂是她孤高绝俗的性情所堪忍受？

外面护法弟子进来报道：法王的仪仗已经准备停当了。冰川天女道："额都公公，多谢你一番好意。你暂时在这儿住下，待尼泊尔太平之后，你再回家。"她并没有说出自己的决定。但在额都听来，好像冰川天女已有使得尼泊尔太平的办法，于是心满意足地施礼退下。冰川天女也就和法王一道赶往土司的城堡去了。

陈天宇与幽萍二人在石塔的静室里受到围攻，正在吃紧。陈天宇展开冰川剑法，拼命抵挡印度苦行僧的竹杖金盂，仍被他迫得步步后退。幽萍仗剑守护班禅活佛的代表，这时也已与苦行僧的师侄德鲁奇交上了手。另外还有两个西藏武士，那是俄马登的手下。幽萍勉强敌得住德鲁奇，再添上两个敌人，立刻险象环生。俄马登的手下目的在于班禅的代表，迫退了幽萍，立刻上去捉人。幽萍大急，扬手飞出两枚冰魄神弹，那两个武士未曾碰过这种奇怪的暗器，给冰弹打中了穴道，登时血液冷凝，手脚麻木，吓得慌忙窜出，赶紧去找烈酒御寒。幽萍大喜，又用冰魄神弹去打德鲁奇，德鲁奇功力较高，把软鞭使得呼呼风响，冰弹不中他的穴道，虽然被寒气侵袭，冷得牙关打战，却也还能够挺住。至于那个苦行僧，却连寒噤也不打一个，冰弹未近身就被他扬袖拂开，他仍然紧紧追击着陈天宇，半点也不放松。

这时幽萍这边反而转危为安，陈天宇却抵挡不住。印度苦行僧喝一声"着！"，金盂钵忽地当头一罩，陈天宇缩手不及，长剑给罩在钵中。苦行僧哈哈大笑，盂钵左旋右转，陈天宇身不由己地跟着他旋转，不论怎样用力，长剑总是拔不出来。

苦行僧得意之极，正待加速那盂钵的旋转之力，忽觉门外静寂如死，气氛有异，心中一凛，回头看时，忽听得嗤的一声，两股奇寒之气从鼻孔中钻入，只见冰川天女面挟寒霜，正在冷冷地盯着自己。再一看，门外的武士个个垂手肃立，那抱着俄马登僵硬身体的武士更是显得非常惶恐，原来白教法王的法驾忽然来到了古塔下面。

印度苦行僧吓得魂不附体，哪里还有丝毫斗志，而且他被冰川天女的冰弹从鼻孔中打入，奇寒之气，直侵到心头，即算尚有斗志，亦已无能为力，幸而他的瑜伽功夫已练到第二段的境界，第一段的最高手可以闭气十二个时辰不死，他虽然没有这个本领，也可以闭气两三个时辰。当下立即闭气屏息呼吸，令体中的那股奇寒之气不能流动，用真气保着心头的一点温暖，立即穿窗飞走，冰川天女也不追他。德鲁奇纵身稍慢，被陈天宇拉住鞭梢，长剑一起，正待削下，冰川天女道："只要他发誓不再到西藏，让他去吧。"德鲁奇活命要紧，果然发了一个重誓，陈天宇便松开手，让他走了。

白教法王走上塔楼，班禅活佛的代表服了冰宫灵药之后，痛楚若失，行动已如常人，白教法王向他慰问，他也向法王道谢，多谢法王的明智，消弭了这场险恶的风波。

俄马登的几个亲信武士被法王的威严镇住，垂手肃立，动也不敢一动，抱着俄马登僵硬身体的那个武士，更是惶恐不安。法王道："你们愿意立功赎罪么？"这群武士自是没口应承，法王道："俄马登勾结外人妄图叛乱，你们是他的亲信，总不至于不知道吧？"那群武士低头不敢作声。法王道："你们把他的罪证搜来给我，我要公布给萨迦宗全体僧俗人众知道。"命两个护法弟子陪同俄马登的亲信武士去搜查，果然在俄马登的私室里搜出了许多秘密信件，其中竟有印度喀林邦大公和尼泊尔国王亲笔答应的函件，法王请冰川天女将俄马登救醒，罪证确凿，俄马登虽然狡猾如狐，亦已无言可辩。法王将他斥责一顿，用重手法废了他的武功，将他交与班禅活佛的代表看管。待萨迦宗的乱事完全平息之后，再押到拉萨去。

土司堡中的恶斗，由于法王和冰川天女的来到，立时瓦解冰消，但外面山坡，被俄马登所驱使的土司军队，仍然在和芝娜的舅舅洛珠的军队相持，法王处理了俄马登之后，再命护法弟子摆起法驾仪仗，到外面去调停两军的相斗。

冰川天女陪班禅的代表说话，陈天宇和幽萍则趁这个空闲，到后宫去寻觅芝娜的尸体。土司堡中的吹忠本来是被俄马登迫令他害班禅活佛的代表的，他不敢下手，却由副手代死，班禅的代表宽大为怀，也饶了他。他自愿带领陈天宇前往土司的灵堂，原来芝娜的遗体被俄马登摆在一个玻璃棺内，就放在土司灵柩的旁边。在俄马登的意思，是让土司的手下都认清这个刺客便是当年偷马纵火的女贼，也即是被陈定基父子救走的那个女贼，好证明他说的不是假话，好激起土司手下对汉人宣慰使的仇恨。因此之故，陈天宇又看到了芝娜的遗容。前尘往事，一一泛上心头，陈天宇不觉潸然泪下。

西藏高原，气候寒冷干燥，芝娜的尸体，放在玻璃棺中，虽然为时已过一旬，颜色还是栩栩如生，陈天宇想起她临死之前，前来道别的情景，那幽怨的神情，诀别的眼光，毕生也不会忘记。灵堂里寂静无声，只有幽萍在幽幽地叹息。陈天宇面对遗容，一片凄迷，眼前忽然泛出芝娜的幻影，好像弹着东不拉向自己行来。耳边忽地听得有人叫道："天宇，天宇！"幻影也变作了真人，陈天宇尖声叫道："芝娜！"张臂向前一抱，眼前的"芝娜"忽然变了，只见她张大眼睛，惊愕得难以形容，陈天宇霎时间清醒过来，看清楚了，原来是自己名义上的未婚妻、土司的女儿桑壁伊。她的母亲也跟着走了进来。

这刹那间,桑壁伊心中的悲痛实不在陈天宇之下,这刹那间,她什么都明白了:陈天宇为什么屡次拒婚?陈天宇为什么老是躲避她?一切疑问都已得到答案:原来人言不假,陈天宇钟情的果然是这个"女贼",是刺杀自己父亲的仇人。她的母亲也是惊愕得难以形容,愤然问道:"嗯,陈公子,你进这灵堂作什么?你是吊祭你的丈人还是吊祭这个女贼?"其实她是明知故问,看了陈天宇手抚玻璃棺材的这份悲痛的神情,任谁人都看得出来,他是吊祭芝娜的。

陈天宇低声说道:"她不是女贼,她是沁布藩王的女儿。你们既然看着她不顺眼,就让我把她的棺材搬走了吧!"土司的寡妇登时怒气上冲,厉声叫道:"我不管她是谁,我只知道她是刺杀我丈夫的仇人,死了也得要她陪葬!"忽地嚎啕哭道:"王爷呵,你死得好惨呵,你死了谁都来欺负我们呵!"她一时气愤,说出这话,忽地想起陈天宇替她除掉俄马登,实是对她有恩,怎能说是欺负?哭声不觉低了一些。

陈天宇手足无措,幽萍忽地也哭道:"芝娜姐姐呵,你死得好不值呵,别人杀了你的一家,并吞了你的土地,你只刺杀了一个仇人,却要陪着仇人死去,死得好不值呵!"桑壁伊母女心头一震,土司害死藩王全家之事,她们也并非全无知晓,只是碍于夫妇父女之情,就只记得别人的仇恨,却记不得自己亲人所给予别人的灾祸。幽萍的哭声未歇,土司寡妇的哭声却不自禁地停了下来。哭声中忽见法王陪着一个身材高大的藏族男子走进灵堂,这男子正是芝娜的舅舅洛珠。

洛珠接受了法王的调解,进来寻觅甥女的尸体,一见芝娜的尸体摆在土司灵榇的旁边,怒气冲冲地叫道:"你这个弑上篡位的恶贼,怎配在我甥女的旁边?"动手就要砸土司的桐棺。法王低首合十,口宣佛号,庄严说道:"因果报应,人死仇灭,你们两家也和解了吧!"土司夫人颓然坐在地上,无言以应。陈天宇见已有洛珠出头,心中伤痛,不愿再留,牵着幽萍的手悄悄退出。土司夫人的哭声已止,这时却轮到桑壁伊痛哭起来,她什么都绝望了。

唐经天送走了陈天宇之后,一夜忧心忡忡,第二日一早,听说外面藏兵的步哨已经撤除,正在惊诧,忽报陈天宇和两个女子已回到外面。

唐经天奇道:"怎么这样快就回来了?有受伤么?"进来禀报的戈什笑道:"公子的精神比昨天还要好得多,哪会受伤。"唐经天急忙出去迎接,骤然眼睛一亮,只见冰川天女主仆,手挽着手,和陈天宇一道,并肩走进衙门,三个人都是眉开眼笑,喜气洋洋。唐经天这几天来为了应付围攻,衣不解带,睡不安枕,这时忽然见着冰川天女的笑容,就像在霪雨的季节,骤然见着灿烂的阳光一样,满天的阴霾都扫得干干净净,大喜叫道:"冰娥姐姐,你怎么现在才来呵?天宇,外边是怎么回事?你为何不去拉萨?"他同时向两人发问,眼睛却尽瞟着冰川天女。幽萍笑得弯下了腰,摆脱了冰川天女牵着她的手,推了陈天宇一把,在他耳边悄悄笑道:"傻子,还用得着你答话么?咱们赶快躲开,让他们二人畅叙。"

冰川天女道:"无须到拉萨了。"将事情经过撮要说了一遍,唐经天万万料想不到,事情竟然解决得如此容易,喜不自禁地拉着冰川天女的手道:"冰娥姐姐,你真像天上的神仙,一手拨开云雾,立刻现出晴天来了。"冰川天女面上一红,偷偷推开唐经天的手,道:"你还说呢,我现在正烦得要命。"

唐经天轻轻哼着新疆的民歌:"纵有些心底的愁烦,也只像淡云遮盖着燃烧的太阳。"他还以为冰川天女是故意夸张,凝眸一看,冰川天女双眉深锁,不像撒娇,也不像说笑。唐经天道:"这是怎么回事?弥天的大祸都已消除,还有什么值得愁闷?"

冰川天女道:"阴云还未吹得净散呢,你赶快替我出出主意。"

将见到了老画师额都,以及额都告诉她的尼泊尔国王就将要出兵的事情告诉了唐经天。唐经天想不到有这样突如其来的风波,面色变得沉重起来,沉思半晌,忽地笑道:"你熟读佛经,难道不知道佛祖割肉喂鹰,舍身救虎的故事?"冰川天女愠道:"你忍心教我下嫁尼泊尔的国王么?"语气之间,爱恨交并,真情流露。唐经天笑道:"我岂是教你下嫁暴君?我是劝你不辞艰险,就当你到地狱去走一遭,索性去见那个暴君,一来打消他的妄念,二来也好相机行事,或者感化他导他向善,或者除掉他另立新君,这也是一场大功德呀。"冰川天女道:"我母亲与我曾发誓不回母国,再说去了也未必有什么效果。"唐经天道:"世事沧桑,人事难料。你以前又何曾想到冰峰会倒,而你也终于下山招惹尘世的麻烦?你这次奔波数地,消弭了西藏的战祸,这样的麻烦你都不怕,还怕什么麻烦?"其实冰川天女本来已有这个意思,得到唐经天一劝,心意立决,微笑说道:"那么我要你和我一同去!"唐经天笑道:"那是求之不得。咱们稍息两天,先到拉萨去见福康安,然后到边境去'迎接'那位暴君。"

冰川天女在冰宫之时,俨若不食烟火的仙女,全不理会尘世之事,下山之后,渐渐由出世而"入世",性情和唐经天也渐渐地更为接近了。

两人在宣慰使府衙的花园中徘徊漫步,喁喁细语,说起以前的种种误会,都不禁哑然失笑。这些误会,大半是因为有金世遗穿插其间而引起的。唐经天谈说起来,笑道:"此人真是难以猜测,我以前对他讨厌之极,却想不到他今次却帮了我和天宇的一个大忙。俄马登本来是要捕捉天宇,金世遗却莫名其妙地到来,替天宇去见法王,你说怪也不怪?"冰川天女说道:"原来如此,他几乎送掉性命呢,我刚才忘记对你说,我到喇嘛宫的时候,他正在和白教法王对掌。"唐经天听了冰川天女细说当时的情形,不禁骇然,叹口气道:"呀,他只有三十六天的性命,却又偏偏不肯受人怜悯,拒绝别人相救。真是天下第一个怪人,我非找到他不能安心,他到哪里去了呢?"

金世遗到哪里去了呢?

金世遗那晚逃出了喇嘛宫后,心情混沌,一片迷茫,漫无目的地出了萨迦城门,在旷野孑然独行,不觉黑夜消逝,红日从东方升起,金世遗被晓风一吹,稍稍清醒,自言自语道:"我该到哪里去呢?"连他自己也不知该到什么地方去。忽觉口中焦渴,甚是难受,原来他被法王掌力所迫,当时运用了全身精力与之相抗,体中水分消耗过多,幸得冰川天女将两枚冰魄神弹送入他的口中,用奇寒之气化解了他体中的奇热,这才不致引起内火焚身,变成残废。但冰弹并非灵药,消融之后,又经过了大半夜的时间,效用已失,而他的体中热气,还未完全消除,是以自然感到焦渴。金世遗沿着驿道奔跑,那是通往拉萨去的大路,走不多久,见着路旁有家酒肆,西藏天气寒冷,路上行人,习惯饮酒御寒,所以大路上每隔十数里就有酒肆,好像江南的茶亭一样。

金世遗走入酒肆,立刻唤酒解渴,酒肆四面通爽,金世遗适才在路上奔跑,反而没有留意郊野景色,这时坐了下来,稍稍平静,向外望去,但见一片新绿,遍野新生的嫩草中还隐约可以见着几朵淡黄色的小花,那是西藏冬季过后,最早开放的报春花。这时是仲春二月的时节,西藏的春天来得迟,有些树木枯黄的树叶还没有落尽。金世遗百感交集,忽地想道:"草原生机蓬勃,而我却像绿草中枯黄的树叶。"悲从中来,击桌狂歌,唱的是他做小乞丐时候从老乞丐学来的江南"莲花落",这本来是个小调,抒发乞丐胸中的愁郁的,在他口中唱出来,充满了愤激之情,却如狂歌当哭!酒保吓了一跳,叫道:"客官,酒来啦!"盛酒的是一种长颈的酒樽,金世遗看也不看,把酒樽在桌上一敲,敲断瓶颈,张口一吸,酒就像喷泉的水柱一般，被他吸到口中。酒保几曾见过如此喝酒的法子，惊得呆了，忽然间，只见金世遗大叫一声，飞身跳起，好像碰到了什么怪异之事，正是：

狂歌当哭谁能解，忽见故人天外来！

欲知后事如何？请听下回分解。

金世遗看也不看，把酒樽在桌上一敲，敲断瓶颈，张口一吸，酒就像喷泉的水柱一般，被他吸到口中。

第三十一回

短梦几时醒　音传海外
幽情谁可诉　人散荒原

　　你道是什么事情令得金世遗惊诧如斯？原来当他敲碎长颈酒樽，鲸吞狂饮之际，忽听得轻轻一响，突然似有一小粒丸药似的东西，随着他吸起来的酒柱，一下子冲入他的口中，立如珠走玉盘，滑下喉咙。事情来得太出意外，金世遗刚一惊觉，要吐已来不及。试想金世遗是何等武功，他打暗器的手法更是独步天下，连四川的暗器世家唐家也占不了他的便宜，居然会在这小酒肆中遭人暗算，他焉能不惊诧张皇？

　　一股凉气直冲丹田，焦渴立刻止了。金世遗只觉得有说不出的舒服，晕眩、耳鸣等等现象也立刻消散了。金世遗和法王苦斗半夜，熬了一晚未睡，本来昏昏沉沉，这时，眼睛也似给清晨的露水洗过一般，比前更加明亮，神智也比前清爽，看来那并不是毒药，而竟是一粒灵丹。金世遗猛地心头一动，想起冯琳曾与他谈过天山雪莲的灵效，莫非这竟是天山雪莲所炮制的碧灵丹？

　　金世遗叫道："哪位高人，赐我恩惠，请求一见。"一抬头，只见酒肆的四面窗户，现出两张面孔，可不正是冯琳母女？金世遗尖叫一声，顿时呆若木鸡。唐经天是李沁梅的表兄，自己拒绝了唐经天的恩惠，将唐经天送给自己的碧灵丹连瓶掷回，却终于还是服了他的碧灵丹，虽说那是唐经天的姨母冯琳送来的东西，强纳入他的口中，但那又有什么分别？还不是天山派的秘制灵丹？还不是等于间接接受了唐经天的恩惠？金世遗一直就是要和唐经天赌一口气，只想让他受自己的恩惠，自己断断不肯受他恩惠，哪知一斗法王，几乎送命，是冰川天女救了自己；现在又是冯琳送来的碧灵丹，让自己恢复了被法王内力所消耗的元气，而这两个人都是与唐经天关系最密切的人。金世遗但觉自尊心受了损害，转瞬之间，心念百转，窗外李沁梅正在用手指刮脸，还是从前那副娇憨的顽皮的神态，李沁梅正在等待他招呼，可是金世遗却似给人定着似的，口唇颤动，却说不出一个字来！

忽地窗外人影一晃，似乎听得冯琳低声地说了一句什么话，两母女忽然又不见了。金世遗颓然坐下，突然后悔起来，想起李沁梅和他初见面时和他说的话，那时他正在峨嵋山戏弄野猴，李沁梅对他说的话是："你对它好，它就对你好；你要是欺侮它，它当然不和你做朋友，你怎么这点道理也不懂呵！"当时不觉怎么，现在想来却是大有哲理，李沁梅说的是猴子，但何尝不是说人？难道世人之对自己冷淡，竟是自取其咎么？自己偶然做了一次好事，替陈天宇去冒险犯难，他们就这样的关心自己，救护自己，莫非这个世界并非自己所想像的那样"冰冷"？莫非错的竟是自己不成？

酒保从未见过有如此奇怪的饮客，定了神看着金世遗，冯琳母女的踪迹，他根本没有发觉。只见金世遗颓然坐下，将半边面孔转向窗外，葡萄美酒泼了满地，他也丝毫不睬，看样子竟是呆了。酒保心中骇怕，轻声问道："客官，还要酒么？"金世遗呆呆地凭窗遥望，竟似视而不见，听而不闻。酒保心中七上八下，生怕酒钱没有着落，但金世遗神气骇人，酒保给他吓着了，不敢再问。

金世遗此际心中烦乱之极，陡然觉得这个世界似乎与他接近了却又那样陌生，他记起了人世的冷酷也记起了人世的温暖，他的父亲、幼年之时曾偷过番薯给他吃的老乞丐、第一个将他当作朋友看待的冰川天女以及刚刚走掉的顽皮而又娇憨的李沁梅，这些人物的影子一一从他心上飘过，好像他所熟悉的水上的浮萍，随着滚滚波涛东去，永不回头；但他对浮萍无所牵念，而这些人物虽然只在他的生命中占短短的时刻，却令他永不能忘。他又陡然想起自己的生命即将像窗外那枯黄的树叶，这些人都不能再见了。不觉百感交集，悲从中来，难以断绝！他真的想追出去唤李沁梅，但她们的影子早已不见了。

门外有脚步声走来，金世遗如醉如痴，看着窗外的广阔的原野，根本就没有留意。忽听得有一个似曾相识的声音说道："要一樽马奶酒。"另一个少女的声音撒娇说道："妈，我不要味道酸的马奶酒，我要甜甜的葡萄酒。"这声音也似在哪儿听过的，金世遗猛地回过头来，与那两个母女打了一个照面，那少女忽地退后三步，睁大眼睛，面色刷一下变得灰白如死！

金世遗最初还以为是冯琳母女回来，谁知不是。这两母女乃是杨柳青和她的女儿邹绛霞，杨柳青渴念唐晓澜，邹绛霞也惦记着唐经天，因此两母女远赴回疆，意欲上天山寻访他们，到了回疆，碰到李治，才知道唐经天正在西藏，而唐晓澜也因为挂念儿子，半个月前动身，也到西藏去了。因此杨柳青也带着女儿转到西藏来，却想不到在这里碰到了金世遗。这时金世遗穿的乃是陈天宇的衣裳，再不是麻风的打扮了。她们刚刚进来的时候还以为是萨迦城中贵介公子，到郊外春游，在小肆喝酒，哪知看清楚了，竟然是曾令她们吃过大亏、又害怕又痛恨的"毒手疯丐"！

金世遗吓得她们魂不附体，岂知她们也吓走了冯琳母女。原来冯琳在年青时候，曾屡次戏弄杨柳青，有一次甚至假冒她的姐姐冯瑛，用飞刀削去了杨柳青的头发。所以冯琳远远见她走来，大感尴尬，不好意思和她相见，便和女儿悄悄躲开。这缘故连她女儿都不知道，金世遗自然更加莫名其妙。他刚才自怨自艾，还以为冯琳母女是认为他无可救药，才离开他呢！

邹绛霞正在向着母亲撒娇，忽然发觉那王孙公子模样饮酒的饮客，竟然是毒手疯丐金世遗，登时吓得面如土色。杨柳青道："怕什么？记得你是铁掌神弹杨仲英的外孙女儿！不要给人小视了！"杨仲英是几十年前北五省的武林领袖，杨柳青一生以此自豪，名门之后，最怕辱没家风，杨柳青虽明知不是金世遗的对手，但以她的身份，怎能示弱逃亡？而且她也见识过这个"疯丐"的"毒手"，知道若是金世遗存心要与她为难，逃走也逃不脱。还不如决心一拼，静待他的发难。

若然是在几年之前，金世遗听得杨柳青将父亲的名头拿出来夸耀，非把她戏弄个够不可！然而此际，金世遗非但没有这个存心，反而心中感到歉意，想道："呀，这女孩子本来是天真活泼，和沁梅妹妹差不多，一见我却吓成这个样子，这都是我以前种下的孽果。弄得世人都把我当作怪物。"

杨柳青拣了一付座头，牵女儿坐下，高声叫道："拿两樽滴珠葡萄酒来！"将弹弓取出，摆在桌上，她口中虽说不害怕，心里却是害怕得紧，取出弹弓，其实自己壮胆而已，邹绛霞只觉她母亲的手指微微发抖，连声音也有点变了。忽听得金世遗微微一笑，偷眼看时，只见金世遗正在凭栏喝酒，看也不看她们。

两母女忐忑不安，忽见外面又来了一个人，却是个书童的打扮，肩上搭着一个褡裢（当时流行的一种出远门旅行的背包），满面风尘之色，不过十七八岁的年纪，神情虽然显得颇为劳累，面上却是笑嘻嘻的，似乎正办了一件什么得意的事情。

这书童一进店门，便把褡裢往桌上一顿，自顾自地笑道："这可好了，明天就可到萨迦啦。酒保，给我一樽冰冻的葡萄酒。"西藏地方，山岭上长年冰雪不化，但每到午间，平地却酷热不堪，是以酒店人家多贮有冰雪。这时虽未近午，但那书童长途跋涉，热得直喘气，他拖了一张有竹背的靠椅过来，躺下去伸了个懒腰，除下脚上的草鞋，邹绛霞隐约闻到有股臭味，原来那书童脚板上起了无数水泡，他正在把那些水泡一个个地弄破，闭起眼睛，享受那抓痒的滋味。邹绛霞掩着鼻子，有点讨厌，但看那书童滑稽的神情，若不是她心中有事，几乎要发出笑来。

　　酒保拿了一樽开了樽口的葡萄酒给他，上面有几片浮冰，另外还有一盘碎冰块，是准备给他加用的。那书童喝了一口，大叫道："好舒服，北京的皇帝老儿家厨所酿的御酒也没有这个味道！"眼光一扫，忽然朝杨柳青母女这边笑嘻嘻地走过来。

　　邹绛霞怔了一下，只见那书童笑嘻嘻地道："你们不懂喝酒，葡萄酒冲水喝还有什么味儿？小姑娘，连葡萄酒你都怕酒味浓么？嗯，我来教你，怕酒味浓加一点冰块进去，喝起来又凉快又舒服。"杨柳青皱皱眉头，心中烦躁之极，但她顾忌着金世遗在旁，不愿多事，只是横了那小书童一眼。那小书童不知进退，见她们不答理，竟从自己的桌子上捧了那盘碎冰过来，笑嘻嘻道："我不骗你，加一点冰试试看。"抓起一块碎冰，就往邹绛霞的酒杯里丢。他跋涉长途，进店后未洗过手，指甲上塞满垢泥，邹绛霞大为恼怒，面色一沉，骂道："谁要你多管闲事？"手指一弹，将两颗胡桃核弹出去，这一弹正是杨家的神弹妙技，卜卜两响，分别打中了书童两胁的软麻穴，那书童哎哟一声，跳了起来，一盘碎冰都泼翻了，冰水溅了邹绛霞一面，两人都是大为狼狈。书童叫道："你不欢喜调冰为何不对我早说？真是狗咬吕洞宾，不识好人心。哼，我家公子都没有你这位小姐难伺候！"邹绛霞涨红了脸，斥道："谁要你伺候？"反手一掌，就想掴那书童，却被她母亲一把拉住。杨柳青心中惊疑不定，两胁的软麻穴是人身三十六道大穴之一，武功多好被打中了也不能动弹，难道这书童竟练有邪门的闭穴功夫？

忽听得金世遗哈哈一笑，站了起来，杨柳青吃了一惊，伸出去的手又缩了回来，抓起桌上的弹弓，只听得金世遗笑道："小哥儿，你这喝酒的法儿很妙，酒保，给我也拿一盘碎冰来。"书童听得金世遗叫他，转过身去，看了一眼，忽然大叫道："呀，原来是恩公在此，那天我还没有向你道谢呢！你怎么也到这儿来了？哈，我请你喝酒，无物相谢，一杯薄酒，表表心意，恩公，你可别推辞了！嗯，你看我有多糊涂，你救了我，我还没有请教你的高姓大名呢！"

金世遗笑道："你是陈天宇那个多嘴的书童江南，对么？"江南道："一定是萧老师向你说我了，其实我并不多嘴，他们却偏偏讨厌我。"金世遗道："好极，咱们都是被人讨厌的人，来喝一杯！"杨柳青更是忐忑不安，心中想道，一个金世遗已难对付，又添了这个古灵精怪的书童，看来今天实是凶多吉少。其实江南的真实武功还比不上邹绛霞，只因他曾被黄石道人强收为徒，无意中学了黄石道人独门的颠倒穴道功夫，所以给桃核打着，只当是挨了两颗石子，虽然疼痛，却丝毫没事。

江南当日能逃出石林，摆脱了黄石道人，虽说是靠唐经天之力，但若没有金世遗与冰川天女来助，只唐经天一人也打发不了黄石道人。江南记性极好，当日虽然只是匆匆一面，却已记牢了金世遗的形容，他知恩报德，口口声声称金世遗做"恩公"，连连给他斟酒。

金世遗满腹牢骚，一连喝了十几杯酒，瞪着眼睛叫道："我平生还是第一次听人叫我做恩公，我于你何恩？"江南道："要不是你，我现在还给那老不死的臭道士强迫做徒弟，终年关闭在石林之中，那岂不是讨厌死了？"金世遗道："那臭道士愿将他毕生的绝技都传授给你，你怎么反而讨厌他？"江南道："他对我不好，动不动就要责罚我，我当然讨厌他。嗯，那臭道士没一点人味儿，我从未见过他面上有一丝笑容，还不讨厌？"金世遗道："你知道我是谁?"江南道:"正欲请教。"金世遗厉声说道:"我就是江湖上人称为毒手疯丐的金世遗!杀人不拣日子,打人不问情由,你知道么?"金世遗自轻自贱,故意把自己说成杀人不眨眼的魔君,杨柳青听了,心头大震。

江南见他面上那副凶恶的样子,竟似突然之间就转换了一个人,也禁不住暗中发抖。但仍是笑嘻嘻地道:"我不知道,但你对我有过好处,我总是记得的!"这说话似利针一样在金世遗心头刺了一下,陡然间他又想起了李沁梅的话:"你对别人好,别人就对你好,你欺侮别人,又怎怪得别人冷淡你呢!猴子如此,人也一样呵!"忽地叹了口气,将酒杯推开,换了一副神气淡淡说道:"我做事只凭自己高兴,最讨厌人卖恩重义,充什么侠士!恩公两字,休要再提!你欢喜叫,向唐经天叫去!"江南一怔,道:"唐大侠也是我的恩人,嗯,你和唐大侠不是很要好的朋友吗?唐大侠每次来萨迦,都是到我家公子家中住的。"江南听出金世遗口风有点不对,但那日眼见金世遗与冰川天女相助唐经天打败黄石道人,怎么也猜想不到他和唐经天之间竟有一段心病。

金世遗忽地把喝光了的酒樽向外一摔,哈哈大笑道:"唐经天是大侠,我是疯丐,扯不到一块儿。来,咱们还是喝酒!"忽地又停杯问道:"多嘴的江南,你不只多嘴,讲大话的本领也很不错,是么?"江南叫起"撞天屈"来,金世遗笑道:"你几时喝过皇帝老儿的御酒,胡乱拿来比较。"江南道:"我真的喝过,我这次到京城去,给,给……"便停了口。其实这却不是什么秘密之事,他给陈定基带信到京城去,陈定基的妻舅是御史,恰好那是过年的时候,皇帝将大内御酒分赐各京官,每人都得到一两瓶,江南适逢其会,也喝了一小杯。

金世遗却会错了意,以为江南是怕酒店人多,有所顾忌,他有了几分酒意,忽地叫道:"好,我替你把闲人都打发出去,这店中也再不许别人进来喝酒,小兄弟,你放心说吧。"杨柳青柳眉倒竖,立刻抓起弹弓。

双方正在一触即发之际,外面又走进了两个人来,江南一见,直打哆嗦,急急忙忙躲到金世遗背后。

只见走进来一僧一道,那和尚金世遗并不认得,那道士却是崆峒派的怪杰黄石道人!

黄石道人嘿嘿冷笑,锋利的眼光从江南身上转向金世遗,从金世遗的面上扫过,又转到江南身上。江南吓得魂飞魄散,黄石道人盯着他冷笑道:"你找的好师父呵!"金世遗将江南按下,道:"你怕什么?好好地喝你的酒去。"迈前一步,迎着黄石道人,也嘿嘿地冷笑道:"他有没有找到好师父,你管不着!"当日黄石道人与唐经天七招定胜负,黄石道人七招之内打不倒唐经天,就永不许再干涉江南。江南走了一趟江湖,略知武林规矩,惊魂稍定,叫道:"是呀,一派宗师,说过的话可不能不算数!"倒了一杯葡萄酒,仰着脖子直喝,可怜他手颤脚震,一杯葡萄酒倒有大半杯泼泻地上。

黄石道人怪眼一翻,冷笑道:"这小子我不理,你欠我的账,我可不能不管!"金世遗当日用毒针射黄石道人,黄石道人几乎遭他暗算,黄石道人要算的账,就是这一针之仇!

金世遗仰天笑道:"好极,好极,我喝了两杯,正要找人消遣!"黄石道人一声怒吼,拂尘当头拂下,金世遗一个筋斗翻过桌面,道:"不要吓了江南!"反手一指,闪电般地点黄石道人手腕的"关元穴",金世遗的独门点穴手法厉害非常,黄石道人拂尘一收,尘尾散开,根根倒卷,一柄拂尘,能用内力使得如此神妙,也确是武林罕见的奇技,金世遗若然再伸手点穴,那就是将手腕送上去给他的拂尘缠绕了。

岂知金世遗机灵之极,这一招欺身点穴是虚招,用意正是迫使黄石道人将拂尘反卷回来,黄石道人的拂尘本已封住了他的退路,

双方正在一触即发之际,外面又走进了两个人来,江南一见,直打哆嗦,急急忙忙躲到金世遗背后。

这一收立刻露出空隙，只见他虚点一点，一个筋斗倒翻出去，抓起了放在墙角的铁拐。

黄石道人跟踪急击，金世遗道："喂，咱们到外面比划去！"黄石道人怕金世遗诡计多端，奔在上首，拦住了门口不放他出去。酒保吓得魂不附体，颤声叫道："小、小店本钱短少，两位爷要打架，请、请、请到外面去，成不成？"黄石道人道袍一抖，"啪"的飞出一锭金子，端端正正地掷在柜台中央，喝道："东西打坏了我赔！"

金世遗怪声叫道："好阔气，喂，我的酒钱也算在这锭金子内了，够么？"酒保忙道："够啦，够啦！"拿了金子，躲到了柜围底下。

金世遗呼呼两拐，将中央的两张桌子打得碎成无数木片，哈哈大笑道："有大爷肯出钱，我只好舍命陪大爷玩玩啦！"他一身华丽衣裳，说的却是乞儿口气，江南想笑却笑不出来。黄石道人顾不得和他斗口，拂尘一起，又凌空击下。

金世遗反手一扬，哗啦啦又打塌了两张桌子，杨柳青母女退到墙角，手里仍然抓紧了弹弓。只见金世遗一根铁拐，纵横飞舞，攻势凌厉之极，但黄石道人的拂尘左右轻拂，若不经意，却将他的攻势一招招都化解开了。

杨柳青大喜，看得出神，竟然忘了逃走。金世遗的铁拐是兵器中的至刚之物，而黄石道人的拂尘却是至柔之物，两人都是一等一的功力，把这两件武林罕见的兵器使得出神入化。但黄石道人挟数十年功力，究竟比金世遗稍胜一筹，二三十招一过，只见那柄拂尘随风飘舞，忽散忽聚，或缠铁拐，或钻隙拂穴，奇招百出，灵活之极。那拂尘全不受力，金世遗虽然拐沉力猛，一碰到拂尘，前面抗拒的力道往往忽然消失，若非金世遗的内力已到了能够控制自如之境，一个收势不及，就得立刻栽倒当场，但若然所用的力道稍弱，黄石道人的拂尘又忽而变得沉重非常，带着一股极大的潜力扯他的铁拐。

杨柳青本身的武功虽然未到一流境界，但她是名家之后，相识的也都是武林中顶尖儿的人物，天山派的掌门、当今武林的大宗师唐晓澜也曾经是她的未婚夫，所以她判断别人的武功强弱，倒是具有"法眼"，旁人尚未看清，她已然瞧出了金世遗的败象，忍不住发声叫道："好，再来一招刚柔交济，尘尾拂白海穴，杆尖刺玄机穴，这小子不死也伤！"黄石道人心念一动，果然随手发出杨柳青指点的招数，忽听得金世遗"哼"了一声，身躯一矮，以拐支地，倏地打了一个盘旋，纵声笑道："不见得！"笑声未止，"呸"的一声，一口痰涎在笑声中飞了出来，黄石道人最惧他的暗器，急忙倒转拂尘，根根撒开，化作尘网，护着身躯。金世遗哈哈大笑，一跃而起，手中已多了一把铁剑。他的铁拐，形式奇特，本来就是两件兵器合成，拐内中空，藏有铁剑，刚才被黄石道人迫得紧，现在才觅得空隙，抽出剑来。

这一来，如虎添翼，金世遗所学的毒龙尊者自创的武功，怪异无比，左拐右剑，有如两条具有灵性的长蛇，再加上那随时可从口中喷出来的毒针，黄石道人武功再高，也不能不有所顾忌。但见两人攻拒进退，辗转之间，又斗了三五十招，连杨柳青那样曾见过无数大阵仗的人，也已分不出谁强谁弱。但见金世遗叱咤风生，怪状百出，还似乎不时斜睨自己。

杨柳青不由得暗叫"不妙"，心中想道："若然这疯丐得胜，我母女难逃性命，不如趁他们胜负未决之际，溜走了吧。他还未曾向我叫阵，这可算不得示弱逃走。"眼睛一转，忽见与黄石道人同来的那个和尚，站在门边，不看斗场，却冷冷地瞧着自己！

这和尚瘦长的个子，面带病容，进来之时，毫不惹人注意，这时一看，但见他两道眼光，如刀似剑，眼神充足，精华内蕴，竟似个具有高深武功的人。杨柳青心中一凛，赔笑说道："大师，请让一让路。"

那和尚双眼一翻，忽地冷笑道："女居士，可还认得俺董太清么？"杨柳青心头一震，原来这一个董太清乃是当年八臂神魔萨天刺的大弟子。三十年之前，杨柳青还是个十六七岁的小姑娘，随她的父亲铁掌神弹杨仲英赴太行山的北五省武林大会，其时董太清和他的师父萨天刺都在四皇子胤禛门下，奉命到太行山要杀尽北五省的英雄豪杰，杨仲英父女在途中旅居，与他相遇，一场激战，杨仲英险险落败，幸得关东四侠中的柳先开和陈玄霸相助，才将他逐走，而在激战之中，董太清也受了杨仲英一记铁掌，回去之后，一条右臂竟因筋骨断折，变成残废。杨仲英平生大小百战，像这样的事情多到不可胜记，事情过后，并没放在心上，董太清因他而致残废的事，杨仲英也不知道。

杨柳青心头大震，面上却丝毫不露恐惧之色，退后两步，微笑说道："三十多年不见，原来大师已皈依我佛，勘破红尘了，可喜可贺呵！"董太清冷笑道："洒家之有今日，全拜令尊所赐，哈哈，我可不是什么得道的高僧，女居士的高帽子我原件奉还。"杨柳青知道此战难免，握紧弹弓，道："大师不肯让路，意欲何为？"董太清仰天长叹一声，道："可惜呵，可惜！"杨柳青道："可惜什么？"董太清道："可惜令尊去世得早，我竟来不及送行，再也无缘领教他的铁掌神弹！"杨柳青柳眉一竖，朗声说道："我爹虽然去世，铁掌神弹技艺还未失传，你要领教，那容易得很！"弹弓一曳，噼噼啪啪连珠疾响，杨柳青在弹弓上下过几十年功夫，神弹一发，劲力准头都恰到好处，只见弹丸如雨，披风呼啸，登时把董太清的前后左右全部罩着，任他避向哪方，都难免挨上一两颗。

忽听得董太清一声长啸，身躯陡地一缩，右手长臂挥舞，杨柳青正自心道："你血肉之躯，纵然练有金钟罩铁布衫的功夫，也难挡我神弹一击。"心念方动，但听得一片铿锵之声，十分悦耳，那些弹子竟似打在金属之上，杨柳青经过无数阵仗，可从未见过如此怪异之事，这一惊非同小可，董太清哈哈笑道："杨家神弹，一代不如一代，可惜呵可惜！"纵身一跃，长臂呼的一声抓到，邹绛霞见母亲危急，拔出佩剑，侧边窜出，朝着他的长臂一刀猛砍下去，只听得又是一声"叮当"大响，那刀明明砍中，董太清却毫无受伤的迹象，反而是邹绛霞的刀锋反卷转来，虎口也震得沁出血珠！

杨柳青弓梢一拨，右掌一挥拍出，她的武功虽然未足与当世高手抗衡，但见多识广，铁掌神弹又是她的家传绝技，倒也不容小视，她料知董太清的长臂必有古怪，这一掌欺身拍他胸胁的"三焦穴"，一掌拍下，化为三式，飘忽无定，弓梢所指，又是敌人的咽喉要害，这两招都是攻敌人所必救，董太清迫得放开了邹绛霞，凝神接了杨柳青的两招，杨柳青叫道："霞儿快走！"她情知自己不是董太清的对手，只得用绕身游斗的方法，挥掌急袭，意欲将他缠住，让女儿得以夺路而逃。她进招之时，本已全神留意他那条古怪的右臂，哪知数招一过，董太清倏地一个转身，那条右臂竟似会转弯似的，突然反掌横扫回来，杨柳青的弓梢正指向他额角的"白虎穴"，被他反臂一捞，"咔嚓"一声，登时折断。邹绛霞刚到门边，一见母亲危险，急忙回身来救。杨柳青大惊失色，半截弓梢脱手掷出，左掌应敌，右掌忽挥，想用一股巧劲将女儿推开，哪知董太清还是比她快了一步，一低头躲过了杨柳青的断弓，右臂呼的一声抓到了邹绛霞的琵琶骨，只要稍一用力，琵琶骨一碎，邹绛霞的武功就要化为乌有。

就在这弹指之间，忽见金世遗一个筋斗翻了过来，快捷无比，身子还未站定，铁拐已指到董太清的胸前，董太清一声怪叫，倒纵出八尺开外，抓着邹绛霞的那条怪臂，自然也放开了。

这一下真是大出杨柳青意料之外，她心目中的大敌本来是金世遗，岂知金世遗反而救了她的女儿，杨柳青惊疑未定，只见金世遗左拐右剑，霎忽之间，已连进数招，将董太清迫到墙角。这本来是绝好的脱身机会，杨柳青却反而呆住了，竟没有想到逃走的念头。

忽听得董太清叫道："喂，你的师父是谁？"金世遗"呸"的一口唾涎飞去，冷笑道："你也配问我的师父？"董太清似乎知道他的唾涎中杂有毒针，那条古怪的右臂掌心一翻，只听得叮叮两声，金世遗的飞针暗器竟似射到了铁板上似的，发出悦耳的金属声响，那口唾涎也涂满了董太清的手心。金世遗心中一凛，只听得董太清又叫道："住手！"金世遗哪肯住手，铁剑反手一挥，荡开了黄石道人从背后扫来的拂尘，左手长拐一个"毒蛇出洞"，急戳董太清的胸口命门要害。原来金世遗的想法与世俗迥异。他以前因为杨柳青是铁掌神弹之后，便故意要挫折她的威风，而今见她对自己如此痛恨，便故意要舍命救她，好让她自己惭愧；同时，他适才见邹绛霞那般害怕自己，想起李沁梅的话，心中也自有点悔意，所以他之所以甘愿在强敌夹击之下，出手救杨柳青母女，心情可说是十分复杂。

黄石道人见金世遗忽然舍了自己，去救杨柳青母女，颇出意外。他自高身份，本不想以两大高手之力，合击金世遗，如今见金世遗对自己邀来的同伴连施杀手，只得从背后偷袭，但他终以偷袭为耻，这一拂并未用尽全力，用意只是解董太清之危。

哪知金世遗却是立心先把董太清毙了再说，听得背后劲风拂来，只是反剑一挥，竟不顾黄石道人有否连续的杀着，脚步并不停留，左手铁拐仍是向前猛戳！

董太清的臂膊虽长，究竟不如金世遗的铁拐长，金世遗的铁拐已迫到他的胸前，看来他绝无反击的可能，即金世遗也以为这一拐非把敌人送命不可，哪料董太清身形未变，长臂一挥，"当"的一声大震，他竟然硬生生地挡了一记。金世遗这一惊非同小可，凭人的血肉之躯，即算武功练到绝顶，也不能与铁拐相碰，真是难以思议之事。但还有更不可思议之事接续出现，董太清格开铁拐，长臂一伸，陡然间又暴长了将近一尺，从绝对料想不到的方位忽然抓到了金世遗的肩头。高手比斗,相差只是毫厘,如今董太清的臂膊突然会长出一尺,确是天下武功所无的"怪招",饶是金世遗机警非常,趋闪奇快,也被董太清那条古怪的臂膊搭在肩头,所触之处,但觉一片冰冷;同时黄石道人的拂尘又已拂到,尘尾散开,千丝万缕,好像一张罩网,罩到了金世遗的头上。金世遗心中一凛:"不想我命丧此地!"

忽听得一声清脆的笑声,耳边有人笑道:"我算过了,你服下了碧灵丹,还该有三十六天的性命,怕什么?"陡见董太清一跃跃开,黄石道人的拂尘也离开了自己的头顶,金世遗一看,原来是冯琳母女不知什么时候又回到了店中,黄石道人与董太清不知是她用什么超妙的武功,一举手就击退了。

杨柳青大喜如狂,叫道:"瑛妹,晓澜没有和你一同来吗?"冯瑛、冯琳极为相似,除了至亲的丈夫儿子之外,别人实是难以分辨,冯琳听得杨柳青误认自己作姐姐,微微一笑,道:"你还记得晓澜吗?嘻嘻,他没有来。"一转过身,面对着董太清笑道:"你这条臂膊甚是邪门,借来给我看看。"

黄石道人不知冯琳的来历,见她刚才衣袖一拂,就将自己的拂尘荡开,武功竟是好得出奇,心中惊愕不已,本有几分怯意,但听她嬉笑自如,一副毫不把敌人放在眼内的神气,又禁不住心头火起,冷冷说道:"金世遗,你有靠山我也不惧,咱们再决雌雄,你是不是要请人帮手?"拂尘一起,连拂金世遗的"少阳""太阴""阳明"三处穴道!

金世遗突见冯琳母女来到,心中一片茫然,不知所措,黄石道人的拂尘拂到,他手中的铁拐还未举起来。

李沁梅突然从旁杀出,娇声叱道:"牛鼻子,臭道士,你敢欺负我的哥哥,看剑!"手腕一翻,剑光飘忽,似左似右,瞻前忽后。要知李沁梅的功力虽然不高,但剑法却是白发魔女这一派的嫡系真传,诡谲百变,举世无双,黄石道人在石林里潜修了几十年,哪曾见过如此奇妙的剑法,登时给迫得退后几步。

金世遗眼光一瞥,只见冯琳已解下了一条彩色的绸带,轻轻飘动,笑嘻嘻地盯着董太清,那情形就像猫捉老鼠一样,要尽情戏弄够了,这才动手,金世遗想笑却笑不出来。董太清背靠墙壁,蓄势待敌,看情形就将出手;杨柳青这时却悠然自得,拉着女儿站在一旁观战,指点笑道:"唐伯母来了,再厉害的魔头也不用害怕了。"她与冯瑛旧时虽有嫌隙,大家结婚之后,早已烟消云散,这时她对女儿夸耀"冯瑛",心中实有"与有荣焉"之感。她还未知道这不是冯瑛而是冯琳。

金世遗心中一动,想道:"是呵,她们母女来了,我还在这里做什么?"铁拐一点,突然飞身便走,穿过门户之时,几乎撞着了杨柳青,杨柳青目光与他一触,立即避开,敢情是感到尴尬,有些惭愧。

冯琳嚷道:"喂,你吃了我的东西,还未多谢呢?"举步欲追,董太清乘她分心之际,突然大喝一声,长臂一伸,搂头便抓,冯琳笑道:"好,我先把你的爪子切了,再追他也还不迟!"绸带轻轻一卷,缠着了董太清那条古怪的臂膊,两人都是大吃一惊,董太清这条臂膊是他最自持的厉害武器,这一抓力道何止千斤,却被冯琳一条轻飘飘的绸带卷住,不能向前推动。而冯琳的惊异更甚,看董太清的武功,那还在金世遗之下,这条臂膊却如铜浇铁铸一般。要知冯琳的飞花摘叶功夫,已练到了最上乘的境界,即算是赤神子那样的大魔头,以前被冯琳的绸带所卷,要不是唐晓澜给赤神子说情,他那条臂膊也早已不保,但这个董太清居然纹丝不动,好像毫无痛苦的感觉。

冯琳生性顽皮,老而不改,越碰到强手越为高兴,顿时将追金世遗的事撂过一边,嘻嘻笑道:"你这条臂膊果真是有点邪门,非借来看看不可。"绸带一松一卷,向上移动三寸,董太清仍然不为所动,冯琳又向上移动三寸,几乎到了臂膊与肩头接触之处,董太清厉声叫道:"你既要借,就送给你用!"长臂膊忽地离肩飞起,向冯琳迎面抓来,冯琳还真未曾见过这种"怪招",急用金刚指力将这条断臂接着,衣袖早已褪下,只见这条臂膊黑漆发光,原来是一条铁臂!

冯琳笑道:"怪道我勒它不断。"原来董太清当年被杨仲英一掌打折右臂,虽然还可以驳筋续骨,但到底不如常人,他一发狠,索性把臂膊切下来,换了一条铁臂,他也真有耐心,竟然削发为僧,隐姓埋名,苦练了三十多年,练成了铁臂神功,这才重出江湖,满以为可以称雄道霸,谁知第一次和人交手,就被冯琳把他的铁臂收了。

冯琳笑嘻嘻地把玩这条铁臂,忽而庄重说道:"也真难为你练得这般灵活,居然和真的臂膊一般!喂,你是怎么练的?喂,你不如把左边那条臂膊切了下来,同样换上一条铁臂,岂不是武功可以立即增强一倍?"说得甚是认真,竟似"热心"为人打算,董太清给她弄得啼笑皆非,赔笑求道:"你就把这条铁臂还给我吧,我而今明白了,世上原来有这等上乘的武功,我就是再练三十年,武功再强十倍,也还不是你的对手,我要两条铁臂也没有用呵!"冯琳小孩脾气,给他一捧,乐不可支,道:"好,还算你有自知之明!"起手一挥,意欲把他遣走,忽又说道:"你且站住,待我发落。"正打算问他为什么和金世遗打架,忽听得女儿叫道:"妈,这牛鼻子不好对付!"冯琳道:"有什么不好对付?"把铁臂一转,指着董太清道:"你随路打架,不是好人,罚你站在这儿,动也不许一动,你若敢偷走,我就把你左边的这条臂膊也切下来。"董太清年近六十,冯琳却还是个四十未到的中年美妇,说话的神气,却像先生罚小学生一样,邹绛霞不觉"噗嗤"一笑,杨柳青皱皱眉,心道:

"多年不见，怎么冯瑛连脾气都完全变了？"

冯琳回头一望，只见女儿给黄石道人迫得连连后退。原来李沁梅的剑法虽然诡谲绝伦，但功力到底相差太远，开首十余招过后，黄石道人只守不攻，见李沁梅无法攻入，心中渐渐不害怕了，试运足真力，用重手法荡她的青钢剑，李沁梅果然支持不住，呼呼地喘起气来。

冯琳笑道："你这小丫头就知道要靠妈妈！"李沁梅赌气道："好！就不求你！"说话之间，忽被黄石道人尘尾一拂，几乎把她的青钢剑夺出手去，冯琳道："你干嘛不用我新近教你的点穴手法呵？先来一招'冰河解冻'，再接一招'银汉飞槎'，好，对，反手点他的白海穴！"李沁梅本想赌气不听母亲所教，但结果还是迫得用了她指点的招数。这套点穴法是冯琳在峨嵋山中用了数日心力想出来的，本是教女儿用以对付金世遗的，出手奇特之极，当日空手戏斗，金世遗还几乎吃了亏，而今配上奇诡绝伦的剑法，黄石道人的攻势，果然立即受挫！

冯琳笑道："你看，有什么不好对付？我要你用自己的力量打败他，哈，你知不知道，你终不能靠妈一辈子呵！"黄石道人听她指点女儿，竟然是把自己当做给她女儿练招的用具，气得七窍生烟，几乎给李沁梅点中穴道，心中一凛，急急凝神对付，和李沁梅打成了一个平手。冯琳一面指点，一面留神瞧黄石道人的武功，心中暗叫"不妙！"，想道："这牛鼻果然有些本领，打得久了，梅儿非输不可。"但她有话在先，要女儿独力打败敌人，不好意思下场帮手。

斗了一阵，李沁梅忽然叫道："喂，你为什么把世遗哥放走了？"冯琳猛地一醒，叫道："对，我就去追他，金针度线，玉女投梭，大漠孤烟，长河落日，快点他阳白穴！"李沁梅一连四招杀手，杀得黄石道人侧身闪过一边，但他的拂尘如封似闭，守防之中还具有潜伏的反击之力，李沁梅正自想道："如何能点中他的阳白穴?"忽见黄石道人拂尘一举,尘尾忽然飘飘四散,胸前门户大开,李沁梅大喜,一指戳去,黄石道人果然应指而倒,动弹不得。原来是冯琳捣鬼,运气把黄石道人的拂尘吹散,还是暗中助了女儿一臂之力。

冯琳急急出门追去,但见莽莽草原,远山绵亘,哪知金世遗逃向何方。冯琳大怒,道:"都是这个秃驴误了我的大事!"其实她应该怪自己,要不是她一时兴起,故意戏弄,三招两式打倒董太清之后,立刻去追,以她的轻功,哪有追之不及之理?

冯琳正在气恼,忽听得背后女儿叫道:"秃驴逃啦!"原来董太清以为冯琳一时间不能回来,趁机逃走,冯琳大怒,提一口气,立刻追去,将距十余丈远,呼的一声将铁臂掷去,同时彩带抛出一卷,叫道:"好,你胆敢不听我话,把左臂也留下来!"

那铁臂掷在空中,风车般地旋转飞去,本是向哪方躲避也避不开,忽见董太清飞身一跃,在空中接连两个回旋转折,铁臂从他头顶旋过,竟然打他不着。冯琳一呆,叫道:"喂,你怎么也识得猫鹰扑击之技?"董太清道:"八臂神魔萨天剌是我先师!"冯琳"呵呀"一声,忽然纵起,用的也是猫鹰扑击之技,彩带一伸,将董太清左臂缠着,却不用力,反而嘻嘻笑道:"可惜你练得还不高明,快随我回酒店去。"彩带一松,又将董太清放了。

董太清惊惧交并,拾起铁臂,凝眸一望,但见冯琳和颜悦色,面上殊无恶意,心中稍稍放宽,想道:"怎么她也懂得这手功夫?难道和先师有什么渊源。但其他武功,怎又一点不像?"可也不敢多问,俯首帖耳地和冯琳回到酒店,冯琳指着黄石道人道:"他是和你同来的吗?"董太清道:"不错。"冯琳伸指一点,解开了黄石道人的穴道,道:"好,你也一同来喝酒!"正是:

游戏风尘一侠女,当场气煞大宗师。

欲知后事如何?请听下回分解。

第三十二回

一片天真　书童戏玉女
十分惶惑　怪客劫囚牢

　　黄石道人自居一派宗师，哪曾受过如此侮辱，待要溜走，冯琳面孔一板，指道："喂，我叫你坐下喝酒，你怎么不听话？"李沁梅噗嗤笑道："妈，你叫他坐在地上吗？"适才一场大打，店子当中的好几张桌子凳子全都给打得破破烂烂，木头碎块，堆满一地。冯琳道："对，是我糊涂了，你们二人赶快把地方收拾干净，将侧边的凳子桌子搬几张来，沁儿，你给我监工，不许他们偷懒！"指着黄石道人与董太清，命令他们立刻收拾，黄石道人气得七窍生烟，可是又打她不过，若然不依，只怕她想出更特别的花样，更受不了。

　　片刻之间，收拾妥当，董太清特别卖力，将地上扫得干干净净。冯琳道："不错，还有酒呢？"李沁梅道："要酒可得唤店中的酒保。"冯琳问道："酒保呢？"李沁梅道："躲在柜围底下。"冯琳道："你给我去扯他的耳朵。"那酒保听得外面争斗已止，正钻出头来张望，忽听冯琳说扯他的耳朵，慌忙爬出来，叫道："有酒，有酒！这位道爷给的金子，尽够买十六坛酒。"

　　冯琳笑道："你倒阔气。"大马金刀地坐下，叫黄石道人和董太清坐在下首，杨柳青母女坐在另外一张枱子，书童江南也被冯琳指着坐在邹绛霞的侧边。邹绛霞大皱眉头，但那是冯琳吩咐的，她可不敢拒绝。

冯琳道:"我逐个来问,我问一句,你们答一句。"指着董太清道:"你为什么和金世遗打架?"董太清怔了一怔,面有异色,道:"谁是金世遗?"冯琳道:"你装什么傻?不就是和你打架的那个人?"董太清道:"他是谁的弟子?"冯琳怒道:"是我问你,还是你问我?再多问,把你的左臂也切下来!快说,你为什么和他打架?"董太清道:"是他和我打架。"冯琳道:"他干嘛和你打架?"董太清道:"我和杨女侠试招,本来不关他的事,我也不知道他为何要和我打架!"冯琳侧着脸问杨柳青道:"原来你和金世遗是好朋友,这我可不知道。"她暗暗担心,怕杨柳青也看上金世遗,要招他作女婿。杨柳青愠道:"谁和他是朋友?他曾欺负我母女二人。"冯琳道:"董太清为什么和你打架?"杨柳青道:"卅多年前,我父亲曾打了他一掌。那时正是你周岁之时,晓澜带你逃走,我父女就是住那间客店遇到晓澜的。当日之事,晓澜也曾目击,你回去问他就知道了。说来他也是你的仇人呀,我父亲打他一掌有何不该?"冯琳呆了一呆,想不到这个董太清原来也是自己的仇人之一。冯琳姐妹恰好在周岁之时,家庭便被当时的四皇子胤禛所毁,父亲当场身死,冯琳被无极派大师钟万堂救走,冯瑛则被唐晓澜带走,其后不久,冯琳又被八臂神魔抢到海岛上,将她当作女儿抚养,后来又带她到四皇子府中,两姐妹分离了二十年才见面。

冯琳父亲虽然不是八臂神魔师徒所杀,但他们当年都是四皇子胤禛的门客,北五省英雄死在八臂神魔兄弟之手的指不胜屈,说来这冤仇也不算不深。

三十年来的前尘往事电光石火般地从冯琳脑中闪过,她想起了八臂神魔萨天刺怎样教她武艺,在四皇子府中怎样受到宠爱,受了各种各样邪派的武功,后来才得到无极派的真传。四皇子怎样迫她为妃,迫得她逃出皇宫,而到最后八臂神魔两兄弟都被她的姐姐所诛,而八臂神魔临死之时,还将一件异宝留给冯琳,那就是专解蛇毒的用猫鹰口涎所制炼的药球。这一些恩恩怨怨,纠结不清,冯琳不觉叹了口气。

李沁梅拍手笑道:"妈,原来你也有为难之事,不如请姨父姨母来听审吧,我瞧你是穿上龙袍也不像个太子,坐上公堂也不像个判官,装模作样地审个什么?可惜姨父姨母赶不来呵!"她们母女说笑已惯,冯琳常取笑女儿离不开母亲,而李沁梅也常取笑她母亲要靠冯瑛和唐晓澜出主意。被女儿取笑,冯琳丝毫不以为忤,杨柳青可有点诧异,越瞧她的神气举止越不像"冯瑛"。又因李沁梅说她母亲"听审",好像把杨柳青也当作"被审"之人,杨柳青当然大不高兴。冯琳笑道:"青姐,你看我的女儿被娇纵得不像话了。"面孔一板,忽地庄重地说道:"阿梅,你说我不会断案,我就断给你听。董太清当年受杨老前辈那一掌乃是活该,从今后不许多事。上一代的人都死啦,三十年过眼云烟,早已又是一番世界。青姐,旧日的冤仇咱们也不必理啦。"杨柳青本不想再和董太清结怨,闻言自是首肯。董太清更是喜出望外,合十道谢,说道:"女居士慈悲,贫僧感激不尽,就此告辞。"

冯琳忽道:"且慢。"董太清一惊,道:"你不是说算了吗?"冯琳道:"我千辛万苦的找人,却给你误了我的事情,让他走了。重罚可免,薄惩还是要的。我罚你在此面壁三天!阿梅,我教你一手点穴法,寻常的点穴,最多十二个时辰,我这个点穴,非三日之后不得自解,你瞧清楚了。"骈起中食二指,便要点董太清的麻哑穴,董太清急忙叫道:"小僧有事,小僧也急着要找人呵!"冯琳道:"好,你要找什么人?"董太清道:"我要找毒龙尊者的徒弟!"冯琳一怔道:"你要找毒龙尊者的徒弟!为什么?"董太清道:"毒龙尊者乃是先师至友,武林前辈人人皆知。"冯琳忽然笑道:"出家之人不打诳语,你胆敢骗我?金世遗便是毒龙尊者的徒弟,你要找他,为什么和他打架?"

董太清其实已料到七八,听冯琳一说,大叫:"可惜!"冯琳道:"你本来不认得他的?"董太清道:"要是认得,我也不放他走了。毒龙尊者那根铁拐,三十多年之前,我见过一次。刚才我本已有点疑心,可恨他一味蛮打。"李沁梅道:"呸!要不是你欺负邹伯母,他怎会打你?"其实金世遗自出道以来,到处挑衅,确是一味蛮打,无可理喻,只是这一次倒有些道理。董太清见冯琳母女如此袒护金世遗,料想他们之间必有渊源,于是笑道:"那么说,咱们都不是外人,不如让我帮你一齐找金世遗吧。"

冯琳忽然摇了摇头,自言自语道:"不对。"指着董太清道:"你不说实话,我还是要把你的左臂切下。"董太清吓了一跳,道:"什么不对?"冯琳道:"你说你被铁掌神弹打了右臂之后,就遁迹空门,不理尘世,那么当然没有见过毒龙前辈的了?"董太清道:"不错。"冯琳道:"那你怎会知道毒龙前辈收有关门徒弟?"董太清略一迟疑,道:"我去年回到猫鹰岛,顺便到蛇岛拜访毒龙师伯,却突见他的坟墓,这坟墓料想是他的徒弟所建,我念先师和毒龙前辈的交情,因此想寻觅他的衣钵传人,这又有什么不对?"冯琳哈哈一笑,道:"你不是这种重义气的人,你寻访毒龙尊者的徒弟,必然另有所因,你说不说实话?信不信我不用刀也能把你的左臂切掉?"董太清面色一变,支支吾吾,还未回答,冯琳道:"梅儿,搜他的身,看他在蛇岛偷得了什么宝贝?"

冯琳机灵之极,见他面色有异,手指不自禁地一按僧袍,便知其中定有古怪。董太清被她一吓,不得已说道:"我到了蛇岛,在毒龙前辈故居住了一晚,发现了毒龙前辈手写的一本东西,我想交给他的徒弟。"冯琳道:"拿来给我看看。"心道:"怎的毒龙尊者这样粗心大意。武功秘笈在临死之前却不交给徒弟?"取来一看,原来却并不是什么"拳经""剑谱"之类的手稿,而是他数十年来断断断续续所写的日记,冯琳随便翻了一翻,前面大半部是他记到了蛇岛之后,怎样寂寞无聊,怎样愤恨世人,怎样训练毒蛇,怎样自创武功等等,冯琳不胜感慨,再翻下去,下半部却是他叙述见了吕四娘之后,心情怎样改变,后来又怎样收了金世遗等等事情。最后几页写他已参悟自己所习的内功,走入魔道,若然不得天山正宗的内功解救,必有一日走火入魔,这事情冯琳从金世遗的遭遇,亦已推测到其中道理,看到最后一页,却突然发现一段惊心动魄的文字,冯琳也不禁惊得呆了。

那一页想是他临死之前几日所写,字迹潦草,但尚可辨识,冯琳看完之后,半晌说不出话。原毒龙尊者在蛇岛住了数十年,初来之时,岛上气候寒冷,其后一年比一年炎热,到毒龙尊者临死前几年,岛上又涌出温泉,毒龙尊者几十年来细心考察,查勘全岛,终于发现了地底的秘密。

原来蛇岛底下,有一座海底火山,地壳逐年隆起,火山口就在岛中心一个毒蛇窟下,窟深数百丈,毒龙尊者曾垂绳下去察勘,未到一半,热已难耐,极目望下地心,但见洞窟下面的岩层,已泛出暗赤色的光华,只是岩层太厚,火焰还没有喷出来。那个洞窟毒蛇数以万计,因为耐不住炎热,有些游了出来,有些便盘附在洞口下面数十丈的石壁之上,窟底毒蛇的口涎积成一个小潭,奇毒无比,若然火山一旦爆发,只恐整个蛇岛都要化成飞灰,黄海边沿的陆地,也可能波及,海中的生物,那就更是遭逢浩劫了。照毒龙尊者的推算,火山爆发可能在十余年之后,若及早设法,还可以消灭这个祸胎。毒龙尊者所想的办法是,要有一个人不畏此蛇毒的,在火山爆发之前数月,深下洞窟,凿开一条通路,引来海水,然后在即将爆裂而尚未爆裂的火山口凿一个小孔,让火势宣泄出来,这样在海水包围之中,毒火喷出,也无大害。时间算准要在火山爆发之前数月,那是因为到了那个时候,岩层被地火烧得松化,容易凿开通路,引来海水之故。此岛上可以采集石棉,因石棉可以做防火的衣服,同时为了便于凿穿石壁起见,最好用一柄可以削铁如泥的宝剑。冯琳看到此处,心中一动,想道:"这个人除了金世遗之外,恐怕再挑不出第二个来。他熟悉蛇岛地势,又不畏毒蛇,所欠缺的只是一把宝剑而已。"

再看下去,原来毒龙尊者也想到了要金世遗将来积这场"功德",只是他太过疼爱徒弟,又舍不得叫他冒这场奇险,所以在日记中表现的心情,十分矛盾。冯琳心中暗叹,想道:"怪不得金世遗丝毫不知此事。原来毒龙尊者临死之时,在沙滩上留字,叫他'武功大成后,速找天山派',不但是为了想使他的内功修习,得以踏入正途,而且也是借此要他离开蛇岛。"

李沁梅见母亲翻到最后一页,眼光好像定了似的,久久不肯离开,她心中好奇,凑过头来一看,忽地叫道:"哼,你这厮不怀好意!"手指一挥,指头几乎触到董太清鼻上,董太清吓了一跳,站起来道:"怎么不怀好意?"黄石道人心中愠怒,想道:"以我与董太清的辈分之高,焉能受你这丫头之气。"也站了起来,想出其不意地将李沁梅擒获,作为要挟。冯琳将女儿一拉,摇手说道:"不关你们的事。梅儿,你看到什么了?怎么胡乱骂人?"

冯琳正自奇怪,毒龙尊者这一页日记,字迹潦草,写得密密麻麻,她自己看了许久才看得出个所以然来,女儿没有一目十行的本领,怎么一看就知道了?忽见李沁梅抢着指道:"你看这儿!"冯琳一看,原来纸张的上端有一行较端正的字体是:"明日我决将秘笈付与遗儿,他应继承余之衣钵,终生以救治麻风患者为业。"李沁梅叫道:"你瞧,我就不愿世遗哥看到这条,终生与麻风患者为伍,那还有什么乐趣?"冯琳不觉噗嗤一笑,道:"他有没有乐趣,又关你什么事?再说,这是他师父的遗命,你也不能怪到和尚道士的身上呵。"心中想道:"若给女儿看到火山之事,她更要受惊了。"

董太清道:"女侠明见。这本手稿上面写些什么,我一个字也不敢看。只想师父的东西,自应交给徒弟。我寻访毒龙尊者的徒弟,用意不外如斯。"其实他是看了,知道毒龙尊者的武学秘笈已交给了金世遗,他是想用这本日记去骗取金世遗的《毒龙秘笈》。

冯琳眼珠一转,忽地说道:"不用你费心啦,这本东西让我交给他。好,免你的罚,你可以走啦!"董太清甚是不甘,可又不敢问冯琳讨回,呐呐说道:"我帮忙你找他好不好?"冯琳道:"随你的便,我可不领你的人情。喂,你又为什么和金世遗打架?"这一句却是向着黄石道人问的。

黄石道人满肚闷气,黑着脸孔,没有回答,江南瞧他可怜,抢着答道:"这都怪我不好。"冯琳道:"咦,你这小厮倒很有义气,怎么怪你呢?"江南道:"我不想做这位道长的徒弟,金大侠和唐大侠都帮我,所以这位道长迁怒他们了。"冯琳笑道:"这个臭道士木口木面,一看就令人讨厌,你不想做他的徒弟,这没有什么不对。"冯琳哈哈一笑,转向黄石道人道:"喂,你强收徒弟,必有灾殃,你知道么?"她这话是有感而发,因为当年双魔也曾想迫她为徒。

黄石道人恨恨说道:"我宁愿把这点玩艺埋到土里去,今生也不再收徒弟。"冯琳道:"好,你既愿改前非,不强收徒弟,那你也走,嘻,你比这和尚有骨气,刚才得罪了你呵!"黄石道人啼笑皆非,插好拂尘,追上董太清走了。

杨柳青的面孔一板,道:"我也可以走了么?"冯琳怔了一怔,道:"咦,你这是什么话?哈,你还记得旧时的仇恨么?"杨柳青道:"岂敢,岂敢。"拉着女儿便走,江南笑嘻嘻跟在她的后面,叫道:"喂,你们不是要找唐大侠么?"杨柳青回头瞪了江南一眼,正欲发作,邹绛霞道:"对呵,妈,你为什么不问问唐伯母?"

冯琳追了出来,笑嘻嘻道:"你唐伯母在天山,将来你总能见着。"邹绛霞一愕,转过头去埋怨母亲道:"妈,你怎么要我称呼她做唐伯母?"甚觉不好意思。冯琳笑道:"休怪你的母亲,我的熟人十个有九个都会认错的。"杨柳青早已瞧出她不是冯瑛,想起昔日被她飞刀削发之恨,一肚皮闷气,但如今大家都已是半老徐娘,当然不好再发作了。冯琳笑道:"我也有事情要找姐姐帮忙,待我寻到金世遗之后,陪你一道上天山吧。"杨柳青冷冷说道:"我自己会走,不用费心啦。"她本来打听到唐晓澜夫妇已到西藏,刚才她错将冯琳当作冯瑛,还在奇怪唐晓澜为什么不与她一道。她本该将唐晓澜夫妇已离开天山之事告诉冯琳,但为了正在气头,却故意不说,弄得后来险些误了冯琳的大事。

杨柳青带了女儿疾走,冯琳笑了笑,也便由她去了。邹绛霞莫名其妙,想问她的母亲,见母亲气鼓鼓的,也不敢问。两母女走了一阵,忽见那书童江南,又追上来,大叫道:"喂,你们为什么不问我?"杨柳青道:"讨厌!"邹绛霞折了一株树枝,向他一戳,道:"问你什么?"江南"哎哟"一声,一个筋斗倒翻出去,笑嘻嘻道:"没有点着!"拍一拍手,道:"你们不是要问唐大侠么?"邹绛霞道:"难道你这小厮也认得唐大侠不成?"江南道:"哈,你猜不透,我不止认识他,还挺要好呢,他每次见我,都要和我拉手,谈好半天!他还指点过我的功夫呢!"邹绛霞道:"吹牛!"江南道:"什么吹牛?唐大侠长得挺英俊的,比我家公子大两三岁,有一柄宝剑,叫做游龙宝剑的,还会打一种奇形怪状的暗器叫做天山神芒的,是也不是?"邹绛霞道:"呵,原来你说的是唐经天。"江南道:"不错,唐经天就是唐大侠,唐大侠就是唐经天,难道还有第二个人?刚才那个女人说他在天山,那是骗你们的。"邹绛霞笑道:"我妈妈问的那个'唐大侠'是唐经天的爸爸。"江南道:"他的爸爸我可就不知道了。我江南素不吹牛,知道就说知道,不知道就说不知道。你要找唐经天,我就带你们去,你要找他的爸爸,这个忙我就帮不上啦!"转过身便走,邹绛霞追上去叫道:"喂,我正是要找唐经天。"江南嘻嘻笑道:"那你何不早说,还要打我?哼,给我赔礼儿!"邹绛霞道:"你自己一大车说话,说来说去,现在才说出唐经天的名字,还怪我呢!"江南笑道:"谁不知我叫做多嘴的江南?"杨柳青道:"霞儿,别听他胡扯。"江南见她们意欲不理,反而急起来道:"一点也不胡扯,你们如要知道唐经天的下落,只有问我!"杨柳青道:"好,那你说吧。"江南道:"他就住在我主人家中。"

杨柳青道:"你主人是谁?"江南道:"我的少主人是萨迦宣慰使陈定基陈老大人的公子陈天宇。"他一口气将主人的"衔头"念出,有如念急口令一般,杨柳青也不禁开颜一笑。邹绛霞道:"不错,我听见过唐经天提过这个名字。"江南得意洋洋地笑道:"是不错了吧?我江南有吹牛没有?"邹绛霞满心高兴,觉得这书童也很有趣,并不讨厌他了。

江南将杨柳青母女带到了宣慰使衙门,陈定基日夕盼望他回来,正自等得心急,立刻召见,见他和两个女人同来,甚是诧异。江南道:"这位邹太太是唐大侠的长辈,我江南好大的面子才请得她来!"陈定基眉头一皱,道:"我这书童不懂礼貌,两位休怪。"命家人唤陈天宇和萧青峰出来。萧青峰熟悉武林掌故,一听是铁掌神弹杨仲英的女儿,肃然起敬,急忙陪她们说话。杨柳青这才知道唐经天果然是在陈家居住,但恰好在前两天动身,与冰川天女同往拉萨去了。

陈天宇也在陪她们说话,忽听得父亲叫道:"宇儿,过来!"只见父亲捧着一纸八行信笺,手指微微颤抖。陈天宇一看,也几乎忍不住狂喜叫喊,原来那是江南带回来的陈定基亲家周御史的信,信中说他已奏明皇上,不日就将有圣旨到来,赦他回京,官复原职了。陈定基十余年来梦想回乡,读了此信,喜极而泣,陈天宇想起不日南归,正好可以摆脱土司女儿的纠缠,亦是喜不自胜。

陈天宇道："江南，这次多亏了你啦！"江南道："这算得了什么！"陈定基也笑道："江南，我一向不放心你，原来你还当真有用！"江南道："多谢老爷夸奖。我江南虽然有时胡闹，做起事来倒是错不了的！"陈定基平日持家严肃，这时任得江南胡吹，一点也不责怪。陈定基将书信折好，笑道："江南，从今之后，你可与天宇兄弟相称，不必再作书童啦！"江南道："那么以后老王也不能再管我啦？是不是？"老王是管家的老仆，平日最欢喜骂江南多嘴，陈定基笑道："那个当然。不过他年纪比你大，你也不应对他摆主子的身份。"江南道："我只要他不啰嗦我，我岂会欺负他？老爷，那么我去哪儿也可以任由我意么？"陈定基怔了一怔，道："从今后你不再是童仆，你愿留便留，不愿留呢，我送你三百两银子，让你自己成家立室。"江南道："谁愿意讨媳妇儿自惹麻烦。不过我答应过这两位娘儿，帮她们找到唐大侠。君子不能食言，唐大侠既然去了拉萨，我也得陪她们到拉萨。回来后我再服侍公子。"陈定基笑道："原来如此，好吧，你见唐大侠时，替我问候。"江南回身对邹绛霞道："我陪你们去，你可不能再叫我小厮啦！"

江南果然陪杨柳青母女到拉萨，住了几天，却不知到哪儿去打听唐经天。

唐经天和冰川天女比她们早到几天，这时正在拉萨碰到一件极其离奇的事。

唐经天和冰川天女是第三次来到拉萨，前两次他们虽然心心相印，外表却还是若即若离。这次两情融合无间，自是大不相同。月夕花朝，晨昏絮语，正是说不尽的旖旎风光，柔情蜜意。不过，他们也为一件事情感到烦恼，那便是龙灵娇的事情。龙灵娇被捕下狱，已是一年有多，生死未知，吉凶难测，他们既不便探监，更不好劫狱。何况龙灵娇是唐家的衣钵传人，唐老太婆唐赛花现还健在，以她的脾气，也不喜欢外人干预她门户之事，所以唐晓澜曾叮嘱过儿子，叫他到川西去知会唐赛花。后来由冰川天女转告。当时唐赛花怒气冲冲，恨不得立即赶到拉萨，却不料后来发生了金世遗大闹唐家之事，唐赛花和金世遗彼此中了对方的毒针，虽然其后互相交换解药，但料想她年老体衰，元气恐怕不易恢复。所以唐赛花究竟到了拉萨没有，唐经天也一无所知，难以预测。

唐经天与冰川天女商量之后，终于还是决定去拜会福康安，设法探听消息。他们曾为福康安保护过金本巴瓶，冰川天女最近又曾因为萨迦叛乱之事，以佛门护法的身份谒见过达赖活佛和福康安，所以他们料想福康安不至于不见他们。

他们到了拉萨的第三天，便到驻藏大臣的衙门拜会福康安，只见衙中戒备森严，大殊往昔，他们早已备办礼物，拜托签押房的门官，请他立即通报，在签押房（相当于现代机关的传达室）坐了一会，果然便有一个官儿带他们到内衙的客房，奉茶之后，门外有人揭帘走入，唐经天站起来一看，来的却是一位师爷。

那师爷说道："福大帅玉体违和，本来不见宾客，听说是二位来，特地叫小可迎接，不识二位有何见教？"唐经天大失所望，但想既然来了，不愿空手而回，便假作不知道龙灵矫被捕下狱之事，向师爷探问道："我们有位朋友，听说在福大帅幕中，想来探听一下，不知他是否尚在此处？"那师爷颇感意外，问道："贵友高姓大名？"唐经天道："姓龙名灵矫。"那师爷面色一变，连连摇手道："没听说有这个人！"唐经天见他如此张皇，心中想道："他能代表福康安接见客人，自应是福康安的亲信心腹了，不至于怕人误会他与叛逆有牵连，难道是龙灵矫有什不妙么？"

那师爷便想端茶送客，唐经天见他捧起茶杯，假装不懂官场的礼节，仍然端坐不动，故意絮絮不休地问福康安是什么病，请什么医生，吃什么药，那师爷支支吾吾，坐立不安，看情形福康安根本没有什么病。唐经天正在好笑，忽听得外面有喧闹之声，有人大声说道："福大帅不见客，别的客人可以不见，我来了那却是非见不成！"

一听之下，十分熟悉，原来竟是云灵子的声音。唐经天心中一凛，要知云灵子乃是清廷大内的"供奉"，职位比侍卫更高一级，当初就是派他来捉拿龙灵矫的。后来福康安将龙灵矫扣押在驻藏大臣的衙门，云灵子又是回京请旨的人。

西藏与内地隔离，情况特殊，俗语有云："山高皇帝远"，何况福康安又是当今皇上最亲信的人，奉命全权处理藏事。衙门中的吏役，恃着福康安的威势，即使是对从北京来的官员，也并不怎样卖账，见云灵子相貌粗鲁，说话又如此嚣张，冷笑说道："王公贝勒到来，也得等候我们的福大人传见，哪有这样乱闯衙门的道理？"唐经天心道："原来他们还不知道他是大内供奉。不过照福康安的权势，大内供奉也算不了什么，论理只该到大帅营的中军处报到，然后请求谒见才是，云灵子之敢闯衙，定是另有所恃。"果然听得云灵子哼了一声，哈哈笑道："王公贝勒可以不见。若然皇上到来，你们的福大人见是不见？"那吏役似是吃了一惊，道："你是奉了圣旨的么？"只听得铿的一声，似是金属相触的声响，云灵子道："怎么样，'如朕亲临'这几个字你们认不认得？快叫福康安来恭接圣旨！"

唐经天这一间房，三个人都不自觉地停了说话，接待唐经天的那个师爷面色更见沉暗，原来他与龙灵矫乃是昔日同僚，私情不错，也料到云灵子是为龙灵矫而来，只是皇上竟把一面"如朕亲临"的金牌，交给一个侍卫带来，看来皇上是把龙灵矫的事情看得非常重要，而龙灵矫也是凶多吉少的了！

吏役见了金牌，大为震惊，当然不敢再怠慢了，急忙请他到另一间客房，同时去禀福康安。唐经天细听他们脚步声的方向，忽然站起来道："福大帅既是贵体违和，那么我们也告辞了。福大帅跟

奉茶之后,门外有人揭帘走入,唐经天站起来一看,来的却是一位师爷。

前,烦你代我们斥名道候。"那师爷巴不得他们早走,连忙送客。

唐经天轻轻拉了冰川天女的衣袖一下,两人不理那个师爷,径自大踏步地向前行走,那师爷忙道:"请从这边走。"他还以为唐经天不识道路,走错了方向。唐经天头也不回,走到一间房子外边去,忽然停下,"哼"了一声,怪声怪气地叫道:"好大的架子!"他故意变了嗓子,听起来活像一个老师爷在打官腔,十分刺耳。

云灵子正在这间房内,闻声大怒,跳出来喝道:"什么东西?胆敢——"话未说完,陡然见是唐经天与冰川天女,这一惊非同小可!唐经天淡淡说道:"烦借圣旨一观!"说来稀松平常,就像跟老朋友商量一样。冰川天女面向着云灵子,手指微微翘起,指端挟着一枚冰魄神弹,发出刺骨的奇寒之气!

云灵子吓得不敢动弹,唐经天从他身上搜出圣旨,拆开来一看,只见上面写的是:"前朝逆臣年羹尧之子年寿化名龙灵矫,潜入西藏,图谋叛乱,既已擒获,可在当地处决,不必解京。此谕驻藏大臣福康安。"谕旨只写龙灵矫"潜入西藏",没说他"混入幕府",已是给了福康安天大的面子,唐经天原料到龙灵矫凶多吉少,却没料到来得如是之快,捧着圣旨,登时呆了。

内堂传来叱喝的声音,是福康安即将出来的信号,代表福康安送客的那位师爷吓得面如土色,唐经天瞿然一惊,急忙将圣旨塞回云灵子怀内,苦笑道:"多谢赐阅。"一转身,立刻与冰川天女奔出甬道。云灵子惊魂未定,见了福康安之时气焰大减,被唐经天偷去圣旨观看的事,那更是不敢提了。

回到旅舍,两人商量了好半天,冰川天女忽然想起龙灵矫还有一个师弟,名唤颜洛,住在布达拉宫内东面的葡萄山下,事情既然如此紧急,理应先通知他。

两人立即出城,赶到颜洛住所,那地方本是龙灵矫旧日的官邸,龙灵矫因为向得福康安宠信,被捕之后,福康安特别宽容,并

· 633 ·

不查抄家业,仍准颜洛住在该处看守。

颜洛立刻请他们到密室商议,关上房门,颜洛便道:"唐大侠几时到的拉萨?可听到什么关于敝师兄的风声么?"唐经天道:"云灵子已经回来啦,只怕对龙三先生有所不利。"他想先探颜洛的口风,一时之间,还未敢将圣旨说出。颜洛忽然恭恭敬敬地向唐经天与冰川天女拜了四拜,唐经天拦阻不来,只好避开,只听颜洛沉声说道:"唐大侠义薄云天,小弟有不情之请,不知该不该说?"唐经天道:"但说无妨!"颜洛道:"小弟想来想去,实无他法可救师兄,唯有劫狱!"唐经天怔了一怔,心中想道:"龙灵矫与我没深交,我对他的为人并不知道清楚,这犹罢了,若然帮他劫狱,这岂不是要在拉萨惹起轩然大波。"继而一想:"龙灵矫虽是年羹尧的后人,但看他做的几桩事情,也还是个有肝胆的男子。交情虽浅,但眼看这样的人才被清廷处决,总是可惜。"继而又想道:"听爹爹在天山所说,龙灵矫心切父仇,看他在福康安幕中,十年来处心积虑,只怕出狱之后,更酿成巨变。"但随即又想到:"龙灵矫也是个明白人,我救他出狱之后,劝他放弃在西藏建基立业的图谋,料他肯听。爹爹既肯让我去知会唐老太婆,那么出手救他,谅爹爹也不会责备。"唐经天自幼受父亲的熏陶,遇到大事,总是考虑得周详之极,然后去做。主意一定,那便是义无反顾的了。

颜洛见唐经天踌躇再四,叹了口气,只道事情绝望。唐经天忽道:"好,今晚二更!"颜洛大喜,还未说得出话来,忽听得门外蹄声疾响!

颜洛道:"委屈两位在这斗室暂躲一会。"出外去看,只见福康安的卫士队长罗超带了六个人来,颜洛认得其中四人都是福康安帐下的高手,另外还有一男一女,相貌古怪,一副骄态,这两人乃是云灵子夫妇,颜洛却不认得。

颜洛吃了一惊,抱拳问道:"罗队长深夜降临,有何赐教?"罗超哼了一声道："颜洛呵，你好大的胆子！"颜洛道："卑职奉公守法，并无逾矩，罗队长此话是什么意思？"罗超道："明人面前不说假话，你将龙老三劫到哪儿去了？"颜洛一震，失声叫道："什么，我师兄被人劫去了？"罗超喝道："事到如今，你还惺忪作态，这未免太不够朋友了，当真还要我动手么？"颜洛又惊又喜，道："这，这从何说起？"罗超道："若不是你，还有何人劫狱？"颜洛道："小弟足不出户，已有半月，怎能分身前往劫狱？"

罗超望了颜洛一眼，心中想道："他神色如常，并无疲态，我们一到，他又立即出来，衣服也整洁无尘，难道劫狱的另有其人，确实不是他？"颜洛道："请问劫狱情形如何，大牢卫士如云，难道没有一人和飞贼朝相么？"罗超尴尬之极，又"哼"了一声，道："我问你要人，你却反而问起我来了。罗某虽是无能，也不能任你戏耍！"敢情他们连飞贼的影子都没见着，就发现龙灵矫被劫走了。故此罗超被他问着，便一口咬定是他。颜洛道："若然是我劫狱，我岂能在此恭候诸位光临，诸位不信，请尽管搜查。"罗超冷笑道："焉知你用的不是苦肉之计？把龙老三放走了，你自愿顶桩。念在彼此同事一场，你把龙老三藏身之处告诉于我，我也不欲将你难为。"颜洛道："你就是把我插了三刀六洞，我也说不出师兄下落。"

罗超看他神色，颜洛不似假装，心中踌躇难决，云灵子喝道："既然这厮是龙灵矫的师弟，那就只有着落在他的身上，与他啰嗦作甚？"跨前一步，张开蒲扇般的大手，向颜洛肩头一抓抓下。颜洛身子稍侧，避开了他一抓，猛地里呼的一声，一条五色斑斓的彩带，长虹般地疾卷而来，一条彩带，竟使得似软鞭一样。颜洛心中一凛：这两人的本领比罗超厉害得多，百忙中伏地一滚，云灵子一跃而前，预先抢到了颜洛趋闪的方位，一提脚就踩下去！

忽地里只觉得脚跟的涌泉穴透骨奇寒，云灵子身不由己，蹬、蹬、蹬地连退三步，眼前一亮，只见冰川天女与唐经天已并肩走入堂中，桑青娘的那条绸带也被唐经天双指一夹，"剪"断一段。

云灵子这一惊非同小可，他因为听说颜洛武功不错，故此叫了婆娘前来帮手，准备在罗超这一干人面前大显威风，哪料得到唐经天与冰川天女却会在这里出现，云灵子夫妇当年曾合战冰川天女，也占不了便宜，又曾被唐经天的天山神芒打得狼狈而逃，而且他又知道唐经天是当今武林至尊唐晓澜的儿子，天大的胆子，他也不敢与唐经天相抗，急忙跃过一边，像一只斗败公鸡似的暗自运气御寒。

罗超等人都是当年去迎接金本巴瓶的人，见过唐经天与冰川天女，也不禁都愕住了。唐经天微微一笑，向罗超一揖说道："请问龙三先生被劫，可是今晚之事么？"罗超急忙还礼，说道："不错，就在一个时辰之前！"心中奇怪唐经天何以知道？莫非劫狱的人是他不成？心中所疑，却不敢向唐经天喝问。唐经天又是微微一笑，说道："我们来到此处，已有两个时辰，颜先生一直陪着我们说话，除非他有分身之术，否则劫狱的人定然不是他了！"

云灵子道："喏，那就——"他正想说："那就是你！"刚说得几个字，心神一分，奇寒之气，又循着穴道上侵，唐经天瞪眼道："就，就是什么？"云灵子一来要运气御寒，二来怕唐经天说出偷看圣旨之事，他原本就是因为此事，而怀疑是唐经天劫狱的，可是一说出来，自己也大失面子，三来他也怕抓破了脸，唐经天和冰川天女一动手，自己就要先吃大亏。有这三项原因，故此被唐经天一喝，他话到口边又吞了回去。

罗超见风驶𫘧，赔笑说道："既是两位义士担保，那就定然不是颜兄了，请恕刚才鲁莽，缉拿劫狱的罪犯要紧，我们告辞了。"颜洛送出门外，见云灵子一跛一拐地走得十分狼狈，心中暗暗好笑。

回到堂上，却见唐经天忧形于色，颜洛笑道："有人替代咱们劫狱，咱们可省事多了。"唐经天沉吟道："这劫狱的究是何人？福康安帐下虽然没有一等一的高手，但今晚守狱的人必然比寻常严密百倍，云灵子夫妇只怕也要在牢中看守，这人竟然神不知鬼不觉地将龙灵矫劫去，云灵子这一干人连他的相貌都看不清楚，这人的武功也真是深不可测了！"冰川天女道："你看，会不会是唐老太婆？"唐经天道："若是唐老太婆，他们难道连男女都分不出来吗？怎会疑到颜兄身上？"冰川天女忽道："莫非是金世遗？"唐经天道："金世遗虽说行事怪诞，但与龙灵矫素不相识，似乎也不会无端端地跑去劫狱。"唐经天知道龙灵矫在西藏有很大的潜势力，现在不知落在何人手中，不由得又喜又忧。众人谈论多时，都猜不到劫狱的究竟是何方神圣？正是：

狱中劫走奇男子，漠外风云又一场。

欲知后事如何？请听下回分解。

第三十三回

缥缈异香　飞鸿天际远
踽蹰女侠　走马雪山遥

众人谈论多时，都猜不到劫狱的究是何方神圣。唐经天一夜没有好睡，思来想去，觉得此事不能一走了之，正想第二日一早再去拜会福康安，哪知福康安的人已先他而到。

福康安派来的两个人正是在保护金本巴瓶之役时，和唐经天会过面的焦春雷和游一鄂，这两人本是大内八大高手的正副头领，护送金本巴瓶到了拉萨之后，被福康安请准圣旨留了下来，襄赞军务，地位比近卫军队长罗超还高得多。

这两人在天刚拂晓的时分就到了颜家，一见唐经天和冰川天女，便恭恭敬敬地说道："两位义士昨日到来，大帅适因小恙缠身，有失迎迓，特叫我们来向两位赔罪。"唐经天何等聪明，料想他们必是有求而来，不动声色，微笑说道："草野匹夫，怎敢惊动大帅？何况大帅日来事务正繁，我们更不便再去打扰了。大帅跟前，请两位代为道谢，说我们心领盛情了。"焦春雷忙道："唐大侠不是见怪我们吧？"唐经天道："岂敢岂敢。"焦春雷道："要是唐大侠不见怪我们，那就求唐大侠赏我们一口饭吃。"唐经天道："焦大人言重了！"焦春雷道："昨晚劫狱之事，唐大侠料是有所知闻的了？"唐经天道："略有所知，云灵子他们昨晚就曾因此事来过。"

焦春雷道:"我们自愧无能,被飞贼劫了重犯,连来人的相貌都瞧不清楚。唐大侠当然知道,这是圣上要的犯人,若然追不回来,府内官员,只恐个个难逃罪责,还望唐大侠指点迷津,高抬贵手。"

唐经天一听口气,知道自己偷看圣旨之事,云灵子纵不好意思说,那师爷定已禀报与福康安知道。敢情他们还猜疑自己就是飞贼,所以前倨而后恭,笑道:"看来我若不能替你们追回钦犯,连我也脱不了关系了?"焦春雷黑面透红,尴尬赔笑道:"哪儿的话,我们有一百个头颅也不敢猜疑唐大侠。只因唐大侠交游广阔,若有线索,但求指点一二。"他神色越是惶恐,那就显露他内心越是猜疑。

唐经天意欲打听劫狱的真相,不再置辩,对他们的请求,亦不置可否。焦春雷惶急之极,说道:"我与龙老三素无仇冤,我亦不忍置他死地,但求他能回来投案,我将他交给了云灵子,那我便立即辞官不干。嘿,嘿,他到了云灵子手中,那时再有意外,我也不必管啦!"这话的意思是他但求能摆脱干系,只要龙灵矫不是在他看管之下,那么再度被劫,他也绝不多理闲事,亦即是暗示唐经天将龙灵矫送回之后,可以再度劫狱。

唐经天心中好笑,淡淡说道:"昨晚劫狱之时,焦大人可在现场么?"

焦春雷黑脸透红,苦笑说道:"昨晚正是我与游兄当值。"唐经天道:"飞贼纵算轻功绝顶,但牢门深锁,他带犯人出狱,也总该听到声息呵!"焦春雷道:"岂止微闻声息,飞贼简直是闹得惊天动地地破狱而出!"唐经天大为诧异,道:"既然如此,何以还瞧不清飞贼的面貌?"焦春雷道:"昨晚三更时分,我们突听得轰隆一声大震,但见一条黑影挟着龙老三飞出,我们兄弟赶忙追上,忽觉精神恍惚,眼倦腿软,霎忽之间,飞贼就逃得无影无踪。"唐经天道:"有这等异事?飞贼是用迷香么?"焦春雷道:"并没嗅到什么特别的香味，我们也早提防到有人用迷香劫狱，当值的人都备有解药，就是江湖上最厉害的鸡鸣五鼓返魂香也迷不倒我们。"

唐经天思疑更甚，道："能带我们到狱中看看么？"焦春雷道："那是求之不得！"当下立即动身，到达牢中，但见监牢都是尺许厚的青砖建成，十分坚固，牢门是一道铁门，加以巨锁，唐经天正在寻思：似此囚牢，如何可以破牢而出？转眼间到了龙灵矫的囚房，把眼一看，不觉吃了一惊，但见墙壁上好像斧凿一般凿穿了一个人形缺口，依缺口的形状看来，那人的身材相当粗大，一看就知道是用背撞墙，破壁而入的，这种武功确是骇人听闻。但最使唐经天奇异的还不是这种武功，而是昨晚当值的狱卒，在飞贼破壁而入的这一刹那，个个都觉心神恍惚，对飞贼的体态，人言人殊，有的说肥，有的说瘦，有的说高，有的说矮，竟连飞贼的身材高矮都弄得糊里糊涂！

回头一瞥，忽见冰川天女一派茫然的神态，竟然也似心神恍惚的模样，唐经天大吃一惊，道："冰娥姐姐，你怎么啦？"冰川天女来到囚牢之后，一直没有说话，这时忽似瞿然惊醒，叫道："赶快去挑选两匹最好的骏马，咱们立即往西追去！"唐经天道："你察觉到什么了？"冰川天女道："你试静坐观心，默运玄功，闻一闻看。"唐经天依言运功，天山派的内功心法，最为奇妙，心中纵有千般疑虑，盘膝一坐，立刻便如止水，由虚至明。唐经天静坐一阵，但觉有一缕极淡极淡的幽香，冲入鼻观，教人有说不出的甜畅！这种香味，闻所未闻，而且要不是心无杂念，专心一注，一点也察觉不出，真是诡异绝伦。

焦春雷派人去挑选的两匹骏马，这时业已送到，唐经天一跃而起，叫道："这是什么香味？"焦春雷等莫名其妙，道："哪有什么香味？"冰川天女道："不要多问，赶快西行！"眼光中也是露出一派奇异的神情，唐经天心知有故，急与冰川天女飞马出城，那两匹马是大宛名马,跑得有如风驰电掣,日未当中,已进入了郊外莽莽的草原。

西藏地广人稀,市镇村落,多集中在拉萨以东。拉萨以西,乃是荒原和沙漠地带,往往数十里不见人家,这时虽然已是江南的暮春时节,西藏地方还是积雪遍野,唐经天和冰川天女策马奔驰,但见莽莽荒原,宛如一片琉璃世界。唐经天疑惑更甚,心道:"难道劫狱的飞贼是从漠外来的不成,要不然冰川天女为什么带我向这个方向追踪?她又凭什么知道?"

冰川天女一勒马缰,回头笑道:"你所料不差,龙灵矫被劫,只恐还要生出许多意想不到的事。"唐经天与她并马同行,问道:"你怎么知道?"冰川天女道:"你不是闻到了牢狱里那奇怪的香味吗?"唐经天道:"是呀,那淡淡的幽香,非兰非菊,真是奇怪透了,我在默运玄功之后,才察觉出来,你怎么一到狱中就闻到了?"冰川天女道:"那是因为我自小居住的冰峰之上,就有这种花香。"唐经天道:"这是什么花香?怎的如此奇特,能令人心神恍惚?"

冰川天女道:"这花叫做阿修罗花。阿修罗是梵语中魔鬼的意思。所以又名魔鬼花!"唐经天笑道:"如此怪花,确是名符其实。"冰川天女道:"这花的花香虽淡,但却能经久不散。在花开之时,人一嗅到这种香气,就像喝醉了一般,但觉心神迷乱,眼倦腿酸,魔鬼花的得名,想是由此而来。这种花只在极高极高的冰峰之上才能生长,听说除了我所居住的念青唐古拉山之外,就只有喜马拉雅山的高峰之上才有。念青唐古拉山除了我们一家人外,并无其他武功特异的人隐居,所以我猜想这劫狱的飞贼,定然是从喜马拉雅山这边来的了。"喜马拉雅山在中国和尼泊尔边境,唐经天失声说道:"难道这飞贼是从国外来的?看他那破壁的功夫,那绝不是中土的武功。"冰川天女道:"我也是如此猜想,呀,若是从尼泊尔来的,只怕与我也有关联。就算不是为了龙灵矫,我也是要查个水落石出的了。"

冰川天女想起尼泊尔暴君意欲向自己迫婚之事,心中闷闷不乐,唐经天一路和她说笑解闷,走了一会,忽见雪地有一点一点的血迹,但却又没有足印,血迹渐来渐密,好似两行珠串。冰川天女叫道:"咦,这血迹是怎么来的?若是人血,那除非他有踏雪无痕的功夫,但若有那样好的功夫,又怎能轻易被人伤了?"

两人急忙跟着那两行血迹追去,走不多久,唐经天叫了一声,只见雪地上有两匹僵毙了的马,马鞍被远远地抛在另一边!看来乃是经过打斗,不是突然冻死的。急忙走上去看,只见那两匹马的四个蹄子都被削去,遍寻不获,想是被积雪所覆盖了!

冰川天女奇怪之极,若然是这两匹马受伤所流的血,雪地上又何以没有马蹄的痕迹?唐经天与冰川天女下马查看,在死马的周围,忽然发觉淡淡的足印,好像并不是一个人的,其中有一对足印特别短小,唐经天叫冰川天女将弓鞋印上去,与那足印的大小也差不多,唐经天道:"这定是女人的足印!"再看一看那倒毙雪地的两匹马,忽地叫道:"这足印是唐老太婆的!"

冰川天女道:"你怎么知道?"唐经天道:"你看这两匹马比咱们的马矮小得多,但骨骼强健,能在这样的荒原奔跑,当然不是寻常的坐骑。这是川西所产的名马!"中国的名马,除了西域大宛所产之外,就以川西所产最为著名,能耐长途奔跑。冰川天女道:"不错,唐老太婆正是从川西来的,但这儿有两匹马,还有一个人是谁?咦,难道昨晚劫狱的是她?这怎么会呀?"唐经天也有点怀疑劫狱的是唐老太婆了,但再想一想,唐赛花年老体衰,哪有这种破壁而入的功夫?而且狱卒们所说的飞贼体态,虽然人言人殊,但却并无一人说像女子。

冰川天女道:"而且为什么突然到这里才现足印?"唐经天道:

"今日之事,怪异极多,我们还是再往前面瞧去。"跟着那些凌乱的足印再走一会,只见在雪地上隆起的一个小阜下面,又有淋洒的血迹,唐经天叫道:"那是一个人!"积雪掩盖在他的身上,只露出半边头面。两人下马急忙将积雪拨开,登时惊得呆了,原来这人正是唐赛花的侄儿唐端。只见他衣裳破裂,肩上有一个血红的掌印,冻得发紫,被指甲掐破的地方,就像刀痕一样。

唐经天道:"心头还有点暖!快拿你那专解奇寒之药的阳和丸来。"唐经天撬开唐端的牙齿,将两粒丸药和酒灌入他的口中,又以本身功力助他推血过宫,但冻僵已久,哪能即时苏醒。

冰川天女移目四看,忽地一声惊呼,叫道:"经天,你看!"只见一块岩石上有一道鲜明的拐印,石屑满地,看得出是有人在此剧斗,那铁拐印是失手打在石上的。唐经天一看之下,也是诧异之极,失声叫道:"那是金世遗的铁拐!"金世遗为何来到这儿?算来他的性命不够一月了,难道是因此而又疯狂?唐端是不是他打伤的?劫狱之事与他有否关联?这种种疑团都是难以解释!只有盼望能够将唐端救活,或者可以稍知端倪。

冰川天女叹口气道:"呀,他不去天山,反而向这边走,那岂不是背道而驰?咱们就是寻着他,也难以解救了。"唐经天黯然不语,用心替唐端推血过宫,过了好久,才听得唐端喉头咯咯作响。

唐经天道:"成啦!"西藏的长途旅客,多备有好酒在路上御寒,唐经天的马背也有一个装满马奶酒的皮袋,唐经天把酒徐徐倒入唐端口中,过了好一会子,唐端精力渐渐恢复,张开眼睛,叫道:"咦,原来是你!我不是在做梦吧?"

冰川天女微笑道:"暖和了一点吧?你受的只是外伤,可以放心。这位是天山掌门人唐晓澜的儿子唐经天。"唐端一派迷惘的神色,望了他们一眼,有气没力地说道:"多谢你们啦。桂姑娘,这是你第二次搭救我们了,真不知该怎样向你道谢才好。"要知唐端对冰川天女一向倾心,在川西之时,冰川天女为了保护唐老太婆,曾在他家住过几天,唐端就一直想法接近冰川天女,只因自惭形秽,始终不敢表露心事。而今见冰川天女和唐经天的亲热神态,心中虽觉惘然,却也暗暗为她欢喜。

冰川天女道:"你姑姑呢?"唐端惊道:"你没见着她吗?"冰川天女心头一震,道:"是不是金世遗又向你们寻衅了?唉,上次金世遗在你家闹事,我也很觉内疚于心。"冰川天女还以为是金世遗将他弄伤,心中惴惴不安。哪知唐端双眼一张,却急不及待地问道:"你怎么知道金世遗到过这儿?你碰到他了?"唐家姑侄,以往对金世遗恨之切骨,一提起金世遗,必然是"疯丐""毒丐"的骂个不休,而今却直呼金世遗的名字,语气之中,也没有半点仇恨,冰川天女暗暗称奇,指着金世遗在岩石之上留下的拐印,道:"你瞧,这不是他使的铁拐?"

唐端惊道:"呀,打得这样激烈,但愿他能帮我姑姑打败那个胡僧!"冰川天女叫道:"什么,金世遗帮你的姑姑?胡僧又是什么人?"唐端道:"不错,要不是金世遗,我早已丧命在胡僧之手了。那胡僧就是劫走我师叔的人!"龙灵矫自幼受唐赛花抚养,视同亲子,但龙灵矫的技艺则是唐赛花的父亲唐二先生所授,他年纪又比唐端大了将近二十年,是以唐端尊称他做师叔。

冰川天女越发惊奇,道:"原来劫狱的真是胡僧,你们竟在此地碰到他了,怎么一路上不见马蹄人迹?"

唐端又喝了几口马奶酒,缓缓说道:"上次你到川西,多谢你将我师叔的噩耗告知。我姑姑本想马上去,但她到底是衰老了,中了金世遗的暗器,几乎将养半年,才得恢复如初。我们是去年中秋之后才动身的,到拉萨不过十天。"冰川天女道:"原来你们早已到了,最初我还以为是你姑姑劫的狱呢!"唐端道:"不错,我姑姑是想劫狱。她准备了许多天,探清楚了狱中的情况,预先在城门外藏好两匹川马,准备师叔一救出城,就立刻飞马逃走,我们约好了在昨晚二更时候劫狱。"

唐经天一算时间,道:"这不正是胡僧劫狱的时刻?"唐端道:"是呵!我和姑姑二更时分到了牢狱外面,还未跃上高墙,只听得里面人声嘈杂,脚步纷乱。姑姑料到必是发生了什么意外的事情,和我躲在墙脚,不一会就见一个身材高大的胡僧,挟着一个人飞出高墙,姑姑眼利,一眼瞥去,就瞧出那是师叔,急忙叫道:'灵矫、灵矫!'却不听见师叔回答。姑姑急忙追赶,依照江湖的规矩,和那胡僧打话,说明大家都是来劫狱的人,问他是哪条线上的朋友?不知是那胡僧听不懂我们的话还是有意不理,竟是毫不理睬我们,一股劲地往前疾跑。这胡僧轻功卓绝,我们姑侄空手兀是追他不上。

"好在我们预先在城门外藏好两匹马,出了城门,只见那胡僧也骑上了马,龙师叔给他按在马背上。我们骑马就追,这两匹马虽然矮小,跑起路来,可比胡僧那匹高头大马要快得多,追了将近半个更次,终于在此地追上了!"

冰川天女插口问道:"为什么不见马蹄痕迹?"唐端道:"我们准备劫狱之后上马就逃,正是怕人发现马蹄痕迹,所以用厚厚的绒布包着马蹄,料那胡僧也是如此。"冰川天女这才恍然大悟。

唐端续道:"还差十来步没有追上,那胡僧突然反手一扬,好几柄飞刀一齐飞来,我姑姑是打暗器的能手,收发暗器,百不失一,当下就想施展'千手观音收万宝'的绝技,将那胡僧的飞刀一古脑儿收去。却不料那胡僧的飞刀手法怪极,竟似知道我姑姑会接暗器似的,初初飞来之时,明是向上斜飞,削人上盘,忽然却变了贴地低飞,削马的四蹄,呀,这两匹川马,竟然就这样地葬送在胡僧之手。这也因为是在黑夜之中,我姑姑年老,目力衰退,要不然飞刀的方向虽然突变,我姑姑也不至于失手。"

唐经天暗暗好笑,心道:"唐家百多年来,都是以'天下暗器第一家'饮誉江湖,唐赛花这次失手,不知该多难过呢!"果然听得唐端往下说道:"我姑姑勃然大怒,立即用暗器攻那胡僧,铁莲子、毒莲藜、五雷珠、金钱镖、飞星刺,一发就是几十枚,将那胡僧打得手忙脚乱。这时那个胡僧也已跃下马背,把袈裟展开,当作盾牌,龙师叔仍然端坐马上,我们初时还以为是他中了蒙汗药,这时在月光下看清楚了,却见他两只眼睛还是张开,呆呆地望着我们。那胡僧抵挡我姑姑的暗器,已是十分吃力,若然龙师叔在背后攻他,管保可以制他死命。我姑姑便叫道:'灵矫,快拔剑取他背后风府穴!'哪料龙师叔眼睛眨了几下,手脚颤抖,竟是一副丧魂落魄的神气,并不动手。这可把我们急坏了。

"就在这时,忽听得一声怪笑之声,笑声未歇,人影已到跟前!"冰川天女道:"这定是金世遗来了!"

唐端道:"不错,是金世遗来了。我不知道他后来竟会帮我的姑姑,那时真是骇怕得不得了!敢情我的姑姑也是一般心思,她全靠暗器与那胡僧打了半天,暗器已用得所剩无几,那胡僧本领高强,若然暗器用完,只怕合我姑侄二人之力也斗不过他,何况又来了一个无理可喻的大仇敌金世遗。她又大声催促龙师叔,不知龙师叔是否中了邪,仍然动也不动!那一瞬间,我已打算豁出性命,想先把那胡僧打倒,然后再合抗金世遗,我当然熟知我姑姑打暗器的手法,便立刻拔出腰刀,趁着姑姑的暗器一密一疏的间歇之际,蛇行游走,希望在金世遗未曾动手攻击我们之前,我能够先把那胡僧砍倒!

"金世遗来得真快,刺耳的怪笑声还未曾消失,人已到了面前,我这时距离那胡僧大约有七八步远,只见那胡僧把袈裟一展,把六七宗暗器都激得反射回来,我姑姑正在转身应付金世遗,还真料不到那胡僧会突然反击,怪笑声中,金世遗的铁拐猛然打下,我姑姑若要招架铁拐就挡不住背后的暗器，若要转身接暗器，就挡不住金世遗的铁拐，我目睹这样危险的情形，一颗心都几乎吓得跳了出来。

"忽听得一阵繁音密响，叮叮当当之声有如急雨，那许多暗器，又都激射回去。原来金世遗那一拐扫下，却不是打我的姑姑，反而是给我的姑姑挡回了那些暗器。"

唐经天吁了口气，笑道："金世遗的行径，真是人所难测。"唐端道："那一瞬间，我已全神放在我姑姑的身上，料不到那胡僧真是毒辣非常，袈裟一抖，将暗器荡开，忽然向我当头罩下，我只听见金世遗大喝一声，拐影飞来，而那袈裟也像一片红云压下，我就此不省人事，直到而今。"

唐经天与冰川天女相顾骇然，问道："那么，谁胜谁败你也不知道了？"唐端道："我的性命还是全靠你们救回，其他的事，当然是不知道的了。呀，看这情形，他们打得非常激烈，我姑姑年纪老迈，的是令人担心。"

冰川天女安慰他道："唐老前辈定然无事，要不然那胡僧也不会放过你了。而且，要是他们受伤，这里焉有不留下迹象之理，我看，他们定是联手追那胡僧去了。"

唐经天道："那么我们只有继续再去追踪。"天色低沉，又落雪了，雪越积越厚，茫茫的雪地，望不到头，纵有足迹也被积雪遮掩了。三人无法，只有向着正西方直走。冰川天女一路闷闷不乐，猜想不透金世遗何以不去天山，却来到这罕见人烟的荒原。

金世遗自从在那小酒店中逃出之后，自觉无颜再见冯琳母女，在莽莽的草原，专拣最荒僻的地方走，茫无目的地走了三天，走进了沙漠地带，迷失了方向，极目望去，杳无人家，干粮吃尽，又饥又渴。

金世遗屈指一算，自己大约还有三十来天性命，心中暗笑：迟早都是一死，埋骨荒原，化为尘沙，那也算不了什么。但转念一想，自己自负绝世武功，却饿死沙漠，如此死法，殊无光彩，心有不甘。金世遗一生好胜，自从知道自己难免一死之后，就日夕思量，要想一个超乎尘俗的死法，不愿平平淡淡地死去，默默无闻。

可是他在沙漠中迷失了方向，想找一滴水都难，何况食物？这日他又饥又渴，来到一个沙丘，沙丘上有几块中空的岩石，沙漠上的岩石比较松软，常有未风化的石钟乳，含有些水分，金世遗吸了一些石乳，略解干渴，但饥火还是难熬，于是便在岩石后面盘膝用功，静坐片刻，气透重关，精神稍振，忽听得驼铃声远远飘来。金世遗大喜，想道：骆驼号称"沙漠之舟"，有了骆驼，不愁走不出这沙漠了。但转念一想："我若抢了这旅人的骆驼，我可以多活三十多天，他岂非要困死沙漠？"若在从前，金世遗定会不顾一切，但自从与冰川天女及冯琳母女等相识之后，狂傲的性情虽然未改，但对世人的憎恨已暗暗地改变了，有时他清夜自思，觉察到这种改变了的心情，连自己也莫名其妙。

驼铃自远而近，要不要抢这匹骆驼，金世遗正自踌躇莫决，忽听得驼背上那旅人突然发出哈哈的怪笑之声，十分熟悉。金世遗瞿然一惊，偷偷张望过去，只见一匹大骆驼，还在数里之外，沙漠上无甚遮蔽，看得甚为清楚。驼背上坐的不是一个人，而是两个人，相貌都特别，一眼瞥去，就认得出来，一个是赤神子，另一个则是刚刚在几天之前，在小酒店中和自己大打过一场的那个铁臂和尚董太清。

金世遗大喜，想道："原来是这两个混蛋，抢了他们的骆驼也不算造孽！"伏地一听，他们谈话的声音清晰可闻。只听得董太清问道："赤神道友，我听黄石道兄说，你已受了朝廷之聘，有荣封国师之望，怎的不在京师安享荣华富贵，却到这沙漠的苦寒之地受罪，难道有什么公事要到这等地方来办？"赤神子叹了口气，似哭非哭,似笑非笑,怪声怪气地答道:"咳,说来话长,我且问你,你又怎么来到这儿?你说你遁迹空门,埋名隐姓了三十多年,而今刚是二度出世。想你已练了绝世奇功,你又为何不到江湖上重振雄风?"听他们的说话,董太清与黄石道人及赤神子都是旧相识,董太清再度出山之后,第一个碰到的是黄石道人,第二个碰到的旧友就是这个赤神子,而且也是刚刚碰到的。

董太清又叹口气道:"还说什么绝世奇功,我一出山就被人打得狼狈不堪了。"赤神子大为奇怪,道:"董兄,你一向不肯服人,怎的这次却肯心服口服?是什么人物,能将你打得狼狈不堪?"

董太清道:"是唐晓澜的小姨子冯琳。"赤神子哼了一声,道:"又是天山派的人物?"董太清道:"黄石道人屡受挫折,心灰意冷,已决意再度回到石林苦修,从此不理世事了。我还不肯甘休,我要找寻一个人,希望能取得一本绝世的奇书。"赤神子冷笑道:"什么奇书?难道书上所载的武功,还能强得过天山派不成?"董太清道:"那也说不定。你知道在三四十年以前,天下武功最强的是什么人物?"赤神子道:"该是易兰珠、吕四娘和毒龙尊者吧?易兰珠是最老的前辈,她先去世,剩下来的就是毒龙尊者和吕四娘了。"董太清道:"我所要找寻的人就是毒龙尊者的关门弟子,那本奇书《毒龙秘笈》便在他的身上。"赤神子冷笑道:"他肯给你?"金世遗听了也是暗暗好笑,心道:"我将它抛入大海也不会给你。"

董太清哈哈笑道:"我自有法子要他给我。"赤神子意似不信,摇了摇头。董太清道:"道兄,你呢,你好似也遇到了什么不如意之事。一人计短,二人计长,何不说出来让小弟替你分忧?"赤神子"哼"了一声,意态甚傲,好像是说:"我都受了挫折,你有什么本事替我分忧?"转念一想,忽然换了一副嘴脸,道:"董道兄,你想别人把师门的秘笈给你,那是痴心妄想。不如和我一道上喜马拉雅山去攀登珠穆朗玛峰吧。"董太清叫道:"珠穆朗玛峰,那岂不是天下第一高峰?"赤神子道:"对呵!就是天下第一高峰!"董太清道:"自古以来,无人能上珠峰,你想得比我更是不切实际,那是存心去送死!哈,你怎么会有这个主意?"

赤神子冷冷说道:"就是送死,也比现在这样不死不活,由人欺负的好!"董太清道:"此话怎说?"赤神子道:"你败在冯琳手中,还算值得,我却败在一个后辈手中。"董太清道:"谁?"赤神子道:"冰川天女!"董太清道:"好古怪的名字,我从来未听说过。"赤神子道:"现在有许多新出道的人物,他们的厉害,你哪能知道?我中了冰川天女的七枚冰魄神弹,现在元气尚未恢复。听说珠穆朗玛峰上仙花异草甚多,其中有一种仙草叫做绛珠仙草,吃了可以当得三十年功力。不瞒你说,我本来是奉命和云灵子夫妇到拉萨去监斩那龙老三的,我而今功力大损,实在无颜再在江湖上混,什么国师的封号我也不稀罕啦。我得先上珠峰去觅那仙草。有你和我同伴,总比一人冒险要好得多。"

金世遗听了暗暗好笑,心道:"原来如此,不是你不稀罕国师封号,而是你怕功力大损之后,连云灵子也比不上,国师的封号又怎会轮到你拿?"又想道:"那龙老三又是什么人?怎的清廷要聘请三个高手前往监斩?"只见那匹大骆驼越来越近,已到了沙丘前面,金世遗忽地一声怪笑,跳了出来,叫道:"你要仙草,我只要你这匹骆驼!"

那头骆驼给金世遗一按,登时不能走动,赤神子大怒喝道:"金世遗你待怎地?"金世遗大笑道:"你耳朵聋了吗?我不是对你说了,我只要这匹骆驼!"

赤神子曾和金世遗数次相斗,彼此都知道对方本领,在以前来说,赤神子的功力较高,金世遗的暗器厉害,几次相斗,都是两难取胜。而今赤神子元气未复,对金世遗本有顾忌,但转念一想:有董太清相助,以二敌一,定然可以把金世遗制服。于是在驼背上一跃而起,凌空击下,金世遗大笑道:"来得好!"铁拐一举,一招"举火燎天",铁拐直戳赤神子小腹的"藏精穴",赤神子硬在空中一个转身,避是避开了,可是他那一掌也打歪了,金世遗得势不饶人,接着呼呼两拐,狂风骤雨般地疾卷而来,把赤神子逼得连连后退。

董太清叫道:"大水冲到龙王庙,都是自家人,喂,喂!有话好说!"金世遗冷笑道:"谁和你是自家人?"董太清道:"你是毒龙尊者的关门弟子,我是八臂神魔的衣钵传人,怎么不是自己人?"金世遗怔了一怔,忽地冷笑道:"我师父在三十年前早已与他们分道扬镳,谁卖你这个交情?"董太清叫道:"喂,交情你可以不卖,性命你要不要?"金世遗怒道:"什么?凭你就要得了我的性命?好,你们两个齐上,我也毫不在乎。"打定主意,只要董太清一上,他就要立刻喷出毒针暗器。董太清道:"喂,你听到哪儿去了?不是我要你的性命,是你的师父害了你的性命!"金世遗道:"什么?"董太清道:"你内功的路子练得不对,终有一日要走火入魔,身经百般磨难而死,你还没有发现迹象么?"金世遗心中一凛:他怎么知道?却忽地又怪笑道:"不错,我在世间已活不了多久,你盼我死,我正要找人陪伴!"口中说话,却把铁拐中的长剑也抽了出来,左拐右剑,攻势更见凌厉,竟然是一副拼命的神气,赤神子叫道:"太清道友,和他多说什么?给他夺了骆驼,咱们如何能走出这个沙漠?"赤神子实在抵敌不住,却还要自持身份,不好明言请董太清助拳,转个弯儿,动以利害。

董太清咳了一声,站在一边,却慢条斯理地说道:"《毒龙秘笈》是你师父毕生心血之所聚,但你却不知道,他临死之前,想到了破解走火入魔的奇功妙法,来不及写入秘笈,另记在一个日常的记事本上,这本子就在我的手中。你要不要我把它给你?"董太清这是全然胡说,毒龙尊者那本日记,最重要的是记载他查勘蛇岛的海底火山的情形，其余绝大部分就是写一些琐事，及自己幽居荒岛的心情，哪有什么奇功妙法。董太清这样说其实是自己有所图谋。

金世遗心中一动，想道："我师父绝世武功，他在晚年之时，既已觉察到自己内功所走的路子不对，或许真想到了破解之法也说不定。"略一分神，赤神子乘势反攻，把掌心的热力发挥出来，呼呼数掌，热风直扑金世遗头面，沙漠枯燥，金世遗这一日滴水未进，被热风一煽，更觉焦渴不堪，勃然大怒，拐剑一阵猛攻，将赤神子的凶焰再压下去，赤神子忙于运功自保，掌风所发出的热力登时大减。金世遗道："好，我师父的书既在你处，你将书献出，我可以饶你朋友一命。"董太清笑道："恃强而取，君子不为，你先停手，咱们再好好的说。"金世遗疑心陡起，哈哈大笑道："我走遍江湖，你敢当我是无知的稚子！我才不上你这个当！要停手也容易，先把书拿出来！"铁拐横敲，长剑直刺，痛下杀手。赤神子气喘吁吁，叫道："太清道友，这厮不可理喻，你还和他多说作甚？"

董太清一阵踌躇，心中想道："赤神子如今功力大减，我与他联手，也未必便胜得了金世遗，而且即算能把金世遗打死，取得那本《毒龙秘笈》，没人教我，也是无用。何况他又是冯琳心目中的女婿，我怎么惹得起他？"有这几层原因，董太清迟迟不敢动手，但见赤神子危急之极，心中又有不忍，正在迟疑，忽见金世遗一拐扫下，赤神子已是无力招架，董太清大惊失色，无暇思索，铁臂一迎，当的一声大震，铁臂脱臼飞去，金世遗腾的一脚飞起，先把赤神子踢了一个筋斗，铁剑一挥，把董太清的僧袍割开，里面空空如也，哪里有什么书本？

金世遗冷笑道："哈，你敢骗我！"董太清牙关打战，呐呐说道："不，不，真的有你师父的遗书。"金世遗道："好，那你藏在什么地方，赶快拿来。"董太清退后两步，赔笑说道："总怪我本事低微,无能为力,这本书叫天山派的掌门唐晓澜缴去啦。"金世遗道:"胡说!唐晓澜还用这本书?"董太清道:"你有所不知,唐晓澜的功夫固然是已经到了玄通之境,以他武林领袖的身份,当然不屑窃取别人的秘本。但他生平最忌惮的是你的师父,若然你师父的武功流传下来,日后总能胜过他天山门下,须知天山派的武功,百余年来,都被奉为至尊至圣,他既是天山派的掌门,岂肯留下后患,让你这派的武功日后胜过他?所以他定然要占有这本书,那么你虽然有《毒龙秘笈》,但无法破解那走火入魔的灾难,就必然要倚靠他。不但你要倚靠他,将来凡是学你这派武功的人,都要依靠天山派的人解救,这样,你们世世代代就要成为天山派的奴隶啦!"董太清一派胡说,却是言之成理,金世遗是一个最好高要胜的人,正自为了自己要靠天山派的人解救,而心有不甘,至死不肯求人,听了这话,怦然心动,竟自信了几成。

董太清奸笑说道:"到了别人手里,还容易讨回,到了唐晓澜手里,只怕天下再也无人能在他手中夺走!"金世遗哼了一声,心头火起,但董太清说的乃是实情,金世遗虽然狂傲,也不敢口出大言,说自己能够对付得了唐晓澜。董太清道:"不过,我倒有一个法子。"金世遗道:"什么法子?"董太清道:"唐晓澜有一个独生爱子名叫唐经天,此人武功虽然极高,但料想你还有法子可以治他,你只要乘他不防备的时候,用七枚毒针刺进他的穴道,那么他纵有天山雪莲也难解救,非要你的解药不成。嘿,嘿!到了那时,就不愁唐晓澜不和你交换了。"

卅年之前,董太清的一臂,虽说是被铁掌神弹杨仲英所折,但追究起来,却是由唐晓澜而起。董太清见金世遗精明之极,不受他骗,便索性移祸东吴,挑拨金世遗与天山派为难。

金世遗眉头一皱,心中想道:"这果然是一条毒计。但唐经天与冰川天女,在峨嵋山与金光寺之时,曾联剑救过我,我岂能对他偷下毒手？但除了此计，又有何法可以出这口闷气？"

董太清道："你若有决心，我还有法子可以替你把唐经天骗来。"金世遗"哼"了一声，忽地朗声说道："我岂能借助于你这样的卑鄙小人！"骤发一掌，把董太清打得跌出一丈开外，哈哈笑道："丈夫一死无牵挂，说甚恩来说甚仇！我的事我自会理，谁要你管？哈，哈，我只要这匹骆驼！你先想法救自己的性命去吧！"骑上驼背，一路唱着江南叫花子惯唱的"莲花落"，径自走了。董太清爬了起来，连叫数声，金世遗头也不回，董太清又慌又急，在这沙漠之中，失了骆驼，真等如失了一半性命，只得跑回去扶起赤神子，替他裹创疗伤，商量如何走出这个沙漠。

骆驼背上，有赤神子和董太清留下的许多干粮，还有两大皮囊的清水，金世遗喝了半袋的水，吃饱干粮，骑着骆驼在沙漠上奔跑，得意之极。沙漠初春，日短夜长，转眼又是黄昏将届，但见寒风陡起，黄沙弥天，连日光也染成了一片淡黄的颜色，沙漠上只见沙飞，但闻风啸，金世遗信口所唱的"莲花落"也从轻松的小调，变成了悲怆之声。只觉得悲从中来，难以断绝！

忽然想道："赤神子不是说过，珠穆朗玛峰上有一种仙草，可当得寻常修士的三十年功力？若然有这样灵异，只怕能医好我也说不定！只是那珠峰高出云霄，亘古以来，从未听说过有人能上。"再想道："纵然医不好，纵然我爬不上珠峰便遭横死，但我死在世界的最高峰，也可算得是古今一人，这死法岂不是大为快意！"一个多月来，金世遗所想的就是如何死法，才能超尘脱俗，而今想到要上珠穆朗玛峰上去死，真是妙绝千古，不禁又手舞足蹈起来。

大漠黄昏，金世遗在驼背上狂歌舞蹈，那骆驼受了惊吓，疾跑起来，骆驼号称沙漠之舟，果然如履平地，金世遗也不理它，任它自走，倦了便在驼背上安眠，倒是逍遥自在。如是者走了几天几夜，果然走出了这大沙漠，金世遗把骆驼送给第一个见面的蒙古行商,那人无端受了这份厚礼,非常惊诧,但仍是被金世遗强他收下了。金世遗问他到喜马拉雅山之路,那个蒙古商人几乎疑心他是疯子,但受了他的厚礼,心中感激,也便详细给他说明道路,并告诉他路上的险阻。金世遗问明道路,知道这个地方已是拉萨以西,还要通过一片大草原,才有部落人家,草原上不乏水源,但干粮却不可不带,那蒙古商人投桃报李,送了一大袋肉脯给他。

草原初春,积雪未化,牧人们都还在家里过冬,金世遗独自在草原上孑然独行,心中有说不出的悲凉况味,冰川天女、唐经天、冯琳母女等影子时不时从他脑中浮起,想起这些人时,有时他觉得自己渺小不堪,有时却又觉得自己是个超乎世俗的奇男子,自尊和自卑的心理错综复杂,他非常想找一个人倾吐心曲,不管是什么人,只要肯听便成,可是草原莽莽,连野兽都还躲在洞穴里,要等待春暖雪融才出来觅食,他真是寂寞得要死了。

金世遗在草原上独行,倦了便睡,醒了便走,也不管它日起日落,清晨黄昏。一晚,他行到深夜,草原上朔风陡起,大雪纷飞,金世遗有点倦意,也觉得有些寒冷了,便在两块大岩石后面铺了一张毡子,躺下来休息,心中思潮纷乱,忽想起他一生经历。廿多年来,他都认为世人可憎可恨,但细想起来,除了自己童年那段,竟然是别人对自己的恩多,而自己对别人的情少。若说世人负我,反过来说也何尝不是我负世人?如此一想,金世遗茫然自失!好久好久,都未能入睡。

眼见斗转星移,黑夜又将消逝,忽闻得草原下有叱咤追逐之声,金世遗既是惊奇又是欢喜。惊奇的是这个时分,居然有人在荒原上追逐打斗,欢喜的是居然有生人到这草原来了。金世遗爬上岩石来看,草原白雪皑皑,金世遗目力又好,但见在里许之外的雪地上,一个老太婆正在和一个胡僧拼斗,另外还有一个少年站在旁边。金世遗一瞧那老太婆的暗器打法,就认出了是唐赛花,那少年

骆驼背上，有赤神子和董太清留下的许多干粮，还有两大皮囊的清水，金世遗喝了半袋的水，吃饱干粮，骑着骆驼在沙漠上奔跑，得意之极。

虽然瞧不清楚,也料到是她的侄儿唐端了。但见那胡僧手舞袈裟,居然施展得风雨不透,挡得住唐赛花飞蝗般的暗器,金世遗也不由得大为惊奇。他是个武学的大行家,看不多久,便知道胡僧的真实武功远在唐赛花之上。距离胡僧十余丈远,有一匹马,马上的骑客似是一个军官,金世遗听得唐端大叫"龙师叔",唐赛花又大叫"灵矫",禁不住心头一动!

金世遗想起了那日赤神子所说的,清廷要请三大高手监斩龙老三的事,心道:"莫非这个姓龙的便是龙老三,怎么穿的却是清军军官的服饰,一点也不似个囚徒!唐端既称他为师叔,何以他又袖手旁观?"却原来龙灵矫在福康安幕下多年,素得信任,所以在圣旨未来之前,虽处囚牢,却是甚获优待,连服饰也无须更换。

听那暗器嘶风之声,渐渐由密而疏,远远望去,那胡僧的袈裟有如一片红云,翻飞舞动,在雪地之上,更显得威势非凡。金世遗心头一震,看这情形,唐赛花的暗器就要打完,只怕要遭胡僧毒手。忽地想道:"这个老太婆虽然讨厌,究竟是当今有数的武学名家,让她折在胡僧之手,中原武林也失面子。"又想到以前戏弄唐赛花之事,自己一直引为快意,不知怎的,现在想来,却是感到内疚不安。

眼见情势越来越急,金世遗不假思索,突然跃出,在千钧一发之际,救了唐端的性命,也解开了唐赛花的袈裟覆顶之危!

金世遗巧救唐赛花姑侄的经过,唐端曾向唐经天叙述,可是后来的那场激战,唐端因为已晕倒雪地上,那就一点也不知道了。

金世遗与胡僧一番恶斗,双方都是暗暗吃惊,金世遗的铁拐沉重非常,每一拐打出,都是力逾千斤,可是那胡僧展开袈裟,赛如一面大铁牌,铁拐碰着,发出"卜卜"的声响,竟似打在硬物之上一样。金世遗固然暗叫惭愧,那胡僧更是惊惶,他仗着这手功夫曾横行天竺以及阿拉伯各国,多沉重的兵器,在十招之内也会被他夺出手去，但碰着金世遗的铁拐，却只是堪堪能够敌住。

金世遗助阵，唐赛花自是大出意外，这个时候，她纵然怎样憎恨金世遗也不能不与他联手对敌。近身混战，暗器施用不着，唐赛花便用手中的一张弹弓，展开唐家世传的"金弓十八打"的招数，别看她年纪老迈，招数倒是极为精奇，弓拐联攻，登时把那胡僧逼得只有招架的份儿。

可是那胡僧狡狯非常，欺负唐赛花年老体弱，他的袈裟对金世遗是只守不攻，对唐赛花这边却是暗暗加重压力，不过半个时辰，唐赛花已气喘吁吁。

金世遗久战不下，心中想道："如此打法，再过半个时辰，只怕这唐老太婆反而要变成累赘。单打独斗我虽不惧，但唐老太婆若然力竭晕倒，岂非还要我来照料？"想发毒针暗器，又因为不明这胡僧的来历，不愿致他于死。只听得唐赛花又叫了两声"灵矫"，那军官仍是漠然地坐在马背上，动也不动。金世遗忽地问道："唐老太婆，那厮是你的师弟吗？"唐赛花道："他是我父亲授业，却由我抚养成人；说是师弟，其实我当他是儿子也不为过。"金世遗冷眼看马背上的龙灵矫，只见他身躯一晃，却仍然端坐在马背上，殊无出手之意。

金世遗道："既然如此，为何他不应你？你看，他不像是被点了穴道，难道这妖僧还真会邪法不成？"唐赛花哪知道他是受了阿修罗花的奇香所惑，兀是莫名其妙，只有再大声叫道："灵矫，灵矫！你听见我的说话吗？还是被什么妖术所制，说不出来？"只见龙灵矫在马背上又晃了一晃，喉头咯咯作响，唐赛花大喜，想冲出去救他，胡僧的袈裟一紧，压力骤增，唐赛花的弓弦也几乎给迫得脱出手去。

金世遗忽道："好，这龙老三忘恩负义，我替你把他抓来狠狠地打一顿。"唐赛花叫道："不好，不好！"金世遗道："有什么不好？你只守不攻，挡得十招，我马上回来！"铁拐一起，一招"潜龙升天"，向袈裟一挑，拐尖一偏，却戳那胡僧胁下的"云门穴"。那胡僧把袈裟风车般地一转，护着要害，反攻过来。哪知金世遗这是以进为退之计，那胡僧袈裟一展，挡住了金世遗侧面的攻击，另一面露出了空隙，金世遗突然一个筋斗翻了出去，飞身一跃，跳上马背，意欲先向龙灵矫查问原委，再作计较。

就在这时忽听得唐老太婆尖叫之声，金世遗心中一凛，难道这老太婆十招也守不住？回头一望，只见那胡僧一手扭着唐赛花的臂膊，反剪背后，一手舞动袈裟，已奔到面前，大声喝道："赶快下马，要不然我就把这老太婆杀了！"打了半夜，才听到这胡僧出声，说的居然是一口流利的北京话。

本来以唐赛花的功力，配上她那唐家世传的"金弓十八打"的精妙招数，虽说已是筋疲力竭，但只守不攻，挡十招廿招，却尚非难事。只因她以为金世遗真是想去抓龙灵矫狠打一顿，心中惊惶，想冲出去拦阻，脚步一移，章法便乱，那胡僧何等厉害，袈裟一卷，立即将她的弓弦卷走。唐赛花无法抵御，竟然被他擒了。

金世遗投鼠忌器，突然哈哈一笑，道："好吧，你把这老太婆放开，我让你上马逃走！"飞身一跃下马，那胡僧手指一松，正欲放人换马，金世遗忽地"呸"的一口浓痰吐了出来，痰中杂有"丝丝"之声，这胡僧也真的厉害，那样微细的音响，他居然听得出是飞针暗器。袈裟一展，浓痰吐在袈裟之上。说时迟，那时快，金世遗一拐劈下，胡僧抖起袈裟，挡了个空，只听得轰的一声大响，铁拐打在旁边的岩石上，石屑纷飞。胡僧正在奇怪金世遗这一拐何以打歪，倏然间，只见黑光一闪，袈裟刚抖，已是"卜勒"一声，被戳穿了一个破口。这正是金世遗的疑兵之计，故意打碎旁边岩石，扰他耳目，分他心神，却以极迅速的手法，抽出拐中铁剑，袈裟一被刺穿，就不能当成盾牌来使了。

金世遗大喝一声："倒下！"一刺刺破袈裟，第二剑连环疾进，剑尖方向对准胡僧的天柱、玄机、阳白三处大穴，剑锋又倒削胡僧膝盖，真是又狠又准的杀手。哪知他快，胡僧也快，剑招方出，只听得那胡僧叫道："好吧，你刺！"忽见唐老太婆干瘦的身躯似一株枯树突然迎着金世遗铁剑刺出的方向倒下，要不是金世遗收势得快，怕不在她身上刺几个透明的窟窿！

原来唐赛花被那胡僧将她的手臂反扭，她年老气衰，虽然胡僧放了手，她的血脉一时之间未能流畅，两臂麻痹，正想舒筋活血，闪避不及，却被那胡僧用破裂了的袈裟，绞扭成一条软鞭使用，在她腰间一缠，扯了过来，挡了金世遗那致命的一剑。

这几招交换得迅如电光石火，两边都是奇诡莫测，大出对方意外，但结果还是那胡僧占了便宜，大笑声中，只见他已跑上马背，挟持着龙灵娇飞奔而去。

金世遗气恼之极，一剑削断缠着唐老太婆的那条袈裟软带，唐老太婆忽地伸手向金世遗的愈气穴一点，金世遗大骇，还未来得及喝问，但闻一缕极其奇异的幽香，非兰非麝，透入鼻观。金世遗也是一个发暗器的大行家，立刻醒悟，这是胡僧所发的一种迷魂毒香，但觉心头怔忡，有些倦意，幸好被唐老太婆及时闭了他的愈气穴，毒香不能透进他的肺腑，要不然只怕已经晕倒了。金世遗暗叫一声："惭愧。"心道："唐家真不愧天下暗器第一家的称号，这老太婆的鼻子比我灵敏得多。"一面又在奇怪这是什么毒香，金世遗见尽天下暗器，各种能发毒香的暗器他都知道，却不曾闻过这种怪香！

金世遗心念方动，突见唐老太婆又突然伸手在他鼻上一抹，金世遗只觉精神一爽，倦意顿消，被闭了的愈气穴也自解了。只见胡僧那匹坐骑已奔出数十丈外，龙灵娇软绵绵的样子伏在胡僧的肩头，胡僧一手反臂将他拦腰抱住，一手握鞭策马飞奔。唐老太婆尖声叫道:"快追!灵矫是中了他的迷魂毒香,并非不肯认我。"

胡僧所用的正是阿修罗花所炼制的奇香,最能令人心神恍惚,幸而唐赛花藏有能解各种毒香的龙涎膏,而且她和金世遗都是内功深湛,立即醒悟,便即闭气,这才不至着了道儿。

那胡僧坐骑甚为神骏,金世遗明知追它不上,但见唐老太婆好似失了理性般飞奔追赶,心中一酸,想道:"原来这可憎的老太婆对那龙老三竟有这样的骨肉深情,可知不论何人,都不是生来冷酷寡情的。"不忍让她独追,只好随后跟上。

别看唐赛花老迈,她跑得还真快极,在十数里之内,竟是疾如奔马,不过仍是追那胡僧不上。大约追出了十数里外,那胡僧的坐骑已瞧不见了,老太婆忽然一跤摔倒在雪地上。正是:

可怜临老投荒漠,疯丐居然赤子心。

欲知后事如何?请听下回分解。

第三十四回

峭壁现侠踪　疑云阵阵
堡中来怪客　妖气重重

　　金世遗大吃一惊，只见唐老太婆哇的一口鲜血喷了出来，面如金纸，气喘吁吁地说道："我不成啦，拜托你回去照料我的侄儿。"金世遗替她把脉一听，微笑说道："毫不碍事，这是你气力消耗太甚，一时虚脱，好好养息几天，包保你恢复如初。"唐赛花幽幽地叹了口气，心道："我何尝不明白这仅是一时的虚脱，并非受了内伤。但这几日养息，谁人为我照料？"金世遗好似知悉她的心意，微笑说道："你侄儿年青力壮，虽然受了点伤，料想不至毙命，倒是你要安心调治要紧。你别瞧我只知胡闹，我还顶会服侍人呢。我自小做惯乞儿，善会伺候人，后来在孤岛上服侍我的师父，我师父也夸奖我是个善知人意的好孩子。"

　　金世遗这几句话是带笑说的，其中自然也含有一种自嘲自讽、自悲身世的成分。但说得又是极为诚挚，对唐老太婆的一份关心，昭然若揭。

　　唐赛花并非自甘埋骨雪地，只是她自念与金世遗有过那一段过节，怎能出口求他照料。哪知金世遗却诚心的要照料她。唐赛花又是感激，又是惭愧，心道："呀，人人都叫他做毒手疯丐，原来他却也有一片慈心，真是出人意表。只是他的行径，为何如此怪绝人寰？"

金世遗果然悉心照料唐赛花，过了几天，唐赛花精神恢复，能够走动了，两人回去寻觅唐端，唐端被唐经天与冰川天女救起之后，这时早已独自回到拉萨去了，唐赛花自是寻他不着。唐赛花还担心他冷毙雪地，挖开了四围的积雪，并无发现尸体，这才安心。于是继续西行，寻觅那胡僧的踪迹。

龙灵矫在牢中被那胡僧莫名其妙地劫走，一路上胡僧用阿修罗花的奇香将他麻醉，他内功已有火候，虽然知觉未失，胡僧与唐赛花金世遗激斗那一场他也瞧得清清楚楚，但气力消失，身躯麻软，连话也说不出来。一路上百思莫解，不知那胡僧对自己是好意还是坏心？

龙灵矫就这样迷迷糊糊地被那胡僧挟持着在马背上走了几天，穿过了莽莽的草原，到了大山底下，但见岗峦起伏，绵延无际，晶莹的雪峰像一排排白玉雕成的擎天柱，高插云霄。龙灵矫虽然也曾攀登过许多名山，但这座大山山势的雄奇壮丽，仍是令他咋舌不已！胡僧将解药给他闻了，山顶上吹下来的寒风，夹着雪花，令人精神顿时清爽。

那胡僧微笑道："好啦，奔波了这几天，现在可以歇歇啦！"跃下马背，龙灵矫也跟着下马，几天来的闷葫芦，急须打破，龙灵矫正想发话，那胡僧已先自说道："龙三先生，不，年大帅的公子，你如今可以毫无忧虑啦。清廷就是再派十万大军，也不能将你抓回去了！"

龙灵矫怔了一怔，道："你怎么知道我的来历？"那胡僧笑道："若非知道你的来历，我也不会费尽心机，偷入拉萨来救你了。"龙灵矫道："这是什么意思？"那胡僧笑着将马鞭一指，说道："这个么？你瞧——"龙灵矫随着他鞭梢所指，极目远望，但见山谷之中隐隐有刀兵之气，树木覆盖之下，行军的营帐亦依稀可辨，龙灵矫吃了一惊,喝道:"咄,你是何人?"

那胡僧笑道:"我是尼泊尔国的第一国师泰吉提,奉敝国国王之命,邀请年先生共商大计。"龙灵矫道:"什么?"那胡僧道:"想令尊年羹尧年大将军,一生戎马,为清廷南征北讨,开疆辟土,功高震主,到头来竟不免惨死。呀,呀,怪不得年先生矢志复仇,屈身幕僚,敝国国王对令尊之死,深表同情;对先生的苦心,更是无限佩服!"龙灵矫道:"复仇是我的事,与贵国何干?"那胡僧嘿嘿笑道:"年先生虽然结纳了许多土司,但福康安在西藏拥有重兵,即算年先生能够自己逃狱举事,只怕也未必既够成功呵!"

龙灵矫一听这话,立知来意,苦笑说道:"原来国师是劝我向贵国借兵,嘿,即算成功,亦为国人所笑。"那胡僧道:"借外兵之事,在贵国历史,例子似亦不少。伍子胥为报父仇借吴国之兵,灭掉本国,甚而将本国国王鞭尸三百,后世之人,又有谁笑他?"这胡僧竟然熟读中国历史,倒是大出龙灵矫意外。但听了此话,却不免打了一个寒噤,心道:"伍子胥所借的吴兵亦是中国之人,这如何能够比?而且伍子胥后来也终于被继位的吴王赐他自尽,连眼珠也挖出来。这胡僧将伍子胥比我,难道也要我像伍子胥的下场么?呀,我若是只为报父仇,而借兵异国,那就不是伍子胥而是吴三桂了!"

那胡僧又道:"非常之人必做非常之事,年先生拘于世俗之见,那就未免太令我失望了。敝国小国寡民,但得西藏一隅之地,于愿已足。断不敢奢望中华土地。年先生却可以自西藏创业,振雄风于漠北,进而策马中原,前途正是无限呵!他日年先生得为一国之君,敝国也要叨蒙庇荫呵!"

龙灵矫继承乃父遗风,其志不小,闻言又不禁怦然心动,但终觉此事不妥,正自踌躇,那胡僧又道:"敝国国王已领兵到此,驻屯在山谷之中,只待春暖雪融,便要进军拉萨,年先生请到军中,与敝国国王一见，再定决策如何？"龙灵矫手执马鞭，沉吟不语，那胡僧笑道："大丈夫一言立决，何用踌躇？先生若向西行，那是前途如锦，荣华无限。若然先生执意不去，那么我也不便勉强。但据我所知，清廷已派高手多人，正欲得先生而甘心。先生若欲东归，纵能穿过这莽莽草原，只怕未到拉萨，就要遭不测之险，先生其请三思！"

龙灵矫自知案情重大，这胡僧说的乃是实情，心中想道："既到此地，不如就进去看看，做不做伍子胥，那可是还得由我。"

喜马拉雅山高入云霄，端的是一山之中，气候不齐，山顶白雪皑皑，山腰雪花纷飞，但山脚已是百花绽开，显出初春景色。山谷因有四面高山挡着寒风，地气尤其温暖，因此尼泊尔军在山谷安营扎寨。龙灵矫随那胡僧走入山谷，但见篷帐相连，战马遍野，正中一面王旗，四方共有十二面帅旗。龙灵矫知道尼泊尔军制，每十营设一元帅，每营五百人，照此估计，谷中最少有五六万人之多，以尼泊尔这样的小国，几乎可以说是发了倾国之兵了。但在喜马拉雅山中，却还填不满一个山谷。龙灵矫一路思潮起伏，想起自己父亲当年指挥百万大军的威风，那是不能同日而语了。自己自懂人事以来，总想有一日能像父亲一样手握兵符，而今这梦想看来竟可实现，但却来得这样突然，而且令人感到屈辱。龙灵矫内心交战，听山谷中胡马嘶鸣，几乎疑心是在作一场恶梦。

唐经天和冰川天女继续西行，一路寻觅都不见唐赛花和金世遗的踪迹，冰川天女每过一日便想起金世遗生命的期限又减一天，忧虑之情，现于辞色。唐经天本来对金世遗殊无好感，经过了金世遗义救陈天宇和勇救唐赛花两件事情，对金世遗恶劣的印象才渐渐改变，但每想起金世遗对冰川天女的挑拨，心头总还是未能释然。而今一路与冰川天女同行，见冰川天女对金世遗的关怀，就如同关心一个多年的朋友一样，若在往时，唐经天也许会因此不安，但如今他已熟悉了冰川天女的性情,那纯然是一片悲天悯人的赤子之心,相形之下,唐经天反觉得自己的胸襟狭小了。

两人在草原上并辔奔驰,相知更深,相爱更切,寒风冷雪,都变成了旖旎春光,比起金世遗的孑行独行,那自然是大异其趣了。

走了数日,穿出草原,喜马拉雅山的雪峰,已是遥遥可见。山脉逶迤而来,再走便进入山区,沿途所见,奇峰怪石,目不暇给。唐经天叹道:"一山还有一山高,此话真是不错。我所居住的天山,绵亘三千里,南北二高峰直插云霄,我一向以为天下的名山,再也不能与之相比了,哪知还有这座喜马拉雅山!"

草原积雪未化,在草原的边缘,山脉起伏中断之处,有一个峭立如壁的孤峰,十分奇特,好像是一个硕大无朋的明镜,又像一支平地涌起的玉簪,与周围的山峰,形态大大不同。冰川天女啧啧称赏,忽听得唐经天"咦"的一声,好像发现了一桩极其奇怪的事情,面色紧张之极,立即跳下马来!

冰川天女一眼瞥去,那孤峰像一块白玉雕成的明镜,在山峰下面的"镜台"上,但见血迹斑斑,极其夺目,冰川天女也不禁奇道:"咦,难道是金世遗与那胡僧又在此地激战过来?是谁流了这么多鲜血?"唐经天道:"什么,鲜血?"冰川天女大为诧异,叫道:"这样当眼,你也看不见么?"忽见唐经天定了神一般,凝眸上望,冰川天女定睛一看,只见那石峰上竟似有几行字迹,这一发现,比那血迹更令人惊奇,像这样平滑如镜的石峰,只怕苍蝇爬上去也会跌下来,居然有人能在上面写字,这字迹又是用什么写的?无怪唐经天一发现这字迹,就无心留意下面的血迹了。

两人走近那座孤峰,只见那几行字迹乃是一首七言绝句,诗道:"几度天山攀桂子,而今双剑上珠峰。名山此处开仙境,忍令胡骑血染红!"每个字都有尺许大小,铁划银钩,入石数分,用斧凿也凿不得如此齐整。冰川天女这一惊更是非同小可,叫道:"天下有谁有这样的功夫？这是用指头书写的！"

只见唐经天满面虔敬的神气，慢慢走到石峰下面，突然回头喊道："这是我爹爹写的！"冰川天女道："你爹爹写的？他不是在天山吗？"一咀嚼诗意，除了唐晓澜，确是无人配题这样的诗句。冰川天女道："照此诗看来，你父母都同来了。他们上喜马拉雅山做什么？"唐经天喃喃自语道："我爹爹廿年来不动刀剑，怎么在此地破戒伤人？"要知唐晓澜与冯瑛夫妇连手，那是天下无人能敌，这山峰下面的血迹当然是别人的了。

唐经天施展壁虎游墙的功夫，向上慢慢挪动数丈，冰川天女叫道："小心，那块石头好似有些松动。"唐经天道："不妨，若是此处不稳当，我爹爹定会留下记号。"有一块尖石斜插出来，石根与山峰的本体相连，唐经天的轻功虽已到了一流境界，但手足毫无可以着力之点，也自觉得疲累不堪，乐得有一块凸出的尖石可以攀援，乘机歇息。冰川天女又叫道："小心！"话犹未了，只听轰隆一声，那块石头突然中断，飞坠下来，两边石屑纷飞，冰川天女飞身急起，但见唐经天反脚一撑，双臂一振，身如离弦之箭，向下疾射，那块大石飞堕之势猛速之极，幸喜唐经天的去势比石块更速，看来似是人石同坠，终于那块大石在距离唐经天背后心不到一尺之时，唐经天身形侧射，那块石头越过他的头顶，流星闪电般地向下急降了。冰川天女惊魂未定，忽听得又是轰的一声，两匹马凄厉惨叫，冰川天女一看，原来这两匹从拉萨骑来的健马，逃避不及，已是给大石压毙。冰川天女甚是痛心，急忙去看唐经天时，但见唐经天面如白纸，以手撑地，双腿上满是血痕！

冰川天女一把将他搂住，泪珠一颗颗地滚下来，唐经天笑道："傻公主，你哭什么？我的腿没有断，腿若是断了，你哭也没有用。"冰川天女一看，腿上所受的伤还真不轻，被碎裂的石片割伤的皮肉浮伤不算，还给震爆了两条筋脉，幸而没有断了骨头。冰川

两人走近那座孤峰,只见那几行字迹乃是一首七言绝句,诗道:"几度天山攀桂子,而今双剑上珠峰。名山此处开仙境,忍令胡骑血染红!"

天女暗暗佩服唐经天应变的机灵,在大石飞堕之时,唐经天那一脚反撑,恰到好处,一方面加速了自己身体的去势,一方面阻减了那石块的飞堕之势,要不然早给那石块追上压毙了。冰川天女心中想道:"怪不得武林各派都奉天山派为内家正宗,唐经天比我大不了几岁,内功就比我深厚很多,那块大石重逾千斤,他居然敢硬碰一下,也不过伤了两条筋脉而已,看来若是好好调治,不过三天,便可恢复如初。"

但觉唐经天的气息好似柔和的春风,轻拂云鬓,脸上感到有点热呼呼的,胸膛有一股令人透不过气来的压力,"难受"极了,又"舒服"极了!冰川天女脸上一热,轻轻将唐经天推开,唐经天却像小孩子撒娇一样反靠过来,笑嘻嘻地道:"我的腿断啦,今后永远离不开你,要你扶我一生。"

冰川天女给他敷上了金创药,又给他吃了一颗六阳丸,这是冰宫中的妙药,功能固本培元,她一面服侍唐经天,一面笑道:"不知怎的,我一急就会流泪,有一次我养的鹦鹉折了翅膀,我也哭了一场。我们尼泊尔有一个神话故事,说有一个公主,她所钟情的王子,给女巫用魔法弄死了,正要下葬,公主赶到,伏在他身上大哭一场,泪水润湿了王子的心头,王子就苏醒了。"唐经天笑道:"哈,哈!那么是我说错了,公主的眼泪果然有用,不但腿断了可医,死了也能复活。有你在我身旁,我的福气岂不是比那神话中的王子还好得多!"冰川天女嗔道:"你几时学得这样油嘴滑舌?"轻轻地打他一下,心中却是充满蜜爱轻怜!

唐经天忽道:"奇怪!"冰川天女道:"怎么?"唐经天道:"那块石头!"冰川天女心中一动,道:"是呵!那块石头怎的会无端端飞堕下来。你且躺一会儿。"到石峰下面一望,但见原先与那块大石相连的石笋,似是给人用刀斧削过,像蜡烛杆一样,冰川天女爬上去一摸,旁边的泥土也是松松软软的,一看就知是给人弄了手脚，但却布置得那么巧妙，要不是石头已经飞堕下，谁也会以为那块坚石，是石峰的一体。冰川天女大为奇怪，这陷阱布得阴毒之极，绝不会是唐晓澜所为，而且定然是唐晓澜离开之后，别人才敢做的。他为什么要如此布置？难道是预料到有人爬上去看唐晓澜的题诗么？

唐经天也是猜想不透。冰川天女扶着他在雪地上慢慢地走，幸喜走没多久，便发现了一座古代遗留下来的烽火台，那是一座好像碉堡的建筑。

古代交通不便，用烽火传递军情消息，在边疆地方，更是常见。尤其在西藏与印度、尼泊尔等国接壤的边区，用这种传递军情的办法，一直保留至清代中叶。不过这座烽火台泥土剥落、石基显露，却是久已废弃的了。冰川天女扶唐经天进去歇息，笑道："能够遮蔽风雨便好，你可以在这里调养几天。"

烽火台有两层建筑，上尖下宽，上面是瞭望台，下面则是兵士的歇宿之所。冰川天女将地方打扫干净，服侍唐经天躺下歇息，又出外去猎了两只雪鸡回来。唐经天心中暗想："怪不得前人诗道：最难消受美人恩。便是多折几年寿命，我也情愿。"但在冰川天女的细心照料之下，加上她的冰宫灵药，唐经天就是想多病几天也不能够，第二天伤口便已合拢，第三天生出新的肌肉，看来再过一天，就可以完全恢复了。

晚上，冰川天女又猎了一只小黄羊回来，烤给唐经天吃。冰川天女自小有人服侍，对烹饪烧烤的技术，简直是一窍不通，但经她的手弄出来的东西，唐经天吃在嘴里，甜在心里，纵是烤焦烧燶，唐经天也觉得那是天下至美之味！

冰川天女与唐经天跳上瞭望台去看月亮，在喜马拉雅山的冰峰反照下，月光也带有冷意，显得极其清亮。冰川天女忽然幽幽地叹了口气，道："在山的那一边，便是我母亲的故国了。可笑我虽承继了我母亲的公主封号,却无缘踏上尼泊尔的国土。"唐经天笑道:"你若要去,谁能阻你。"冰川天女道:"我母亲当年伤心之极,离乡去国,避世冰峰,曾发誓不履故土。"唐经天微笑道:"沧桑变幻,连冰峰也倒塌了,人事又怎能预测。"冰川天女想起目下便有为难之事,愀然不乐。唐经天笑道:"若是你的表哥定要娶你,你想不回乡也不成啦。"冰川天女嗔道:"什么表哥?"唐经天道:"尼泊尔现在的国王不是你的表哥吗?嗯,我看那胡僧逃入喜马拉雅山区,只怕真是如你所料,是尼泊尔国王派他来的。"冰川天女道:"除开是你,我怎肯与第二个男子相处,莫说是尼泊尔国王,便是玉皇大帝迫我也不成。"冰川天女的爱意第一次这样明显地表露出来,唐经天喜极泪下,道:"你真的这样看得起我么?"轻搂冰川天女香肩,冰川天女肩头一缩,轻轻拨开唐经天的手指,道:"你不许我哭,怎么你自己又哭了?"

忽听得有沉重的脚步声走进,烽火台上下两层有活动楼板隔开,打开楼板,可以将下面的人吊上,吊绳早已腐烂,唐经天熟读史书,知道这种烽火台的建筑式样,刚才是与冰川天女施展轻功,硬把楼板揭开,跳上去的。唐经天听得人声,急忙将楼板盖好,笑道:"如此深夜,且看是什么古怪的客人来了?"

冰川天女随手将冰剑一划,在楼板上刺穿了一个小孔,只听得有人怪声怪气地叫道:"哈,这里居然有烤熟的羊肉!人却走到哪儿去了?"正是赤神子的口音。另一个声音道:"我和尚募化十方,有主儿的东西我都要募化到手,何况是无主之物。哈,哈!我们吃了再说。"唐经天从小孔中望下去,只见一个又高又瘦的和尚手舞足蹈地走在前头,手臂碰到摆着烤羊的石案,竟然发出一种金属的铿锵之声。唐经天认得赤神子,却不认得与他同来的这个董太清。心中一凛,想道:"一个赤神子已是扎手,这和尚也邪门得紧,偏偏我的腿伤还未痊愈。"伸手掏出天山神芒,冰川天女悄悄说道:

"不要理他,且待他们找到头上再说。"冰川天女的心里正充满蜜意柔情,纵许唐经天没有受伤,这时她也不欲厮杀。

赤神子吃了两口羊肉,皱着眉头说道:"这烤羊的人简直是个笨蛋,一边烤得焦似火炭,另一边却带着血丝,简直不能入口。"唐经天听他们把自己冰雪聪明的意中人骂得如此不堪,大为生气。冰川天女却朝着他微微一笑,好像在对他表示歉意。

董太清哈哈大笑,道:"我和尚可是饥不择食,你不吃都留给我好啦。上了喜马拉雅山,要找吃的恐怕更难啦!"赤神子哼了一声,忽道:"天杀的毒手疯丐金世遗,我若找到绛珠仙草,恢复当初功力,哼,哼,不把你慢慢折磨,誓不为人!"董太清笑道:"亘古以来,从未听说有人能攀登上珠穆朗玛峰,凭咱们这块料子,想攀上珠峰,除非是天老爷保佑。"赤神子怒道:"你怕死就别陪我去。"董太清笑道:"我也似你一样,本事不济,活着也是尽受人家的气,不如陪你拿性命去赌它一赌!"

冰川天女不知他们说的是什么意思,但听得赤神子这样咬牙切齿地提起金世遗,却是大为诧异,心道:"使他元气大伤的乃是我,他应该恨我才对,怎么却恨起金世遗来了?"她哪知道赤神子在沙漠上吃了金世遗一拐,左脚已然跛了,两人又失了骆驼,熬了许多苦头才逃得出沙漠。

赤神子正在狠狠地咒骂金世遗,外面又传来了马蹄声,董太清笑道:"不好,烤羊肉的主人回来了,我可快要把他的羊肉吃光啦。"赤神子道:"他敢啰嗦,我就一掌将他击杀,咱们改吃马肉。"董太清道:"我出家人可不愿意随便杀人。"两人互相嘲笑,马蹄声已停在门前,只听得一个童子的口音叽里呱啦地说道:"我说不用慌就不用慌,天要打风下雪,这里就平地涌出一间屋子收留我们。哈,哈,里面有烤肉的香味。我敢跟你打赌,里面的主人一定是个好客之人。"唐经天与冰川天女相视一笑,心知来的定然是陈天宇那个多嘴的书童——江南。

一个女孩子清脆的口音叫道:"这是什么怪屋?妈妈,你可曾见过这样奇怪的人家?"一个妇人答道:"我瞧这屋子里也是透着怪气,但既来之则安之,咱们且进去求宿再说。"唐经天大为惊诧,心道:"怎么杨柳青母女也到这儿来了。江南怎的和她们如此稔熟?听这脚步声应有四人,还有一人是谁?"过了片刻,听得外面四人鱼贯而入,唐经天从小孔中张眼一望,那走在最后面的人,却是唐端。

原来江南带杨柳青母女到拉萨来找唐经天,却碰到了唐端,唐杨二家原是世交,廿余年前,冯琳误杀唐赛花的丈夫,闹了一场风波,几乎将杨仲英父女也牵连在内,幸而事情过后,唐家自知理亏,深感对不起死去的杨仲英,因而对杨柳青比前更好,虽然杨柳青的年纪比唐赛花小许多,唐端也将她当作长辈看待,一直将她叫做姑姑。唐端将草原上的奇遇告诉杨柳青,杨柳青知道了唐经天的踪迹,立刻叫唐端带路,西行追踪。

一进门口,只见地下余火未熄,赤神子面目狰狞,伸出一双手掌,在火堆里搓来搓去,正在练他独家的邪门功夫"引火烧身",迫出掌心的热力,将地上已熄灭了的黑灰重新烧得通红,手掌上剥去了一层皮,十根手指,根根见骨,骇人之极;董太清则斜倚石案,撕着羊腿,脸上一股似笑非笑的阴森神气,据案大嚼,旁若无人。

突然遇着这两个魔头,一行四众都是吃惊不小,江南抖抖索索,退到邹绛霞背后,杨柳青道:"不错,这屋子里倒很暖和。江南,把葡萄酒和腊雪鸡拿出来,咱们吃饱了好睡。"她在武林中辈分甚高,心内惊慌,脸上却是神色不变。

江南哪里吃得进去,撕了一只鸡腿,却递给邹绛霞,邹绛霞道:"你自己吃吧,我这只鸡腿还没有吃完呢。"江南持着鸡腿,笑嘻嘻地道:"唐大侠和我约好了在这儿见面,咱们要留一只鸡腿给他。哈哈,唐大侠和我家公子是最要好的朋友,从来不会失信,他说三更来就一定是三更来。"江南胡说一通,邹绛霞怔了一怔,随即醒悟,那是江南故意编出来说给那两个魔头听的,想用唐经天来吓走那两个魔头,不过他笑得极其勉强,即算是不熟识江南性情的人也听得出他内心的惊慌。

赤神子哼了一声,董太清笑道:"可惜这里没有打更的,不知现在是三更还是四更?"江南也不知道是三更还是四更,只知自己话中露了破绽,持着鸡腿,划了一个圆圈,又道:"唐大侠和我们一同从拉萨来,他的功夫虽好,坐骑却没有我们快,不过,恐怕也快要到了。他最欢喜喝酒,这个葫芦的葡萄酒可得留给他。"这一下破绽更大,赤神子突然一拍石桌,喝道:"江南,你过来!"

江南吓了一跳,摇手说道:"不必客气啦,我怕羊肉那股骚味。"赤神子喝道:"你好胃口,谁请你吃羊肉?过来,服侍老爷喝酒。"江南道:"这酒是留给金大侠吃的。"赤神子冷笑道:"你的金大侠早就在沙漠中死掉啦,你胡说八道,想拿毒手疯丐来吓我吗?哼,你过不过来?再不过来,我就将你也烤焦了。"手掌一伸,热风扑面,江南苦着脸道:"喂,喂,我皮粗肉糙,烤熟了比羊肉还要难吃呵!"

忽听得外面有人哈哈笑道:"烤羊肉还说难吃?哈,哈!我就最欢喜吃羊肉!"赤神子双眼一睁,只见两个怪人以手撑地,竟是头下脚上,像旋风般地扑了进来。看清楚时,原来这两个怪人的双脚自膝盖以下,盘屈如环,一看就知是给人打断了骨头,故此不能行走。但见他们以手代脚,所过之处,地上留下一个一个的掌印。这份功夫虽然吓不倒赤神子,但亦足以令人骇异的了。

这两个怪人深目高鼻,黄发宽额,看装束似是阿拉伯人,却说得一口流利的汉语。只见他们盘膝一坐,眯着眼睛,指着赤神子说道:"好香的肉味,把那条羊腿给我。"赤神子大怒,双掌一扇,热浪向他们直逼。董太清急忙打眼色,阻止赤神子动手。这两个怪人叫道:"哈,哈,好舒服,从冰天雪地里走进这座屋子,真像走进了天堂啦。"看他们的神色疲劳之极,若是武功根基稍差的人,从雪地走来,又受热浪急攻,必将晕倒无疑,而他们却解开襟扣,挥汗谈笑,若无其事。

这两个怪人一胖一瘦,胖的那个道:"久闻中华国土,人人好客,谁知传言是假,眼见方真。"赤神子怒道:"你疯言疯语说些什么?"瘦的那个道:"你想打架么?"赤神子再也按捺不住,跳起来道:"我们两个,你们也是两个,咱们就比划一下。"瘦的那个摇头笑道:"我饿着肚子,可没有气力和你打架。"赤神子一手抢过董太清的羊腿,抛过去道:"快吃,快吃!"虽然是一条斤多重的小羊腿,经赤神子掷出,劲力不亚于一柄流星锤,瘦的那个怪人却一张口就把它咬住,胖的那个道:"还有我呢!"赤神子叫道:"江南,把两只腊雪鸡给他。"江南正盼望有人给他出头打架,忙将两只腊雪鸡恭恭敬敬地摔过去,说道:"吃完了,不够还有!"胖的那个道:"酒也拿来。"江南不待赤神子吩咐,又将一大葫芦的酒递给那个怪人,笑嘻嘻地道:"不错。饮醉食饱,打架才有精神。"

赤神子狠狠地瞪着那两个怪人,董太清摇头道:"何苦来哉?何苦来哉?"赤神子理也不理,连声催道:"快吃,快吃!"

那两个怪人慢条斯理地吃了羊腿、雪鸡,又把一大葫芦的葡萄酒喝得干干净净,猛地发了一声怪笑,叫道:"好呀,要打架的来吧!"董太清劝道:"大家都是出门人,远无冤,近无仇,何苦争这些闲气?"他心中自忖:赤神子功力已减,与自己联手,也未必胜得了那两个怪人,何况还有四个敌人环伺窥视。这四人中,邹绛霞、唐端、江南三个都是小辈,无足轻重,但杨柳青的弹弓,却不能不提防几分。总之,敌众我寡,这场架不打也罢。

胖的那个怪人面色一沉,却忽地又哈哈笑道:"不打也成,只是你们要借一样东西给我。"赤神子怒道:"什么?"那怪人道:"把你们的四条腿借给我们,这是你们身上之物,现成得很,不费张罗,该不算是难题吧?"这几句说话得稀松平常,好似是向别人借一件微不足道的物件一般。

赤神子辈分极高,横行半世,近年来虽屡受挫折,可从没有人敢对他这样无礼,闻言怒极,不待他们说完,早已飞身扑起,只听得呼的一声,热浪四溢,这一掌是他全身功夫之所聚,杨柳青等人距离在数丈之外,亦觉得热不可当。江南急忙盘膝静坐,运用唐经天所授的那点内功心法,连看也不敢看。

只见那两个怪人不慌不忙,徐徐出掌,赤神子的身形飞在半空,尚未落下,忽然似受了一股无形的潜力反击一样,向下一沉,脚未着地,却向左斜方倒撞出去,赤神子双臂一振,呼地又发了一掌,但这一掌的热力已是大不如前。

董太清这一惊非同小可,但见赤神子狂呼猛扑,身形总不能进到距离那两个怪人的一丈之内,过片刻,只见赤神子左冲右突,竟似没头苍蝇一样,团团乱转。原来那两个怪人所发的掌力,名为"阴阳五行掌力",一股掌力推前,一股掌力拉后,两股掌力相反相成,陷入了他们掌力的圈子,就像陷进了漩涡一样,非但不能前进,连脱身也难。

董太清虽然不愿招惹这两个怪人,但他与赤神子狼狈相依,赤神子被困,他自是不能袖手旁观,他比赤神子要谨慎得多,先想好了脱身之计,准备施展猫鹰扑击之技,一击不中,立刻退开,永不和他们的掌力正面相接。他心中想道:"这两个怪人双脚已断,如何能追得上我?"

岂知他想得周全,那两个怪人的招式却大出他意料之外,他凌空一击,长臂还未抓到敌人头上,忽见胖的那个怪人双掌向同伴一推,瘦的那怪人身子也突然飞了起来!董太清受他掌力牵引,慌忙在半空中一个转身,向后倒跃,哪知他快别人更快,呼的一声,怪人已在他的头顶越过,烽火台四边有四根木柱,怪人一手抓着木柱,猛地回头发掌。董太清的猫鹰扑击之技,可以在半空回翔转折,但却不能持久。

这猫鹰扑击之技,是当年八臂神魔萨天刺在猫鹰岛上,日久模拟猫鹰扑击姿势,苦练而成,端的是武林罕见的一种轻功妙技,别样轻功,最多是以迅捷见长,而它却可在空中回翔转折。董太清是八臂神魔的唯一传人,现下功夫不减师父当年,瘦的那个怪人一掌拍出,掌力未到,董太清在空中一个转身,又换了一个方向,可是在这转身形换方向的时间,那个怪人手一按柱,身形又已弹出,越过了他的前头,抓着了另一根木柱,回身又是一掌拍出。如是者一连三次,猫鹰扑击之技,闪躲虽然灵活,却是不能持久,到了第四次发掌之时,董太清再也支持不住,一跤摔倒,被那怪人掌力一挥,"送"到了赤神子的身旁。那怪人哈哈一笑,立刻飞回原地,与同伴的掌力一合,董太清也与赤神子一样,只觉好似陷在漩涡之内,脱身不得。

这两个怪人出掌越来越快,董太清和赤神子与他们的距离本在一丈开外,这时但见他们满头大汗,手舞足蹈地一步步向前移动,在寻常人见来,可能还以为是他们在鼓勇进攻,落在杨柳青这样的武学行家眼里,却知道他们是被那两个怪人的掌力所牵引,越陷越深,只要一到了那两个怪人掌力激荡的中心,即算赤神子与董太清武功再强,也将完全受制,宰割由人的了。

杨柳青心中暗喜,想道:"董太清对我父亲那一掌之仇,卅年不忘,虽有冯琳调解,难保他日后不再向我寻事,若能借这两个怪人之力,将他除去,倒可永除后患。"注视斗场,目不稍瞬。赤神子功力稍高,还在尽力挣扎,董太清却是退一步、进两步,渐渐被那两个怪人引到身边，但见他头筋毕现，火红的两颗眼珠，好像要夺眶而出，杨柳青虽是与他有仇，见此惨状，也觉得于心不忍，急把眼光移开，不欲再看。

忽听得那两个怪人同声喝道："双腿拿来！"接着"当"的一声大响，好像铁锤击钟，巨斧劈石，杨柳青头未抬起，只觉一股热气，掠面而过，睁眼看时，只见董太清俨如巨鸟穿林，身形在空中一个转折，已是从东面的窗子飞出，赤神子亦已无影无踪，想是他逃走在前，那股热风自然是他带起的了。场心那两个怪人仍然盘膝而坐，胖的那个捧着一条铁臂，喃喃说道："真料不到他还有这种邪门功夫。"原来董太清在绝险之际，突然施展救命神招，把他的铁臂飞出，那两个怪人并不知道他那条臂膊是铁铸的，蓦然见他断臂飞来，吃了一惊，不知其中有什么古怪，急忙运了全身气力，将它接住，在这一瞬之间，赤神子和董太清已是双双逃脱。

董太清虽未毙命，但已被逐走，而且又损了最厉害的铁臂，杨柳青自是欣喜无限，忽见那两个怪人目露凶光，忽然转向自己这边。正是：

烽火台中惊怪异，珠峰底下集邪群。

欲知后事如何？请听下回分解。

第三十五回

幽谷屯兵　战云迷塞外
军前露面　天女震番王

杨柳青心中一凛，抓紧弹弓。江南一直闭目静坐，这时听得有人奔出门外，脚步急速之极，迅即消失，四下里静得出奇，这才倏地张开眼睛，跳起来道："那两个魔头给打走了吗？哈哈，你们得多谢我才成，那一葫芦的葡萄酒最能恢复精神，两只腊雪鸡的味道也不错吧？"忽见杨柳青和那两个怪人相对而视，神气骇人，多嘴的江南也不禁愕诃诃地怔着了。

那两个怪人目光一转，忽地发了一声怪笑，胖的那个首先说道："确是不错，应该大大的谢你！"瘦的那个接口说道："你这双腿借给我们用用，等下我给你锯掉时，包保你全无痛苦！"江南叫道："什么？你要锯掉我的双腿？"瘦的那个道："不错，我的手术巧妙之极，先点了你的晕穴，你一醒来，血就止了。这份谢礼你觉得如何？"江南大叫道："不成，不成，我这双腿还要走路！"胖的那个道："我们也要走路呀，借你的腿给我续筋驳骨，这是两俱有益的事情。"瘦的那个道："我们借了你的双腿，就收你做弟子。你有了我们做靠山，不但一生不愁衣食，而且没人敢欺负你！"江南叫道："哈，我才不信，你们的双腿为什么又给人打跛了？"江南这一问，正触他们之忌，那两个怪人面色一变，暴怒喝道："我要令天下会武功的人都断双腿,第一个就先向你下手!"只见他们手一撑地,立刻飞身扑到,一出左手,一出右手,十指长甲,有如鸟爪,都对准了江南的穴道。

江南吓得魂飞魄散,大声叫道:"我的妈呀!"穴道还未被点,人已几乎晕倒!说时迟,那时快,就在这两个怪人身形飞起之时,杨柳青的弹子也已发出,杨家神弹,名不虚传,弓弦一曳,便是连珠发出,瞬息之间,但似冰雹乱落,从四方八面,打那两个怪人。

忽见那满空的弹子互相激撞,全部粉碎,竟无一颗打到那两个怪人的身上。那两个怪人哈哈大笑,道:"还有多少,尽数发来吧!你们四个人的腿都给我留下。"杨柳青这一惊非同小可,但觉两股潜力,已然卷至,顿时便似身陷漩涡之中,不由自己地向前移动。原来杨柳青所发的弹子,给那两个怪人所发的阴阳五行掌力一挤,就像泥沙被卷进了旋风的中心,哪还有半点力量。

眼看那两个怪人便要施展杀手,猛地里"轰隆"的一声巨响,头顶的天花板突然裂开一个大洞,这事情来得意外之极,两个怪人也不禁吓了一跳,同声喝道:"谁躲在上面,赶快给我滚下来!"话声未了,但听得"嗤"的一声,一道暗赤色的光华,骤然射下,两个怪人吓个面无人色,手掌一转,互相一推,身似离弦之箭,立时"射"出门外,大声叫道:"唐晓澜你可不能不顾诺言!"杨柳青狂喜道:"晓澜,是你在这儿吗?"但见一个俊俏少年,从裂洞跃下,微笑说道:"不,我是唐经天。"

接着冰川天女也走了下来,杨柳青还是第一次和她见面,心中叹道:"天下竟有如此美丽的姑娘!"看了唐经天一眼,又看了女儿一眼,暗暗叹息。邹绛霞一声欢呼,上前拉着冰川天女的衣袖,叫道:"姐姐,这回你可走不了啦!"回头对母亲说道:"那晚经天哥哥在我们家中出走,我怎么也留不住他,原来他是去追这位姐姐。"冰川天女见她如此天真烂漫,想起当时的误会,不觉低眉一笑,也是发自内心的欢悦的微笑。

唐经天道:"这位是桂华生伯伯的独生女儿,芳名冰娥;这位是邹伯母,三十年前,鼎鼎大名的江东女侠杨柳青,算起来我爹爹还是她的师弟。"杨柳青哈哈笑道:"说起来都不是外人。"拉着冰川天女的手,仔细端详,越看越觉得她清雅绝俗,艳丽无伦,杨柳青本来对她有点妒意,这时亦觉得"我见犹怜"!冰川天女给她看得不好意思,盈盈笑道:"经天,还是你出手得快。那两个怪人不知是什么道路。确有一点邪门功夫,看来就是我发出冰魄神弹,也打退不了他们。"杨柳青笑道:"经天,你看我多糊涂,几乎忘了向你道谢了。"

唐经天道:"其实我的天山神芒也未必伤得了他们,他们是给我吓走的。"冰川天女道:"怎么?"唐经天道:"看这情形,他们定是给我爹爹的神芒打断了腿,故此一见这个暗器,就以为是我爹爹来啦。"杨柳青道:"不错,听这两个怪人临走的言语,大约是你爹爹打断了他们双腿之后,答应过饶恕他们的。所以刚才他们才骂唐大侠不顾诺言,敢情他们还真怕你伤他们的性命。"唐经天沉吟说道:"看来那孤峰上的陷阱,必是这两个怪人所布置的无疑。只不知他们何故与我爹爹结下深仇大恨?"杨柳青道:"什么孤峰上的陷阱?"唐经天将那日的事情说了,杨柳青惊喜交集,道:"原来果然是你的爹爹到此地来了,但喜马拉雅山比天山还高得多、大得多,怎生去找?呀,我也有廿多年没见着你的爹爹啦,你的爹爹也许未老,我的头上已开始有白发了!"

杨柳青想怀旧事,絮絮不休。邹绛霞笑道:"妈,你尽拉着冰娥姐姐做什么?经天哥哥要吃醋啦。"杨柳青一笑放开冰川天女,只见女儿却拉着江南走过一边,交头接耳,好像在说什么秘密,江南还不时挤眉弄眼地扮鬼脸。原来这多嘴的江南,最喜欢打听别人的闲事,他从萧青峰和陈天宇那儿,听到一些关于唐经天和冰川天女的事情,这时正像一个说书人一样,在给邹绛霞说唐经天三上冰峰,邀请冰川天女下山的故事呢。杨柳青对着这个顽皮的书童,又好气,又好笑。再看看唐经天与冰川天女亲热的神情,又禁不住心中一酸,想道:"真是各有各的缘分,勉强不来的!"

原来杨柳青少时,曾奉父亲之命,与唐晓澜订下婚约,其后虽因性情不投,各自婚嫁,但唐晓澜到底是杨柳青的第一个意中人,过了数十年,杨柳青的感情虽然早已纯净升华,但对唐晓澜的敬慕却是始终不减。所以她在年前一见唐经天之后,实在有意将女儿许配于他,而今见此情形,知道勉强不得,只好罢了。

众人当晚便在烽火台内歇宿,第二日唐经天的腿伤已愈,一行人等,继续西行,数日之后,到了喜马拉雅山的南边,冰川天女见山谷之中,隐隐露出旌旗,心中一惊,道:"难道是尼泊尔的军队真个来了?咱们且去探它一探。"唐经天道:"好吧,我陪你去。邹伯母,你们暂且不要进山,待我们探明之后,再行定夺。"众人之中以他们二人本领最高,大家自是毫无异议。

喜马拉雅山实在大得惊人,山中许多还是未经人到的原始森林,无路可寻,冰川天女虽然看见旌旗,朝着那个方向走去,还是迷失了路,走了半天,有时听得战马嘶鸣之声,好像就在附近,转过山坳,却又是另一个荒凉的山谷。唐经天笑道:"真得要找个向导才行。"冰川天女笑道:"痴人说梦,你就是出千两黄金,也无人敢陪你攀登此山。"唐经天忽道:"这也不见得,你瞧,那不是人?"

冰川天女抬头一看,只见对面的一座山峰上,一条人影,矫捷如猿,轻登巧纵,越上越高,后面约有五六个人追赶,个个都是一身上乘的轻身功夫,为首的似乎是个僧人,披着一件大红袈裟,迎风招展,分外夺目。

唐经天叫道:"先头逃走的那人是龙灵矫!"冰川天女道:"不

错,后面这个胡僧一定是唐端所说的那个劫狱的胡僧了。"唐经天道:"他们追赶龙灵矫定非好事,咱们截住他。"说话之时,龙灵矫的背影已只见一个黑点,后面那几个人影子也模糊了。

冰川天女道:"好,咱们从侧边绕过去兜截他们。认定那个大红袈裟!"两座山峰相距不远,大红袈裟又是最易辨认的目标,唐经天和冰川天女的轻身本领,比之龙灵矫与那胡僧都要高出一筹,唐经天又有游龙宝剑开路,不到半个时辰,他们已从另一个方向,绕到胡僧的前头,龙灵矫正在攀上第二个山峰,而其他几名尼泊尔武士却还远远落在胡僧后面。

原来龙灵矫在尼泊尔军营中住了几日,左想右想,虽然有争天下的雄心,但终不愿负汉奸之名,引外兵入寇本国,是以下了极大决心,拼着为清廷诛戮,从尼泊尔军中逃了出来,准备回到拉萨,将尼泊尔军的部署告诉福康安知道。不料尼泊尔军中也颇有能人,龙灵矫一逃走便给发现。那胡僧率领四名尼泊尔武士,已追了一日一夜。

龙灵矫不敢逃下平地,专向草莽密菁的山头逃匿,追逐了一天一夜,越上越高,雪滑坡陡,山路越来越难走。这时龙灵矫正在攀登第二座山峰,山上怪石遮云,藤蔓如障,胡僧心道:"若被他逃上山头,更难寻觅了。"提一口气,紧紧跟着上去。这胡僧名唤泰吉提,是尼泊尔的第一国师,轻功确有极高的造诣,这一跃平地拔起,居然跃上了二丈有余,但山上积雪没胫,平滑如镜,脚一着地,又滑下三尺有多,看那龙灵矫时,也是如此,上两步退一步的不敢飞腾跳跃。龙灵矫的轻功与泰吉提在伯仲之间,但在这样陡削的斜坡上,大家都难以如意施展,龙灵矫占了先走的便宜,这时距离那胡僧已有百来步远。

那胡僧心念一动,忽地把袈裟脱下,迎风一展,好似大鸟的双翼,风从上面吹下来,他袈裟兜风,向上一跃,借着风的阻力,居然将身形定住，不再滑下，那胡僧哈哈大笑，向上招手道："年先生，国王待你不薄，何故逃走？再说，我冒了性命之险，从拉萨救你回来，你这样不辞而行，似乎也违了中国圣人的古训，太不够朋友的交情了吧？"龙灵矫头也不回，拼命攀援爬上，那胡僧声调一变，冷冷说道："年先生，我劝你还是下来吧，敬酒不吃吃罚酒，那何苦来？被我追上那就不好看相了。"袈裟一展，向上又跃了丈余。

这胡僧胜券在握，正自得意，话未说完，忽听一声怪啸，一道暗赤色的光华劈面射来，那胡僧抖起袈裟，"卜"的一声，袈裟登时穿了一个大洞，好像戳破的风帆，失了作用，那胡僧猝不及防，脚步一滑，向下滑了几丈，几乎跌倒。这胡僧的袈裟是金丝所织，加上他的内力运用，赛过一面盾牌，十数日前，他就曾用这件袈裟，挡过唐赛花的诸般暗器，不料竟给这骤然其来、莫名其妙的暗器射穿，不由大吃一惊。

说时迟，那时快，山坳处扑出一个人来，正是唐经天，胡僧一见是个唇红齿白的少年，骄念又起，袈裟一展，大声喝道："你是谁人？"唐经天道："你管我是谁人？我就是不准你上这座山！"胡僧大笑道："小娃儿，凭你也配？"挥动袈裟，一个盘旋，突然凌空罩下，他以为唐经天只是暗器厉害，还未曾将他放在心上，这一招正是那胡僧苦练了十多年的功夫，名为"天罗盖地"，多强的武功，被他罩着也是无能为力！

袈裟罩下，呼呼挟风，有如一座小山，突然给那胡僧移来一样，唐经天心中一凛：怪不得唐老太婆与金世遗对他也占不了上风，果真有几分本领！不敢怠慢，游龙宝剑扬空一闪，立刻还了一招"后羿射日"的招数！

游龙剑是天山派的镇山之宝，便真的是面铁牌，也给它戳穿了，何况这件袈裟，只听得"嗤"的一声，剑光闪处，袈裟反穿了一个大洞。这一下，那胡僧更是吃惊，袈裟一收，消了唐经天的剑势，先护着身子，再打量敌人。唐经天硬接了一招，虽然把胡僧的袈裟戳穿，自己的臂膊也觉疼痛。

那胡僧袈裟一展，变招再扑，经这一招，他已试出唐经天气力稍逊，拼着袈裟再被宝剑戳穿几个大洞，把袈裟舞得呼呼风响，用绞扯的手法硬抢唐经天的宝剑，唐经天凝神应战，霎眼之间，过了十余廿招，袈裟上被剑尖戳穿的小洞密如蜂窝，那胡僧兀是勇战不退。

冰川天女这时已从另一边绕到，她的轻功本来比唐经天还高，但荆棘遮路，她的冰剑却不如唐经天的游龙剑来得好使，是以反而来迟了一盏茶的时刻。那胡僧正在高呼酣斗，忽见冰川天女白衣飘飘，有如仙女御风，突然飘到面前，只觉目眩神迷，慌忙后退几步。冰川天女按剑斥道："尼中两国世代交好，你们为何妄来挑衅？还敢越境捕人！快给我滚回去！"声音清脆，宛若银铃，但却另具一种威严，教人慑服。那胡僧不觉又后退几步，但他是第一国师的身份，尼泊尔国王也不敢对他如此呼喝，心头一凛，旋即怒气又生，袈裟再展，冷笑说道："你是何人？敢来干预我国之事，哼，哼！好大的口气！哎哟，乞嗤！"原来是冰川天女轻轻弹出一颗冰魄神弹，饶是这胡僧内功深厚，袈裟及早挡开，但也不自已地打了一个寒噤。登时怔在当场，猛地想起一事。那冰弹的冷气还未能使他颤抖，想起此事，却不由得抖索起来。

忽听得后面几个声音同声说道："叩见公主！"那胡僧回头一看，只见跟着自己来的四名武士，在后面一排跪倒。这胡僧大惊失色，心道："果然是她！"原来这胡僧泰吉提乃是以前那个曾上过冰峰，后来送命在陈天宇之手的那个红衣番僧的师兄，他也曾听师弟说过冰魄神弹的神异，而今亲身遇到，自然也便知道了冰川天女的身份。

泰吉提慌忙谢罪,冰川天女轻轻摆手,朝着跪在前面这两个尼泊尔武士一挥,斥道:"我吩咐过你们,不许再到中国境内捣乱,你们为何不听?"那两个尼泊尔武士诚惶诚恐地答道:"国王有命,不敢不来!"冰川天女道:"国王在哪儿?"尼泊尔武士答道:"国王率领大军,驻屯在南面的山谷过冬。"泰吉提赔笑说道:"国王此次前来,正是为了找寻公主,公主来了,省得大军跋涉之劳,真是好极了。请公主移玉,到军中相见。"冰川天女道:"好,他不找我,我也要找他!"

泰吉提一听冰川天女愿去,心中大喜,想道:"放走了一个龙灵矫,请来了公主,这功劳可大得多了。"于是命令那四个尼泊尔武士在前开路,一行人又再走下山坡,穿过幽谷。唐经天抬头一望,但见山峰上云气弥漫,雪光在雪幕中闪动,再高处则连山峰的面貌也看不清楚,更不要说龙灵矫的踪迹了。

幸喜泰吉提他们带有帐幕,晚上便在山谷宿营,第二日再走了半天,才隐隐听见战马的嘶鸣,泰吉提带有指南针,校准方向,对冰川天女说道:"再向南面走一个时辰,大约就可到了。国王得会公主,不知该多高兴呢!"冰川天女淡淡地应了一声,冷然自若地看着天际浮云,任那胡僧搭讪,她总不肯开口说话。

唐经天却是思潮汹涌,不能平静。冰川天女之所以肯来会见尼泊尔王本是出于他的鼓励,但如今走近了尼泊尔的军营,将来会生出什么风波,却是难以预料,心中禁不住忐忑不安。看冰川天女却仍是那样镇静自如,海水一样湛蓝的眼珠闪呀闪的,谁也猜不透她的心事。

唐经天正自遐思,忽听得冰川天女"咦"了一声,那胡僧也跳了起来,唐经天随着他们所指的方向看去,只见一块平滑如镜的岩石上,留下一道深深的拐印,那不是金世遗的铁拐印还是什么?冰川天女道:"他还留下几行字呢!"唐经天读道:"人间白眼曾经惯，留得余生又若何？欲上青天摘星斗，填平东海不扬波！"想不到金世遗疯疯癫癫，这一首诗却写得超脱豪迈，饶有仙意，诗中蕴藏着多少愤激与不平，但却并无向人间报复之念。唐经天心中一凛，想道："难道真是人之将死，便露出至性真情？金世遗一生愤世嫉俗，谁知他却是面冷心热的悲歌慷慨之士？呀，看他的诗意，真是想攀上高接青天的珠峰去寻死，这个想法也太怪诞了！"

冰川天女轻轻地一声叹息，道："在这样的大山中却怎生去找他？"泰吉提问道："他是什么人？"冰川天女道："一个特立独行的朋友。"泰吉提曾被金世遗打过一拐，当然认得金世遗的拐印，听说他竟是冰川天女的朋友，心中暗惊。冰川天女却在独自思量，希望早早结束了与尼泊尔国王会见之事，便邀唐经天登山去搜寻金世遗的踪迹，但一想到在这样的大山中去寻找一个人，那真无异于大海寻针，再一算，金世遗的生命期限只有十天，那更是凶多吉少的了。

冰川天女闷闷不乐，不知不觉随着那胡僧走入南面的一个大山谷，但见帐幕连营，胡马嘶鸣，谷中旌旗招展，刀枪如雪，也不知有多少大军。泰吉提先遣两个尼泊尔武士入王营报告，谷中的军队听说是前王的公主到来，将令也禁制不住，都奔出来看！

自从尼泊尔的前任国师，那个红衣番僧，从冰峰归来，带回了冰川天女的消息之后，尼泊尔国中便流传着冰川天女的种种神话。这时听说冰川天女到来，数万大军都争着出来看，嘈杂声、脚步声震撼山谷。忽见冰川天女在谷口现身，衣袂飘飘，俨如青女素娥，御风下降！一霎时间，数万人不约而同，都止住了脚步，静得连一根针跌在地上都听得见响，人人心中都在赞叹，忽地里"万岁"之声有如山崩地裂！冰川天女微笑挥手，眼角里有晶莹的泪珠。

东方西方，都有相似的成语，说是美人一笑，足以倾国倾城；但冰川天女能令万众倾心，却并非徒恃美色。尼泊尔人人知道，冰川天女乃是华玉公主的女儿,当年若非华玉公主弃国远走,按照王位的继承法,现任的国王就应是冰川天女而非这个暴君。这山呼"万岁"之声,其实是代表了一个愿望,人人都愿得这样一位可爱的女王当国!这愿望潜伏在每个人的心底,这时见了冰川天女的绝世容颜,更是人人难以抑制,不约而同地爆发出来!

忽见王旗招展,中央大营黄色的帐幕打开,尼泊尔王骑着白象,在王公大臣的簇拥之下走出帐幕,霎时间又是诸声俱寂。唐经天陪在冰川天女的身边,冷眼望去,但见尼泊尔王面色灰败,在白象上摇摇欲坠,看这情形,竟是惧怕多于喜悦,尼泊尔王给这突如其来的"万岁"之声吓着了。

这确是大出尼泊尔王意料之外的事,他日思夜想,只是想得这位美若天仙的表妹为妻,如今一听这"万岁"之声,宛如受了当头棒喝,陡然想起了冰川天女也是王位的继承人,心中暗暗叫苦。

尼泊尔王久已期望这样的一次会面,早已念熟了见面之时所要说的倾慕言词,如今竟是一句话也说不出来。倒是冰川天女落落大方,含笑和他施礼。尼泊尔王急忙跳下白象,让她乘坐,但觉她容光迫人,不可仰视;气度高华,令人慑服。嘴角的微笑如同幽谷百合,清雅绝俗,令人不敢起丝毫亵渎之念!

进了营帐,尼泊尔王替她摆酒洗尘,冰川天女叫唐经天坐在她的侧边,尼泊尔王大为不悦,但那是冰川天女吩咐的,连尼泊尔王也不敢道半个"不"字。

酒过三巡,尼泊尔王心神稍定,刚刚想向冰川天女倾吐仰慕之忱,冰川天女却先开口问道:"请问你带倾国之兵,到来何事?"尼泊尔王道:"正是为了迎接表妹回国。"冰川天女面色一端,冷冷说道:"我虽然在中国出生,未曾踏过本国土地,但也曾听母亲提过本国前王的遗训,表兄既然继位为君,难道列祖列宗的遗训也不知道么?"此言一出,满座失色!尼泊尔王杯中的美酒也溅了出来。

尼泊尔王骑着白象,在王公大臣的簇拥之下走出帐幕,霎时间又是诸声俱寂。

冰川天女不怒而威,那两道明如秋水的眼睛,紧紧地盯着尼泊尔王,尼泊尔王只觉冰川天女又是可爱,又是可怕,勉强镇慑心神,避开冰川天女的目光,强笑说道:"什么遗训?倒要请教。"冰川天女道:"我国小国寡民,样样都要靠中华大国扶持,所以自立国以来,就与中国永敦世好,祖宗的遗训,要奉中国为天朝,不可轻启边衅,你怎么带兵越境?"尼泊尔王道:"我不是挑衅,我是不愿你流浪异乡,想接你回国。"冰川天女道:"我在西藏住得好好的,我若要回来我自己会走。再说你要接我,也不必发了倾国之兵呵!"尼泊尔王哑口无言。冰川天女又缓缓说道:"你发了倾国之兵,也填不满喜马拉雅山的一个山谷,中国之大,岂是你能想象!"尼泊尔王老羞成怒,想要发作,可是对着这样一位绝世容颜又是公主身份的冰川天女,他又怎敢发作出来。

冰川天女目光一扫,道:"国王做了错事,监国重臣也有责任呵!"那些王公大臣个个垂下了头。冰川天女面对尼泊尔王道:"我母亲虽然离开故国,但她还保存有先王祖给她的铁券丹书,可以顾问国事,这铁券丹书如今就在我的身上。为了中尼两国的世代交谊,我劝你立即撤兵。你若是不肯依从,咱们就招集全军,各自把主张说出来,诉之公决好了。"尼泊尔王冷透心头,想道:"若是招集全军,诉之公决,军队十九会拥护她,这岂不是要立即引起阵前叛变!"心中暗暗叫苦,早知如此,纵许冰川天女再美十分,他也不敢招惹。

唐经天还是第一次见冰川天女这样斩钉截铁的说话,大为惊奇,心中又觉十分痛快。他还未能完全领会,那是冰川天女出于爱中国与爱尼泊尔的激情,以至令一个柔情似水的姑娘,变成了慷慨激昂、大仁大勇的侠士。

尼泊尔王斛悚不安,支吾说道:"要撤兵也得过两天才行。外面冰雪封山,也得派人先扫清道路呵!"冰川天女面色稍稍缓和,道:"目下春暖花开,冰雪就将融解,那么你就趁早派人清道吧。"尼泊尔王转过话题,搭讪笑道:"听说公主住在冰宫,人迹罕到,不寂寞么?"冰川天女道:"也住惯了。何况我还有许多宫女陪伴。"尼泊尔王笑道:"你在中国长大,当知中国古训,男婚女嫁,人之大伦,长住冰峰,怎生挑选驸马?所以我此次想接你回去,替你筹办大婚。"冰川天女皱眉说道:"你多少正事要理……"尼泊尔王截着冰川天女的话头说道:"公主完婚难道不是正事么?我只有你一位近亲,能不关心?"冰川天女面色一端,淡淡说道:"这事也不劳王兄担心!"尼泊尔王心头一跳,道:"你选了驸马么?"冰川天女含笑不答,缓缓抬起头来,忽见唐经天含情脉脉地注视着她,冰川天女满面通红,又垂下头去。

瞧那神情,谁都可以猜想到他们是一对爱侣。尼泊尔王妒恨交并,冷冷问道:"这位是谁?"冰川天女道:"这位是中国最有名的少年侠客,文才武功都是上上之选。"唐经天道:"公主太夸奖了,中国像我这样的人车载斗量。"话似谦虚,其实是正告尼泊尔王,中国不可轻侮。尼泊尔王"哼"了一声,久久始道:"失敬了!"冰川天女道:"他还有几位朋友在山脚。"尼泊尔王道:"好,凡是汉人,我都请他们进来。"声音和面色一样阴沉。

这一晚尼泊尔王彻夜无眠,冰川天女在他心目中就像一朵有刺的玫瑰,明明知道不好沾惹,却又舍不得放开,一闭眼睛,冰川天女和唐经天亲昵的神情,又在他脑海中浮现。尼泊尔王恨恨想道:"我就是撤兵也得把这小子杀掉。"

第二日一早,尼泊尔王又派人请冰川天女与唐经天赴宴,筵席仍是设在他的帐幕中,只是却多了好几个人,原来杨柳青母女和唐赛花姑侄以及那个小书童江南,都给尼泊尔王派人兜截,说是冰川天女和唐经天的意思,把他们都请进来了。

冰川天女欢喜无限,请唐赛花坐在她的身边,悄悄问道:"我们找得你好苦，你不是和金世遗在一块儿吗？他到哪儿去了？"唐赛花道："一到山脚，他就丢开我独自登山去了。呀，我若是年轻卅年，或许还能追赶得上。金世遗这个人真是古怪透了，咳，我沾他的恩惠，今生是无法报答了。你有没有见到灵矫？"

冰川天女正想答话，帐幕开处，一群武士走了进来，好像开了一个人种展览会，欧洲人、阿拉伯人、印度人、波斯人都有。以尼泊尔一个小国，居然聘请到欧亚各国的武士，尼泊尔王也大足以自豪了。那个胡僧泰吉提也在其中，看了唐赛花一眼，若无其事地坐下，唐赛花真想揪着他追问龙灵矫的下落，可是在尼泊尔王的国宴上，任她如何生气，却也只好忍着。

只听得尼泊尔王笑道："久闻中华上国人才众多，昨日听公主称赞得这位唐大侠天上有地下无，更是令本王钦仰，难得有今日的盛会，各国武士济济一堂，还请唐大侠不吝指教，好让我们开开眼界。"

冰川天女微笑道："切磋武功，不分国域，王兄此言，好像把在座诸人划分两边了。"尼泊尔王道："公主言重了，小王并无他意，只因唐大侠是初次见面的贵客，又是公主赏识的人，才想先见识他的本领。好，我先敬唐大侠一杯！"冰川天女见他目光有异，心中一凛，正想说话，唐经天已坦然的将那杯酒接过去喝了。

尼泊尔王道："谁人愿和唐大侠合演武功？"那胡僧泰吉提应声而出，说道："昨日我已见识过唐大侠的高招，可惜未能尽兴，今日还要续请指教。"他早已换了装束，左手提着大红袈裟，右手拿一个大铁锤。

唐经天道："国师赐教，何幸如之！"拔剑下坐，尼泊尔王命撤开帐幕，腾出一大片空地。

泰吉提扬起袈裟，宛如一片红云，当头罩下。唐经天笑道："你的袈裟织补得好快呵！"举剑一刺，但听得当的一声巨响，泰吉提右手的大铁锤猛地撞去，唐经天踉踉跄跄地倒退几步。尼泊尔王侧目笑道："公主，敢情你真是言过其实，对这位唐大侠夸奖得太甚了！"冰川天女大是起疑，心中想道："这胡僧气力虽大，但以唐经天所修习的天山正宗内功，岂有挡不住他一击之理？这中间一定是有什么古怪。"

泰吉提一击得手，猛如怒狮，袈裟一展，大铁锤又是呼的一声打下，他这打法似是欺负唐经天没有气力似的，硬打硬撞，左肋露出空门，他亦似毫无顾忌。忽见唐经天一个"回风折柳"，身形疾闪，剑光疾起，朗声笑道："站稳了！"刷的一剑，泰吉提腾身跳起，袈裟穿了一个大洞。唐经天连逼两剑，泰吉提收势不及，一锤打下，把坚硬的石地打了一个凹槽，几乎扑倒。唐经天一笑收剑，道："再来，再来！我们中国的古训，不打落水之狗！"

冰川天女舒了口气，微笑说道："王兄请看，唐大侠若是乘势进招，再补一剑，你的第一国师只恐马上就要血溅黄沙！"尼泊尔王大惊失色，这回是轮到他暗暗奇怪了。

原来尼泊尔王蓄意要把唐经天置于死地，在壶中暗藏毒酒，那酒壶分成两格，内有机关，斟给唐经天吃的那杯，是用喜马拉雅山特产的一种叫做"百日醉"的毒草所炮制的；而斟给自己和泰吉提吃的却是平常的葡萄酒。"百日醉"顾名思义，乃是一种极厉害的麻醉药。哪知唐经天胆大心细，早已看出尼泊尔王神色不对，暗中服下了一颗用天山雪莲制炼的"碧灵丹"，天山雪莲能解百毒，即算是最厉害的"孔雀胆"和"鹤顶红"尚且不怕，"百日醉"何足道哉？

泰吉提满心以为唐经天吃了毒酒之后，筋酥骨软，真力必然发作不出来，所以才大胆抢攻，毫无顾忌。哪知唐经天将计就计，故意装作不胜酒力，让了一招，这才实施反击。要不然唐经天和那胡僧的本事，实在是在伯仲之间，唐经天也断不能一剑将他杀败。

泰吉提一挫复上，这回他可不敢再轻敌了，两人各展出平生绝学，打得砂飞石走，地惨天愁，不过半日时辰，就斗了一百来招，兀是不分胜负。但见那胡僧的袈裟有如一片红云，而唐经天的剑光，则如银虹环绕，中间不时杂以"当当"的铁锤与宝剑交击的金铁之声，动人心魄。这一战把尼泊尔的武士都看得目定神呆，连尼泊尔王亦是惊心失色！

那胡僧昨日与唐经天第一次交手之后，知道他的游龙宝剑锋利异常，只凭着一件袈裟，实在难以抵敌，因此又多用了一柄重达七八十斤的大铁锤作为辅助兵器。宝剑虽利，总不能削断铁锤，泰吉提的内力又比唐经天大得多，因此唐经天虽然展开了绝妙的天山剑法，也不过堪堪打个平手。

激斗正酣，猛地里狂风骤起，喜马拉雅山区风力之猛，举世无匹，尤其是在北山峰坳的一个"台阶"，更有世界"风窝"之称，据近世英人探险家所测，经常达到十级台风以上，登山者若不是用绳索相连，往往连人也被吹走。尼泊尔军队驻屯山谷之中，一为避寒，二来也是为了避风，虽然如此，大风刮过山谷，声势亦足骇人。那胡僧的大红袈裟得风力之助，抖开来有如大鹏展翅，每一扑力逾千斤，把唐经天整个身形都笼罩在他的袈裟之下。唐经天想用宝剑再刺穿他的袈裟，出手虽快，却总是被他的大铁锤挡住。

泰吉提一占上风，尼泊尔王又是洋洋得意，回顾冰川天女，唐赛花坐在冰川天女右侧，蔑嘴说道："得风力之助，虽胜不武。"尼泊尔王大为扫兴，冰川天女听得经验最丰富的武林前辈唐老太婆也这么说，却禁不住为唐经天担心。

山风越刮越猛，不但唐赛花以为唐经天可能落败，那胡僧也以为胜券可操，顺着风势，袈裟舞得呼呼作响。唐经天给他逼得一连退后几步，忽地说道："你双手都有兵器，我却只有一把剑，这不公平。"泰吉提冷笑道："可没有谁禁止你用两种兵器呀。"唐经天笑道："那么，我可要得罪了。"猛然间只见他把手一扬，几道暗赤色的光华在他指间发出，那件大红袈裟登时像泄了气的皮球，穿了几十个小孔。泰吉提这一惊非同小可，猛地想起这是天下最厉害的暗器天山神芒，纵有金钟罩铁布衫的功夫也不能抵敌，说时迟，那时快，唐经天五指疾弹，大喝一声："撒手！"他指间夹着几支天山神芒，一挥手间已把袈裟刺了无数小孔，手法之快，实在难以形容，神芒透过袈裟，直刺胡僧手腕。那胡僧大叫一声，不由得他不急忙撒手，只见那件袈裟，被大风一刮，登时飞出了山谷，无影无踪。

泰吉提垂头丧气，退入军营，竟不敢跟唐经天回到席间。唐经天对尼泊尔王笑道："贵国的第一国师，武艺也确算得是不错的了。"似赞似讽，尼泊尔王听得刺耳钻心，但他所等候的第一高手还未来，只得强笑说道："我国练兵注重弓马，每个士兵都能驰马射箭，百发百中的也很普通，并非只注重一两个出类拔萃的武士。"唐赛花忽地冷冷说道："是么？请国王叫几位贵国的神箭手出来，让我这个老太婆也见识见识。"正是：

雕虫小技真堪笑，请看中原第一家。

欲知后事如何？请听下回分解。

第三十六回

较技服三军　神弓无敌
振衣凌绝顶　滑雪奇能

尼泊尔王面色一沉，把手一挥，传下令去，登时在军中挑选出四个人来，每个人都抱着一张大铁胎弓，看那大弓两臂非有五七百斤气力，休想拉得它动。这四个人都是军中的弓箭教头，尼泊尔王却故意隐瞒他们的身份，指着他们对唐经天说道："这四个士兵都是军中的神箭手，百发百中，唐大侠可肯和小兵比比弓箭吗？"在尼泊尔王的用意，以唐经天的身份，胜了几个小兵不足为荣，但若输了，那自是大失面子。

唐经天微微一笑，尚未开言，唐赛花已抢着说道："比弓箭这样的小玩意何劳唐大侠出手？中国的妇孺都能挽弓射箭，何足为奇。这里地湿风寒，老身正想舒展舒展筋骨，这一场待我来吧。"话未说完，就颤巍巍地站了起来。

尼泊尔王大为恼怒，重重地将酒杯一顿，冷冷说道："我国虽然国小兵微，随我出征的都是能征惯战之士。赳赳武夫，岂能欺负一个老妇？"唐赛花也把酒杯重重地一顿，用更冷峭的声音说道："老身虽然年过六旬，叫我穿针引线，我可能老眼昏花；叫我张弓射箭，嘿，嘿，那可是最平常不过之事。若非国王说他们是神箭手，我还不屑欺负后生小子呢！"这几句说话针锋相对，把尼泊尔王说得下不了台,心中想道:"好一个讨厌的老乞婆,这可是你自己找死!"便道:"好吧,这几个士兵用的是第一号强弓,你要用第几号?"这种第一号的铁胎弓,重达百斤。尼泊尔王看唐赛花老态龙钟的模样,心道:"我就不相信你能使用铁胎弓,只怕你拿也拿不起来。"

唐赛花故意不答,道:"你待我再喝一杯酒提提神。"这时间尼泊尔的兵卒已把各号弓箭捧出来,第一号第二号的铁胎弓用两个人抬,尼泊尔王道:"最小的那一号铁弓也有二十来斤,老太太你小心点儿,别闪了手。"

唐赛花一声长笑,道:"老身不用弓箭!"尼泊尔王道:"怎么?不用弓箭,如何比法?"唐赛花道:"善射者何须自己携弓带箭,嘿,嘿,便以其人射来之箭反射其人之身就行啦!你们尼泊尔的神箭手连这点本领都没学过吗?"比射箭而可以自己不用携弓带箭,尼泊尔王确是没有听过,哪肯相信,只当是唐赛花因为自己拿不起铁弓,故作大言,其实是想逃避。唐经天可是暗暗好笑,唐家素有"天下暗器第一家"之称,唐赛花是唐家硕果仅存的长辈,她和这几个人比箭,那简直是等于猫和老鼠戏耍一般。

只见唐赛花一步一步,气喘吁吁地走入场心,忽地盘膝坐在地上,双目一张,叫道:"你们把利箭射来吧!"那四个弓箭教头见一个老妇人走出来,又是如此这般模样,反而给她弄糊涂了。他们始时以为是她走得累了,坐在地上歇息,哪知她却讲出这样的话来。这四个尼泊尔教头在军中素负盛名,岂肯射一个手无寸铁的老妇。

唐赛花嚷道:"怎么,你们不敢和我比箭吗?哈!哈!尼泊尔的神箭手竟是虚有其名!"尼泊尔受汉化甚深,许多人懂得汉语。这四个教头中有两个便能听能说。其中一人忍受不住,心道:"你骂我事小,损及尼泊尔射手的威名,那可不成!"立刻张弓搭箭,叫道:"我这一箭射你头上的玉簪,你不要动,免得误伤!"他的箭法百不失一,嗖的一箭,对准唐赛花的头簪射去。

这个教头还真的不忍射伤一个老妇,所以预先出言提醒。哪知唐赛花可全不领他的这个情,只见弓如霹雳,箭似流星,倏地射到唐赛花头上,唐赛花把手一招,若无其事地将那支利箭接了下来,在地上一插,叫道:"喂,其他的人怎么不射?"那个教头大吃一惊,又是嗖的一箭,对准她的手腕射去,唐赛花伸指一弹,那支利箭又插到泥中。另一个教头心狠手辣,一箭射向她的咽喉,唐赛花叫声:"哎哟,不好了!"嘴巴一张,利箭插入口中。第一个教头埋怨同伴道:"你怎么真的要射死她?"忽见唐赛花张口一吐,笑道:"幸亏我的牙齿还行!"那支箭又插在地上。这正是唐门的绝技——"啮簇法"。唐赛花嚷道:"你们是怎么射的?这一会子功夫才射出三枝。"

这一下把那四个教头全都激怒,四弓齐张,四箭齐发。唐赛花坐在地上,动也不动,箭到便接,霎时间在她周围插满了箭杆,好像平地筑起了个篱笆围着她一样。唐赛花边接箭边嚷道:"不成,不成!还要射快一些!"四个教头咬一咬牙,这时已不是怕将她射死,而是怕损了他们军中神箭手的威名,不约而同地都施展出"连珠箭"的绝技,但见飞矢如蝗,纷纷攒射。唐赛花手法一变,随接随甩,每甩一支箭,就将另一支箭碰落。她虽年迈,却是内功有火候的人,以手甩箭的劲道比那四个教头用铁胎弓射出的劲道还要凌厉得多,但见满空箭雨,纷纷向那四个教头反射回去。她也是有意不伤那四个教头,利箭射回,都插在四个教头身边的地上。霎时间也像平地涌起了一座箭林,将那四个教头都围在里面。

四个教头大惊失色,不消片刻,他们箭囊中的利箭已射完了。唐赛花叫道:"你们留心,我还敬了,我要把你们的四张弓弦全都射断!"她双手齐发,将最后所接的四支箭都甩出去,箭挟风声,掠过空中,发出呜呜的啸声。那四个教头无法可挡,只好不约而同地提起铁弓招架，但听得一阵噼啪的连珠密响，四张铁弓的弦果然都给她一举射断！

四个教头掷弓于地，气沮神丧。唐赛花拍拍衣服，抖一抖身上的尘沙，站起来道："如何？我中华妇孺之辈，亦善骑射，这话可不是说假的吧？"那四个教头跨出箭杆所围成的圈子，面色惨白，听了此话，意殊不信，拱手齐道："老太太神技惊人，只怕天下再也找不到第二个。"唐赛花微微一笑，招手说道："柳青，你也来露一手。"

其时狂飙已息，山上的飞鸟，纷纷飞进谷中躲避外面卷起的漫天雪片，杨柳青取出弹弓，指着天上的两行雁道："我第一排弹弓，要打左边这行雁的左眼，第二排弹弓要打右边这行雁的右眼。"此言一出，不但那四个教头吃惊，所有听得懂汉语的尼泊尔武士都露出不相信的神气。

说时迟，那时快，只见杨柳青弹弓一曳，嗖嗖连声，左边那一行雁应声堕地；杨柳青脚跟疾转，柳腰一折，弹弓再曳，右边那一行雁也齐都堕地。两行雁堕在地上，也相距三丈有多。

那四个教头分成两组，上前验看，果然是左边那一行雁都瞎了左眼，右边那一行雁都瞎了右眼，眼中都嵌着一颗小小的弹子。一排弹弓能打瞎一行天空飞雁的眼，而且要左中左，要右中右。这手功夫与刚才唐赛花的接箭甩箭，各有胜场，都是足以震世骇俗的绝技！四个尼泊尔教头心服口服，再也不敢多说半句。

唐赛花与杨柳青回到席上，江南笑嘻嘻道："邹伯母，你这手绝技教我行不行？"杨柳青笑道："你给我磕头，叫我妈妈，我也许会教你。"江南道："好，一言为定，我这就给你磕头。"杨柳青又气又恼，道："别胡闹，这是什么地方？"邹绛霞说道："妈，教给他。"杨柳青大为奇怪，心道："难道霞儿看上了这个书童？"岂知邹绛霞早与江南约定，她想要学江南那手颠倒穴道的功夫，说好了将杨家的神弹绝技作为交换。

尼泊尔王心烦意乱，他一连看了三场绝技，由不得他不惊惶，心中想道："这些汉人难道都是神仙下凡？毒酒不中用，连一个老太婆也能射断铁胎弓。"他所等的一个异人还没有来，实在想不出什么办法来折唐经天的威风。

忽见一个黄发碧眼的西洋武士站了出来，叽里咕噜地说了一大遍，通译的说道："这位史密夫先生说，他曾听说中国有一种奇妙的点穴功夫，可以制人于死，他说在欧洲也有一种叫做'子午流'的功夫，可以随时令人的血液停止循环，看来大约与中国的点穴功夫相近，他想与中国的点穴名家彼此观摩印证。"

唐经天听说欧洲居然也有这种与"点穴"相同的功夫，大感兴趣，正想应战，忽见江南笑嘻嘻地站了起来，说道："我江南手痒得紧，唐大侠，这一场就让我玩玩吧。"

唐经天笑道："好极，好极！我几乎把你这位点穴名家忘啦！"江南乐不可支，对邹绛霞道："你听到没有？唐大侠也夸奖我，你还敢说我的功夫不行？"咕噜噜连喝了三大盏葡萄美酒，连笑带跳地跑到场心，活像一个顽皮的孩子，急不及待地去参加什么有趣的玩意。

尼泊尔王怔了一怔，但随即想道：刚才那个老太婆也有这般惊人的本领，只怕这小孩子真会点穴！对江南倒是不敢小觑。那西洋武士却是气得哇哇大叫，指着鼻子道："哼，哼！叫这个小孩子和我比赛点穴？"江南听不懂他的说话，但见他哇哩哇啦地指手划脚大嚷一通，形状甚是滑稽，也学着他的样子和腔调指着鼻子胡叫一通。那西洋武士问通译道："这小把戏说什么？"那通译其实也不知道江南是说什么，但他听得尼泊尔王传话下来，说这个小孩子是点穴名家，便道："他说他的点穴功夫很厉害，问你敢不敢和他比试。"转过头问江南道："是不是这个意思？"江南忍着一肚皮的笑，满脸正经地点头道："对极，对极！你译得一点不错，正是这个意思！欧都由都，艾詹哇哩哇噜。"刚才这个西洋武士出场时曾向冰川天女问候，"欧都由都"是"你好吗？"，冰川天女经过通译传话，也问他："你好？"他说："艾詹哇哩哇噜。"即是回答："我很好。"这是西方应酬的套语。江南就学会了这两句，模仿那西洋武士的口吻，乱嚷一通，但说出来当然是荒腔走调。

那西洋武士初时勃然大怒，听了江南乱嚷，不觉一怔，心道："咦，他怎么向我问好，又自问自答呢？"继而自作聪明地想道："是了，这个小孩子怕我弄死他，所以先向我套套交情。"便道："小孩子放心，我不要你的性命，只将你点得晕倒就算啦。"江南凝神听他说话，跟着又学他的说话，指着那西洋武士的鼻子大嚷一通，这几句话甚长，他学讲也讲得不全，但"我不要你的性命"这一句却讲得相当纯熟。那西洋武士刚刚对他有点好感，一听之下，怒火又发，"哇"的一声大叫，张手就向江南一扑。

那武士只当江南是和他胡闹，并不真想用"子午流"的闭血法来对付他，而是想将他摔倒便算。岂知江南在石林中，学过"穿花绕树"的身法，在岩石交错的石林中也可以穿插自如，西洋武士要捉他，他只当是捉迷藏，绕着那武士的身子转来转去。那武士手长脚长，捉来捉去都捉不着江南，江南时而从他胯下钻过，时而从他肩头跳过，闹得不亦乐乎，旁边人看去，就似乎那长手长脚的西洋武士在和这个小孩子闹着转圈圈的玩儿，都忍俊不禁，嘻嘻哈哈地哗笑起来。

那西洋武士大怒，喝道："你再胡闹，我可不留情啦！"江南也学着他喝道："我可不留情啦！"只听得铮的一声，那西洋武士掣出一件奇形怪状的兵器，似一个银制的笔管，约有六七寸长，两头都是尖的，银光闪闪，向着江南的胸膛一刺。江南道："咦，你点的是什么穴？"身形一仰，便待避开，哪知"得"的一声，那支笔管忽然长了几寸,在江南的胸脯上重重点了一下,原来这支笔管,装有机括,可以随意伸长,高手比斗,只差毫黍,何况江南还并不是高手,一下便给他点中了。

江南只觉一阵酸麻,立即又跳起来道:"喂,你这件东西倒是件好玩意,送给我行不行?"那西洋武士的"子午流"闭血法和中国的"点穴法"同一原理,不过却没有中国点穴法的深奥,中国的点穴法是认明人身上的各种穴道,所击之处只在一点;而"子午流"闭血法则是按着时辰,将身体某一部分的血液循环阻遏。江南跟黄石道人七天,就只学得他一样"颠倒穴道"的功夫,穴道颠倒,血液的循环自然也不是依照正轨,不过因为"子午流"闭血法触及的部位较广,因此亦感到一阵酸麻,但却无伤害。

那西洋武士点不倒江南,江南反而嘻嘻哈哈地来抢他的笔管,这一惊非同小可,一按机括,"得"的一声,长针又在江南的手腕上刺了一下,江南骂道:"好小家相,你不给我,我偏要取!"使出一招陈天宇教他的"顺手牵羊",将那西洋武士一扯,一只手托着他的肘尖,另一只手便来硬抢他手中的笔管。岂知那西洋武士颇有几斤蛮力,手腕一弯,便是一记勾拳,江南险险避开,他那支笔管向前一送,银针陡地长出一尺有多,针端锋利,在江南腿上重重刺了一下。这一下却不是"子午流"闭血法,而是把银针当成伤人的利器。原来他这支笔管,共有三截,第二截的银针是钝头的,用以闭血,第三截的针尖却是锋利的,内贮毒液,可以伤人。江南给他一针痛得"哎哟"一声大叫,跳了起来,忽觉一腿麻木不仁,只道是被他点了穴道,大怒叫道:"哼,就只你会点穴么?看我的!"身形一晃,从那西洋武士蒲扇般的大手底下钻过,骈指一点,正正点中他胁下的晕穴,那西洋武士哼了一声,立刻跌倒。

江南一跷一拐地跑回来,对唐经天道:"颠倒穴道的功夫不顶用,喂,你给我解穴。"唐经天一看,见他小腿红肿,笑道:"这不是点穴，你喝一杯酒就好啦！"暗把一颗碧灵丹丢入酒杯，江南接过这杯葡萄酒一喝而尽，果然痛楚若失，嘻嘻哈哈地对尼泊尔王笑道："这大个子说要和我比赛点穴，哈，我用点穴法点倒他，他却用毒针整治我，真不要脸。不过他既然在点穴的比赛上输了，当然算我全胜啦。"尼泊尔王作声不得，那西洋武士的伙伴却忽然哗叫起来。

原来他们见同伴昏迷不醒，他们以为中国的点穴既与"子午流"闭血法相同，便尽他们所知，用解"子午流"闭血法的手术施救，岂知中国的点穴法奥妙非常，各家各派的点穴法都是不尽相同的，他们不动手术也罢了，一动手术，割破静脉，放出血来，摸一摸同伴的鼻端，反而没了气息。因此群情汹涌，说是江南用巫法治死了他们的同伴，要向江南索命。

通译传话过来，江南叫道："呵呀，我早说过我的点穴非常厉害，问过他敢不敢与我比试的，是么？"通译点点头道："不错。"江南道："那么他是咎由自取，怎能要我赔命？"尼泊尔王一想，既然比武，那就难保不伤性命，确是没理由要江南赔命。不过武士们群情汹涌，却是令他难以处置，便道："请问小侠，你既会点穴，是不是能够解救？"

江南第一次听得人尊称他做"小侠"，乐得眉开眼笑，装模作样地说道："这个吗？这——"尼泊尔王急道："怎样？"江南道："我师父只教我点穴，解穴却未教过。更且，谁教他们胡弄，刀呀叉呀的乱割一通，他们把同伴弄死了，却推给我医，哪有这个道理？"尼泊尔王大为失望，道："这便如何是好？"江南慢吞吞地道："小侠不会，大侠可会。唐大侠不但会解穴，而且死了的他也可以医活。"尼泊尔王大喜，急忙向唐经天求救，唐经天暗暗好笑，不想江南再胡闹下去，便道："好，且待我试一试看，我可不敢担保准成。请那些人不要围在旁边，我好施术。"

江南身形一晃,从那西洋武士蒲扇般的大手底下钻过,骈指一点,正正点中他胁下的晕穴,那西洋武士哼了一声,立刻跌倒。

尼泊尔王请通译传话，那群西洋武士听说唐经天可以把死人医活，立刻让出路来，恭请唐经天来施术。唐经天微微一笑，道："我的手术，是不必临床的。"随手在地上拾起一粒石子，轻轻一弹，筵席与场心相距数十丈，这粒小石呼的一声，端端正正地打中了躺在地上那西洋武士的眉心，旁边的同伴哗然大叫，正欲责问唐经天何以对死了的武士尚加侮辱？忽见那西洋武士"哎哎"地叫了一声，手脚颤动，一霎眼便站了起来。唐经天笑道："行啦，他们自己割破的伤口，那我可不负责了。"手术割破的外伤，极为轻微，边旁的人替他裹伤包扎，立刻行动如常。

这群西洋武士见中国的点穴法如此神奇，都是心服口服，一致向唐经天道谢。那个与江南动手的西洋武士长叹一声，将闭血的笔管叫人送给江南。西方武士的规矩，比试输了，就得将佩剑献给对方，这个西洋武士正是依照他们的规矩，何况江南曾向他索取过这支笔管。江南笑道："你敬我一尺，我也敬你一丈，这支笔管我不要啦。"那西洋武士更是感激，大大地恭维了江南一通，称赞他的点穴确是世间少有，江南笑得眼睛眯成了一条缝，其实他的"颠倒穴道"功夫还可算得是独门绝技，至于论到点穴的功夫，第三流还够不上。

江南正在嘻嘻哈哈，忽觉四围的人突然静寂，气氛有异！

尼泊尔王突然发出一声欢呼，站了起来，只见两个残了双足的怪人，手挽着手，一跷一拐地跳跃而来，形状诡秘之极，这正是在烽火台中所遇，声言要打断江南双足的那两个怪人，江南一见，吓得不敢做声。

那两个怪人肩上搭着一件大红袈裟，正是胡僧泰吉提用作兵器的那件袈裟，刚才刮大风之时，袈裟被吹到谷外，想是刚好被这两人拾获，就披了进来。江南很怕这两个怪人，这两个怪人却不理会江南，眼睛向席上一扫，忽地从袈裟上取下一支天山神芒，问道：

"这是谁的?"尼泊尔王急忙给他介绍道:"这位是中国最出名的唐大侠。这两位是阿拉伯最出名的祆教修士,左边这位是佟古拉,右边这位是阿斯罗。他们师父是东欧和阿拉伯最有本领的异人。"唐经天抱拳道:"领教了。这支神芒正是我的。"那两个怪人打量了唐经天一会,说道:"幸得在这里重逢,真是好极了。我们还要和唐大侠领教领教!"尼泊尔王听说他们曾经见过,颇为奇怪。

那一晚在烽火台内,佟古拉和阿斯罗其实还没有见着唐经天的面,他们是给唐经天的天山神芒吓跑了的。刚才他们在谷外拾获胡僧的大红袈裟,看到插在袈裟上的天山神芒,还以为是唐晓澜在此(他们的双腿正是唐晓澜用天山神芒射残废的),硬着头皮,心惊胆颤地进来。如今一见不是唐晓澜,心中都是又羞又怒,立意要和唐经天再决雌雄。

唐经天道:"请两位划出道来。"心中正在盘算如何破解他们的阴阳掌力,佟古拉和阿斯罗悄悄耳语,商量了好一会,由佟古拉说道:"我们两人是一师所授,碰到一个是两人齐上,碰到一千个也是两人齐上。要比试就是我们兄弟同唐大侠一齐比试。"唐经天心中一凛,想道:"若是一个,我有把握取胜,若是两人,他们那怪异的阴阳掌力,却非我一人所能破解。"但在国王筵前,岂能示弱,便道:"好极,好极!那就让我一人接两位的高招!"

佟古拉道:"唐大侠是国王贵宾,咱们若然武比,只怕伤了和气。"唐经天心中一喜,说道:"那么文比也行,请问两位要如何比法?"佟古拉道:"我们二人想与唐大侠比试轻功。"原来他们二人被唐晓澜打得怕了,听说唐经天也姓"唐",又会用天山神芒,早已猜到唐经天是唐晓澜的儿子,虽然见唐经天如此年轻,功力料想远远不如他的父亲,但心有顾忌,未有十分把握,终是不敢武比。

他们是如此想法,这句话一说出来,可令得全场震动,连唐经天也暗暗吃惊。这两个怪人的膝盖已碎,虽然经过多日治疗,不必像在烽火台的时候，用手代足走路，但两只脚好像吊在大腿上一样，一跷一拐，走一步都十分吃力，这个样子，却居然要与唐经天比试轻功，而且看他们的神气，竟似极有把握！

唐经天怔了一怔，只听得佟古拉又道："咱们就以南面这座山峰，作为比试轻功的地点，谁先上到峰顶，谁便算赢。"唐赛花冷冷说道："可是你们是两个人呢！若然一个比唐大侠先到，一个比唐大侠后到，那又如何？"佟古拉道："要赢我们两个就一齐赢，要输我们两个就一齐输。我们只要一个落在唐大侠之后，那就算我们输了。"这办法看来好似是唐经天大占便宜，唐赛花也无话可说。佟古拉又喝了一大杯酒，"当"的一声，将酒杯摔掉，哈哈笑道："趁现在天色还好，咱们这就比吧，一刮大风，这山峰就更难上了。"

众人不约而同地抬头一望，但见那座山峰峭壁千丈，积雪皑皑，有如一座白玉屏风，在阳光下闪出霞辉丽彩，看这光景，只怕苍蝇爬上去也会滑下来，人哪得立足？即算是用壁虎游墙的功夫，也支持不了多久。

唐经天正想答话，忽见冰川天女盈盈起立，微微笑道："唐大侠适才与我国的第一国师比了一场，咱们不该让客人太过劳累，请让我与两位大师比一场吧。彼此观摩印证，原不必有国域之分，尽挑着要与唐大侠比，那岂不是令客人感到见外了？"她这话说得冠冕堂皇，尼泊尔王无话可驳，佟古拉惶恐说道："公主万金之体，怎好轻试？"冰川天女笑道："我在冰峰上，也已惯了，算得什么？"佟古拉约略听过关于冰川天女的故事，心内嘀咕。冰川天女笑道："若是我输给二位，再由唐大侠来比，那么双方都比了一场，就没有谁占便宜了。"佟古拉与阿斯罗，在阿拉伯久享胜名，自然要保持身份，听冰川天女的口气，竟是口口声声暗指他们想占唐经天的便宜，心中大是气愤，想道："好，待我们赢了你之后，再与他比,那也准赢,这不过是迟早的问题而已。"便道:"公主既如此说,那我们只好奉陪了,请国王恕我们僭越之罪。"

尼泊尔王持杯沉吟,良久始道:"好,好!请公主珍重玉体,不要强力而为。"他看这峭壁千丈,积雪皑皑的山峰,心中也不禁发毛,甚怕冰川天女一个失足,那便要立刻玉殒香销,但转念一想,自己欲讨冰川天女为妻,那是十九不能如愿,若然冰川天女失足而死,那最多是自己与唐经天都无所得,自己的皇位也不怕有人威胁了。所以他几次转念,欲阻还休,终于还是允准了冰川天女的比试。

尼泊尔的军队听说公主要亲自比试,都是又喜又惊,喜者是有机会得再睹冰川天女的仙容,惊者是怕她万一失足。但王命已下,军士又有谁敢上去劝止?

几十营兵丁都涌出帐外,但却是万众无声,大家都屏住了呼吸来看这一场比试,冰川天女缓缓走到山峰下面,和佟古拉、阿斯罗二人并排站立,静待尼泊尔王发令。阿斯罗忽道:"且慢!"

冰川天女道:"怎么?"阿斯罗道:"咱们这场比试,名是一场,实是两场。上山之后,还要下山。再回来时,谁先落地,那便算赢,还是依照上山的规矩。"冰川天女笑道:"这个何须再说。上了山当然还得下山。好吧,现在可以开始了吧。"挥一挥手,叫一个在旁侍候的尼泊尔武士告诉国王。阿斯罗比佟古拉细心,未获胜,先防敌,心中暗思:"公主能称冰川天女,只怕上冰峰确有非常本领,但下山之时,以我们练之有素的神技,则定是能准胜无疑。"

尼泊尔王一声号令,他的御前侍卫立刻发出一支响箭,只见佟古拉手一按地,腾空飞起三丈来高,头下脚上,向着冰峰猛行,身体一沾着冰壁,便好似钉在上面似的。说时迟,那时快,阿斯罗也照样的腾空而起,但却拿佟古拉的身体作为按手之处,一按他的身体,立刻借力再度飞起,这一下两股力量相合,身子腾空,飞得更高,直飞上四五丈高,始行冲下,仍是像佟古拉一样的附着冰壁,再让佟古拉借他的身体作为按手之处,发力再飞,如是者此起彼落,霎眼之间,已升了数十丈。满山谷士兵,都不禁大声喝彩。却不知他们是用什么方法,如此神奇,竟然能令身体钉在冰壁之上。

原来佟古拉与阿斯罗断腿之后,彼此相依,在各种武功上都练好了互相配合之法,他们对这场比试,更是早有准备,十指上都戴有铁指套,硬用指力插入冰壁。所以他们坚持要两人一同比试,看似给对方便宜,其实却是他们绝妙的取胜之法。

冰川天女让他们先起步,微微一笑,也跟着腾空飞起。但见她双足一沾冰壁,便再不起步,竟似在冰壁上滑行似的,借那冰雪之力,风驰电掣般地向上疾驶。尼泊尔是冰雪之国,溜冰滑雪这种玩意三岁儿童也会,但足下必定装上滑冰的鞋子,而且是顺着下易,向上滑难,像冰川天女这样无所凭依,在冰壁上向上滑行,那却是闻所未闻,见所未见。满山谷的士兵发出轰天价般的彩声!连唐经天与她相识了几年,也还是第一次见到她在冰峰上的轻功本领,不禁看得呆了。

但见冰川天女与佟古拉、阿斯罗二人,时而你抢在我的前面,时而我抢在你的前面,佟阿二人一飞就是四五丈高,但他们要指插冰壁,方能借力再飞,往往就在这刹那之间,冰川天女便即滑行穿越他们;随即他们二人又是腾空掠过,冰川天女又追上;于是者兔起鹘落,端的令人眼花缭乱。渐渐越上越高,但见冰川天女衣袂飘飘,俨如在千丈的冰壁上蹈空飞翔,美妙之处,难以言宣。山谷下面的数万大军,个个目不转瞬地仰头上望,静得连一根针跌在地上都听得见响。如此奇景,再世难逢,人人心中赞好,连喝彩也无暇了。再过片时,只见这三人好像星丸飞跃,即将到达山顶。

除了唐经天唐赛花等有限几人外,其他人等已瞧不清楚谁在谁的前面。江南紧张之极，频频问唐经天道："喂，现在是谁占先了？"唐经天睁圆双眼，仰头上望，不睬江南，江南着急得搓着双手，满头大汗。忽听得唐经天一声欢呼，手中的酒杯"呛啷"一声跌落地上，江南道："怎么啦？"唐经天透了口气，这才叫道："公主赢了！"

原来在接近峰顶的一刹那，佟古拉使尽平生气力，向上一冲，刚刚沾地，冰川天女立刻便跟上来，而阿斯罗虽然也立即飞上，但已是落在冰川天女后面。照他们自己定的规矩，只要有一人落后，便得算输，唐经天瞧得清楚，所以说是冰川天女赢了。

但在冰峰之上，冰川天女却自己愿当作和论。佟古拉与阿斯罗正自气沮神伤，冰川天女却盈盈笑道："我赢了阿斯罗，输给佟古拉，若然照你们定的规矩，算我赢了，我自己也心难自安。好吧，这一场就算扯成平手，公不公道？"佟古拉吁了口气，不好意思回答，阿斯罗道："既然如此，我们多谢公主相让了。好吧，咱们再比赛下山。"佟古拉与阿斯罗得冰川天女当作和论，都不禁精神一振，在山峰上与冰川天女并排站好，尼泊尔王的御前侍卫在地上射出一支响箭，响箭带着一溜蓝火升空，山峰上的三人立刻又飞驰而下。

佟古拉与阿斯罗仍依前法，以一人指插冰壁，定着身形，第二人再借力飞腾，不过比上山之时，却快得多，俨如两只大鸟俯冲飞下，每一腾起跃落就是十丈有多！

他们快冰川天女更快，她顺着冰壁溜下，毫不费力，当真如冰河倒泻，飞星急驶，转瞬之间，已到山腰。佟古拉急极，使尽气力飞降，但见他张开双臂，身上的斗篷被山风吹得好像涨满的风帆，借着风力，下"飞"更速。冰川天女双足交错滑行，在他附着石壁的时间，驶过他的面前，盈盈笑道："小心些为好！"佟古拉全神贯注，哪敢回答，陡然间山上刮下大风，佟古拉一喜，心道："我乘风飞腾而落，怎么样也比你滑行要快得多！"这时阿斯罗已掠过他们面前，手指刚刚插入冰壁，佟古拉急不及待，用力在他肩上一按，哪知冰雪给风吹得剥落，佟古拉这一下用力，两个人都立足不稳，被风一刮，头下脚上地冲下来，跌得头晕眼花，好不容易才沾着冰壁，但冰壁滑不留手，他们顺着冰壁滚下，失了那俯冲之势，手指使不出劲来，眼睛又被风刮得张不开来，但觉身体虚虚浮浮，好似向无底的海洋飞堕，心中都在叫道："想不到就此完了！"

谷底的士兵不知就里，只见佟古拉二人在冰壁上飞滚而下，而冰川天女竟然落后数十丈之多，还以为是佟古拉用什么妙法，都在替冰川天女暗暗叹息，惋惜她这世上无双的滑雪功夫，竟会败在佟古拉二人手里。

忽听得"轰隆"一声，佟古拉触着一块凸出来的大冰块，撞得头破血流，登时晕厥。但也幸而有这块冰块，阻止了他，这才不至从千丈冰崖堕下，送了性命。阿斯罗给他一阻，手脚也给尖冰割伤。冰川天女一看不好，加速滑下，解下腰带，缚住了佟古拉的腰，叫阿斯罗拉着中间，她执着腰带的一头，小心谨慎地将他们拖下冰壁。

谷底的士兵触目惊心，冰川天女一下来，周围的武士便纷纷涌上去，急忙施救，幸喜二人的内功甚有根底，佟古拉伤势较重，头上穿了一个窟窿，经过裹伤包扎，血也止了。尼泊尔王面无人色，忙叫人将佟古拉与阿斯罗抬到帐后疗治。这二人还能说话，躺在担架上频频向冰川天女点首道谢。

冰川天女回到席上，叹口气道："料不到我一时好胜，却累得这二人跌伤！"尼泊尔王强笑说道："公主仁人之心，在绝险的冰峰之上，救了这二人的性命，小王敬佩无限！"亲自敬了冰川天女三杯美酒，心中却一直打鼓，自思自想道："冰川天女这样本事，万一她肯嫁我，我也制服不了她！"在尼泊尔王的眼中，此时的冰川天女已不止是一朵有刺的玫瑰，而是他王位的克星了。尼泊尔王恨不得早早送走了她，但他一来就说过要邀请冰川天女回国，却又怎生措辞将她送走？

忽听得谷外敲起咚咚的大鼓，一连敲了三十六下，冰川天女知道这是尼泊尔皇室接待最珍贵的外国贵宾的敬礼，心中大诧，想道："难道是哪一国的皇子到了？"

只见尼泊尔王喜形于色，站起来道："唐大侠，我给你们引见一位当世的异人，他是东欧和阿拉伯诸国公推为最有本领的一位高人，提摩达多大法师！"

尼泊尔王以王者之礼迎接提摩达多，但见前面王旗引路，提摩达多骑在一匹白象之上，在众武士与弟子簇拥之下，走进山谷营地。唐经天定睛一看，但见他银发披肩，面色却是非常红润，太阳穴微微鼓起，一看就知是内功深湛的高人。唐经天心道："久闻阿拉伯诸国也是文明古国，他们的武术像中华一样，也是源远流长，这个人倒是不可小觑。"

提摩达多见国王迎接，略一欠身，便下了象背，众人像捧凤凰似的，陪他走到筵席，尼泊尔王恭请他坐在上位，自己在下首相陪。唐经天暗暗留心，只见他走过的地方，地上的冰雪立刻融化，虽说谷中地气暖和，地上的积雪不厚，但这份功力，即在中国的武林，也没有几人能与抗衡。

提摩达多横眼环扫席上诸人，缓缓说道："我此来是想登上世界第一高峰，创造人类奇迹，想不到碰上国王的盛宴，真是幸何如之。"他的话自有人译成中尼二国语言，唐经天听了，心中暗笑，想道："原来他与金世遗竟是抱着同样的心思！"随即又想："喜马拉雅山是中尼两国共有的名山，若给他攀上这世界第一高峰，岂不令我们愧死？"心中不期然起了争雄之念。但想到珠峰亘古无人能上，提摩达多的武功再高，只怕也是一场妄想而已。

尼泊尔王道："攀登珠穆朗玛峰，稍缓一两日，待天气转暖也还不迟。目下各国武士较技，盛会难逢，正要请大法师指教。"冰川天女看了提摩达多一眼，见他仰望珠峰，洋洋自得，禁不住心中生气，想道："若给这厮攀上珠峰，尼泊尔人也失了面子。可笑国王还这样奉承他。"这时她也明白了，提摩达多肯作尼泊尔王国宾的理由，原来他是想攀登珠峰，喜马拉雅山主权属于中尼两国，他是要取得尼泊尔王的允许，才能登山。不过严格说来，山的北边是中国所有，他若从北边登山，按理至少还应得到西藏当局的允可；不过，清廷在西藏的当局，自顾不暇，也难以理到这些事情了。

提摩达多目光与冰川天女一触，倏地面色一变，随即合十说道："这位女菩萨，就是贵国的公主吗？"尼泊尔王道："不错，她正是前王的公主，流落中国，孤王此次便是要接她回来。"提摩达多一到，便听得自己的两个徒弟与冰川天女比试轻功，几乎跌至摔死，心中正自不忿，如今见到冰川天女的绝世容颜，而且高贵庄严，令人不敢迫视，腔中的怒火怎么也发作不出来，更兼她是半个主人的身份，也不方便向她挑战。转过目光，对唐经天看了一眼。尼泊尔王忙道："这位是中国最负盛名的大侠，令师侄泰吉提便是败在他的手下。他的武功神奇之极，只怕除了法师外，无人能与他相抗。"

尼泊尔王是故意要挑起提摩达多的敌忾，提摩达多听了通译的话，果然不忿，哼了一声，说道："我久闻中国武功的奥妙，可惜无缘到中国来与中国高手切磋，今日得遇唐大侠，那是定要领教的了。"

唐经天道："我怎敢当大侠之名，法师若想与我国高手切磋，亦非难事，在一月之内，我定当寻得本领比我高十倍之人，向大师领教。"唐经天知道自己的父母已到此地，冯琳和吕四娘也会到西藏来，心想随便一人，便至少可与提摩达多打成平手。

提摩达多听了通译的传话，冷冷一笑，仰天说道："我可没有工夫等一个月！咱们又不是孩子打架，要等大人来帮手嘛，彼此印证武功，谁胜谁败，又算得了什么？唐大侠可不必着忙要挂免战牌。唐大侠若是怕输，那么让在座所有的中国人在一边，区区不才，只凭这双肉掌，愿与所有中国高手较量。"听了这话，泥人也自有气，唐赛花忍耐不住，道："经天，你不出场，让我这老太婆向他领教。"唐经天急忙将她按住，冷笑说道："大法师既然如此挤兑，我虽然不足以代表中国武士，也只好不自量力，向你讨教了！"正是：

堂堂中国奇男子，岂肯低头服外人。

欲知唐经天与提摩达多较技，胜败如何，请听下回分解。

第三十七回

剑影刀光　群英逞绝技
干戈玉帛　杀气化祥云

提摩达多仰天大笑，道："对啦，还是爽快些好！嚓，还有哪位要一同上吗？省得我一个一个的比试。"唐赛花老而弥辣，听了通译的传话，"哈，哈，哈"地也大笑了三声，道："你对他说，我坐着不动，也要将他打败！"唐经天一听，便知道唐赛花又是想施展她的暗器功夫，但提摩达多岂是那几个弓箭教头可比？他既在东欧西亚号称第一高手，想必有极其厉害的独门功夫，唐赛花年迈力衰，纵然暗器精绝，只恐也难与相抗。唐经天不待通译传话，急忙说道："这位老太太是闹着玩的，当然由我比试。"那通译的说了，提摩达多龇牙咧嘴地冲着唐赛花一笑，道："老太太你坐着瞧好了，你年纪大啦，就是打我我也不能还手。"唐寒花最恨别人欺她年老，听了通译的传话，气得半死，提摩达多与唐经天已经走入场心了。

提摩达多气焰凌人，唐经天心中自是不悦，但仍是待他以前辈之礼，拱手说道："请！"提摩达多哈哈笑道："你腰间悬着宝剑，我就让你先刺三招！"唐经天又怒又惊，心道："这厮好眼力，剑未出鞘，他居然看出我的游龙剑乃是宝物。"唐经天如何肯占这个"便宜"，冷冷说道："中国武士从不欺负手无寸铁之人，你亮出兵器来，我让你先进三招！"提摩达多双掌一拍，淡淡说道："我多年不用兵器对敌，早已忘掉兵器是怎么用的啦！"唐经天道："好吧，那么咱们就较量较量拳脚上的功夫。"江南急忙扬声叫道："唐大侠不要上他的当，有宝剑为何不用？"要知唐经天的宝剑神芒，乃是克敌制胜的两大"法宝"，只赛拳脚，那就是舍长用短了。按中国武林的规矩，各人有各人的绝技，有的精于剑法，有的雄于掌力，以剑对掌，也并不是什么有失面子的事情。但经多嘴的江南这样一嚷，尼泊尔武士们都注意唐经天腰间隐隐透出光芒的宝剑。通译的又故意将江南的话传译出来，提摩达多更是洋洋得意，哈哈笑道："对啦，有宝剑为何不用？要不然你输了也不心服！"

　　处此情形，唐经天更不好自食前言，弃掌用剑，双掌一错，傲然说道："不必多言，请先赐招！我若输了，自然甘拜下风！"提摩达多心中也佩服唐经天的倔强，知他不肯先行动手，便笑道："那么你站稳了！"距离三丈之外，也不见他伏身作势，便若无其事似的，轻飘飘地拍出一掌，唐经天尚未留神，陡然间只觉一股极大的潜力排山倒海而至，急忙施展"千斤坠"的功夫，双脚牢牢钉在地上，上身已是晃了两晃，提摩达多见一掌推他不动，微微"噫"了一声，右掌收回，左手轻轻一招，唐经天只觉陡然间又有一股相反的潜力，将他牵引！

　　两股力量，相推相引，唐经天再也站立不稳，急忙趁势一跃而起，出手如风，凌空疾击，一照面便用天山掌法中的追风掌式"排云驶电"，立下杀手。尼泊尔武士们不知就里，见唐经天身法俊美，掌法凌厉，都喝起彩来。岂知唐经天是被迫如此，实在已被敌人占了主动。只是提摩达多在喝彩声中，双掌齐扬，唐经天在半空中连翻两个筋斗，斜飞出三丈之外，落在地上。尼泊尔的数万大军，见两人手指都未沾到，便立即分开，都是莫名其妙。

　　提摩达多见双掌齐出，仍是未能将唐经天击倒，心中暗暗称奇，想道："这小子就算在娘胎里便学武功，最多也不过二十多年功力，居然能挡得我的阴阳掌力！看来中国武功的奥妙，确是名不虚传！"心中一凛，不敢轻敌，趁着唐经天喘息未定，疾行扑上，左一掌右一掌，有如狂风骤雨，打得唐经天只有招架的份儿！

唐经天小心翼翼地用追风掌法对付，攻中带守，见招拆招，见式拆式，不过一会子功夫，但觉敌人的两股掌力，左右牵引，越来越见厉害，顿然间好像身处在一个极大的漩涡中心，进既不能，退亦不得！原来提摩达多用的乃是"阴阳五行掌力"，是观察天体星辰的运行法则，从"万有引力"中所参悟出来的一门奇功。要知用任何一种力量打击对方，有正作用必有反作用，提摩达多练到两股掌力互相激撞，再与敌人所发的力量汇合，敌人的力量就反而为我所用，和几股浪潮相碰之时，卷起漩涡的道理，正复相同。

唐经天虽然不识这种奥妙的奇功，但他到底是一代宗师的嫡系传人，一觉身子似投入漩涡的中心，不久便悟到内力激撞的消长之理，当下立即凝神运气，抱元守一，兀立在漩涡的中心，施展出天山掌法中最精妙的"须弥掌法"。须弥掌法是天下第一等的防身功夫，全用阴柔之力，随势屈伸，消解敌人攻来的劲道。不过提摩达多的掌力并非直接打到唐经天的身上，他的两股掌力成为圆圈形的牵引，唐经天虽然尽力化解，仍然是身不由己地跟着他的掌力直打圈圈。不过比起初遇这种掌力之时的狼狈，已算是应付有方了。

尼泊尔武士们不明其理，但见唐经天不住地绕着提摩达多疾走，提摩达多则有时迈前一步，有时退后一步，总是将自己保持在唐经天所绕圈子的中心，同时不停地将两手揉搓，均是大感诧异，不知者还以为他们是弄什么把戏。唐赛花可是触目惊心，只见唐经天越转越疾，头上冒出热腾腾的白气，心中暗叫不妙，不假思索，长袖一挥，暗中发出几枚三棱透骨钉，分打提摩达多上中下三处死穴！

唐赛花发暗器的手法，天下无双，这一下袖底飞钉，毫无声息。众人又正在看得眼花缭乱，谁也没有留意她。唐赛花正自得意，忽听得叮叮叮几声连响，有如银瓶乍裂，金铁交鸣。唐赛花吃了一惊，立刻暗呼不妙。提摩达多手上没有兵器，身上没有甲胄，唐赛花所发的暗器名叫"透骨钉"，一沾人体，立可透骨而入，他身上既无甲胄阻隔，怎会发出这种叮叮叮之声？

只见唐经天似陀螺般地疾转一圈，身形忽然停滞下来。提摩达多纵声大笑，原来那几枚透骨钉都给他用掌力硬迫到唐经天身上。提摩达多正想出语冷嘲，忽见火星点点，从唐经天身上溅起，那几枚透骨钉给震到半空，除了是他，寻常肉眼，已是不能看见。提摩达多这一惊不在唐赛花之下，要知这几枚透骨钉锋利非常，经他的掌力一迫，那就等于从枪口中所发出的铅弹一样，即算身上披着重甲，也难抵御，然而竟然射不进唐经天的身体！

他哪里知道唐经天身上披着一件异宝，那是昔年钟万堂送给他母亲的金丝软甲，不要说几枚透骨钉，即算削铁如泥的宝剑也刺不进去。不过因为提摩达多的内力太猛，所以他才似突然给人推了一把似的，转个不休，好不容易用"千斤坠"的功夫，才能把身形定住。

唐经天大怒喝道："好呀，你偷用暗器，来而不往非礼也，你也接一接我这天山神芒。"霎然间两道乌金光芒电射而至。提摩达多长袖一挥，只听得嗤嗤两声。那两支天山神芒虽然给他拂落地上，但他的衣袖也被射穿了两个小孔。提摩达多还是第一次见到世间有这种强劲威猛的暗器，心头也不禁微微一震，说时迟，那时快，唐经天又接续发出两支，提摩达多不敢怠慢，凝神运掌，将两支天山神芒在离身丈许之地劈落。这时通译才来得及将唐经天适才所骂的说话传译过来。提摩达多这一气非同小可，大怒骂道："你们的人偷施暗算，却赖在我的身上，哼，哼，算哪门子的好汉！

喏！就是——"忽地想起自己适才说话太满，说过只凭一双肉掌便可与所有的汉人周旋，那又怎怪得旁人出手相助？何况发暗器的又是他所讥笑过的老太婆？以他的身份，难道还要与一个老太婆骂战？所以他本来想指出唐赛花，话到口边，却又忍着。尼泊尔武士听了通译的传话，心中都在想道："明明是你用暗器先打人家，若然是中国人发的，怎么会打到他们同伴的身上？"对提摩达多的话反而不信，嘘声四起！

说时迟，那时快，唐经天又接续发出两支天山神芒，提摩达多一动了气，真力稍减，两支神芒直到离身三尺之地，才给他的掌力震落，要是掌力再弱一些，只怕就要给神芒透心穿过！提摩达多心中一凛，正在凝神运气，忽觉臂上的穴道一阵酸麻，随即听到女子吃吃的笑声。

只见山坡上的冰岩转角之处，突然闪出两个女子，一个是中年妇人，一个是如花似玉的少女，看情形是两母女，却是一般打扮，头上结着两个蝴蝶结，显出一副淘气的神情。唐经天大喜叫道："姨妈！"那中年妇人身形一起，在空中一个转身，飘然落地，这等轻功比刚才的佟古拉阿斯罗等人，又不知高明了几倍，山谷中的几万大军不禁发出如雷彩声！

提摩达多俯首一看，只见臂上沾着一片新绿的树叶，一抬头但见冯琳对着他嘻嘻地笑。这片树叶正是冯琳用"飞花摘叶"的最上乘的内功发出来的！本来提摩达多的内功与冯琳不相上下，只因他全神对付天山神芒，故此竟给冯琳的一片树叶，将他的臂膊打得隐隐发麻！也幸亏冯琳及时出手，要不然他的掌力一发，唐经天就要重陷漩涡，虽有天山神芒，也无余力发出了。

冯琳道："经天，金世遗呢？"唐经天道："嗯，还未见到，看迹象可能也到这儿来了。"冯琳点了点头，道："好，你和表妹说去，我来对付这个番僧。"一招手叫通译过来，嘻嘻笑道："我最喜欢看人耍把戏,我瞧这位大法师搓手转圈,怪有趣的,你对他说,我想逗他玩玩!"

提摩达多几曾给人这样嘲弄过,但他见了冯琳的武功,确是不容小视,高手比拼,哪敢动气?只好强抑怒火,拱手说道:"好,我今日就再会一会中国的女英雄,叫她亮出兵器来!"冯琳听了通译的话,笑嘻嘻地解下头上的一个蝴蝶结,把缠着蝴蝶结的彩色头绳一抖,笑道:"我既不是女英雄,也不会拿刀弄剑,我最拿手的就是用绳子缚猴儿,好呀,你对他说去!"

通译的话未说完,但听得提摩达多一声怒吼,双掌一拍,狂飙骤起,冯琳身似花枝乱颤,在风中摇摇晃晃。唐赛花叫道:"不好!"李沁梅笑道:"我妈妈和他戏耍呢!"只见冯琳左一晃,右一晃,有如迎风起舞,衣袂飘飘,那根彩绳俨似一条金蛇,忽屈忽伸,忽地嗖的一声,抖得笔直,直钻提摩达多的鼻孔。这一下怪招,大出提摩达多意外,彩绳全不受力,掌风及远不能及近,竟是无可奈何,饶是他闪避得快,也被彩绳轻轻地沾了一下,登时打了一个喷嚏。

江南拍手笑道:"妙啊!妙啊!"连紧绷着脸孔的尼泊尔王也不禁笑了起来。但见冯琳刁钻之极,口中不住叫道:"刺你眼睛!""穿你耳朵!"那条彩绳被她用上乘内功使动,竟似一条钢线,不但穿眼刺鼻,防不胜防,而且专钻人身各处穴道。提摩达多的阴阳掌力虽然厉害,但也得利用敌人的反击之力,冯琳的彩绳轻飘飘的,打又打不断,荡又荡不开,看似最柔,实则最刚。冯琳把真气防护全身,她与提摩达多功力悉敌,提摩达多的劈空掌力又伤她不得,她用彩绳刺穴,等于用兵器以制空拳,提摩达多简直无法应付。

唐经天直看得入神,李沁梅在他耳边低声问道:"表哥,你是不是很讨厌金世遗?"唐经天随口应道:"嗯,有一点。"眼光一瞥，忽见李沁梅神色甚是认真，心中一动，转口说道："没，没有呀！呀，快看！这一招好极了！"李沁梅嗔道："喂，你怎么无心答我的话？我妈准赢这个番僧，不看也罢。你真心答我，你到底是不是讨厌金世遗？"唐经天道："我是说真的。以前是有点讨厌，现在吗？没有了。"李沁梅道："嗯，现在世遗哥只有七天性命了，你知也不知？"唐经天怔了一怔：怎的李沁梅记得如此清楚？忽地恍然大悟，微笑说道："原来你和姨妈到此，是来追金世遗的。"李沁梅道："你愿不愿救他？我妈说只有你和姨父用天山派的内功心法可以救他。"唐经天道："我和冰川天女来此，本来就是准备救他。"李沁梅道："那么咱们赶快上山去寻他。"唐经天笑道："那也得等你妈妈打完这一场咱们才好去呀。"心中暗笑，想道："金世遗这样不近人情，居然也有人欢喜他。"但立即被表妹流露的真挚感情所感动，想起要在喜马拉雅山找一个人，无异大海捞针，殊无把握，不禁黯然神伤。

李沁梅扬声叫道："表哥已答应救他啦。妈，你赶快打败这番僧，咱们好上山去！"忽听得"哗啦啦"一片声响，地上本来凝结着很厚的坚冰，这时冯琳脚下的冰雪突然崩解，只见冯琳凌空飞起，彩绳疾绕，同时屈指如钩，向着提摩达多的头顶凿下。唐经天喝彩道："好一个猫鹰扑击的功夫。"话犹未了，但见提摩达多的满头乱发根根上竖，冯琳突然在半空中转了一个圈圈，彩绳倏地飘开，人也斜飞飘下。提摩达多身法也是快到极点，几乎是后脚跟着前脚的一扑即至，双掌一分，把冯琳的身形都罩在他的掌力之下。

要知提摩达多能够称雄东欧西亚，实非幸至，他见难以取胜，突施诡计，虚劈数掌，迷惑冯琳，却把内家真力，运到脚跟，突然在地上重重一踏，将坚冰震裂。正巧冯琳又被女儿催促，忽觉地下摇动，便趁势飞起，用力下扑。提摩达多正要借用敌人反击之力，冯琳的力量分解为二，一股力量用以压住地下的坚冰，才能借力飞起；一股力量用以反扑敌人；这一来，恰好中计，即在内功的比对上，也已及不上提摩达多了。提摩达多的阴阳五行掌力立生妙用，冯琳几乎被他的掌力卷入漩涡，幸而她的轻功妙技，天下无双，能在空中转折，这才逃出了提摩达多的毒手。

在这一进一退之间，提摩达多已是抢了先手，冯琳急忙凝神运气，仍用前法，以彩绳刺他的穴道。但提摩达多的掌法亦已跟着改变。

但见提摩达多五指疾弹，另一只手则不停地打着圈圈，冯琳的彩绳有如长蛇屈伸，倏进倏退，却总是穿不进圈子，近不了敌人的身躯。原来提摩达多的聪明才智并不亚于冯琳，交手了数十回合之后，他已看出冯琳的功力与他不相上下，也看出了冯琳防他阴阳掌力的方法。于是改变战术，只用一手发动阴阳掌力，另一只手则改掌为指，把内力凝于指尖；掌力的分布面广，面广则力薄，难以令彩绳受力；指力凝于一点，彩绳一近就被他弹开。这一来，冯琳的彩绳刺穴之法受了克制，难以发挥，双方等于各以内力相搏，打成了一个平手。

唐经天暗暗顿足，道："不要再催你的妈妈啦！"李沁梅大是焦急，却无可奈何。江南悄声说道："唐老太婆，再发暗器！"他机灵之极，刚才唐赛花偷发暗器，他坐在唐赛花身边，只有他瞧在眼内。不过他却看不出冯琳偷发的那片树叶，只道刚才提摩达多的受挫，是唐赛花的暗器之功。唐赛花苦笑道："冯琳的暗器功夫比我厉害得多，她犹自不能制胜，我再出手，那管保是越帮越糟！"唐经天听了这才知道刚才的暗器竟是唐赛花所发，自己错怪了提摩达多了。

不说唐经天等一干人为冯琳暗暗着急，尼泊尔王更是触目惊心，他把提摩达多倚为靠山，只道提摩达多一到，便可无敌于天下，哪知却被冯琳缠战，抢不到半点上风。"一个中国妇人，也有如此神奇的本领，中国人才之盛，真是难以窥测，看来我真是井底之蛙了！"心中不禁凛然生惧！

提摩达多苦斗冯琳，地下的冰雪不住融解，双方都占不到便宜。冯琳面上的笑容也尽已收敛，她正想别出新法破敌，忽地山风又起，卷着沙石冰块，从上面直刮下来，蓦地里忽听得一声怪啸，随着山风吹送下来，那啸声恍如海涛卷空，接续不断，接着是一阵极奇特的呜呜之声。

冯琳忽地跳起，叫道："是金世遗！"一个转身，跳出圈子，疾向山上奔去。提摩达多怔了一怔，咕咕噜噜地大嚷一通，也跟着向山顶奔去，冯琳的影子，转瞬之间不见，提摩达多向着另一个方向登山，片刻之间，身形也被嵯峨的怪石遮蔽了。

众人都是一呆，通译的禀告尼泊尔王道："提摩达多大法师说，他的弟子在上面呼唤他，他要攀登世界第一高峰，先告辞了。"唐经天叫道："胡说，明明是金世遗，怎么是他的弟子？"李沁梅扯着唐经天道："咱们快去。"这时群情耸动，冰川天女和唐赛花等人都纷纷起立，忽又闻得呜呜的号角之声，守在山谷的尼泊尔的武士跑进来报道："中国的大军到了！"但听得谷外万马奔腾之声，尼泊尔王大惊失色！

冰川天女道："咱们的军队先行越界，怪不得人家前来问罪。幸在尚未越出山区，还有得说。目下之计，只有设法消弭争端，方为上策。"尼泊尔王道："他们肯么？"唐经天道："中国是仁义之师，人不犯我，我不犯人。现在战端未启，国王亲去赔罪，料想可以化干戈而为玉帛。"尼泊尔王没了主意，恳求唐经天道："一切仰仗唐大侠代为说辞。"尼泊尔王本来觊觎西藏，经过了今日的一场比武，始知中国能人之多，而今又被中国的军队制住机先，堵了谷口，哪里还敢再有野心。

唐经天道："排难解纷，乃是我辈分所当为，不敢推辞！"尼泊尔王便请唐经天与冰川天女同乘白象,摆起仪仗,到谷口迎接大军。李沁梅急道:"表哥,你不去救金世遗么?"唐经天道:"待这里事情稍告段落,我便立即上山。"李沁梅道:"那么我先走了。"神色之间,颇为不悦。唐经天取出一个银瓶,瓶中藏有三粒碧灵丹,递过去给李沁梅道:"碧灵丹虽然不能治本,但让他多活几天,想还能够。你一路上留下标志,我自会跟踪前往。"李沁梅接过银瓶,幽幽地叹了一口气,道:"若然救不回世遗哥哥,我一生都会难过。"唐经天还是第一次见这个顽皮的表妹叹气,心中甚感歉疚,但中尼两国的友好,比起金世遗的生死重要得多,他又怎能抽身陪李沁梅?

　　走出葫芦形的峡谷,只见中国的军队排成扇形的阵势,堵住谷口,戈矛映日,旌旗招展,军容甚壮,冰川天女道:"咦,你看那不是陈天宇和幽萍吗?"只见"帅"字旗下,一个雄赳赳的将军,挺着狼牙棒,在马背上顾盼自雄,侧边立着一个少年公子,一个如花少女,唐经天认得这将军乃是焦春雷,旁边站立的公子和少女正是陈天宇和幽萍。原来福康安赏识陈天宇的才具,叫他来襄赞军务,幽萍怀念主人,当然跟着来了。

　　唐经天得见陈天宇,冰川天女得见幽萍,自是喜之不胜。焦春雷虽然是主帅,但拙于言辞,交涉事宜,都委托给陈天宇办理。陈天宇首先便问尼泊尔王的来意,尼泊尔王说是因为冬天寒冷,特地到山谷中避寒练军,喜马拉雅山太大,一时没有查清楚,以至越过疆界。说话之间,频频道歉。陈天宇想不到事情如此容易解决,也便不为己甚,告诫了几句,约好在第二日再详细商谈两国友好通商的具体条文。

　　尼泊尔王既已道歉,中国军队当然亦以国君之礼相待,立即在军营中设宴,并馈赠一万套寒衣给尼泊尔的士兵。尼泊尔军欢声雷动,人人感谢冰川天女和唐经天的相助,消弭了这场战祸。对中国

只见"帅"字旗下,一个雄赳赳的将军,挺着狼牙棒,在马背上顾盼自雄,侧边立着一个少年公子,一个如花少女。

的宽容，当然更是感激不尽。

事情告一段落，趁着筵席未开，陈天宇忙与唐经天交谈别后的经过。

陈天宇听说金世遗有性命之忧，而今独上高山，只怕难以寻觅，心念他以往相救之情，甚是难过，也愿陪唐经天等上山寻找。唐经天道："我们已有多人前往，你尚有大事要办，不必去了。"陈天宇道："咱们不久也怕要分手了。"唐经天道："是否令尊已接了御旨，有了南归之讯么？"陈天宇道："京中已来了驿报，家父奉调回京，重任御史。家父想回京之后，便即辞官，回故乡养老。"

江南插口笑道："带不带我回去？可怜我名叫江南，天天听你们说江南的美景，江南到底是怎个好法，我却一点也不知道。"唐经天笑道："江南就像你一样，顽皮活泼，生气勃勃，惹人喜爱。"江南笑道："哈，我还是第一次听得有人说我不惹人厌，唐大侠，你真是我的知己。"陈天宇正色说道："你如今和我们都是一样的身份，你欢喜去哪儿就去哪儿。你愿和我们同回江南，那是求之不得。我也舍不得你呢！"

那边厢，幽萍也在和主人互谈心事。幽萍问道："公主，你回不回尼泊尔？"冰川天女笑道："我就是想回去，只怕国王也不欢迎我呢！"幽萍笑道："他不是想娶你做皇后吗？"冰川天女笑道："谅他也没有这个胆子。我看他现在就是想等我自己说出不愿意回尼泊尔的说话。"将两日来的事情，告诉幽萍，幽萍听说尼泊尔王尴尬之事，几乎笑破肚皮。

过了一会，幽萍忽又问道："那么你回不回冰宫？"冰川天女道："怎么？"幽萍道："我想那冰宫冷冷清清，其实也没有什么好玩。"冰川天女道："我偏偏就是喜欢冰宫！"幽萍黯然不语，脸上掠过一丝失望的神色。冰川天女笑道："我也学陈天宇对待江南的榜样，从今以后，你我姐妹相称，你愿意去哪儿，就去哪儿。"幽萍忙道:"我没有离开公主的意思。"冰川天女笑道:"各人有各人的缘分,我知道你不愿再回冰宫,你想跟陈公子同去江南,天宇为人不错,你跟他我很放心!"幽萍给主人一言说破心事,既是欢喜,又是害羞,说不出话来,只是嘻嘻地笑。

席散之后,已是黄昏,唐经天冰川天女等都留在清军大营,尼泊尔王自和他的大臣回去,商议明日交换文书、勘定疆界等大事。唐赛花知道龙灵矫已逃入深山,不待席散,便先和侄儿上山去了。

喜马拉雅山的夜景奇特之极,一望无尽千万座山峰,都是白雪皑皑,好像神话中的琉璃世界。唐经天迫不及待,与冰川天女连夜登山。午夜时分,重到金世遗留下诗句的地方,唐经天无限感慨,笑道:"想不到我当初那么憎恨他,而今却从心底里盼望他不要死。"冰川天女笑道:"人世之事,本来难测。这不是你常说的吗?"谈笑之间,忽又听得山顶有怪啸之声,不是金世遗是谁?只是山峰插云,虽闻啸声,却不知他人在何处。正是:

飘零湖海豪情在,欲上世间第一峰!

欲知金世遗性命如何?请听下回分解。

第三十八回

恩怨全消　卅年怀旧恨
死生度外　一醉解千愁

冰川天女在为金世遗担心，金世遗却正在为冰川天女祈祷。金世遗早就看见他们了，唐经天和冰川天女却没有看见他。

那是在唐经天和冰川天女出手拦阻红衣番僧，让龙灵娇攀上山峰逃走的时候。金世遗正伏在对面山峰，将一切情形都看得清清楚楚。

这时只要金世遗一声叫喊，他立刻可以将自己的生命从死亡的边缘挽救回来，可是他却不愿意向唐经天乞求，他一声不响地直到唐经天和冰川天女走了之后，才抬起头来，深深地叹了口气。

山风卷着雪花，雪花飘在他的身上，他死水一样的心湖，却忽然泛起了波澜，记起了人世的冷酷，也记起了人世的温暖。他想起冰川天女对他的友情和期待，他也想起了李沁梅对他的爱意与关怀。然而这一些杂乱无章、片片段段的回忆，都似那满天飞舞的雪花，刹那之间，便又随风而逝。

他深深地叹了口气，从来不懂得关心别人的他，这时却忽然为冰川天女祈祷起来，他生平一不信神，二不信佛，可以说从来没有信仰过什么东西，然而他这次却是衷心地为冰川天女而祈祷，但愿天上真有一个"全能"的神，能够降福给冰川天女，让她和唐经天一生幸福。这时他对唐经天的恨意也像雪花在阳光之下一样地融解了,虽然谈不上好感,但他已知道冰川天女是真心喜爱唐经天,他为了冰川天女的幸福,也就愿意唐经天得到幸福,一切妒忌贪嗔,尽都升华,尽都净化。

他茫然地独自登山,但见龙灵矫正在上面疾行,龙灵矫似乎也怀着重重的心事,脚步不停地攀上一座山峰又一座山峰,根本没有想到会有人跟在他的后面。金世遗忽然觉得非常寂寞,想出声呼喊,想找一个人倾谈,然而他终于还是忍住了。"龙灵矫为什么逃上山呢?他到底是怎样一个人?"怀着浓厚的好奇心,金世遗悄悄地跟在龙灵矫后面。忽然又是一阵大风,上面有一块磨盘大的冰块摇摇欲坠,龙灵矫却似乎还没有留意,看他身形跃落,势将踏着那块冰块,金世遗捡起两块石子,倏地掷出,一块掷在龙灵矫的面前,将他吓了一跳,另一块掷在那冰块上,那冰块本就摇摇欲坠,给石头一撞,登时"轰隆隆"地飞滚下来。但是龙灵矫茫然四顾,不久又向前走了。

龙灵矫四顾无人,还以为那是山风偶然刮来的两块石子。他这时也正是心事重重,叹了口气道:"要是这样跌死了,倒也干净。"他心中正在人天交战,他知道自己这次从尼泊尔军营中逃走,尼泊尔王必定要追捕他;他若是回到拉萨,清廷也必然不肯放过他。

龙灵矫抖一抖身上的雪花,自思自想:"我即算死在福康安手中,也胜于给尼泊尔王作傀儡。我既已知道尼泊尔王要进兵西藏的阴谋,岂可不回去报告。哼,哼,那红衣番僧居然想要我做引狼入室的巨奸大恶,这简直是对我最大的侮辱!"心中打定主意,在山上躲过追兵之后,就从另一面翻下山坡,绕过喀什伦草原回拉萨。

雪越下越大,天色渐近黄昏,紫色的晚霞抹在满山交错的冰川上,蔚成七彩,奇丽无俦,龙灵矫无心观赏,只是想找一个岩穴,今晚可以栖身,走了一会,忽觉冷风之中,有一股温暖湿润的空气扑面而来,抬头一看,原来前面有一股喷泉,灼热的水花被风吹散,映着阳光,形成一圈圈橙色的、淡紫和浅红的花朵,就像拉萨布达拉宫在节日之夜所放的烟花。西藏各地本多温泉,但在这高插入云、冰川遍布的喜马拉雅山山峰上见到灼热的喷泉,却是一大奇景。

龙灵矫心中大喜,心道:"就在这温泉的旁边过夜,倒也不错。可惜总碰不着黄羊和山鸡,要不然连开水也不用烧。"走近温泉,忽又闻得风中送来的花香,龙灵矫大为奇怪,循着香风来处走去,只见山坡上有一家人家,有一个小小的花圃,围墙只有人高,花枝低桠,绿叶红花隐约可见。龙灵矫心道:"此处地气温暖,有花不足为奇,但有这样的一家孤零零的人家,却是奇了。"要知这地方虽然还未到半山,但比中原的大山已不知要高出多少,不要说山顶的冰雪亘古不化,山腰也是终年积雪,等闲人家,怎能在此安身?

龙灵矫走近前去,只见园门虚掩,轻轻一推,门就开了。忽听得里面有一个少女的娇声说道:"爹爹,你看我种的玫瑰已经开了。"抬头一看,两个人都不禁"呵呀"一声叫了起来。

只见一个娇小玲珑的少女,立在玫瑰丛中,手拈一把剪刀,指甲上还有污泥,似乎是刚刚给花树裁枝剪叶。那少女道:"你是什么人?"龙灵矫道:"我是迷了路的猎人。"那少女道:"这么样的大雪天,你上山打猎?"龙灵矫道:"我想猎一只野牦牛。"西藏的野牦牛有"冰河之舟"的称号,肉可食,乳可饮,皮可制革,毛可御寒,西藏猎人视为宝贝,这种牦牛栖息在雪山之上,龙灵矫的说话倒可以自圆其谎,但他既没有猎人的装备,而且最大胆的猎人也只敢在下面的群峰之间打猎,从来无人敢上到这样高的。那少女半信半疑,但能见到一个外人,心中却又高兴,便道:"好,待我和爹爹说去。"龙灵矫道:"你家中有多少人?"那少女道:"就只有我和爹爹。嗯,你在这里待一会儿。"龙灵矫心中疑虑,好奇之心大起。过了一会,只听得脚步声已到了花圃外边。

一个老头的声音低声说道:"不管他是否真正的猎人,既然是山下的远客到来,咱们就该款待。你也不必问他的来历。"语声极低,似乎是凑着耳朵说的。但龙灵矫是暗器大名家的嫡传弟子,耳音极好,这老头的说话却听得一清二楚。

园门推开,只见这老头髯眉如雪,老态龙钟,背也微微佝偻了。但干瘦的面上却隐泛红光。龙灵矫心中一凛,想道:"说不定他就是遁迹山林的一位世外高人。"恭恭敬敬地上前行礼,请问姓名。那老头道:"老朽姓方,居住此间,已有三十年了,名字一向没人提起,早已忘了。"龙灵矫自报姓名,道:"我上山猎牦牛,不想越上越高,闯到仙居,实在无礼。"那方老头说道:"既然如此,壮士若不嫌简慢,就请在此歇宿一宵。"

龙灵矫自是求之不得,随两父女登堂入室,但见石室里空无所有,只是墙壁上挂着几张兽皮,屋角堆有一些草药。那少女捧出一大盆肉和一大盆牛乳,那老者笑道:"你上山来还没有碰到牦牛吧?"龙灵矫道:"没有。"那老者道:"牦牛要在大雪初止的时候出来,很有耐心的猎人才能守到。小女前几天倒很幸运,猎到了一只牦牛,够我们吃几个月了。你尝尝这牦牛奶,趁热喝最好。"龙灵矫大吃一惊,要知西藏的牦牛比猛虎还凶,最少要集合十数猎人才敢捕它,而这少女居然能猎牦牛!龙灵矫虽然早就料到这两父女是有本事的人,听他们说得如此轻松,心中还是不免骇异。龙灵矫深知江湖忌讳,虽有所疑,却也不敢动问他们的来历。

那老者道:"壮士敢于独自上山捕牛,勇气可嘉。腰间长剑亦非凡品,想来在武功上定有极深的造诣了。"龙灵矫心想不认也不行,谦辞对道:"学是学过几年,哪说得上什么造诣。"那少女道:"你的师父是谁?"老头子望了女儿一眼,那少女想起父亲不许她盘问客人来历的盼咐，讪讪的怪不好意思。龙灵矫道："是四川一位姓唐的师父。"他没说出天下暗器第一家的名头，那老头听后，"哦"了一声，却没追问。

牦牛肉微带腥味，龙灵矫很不习惯，把嚼碎的肉吐出来，那少女笑道："龙先生吃不惯吗？唐大侠倒很喜欢！"那老头急忙又瞪了女儿一眼，龙灵矫大为吃惊，问道："哪位唐大侠？"那老头微笑道："是一位懂得剑术的朋友，小女少见世面，凡是本事比她好的人，她都尊为大侠的。"龙灵矫心道："世间足当得上唐大侠称呼的，只有唐经天父子，唐晓澜远在天山，唐经天尚在山峰底下，他们怎能见到？"心中疑云更重了。

牦牛奶倒很可口，只是滚热烫口，龙灵矫喝了一大碗，额上沁出汗珠，那老头道："贵客请宽衣。"龙灵矫脱下外面的狐皮罩袍，忽见那老者目光有异，紧紧地盯着自己，神情诡秘之极。龙灵矫经尽大风大浪，对着这样的目光，也不禁微微发抖。

龙灵矫感觉那老者的目光，灼视着他腰间的一件饰物，那是用一块通体晶莹的白玉雕成的玉狮子，心中不禁大奇，想道："难道这样一位世外的高人，也垂涎世间的金玉？何况这玉狮子也并不是什么宝物。可惜这是我父亲仅剩下来的遗物，要不然我倒可以送给他。"那少女也感到父亲的目光有异，轻轻叫道："爹爹，牦牛奶凉啦。"目光也不自禁地转到了龙灵矫的饰物上。

龙灵矫道："承蒙老伯款待，无以为报，这一串珍珠送给令媛，不成敬意，聊表寸心。"他舍不得送那玉狮子，另从怀中掏出一串珍珠。那老者诡异的目光一瞬即逝，哈哈笑道："山野丫头，要这珍珠有何用处？戴给斑豹和牦牛看吗？"那少女从未见过珍珠，闪着好奇的目光说道："这是什么东西，怎么光闪闪的？"龙灵矫道："宝剑赠侠客，珍珠赠美人。姑娘你戴上这串珍珠，一定更好看啦。"那少女笑道："我见过一些画上的美人，哈，扭扭捏捏弱不禁风的样子,我才不愿像她。"这少女在喜马拉雅山长大,压根儿就没有见过几个外人,丝毫不懂人世之事,觉得那串珍珠好玩,根本就不考虑到世俗之见——不好乱要别人的东西。那老者皱皱眉头,忽道:"雪儿,你既然欢喜,就谢过这位客人吧。"那少女当真裣衽一礼,龙灵矫急忙还礼,心中想道:"到底还是要了。"但对那少女,只感到天真无邪,却也不敢存半点轻视之念。

那老者微笑说道:"在西藏的猎户,要买南海的珍珠,我看总得十只牦牛才换得这么样的一串珍珠呢。"龙灵矫心中一动,暗笑自己泄露了身份,但随即想到,这老者绝非常人,定然早已看穿自己不是猎户,那也就随他去吧。

那老者让龙灵矫住在外面的一间石室,靠近花圃。龙灵矫这一晚翻来覆去,哪睡得着,他心中思如潮涌,首先想到这两父女奇怪的行径,那老者诡秘的目光似乎在黑暗中盯着他,龙灵矫不禁打了个寒噤,好不容易才摆脱开这老者的影子;手触腰间的玉狮子,忽地又想起了自己的父亲,想起他率领百万大军的威风,想起他被清廷杀戮的仇恨。龙灵矫叹了口气,心道:"我父亲当年本来可以自立称王,可惜他没这份胆气。"想起自己多年的苦心策划,壮志雄心,到而今都付之流水。思潮接连不断,山风送来缕缕花香,龙灵矫睡不着觉,索性披衣出户,到花圃中漫步。

穿过花丛,忽见有一道矮小的篱笆围着园子的一角,龙灵矫一时好奇,探头进去一看,这一看登时令他吓得呆了,这时他再也无暇顾及那两父女是什么人,立即就把篱笆完全拆毁,月光下两尊石像显露出来,一尊石像似是一个满族的贵人,另一尊石像竟是他的父亲——年羹尧,更奇怪的是他父亲那尊石像上插着两把尖刀。

龙灵矫几乎怀疑自己是身在恶梦之中,这刹那间,既是愤怒,又是惊恐,忽觉背后衣襟带风之声,龙灵矫大吼一声,反手一拳,怒声喝道:"老匹夫,你何故侮辱我的父亲?"

月光下两尊石像显露出来,一尊石像似是一个满族的贵人,另一尊石像竟是他的父亲——年羹尧。

一拳打出，只听得"砰"的一声，如中败革，龙灵矫被那老头轻轻一推，退出数步，回头一望，只见那老者身躯摇晃，口角沁出血丝，在冷月寒冰的映照之下，面色越发显得惨白可怕。龙灵矫怔了一怔，只见那老者缓缓举起衣袖，拭掉嘴角的血丝，沉声说道："我早料到年公子有此一问，请你把那柄尖刀拔出来。"

龙灵矫略一踌躇，终于去拔那两柄尖刀，只见刀柄触手即落，原来年深日久，木头早已腐朽了。龙灵矫力透指尖，硬把尖刀拔出，只见上面半截生满铁锈，下面半截因插在石像中，刀口仍然闪着光芒。那老者道："这两把刀是三十年前插进去的，那时，我对令尊确是怨毒甚深。"

龙灵矫道："我父亲与你何冤何仇，你如此冤毒？"那老者道："三十年前，天下的仁人义士，个个都是你父亲的仇人！我呢，我虽然也恨你的父亲，可是这仇恨又与一般人不同，说起来惭愧得很。"

龙灵矫喝道："你是谁？你因何恨我父亲？"那老者道："你听过方今明这个名字么？"龙灵矫似乎听师父提过这个名字，却想不起他是谁人。那老者凄然一笑，说道："三十年世事沧桑，现在我的名字也没人知道了。"顿了一顿，缓缓说道："现在的皇帝是乾隆，四十五年之前，乾隆的父亲雍正还是四皇子胤禛，那时诸皇子争位，胤禛最大的强敌就是十四皇子胤禵。这故事你听说过吗？"龙灵矫点点头道："嗯，这故事我听说过。"方今明道："乾隆的祖父康熙本来是写好遗诏传位给十四皇子的，后来雍正得你的父亲和国舅科隆多之助，擅改遗诏，将'传位十四皇子'这几个字，改为'传位于四皇子'，雍正才得登大宝。"龙灵矫道："他们满洲人谁做皇帝，还不一样。与老百姓何干？"

方今明道："不，最少与你我有关。若不是雍正做皇帝，你父亲不会这样快便被杀头，我也不会逃到这山上来。"龙灵矫默然不语,半晌说道:"好在雍正也给他的仇人杀了。"

方今明道:"四十多年之前,那时十四皇子手下有两个最出名的武士,称为军中二宝,一个叫做车辟邪,后来改事新君,投顺了雍正。另一个呢,对十四皇子始终忠心耿耿。"龙灵矫骤然想了起来,叫道:"这个人叫做神拳方今明。"那老者微微一笑,道:"不错,那就正是老朽了。"说至这里,那少女分花拂叶,穿入花丛,道:"爹爹,这么夜了,你还要客人陪你说话吗?咦,你怎么啦?"

方今明再拭干净嘴角沁出来的血丝,微笑说道:"没什么,雪儿,你也听听。"顿了一顿,往下说道:"雍正擅改遗诏,僭登大宝,过了几年,又趁着十四皇子西征之时,将他害了。害十四皇子之事,正是你父亲替雍正策划的,事成之后,你父亲夺了十四皇子的兵权,才得以成为年大将军。"(诸事详见拙著《江湖三女侠》)龙灵矫道:"因此,你就恨雍正与我的父亲了。"方今明道:"不错,我不肯投顺,雍正也恨极了我,我才逃到西藏。逃到西藏之后,我还矢志报仇,娶了她的母亲,希望生下一个儿子,杀你的父亲和雍正。"那少女惊叫起来,方今明笑道:"雪儿,不必骇怕,这两个仇人都死了三十多年了,那时我消息隔阂,尚自念念复仇,还未娶你的母亲呢。"停了一下,续道:"雍正死后几年,唐大侠来探望我,我才知道消息。但我的名字,还是被朝廷列为钦犯。我也早心灰意冷,你母亲对我很好,我也就把西藏当成我的家乡啦。我初初来到这里隐居时,对年羹尧的恨意尚未全消,因此刻了他的石像,练习飞刀。其实人死仇灭,在死人身上发气,实是无聊得很,唐大侠也曾劝告过我。年公子,今晚我把事情说明,我是诚心让你打一拳消气的。"那少女请龙灵矫坐下,这时龙灵矫才知道她的名字叫做方雪君。

龙灵矫恨意消了一半,仍道:"原来你是因此恨我父亲。你效忠十四皇子,我父亲效忠四皇子,只能说是各为其主,你何以怨毒深厚如斯?"

方今明道:"不错,我当年效忠十四皇子,说起来也该为人责骂。但比起你的父亲却大不相同。我仅是十四皇子的心腹武士,你父亲却是个大将军。他给雍正出了许多坏主意,杀戮天下义士,压得老百姓抬不起头来,他又背叛师门,火烧少林寺,屡兴大狱,残害无辜,这种种事情,你知道吗?"龙灵矫自幼受唐家抚养,唐家怕伤了他的心,从没对他说过他父亲的事。还是龙灵矫长大成人之后,才知道自己的父亲是年羹尧,但亦仅仅知道自己的父亲是个手握百万军符的大将军和他被雍正惨杀这两件事而已,至于他父亲做过的许多坏事,因没人对他说,他自然也不知道。这时听得方今明一桩桩提起,有如万箭穿心,想起自己一向崇拜的父亲,竟是个国人皆曰可杀的国贼,悲愤羞惭,顿时填满胸臆,恨不得掘个地洞钻了下去。方今明缓缓说道:"父亲的罪过,不关儿子的事。何况你父亲死时,你还是个未满周岁的婴孩。前些时唐大侠到此,也曾提起你,他从唐少侠打听到的消息知道你已改名换姓,在西藏有所图谋,算得是一个人才。他还替你高兴呢。只是他听说你想在西藏起事,他很不赞成。"龙灵矫有如泥塑木雕,胸中百感交集,想的只是怎样替父亲赎罪,哪还有争夺江山的壮志雄心?好半晌才道:"你怎么知道我是、我是年羹尧的儿子?"好艰难才说得出他父亲的名字。但觉这三个字对他乃是一种耻辱。

方今明道:"我见过你父亲佩戴过这个玉狮子。嗯,我今晚若要害你,那是易如反掌。现在你的气消了吧?"龙灵矫潸然泪下,叫道:"老丈!"极为悔恨打他那拳。

方今明道:"现在我得听你说了,你又是因何逃上此山?"龙灵矫道:"尼泊尔的大军就驻屯在下面的山谷,我对朝廷并无好感,但总不能见异国入侵。"猛地想起父亲当年曾带大军给清廷四处"平乱",让满洲皇帝可以坐稳龙廷,无异为虎作伥,不禁暗怪自己糊涂,多少年来,何以总没想到这等民族的大义。

方今明眼睛一亮,道:"唐大侠没看错,你果然不像你的父亲!"那少女替龙灵矫难过,插口说道:"呀,爹爹,你尽提人家的父亲做什么?"方今明一笑说道:"不错,上代冤仇今代解,龙生九种各不同。你们拉拉手吧。"那少女天真无邪,坦然地伸手和龙灵矫一握。方今明今晚立意和龙灵矫化解,其实还另有用心。他和女儿隐居深山,难选佳婿,听唐晓澜说起年羹尧的儿子与父不同,心中早有印象,今日一见,果是一表人才,虽然他比女儿大上十多年,也还匹配。只是自己刚刚被他打了一拳,婚事又怎好意思出口。只好等待将来再请唐晓澜撮合了。

龙灵矫心神稍定,问道:"老丈所说的唐大侠是否即天山派的掌门唐晓澜?"方今明道:"不错,我们是将近四十年的老朋友了。"龙灵矫道:"他也到了这里吗?"方今明道:"不久之前才来过。"正想再说,忽听得外面有轻微的脚步声,方今明道:"来人踏雪无痕的功夫还未到家,但也算不弱了。"龙灵矫心中一凛,道:"这必然是尼泊尔王派武士来追捕我!"方今明道:"龙先生,哈,我还是叫你龙先生的好,有我们父女在这儿,绝不能让你被捕,只恐未必就是你的敌人。"

话犹未了,脚步声已到外面,有人打石屋的大门,方今明沉声喝道:"我在这儿!"只听有人用西藏话骂道:"老头儿,你敬酒不吃吃罚酒,胆敢打伤提摩达多的门下,快快出来领死!"龙灵矫一怔,道:"原来是找你的。"方今明道:"不关你事,待我去会他们。"提高声音,哈哈笑道:"我这几根老骨头正想找人松松呢。"一窜身,打开园门,冲了出去,龙灵矫岂肯让他孤身对敌,与那少女也立即跟在方今明身后,飞出围墙。

只见山坡上高高矮矮的站着四五个人,除了一个说西藏话的之外,其他都是奇形怪状的异邦人,一见方今明出来,不由分说,立刻扑上，龙灵矫大怒，长剑出鞘，抢先动手，忽觉两股掌力，左右回旋，长剑几乎拿捏不定。龙灵矫吃了一惊，心道："这是什么武功？"只见方今明"呼"的一拳打出，相距十步，抢先扑上的那两个番僧还是给拳风冲得摇摇晃晃！

龙灵矫心中赞道："神拳之名，确不虚传！"另两个人又从侧翼抄上，四股掌力一合，方今明应付渐见艰难，龙灵矫与那少女上前助战，龙灵矫内功深湛，虽然还比不上顶儿尖儿的武林名宿，但亦不过略逊于唐经天等人而已，提摩达多门下的阴阳掌力，虽然厉害，过招不久，他已妙悟其理，顺着那股掌力的回旋之势，运剑击刺，也不见怎样吃力。那少女使的是一根金丝软鞭，功夫虽然较弱，但鞭法灵活刁钻，一丈之内，敌人近不了身，也是个得力的助手。

战到分际，忽听得"波"的一声，好像一个极大的气球爆裂一般，左翼两个敌人朝天跌下，龙灵矫长剑斜刺，却被右翼那两个敌人挡回，转眼之间，跌倒的另两个人已滚下山坡，右翼那两个敌人以退为进，猛发三掌，将龙灵矫迫退数步，一个转身，也急忙走了。

但听得方今明气喘吁吁，摇头叹道："老了，不中用了！"原来他强以内家真力，破了敌人的阴阳掌力，虽然得胜，元气已是大伤，龙灵矫和那少女扶他回转石室，方今明静坐运功，过了一盏茶的时刻，气息才渐渐调匀。

龙灵矫问道："这干人是甚来头？怎的要和老丈作对？"方今明道："谁知道呢？他们去了一批，又来一批，先后已有三次了。第一次是一个红发的番僧带同一个西藏的通译来，说他的师父要这个地方，叫我们将石室和花圃都让给他，还要老朽和小女都做他们的奴婢，哼，哼，老朽活了六十多岁，还没见过这样霸道的人，没说的，只有给他们一顿好打，将他们打跑了。第二次有三个人来，其中两人功力甚高，老朽父女两人和他们打了半天，抵挡不住，幸好唐大侠恰巧上山找我，用两支天山神芒，将功力最高的两人打伤，直将他们赶到山脚。这一次又多来了一个，幸亏有龙先生相助，要不然老朽经营了数十年的家园，就只好眼睁睁地让他们霸占了。"

龙灵矫心中奇怪之极，想道："这些外国人看来不似是尼泊尔的武士，他们万里迢迢，到中国来，要霸占荒山的一间石室，却是为何？"事理反常，怎样也猜想不透。原来这些人都是提摩达多的门下。提摩达多想攀登世界第一高峰，筹划已久，派了门下弟子探路，见半山上有方今明这一家人，甚是奇异。加以方今明所居之处，地气温暖，最适合做中途的驻脚之所，故此他门下的弟子，两次三番，前来索要，若是他们说明原由，方今明服软不服硬，或许答允，偏偏提摩达多门下的弟子，一向横行欧亚，恃强惯了，故此才爆出了这几场的恶战。第二次上山，被唐晓澜用天山神芒打折了腿的那两个人，正是佟古拉和阿斯罗。

月光从雪峰上泻下来，令人感到一股寒意，方雪君道："爹爹，你该睡啦！"方今明侧耳凝神，好似在聆听什么声音，忽道："只怕敌人还不肯让我们睡觉。"方雪君道："什么，他们又来了吗？"龙灵矫长剑一振，怒道："这干人纠缠不清，的是令人可恼。"他也听到外面敌人的声息了。

蓦地里轰隆一声巨响，花圃的围墙崩了一堵，沙石纷飞中，一伙人从缺口涌入，只见当前的那人，正是尼泊尔的第一国师泰吉提，刚才被打走的那四个提摩达多的门下弟子，也去而复回，另外还有两个尼泊尔武士跟在后面。原来泰吉提被唐经天打败之后，无面目再见国王，因此邀了两个尼泊尔武士，再上山来追拿龙灵矫，希望可以将功赎罪。他的袈裟已被天山神芒射穿，不能再用，改用一面铁盾，配合右手的铁锤。上到半山，恰好碰到那四个提摩达多的弟子，泰吉提懂得阿拉伯话，一问情形，知道龙灵矫也在上面，于是两伙人合成一伙，又来寻衅。

泰吉提一锤击坍围墙，满园花树都受灾殃，方雪君爱花若命，心痛如割，大怒斥道："无礼番僧，胆敢糟蹋我的花枝，看剑！"方今明忙叫道："雪儿退下。"方雪君右手挥动长鞭，左手飞出一把短剑，只听得当的一声，短剑碰在铁盾上，登时折断，长鞭噼啪一声，却缠上了泰吉提的手腕。泰吉提竟似毫不在意，仍然迈步前行，哈哈笑道："年公子，我国国王待你不薄，因何私逃？"每行一步，那长鞭便在他手臂上多绕上一匝，方雪君使尽气力，有如蜻蜓之撼石柱，眼看长鞭越缩越短。龙灵矫喝道："放开再说！"长剑一挽，作势刺他腕上的关元穴，泰吉提手臂一振，将方雪君推上两步，哈哈笑道："你刺！年先生，咱们还是先礼后兵的好！"说时迟，那时快，忽见一条黑影，捷如飞鸟，倏地扑来，只听得又是"当"的一声，泰吉提的铁盾登时脱手飞上半空，随即听得"卜勒""卜勒"的一串急响，方雪君的长鞭寸寸碎裂，丈余的长鞭，只剩下四尺来长。原来是方今明施用神拳真力，硬打了泰吉提一拳，解了女儿之围。

泰吉提面色灰白，哇的一声，喷出一口鲜血；方今明的身子也摇晃不定，有似风中之烛。方今明刚才那一拳是以内家真力与泰吉提硬碰，若在他壮年之时，这一拳就足以裂泰吉提的五脏，而今一者吃亏在年纪老了，二者吃亏在曾吃了龙灵矫一拳，三者吃亏在刚刚激战过来，以至闹得个两败俱伤。

龙灵矫叫道："雪妹，扶你爹爹回去。"一抖手发出几枚蒺藜和袖箭，只听得嗤嗤的暗器破风之声，却都从泰吉提的身边擦过，原来是被那四个提摩达多的弟子用阴阳掌力震歪了准头。龙灵矫大怒，奋不顾身，挽剑冲入敌人的垓心。

泰吉提顽勇之极，受了内伤，居然还能够挺住，拾回铁盾，挥动铁锤，仍然抢来助战，这一来变成了以一敌七之势。龙灵矫被那四个提摩达多的弟子以及尼泊尔的两个武士困在垓心,另外还要抵挡泰吉提的铁锤压顶之势,幸而泰吉提受了内伤,那四个提摩达多的弟子刚刚经过一场激战,其中两个还被方今明用百步神拳之力打下山坡,内力俱都受了损耗,龙灵矫这才能够勉强支持。然而也不过十多廿招,龙灵矫便被卷进阴阳掌力的漩涡之中,长剑渐渐施展不开。泰吉提一见时机已到,运了全力,一锤击下。

  忽听得一声怪啸,响彻林谷,突然一块磨盘大的巨石向着众人飞下,这一来阵势大乱,各人纷纷走避,只见随着那大石的轰隆撼地之声,一个鹑衣百结的少年跳了出来,哈哈笑道:"我生平最看不过眼以多欺少之事,哈哈,你吃我一拐,哈哈!你也吃我一拐!"铁拐一挥,突然在地上连打了三个筋斗,疾似惊飙闪电,霎眼之间,已连袭了七个敌人,身法怪异,世罕其伦!此人非他,正是金世遗来了!

  龙灵矫不认得金世遗,惊诧交集,顾不得问他姓名,长剑一振,上来助战。金世遗仗着诡异绝伦的身法,把那四个提摩达多的弟子打得隔在四处,阴阳掌力汇不到一处,先占上风。泰吉提鼓勇挡了三招,阵势重整,金世遗被那四股掌力牵引,只觉有如身陷漩涡,大怒喝道:"这是什么邪门功夫?"一拐荡开泰吉提的大铁锤,抽出拐中铁剑,左拐右剑,左冲右突,龙灵矫叫道:"兄台不可动气,顺着其势,先守后攻!"金世遗"呸"了一口道:"猛虎怒吼,震慑鼠辈,大丈夫当怒则怒,岂可没有脾气?"龙灵矫呆了一呆,心道:"我好心劝你,怎的你连我也骂起来了?"那四个提摩达多的弟子虽然听不懂中国话,但见金世遗强攻猛打,心中正自暗喜,正待加强掌力,使他不能脱身,忽听得泰吉提大叫道:"小心了!"说时迟,那时快,金世遗"呸"的一口浓涎,已然吐出,首当其冲的一名提摩达多门下,眉尖上忽似给一只毒蚂蚁叮了一口,眼睛顿时睁不开来,只听得一阵"嗤嗤"声响,那两名尼泊尔武士也仆地不起。

剩下的那三个提摩达多弟子惊骇莫名，急忙撤回掌力自保，只见泰吉提也把铁盾舞得旋风疾转，泼水难进。原来这正是金世遗的拿手绝技，假作动怒，喷出口中的毒针。龙灵矫这才恍然大悟，失声叫道："你是毒手疯丐！"金世遗哈哈大笑，应道："不错呀不错！毒手疯丐是我，我是毒手疯丐！世人都说我毒，世人都说我疯！哈哈，你也怕了我么？"龙灵矫一声喊出，立刻醒觉自己说错了话，好生尴尬，忙道："兄台侠义心肠，小弟失言了。"金世遗哈哈大笑道："我本来就是毒手疯丐，哈哈，你再来看我的毒手！"

只见他又是"呸"的一口浓痰飞出，铁剑一振，把泰吉提的右臂割了一道长长的伤口，泰吉提狂舞铁盾，拼命抵挡，金世遗左一拐，右一剑，真如疯虎下山，招招都是毒手！

但在这转瞬之间，那三个提摩达多的门下，又已占好方位，三股掌力合在一起，以四敌二，堪堪打个平手，金世遗拐剑兼施，破不了他们的掌力，他们害怕金世遗的暗器，也只能半攻半守，不敢全力施为。

激战移时，只听得那三个提摩达多的门下发出呜呜的口哨声，令人心烦意乱，金世遗喝道："鬼嚎什么？你也听我的龙吟虎啸！"发声长啸，把他们的口哨声都压了下去。山风呼号，啸声哨声在风中回旋，更令人惊心动魄。

再打了半个时辰，泰吉提又被他敲了一拐，眼见不支，金世遗忽道："我肚子饿啦！吃饱了再和你打。"泰吉提求之不得，急道："好，让你们多活一天！"金世遗笑道："也不知是谁让谁呢？""呸"的又是一口浓痰，泰吉提急忙窜开，不敢再说。

金世遗摸出半边烧野鸡，咬了两口，道："冻得硬了，一点也不好吃，喂，我帮你打架，你就不招待我么？"龙灵矫眼见将可得胜，甚是可惜，但不好违拗金世遗，只得说道："屋子里有酒有肉，咱们回去吃饱了再打也好。"他却不知原来金世遗猛打了半个时辰,气力也差不多耗尽了。金世遗这时已悟出了阴阳掌力的诀窍,知道在急迫之间,破他不得,正准备养好气力,再用妙法破他。

龙灵娇记挂方今明的伤势,心道:"回去先把他医好也是正理。"与金世遗踏入石屋,只见方今明躺在地上,面如金纸。龙灵娇惊道:"老丈,你怎么啦?"方今明微笑道:"还好,今晚我死不了!"龙灵娇是个行家,急忙替他把脉,心头不觉一沉,原来方今明的带脉已给震断,最多也活不过七天,心中极为难过,眼泪几乎要滚出来,为怕令他女儿伤心,强行忍着,不敢把真情说出。

忽听金世遗又是哈哈笑道:"对极,对极!活一天就算一天,只要今晚死不了就好,谁知道自己明天还在不在这世界上!"龙灵娇心中生气,暗道:"毒手疯丐果然是疯疯癫癫,说话不近人情。老人家伤得这么重,他还在说风凉话儿!"向他白了一眼,淡淡说道:"里面有酒有肉,你自己端出来喝吧!"金世遗铁拐一顿,又哈哈笑道:"好,妙极妙极!吃饱了明天便死也好做个饱鬼!老丈呵,咱们同病相怜,我和你痛饮三杯!"龙灵娇气得说不出话,他哪里知道,金世遗的生命也只有七天,难怪他有如斯感触!

方今明望了金世遗一眼,忽地哈哈笑道:"妙极,妙极!这位小哥快人快语,我与你痛饮三杯!雪儿,快去取酒食来款待客人。"笑声渐渐凄凉,方雪君从未见过父亲这副神气,不觉呆了!

方今明是武学的大行家,瞧了一眼,已看出金世遗内功走火入魔,性命也不过七天,任何妙药灵丹,无可救治。他饱经忧患,历尽沧桑,对死生之事本就豁达,何况金世遗又是与他同病相怜的人,因而对金世遗的话,也就丝毫不以为意。

方雪君烫好热酒,端了出来,给金世遗斟了一杯,按着酒壶道:"爹爹,你喝酒不妨事么?"方今明仰天一笑,在女儿手上接过酒壶,道:"今日幸遇故人之子,又新交上了这样一位豁达豪迈的小友,我心中痛快已极,什么妨事不妨事?如此盛会,岂可不痛饮一场。"提起酒壶自斟自饮,又给金世遗频频添酒,一老一少,端的是脱略形骸,放怀大饮,把生生死死,恩恩怨怨,全都置之度外。

龙灵矫想起是自己的父亲害得他们两父女隐居荒山,而他又是为自己而受重伤,不觉心痛如割,明明知道他是借酒浇愁,却又怎忍止他死前的欢乐?

方今明酒酣耳热,忽地把酒杯重重一顿,面向龙灵矫说道:"龙先生,今日之会,何幸如之?我的未了之事,要拜托你了。"龙灵矫道:"老丈有命,万死不辞。"方今明道:"我这位小女,总不能在喜马拉雅山上度过一生,将来下山,还望你多多照顾。"

龙灵矫听他话中似有深意,怔了一怔,方今明道:"怎么?"龙灵矫道:"这是理所当然。"方雪君十分不解,道:"爹爹,我若下山,你自然也得下山,咱们相依为命,难道你就不照顾我了?"方今明道:"傻孩子,爹爹能照顾你一世么?龙先生赠你珠串,你向他拜谢。"方雪君心道:"我不是谢过了么?咦,爹爹怎的今晚大失常态,说话颠倒?"但还是依着父亲的吩咐,向龙灵矫再谢一次。龙灵矫是个绝顶聪明的人,这时恍然大悟,原来方今明适才准许女儿接受他的礼物,敢情早已有了以女儿终身相托之意,把珍珠串当作聘礼看待了。

龙灵矫多年来遁迹风尘,胸怀大志,活到三十多岁,从来未兴过家室之念,这时忽在喜马拉雅山中有此奇遇,眼见方雪君娇美可爱,天真无邪,心中也不禁怦然而动,急忙向方雪君答拜,又向方今明叩了三个响头,道:"小侄必不负老丈所托。"方今明撚须大笑,又饮了满满一杯。方雪君仍是莫名其妙,怔怔地站在一旁。

忽听得金世遗也是哈哈大笑,把壶中余酒一饮而尽,朗声说道:"他若负你所托,我就给你打他三十铁拐!哈哈,想不到我今晚倒做了世外奇缘的见证之人!"

龙灵矫道："兄台醉了！"金世遗大笑道："端的醉了，我只有缘作证，无缘再饮你的酒了！"把酒壶"砰"的一声掷出门外，立刻倒在地上，呼呼熟睡。

龙灵矫却是满怀心事，哪睡得着，好容易熬到天明，只见金世遗一个翻身跳起，揉揉眼睛，迎着射入来的晨曦，仰天笑道："又是一天啦！"拾起铁拐，踢开大门，大叫道："来，来，来！你且看我给你打发那几个小贼！"

大踏步走出门外，只见那几个敌人都聚在一堆，却多了一个身材高大、长发披肩、碧眼黄须的外国人，正俯下身躯替那个中了毒针的敌人按摩。这个人正是提摩达多，他是听到弟子吹的口哨声赶上来的，刚到不久，这时正用深湛的内功，替弟子吸出体内的毒针。

只见提摩达多的掌心在那弟子的背心转了几转，忽地叫了一声，手掌一起，双指拈着一根亮晶晶的银针，咕咕噜噜地直骂。金世遗听不懂他的话，也猜得到他是骂自己的暗器狠毒。泰吉提受了重伤，无法运气，养了一夜，越发重了，这时坐在地上，不敢动弹，见金世遗现身，恨得牙痒痒的，向金世遗指了一指，用阿拉伯话叫道："就是他！"又用中国话向金世遗骂道："好小子，提摩达多大法师来了，管叫你们一个个都难逃活命！"

金世遗的毒针是用蛇岛最毒的金线蛇的口涎所炼，伤人之后，廿四个时辰之内，毒气即攻入心头，无药可救，而今竟被提摩达多用掌心吸出，这份内功，确是不可思议。金世遗也不禁心中一凛，但他自知死期将至，对任何强敌，也了无畏惧，听了泰吉提的指斥，反而哈哈大笑，迎上前去，"呸"的啐了一口，叫道："不错，毒针是我发的，什么大法师，你懂不懂得超幽度鬼？"

提摩达多衣袖一拂，将金世遗杂在口涎中的几口毒针，拂得无踪无影，猛地大吼一声，一掌向金世遗拍下。

金世遗铁拐一举，一招"飞龙在天"，疾起而迎，只听得当的一声，那铁拐弯了过来，提摩达多的虎口也震得大痛。比对之下，虽然是金世遗吃了亏，提摩达多却也不敢轻视，左掌连环击到，金世遗早已拔出拐中铁剑，提摩达多那一掌拍下，正正迎着剑尖，金世遗一剑戳去，心道：这一剑还不把你的手掌戳穿？

哪料提摩达多掌势倏然而止，金世遗骤觉两股力道，一齐攻到，一推一拉，竟是立足不稳，身不由己地滴溜溜地转了几个圈。提摩达多磔磔怪笑，左一掌，右一掌，掌掌拍向金世遗命门要害，金世遗虽败不乱，忽然顺着身子旋转之势，一个"灵猴倒纵"打了一个筋斗，铁拐霍地一扫，居然化解了提摩达多打他的致命的一招。提摩达多大为诧异，心道："中国的武术，果然名不虚传，这小子年纪轻轻，竟也不在那姓唐的之下。"战术一改，由急攻改为缓取，运用阴阳掌力，将金世遗困住。

提摩达多一掌接着一掌缓缓拍出，看似轻描淡写，实已用了全力，金世遗但觉敌人的力道从四方八面推挤迫来，有如置身在漩涡之中，进退不得。

方今明扶着女儿，走了出来，盘膝坐在门前，凝目注视，摇头叹息道："可惜，可惜！"方雪君道："怎么？"方今明道："这位小哥年纪轻轻，功力之高，除了有限几位前辈高人之外，当今之世，恐怕无人能与匹敌。英年国手，早归黄土，岂不令人慨叹？"龙灵矫不知道金世遗的生命只有六日期限，只道方今明是指目前之战，心道："这疯丐昨晚曾经救我，我岂可让他独抗强敌？"拔剑欲出，但见提摩达多的那四个弟子，排成半个弧形，正是虎视眈眈，龙灵矫心中一凛，想道："方老伯身受重伤，敌人若攻过来，凭雪妹一人，怎能防护？"手按剑柄，踌躇难决。忽听得方今明一声欢呼，叫道："唐、唐、唐大侠夫妇来啦！"欢喜过度，声音颤抖嘶哑！

金世遗正自全神贯注，对付提摩达多的阴阳掌力，头昏脑胀，根本就没有听到方今明叫些什么。忽觉身上一轻，眼前人影一晃，一条长袖迎面拂来，金世遗大吃一惊，欲待闪避，哪里还来得及，竟似被人凭空托起，金世遗顺着这股力道，一个筋斗倒翻出去，但见提摩达多也踉踉跄跄地向后连退了十几步。

唐晓澜来得正是时候，要不是他双袖齐拂，一举拂开了提摩达多与金世遗二人，再过片刻，金世遗内力支持不住，必被提摩达多的阳阳掌力压得窒息闭气。此时他虽脱身，但阴阳掌力的后劲尚未消解，兀自在地上旋转不休。

提摩达多这一惊更是非同小可，他纵横欧洲与阿拉伯诸国，从无对手，一照面就给来人挥袖拂开，不觉被唐晓澜的神威震慑，虽然立即扑了上来，却不敢动手。唐晓澜道："你是何人？怎的在我老友的门前胡闹？"

提摩达多听不懂唐晓澜的话，但觉他说话的声音虽然不高，耳鼓却给震得嗡嗡作响。提摩达多急忙运气托御，泰吉提尚自不知死活，代为答道："纵横欧亚，武功天下第一的大法师提摩达多，你知不知道？"

唐晓澜仰天大笑，扬袖一拂，说道："我还没有见过敢自称天下第一的人。今日倒要见识见识外国的武功。好呀，你的掌力是有点邪门，我就先让你打我十掌。"他这一拂，力道分袭提摩达多与泰吉提二人，提摩达多全力抵御，身躯不过晃了一晃，泰吉提距离二三十步之外，却被唐晓澜挥袖的劲风一拂，咕咚一声，倒在地上，翻翻滚滚，要不是同门抢救得快，赶紧将他扶起，几乎就要滚下山坡。

泰吉提嘶声叫道："法师不必和他客气，他说他让你先打十掌，只要除此强敌，中国就无人再敢与你相抗。"泰吉常在尼泊尔与西藏之间来往，对中国的武林名手，虽未认识，也有耳闻，听到方今明的呼喊，见此情形，也料到是天山派的掌门唐晓澜到了。

提摩达多哪曾受过如此轻蔑,沉住了气,双掌接连拍出,只见唐晓澜足跟牢牢钉在地上,犹如打了桩似的,纹丝不动。提摩达多又惊又怒,一掌紧似一掌,只见唐晓澜湖水色的长衫随着掌风飘动,他的脚步却始终未曾移动分毫。提摩达多用尽全力,猛地大吼一声,双掌齐出,阴阳掌力,左推右引!唐晓澜身躯略晃,提起左足,划了一个圈圈,踏下足来,仍然站在原位,哈哈笑道:"十招已满,你能使我身形晃动,亦算难得了!好,你也接我数招!"只听得呼的一声,劲风骤起,天山神掌,实有开碑裂石之能,提摩达多哪敢学唐晓澜的样子,纯用内功抵御,当下双掌护胸,拼力往外一推,身躯仍是不由自己地向后连退三步。唐晓澜一声长啸,踏上一步,呼地又是一掌拍出,提摩达多双掌打了一个圈圈,斜走疾避,仍然被唐晓澜的掌力迫得立足不稳,有如风中之烛,摇摇晃晃,几乎栽倒!唐晓澜再踏前一步,第三掌又待连环迫出,提摩达多急忙叫道:"且住,且住!"唐晓澜怔了一怔,回顾泰吉提道:"他说什么?"

提摩达多咕咕噜噜地说了一通,泰吉提断断续续地代为翻译道:"大、大、大法师说、说、说他、他和你,都、都是并世高手,硬打硬拼,有失身份,他、他、他要与你另、另换一个方法,赌、赌赛……"唐晓澜道:"怎样赌赛?"泰吉提道:"赌、赌赛攀、攀山,看谁能攀上世界第一高峰。"把话说完,声嘶力竭,登时晕死。

唐晓澜挥手说道:"好,珠穆朗玛峰是中国的,就是不提赌赛,中国人也要上此高峰!"方今明叫道:"唐大侠,不,不……"气力微弱,声音嘶哑,唐晓澜道:"方大哥,你怎么啦?"

金世遗这时已止了旋转之势,方今明的话,传入耳中,金世遗呆若木鸡,心道:"原来是唐经天的父亲。"头脑昏乱,想起当今之世,只有此人能救自己的性命,几乎喊出声来,忽地又想起他是唐经天的父亲，想起董太清的谗言，说是唐晓澜妒忌他这一派的武功，自己若去求他，以后就永远抬不起头来。霎时间思潮转了数十百遍，突然回身便走，猛一抬头，忽见一个中年美妇，从山峰上飘然而下，金世遗好似被人定着，失声叫道："你、你一定要迫我做什么？"正是：

欲上珠峰摘星斗，生来狂傲不求怜。

欲知后事如何？请听下回分解。

第三十九回

大雪寒风　高山消霸气
轻怜蜜爱　冰塔救佳人

　　这少妇正是唐晓澜的妻子冯瑛，金世遗错把她当成了冯琳，心中暗暗叫苦："这回她必定不肯放我走开，要强迫我接受唐晓澜的恩惠了。"

　　冯瑛一听金世遗的话，如堕五里雾中，摸不着头脑，诧道："你说什么？"金世遗见她一副冷傲的神气，心中怒火突发，想道："原来你以前对我好，都是假仁假义，见我死期在即，却又换了这样的一副冷面孔了。呀，人情冷淡，世态炎凉，这还有什么可说。"金世遗就是这样的一副怪脾气，他不希望沾别人的恩惠，却又热盼有人肯关怀他。他既怕冯琳缠他，但一旦感到受她冷落之时，却又更增怒气。

　　冯瑛心头一动，想道："莫非又是我妹妹惹来的事情？"柔声说道："你是谁？什么事情，好好地对我说吧！"金世遗突然一声怪叫，喊道："好，从今之后，就只当你我未曾相识，放我走开。"他只怕冯瑛出手拦阻，不顾一切，飞身跃起，一拐扫去，只见冯瑛轻舒玉臂，双指一弹，冷冷说道："谁要留你？"只听"铮"的一声，金世遗的铁拐被她一弹，登时一股力道传了过来，金世遗竟被这股力道推得在空中连翻了三个筋斗。金世遗落下山坡，这一惊非同小可,他以前曾见冯琳的本领,虽然极之佩服,但却也想不到如此神通,心道:"幸亏她无意作弄我,要不然我只有听她摆布的份儿了。"心中凛惧,急忙攀上对面的山峰,不敢再回头望冯瑛一眼。他哪知道冯瑛的武功远在冯琳之上,几乎与吕四娘并驾齐驱,这一弹若是换了冯琳,至多只能叫金世遗翻一个筋斗。

唐晓澜这时已看清楚了方今明的伤势,给他服了两粒碧灵丹,又用最上乘的内功替他打通经脉,冯瑛走了过来,过了一会,唐晓澜拍拍手掌,站起来道:"方大哥,你从明日起在静室里静坐十天,这伤势料想无妨。"方今明苦笑道:"唐大侠,你何苦多事,又要我多活几年?"原来方今明年纪老迈,受了重伤,虽得疗治,武功最少也要损失一半,估量也不能活多少年了。

方今明慢慢抬起头来,缓缓说道:"唐大侠,我给你们引见两位后辈英豪。咦,那位小哥哪里去了?"刚才他闭目运气,接受唐晓澜的治疗,还不知道金世遗已经逃走。冯瑛道:"那人是谁?怎的行径如此奇怪?"龙灵矫道:"他是江湖上人称毒手疯丐的金世遗。"唐晓澜没听过这个名字,喃喃说道:"金世遗,咦,刚才我见他的武功路道,回想起一位老朋友来了。"冯瑛叫道:"毒龙尊者!"唐晓澜道:"不错,你看他的武功是不是毒龙尊者的路子?"冯瑛道:"岂只路道相同,连那奇门内功也是一样的路子。呀,糟了,可惜我没有把他留下!"

唐晓澜道:"怎么?"冯瑛道:"刚才我用一指禅的功夫,将金世遗送走,他不知道我的好意,竟然运力反击,按说是非立即受伤不可,但他的内功怪异非常,居然把因他反击而引起的我的一指禅的潜力化解了。天下只有毒龙尊者有这门自生自灭的内功。但他从铁拐传来的内力,毫无后劲,看来已是走火入魔之象,只怕死期就在这几天了。"龙灵矫听了大骇,这才醒悟金世遗说话疯疯癫癫,原来是将死的狂傲哀愤的心声。

方今明叹口气道:"昨晚我仔细察看他的气色,推测他死期不过六天,唐夫人也这么说,想来不会错了。"冯瑛叹道:"若是我早知道他是毒龙尊者的弟子,定然把他留下。毒龙尊者的武功自成一派,若因此而成绝响,这倒是武学上的大损失呵!"

方今明静默半晌,缓缓说道:"长江后浪推前浪,世上新人换旧人。看来这十数年间,武林中的后辈英豪出了不少。唐大侠,我再给你引见一位后辈英豪。"龙灵矫上前施礼,唐晓澜一眼瞥见他佩剑上挂着的那件饰物——玉狮子,怔了一怔,忽地哈哈笑道:"原来是故人之子。久仰了!"龙灵矫满面羞惭,道:"罪人之子,尚祈恕罪。"唐晓澜哈哈笑道:"年羹尧之罪与你何干?你父亲本是一代将才,可惜不走正路。但望你熟读兵书,为民效力。"龙灵矫拱手说道:"谨领教言。"唐晓澜道:"多谢你给我保存那块汉玉,我早从经天口中知道你的为人了。"

当下同进石屋叙话,唐晓澜听说儿子和冰川天女也都来了,欢喜无限,对冯瑛笑道:"我与那大法师打赌攀山,你下去探访他们吧。"说将起来,原来唐晓澜也知道尼泊尔的大军屯在下面的山谷,怕有人上来骚扰方家,故此特地上山探问老友的。

冯瑛想起那次在驼峰之上,冰川天女误会她是冯琳之事,笑道:"咱们这个未来媳妇,见了我只怕气还没有消呢。琳妹总是孩子脾气,看来这个毒手疯丐金世遗也是被她捉弄过的,要不然不会一见我就吓得要逃。咦,这是谁来了?"

众人随着冯瑛走出石屋,只听一个女子的声音嘻嘻笑道:"姐姐,你又在背后骂我了。你问问经天去,我得罪了你的媳妇,可也帮了她不少忙呀!"来的正是冯琳。她轻功本来比提摩达多高强,只因不熟山路,反而落在提摩达多之后,而今才到。

冯瑛正待说话,冯琳忽地跳了过来,将她揽住,叫道:"好姐姐,你刚才说什么?是不是你已经见到金世遗了?"

冯瑛道:"咦,你这样着急做什么?"唐晓澜道:"他刚刚走了。"冯琳叫道:"呀,你知道不知道他的生命期限只有六天?"冯瑛道:"知道。"冯琳大叫道:"那你为什么见死不救?"冯瑛笑道:"谁叫他一见面就打我一拐?"唐晓澜道:"别再激恼你的琳妹啦。没有将金世遗留下,我也遗憾得很。"当下将适才的情形说了。冯琳急得跳脚,一把扭着姐姐,叫道:"好,你们把他放走,你们就得替我把他找回来。"

冯瑛熟知妹妹的脾气,心念一动,在妹妹耳边低声说道:"你今日怎的如此认真。哈,是不是替阿梅看中了这个毒手疯丐?"冯琳杏眼睁圆,道:"怎么,他有什么不好?你们说他是毒手疯丐,我却要说他是个至情至性的少年。你讨厌他,我偏偏欢喜他。"冯瑛噗嗤一笑,道:"谁讨厌他了?你替我撮合经天的姻缘,我也替你找回一个女婿便是。"

只见山坳处又转出一人,却是唐老太婆,她一见岩石上有金世遗的拐印,便大声叫了起来,冯琳道:"姐姐,你瞧,又是一个说金世遗好的人来了。"冯瑛笑道:"幸亏这个唐老太婆没有女儿。"

唐赛花听说金世遗已走,却见了龙灵矫,正是一喜一愁,拖着龙灵矫说道:"儿呵,料不到还能见到你,娘就是现在便死,也瞑目了,灵矫,依我说,你年纪也不小了,好好给我讨一门媳妇正经。待我死后,你再去争王夺霸吧,免得我在生之日,总为你担心。"唐赛花年青守寡,将龙灵矫抚养成人,端的是视同己出,龙灵矫而今已是三十多岁的人,她还是将他当作孩子看待。龙灵矫面上一红,说道:"从今之后,我只盼能跟随唐大侠等诸位先辈之后,行侠仗义,再也别提什么争王夺霸啦。娘,你老当益壮,尽说那些丧气的话做什么?"唐赛花道:"要不是金世遗,我只怕早已死啦。你可得替我找他。晓澜,现在只有你是他的救星,看在我的份上,请你们夫妇也去找他。"

冯瑛道:"你从下面上来,可知道经天的消息么?"唐赛花道:"经天和冰川天女也要上来的,我老婆子心急先走,所以没有和他们一道。"唐晓澜诧道:"怎么?尼泊尔的大军退走了吗?"唐赛花道:"也不远了。"龙灵矫与唐晓澜夫妇得知中国军队已到,这才放下了心上的石头。

当下商议,分头去找金世遗。唐晓澜、冯瑛、冯琳各走一路,龙灵矫与唐老太婆同一路,虽然分成四路,但一想喜马拉雅山千峰万壑,绵延数千里,寻觅一个人等如海底捞针,真是渺茫得很,那只有听天由命了。

众人在方今明家中略事歇息,并准备登山的干粮。冯瑛和唐晓澜将冯琳拉过一边,查问她母女结识金世遗的经过。

冯琳便将结识金世遗的经过,一一说与姐姐知道。冯瑛听到她在峨嵋山戏弄金世遗的情形,也不禁笑了起来,听到金世遗的凄凉身世,又不禁潸然泪下,喟然叹道:"原来他的狂傲怪僻,大有来由。"

唐晓澜道:"你们两姐妹一见面,总是话说不完,咱们该登山啦。"冯琳忽然想起一事,取出毒龙尊者那本日记,交给唐晓澜道:"这本东西交给你保管,这是毒龙尊者在蛇岛几十年所写下的。但愿你能亲手交与金世遗。"金世遗与唐经天不和,冯琳约略知道一些,故此将这本日记交与唐晓澜,希望为他们的和解加多一重助力。唐晓澜无暇细问,更无暇翻看,只道是毒龙尊者的武功秘笈,便珍重地收藏了,心中想道:"能救活金世遗,那固然是最好不过。万一金世遗不幸而死,我也必定要替毒龙尊者寻觅传人,免得他这一派旷世武功成为绝响。"

金世遗避开了唐晓澜夫妇之后,独自登山,此时他最后求生的一点机会亦已消灭,自分必死,心中所想的,只是能够在死前登上珠穆朗玛峰。第一第二两日还没觉得什么,到了第三日,越上越高，但觉呼吸渐渐困难。金世遗没有现代人的常识，当然不知道这是因为高山缺氧的缘故。要知本世纪初，欧洲的爬山家还认为八千米是登山的极限，喜马拉雅山高达八八八二米，亦是地球的最高点，金世遗这时攀登的高度，已是接近七千米了。高山缺氧的结果，当然在生理上引起反应，金世遗不明其理，只道是自己的"走火入魔"提前发作，心中焦急，只好拼命加快脚步，鼓勇前行。

可是越上越高，那就越发难走，任是金世遗如何使尽气力，速度已是大不如前。还有一样困难的是，高山上的寒风，越至高处，风力越大，往往骤然一阵狂风，将人刮得后退数十步，待得风止之后，又要耗掉许多气力，方能爬至原处。金世遗遥望着高耸入云的珠穆朗玛峰，珠穆朗玛峰就像一个硕大无朋的宝石，在蓝天白云之中晶莹耀目，是那样的诱人，却又是那样的可望而不可即！金世遗打遍天下英雄，此时遥望珠峰，也不禁感到有些气馁。

但他还是鼓勇前行！

奇景骤然在眼前出现，但见冰川交错，遍布在雪白的山坡上，蔚蓝得像翡翠一般，无数冰川汇到一处，突然好似平地上涌起许多宝塔，那是像蔚蓝色水晶的"冰塔群"！"成群结队"地连成一大片，在阳光之下闪着寒光！金世遗一声欢呼，仰天长啸，叫道："纵算不能攀上珠峰，得见此人间仙境，死亦瞑目了！"

金世遗使劲地深深吸了口气，向着"冰塔群"奔去，脚步一抬，踏碎冰块，忽然触着一样东西，低头一看，却原来是一个外国人的尸体，在积雪里不知埋了多少年，尸体旁边有许多登山的用具，绳索衣裳都已风化腐烂了，触手即成碎粉，面目仍是栩栩如生。走不多远，又发现一个尸体，金世遗叹口气道："千百年来，不知多少人因为攀登这天下第一高峰而埋尸雪地，三两日后，大约我也要步他们的后尘，与他们作伴了！"

"冰塔群"看来不远，走了大半天仍未走到，金世遗带来的干粮也已吃完了，幸喜高山上也有些动物，而且都是别处见不到的珍禽异兽，小熊猫在雪地上跳跃，见了人也不知道躲避，可爱极了，活像一个淘气的娃娃。金世遗舍不得打它，用石子打下了几头黄嘴山鸦，又猎了一只雪鸡。他随身带有火石，擦了许久，才擦出火星，高山上有的是枯枝败叶，可作燃料，但煮东西却比平地花多了不止三倍的时间。金世遗在那两个死了的"爬山家"的遗物中，捡出了一个盛水的锡器，把冰块放在里面，烧了一个时辰，水还未滚。金世遗吃了两头山鸦，半边雪鸡，喝饱了半开的温水，气力稍稍恢复，又向前行。

迎面是一条大冰川，冰川上有一块巨大的花岗石，被一座小山般的大冰块支撑着，形状酷肖一个巨型的"蘑菇"。金世遗正想改道绕过，忽听得"冰蘑菇"后面隐约有呻吟之声。金世遗吓了一跳，攀上"冰蘑菇"，向下一看，只见两个僵尸般的怪人，躺在冰块上，面上一条条的血痕，越发显得狰狞可怕。这两个人乃是赤神子与董太清，他们想上山来寻绛珠仙草，哪知刚望见"冰塔群"就冻僵了。

若然是在平地，金世遗对这两个人决不会起半点同情之心，此际在高山之上，得见人类，哪怕他是敌人，也有一种亲热之感。金世遗提一口气，跃下冰川，脚底下隐隐可觉冰块浮动，金世遗先摸一摸赤神子的鼻观，触手冰冷，气息已绝。董太清却尚有一丝气息。原来赤神子是被冰川天女打了七枚冰魄神弹之后，元气大伤，加以他所练的内功更是邪门，反而比不上董太清能够持久。

金世遗替董太清揉搓手足，又喂他喝了半口水，董太清微微张开眼睛，嘶声说道："是你？"金世遗道："别动，我助你运功。"董太清叹了口气，低声说道："不成啦，你快离此险地！"金世遗听他脉息散乱，体硬如冰，亦已知道难以救治，但仍犹疑不决，未忍离开。董太清挣扎了一下，忽道："世遗兄，是我哄骗了你！"

金世遗道："恩恩怨怨，是是非非，到了此时，还用得着计较么？我哪有心思理会你说的什么是谎言，什么是真话？"董太清又挣扎了一下，道："不，不，我再不说以后就不能说了。"金世遗道："好，你既然要说出才能心安，那你就说。"

董太清嘶声说道："你师父的书，在冯琳手中。我以前所说被唐晓澜抢去乃是哄骗你的。"金世遗淡淡一笑，道："管它在谁手里，喂，你怎么啦？"

董太清忽地把脚一蹬，使尽最后的气力叫道："快走！"金世遗只觉脚下流冰浮动，眼见一股狂风刮来，不假思索，急忙跃上"冰蘑菇"，再跳回地上。只听得在呼呼的狂风声中，那块"冰蘑菇"晃了几晃，"蘑菇"下面的浮冰哗啦啦地响，骤然裂开了一条大缝，董太清和赤神子的尸体被浮冰一挤，沉没入裂缝之中，埋到冰川底下！

金世遗心底一阵悲凉，不自禁地洒下几点英雄眼泪，也不知是为董太清伤感，还是为自己的命运辛酸。一抬头，忽见附近的一块冰岩上刻有一朵梅花，金世遗吃了一惊，顿时间只觉热血上涌，神思惘惘，喃喃自语道："当真是好，她也来了？"狂风已止，阳光被冰川反射，泛出千百道霞辉丽彩，金世遗一片茫然，沿着冰岩走去，走不多久，又见一朵梅花标志，敢情那是用利剑在冰壁上刻划出来的，冰层透明，花瓣在冰层中映得玲珑浮凸，真比开在枝头的梅花更要娇艳。金世遗身躯颤抖，倚着冰壁，几乎迈不动脚步。

这梅花正是李沁梅的标志，因她的名字中有一个"梅"字。金世遗以前和她同路，从四川峨嵋山走下，一路直到藏边，沿途就曾见她留下不少梅花记号。

这刹那间，金世遗但觉被冻得麻木了的身体忽然如有暖流通过，想不到这世界上还有一个如此挂念他的人，不辞冒雪冲寒，到此亘古无人的冰峰，追踪觅迹！但想到自己死期将至，又怎忍和她

金世遗心底一阵悲凉,不自禁地洒下几滴英雄眼泪,也不知是为董太清伤感,还是为自己的命运辛酸?

再见最后一面，令她伤心。

金世遗正自踌躇难决，忽听得冰塔群中隐隐有厮杀之声，金世遗突然血脉偾张，提了口气，飞奔过去，穿入"塔"群，远远就见冰壁上映出李沁梅的影子，无数大大小小的冰塔，就像千百面明镜，层层反射，走到塔群的中央，目之所至，所见的都是李沁梅的影子。另外还有两个怪人的影子，围着李沁梅手舞足蹈的，在千百面冰壁上反射出来，令人眼花缭乱。

金世遗定一定神，靠着耳朵的感觉，辨别声音的来路，在"冰塔群"中穿来插去，眼前忽然开朗，但见在几座冰塔围拱之中，有一个小湖，小湖之滨，李沁梅正在和那两个怪人厮杀。

那两个怪人都是双足已跛，以手支地，频频换掌，围着李沁梅陀螺般地旋转，交替发掌。这两个人正是佟古拉与阿斯罗。他们那日与冰川天女比赛轻功，从冰峰上跌下来，幸而冰川天女相救，得以不死。所受的轻伤，养了一两日亦已无事。他们闻知师父提摩达多登山，便赶上来，不想在此处遇见李沁梅。他们一来缺了干粮，二来亦感气力枯竭，见到李沁梅，忽地起了坏心，想把李沁梅劫走，从南面下山，偷回故国。说是劫到中国的美人，也好在欧洲炫耀。在当时欧洲的风气，"骑士"远征，抢劫女人作为胜利品，那是司空见惯之事。何况佟古拉与阿斯罗此次来华，一再挫败，连双腿都被唐晓澜打得几乎断折，一腔怒气，无处发泄，劫一个中国美人回去，正好泄愤。

李沁梅此时也是气衰力竭，但她的剑法是天山剑法的另一支，白发魔女这一派的嫡传，奇诡变幻，天下无双，佟古拉与阿斯罗的阴阳掌力，虽然厉害，却也只能将她困住，近不了身。

高山缺氧，在此打斗，比在平地上吃力百倍，不消半个时辰，三个人都是头昏目眩，气尽力竭，只是本能的发招相抗了。金世遗自是行家，一见李沁梅的剑尖东指西划，毫无劲风，立知不妙，提起铁拐,正待相助,李沁梅从冰壁的反映中,已看见金世遗的影子,端的似大漠中绝望的旅人,蓦然天降甘霖,狂喜而致昏迷。只听得她尖叫一声,长剑一抛,踉踉跄跄地迎着金世遗奔跑,跑得十来步,便晕倒地上。

佟古拉与阿斯罗兀自在地上打转,他们亦已神智昏迷,金世遗来到湖滨,他们竟似视而不见。金世遗哪有心思去理他们,慌忙抢上前去将李沁梅一把抱起,但觉她身子软绵绵的,香喘吁吁,星眸半闭,金世遗情不自禁地拨开她面上的乱发,轻轻地弹了一下她的眉尖,低声唤道:"梅妹妹,你睁开眼睛看看。"

李沁梅嘴角挂着凄凉的微笑,眼睛慢慢张开,喘气说道:"世遗哥哥,我知道你会来的。"金世遗道:"你调匀呼吸,我助你运功。"李沁梅在他怀中微微颤动,忽地掏出一个银瓶,道:"你快服下!"金世遗正自莫明所以,忽见李沁梅又慢慢闭了眼睛,面色非常宁静,嘴角的笑容渐渐收缩,好像一朵蓓蕾,金世遗吃了一惊,但觉她手脚渐渐僵硬。

金世遗替她按摩了一会,毫无效果,除了些微气息之外,便和死去一般。金世遗仔细察视,知她并没受伤,但气力消耗过甚,却是难以恢复。若在平地,喝两碗参汤,睡一个大觉,自然无事。但这里是高耸入云的雪峰,呼吸尚且困难,食物亦极难找,哪有什么灵药可以助她恢复元神。

金世遗心痛如割,垂泪说道:"呀,都是我累了你。"这是他有生以来第一次大动真情。可惜他充满感情的言语,李沁梅却一点也听不见。

金世遗垂下了头,茫然无措,忽然眼光碰到了地上的银瓶,金世遗心头一跳,将银瓶抓了起来,只见瓶中有三粒碧绿色的丸丹,正是用天山雪莲配制的碧灵丹,以前唐经天曾要把这三粒灵丹连同银瓶送给金世遗,被金世遗拒绝了的。如今金世遗只有三天的性命了，却又在李沁梅的身边发现这个银瓶。

如果金世遗现在吞下这三粒灵丹，他的性命最少又可以延长三十六天，但金世遗哪会如此去想，这时他捧起银瓶，就像捧着从天上掉下来的宝贝，心中想道："天山雪莲可解诸般邪毒，而且能助长元气，功力比起千年老参，有过之而无不及。呀，灵药就在身边，我刚才怎么视而不见？"

金世遗急急打开银瓶，将三粒碧灵丹倾倒手心，撬开李沁梅的牙关，将三粒灵丹送进她的口中，将她的身子摇了两摇，又给她推血过宫，忙了一阵，但觉她气息渐渐转粗，但仍未苏醒。

金世遗一阵狂喜，随即又是感到一片悲凉，自己只有不够三天的性命了，难道还要留在她的身边，让她苏醒之后，替自己送终？呀，呀，世界上只有她这样关心自己，难道又忍心独自离去，让她孤零零的在这里怀着痴心，等候一个永不会再回来的人？

金世遗心乱如麻，悄悄地离开了李沁梅，在冰塔群中徘徊，抬头一望，忽见那两个怪人盘膝坐在地上，宛如石像。金世遗这才记起他们，走上去一探，气息毫无，竟是死了。佟古拉与阿斯罗这两个人，武功虽高，但论到内功的精纯，却还不如李沁梅传自天山的正宗内功，因而能够支持的时间，比李沁梅更短。

金世遗叹口气道："这是第四个在喜马拉雅山上送命的人。"想到不该让李沁梅苏醒之后看到死尸的惨状，于是挖开地上的积雪，将这两个怪人的尸体掩埋。忽然想道："这两个人死了还有我给他们掩埋，我死了又有谁来埋我？"

金世遗回转头来，忽见李沁梅在地上动了两下，眼皮也好似就要张开。这一瞬间，金世遗心悸不休，突然作了决定："不，不，我不应让她眼睁睁瞧我死去！我一生冷酷对待世人，我也不配接受她的爱意。"心意虽决，脚步还是舍不得离开。只见李沁梅在地上转了个身，手脚慢慢舒展。金世遗咬了咬牙，忽然跳上前去，在她额上亲了一下,丢下吃剩的半边雪鸡,鼓起全身气力,跑出了"冰塔群",再也不敢回头。

背后传来微弱的呼声,那是李沁梅的声音,隐隐约约还可以听得出来,她是在叫:"世遗哥哥,世遗哥哥!"金世遗感到无限欣悦:李沁梅毕竟苏醒了;又感到无限辛酸,世界上竟有一个这么关心自己的人,然而自己竟不能和她诀别;又感到莫名其妙的恐惧,好像神话中的巨人逃避自己的影子追逐一样,头也不回,逃出了冰塔群。

太阳早已落山去了,一钩新月在珠穆朗玛峰上泻下幽冷的清光,群峰雪盖,喜马拉雅山的夜晚,沉浸在雪光月景之中,周围数里的景物,还是看得清清楚楚,翡翠般的冰川,宝石般的冰塔,构成了绝妙的图画,奇丽无俦!那是天公的大手笔,幻出了这人世间的神仙境界!然而这神仙的境界,却又是何其凄寂,何其清冷!金世遗除了静听自己的呼吸之外,眼前白茫茫一片,完全看不到有生命的东西,金世遗只感到自己也快要窒息了。

然而金世遗还是鼓勇前行。他抖一抖身上的冰雪,像是下了极大的决心,抖落了一切对于人世的依恋和记忆,将下面的世界连同李沁梅在内都抛在后面。

迎面是一道纵直的冰裂缝,阻着去路,裂缝深陷而狭窄,就像一条竖着的"冰胡同"。金世遗找不到出路,只好钻入了"冰胡同"。"胡同"幽深暗黝,虽有上面透下来的冰雪寒光,眼前道路已看不清楚了。金世遗但觉精疲力竭,四肢麻木,只好在"冰胡同"中盘膝静坐,默运玄功。虽还可以勉强运功,但已不能像平时一样吐纳呼吸。坐了许久,真气兀是不能透过十二重关。金世遗在半睡半醒之中,度过了一个漫长的夜晚。

第二日,阳光透下了冰胡同,金世遗精力稍稍恢复,又向前行,行了许久,才到冰胡同的尽头,又得向上面爬了。这冰胡同虽然只有廿来丈高，但却爬得非常吃力，寒风削体如刀，汗水仍是不停地从额角上淌下，金世遗接连几次从中途跌落下来，好不容易爬到了胡同的顶端，但见日头已过中天，金世遗叹了口气，他的生命期限，已经不够两天了！

金世遗稍稍歇息了一会，吃完了最后一份干粮，腹中还觉空虚，走了一会，见一只雪羊从身旁经过，金世遗急忙跑去追逐雪羊，哪知雪羊是最胆怯的动物，不追自可，一追它，它未曾见过人，只当是什么凶恶的野兽，放开四蹄疾跑，金世遗哪追得及，这才发现，自己的轻功也已大不如前了。其实不是金世遗的武功减退，在这高山之上，氧气缺乏，任是盖世英雄，也要受生理的影响，哪能像平地一样来去自如。

好不容易打下两头黄嘴乌鸦，生了半天的火，把乌鸦烤熟，鸦肉粗糙，而且带有一股膻味，但在金世遗已觉得是最美味的珍馐。再行了半天，眼前景色突变。

这是凸出来的山坳地区，受的风力最大，狂风卷着积雪，吹得人难以前进，喜马拉雅山诸峰，都是终年雪盖，只有这一处上面的山峰，因为经常被狂风吹刮，山峰北面，也即是正向着金世遗的这一面山坡，积雪被风吹得干干净净，露出赭色的岩石，与周围景色大不调和，更增荒冷寂寞之感，令人悚然生惧！

金世遗在狂风中匍匐前进，爬到天黑，才通过这凸出来的山坳地区，可怜金世遗的手足都已磨得伤损流血，就在山坡上生起野火，睡了一晚，第二日一早起身，获得两只野兔，果腹之后，又向前行。

这已经是金世遗生命期限的最后一天了。珠穆朗玛峰就在面前，看来并不远了。可是珠穆朗玛峰高耸入云，即算攀上了珠峰，还得多少时日才能到达峰顶？而今只有短短的一天期限，金世遗想征服珠峰的愿望看来是绝望了。

但他此际只有一个念头,要到达珠峰,要创造人类的奇迹!不管是否绝望,他仍是鼓勇前行。

越到后来,艰难越甚,金世遗张大了嘴拼命地吸气,仍然感到胸脯闭塞,喘不过气来,猛烈的西北风冲击着北峰和主峰的岩壁,带着暴雨一样的冰渣和雪粒,嘶啸着,翻滚着,形成一股强烈的旋风,金世遗走不动了!在地上几乎是一寸一寸地爬行。

手触着珠穆朗玛峰的岩石了,金世遗的手足早已麻木了,这时却突感到一股清冷之气,精神陡地振作起来,终于触到珠穆朗玛峰的岩石了!好像回光返照的病人,受到了强心剂的刺激,金世遗又拼命地向上攀登。

突然间,眼前金星闪烁,头昏脑涨,除了一团团的幻影之外,什么都看不见了。最后的时刻到了,金世遗的气力已是完全消失,走火入魔的迹象也开始出现了!

幻影渐渐扩大,有李沁梅的影子,有冰川天女的影子,有他师父毒龙尊者的影子。这些影子都在注视他,耳边好像听得人说道:"呀,这可怜的孩子!"这是谁说的呢?金世遗挣扎叫道:"我不要人可怜!"但已是力不从心,双手一松,登时跌倒珠峰脚下,他没有征服珠峰,却给珠峰征服了!

迷茫中,金世遗忽然感到了人世的可恋,他从心底里叫喊出来道:"我还要活!"一股狂风打来,狂风挟着冰碴和雪粒,撒在他的面上,撒在他的身上,渐渐地将他掩盖了!

也不知过了多久,金世遗好像在沉睡中突然被人惊醒,僵硬的身体上又竟好似有了知觉,觉得疼痛了,眼前又是一团团的幻影,又好似喜马拉雅山上的层云一层层地向自己压下来,金世遗想叫,叫不出声,依稀听得一个人在耳边说道:"呀,这可怜的孩子!"

这的确是人类说话的声音。"咦,我还没有死?这也不是梦?"金世遗想道。但眼睛还是睁不开来,诸般魔相,诸般幻影都渐渐消散了。骤然间,金世遗感到一股巨大的暖流从身体流过,冲击自己各处大穴,骨节好像被利刀肢解似的,疼痛之中,却又有一种轻松之感。再过一会,疼痛的感觉也渐渐减弱了,但觉那股巨大的暖流,在体内流转,竟似化成了一团火焰,在体内燃烧起来,金世遗但觉焦渴之极,想张口呐喊,却喊不出声;想张开眼睛,眼皮上却似压着千斤重物。忽然间,一股清凉之气,直透心田,有如饮了玉液琼浆,将体中的烦躁火热之气消除得干干净净,那股暖流仍然在体内流转,有说不出的舒服。

金世遗慢慢恢复了知觉,慢慢睁开了眼睛,首先看到的是两只炯炯发光的眼睛,渐渐看清楚了面容的轮廓,金世遗几乎要喊出声来,可惜气力毫无,想挣扎也动弹不了。

这个人不是别人,正是金世遗不愿向他求救、想躲避他的唐晓澜!

唐晓澜一来为了寻觅金世遗,二来为了与提摩达多打赌攀山,越上越高,他从另一条路登山,绕过了冰塔群,直抵珠穆朗玛峰的脚下。饶是他的内功已到了炉火纯青之境,饶是他长住天山,能够适应高山的环境,这时也感到呼吸困难,只能一步一步地向上攀登了。就在他开始攀登珠峰的时候,发现了还没有被积雪完全掩盖的金世遗。唐晓澜这一喜非同小可,挖开积雪,摸一摸金世遗的心头,还有些微气息,幸亏他来得及时,将金世遗从死亡的边缘上拉了回来!

金世遗张开眼睛,但见唐晓澜头上白气腾腾,汗水从额角上不停地淌下,知道他正在用深湛的内功替自己冲关解穴,消除那"走火入魔"的邪毒,心中既是感激,又是惭愧,他一生不愿向人乞怜,不愿受人恩惠,然而这一次却不由得他不接受了。他还不知道,唐晓澜为了救他,为了使他能尽快地恢复,除了耗费精力,用内功给他疗治之外,还把身上仅存的五粒碧灵丹全都给他服下了。

唐晓澜见金世遗张开了眼睛，微微笑道："好孩子，你终于醒了！"金世遗喉头咕咕作响，这时他本来可以说话了，但却说不出话来，两颗晶莹的泪珠，从他的眼角流出。唐晓澜道："咦，你还是感到痛苦吗？咬着牙关再忍一会儿。"他不知道金世遗心中的千般感触，只当自己功力未到，急忙凝神运气，将真力传入金世遗体内。过了一会，金世遗但觉气机畅通，虽然体力尚未恢复，但已知道经此一来，自己不但保住了性命，而且内功上也大有裨益。

正在唐晓澜全力施为之际，雪地上忽然传来了极轻的脚步声。

要不是唐晓澜这样一位武学大宗师，这样轻微的声音，定然当作是浮冰的碎响，唐晓澜心中一凛，想道："难道是瑛妹来了？"忽听得金世遗叫道："敌人！"他仰卧地上，已看到唐晓澜背后的冰壁现出了提摩达多的影子。话犹未了，提摩达多突然从冰壁跃下，呼的一掌拍到唐晓澜的肩头。

幸而有金世遗提醒，唐晓澜身手何等快捷，忙左手抱起金世遗，右手反掌一挥，双掌相交，只听得"蓬"的一声，唐晓澜跄跄踉踉后退几步，几乎滑下山坡。本来唐晓澜的功力比提摩达多要高出许多，但因他耗了不少精力救治金世遗，加以只是用一掌之力，故此刚刚和提摩达多打成平手。

唐晓澜转过头来，提摩达多的狞笑刚刚收敛。唐晓澜喝道："岂有此理，彼此赌赛攀山，你怎的暗中偷袭！"提摩达多的狞笑变为欢笑，作出了一个亲热的姿态，拍拍自己的肩头，向上面一指，叫道："哈啰，哈啰，高，高！戟，戟！"意思是招呼唐晓澜快去爬山，唐晓澜听不懂他的话，看他的手势，听他的语调，亦已明白，这提摩达多敢情是偷袭不成，故意作状招呼的。只见提摩达多一面胡叫，一面爬山，转眼之间，已爬上了十多丈了。

唐晓澜瞿然一惊，心道："且不管他是恶意偷袭还是好意招呼，我总不能让他先我登上珠峰。"低头一看金世遗，见金世遗面色也渐转红润，看此情形，金世遗已是脱了危险，体力和武功的恢复也是旦夕间事了。唐晓澜将金世遗轻轻放下，同时也等于放下了心上的石头，微笑说道："冯琳和她的女儿也上来了，你在这里等候她们，或者待你体力恢复之后，径自下山，到方今明家中去等候她们吧。"金世遗默然不语，眼色又沁出两颗晶莹的泪珠。

唐晓澜忽然起了异样的感觉，心中想道："咦，这少年人怎的如此奇怪，将他救醒了，他道谢也不说一声。"唐晓澜并不是稀罕他的道谢，只是觉得此事大出情理之常，随即想道："是了，想是他得以重生，感极而泣，神智尚未清明哩。"他哪知金世遗此刻正是心事如潮。是仍旧像以前一样，独往独来，寂寞终老？还是回到人群之中，获得友谊的温暖？此事正在金世遗的心头委决不下。

唐晓澜抬头一看，但见提摩达多又已攀上了十多丈，心中一急，无暇再推敲揣测金世遗的心事，丢下半袋干粮，便去追赶。走了几步，陡然想起了一件事，回过头来，掏出了冯琳交给他的那本书，笑道："我几乎忘记了，这是你师父的遗书。"轻轻一掷，将毒龙尊者在蛇岛所写的那本日记，掷在金世遗的身旁。但听得金世遗微微叹息，叹息中反显现得无限诧异，无限凄凉！

唐晓澜已在峭壁上攀登了几丈高，回头下望，只见金世遗已坐在地上，翻阅那本日记。唐晓澜见提摩达多的背影越上越高，他虽然觉得金世遗神态有异，终于还是抛下了金世遗，紧跟着提摩达多的足印前进。

唐晓澜只觉呼吸越来越是困难，在珠穆朗玛峰上攀登，那真是世上无可比拟的奇险。只见上面除了陡峭的长长的冰坡之外，还横卧着两道百丈悬岩，珠峰银色的山峦间尽是浓密的白色云雾，飞絮一样的云气，触手即散，有几只矫健的山鹰在悬岩上空盘旋，突然间一只山鹰从云雾中跌了下来，看来它是因为云雾遮着视线，触着悬岩的利石而跌下来的。唐晓澜不禁叹了口气，心道："兀鹰尚自飞不上珠峰！"但不管如何，他总不能让一个外国人比他先爬上这个属于中国的世界第一峰。

与提摩达多的距离渐渐近了，唐晓澜但觉精疲力竭，手足并用，也只能一寸一寸地向上爬行，心中正自奇怪，提摩达多却怎的还能够支持。再接近一些，但听叮叮叮之声，原来提摩达多的背囊中准备有各种登山工具，这时正在冰坡上用冰镐挖"台阶"，在岩石上钉上一口口的铁钉，但他每上一步，就用小铁锤把铁钉一敲，将铁钉敲得没入岩石之中，使得唐晓澜无法利用。再看他踏过的足印，又发现他是穿着镶有钢钉的特制的登山鞋子，不怕雪滑。他靠着各种登山工具的帮助，自是省力得多。

唐晓澜雄心勃发，叫道："好，我就是只手空拳也要赢你！"施展平生绝学，以大力鹰爪功，抓紧岩石，定住身形一步步向上攀登，碰到岩石平滑之处，又用壁虎游墙功加快上升的速度，虽然吃力非常，有好几次还几乎滑下来，但终于还是支持住了，与提摩达多的距离也缩短到只有五六丈了。

第一道悬岩已横在面前，只见提摩达多身体贴着冰面，进行攀登，那气呼呼的喘息声吹得冰渣纷落。他已是精疲力竭了。要不是唐晓澜跟在后面，他怕唐晓澜耻笑，更怕唐晓澜在他下来之时加害，他早已缒绳溜下了。

唐晓澜学提摩达多的方法，贴着冰面，进行攀登。他四肢都已麻木，气力就像要用石磨紧榨才一点一点地榨出来。这时太阳已经偏西，阵阵寒风从山峦间刮过，发出阵阵啸鸣。

突然飘来一阵乌云，遮住了晴空，大风骤起，吹得人寸步难行。唐晓澜紧紧抓着一块凸出来的石笋，忽听得轰隆轰隆之声，整个山谷都好像要震动起来，原来是碰到珠穆朗玛峰顶的"雪崩"！

山坡上纵横交错的冰川突然间冒出无数气泡，那是冰层震裂之后所发生的现象，整个珠穆朗玛峰好像披上了薄雾轻绡，阳光透射下来，眼前一片白蒙蒙的景象，只听得冰块炸裂的声音不绝于耳，幸亏有巨大的悬岩横在前面，冰块碰着悬岩，体积重的就像滚珠一样，遇到阻碍便飞腾起来，作弧形的抛物线向山谷抛下，体积轻的炸成无数碎裂的冰块，有如陨星，纷落如雨。

唐晓澜紧紧抓着凸出来的石笋，将身体倒挂在悬空的岩石下面，但觉无数巨大的冰块，在狂风中呼啸、炸裂，从头顶上滚过，从身边飞过……这真是人世上难逢的奇景，是那样的可怕，又是那样的壮丽无伦！唐晓澜饶是盖世英雄，也觉心头颤震。

珠穆朗玛峰上堆积着深不可测的万年冰雪，尤其在唐晓澜现在所攀登的"北坳"险陡地坡壁上，更潜伏着无数冰崩和雪崩的"槽印"，成为珠穆朗玛山峰间最危险的地区，几乎每年都要发生巨大的冰崩和雪崩，唐晓澜这次碰到的，其实只是微不足道的一次雪崩而已！在巨大的雪崩时，千百吨重的冰岩和雪块都像火山一样喷泻而下，百里之外都可以听到它的轰隆声，在雪崩三数里之内的范围，生物休想活命！（作者按：近代攀山家认为珠峰的北坳是"不可逾越的天险"，其中的一个原因就是因为这个地区经常发生雪崩。最近一次人类在北坳所遇到的雪崩是一九二二年英国的探险队遇到的，在北坳约八千米高度之处，七名探险队员都被埋到冰雪的底层。此事大英百科全书亦有记载。）

唐晓澜这次碰到的雪崩，其实只是微不足道的一次而已。但就是这样一次轻微的雪崩，已显示出了大自然巨大的威力！令唐晓澜这样的英雄，也感到个人力量的渺小！

眼前白蒙蒙一片，唐晓澜定睛注视，数丈之外，隐约可见到提摩达多的景况。但见他双手紧紧抓着一条铁链，他早就在岩石上凿了一口铁钉，在铁钉上挂上铁链，如此一来，他整个身子都悬在横空的大岩石底下，有大岩石挡着，冰块伤害不到他，那是比唐晓澜安全得多。他毕生处心积虑，梦想攀登这世界第一高峰，曾派门下弟子在喜马拉雅山勘查过无数次，看来他对可能发生的雪崩，也早已估计在内，所以登山工具带得甚为齐全。

可是在这种令人无可抗拒的自然灾祸中，最重要的还是超人的勇气。唐晓澜咬实牙根，用了全身的力量，紧紧抓着石笋，把生死置之度外，终于支持下来了。提摩达多抓着铁链，挂在悬岩下面，生命本来已有了保障，反而显得惶恐不安，只见他身体剧烈摇摆，可以看出他颤抖得多么厉害！蓦然间悬岩上轰隆一声巨响，一块巨大的冰块坠了下来……

那块冰块大得惊人，像一座小山似的骤然从天外飞来，压在悬岩上面，惊天动地的一声巨响，炸裂成无数碎块，震撼得那横凸出来的百丈悬岩也摇动起来，唐晓澜拼命抓紧岩山，眼睛也被狂风刮得不能张开，但觉冰块嗖嗖地从四边飞过，触体如刀，唐晓澜一生之中，不知经过多少次大阵仗，却从无一次像现在的奇险！生命系于一线，就像到了悬岩的边沿，只要稍一松劲，便会从万丈高峰跌下！

陡然间只听得一声厉叫，在风声之中掠过，更显得刺耳非常，惊心荡魄！唐晓澜努力睁开眼睛，只见提摩达多那庞大的身躯，从高空飞堕，凄厉的叫声摇曳空际，转瞬之间，提摩达多的身形就被风雪卷没了！本来提摩达多抓紧铁链，挂在悬岩下面，原可不受伤害，但他被这大自然的威力吓着了，意志支持不了身体，手指一松，登时丧命！

唐晓澜也被这一惨厉的景象吓得心悸身颤，幸而这次雪崩，只是珠峰上一次轻微的雪崩，不久风力便渐渐减轻，雪崩也停止了。唐晓澜向前爬行了几丈之地，到了提摩达多刚才躲避的地方，但见那条铁链尚自挂在悬岩下面，往来摇摆，铁链上血迹殷红，想是提摩达多的手指被磨损所致。唐晓澜心头颤栗，想不到这位名震东欧与阿拉伯诸国的第一高手，竟是如此收场！

此时此际，饶是唐晓澜绝世武功，亦已精疲力竭，寸步难行。俯首下望，但见峭壁冰岩，脚下云气弥漫，看来下山亦大不易。唐晓澜卧在悬岩之上，调匀呼吸，运气御寒，但觉呼吸亦极艰难，眼前不停地迸发金星，胸口疼痛胀塞，那自是高山缺氧之故，幸而唐晓澜的内功深湛，在武林中是顶儿尖儿的人物，即算完全闭了呼吸，也可勉强支持一时三刻，要是换了稍差一点的，到了这个高度，早已窒息而死！

唐晓澜歇了一会，气力稍稍恢复，这时风雪已止，天朗气清，翘首望上去，珠穆朗玛峰的顶峰亦已清晰可见，然而他还没有上到一半，上面还有一道更高更陡的悬岩。而且在长长的冰雪的斜坡上，白雪点缀着狭窄的裂缝，就像树叶的脉络一样，遍布在冰坡上，要是在这冰坡上爬行，稍一疏神，就会堕下裂缝，永埋冰底。不要说唐晓澜现在已是精疲力竭，即算一如平时，要在这冰坡上爬行，也是奇险万分！唐晓澜叹了口气，不由得他不向珠穆朗玛峰低头，放弃了征服珠峰的梦想。

唐晓澜解下了提摩达多那条长可丈许的铁链，正在筹思下山之法，忽听得上面隐隐有人呼唤，仔细一听，竟像是叫唤他的名字！

唐晓澜心头一震，失声叫道："瑛妹，瑛妹！"精神陡振，又向上面爬行了十多丈，抬头一望，果然是冯瑛坐在上面，但见她云鬟松乱，衣裳上一点点的血迹，不问可知，那也是被冰雪刮损了身体所致的了。冯瑛低声叫道："晓澜，是你吗，快来救我！"冯瑛的内功已得天山前辈剑客易兰珠的衣钵真传，比唐晓澜还稍胜一分，平时用"传音入密"的功夫，百丈之外，亦可与唐晓澜谈话，有如面对，如今两人的距离不过十来丈，声音听来已是微弱之极，显然也已是精疲力竭的了。

唐晓澜出尽平生气力，再向上攀登数丈，两人的距离越来越近了，然而唐晓澜再也无力向上攀登了，忽地脑筋一动，将那条铁链向上抛出，冯瑛一手抓着铁链，将唐晓澜拉动几步，唐晓澜也用力支撑着冰块，好不容易翻上悬岩，和冯瑛坐在一起，歇了半天，才说得出话。

冯瑛微笑道："和你在一起，即算死在珠峰，亦可瞑目。"唐晓澜惊道："瑛妹，你怎么啦？是刚才的雪崩伤了你吗？"冯瑛道："没什么，我躲在岩石缝中，总算避过了这场灾难。刚才我听得有人惨叫，还以为是你呢！我只被冰雪刮伤了一点皮肉，可是我的气力已经完全没有啦，看来是下不去了。"唐晓澜苦笑想道："我何尝不是如此！"其实他因为曾救治金世遗，费了许多精神气力，爬至此处，精疲力竭的程度，已是比冯瑛更甚了。但为了安慰冯瑛，只好在无办法之中想办法，说道："咱们若是各自下山，自是奇险万状，两人相互扶持，或许能平安下去。这条铁链倒是可以大派用场。"

两人歇了一会，吃了一点干粮，趁着天色未晚，正想冒险下山，忽听得高处有人长啸，唐晓澜跳起来道："咦，是吕四娘！"回声相应，怕声音不能传至高处，又射出两支天山神芒，破空直上。过了一会，只见上面山坡现出吕四娘的身影，招手叫道："快来，快来！"

唐晓澜冯瑛二人本想保留气力作下山之用，但听得吕四娘招唤，仍然挣扎着向上爬去，两人相互扶持，手牵着手，两股内家真力合在一处，果然比一人爬山省力得多，然而爬到上面，亦已手足酸软，四肢无力。

但见吕四娘亦是面色惨白，气喘吁吁，显然精力尚未恢复。但她独自一人，比唐晓澜夫妇还攀登得高，唐晓澜从心底佩服。只见吕四娘微笑问道："晓澜，你的赌赛赢了吗？"原来吕四娘在峨嵋山金光寺送冒川生入土之后，便即赶来找唐晓澜，赶到喜马拉雅山脚，遇到在清军大营中留守的陈天宇等人，才知道唐经天等众人都已上山找金世遗,于是吕四娘也独自上山,在半山方今明家中住了一晚,知悉各事,因而兼程追赶,寻觅唐晓澜夫妇等人。

吕四娘的轻功本领天下无双,沿途又没耽搁,所以登山虽在唐晓澜之后,却比唐晓澜先到此间。但她到了这个高度,亦已感到呼吸困难、精疲力竭的了。

唐晓澜听她问起赌赛之事,苦笑说道:"赢了,也输了。"吕四娘道:"此话怎说?"唐晓澜道:"提摩达多跌死,我和他的赌赛算是赢了,但到底上不了珠峰,那还是输了!"

吕四娘微微一笑,道:"到了此处,你也可以心足了。我带你去看一件物事。"三人相互扶持,又爬了好半天,好容易再爬上二三十丈,到了第二道悬岩的下面,只见冰壁一块平滑的大石上,刻有"人天绝界"四个大字,下面还有题记,文道:

"甲申之秋,余三赴藏边,欲穷珠峰之险,至此受阻,力竭精疲,寸步难进,几丧我生。嗟呼,今始知人力有时而穷,天险绝难飞渡也!余虽出师门以来,挟剑漫游,天下无所抗手,自以为世间无艰难险阻之事,孰知坐井观天,今乃俯首珠峰,为岭上白云所笑矣!呜呼,胜人易,胜天难,此事诚足令天下英雄抚剑长叹者也!"

文后的署名是"凌未风",他助晦明禅师创立天山派的武功,也即是天山派的第一代掌门,唐晓澜和冯瑛的师祖。吕四娘指着碑文笑道:"凌大侠当年亦不过只到了此处,便即回头。咱们现在也到了此处,还不满足吗?"唐晓澜看了那"人天绝界"四字,出了一会神,喟然叹道:"凌师祖说得不错,再想上去,那真是难于登天了。咱们都是血肉凡人,到了此处人天交界之处,已是尽头了。"

吕四娘沉思有顷,忽然微笑说道:"咱们是不能再上去了,但凌大侠所题的'人天绝界'四字,这话也怕说得太满,焉知后者之不如今?"唐晓澜有点不服,道:"以凌师祖那样的绝世武功,还有谁能赶得上他?"

吕四娘吸了口气,左手拉着唐晓澜,右手拉着冯瑛,毅然说道:"再前行三步!"唐冯二人不明其意,但他们一向都把吕四娘当成大姐姐一样尊敬,依言向前踏出三步,这三步在悬岩峭壁上踏进,端的难如登天,要不是各以绝顶的内功相互扶持,决计移不动脚步。吕四娘嘶声一笑,拉着两人跳了下来,在悬岩下歇了一会,喘气说道:"后人必胜前人,这是今古不易之理。咱们今天不就是比凌大侠多走了三步吗?"

唐晓澜心头一动,但觉吕四娘之言大有哲理,但仰望珠峰,云气弥漫,不知还要几千几万个"三步"才能踏上峰顶,又不禁黯然神伤。可惜那时候还没有登山的测量仪器,要不然他们当可发现,他们已在八千二百五十米的高处,早已超过了近代欧洲爬山家所说的"登山极限",大足自豪了!

歇了一会,冯瑛问道:"吕姐姐,你上来的时候,可有见到经天么?"吕四娘道:"经天和你们的未来儿媳都已上山来了。听说也是为了找金世遗。"唐晓澜道:"嗯,那么他们也许在珠峰下面见着了。"唐晓澜将在珠峰脚下救治金世遗的事告诉了吕四娘,吕四娘道:"毒龙尊者有了衣钵传人,我也放下一重心事了。趁着天色还早,咱们也该下去啦。"冯瑛道:"幸而碰到吕姐姐,要不然真不知道怎么下山呢!"三人牵着铁链,互相照顾,滑下冰坡,虽然险状百出,到底比上山之时省力得多。

他们以为一下珠峰,就可以见到金世遗,谁知又有了意想不到的变化。

唐经天和冰川天女,在尼泊尔王的筵席散了之后,就连夜上山。尼泊尔王已答应在几日之内便撤兵,他们几月来所担心的事情,终于得到了圆满的解决,心情自是愉快之极,但悬念金世遗的命运,却又不免蒙上一层阴影。他们也有听到金世遗的啸声,却因所走的道路不对，既没有经过方今明的家园，也没有发现金世遗的踪迹。

走了三日，越上越高，冰川天女长住冰宫，还没感觉什么，唐经天则渐渐感到呼吸有些不畅，但他仍是给眼前壮丽的景色所吸引住了。喜马拉雅山的冰川比之冰川天女所住的念青唐古拉山，不知高出多少倍！但见天蓝色的冰川，像彩缎一样，从峰顶向四面八方撒下来，镶嵌在洁白的山坡上，显得分外的晶莹灿烂，冰川天女啧啧称赏，好像游子看到了与故乡相似的景物一样，时不时停下步来，驻足而观。唐经天和她相处以来，还很少见到她有这样的兴致，但觉冰雪世界，都化成了旖旎风光！唐经天回想起三上冰峰，邀请她下山的往事，回想起万里追踪，好事多磨的经过，而今这一切全都过去了，喜马拉雅山上的险阻虽多，但他们爱情的道路上已没有险阻了。唐经天心中甜丝丝的，虽然他不大习惯高山上的气候，但有冰川天女在旁，却是精神焕发，比起金世遗上山之时的那种凄苦心情，那自是天渊之别了。

再走了两天，远远地看到了冰塔群，宝塔流辉，冰光映日，端的似冰峰上突然涌现的蓬莱仙境，冰川天女喜极而呼，这时，因为高山缺氧的缘故，她本来也感到呼吸有些困难了，但见此人间异景，仍禁不住飞奔过去，只可怜唐经天用尽气力，都跟不上她。

面前一道冰川阻止去路，恍惚听到底下流冰的嘶响，冰川上有一个巨大的冰块，状似蘑菇，冰川天女刚想绕过这道冰川，忽听得冰蘑菇背后，有人低声啜泣，甚是凄凉，冰川天女心头一震，招手等唐经天过来，两人绕过冰川一看，只见冰蘑菇背后，有人坐在冰川的旁边，抱着一条黑漆发光的人臂。

唐经天叫道："咦，你是黄石道人！"他抱的却是董太清的那条铁臂。只见他面上一条条的血痕，沁出的血丝都已凝结成冰，形状十分可怕，一见冰川天女到来，忽地挥动那条铁臂，夹头夹脑地打来，大叫大嚷道："是你害死了他，是你害死了他！"冰川天女奇道："我害了谁了？"随手用冰魄寒光剑一拨，"嗤"的一声，将黄石道人的道袍割裂数寸，黄石道人双眼一瞪，忽然大叫一声，将铁臂抛出，叫道："是我害死了他，是我害死了他！"状若疯狂。冰川天女有点害怕，退后一步，但见黄石道人一声厉叫，仆倒地上，鲜血涌出，染红衣裳，片刻之间，又已凝结成冰。

冰川天女那一剑根本没有触及他的身体，突然见他流血晕倒，不禁大奇，上前察看，原来是他受不了山上的严寒，加以高山上呼吸困难，功力早已大减，冰川天女的冰剑又是奇冷无比，内外两股寒气夹攻，以至血管爆裂。要不然若是在平地之上，冰川天女还不是他的敌手，这一剑绝不能叫他受伤。

冰川天女心存恻隐，掏出了专解寒气的阳和丸给他服下，这是冰宫中绝妙的灵丹，即算受了冰魄神弹的奇寒之气亦可解救。黄石道人服后，过了片刻，果然苏醒。唐经天给他推血过宫，再过了一会，黄石道人神智渐渐恢复正常，眼光中流露出感激的神气，忽然又喃喃说道："是我害死了他们，是我害死了他们！"

唐经天道："你害了谁了？"黄石道人忽又叫道："没有绛珠仙草，没有绛珠仙草，你们赶快下去吧。"冰川天女道："什么绛珠仙草？"黄石道人道："你们不是想上珠穆朗玛峰寻觅绛珠仙草的吗？"冰川天女摇了摇头，道："连这名字我都没有听过。"黄石道人吁了口气，道："呀，那就只是我害了赤神子和董太清了。"冰川天女道："怎么？"黄石道人一指那条铁臂，又取出一缕黄褐色的乱草般的长发，那是赤神子的头发。黄石道人叹了口气，说道："他们都已埋到冰川底下去了。我只在冰裂缝中抓起这条铁臂和扯断这缕头发，连他们的尸身也掏不出来，冰缝便重合了。"

冰川天女道："这是怎么回事？"黄石道人道："赤神子中了你的七枚冰魄神弹后，元气大伤，他一心想恢复武功，已到痴迷的程度,他一生只交我这个朋友,我不忍让他郁郁而死,为了解开他心头的死结,于是骗他说,珠峰上有一种绛珠仙草,服下一株,可以当得三十年功力,我只是想让他心头有一个希望,或者即算上山,也会知难而退,那时就息了心了。岂知他和董太清竟然冒险来到此处,这不是我害了他们吗?"

冰川天女心中恻然,想道:"赤神子无恶不作,死不足惜。但这黄石道人笃于友情,虽说是非不分,倒还值得同情。原来他刚才是因为好友之死,以至神智迷乱。"便道:"既然如此,你赶快下山去吧。你服了我的阳和丸,不畏寒气所侵,下山料可无妨。"

黄石道人拾起那条铁臂,道:"你呢?"冰川天女道:"我们所要寻觅的东西比绛珠仙草还要珍贵。"黄石道人摇了摇头,见冰川天女意志坚决,只好独自下山而去。

冰川天女心头有点怅惘,但冰塔群奇丽无俦的景色将她吸引住了,她和唐经天轻轻携手前行,穿入冰塔群中,但见冰光塔影,互相辉映,千门万户,寒气森森,冰川天女欢喜赞叹,笑道:"简直比我的冰宫还要胜过万分。"唐经天笑道:"冰宫中有你这样一位仙女,这里虽然奇丽,却毫无一点生气。"

冰川天女笑道:"你焉知这里不是女神所居?嗯,你可知道珠穆朗玛这几个字的意思吗?"唐经天道:"正要请教。"冰川天女道:"它是女神的名字,藏人称珠穆朗玛为'圣母之地',有的称作'第三圣母',在西藏和尼泊尔,流传着一个非常美丽的传说。

"据说珠穆朗玛是一位腰身纤细、四肢修长的女神,她的相貌挺秀,性格温柔。登临峰巅,能看到全世界的景色。人们看到她的容貌,没有不感到羡慕和景仰的。和她同住的有大姐珠穆策仁玛、二姐珠穆丁结沙桑玛,她是三姐珠穆朗玛,还有四妹穆觉本珠桑玛、五妹穆德格日卓桑玛,合称珠穆觉岸(珠穆五姐妹)一家。这世界第一峰本是三姐珠穆朗玛住的,后来其他四姐妹因感到世界上的人没有比珠穆朗玛再温柔可爱的了，也没有地方比她所居住的仙峰再美好的了，所以都从各地迁来，环绕珠穆朗玛而居住。你瞧，那就是环拱着珠穆朗玛那四座山峰了。她们在珠穆朗玛峰上修建宫殿、湖泊和亭台，伺养着金色的鸳鸯和白色的狮子，使这座高峰成为世界上最美好、最幸福的地方。"

这美丽的神话从冰川天女的口中说出来，听得唐经天如醉如痴，忽地笑道："那么，你就是珠穆朗玛，世界上再没有人比你更温柔可爱的了。"冰川天女嗔道："你几时学得这样油嘴滑舌？咱们连珠穆朗玛峰都上不了呢。"唐经天学着冰川天女的语调说道："不论你住在什么地方，那就是世界上最美好、最幸福的地方。"

冰川天女轻轻地打了他一下，唐经天怨道："咦，这里敢情真有女神？你听！"只听得冰塔群中果然有人的声息，听清楚了，竟然又是低低的啜泣之声。正是：

人间几许伤心事，独上珠峰把泪弹。

欲知后事如何？请听下回分解。

第四十回

天女散花　珠峰劳怅望
冰川映月　云海寄遐思

冰川天女笑道："女神是不会哭泣的。"唐经天眼睛一亮，道："这哭声好熟悉！"朝着那声音的方向跑去，忽然大声叫道："沁梅表妹！"只见冰塔群中一个小湖之滨，李沁梅正在那里哭泣。

唐经天轻轻地走过去，微笑说道："阿梅，迷了路吗？"他和李沁梅小时候常常一齐玩耍，只道她还是小时那样脾气，但听她哭得十分凄凉，决不是仅仅为了迷路。

李沁梅缓缓抬起头来，道："他走啦！"冰川天女走到了她的身边，道："你见着他了，呀，你怎么不留住他？"唐经天的笑容立即收敛，这时他已明白，原来是金世遗到过这儿，李沁梅都留不住他，那么还有谁能劝他回来？

李沁梅指一指地上的银瓶，道："他把碧灵丹都留给我吃啦。他的心肠太好了，也太狠了。"唐经天道："怎么？"李沁梅道："真像做一场梦似的，梦醒了他就不见了！"哽咽着把遇到金世遗的经过说了，冰川天女和唐经天都觉得心头沉重，想不出用什么话来安慰李沁梅。

冰川天女低头默想，过了一会，轻声说道："沁梅妹妹，你别哭啦。我们陪你上珠穆朗玛峰去。"李沁梅抬起了疑惑的眼睛，冰川天女道："依他的性格，我看他既然到了这儿，就一定会去攀登珠峰。"

李沁梅眼光中露出一点希望，道："冰娥姐姐，你真好！"唐经天道："咦，你还打了雪鸡，哈，还是烤熟了的。你怎么不吃？"李沁梅道："这是他留给我的，我舍不得吃。"冰川天女笑道："傻孩子，不吃东西，哪有气力呢。"她摸摸李沁梅的干粮袋，干粮袋早已空了，原来李沁梅整整一天，竟没有吃过东西。幸而唐经天的干粮带得很多，还带有一支长白人参，最适宜于爬山之用。李沁梅吃了一些干粮，嚼了半支人参，那半只雪鸡，却还是舍不得吃。

三人穿过了冰塔群，但见冰坡上还留有金世遗的足印，他们跟着金世遗的足印前行，再走过了冰胡同，第二日到了风窝的北坳地区，大风雪早已把金世遗的足印埋掉，三人用尽气力通过了这个地区，再走一天，珠穆朗玛峰已经在望。可是他们也都精疲力竭了。冰川天女虽然不怕寒冷，但到了这样的高度，由于缺乏氧气，一样令她觉得胸口疼痛而胀塞，呼吸十分困难。唐经天内功根基最厚，稍好一些，李沁梅则更是支持不住，但为了一个希望，她仍然坚持着，在冰川天女和唐经天的扶持下，一步步走近珠峰。

那正是雪崩过后，珠穆朗玛峰上风雪呼啸，从下面望上去，但见雪峰插云，简直是兀鹰也飞不上！

冰川天女和李沁梅仰望珠峰，心脏都几乎要停止跳动了，不约而同地想道："金世遗怎能攀上这座高峰。呀，那定是凶多吉少的了！"但这绝望的语言，谁也不肯先说出来。李沁梅忽然低声说道："这是第几天了？"她在冰塔群中经过一度昏迷，日子记得不大清楚，但觉得好似已过了金世遗生命的期限。冰川天女唰的一下面色变得灰白，她猛地记了起来，他们在喜马拉雅山上已过了七个白天和黑夜，那就是说早已过了期限一天一夜了！

霎时间，空气都好似冷得凝结了，众人本来都已精疲力竭，这时更觉手足酸软，丝毫也不能移动。白天又过去了，但见苍白无力的月亮，从珠穆朗玛峰上悠悠升起，良久，良久，唐经天叹了口气道："咱们该回去啦！"李沁梅叫道："不，我不回去！"

冰川天女凄然地看着李沁梅，正想说话，忽听得冰坡上有人叫道："阿梅，是你来了吗？"李沁梅跳起来道："妈妈！"抬头一看，只见冯琳笑嘻嘻地在冰坡上招手。

唐经天大喜叫道："姨妈，你找到他了吗？"冯琳道："找到啦！"李沁梅一下子精神抖擞，竟然跑得比冰川天女还快，先到了母亲的跟前，忽地又堕进了失望的深渊，失声叫道："他在哪儿？"冯琳伸手一指，道："你看。"

只见前面的冰壁上刻有几行字迹，那是一首诗，诗道："不是平生惯负恩，珠峰遥望自沉吟，此身只合江湖老，愧对嫦娥一片心。"冰壁下面还剩下几个未被风雪埋掉的拐印。

冰川天女心头沉重，只有她能稍稍理解金世遗题诗的心情，那是一种极度自尊而又极度自卑的错综复杂的感情，他终于舍掉了渴望已久的人间温暖，在这冰雪的世界中又悄悄地独自走了。

李沁梅但觉一片茫然，十分不解，叹口气道："嗯，那么，他还是走了。"冯琳道："你瞧，这几行字是他用铁剑刻出来的，如果他临死垂危，哪还有这份功力？"李沁梅心中稍稍安慰，仍是怅然地说道："可是，他还是走了！"

珠穆朗玛峰顶的月光，透过漫天风卷的冰雪，洒到众人身上，冰川映月，意境分外凄清，众人都觉心头一片寒冷。冯琳恨恨说道："这小子真是岂有此理！"忽又噗嗤一笑，道："你愁什么？只要他不死，妈总能给你把他抓回来，让你打他一顿消气。"这说话当然是故意逗女儿笑的，冯琳看了这首诗，也早已明白，金世遗乃是下了决心避开她们，再要找他，那是更不容易的了。

风雪渐渐减弱，李沁梅忽道："咦，这三个雪球怎么如此奇怪?"只见冰坡上滚下三团白色的东西,冯琳"噗嗤"一笑,道:"那不是雪球,那是你的姨父、姨母,咦,还有一个人似是吕四娘!"话犹未了,那三个"雪人"已是从冰坡上滑了下来,到了珠穆朗玛峰脚,纵声长笑,拍掉身上厚厚的积雪,果然是唐晓澜、冯瑛和吕四娘。在珠峰脚下呼吸当然比上面舒畅得多,这三个人乃是当世武功最高的人物,到了下面,精神恢复,谁也想象不到,不久之前,他们是那样的困顿疲劳,在珠峰上面,几乎丧掉了性命。

冯瑛一见儿子,心花怒放,揽着冰川天女,轻轻摸抚她的秀发,笑道:"你现在对我不生气了吧?"冯琳笑道:"我答应过给你找一个好媳妇儿,瞧,你现在该称心满意了吧?"冰川天女羞得低下了头,想起以前将唐经天的母亲误当他的姨妈之事,不禁暗笑。真想不到天下竟有这样相似的人。记起唐经天的话,暗中留意,这才分辨出她们笑时果不相同,一个在左边面颊现出梨涡,一个却在右边。

冯琳又道:"我答应你们的事已办到了,你们答应我的事呢?"唐晓澜道:"怎么,你们还没有见着金世遗吗?我叫他在这里等你们的呀!要不,他就是到方今明的家中等候你们了。"冯琳道:"他才不会呢,你瞧,他题的这首诗。"

唐晓澜看了题诗,黯然不语,半晌说道:"真是有其师必有其徒,他的行径比毒龙尊者当年还要古怪。"将他救治金世遗的经过告诉了众人。李沁梅听了一喜一忧,喜者是金世遗的性命得以保存,而且因祸反而得福,异日必能成为武学的大师;忧者是他康复之后,还要逃走,那定是下了决心,不再回来的了。

冯琳一向游戏风尘,对什么事情都是满不在乎的样子,这一次表面上虽然也没有显露得怎样紧张,其实却是伤心之极。她好不容易才找到一个合乎自己心意、也合女儿心意的人,然而这个人却又莫名其妙地避开了她,避开了所有关心他的人。冯琳心中烦乱之极，听得唐晓澜提起毒龙尊者，突然想起了毒龙尊者那本日记，问道："那本日记你交给了金世遗了吗？"

唐晓澜怔了一怔，说道："交给他了。什么，那不是毒龙尊者的武功秘笈，而是他所写的日记吗？"

冯琳道："你没有翻看吗？"唐晓澜愠道："我怎么会翻看别人的东西？"吕四娘一直在默默地听他们谈话，这时眼睛中忽然现出光芒，道："这日记里记有什么重要的事吗？"冯琳道："怎么没有？这日记的记载，有关沿海的生灵！"

唐晓澜吃了一惊，道："怎么回事？"冯琳道："蛇岛下面，原来埋有火山，依毒龙尊者的推算，这火山的爆发可能在十年之后，只恐整个蛇岛都要化成飞灰，不但海中的生物遭逢浩劫，黄海边沿的陆地，也可能波及。只有熟悉蛇岛地形而又不畏蛇毒的人，在火山爆发之前的几个月，深入火山口，凿开通路，引来海水，让毒火慢慢宣泄，或者可以挽救这场浩劫！"

吕四娘色然而喜，笑道："如此说来，你们不必费力去找金世遗啦！"冯琳道："怎么？"吕四娘道："他看了这本日记，难道他还不明白，他自己就是最适宜于挽救这场浩劫的人！"

李沁梅道："那我宁愿他不再回来。"唐晓澜道："救困扶危，侠者本色。何况是挽救这样的一场浩劫！而且毒龙尊者对消弭祸胎之事，既有预见，料想金世遗就是深入火窟，也未必就有性命之忧。"冯琳道："反正他的性命也是拾回来的，就让他做这一场大功德，也可得人景仰。"

李沁梅紧蹙着的双眉渐渐开展，道："那么我也愿他回来了，只是他肯不肯回来呢？"吕四娘道："他的心情正自愧对世人，我瞧他一定会回去挽救这场浩劫。"李沁梅听她说得如此肯定，心情矛盾之极，但一想起火山爆发之期至少还有十年，若果是金世遗十年之后才重回中原，自己虽然可以到蛇岛去守候他，这十年漫长的时间，又怎生挨过。但事既如斯，空自焦急，也没有什么办法。

一行人等，默默下山。下山比上山容易得多，可是为了金世遗的事情，心头都蒙上一层阴影。走了三天，回到方今明的家中，龙灵矫、唐老太婆等人早已回来了，他们根本还未上到冰塔群那处的高度，空自满山搜索，当然没有发现金世遗的踪迹。

方今明听唐晓澜之劝，也随同众人下山，他离开数十年隐居的家园，心中自有无限怅惘，但想到女儿的将来，他仍是愉快地离开了故居。

众人上山下山，经过的时间不过十多天，山下的景色早已变了，这时已是暮春三月的时节，山下的冰雪已渐渐融解，山坡上披盖着浓绿的森林，到处盛开着白色的野蔷薇，还有艳红的玫瑰和五色缤纷的杜鹃，冰川天女随手摘了几朵野花，又让它随风飘散，不时地回望珠峰，只有唐经天能稍稍理解到她心中的怅惘。

再走了两天，循着来时的路，回到喜马拉雅山下面的幽谷，但见谷中野羊奔走，尼泊尔的大军早已撤走了，清军也已撤走了，山谷中一片宁静，谁料得到不久之前，这和平宁静的山谷中曾弥漫战云？

清军还是前几天撤走的，陈天宇和幽萍却还留在山谷之中等候众人，见众人平安回来，自是欢喜，但听得金世遗失踪的消息，想起他曾救过自己的性命，也不禁黯然。

众人走出山谷，又回到阳光明媚的草原上，草原上已开始有第一批旅人，那是一群贩马的"流浪人"，来到边境做生意的。在草原上他们唱起了《流浪者之歌》：

"圣峰的冰川像天河倒挂，
　你听那流冰浮动轻轻地响——
　像是姑娘的巧手弹起了东不拉。
　她在问那流浪的旅人：

众人走出山谷，又回到阳光明媚的草原上，草原上已开始有第一批旅人，那是一群贩马的"流浪人"，来到边境做生意的。在草原上他们唱起了《流浪者之歌》……

你还要攀过几座冰山？
经历几许风砂？
咿啦——
流浪的旅人呀，
草原的兀鹰也不能终日盘旋不下，
你们尽是走呀，走呀，走呀——
要走到哪年哪月，才肯停下你们的马？
姑娘呀，多谢你的好心好意，
只是我们没有办法回答。
你可曾见过荒漠开花？
你可曾见过冰川融化？
（你没有见过？没有见过！呀！）
那么流浪的旅人哪，
他也永不会停下！"

　　这《流浪者之歌》是陈天宇三年之前曾听过的，那时他初会芝娜，听了这首歌，不禁心中绞痛，回头一瞥，幽萍正用深情的眼光注视着他，这眼光足以疗治他心头的创伤。

　　冰川天女也曾听过这首歌，她禁不住心头颤栗，想起了金世遗的命运，难道金世遗的命运竟似这歌中流浪的旅人？回头一瞥，唐经天也正用深情的眼光注视着她，她虽然仍是心头颤栗，却感到自己的幸福了。

　　李沁梅是第一次听到这首歌，然而却没有人用深情的眼光注视着她。金世遗回不回来，这还是一个谜，他会不会像流浪的旅人，要等荒漠开花、冰川融化才肯停下他的马？李沁梅眼角沁出晶莹的泪珠，不敢回望珠峰，但听得那《流浪者之歌》，还是在草原上余音缭绕。

（全书完）